A

Die Entwicklung der Dipteren

SALZWASSER
VERLAG

August Weismann

Die Entwicklung der Dipteren

Unveränderter Nachdruck der Originalausgabe von 1864.

1. Auflage 2022 | ISBN: 978-3-75259-738-7

Verlag: Salzwasser Verlag GmbH, Zeilweg 44, 60439 Frankfurt, Deutschland
Vertretungsberechtigt: E. Roepke, Zeilweg 44, 60439 Frankfurt, Deutschland
Druck: Books on Demand GmbH, In de Tarpen 42, 22848 Norderstedt, Deutschland

DIE

ENTWICKLUNG DER DIPTEREN.

DIE

ENTWICKLUNG DER DIPTEREN.

EIN BEITRAG

ZUR ENTWICKLUNGSGESCHICHTE DER INSECTEN

VON

DR. AUGUST WEISMANN

MIT 14 KUPFERTAFELN.

I. Die Entwicklung der Dipteren im Ei.

II. Die nachembryonale Entwicklung der Musciden.

LEIPZIG,

1864.

Vorwort.

Als vorliegende Untersuchungen vor jetzt beinah vier Jahren begonnen wurden, handelte es sich zunächst nur um die Ausfüllung einer Lücke in der Entwicklungsgeschichte der Insecten, um eine monographische Bearbeitung der genuinen Zweiflügler. Man konnte hoffen, die an andern Insectengruppen gewonnenen Resultate auch für diese noch nicht mit den Hülfsmitteln der modernen Wissenschaft bearbeitete Ordnung als gültig nachzuweisen.

Schon bei dem Studium der embryonalen Entwicklung zeigten sich indessen mehrfach Erscheinungen, welche, bisher unbekannt, doch unmöglich blos den Dipteren eigenthümlich sein konnten, und es wurde somit klar, dass selbst dieser, verhältnissmässig noch am meisten bearbeitete Theil der Insectenentwicklung keineswegs als ein abgeschlossenes Capitel unseres Wissens betrachtet werden kann. Es musste als Aufgabe erscheinen, auch die embryonale Entwicklung der übrigen Insecten einer erneuerten Prüfung zu unterziehen.

Dies ist seit der ersten Veröffentlichung des embryonalen Theiles der vorliegenden Arbeit im Bd. XIII der Zeitschr. f. wissenschftl. Zoologie nur noch bei der Familie der Phryganeen geschehen. Es stellte sich dabei eine grosse Uebereinstimmung mit den Dipteren in allen Hauptmomenten der Entwicklung heraus*) und — was wohl das wichtigste — es konnte jetzt mit Sicherheit festgestellt werden, dass auch hier, wie bei den Zweiflüglern die von Zaddach hervorgehobene Aehnlichkeit mit der Wirbelthierentwicklung nur eine scheinbare ist, dass das oberflächliche Blatt, welches den Keimstreif der Phryganea nach Zaddach's Entdeckung überzieht, nicht mit den Keimblättern der Vertebraten parallelisirt werden kann, dass es auf andre Weise entsteht, auf andre Weise in die späteren Entwicklungsvorgänge eingreift.

Zeigte sich aber schon bei der embryonalen Entwicklung eine Ausdehnung der Untersuchung auf die übrigen Ordnungen geboten, so war dies in noch viel höherem Maasse der Fall bei der Verwandlung der Larve in Puppe und Imago. Aus dem II. Theil dieser Mittheilungen wird man ersehen, wie in sehr unerwarteter Weise Kopf und Brust der Fliege sammt ihren Anhängen in der Larve, ja im Embryo bereits angelegt sind, wie sie getrennt von einander im Innern der Leibeshöhle entstehen, um erst nach der Verpuppung zu den Abschnitten des Fliegenkörpers zusammenzuwachsen, und es wird sich von selbst die Frage aufdrängen, ob diese Vorgänge in derselben Weise auch für die übrigen metabolischen Insectenfamilien Geltung besitzen. Aber nicht nur die Wandungen des Körpers zeigen in der Familie der Musciden eine so eigenthümliche Bildungsgeschichte, auch die innern Organe bauen sich in überraschender Weise aus dem gänzlich zerfallenden Larvenkörper aufs Neue wieder auf. Auch hier fragt es sich, ob wir es mit allgemeinen Erscheinungen zu thun haben, oder gewissermassen mit Ausnahmefällen.

---

*) Der betreffende Aufsatz wurde bereits Ostern lauf. Jahrs der Redaction des Archiv's für Anatomie u. Physiologie eingesandt.

Seit die nachfolgenden Untersuchungen niedergeschrieben wurden, haben mir neuere Beobachtungen gezeigt, dass die Metamorphose der Musciden nur einem sehr kleinen Theile der Insecten zukommt; bis jetzt wurde sie nur noch bei dem Genus Eristalis aus der Familie der Syrphiden beobachtet und ich vermuthe, dass sie nur den Familien zukommt, welche Pupae coarctatae bilden, d. h. welche sich in ihrer eignen Larvenhaut, wie in einer Schale verpuppen.

Weder bei den Käfern und Schmetterlingen, noch bei den Hymenopteren und Tipuliden mit fusslosen Larven entstehen Thorax und Kopf der Imago in der Leibeshöhle der Larve; überall geht die Bildung der Anhänge von der Hypodermis aus, und die Thoracalsegmente der Larve wandeln sich direct in den Thorax der Imago um. Die die Verpuppung begleitenden Veränderungen der innern Organe sind bei vielen nicht im entferntesten zu vergleichen mit der gänzlichen Umwälzung, wie sie bei den Musciden eintritt, und nur bei gewissen Hymenopteren scheint in dieser Beziehung wieder eine Annäherung an das Verhalten der Musciden stattzufinden.

Da der erste Theil die embryonale Entwicklung einer Tipulide, sowie die einer Muscide enthält, so könnte man mit Recht in dem zweiten eine Schilderung der Metamorphose dieser beiden Dipterenfamilien erwarten.

Die Untersuchungen über nachembryonale Entwicklung der Tipuliden sind indessen erst jetzt ihrem Abschluss nahe gekommen und ich kann es um so weniger bedauern, dass sie getrennt von den Musciden erscheinen werden, als die Metamorphose ihrem innern Verlaufe nach eine weit grössere Verwandtschaft mit der der Hymenopteren, Käfer und Schmetterlinge hat, als mit der der Musciden. Ich hoffe sie daher mit jenen zusammen darstellen zu können. Dann wird es auch möglich sein, auf breiter Grundlage einen Ueberblick über die gesammten Entwicklungserscheinungen bei den Insecten zu gewinnen und mit Sicherheit nachzuweisen, was sich heute schon ahnen lässt, dass nämlich von den einfachen Häutungen der ametabolischen Insecten bis zu der dem Generationswechsel nicht mehr fern stehenden Metamorphose der Musciden eine continuirliche Reihe von Entwicklungsformen besteht, welche die beiden scheinbar unvermittelten Extreme mit einander verbindet.

Freiburg i. Br., 1. August 1864.

Dr. August Weismann.

Inhaltsverzeichniss.

I.

Die Entwickelung der Dipteren im Ei,

nach Beobachtungen an

Chironomus spec., Musca vomitoria und Pulex Canis.

Tafel I—VII.

Ueber die embryologische Entwickelung der Dipteren ist bisher nur Weniges bekannt geworden. Von *Kölliker* besitzen wir eine Abhandlung »De prima insectorum genesi«[1]), in welcher neben der Entwickelung eines Käfers, auch die zweier Mücken beschrieben wurde. Sie erschien im Jahr 1842 als die Dissertation des berühmten Histologen, und die Zeit ihres Entstehens lässt schon voraussetzen, dass eine erneuerte Bearbeitung desselben Gegenstandes vom Standpunkte der heutigen Wissenschaft nicht überflüssig sein wird. Wir besitzen nun allerdings eine mit allen Hülfsmitteln der modernen Entwickelungsgeschichte ausgearbeitete Darstellung der Entwickelung eines Zweiflüglers in der an interessanten Enthüllungen so reichen Monographie *Leuckart's* »Die Fortpflanzung und Entwickelung der Pupiparen nach Beobachtungen an Melophagus ovinus«[2]). Leider aber konnte gerade der embryologische Theil dieser ausgezeichneten Untersuchungen am wenigsten ausführlich und abschliessend behandelt werden, da durch die eigenthümlichen Verhältnisse, unter welchen das Ei sich bei den Pupiparen entwickelt, einer continuirlichen Beobachtung unübersteigliche Hindernisse in den Weg gelegt waren.

Ich habe indessen hier nicht nur der Arbeiten zu gedenken, welche auf dem speciellen Feld der Dipterenembryologie der meinigen vorhergingen. Wie der Werth einer jeden Specialforschung in der Embryologie darin liegt, dass sie die Basis erweitert, auf welcher unsere Einsicht in

1) *Kölliker*, De prima insectorum genesi. Diss. inaug. Turici 1842.

2) *Leuckart*, Die Fortpflanzung und Entwickelung der Pupiparen nach Beobachtungen an Melophagus ovinus. Halle 1858.

den Entwickelungsplan der ganzen Classe beruht, so muss auch eine Darstellung der Entwickelung der Zweiflügler ein Beitrag zur Entwickelungsgeschichte der Insecten, der Arthropoden überhaupt sein. Es ist allgemein anerkannt, dass neben den bereits erwähnten Arbeiten *Kölliker's* und *Leuckart's* und neben der vortrefflichen Abhandlung *Huxley's*[1]) über die Embryologie von Aphis, es vor Allem die Untersuchungen *Zaddach's* über die Entwickelung der Phryganeen[2]) waren, welche die Entwickelungsgeschichte der Insecten auf den Standpunkt geführt haben, welchen sie heute einnimmt, und wenn ich auch das Hauptverdienst dieses gewissenhaftesten Forschers nicht mit *Leuckart* und *Claparède* in der Uebertragung der Keimblättertheorie von den Wirbelthieren auf die Insecten finden kann, sondern gerade in diesem Punkte zu ganz anderen Resultaten gelangt bin, so bleiben doch eine ganze Reihe wichtiger Entdeckungen, welche ich nur zu bestätigen hatte, und welche mich veranlassen werden, immer von Neuem wieder auf die Arbeit *Zaddach's* zurückzukommen. Das Neueste über Entwickelung der Arthropoden sind die Untersuchungen *Claparède's* über die embryologische Entwickelung der Spinnen[3]). Besonders die Bildung der ersten Formelemente im Ei findet sich hier noch eingehender behandelt, als bei *Zaddach*, und wird in einer Weise dargestellt, der ich, soweit es das Thatsächliche betrifft, in den Hauptpunkten überall beistimmen konnte. *Claparède's* Ansichten stehen in diesem Punkte die Beobachtungen *Robin's* scheinbar ganz unvereinbar gegenüber, welche dieser Beobachter erst vor Kurzem in einer Notiz über die Bildung der Keimhautzellen bei den Insecten[4]) niedergelegt hat. Wenn es mir, wie ich hoffe, gelungen ist, die scheinbaren Gegensätze in den Ansichten zu vereinigen, und diese Frage im Wesentlichen zu lösen, so verdanke ich es vor Allem dem günstigen Untersuchungsobject, und ein Gleiches muss ich sagen in Bezug auf den histologischen Theil dieser Arbeit, dem ich — Dank der Grösse und leichten Zerlegbarkeit des zur Untersuchung benutzten Eies — eine grössere Aufmerksamkeit und ausführlichere Behandlung zu Theil werden lassen konnte, als dies von meinen Vorgängern geschehen ist.

Die Wahl eines Repräsentanten der Mücken (Nemocera) war keine freie, indem eine wasserarme Gegend der Untersuchung nur wenige Arten darbot, und vor Allem das Genus Corethra, welches ich der bekann-

1) On the Agamic Reproduction and Morphology of Aphis, by *Thomas Huxley* Trans. Lin. Soc. Vol. XXII. Part. III. 1858.

2) Untersuchungen über die Entwickelung und den Bau der Gliederthiere, von Dr. *G. Zaddach*. 1. Heft. Die Entwickelung des Phryganiden-Eies. Berlin 1854.

3) Recherches sur l'évolution des araignées par *Edouard Claparède*. Utrecht 1862. Naturkundige Verhandelingen utg. door het Provinciaal Utrechtsch Genootschap van Kunsten en Wetenschappen. Deel I. Stuk 1.

4) *Robin*, Mém. sur la production des cellules du blastoderme sans segmentation du vitel us chez quelques articulés. Compt. rend. Tom. 54. p. 150.

ten, und von *Leydig* bereits mit vielem Erfolg benutzten Durchsichtigkeit der Larve wegen vorgezogen hätte, gänzlich fehlte. Die zur Untersuchung benutzte Art von Chironomus ist der Beobachtung der morphologischen Entwickelung des Embryo in vieler Beziehung sehr günstig, und anderen Tipulideneiern wegen der Klarheit der Zellen und der verhältnissmässig lichten Färbung des Dotters vorzuziehen, zum Studium des histologischen Aufbaues der Organe aber der geringen Grösse halber weniger geeignet. Die Species konnte vorläufig nicht mit Sicherheit bestimmt werden, Herr Professor *Schenck* in Weilburg, welcher die Güte hatte, eine Bestimmung zu versuchen, fand in dem *Meigen*'schen Dipterenwerk nicht eine einzige Art, welche mit der meinigen nur annähernd übereinstimmte, und unter den 128 in den »Diptera Scandinaviae« von *Zetterstedt* beschriebenen Species nur den Chironomus nigro-viridis Macq., welcher annähernd passte.

Als Repräsentanten der eigentlichen Fliegen (Brachycera) habe ich Musca vomitoria gewählt, da sie die Nachtheile — Undurchsichtigkeit des Chorions und später des Embryo selbst — mit allen mir bekannten Musciden-Eiern theilt, dagegen aber den Vortheil der bedeutenderen Grösse besitzt. Die kurze Beschreibung eines einzelnen Stadiums aus der embryologischen Entwickelung des Pulex Canis sollte nur zeigen, in wie nahem verwandtschaftlichem Verhältniss, insoweit es die Entwickelung im Ei betrifft, die Familie der hüpfenden Dipteren zu den Mücken steht. Eine eingehende Verfolgung der Entwickelung schien der mangelhaften Durchsichtigkeit der Eihüllen halber für die Gewinnung allgemeiner Resultate unerspriesslich.

I.

Die Entwickelung des Eies von Chironomus.

Mit Taf. I—IV. Fig. 40—51.

Die Eier von Chironomus nigro-viridis Macq. (?) werden vom Weibchen ins Wasser abgelegt; man findet sie den grössten Theil des Sommers hindurch in allen stehenden Wassern frei auf der Oberfläche schwimmend oder an Wasserpflanzen festhängend. Sie liegen, wie dies bereits von *Kölliker*[1]) beschrieben wurde, in einfacher Reihe spiralig um einen Gallertcylinder von etwa 1, 5 Cent. Länge herumgewunden und sind schon für das blosse Auge als gelbbräunliche, kleine Körperchen kenntlich, welche im Laufe der Entwicklung, nach Maassgabe der Umwandlung des Dotters in embryonale Zellen eine hellere, gelblichweisse Fär-

1) Observationes de prima insectorum genesi. Turici 1842.

bung annehmen. Die Eier haben im Ganzen eine langgestreckt eiförmige, ellipsoidische Gestalt, welche in der Bauch- und Rückenlage vollkommen symmetrisch erscheint, im Profil aber auf der einen Seite einen convexen, auf der andern einen nahezu geraden Contour aufweist, während der eine Pol breit abgerundet ist, der andere mehr spitz. Es lässt sich somit eine gerade und eine convexe Seite unterscheiden, sowie ein stumpfer und ein spitzer Pol, oder da in ersterem der Kopf, in letzterem das Schwanzende des Embryo zu liegen kommt, ein vorderer und ein hinterer Pol.

Die äussere Eihaut (Chorion) ist vollkommen structurlos und durchsichtig, dünn, aber fest und schwer zersprengbar; die innere, die Dotterhaut (Membrana vitellina) ist sehr fein und in den ersten Entwickelungsstadien schwer nachzuweisen; später, wenn der Eiinhalt die Hülle nicht mehr ganz ausfüllt, ist sie sehr leicht zu erkennen, und zeigt dann fast constant eigenthümliche, wellenförmige Biegungen, welche in Verbindung mit dem starken Lichtglanz fast den Eindruck von Kerzen machen, eine optische Täuschung, die sich als solche am leichtesten durch Vergleichung mit andern durchsichtigen Dipterenеiern nachweisen lässt. Hier, wie überall bei den Insecten ist die Dotterhaut vollkommen structurlos. Die Mikropyle, deren näherer Bau bei der Kleinheit des Eies nicht wohl erkennbar ist, liegt am Kopfende des Eies, wie es bei den Insecten meistens der Fall zu sein scheint.

Der Dotter ist bei durchfallendem Licht von braungelber Farbe, und besteht aus grossen Fetttropfen, sehr feinen Dotterkörnchen und einer dieselben suspendirenden, nicht direct wahrnehmbaren Flüssigkeit. Die Länge der Eier beträgt 0,24—0,28 Mm., die Dicke 0,096—0,099 Mm. Letztere bleibt sich gleich, mag in der Seitenansicht oder der Bauchansicht gemessen werden.

Die Entwickelung von Chironomus gruppirte sich naturgemäss in drei Abschnitte, deren erster von der Befruchtung bis zur Anlage der symmetrischen Körperaxen und der Urtheile des Kopfes reicht, deren zweiter die Zusammenziehung dieser Axen, und die von ihr hervorgerufenen und sie begleitenden Veränderungen umfasst, während der dritte die vollkommene Ausbildung der äusseren Körperform, wie der inneren Organe bis zum Ausschlüpfen der Larve in sich schliesst.

A. Erste Entwickelungsperiode.

Von der Befruchtung bis zur Anlage der Keimwülste und der Urtheile des Kopfes.

Ehe noch die ersten Veränderungen im Ei begonnen haben, wird ohne Zweifel der Dotter die Eihülle vollständig ausfüllen. Mir ist es bis jetzt nicht gelungen, ein Weibchen beim Eierlegen zu überraschen, und meine Beobachtungen beginnen, nachdem die ersten durch die Befruchtung hervorgerufenen Veränderungen bereits ihren Anfang genommen haben. In dem jüngsten Stadium, welches ich gesehen habe, hatte sich auf der ganzen Oberfläche des Dotters eine dünne Schicht einer vollkommen homogenen, stark lichtbrechenden, bläulichen Masse abgelagert, welche der Eihaut dicht anlag und nur an den beiden Eipolen ziemlich weit von ihr abstand. Ihre Dicke war an den Polen am grössten (0,0086 Mm.), an den Seiten am geringsten; an letzterer Stelle zeigte sie sich noch ganz durchsetzt von Dotterkörnchen, wie sie denn auch an den Polen sich nicht mit scharfer Linie vom Dotter abgrenzte, sondern ganz allmählich in denselben überging, und ihre bläuliche Masse sich überall noch eine kleine Strecke weit zwischen die feinen Dotterkörnchengruppen hinein verfolgen liess; ich nenne sie das Keimhautblastem. Am spitzen oder hintern Pol lagen in der Lücke zwischen Eihaut und der scharfbegrenzten äusseren Fläche des Keimhautblastems vier grosse, kuglige oder ovale Zellen (Taf. I. Fig. 1 *pz*), aus mattbläulichem, homogenem, stark lichtbrechendem Protoplasma, welches durchaus der Masse des Blastems glich; sie besassen einen kreisrunden, klaren, etwas röthlich schimmernden Kern, und in einigen lagen ausserdem noch ein oder zwei Dotterkörnchen. Der Durchmesser der Zellen betrug 0,013 Mm., der der Kerne 0,0068 Mm., ein Nucleolus konnte nicht wahrgenommen werden.

Es geht aus dieser Beobachtung hervor, dass die erste Veränderung am befruchteten Ei eine Zusammenziehung des Dotters ist, wodurch derselbe sich von beiden Polen zurückzieht, während zugleich seine Oberfläche sich mit dem Keimhautblastem überzieht. Aus dem Umstand, dass Letzteres an den Polen bereits eine bedeutende Mächtigkeit erlangt hat, während es an den Seiten eine noch ganz dünne Schicht darstellt, lässt sich schliessen, dass seine Bildung an den Polen beginnt und von da sich über den ganzen Dotter hin ausbreitet.

Die vier kugeligen Zellen, welche ausserhalb des Keimhautblastems liegen, nenne ich Polzellen; sie zeichnen sich dadurch aus, dass sie vollkommen unabhängig von den Zellen der eigentlichen Keimhaut entstehen, und erst im spätern Verlauf der Entwickelung mit jenen in eine Masse zusammentreten. Sie sind identisch mit den »globules polaires«, welche *Robin*[1]) vor Kurzem beschrieben hat und deren Entstehung derselbe auf Rechnung einer neuen Art der Zellenbildung durch Knospung (par gemmation) setzt, nach welcher er auch die Zellen der Keimhaut sich bilden lässt.

Mir war die merkwürdige und in ihrer Bedeutung vorläufig unerklärliche Erscheinung der Polzellen, welche der Bildung der übrigen

1) Mém. sur la production des cellules du blastoderme sans segmentation du vitellus chez quelques articulés. Compt. rend. Tom. 54. S. 150.

Keimhautzellen gewissermaassen nur als gutes Beispiel vorangehen, schon längere Zeit vor der Veröffentlichung der *Robin*'schen Arbeit bekannt. Die Unmöglichkeit, über die Genese dieser Zellen ins Klare zu kommen, veranlasste mich, die Veröffentlichung meiner Beobachtungen zurückzuhalten. Bei Chironomus habe ich ihre Genese auch jetzt noch nicht beobachtet, wohl aber bei Musca, wo der Process der Zellenbildung (sowohl der Pol- als der Keimhautzellen) in vieler Beziehung vollständiger zu beobachten ist, als bei dem kleinen Ei der Tipuliden. Ich verspare desshalb ein näheres Eingehen auf die Entwickelungsgeschichte von Musca und bemerke hier nur im Allgemeinen, dass ich mit der Ansicht *Robin*'s, nach welcher die Zellen der Keimhaut durch Knospung entstehen sollen, nicht übereinstimmen kann. Ich glaube, dass der Modus ihrer Genese innerhalb des Begriffes von der freien Zellenbildung fällt, wie ihn die ältere histologische Schule aufgestellt hat.

Ueber die Bildung der Keimhaut giebt *Kölliker* in seiner Arbeit: »De prima insectorum genesi« einfach an, nach der Befruchtung ziehe sich der Dotter an seinen Axen von der Eihaut zurück, bedecke sich hier mit einfacher Zellenlage, welche sich sodann von hier über den ganzen Dotter hin ausbreite. Später sollen sich die Zellen zu doppelter und dreifacher Lage vermehren. *Robin* lässt erst eine Reihe von Zellen durch Knospung entstehen, zwischen dieser und dem Dotter sodann auf die nämliche Weise eine zweite und endlich eine dritte Reihe von Keimhautzellen. Abgesehen von der Entstehungsweise der Zellen beruhen die Angaben beider Forscher von einer Schichtung der Keimhaut auf einem Irrthum; die Keimhaut besteht nur aus einer einzigen Zellenlage; allerdings aber kommt der Anschein von mehrfachen Zellenlagen oft sehr täuschend zu Stande.

Meinen sehr häufig wiederholten Beobachtungen zufolge bildet sich die Keimhaut bei Chironomus auf folgende Weise. Nachdem die Polzellen entstanden sind, verdickt sich das Keimhautblastem am ganzen Umfang des Dotters gleichmässig, bis es eine auch gegen den Dotter hin scharf abgegrenzte Schicht darstellt; so lange diese Zunahme des Blastems anhält, so lange dauert die Zusammenziehung des Dotters, der schliesslich an beiden Polen bedeutend von den Eihäuten absteht. Es erscheinen sodann in dem Keimhautblastem in gleichen Abständen voneinander und an allen Stellen zu gleicher Zeit helle, runde Flecken, welche sich schon nach wenigen Augenblicken als scharfcontourirte, kuglige Bläschen von 0,0068 Mm. Durchmesser erkennen lassen. Durch ihren wasserhellen und etwas röthlich schimmernden Inhalt unterscheiden sie sich scharf von der mattbläulichen Masse des Blastems. Nur wenige Augenblicke sind der Beobachtung gestattet, denn sofort nach Entstehung dieser Kerne macht sich eine eigenthümliche, unregelmässige Lichtbrechung in ihrer Umgebung bemerklich, und bald erhebt sich die früher der Eihaut glatt anliegende Blastemschicht zu einer Menge kleiner Kugelabschnitte, deren jeder einen Kern zum Centrum hat. Diese kugeligen Erhebungen werden höher, und indem sich auch in der Tiefe das Blastem um die Kerne zusammenzieht, entstehen kugelige Zellen, die aber nur an der Oberfläche vollkommene Kugelgestalt besitzen, in der Tiefe von vornherein etwas abgeplattet sind. Während ihrer Bildung hört die Zusammenziehung des Dotters auf und die Eihüllen werden wieder vollständig ausgefüllt bis auf unbedeutende Lücken zwischen den Polzellen. Die Oberfläche des Eiinhaltes ist höckrig, wie die einer Maulbeere (Taf. I. Fig. 2), und die Lichtbrechung des Zelleninhaltes so stark, dass es auf den ersten Blick sehr schwer ist, die Kerne zu erkennen, und auch eine zuverlässige Messung derselben nicht wohl möglich ist. Wahrscheinlich tritt, gleich nachdem die ersten Zellen gebildet wurden, eine Zweitheilung derselben ein, der vielleicht eine nochmalige Theilung nachfolgt. Bei Musca verhält es sich so, und bei Chironomus lässt sich wenigstens so viel mit Sicherheit sagen, dass die primären Zellen bedeutend grösser sind, als diejenigen, welche die fertige Keimhaut zusammensetzen. Auf eine Vermehrung der Zellen lässt sich auch schon daraus schliessen, dass die anfangs höckerige Oberfläche der Keimhaut später glatt wird, die Zellen sich gegenseitig abplatten und dann eine einfache Lage von kleinen prismatischen Zellen den Dotter überzieht, welche von der Fläche gesehen sechseckig aussehen und etwa 0,005 Mm. im Durchmesser haben, im Profil aber einem sehr kurzen Cylinderepithel ähneln und eine Länge von 0,008 Mm. besitzen. Eine scharfe Grenzlinie trennt sie von dem Dotter, bald aber zieht sich dieser von ihnen zurück und zwischen beiden erscheint eine neue Lage Blastem, dieselbe bläuliche, homogene Substanz, welche die erste Bildung von Zellen einleitete. Ich nenne sie das innere Keimhautblastem. Sie wächst rasch, erreicht an den Seiten bald eine Dicke von 0,0068 Mm. und ist an den Polen noch etwas mächtiger, wie dies auch bei der ersten Blastemschicht der Fall war; sie grenzt sich mit scharfer Linie einerseits von den Zellen, andererseits vom Dotter ab, so dass die Keimhaut jetzt aus zwei vollständig getrennten Lagen besteht, deren äussere aus Zellen zusammengesetzt, die innere gänzlich homogen ist. Die naheliegende Vermuthung, es möchte sich hier auf die nämliche Weise, wie die erste Zellenreihe entstand, eine zweite bilden, wird durch die Beobachtung nicht bestätigt, es werden keine neuen Zellen gebildet, sondern die bereits vorhandenen wachsen auf Kosten des inneren Keimhautblastems, sie nehmen dasselbe in sich auf und vergrössern sich dadurch. Diese so eigenthümliche, man möchte fast sagen umständliche Art des Zellenwachsthums lässt sich durch die Beobachtung vollkommen sicherstellen; ich habe wiederholt an ein und demselben Ei den Vorgang mit dem Mikrometer verfolgt, und stets gefunden, dass die innere Blastemlage sich zusehends verschmälerte, während die Zellen um ein Entsprechendes an Länge zunahmen, bis schliesslich von ersterer nichts mehr übrig war, und an Stelle von zwei Schichten nur noch eine einzige übrigblieb, zusammengesetzt aus den fast ums Doppelte verlängerten Keimhautzellen (Taf. I. Fig. 3 u. 4). Diese Zellen liegen vollkommen regelmässig nebeneinander, primatisch sich abplattend, von oben betrachtet sechseckig, von der Seite als Oblonga von 0,012 Mm. Länge erscheinend. Der ovale Kern findet sich stets an dem äusseren Ende der Zelle, sämmtliche Kerne einer Zellenreihe liegen daher nebeneinander, und da sie zugleich durch Färbung und verschiedenen Lichtreflex von dem bläulichen, stark lichtbrechenden Zelleninhalt abstechen, dieser letztere aber in dem dem Dotter zugekehrten Theil der Zelle angehäuft ist, so kann es leicht den Anschein gewinnen, als wären zwei Zellenschichten vorhanden. Dies ist Täuschung, die Keimhaut besteht aus einer einzigen Lage von Zellen, und nur am spitzen Pol befinden sich von Anfang an zwei Zellenschichten übereinander, die Zellen der Keimhaut und die Polzellen. Während der Bildung der Ersteren haben sich letztere durch Theilung vermehrt und zugleich verkleinert; aus vier Polzellen sind acht geworden, welche auf einem Haufen beisammen auf der Oberfläche der Keimhaut liegen, jetzt aber schon nicht mehr leicht von den Keimhautzellen zu unterscheiden sind, um bald darauf nach fortgesetzter Theilung mit ihnen eine einzige Masse zu bilden. Die Fortpflanzung der Zellen durch Theilung lässt sich an den Polzellen der Dipteren auf's Schönste direct beobachten. Fig. 1 *B* zeigt die Stufenfolge von Veränderungen, welche ein und dieselbe Polzelle bis zu ihrer vollendeten Zweitheilung zu durchlaufen hatte, und macht eine genaue Beschreibung des ohnehin so bekannten, und nur zu allgemein angenommenen Modus der Zellenvermehrung überflüssig.

Sobald die innere Blastemschicht von den Zellen der Keimhaut völlig absorbirt worden ist, hat die Bildung der Keimhaut ihr Ende erreicht, und es beginnt eine Reihe von Vorgängen, deren Endziel eine vollständige Umgestaltung der Keimhaut ist: die Bildung des Keimstreifens. Sechs bis neun Stunden nach Beginn der Entwickelung fängt die Keimhaut an ihren einfachen Charakter zu verlieren. Ihre Zellen vermehren sich, und zwar wahrscheinlich durch Theilung, wie aus ihrer abnehmenden Grösse zu schliessen ist, und daraus, dass die vorher langen, schmalen Kerne sich wieder dem kugeligen nähern. Die Schnelligkeit der Zellenvermehrung ist so gross, und die Lichtbrechung durch die mehrfach sich deckenden Zellenlagen so störend, dass directe Beobachtung darüber nicht Aufschluss geben kann. In kurzer Zeit ist der Dotter an allen Punkten von mehrfacher Zellenlage bedeckt, indessen geschieht diese Verdickung der Keimhaut nicht gleichmässig, sondern die stärkste Zunahme zeigt sich am spitzen Pol, an der Stelle, an welcher die Polzellen von Anfang an eine mehrfache Zellenlage veranlassten, und zwar an dem der geraden Eiseite zugekehrten Theil: es bildet sich am spitzen Pol eine dorsale Verdickung der Keimhaut: die Anlage des Schwanzendes des Embryo: der Schwanzwulst (Taf. I. Fig. 5 *schw.*).

Hand in Hand mit der Verdickung der Keimhaut geht eine Zusammenziehung derselben, wie daraus geschlossen werden muss, dass sie sich von der Eihaut zurückzieht und am spitzen Pol sich ein freier Polraum wieder herstellt. Auf der Oberfläche des Schwanzwulstes bildet sich eine mediane Längsfurche, welche sich im Profil als eine dem äusseren Contour nahezu parallellaufende Linie (Taf. I. Fig. 5 *a*), en face als herzförmiger Einschnitt (Taf. I. Fig. 6 *a*) zeigt, eine Bildung, welche sehr bald wieder verschwindet und ohne directe Folgen ist, wenn sie auch als der früheste Ausdruck des bilateralen Typus betrachtet werden muss, nach welchem der Embryo aufgebaut werden soll.

Durch die Umwandlung der Keimhaut erleidet auch der Dotter eine erhebliche Gestaltveränderung. Während derselbe früher die Form der Eihüllen genau wiederholte, zeigt er jetzt in der Bauch- oder Rückenansicht eine birn- oder flaschenförmige Gestalt, er verjüngt sich nach beiden Polen zu, indem er durch die Verdickung der Keimhaut von den Seiten her zusammengedrückt wird. Im weiteren Verlaufe der Entwickelung nimmt der Schwanzwulst an Masse zu und ragt tief in den Dotter hinein (Taf. I. Fig. 7 u. 8 *schw*), von dem er häufig mit zwei seitlichen dünnen Partieen umfasst und oberflächlich bedeckt wird (*d*); zugleich wächst er stetig gegen das vordere Eiende hin, während der unmittelbar vor ihm liegende Theil der Keimhaut (*b*) an Dicke abnimmt. Auch die mediane Furche auf seiner Oberfläche zieht sich weiter nach vorn und vertieft sich dabei ziemlich bedeutend. Ehe noch der Schwanzwulst das hintere Drittel der Eilänge überschritten hat, erhebt sich auf seinem vorderen Ende eine breite, nach rückwärts gerichtete Falte: die Schwanzfalte (*schf*), welche, wie deutlich zu beobachten ist, durch Bildung einer Duplicatur entsteht, gebildet durch den vordersten, bereits verdünnten Uebergangstheil des Schwanzwulstes. In dem Maasse als dieser nach dem vorderen Eipol hin vorrückt, wächst die Schwanzfalte nach dem hinteren (Taf. I. Fig. 7 u. 8), und lagert sich als ein oberflächliches Blatt über die Keimhaut hin. Gewöhnlich verdünnt sie sich dabei schon etwas, so dass ihr Rand, der anfangs wulstig vorsprang (Taf. I. Fig. 7 *schf*), später nur wenig sich von dem Schwanzwulst absetzt, dennoch aber als feine, scharfe Querlinie leicht zu erkennen ist, die sich um die Hälfte des Eiumfanges herumzieht. Zuweilen behält aber auch die Schwanzfalte längere Zeit ihre ursprüngliche Dicke bei und überragt noch nach der sogleich zu besprechenden Umdrehung des Eiinhaltes die Oberfläche des Keimstreifens als stark erhabener Wulst (Taf. I. Fig. 10 *schf*). Die Falte wächst in der Mitte langsamer als an den Seiten, so dass sie in der Ansicht en face eine etwas gebogene, mit der Concavität nach hinten sehende Querlinie darstellt. Ihre Hauptbedeutung wird aus ihren späteren Schicksalen klar werden, indessen ist es mir sehr wahrscheinlich, dass sie auch für die zunächst folgenden Vorgänge nicht bedeutungslos ist, sondern einen ganz bestimmten Einfluss auf sie ausübt. Der Keimstreif bildet sich aus der Keimhaut dadurch, dass gerade am vorderen Rande des Schwanzwulstes, also an der Stelle, an welcher sich die Schwanzfalte erhebt, die Keimhaut entzweireisst. Dieser Vorgang hat offenbar seine rein mechanischen Ursachen; eine Membran kann nur dadurch zerreissen, dass von zwei Seiten her ein Zug in entgegengesetzter Richtung auf sie einwirkt. Aus der oben nachgewiesenen Thatsache einer allgemeinen Zusammenziehung der Keimhaut kann nun mit Sicherheit gefolgert werden, dass diese Zusammenziehung nach denjenigen Punkten hin stattfinden werde, wo die grössten Zellenmassen angehäuft sind, also nach Kopf- und Schwanzwulst. Der Locus minoris resistentiae ist offenbar der zwischen Beiden in der Mitte liegende, nicht verdickte Theil, und auf diesen wird somit schon durch das Uebergewicht der vor und hinter ihm angehäuften Zellenmassen ein solcher doppelter Zug stattfinden müssen. Ein Blick auf die Zeichnungen wird es begreiflich machen, dass durch das nach hinten Wachsen der Schwanzfalte dieser Zug noch verstärkt werden muss. Thatsache ist, dass zwischen Kopf und Schwanzwulst sich die Keimhaut fort und fort verdünnt, wie ein Stück Kautschuk, was an beiden Enden auseinandergezogen wird, so dass, wenn der Schwanzwulst etwa die Mitte der Eilänge erreicht hat und der Rand der Schwanzfalte dem hinteren Eipol ziemlich nahe steht, die Verdünnung dermaassen zugenommen hat, dass die Keimhaut nur noch als ganz schmaler, den Dotter umziehender Saum an dieser Stelle zu erkennen ist (Taf. I. Fig. 8 *b*). Kurz darauf erfolgt das Reissen, ein Vorgang, der wegen der vorhergehenden äussersten Verdünnung der Keimhaut direct nicht beobachtet werden kann. Noch ehe aber die Spalte in der Keimhaut ihre definitive Länge erreicht hat, sind die scharfen Linien der Rissränder sehr wohl zu erkennen, so dass es keinem Zweifel unterliegt, dass hier eine wirkliche Continuitätstrennung stattfindet. Es hat etwas Widerstrebendes, das Reissen eines organischen Theils wie der Keimhaut mit unter die Mittel aufgenommen zu sehen, deren sich die Natur zur Erreichung ihrer morphologischen Ziele bedient, und hierin liegt es offenbar, dass die von so bewährten Beobachtern wie *Kölliker* und *Zaddach* in Uebereinstimmung gemachten Angaben von einem Reissen der Keimhaut bei den Insecten allgemein mit einigem Misstrauen betrachtet wurden. Könnten nach vorstehenden Angaben noch Zweifel aufkommen, dass ein wirkliches Reissen stattfindet, so würden sie beseitigt werden durch die Mittheilung eines Vorganges, den die früheren Beobachter unerwähnt lassen, der aber, bei Chironomus wenigstens, constant die Bildung des Keimstreifens begleitet. Im Moment nämlich, wo die Verdünnung der Keimhaut den höchsten Grad erreicht hat, beginnt der ganze Eiinhalt sich langsam um seine Längsaxe zu drehen. Während dieser Umdrehung bildet sich der Riss in der Keimhaut und mit ihrer Beendigung ist der Keimstreif fertig gebildet. Offenbar besteht eine causale Verbindung zwischen der Umdrehung und dem Reissen der Keimhaut, und es liegt nahe, sich die Axendrehung aus einer durch den plötzlichen Riss eingetretenen Gleichgewichtsstörung zwischen den verschiedenen Portionen der Embryonalanlage hervorgegangen zu denken. Die Umdrehung erfolgt bald nach rechts, bald nach links, ohne dass die zufällige Lagerung des Eies auf die Drehungsrichtung einen bemerkbaren Einfluss ausübte, sie geschieht langsam, vollendet sich innerhalb etwa einer Viertelstunde und ist deshalb nicht unmittelbar, wohl aber durch die Lageveränderung der embryonalen Theile gegen die feststehenden Eiränder wahrzunehmen. Der Schwanzwulst lag vor der Umdrehung an der geraden Eiseite, nach derselben liegt er an der convexen (Taf. I. Fig. 8, 9 u. 10), und es findet also genau eine halbe Umdrehung statt. Während derselben dauert die Zusammenziehung der Keimhaut, welche die Bildung des Keimstreifens einleitete noch fort, und bewirkt ein starkes Klaffen der Rissstelle der Keimhaut. Die Gestalt des Risses ist nahezu hufeisenförmig, sein hinterer Rand bildet einen mit der Convexität nach vorn gerichteten Bogen (Taf. I. Fig. 9 u. 10 *dsp*), entsprechend der Gestalt des Schwanzwulstes, auch verlängern sich schon während der Umdrehung die Schenkel der Spalte nach hinten, und da zugleich der Schwanzwulst nach vornen wächst, so tritt immer mehr die Gliederung der Spalte in zwei seitliche längslaufende, und einen queren, dorsalen Verbindungstheil hervor, während der Keimstreif durch sie in drei Theile getheilt wird, einen dorsalen Schenkel (Taf. I. Fig. 10 *dks*), einen ventralen Schenkel (*vks*) und den vorderen, auf den Rücken mützenartig übergreifenden Theil des Letzteren: die Kopfkappe (*kk*). Der auf die beschriebene Weise gebildete Keimstreif stellt die Anlage des Kopfes und der ventralen Hälfte des Leibes vor, und zwar wird zur Bildung des Kopfes die Kopfkappe und etwa die Hälfte des ventralen Schenkels verwandt, alles Uebrige gehört dem Bauch an, während vom Rücken noch gar nichts vorhanden ist und auch die Anlage der Hinterleibsspitze erst später gebildet wird durch fortgesetzte Verlängerung des Schwanzwulstes.

Zaddach beschreibt in seiner Entwickelungsgeschichte der Phryganeen (es war dies das erste Mal, dass ein derartiges Verhalten für die Embryologie der Insecten geltend gemacht wurde) wie gleich nach der Bildung des Keimstreifens die Zellenmasse sich in zwei Schichten trenne, eine tiefe und eine oberflächliche Schicht; erstere nennt er Muskelblatt, letztere Hautblatt, beide sollen einen selbständigen Entwickelungsgang verfolgen und nach Analogie der Keimblätter der Wirbelthiere der Herstellung bestimmter Organgruppen dienen.

Zaddach lässt die Bildung seines Hautblattes der Bildung des Keimstreifens auf dem Fusse nachfolgen: er sah »eine feine Linie nahe am äussersten Rand des Keimstreifens und parallel mit demselben am Kopfende entstehen und sich ziemlich schnell nach hinten fortsetzen. Eine sorgfältige Drehung des Eies nach allen Seiten ergab, dass eine solche mit dem Rande parallele Linie sich in allen Stellungen des Keimstreifens zeigte«[1]). Ich habe mich lange bemüht, eine derartige spontane Spaltung des Keimstreifens in Blätter auch für die Dipteren nachzuweisen, aber ohne Erfolg, so dass ich mich zu der Annahme gedrängt sah, das Auftreten eines oberflächlichen Blattes als eine Eigenthümlichkeit der Phryganeen anzusehen, so seltsam auch die Beschränkung eines so wichtigen Vorganges auf eine einzelne Ordnung der Insecten scheinen musste. Erst auf grossen Umwegen gelangte ich zu einem Resultat, welches eine so unwahrscheinliche Annahme umstossend zugleich ein neues Licht auf das *Zaddach*'sche Hautblatt wirft und eine Parallelisirung desselben mit den Keimblättern der Wirbelthiere unstatthaft macht. Bei Chironomus wird ein oberflächliches Blatt dadurch gebildet, dass an beiden Enden des Keimstreifens sich eine Querfalte erhebt, welche beide gegeneinander wachsen und den Keimstreif blattartig überziehend schliesslich zusammenstossen und miteinander verschmelzen. Wie die spätere Entwickelung zeigt, entspricht diese oberflächliche Zellenlage, welche ich nach ihrer Entstehung als Faltenblatt bezeichne, im Wesentlichen dem *Zaddach*'schen Hautblatt der ersten Entwickelungsperiode vollkommen, so dass ich nicht zweifle, dass die beiden Gebilde als Aequivalente betrachtet werden müssen, wenn selbst ihre Genese eine verschiedene sein sollte; ich wäre sogar geneigt anzunehmen, dass dem so genauen Beobachter der Process der Faltenbildung, der vielleicht bei Phryganea wenig in's Auge fallend ist und durch die kuglige Form des Eies ohnehin schwieriger zu beobachten sein wird, entgangen sei, gäbe Derselbe nicht ausdrücklich an, die Spaltung in »Haut- und Muskelblatt« direct mit dem Auge verfolgt zu haben.

Die Bildung der Schwanzfalte wurde bereits beschrieben, und damit der eine zur Bildung des Faltenblattes nöthige Factor bezeichnet. Ganz ebenso, wie sich damals am hinteren Ende des Keimstreifens eine Falte erhob, so bildet sich unmittelbar nach dem Zerreissen der Keimhaut und der Umdrehung des Eiinhaltes eine zweite Falte am vorderen Ende des Keimstreifens: der hintere Rand der Kopfkappe erhebt sich am Rücken zu einer dicken, wulstigen Querfalte (Taf. I. Fig. 11 *kf*), deren vorderer Rand von Anfang an quer läuft, sehr bald aber in die Längsrichtung übergeht, welche er erreicht, noch ehe die Falte auf dem Scheitel des Eies angekommen ist. Die Falte überwächst die Kopfkappe als ein dicker Wulst, so dass es fast den Anschein hat, als theile sich dieselbe in zwei ungleiche Hälften, deren dorsale, anfänglich kleinere allmählich die ventrale absorbirt. Es ist indessen nicht schwer, in der Tiefe den Contour der Kopfkappe zu erkennen, über welche sich die Falte als dicke Lage hinwälzt. Der mediane Theil der Falte eilt den seitlichen bedeutend voraus, und der hintere Rand der Kopfkappe folgt in der-

1) a. a. O. S. 6.

selben Weise nach, so dass er aus einem einfachen Kreisabschnitt sich in die Schenkel eines sphärischen Winkels umwandelt, dessen Spitze allmählich bis an den Pol des Eies hinaufrückt. Der Keimstreif reicht daher nach dem Hinüberwachsen der Kopffalte in der Medianlinie nur bis an den vorderen Pol, während die seitlichen Theile der Kopfkappe in zwei Platten umgewandelt sind, welche flügelförmig von den Seiten her den Dotter bedecken, und deren halbkreisförmiger Rand dem Rücken zugewandt ist; sie sind keine definitive Bildung, man kann sie einfach die Seitenplatten nennen (Taf. II. Fig. 15 *sp*). Sie vergrössern sich bald, und nähern sich der Mittellinie des Rückens, so dass hier zwischen ihren Rändern nur eine ziemlich schmale Spalte bleibt, welche von freiem Dotter ausgefüllt wird und deren Länge ebenfalls nur gering ist, da sie von hinten her durch den Schwanzwulst eingeengt wird. Letzterer reicht jetzt bis ins vordere Sechstel der Eilänge, liegt zum Theil zwischen den Seitenplatten und beginnt sich in den Dotter hineinzukrümmen (Taf. II. Fig. 15). Es geht hieraus schon hervor, dass der in der Mittellinie des Rückens liegende freie Dotterstreif mit den seitlichen, in der Spalte zwischen ventralem und dorsalem Schenkel des Keimstreifes liegenden freien Dotterstreifen nur noch wenig in Verbindung stehen kann. Ein dünner, ganz oberflächlich gelegener, schmaler Streif von bräunlicher Dotterflüssigkeit (Taf. II. Fig. 15 *a*) mit gewöhnlich nur wenigen und kleinen Dottertropfen zieht sich vom Rücken über den Schwanzwulst nach den Seitenspalten hin: der Ueberrest der früheren breiten Querspalte zwischen Schwanzwulst und Kopfkappe (Taf. II. Fig. 17 *a*). Der hintere Rand der Kopfkappe wird, wie bereits bemerkt wurde, durch die Kopffalte bis auf den Scheitel des Eies vorwärtsgezogen, um dort vorläufig stehen zu bleiben, während die Falte selbst sich vollständig auf den ventralen Schenkel des Keimstreifens hinüberzieht und sich dabei so bedeutend verdünnt, dass sie nur mit Mühe noch an ihrem scharfen, auf der Oberfläche des Keimstreifens hinlaufenden Rand zu erkennen ist, welcher als feine Linie, in sanft geschwungenem Bogen nach hinten läuft. Hinter der Mitte der Eilänge nähert dieser Faltenrand sich wieder der Medianlinie und geht über in die Ränder der Schwanzfalte (Taf. II. Fig. 15 *r'*), welche unterdessen über die Umbiegungsstelle des Keimstreifens am spitzen Pol ebenfalls auf den ventralen Schenkel herüber gewachsen ist. Auch sie hat sich inzwischen bedeutend verdünnt und liegt als ein feines Blatt dem Keimstreifen auf. Indem nun die Ränder beider Falten zusammenstossen entsteht ein zusammenhängendes Blatt, welches schliesslich den ganzen Keimstreifen überzieht. Anfänglich bleibt noch ein eiförmiger Raum auf dem ventralen Schenkel frei, auf dessen Gestalt schon aus der Richtung der Grenzlinie des Faltenblattes in der Profilansicht geschlossen werden kann, den ich aber auch mehrmals trotz des darunter liegenden dunkeln Dotters in der Bauchansicht direct erkennen konnte (Taf. II. Fig. 17 *fr*). Auch der ganze

Process des Gegeneinanderwachsens der beiden Falten lässt sich in dieser Lage des Eies sehr hübsch beobachten. Nicht immer trifft es sich so, dass Schwanz- und Kopffalte zu gleicher Zeit vom Rücken auf die Bauchseite herüberwachsen; öfters habe ich erstere der letzteren voran eilen sehen. Die Ränder der Kopffalte verlängerten sich dann an den Seiten des Keimstreifens hinab und kamen so denen der im Wachsthum zurückgebliebenen Schwanzfalte entgegen, um mit ihnen zu verschmelzen, sobald auch sie begannen, auf die Bauchseite hinüberzureichen. Nach eingetretener Verschmelzung und Bildung eines förmlichen Blattes schreitet das weitere Wachsthum desselben nur langsam voran, der ovale von ihm noch nicht bedeckte Raum verengt sich nur allmählich, bis endlich nach Verlauf mehrerer Stunden der ganze Keimstreif von dem Faltenblatt überzogen ist. Dabei nimmt die Verdünnung desselben noch zu, zuletzt derart, dass ohne Kenntniss der früheren Stadien seine Anwesenheit schwerlich bemerkt werden könnte. Es liegt dem Keimstreif dicht auf, hängt aber, wie aus seiner Genese hervorgeht, nur an dessen Rändern mit ihm zusammen. An der Kopfkappe und an der Umschlagstelle des Keimstreifens am spitzen Pol steht es häufig von der Oberfläche des Keimstreifens etwas ab, so dass eine helle Spalte zwischen beiden Theilen sichtbar wird (Taf. II. Fig. 15 und 16 *fb*), am übrigen Umfang der Embryonalanlage deutet ein feiner doppelter Contour die Auflagerung des Faltenblattes an.

Gleichzeitig mit dem Hinüberwachsen der Kopffalte beginnt der Keimstreif sich in zwei symmetrische Hälften zu theilen, welche für den Aufbau des Embryo von der grössten Wichtigkeit sind. Sie bezeichnen zuerst mit Bestimmtheit den bilateralen Bau desselben und bilden die Axen der beiden Körperhälften, von ihnen gehen zunächst alle weiteren Umwandlungen aus und wir werden später sehen, wie in ihnen auch die Grundlage des centralen Nervensystems gegeben ist. Ich bezeichne sie mit *Zaddach* als die Keimwülste. Sie entstehen durch eine vollständige Spaltung des Keimstreifens in seiner ganzen Dicke, welche allmählich vor sich geht, und auf der inneren Fläche desselben beginnt. Hier bildet sich in der Mittellinie eine Längsfurche, daran erkennbar, dass sich der Dotter in sie hineinzieht und einen kamm- oder leistenartigen Vorsprung bildet: die mediane Dotterfirste. In der Bauch- und Rückenansicht tritt diese als spitzer Vorsprung am hintern Eiende und an der Stelle hervor, wo der Schwanzwulst sich in den Dotter hineinkrümmt (Taf. II. Fig. 16 *mdf*, *mdf'*). An der Kopfkappe ist sie nicht sichtbar, die Bildung der Keimwülste erfolgt hier später und auf etwas complicirtere Weise, indem sie auf's engste mit der Entstehung der übrigen Urtheile zusammenhängt, aus welchen der Kopf sich bildet. Ehe hier Veränderungen eintreten, vollenden sich die Keimwülste an den beiden Schenkeln des Keimstreifens, indem auch auf ihrer äusseren Fläche eine Furche entsteht, die Spaltung des Keimstreifens in seiner ganzen Dicke andeutend. Sie zeigt sich zuerst in dem vom Faltenblatt noch nicht überzogegen, eiförmigen Raum auf dem ventralen Schenkel, wo sie in einer nicht ganz genauen Profilansicht einen doppelten Contour des Keimstreifens veranlasst. Mit ihrer Vertiefung treten die beiden Contouren weiter auseinander, sind meist fein eingebuchtet, zeichnen sich scharf gegeneinander ab und lassen sich von dem oben erwähnten, durch Auflagerung des Faltenblattes hervorgebrachten Doppelcontour leicht dadurch unterscheiden, dass der eine von ihnen stets höher liegt als der andere, und dass beide durch eine Drehung des Eies auseinanderweichen oder zusammenrücken. Bei scharfer Einstellung ist es nicht schwer zu erkennen, wie an dem Rande des Faltenblattes die Contouren der beiden Keimwülste zusammenstossen (Taf. II. Fig. 18 *a*, *a'*) und als einfache Linie unter denselben hinlaufen (*fb*). Die Stelle, an welcher die Keimwülste sich zuerst vollständig ausbilden, wird noch zur Bildung des Kopfes verwandt, wie kurze Zeit später die Entstehung dreier Kopfsegmente anzeigt. Auch ihre Bildung beginnt wieder an der inneren, dem Dotter zugewandten Fläche, an welcher sich vier Einziehungen der Keimwülste bilden, in die der Dotter mit vier Spitzen hineintritt (Taf. II. Fig. 18 *mdf*). Die so entstandenen drei segmentartigen, durch halbmondförmige Ausschnitte des Dotters bezeichneten Abschnitte der Keimwülste markiren sich auf der Aussenfläche derselben nur schwach und nicht immer so deutlich, als es in Fig. 18 *Kw*, *Kw'* dargestellt ist, wo sie sich auch am Rande des Faltenblattes durch regelmässige Einbuchtung bemerklich machen. Bei andern Insecten (Phryganea) scheinen sich diese Kopfsegmente weit schärfer auszuprägen und länger zu persistiren; bei Chironomus bleiben sie nur kurze Zeit hindurch deutlich und die sie trennenden Querfurchen sind regelmässig früher verschwunden, als die Kopfanhänge von ihnen hervorgesprosst sind.

Es folgt nun eine mehrere Stunden dauernde Periode, während welcher bei oberflächlicher Betrachtung ein vollkommener Stillstand in der Entwickelung stattzufinden scheint, da die Gesammtform des Embryo sich nur unmerklich verändert. Dennoch fallen gerade in diese Zeit sehr wichtige Vorgänge, die Trennung des Keimstreifens in die Keimwülste vollendet sich, und der vordere Theil der Embryonalanlage beginnt sich n die Urtheile des Kopfes zu differenziren, ein Vorgang, bei welchem das Faltenblatt eine sehr wichtige Rolle spielt.

Zuerst erfolgt die vollständige Ausbildung der Keimwülste nach hinten; die Längsfurche auf der Aussenfläche des Keimstreifens setzt sich von den Kopfsegmenten aus bis zum Ende des Schwanzwulstes fort. Das Faltenblatt nimmt an diesem Vorgang keinen Antheil, spannt sich vielmehr ohne seine Form zu verändern bogenförmig über die Rinne zwischen den Keimwülsten hin und ist an den Umschlagstellen der Keimwülste (am spitzen Pol und vor dem Schwanzwulst) trotz seiner geringen Dicke jetzt sehr leicht zu erkennen (Taf. II. Fig. 20 *A* und *B fb*).

Dasselbe hat während der Bildung der drei Kopfsegmente die Bauchfläche der Keimwülste vollends überwachsen, und zeigt deshalb nirgends mehr freie Ränder; bald aber treten solche von Neuem auf, indem es sich in der Medianlinie der Länge nach spaltet, und in zwei Hälften getrennt auf die Seitentheile der Keimwülste zurückzieht. Diese Spaltung nimmt ihren Anfang auf dem Scheitel des Eies, an der Ursprungsstelle der Kopffalte, und setzt sich von da über den ganzen Keimstreif bis zum Schwanzwulst hin fort; sie scheint hervorgerufen zu werden durch eine Verlängerung des medianen Theils der Kopfkappe nach hinten, wodurch zuerst eine Spannung und dann ein Reissen des Faltenblattes bewirkt wird. Wir erinnern uns, dass die neuentstandene Kopffalte diesen medianen Theil bis auf den Scheitel nach vorn gezogen hatte, so dass die Kopfkappe dadurch in einen mittleren und zwei Seitentheile zerfiel, die Seitenplatten. Jetzt verlängert sich ersterer wieder nach rückwärts, und da die Spaltung des Faltenblattes diesen Vorgang begleitet, so gehen die Ränder der aus der Spaltung hervorgehenden Hälften desselben, während sie sich an den Flächen der Seitenplatten herabziehen, aus der ursprünglichen Längsrichtung in eine mehr quere über. Dieses Stadium ist in Fig. 19 dargestellt; der Rand des Faltenblattes zieht von der Ursprungsstelle der Kopffalte schräg über die Seitenplatten gegen den ventralen Schenkel des Keimstreifens hin, biegt dann nach hinten um, und erreicht erst am hinteren Rand der Kopfsegmente, oder vielmehr der inzwischen von ihnen entsprossenen Anhänge die Mittellinie. In diesem Fall bedeckt das Faltenblatt noch wie früher die Keimwülste am hintern Pol, nicht selten aber schreitet die Spaltung rascher voran und dann findet sich an letzterer Stelle keine Spur des Faltenblattes mehr. Das Zurückweichen der beiden Hälften auf die Seitentheile der Keimwülste ist sehr schwer zu beobachten, zuweilen gelingt es aber eine feine Linie auf den Seitenflächen der Keimwülste zu erkennen, welche dem Rand derselben parallel läuft, bald aber undeutlich wird und verschwindet. Offenbar verschmelzen die Hälften des Blattes vollständig mit den Keimwülsten. Nur am Kopf und am Schwanzende verhält es sich anders, auf dem Schwanzwulst erleidet es überhaupt keine Spaltung, wie später ausführlicher zu besprechen sein wird, am Kopf aber verschmelzen seine Hälften nicht mit den darunterliegenden Theilen, behalten ihre scharfen Ränder bei, und wandeln sich zu plattenartigen, selbständigen Theilen um, von denen später die Antennen entspringen und welche bestimmt sind, den Kopf von den Seiten und theilweise vom Rücken her zu schliessen. Ich bezeichne sie nach *Zaddach*'s Vorgang als Scheitelplatten, sie entsprechen vollkommen den Vorderkopflappen (procephalic lobes) *Huxley*'s[1]) und *Claparède*'s[2]). Während sie sich durch fortgesetztes Her-

1) On the Agamic Reproduction and Morphology of Aphis, by *Thomas Huxley*, Transactions of the Linnean Society, Vol. XXII, Part. 3, 1858, S. 222.

2) a. a. O. S. 37.

abziehen des gespaltenen Faltenblattes auf den Seitenplatten der Kopfkappe bilden, entstehen auf den Kopfsegmenten die Anhänge des Kopfes. Dieselben liegen der Fläche der Keimwülste dicht auf als drei Paar platte Querwülste, deren Basis gegen die Mittellinie gerichtet ist und hier ohne Grenzlinie in die Keimwülste übergeht, deren freier, abgerundeter Rand nach aussen schaut. Nach letzterer Richtung hin wachsen die Anhänge und zwar ziemlich rasch, indem sie den Rand des Faltenblattes, der sie nach aussen begrenzt, weiter zurückschieben. Sie entstehen fast gleichzeitig, das vordere Paar um ganz Weniges früher als die hinteren; Letztere entsprechen den beiden Maxillenpaaren, Ersteres den Mandibeln. Wie bereits bemerkt werden sie gegen den Rücken hin vom Rande des Faltenblattes begrenzt, welches mit scharfer Kante an ihnen vorbeizieht (Taf. II. Fig. 19 *r*), und nach vorn gegen die Medianlinie einbiegend den vorderen Rand der Scheitelplatten bildet. Der Theil der Letzteren, welcher unmittelbar vor dem Mandibularanhang liegt, hebt sich allmählich von dem dem Rücken näher liegenden Haupttheil der Scheitelplatten durch eine seichte Einschnürung seiner Basis ab und wird zu einem Fortsatz: d e m A n t e n n e n f o r t s a t z. In der Frage nach dem Ursprung der Kopfanhänge stimmen daher die Resultate meiner Beobachtungen vollkommen mit den *Zaddach*'schen überein; die Mandibeln und die beiden Maxillenpaare entspringen direct von den Keimwülsten, während die Antennen Fortsätze der Scheitelplatten sind und demnach ihre Entstehung dem Faltenblatt (*Zaddach*'schen Hautblatt) verdanken. Auch *Huxley*[1]) lässt bei Aphis die Antennen von den »procephalic lobes« oder von dem Vereinigungspunkt derselben mit dem übrigen Theil des Blastoderms entspringen. Seiner Abbildung nach (Taf. XXXVIII. Fig. 2) bleibt mir kein Zweifel, dass sie ganz ebenso, wie bei Chironomus und Phryganea entstehen, und als Fortsätze der Scheitelplatten zu betrachten sind, so dass demnach für Hemipteren, Neuropteren und Dipteren ein und dieselbe Bildungsweise der Antennen nachgewiesen wäre, und sehr wahrscheinlich auch auf die übrigen Ordnungen der Insecten auszudehnen sein wird. Schon die Abbildungen, welche *Kölliker* von Donacia crassipes giebt, machen dies für die Käfer wahrscheinlich, da hier die Antennen ganz dieselbe Stelle am Kopf einnehmen, wie in der Abbildung desselben Autors von Chironomus, wenn auch in beiden Fällen die Scheitelplatten als besondere Theile nicht angedeutet sind. *Kölliker* hat überhaupt die erste Anlage der Kopfanhänge übersehen, was bei Anwendung so geringer Vergrösserungen, wie er sie brauchte, nicht zu verwundern ist; er bemerkte sie erst, nachdem sie bereits an die Seiten des Mundeinganges vorgerückt waren (a. a. O. Fig. 4 und 5), und lässt irrthümlich die Antennen und Mandibeln gleichzeitig mit den Körpersegmenten entstehen, während er die Bildung der vorderen Maxillen in noch spätere Zeit verlegt.

1) a. a. O. S. 223.

Nachdem die Kopfanhänge angelegt sind, erfolgt sodann die vollständige Differenzirung der Kopfkappe, welche durch das Vorrücken des medianen Theiles derselben nach hinten, die Spaltung des Faltenblattes und Umwandlung desselben zu den Scheitelplatten eingeleitet wurde. Die Zellenmasse der Kopfkappe hat sich jetzt erheblich vermehrt und die freie, mit Dotter gefüllte Spalte auf dem Rücken derselben ist bis auf eine kleine dreieckige Oeffnung geschlossen (Taf. III. Fig. 23). Die ganze Masse der Kopfkappe beginnt sich in drei Hauptgruppen zu sondern, von denen zwei einfache Verlängerungen der Keimwülste sind, die ich der Kürze halber in Gemeinschaft mit dem Theil der Keimwülste, von dem die Anhänge entspringen, als Kopfwülste bezeichne, während der dritte, das vorderste Ende des Keimstreifens unpaar ist und in der Mittellinie liegt. Er wurde früher als Oberlippe bezeichnet, da indessen aus ihm auch der Clypeus entsteht, so hat *Zaddach* ihm den unbestimmteren Namen Vorderkopf gegeben, welchen ich beibehalte, zugleich aber bemerke, dass ich seine Beziehung zu den übrigen Urtheilen des Kopfes, vor Allem zu den Kopfwülsten in anderer Weise auffasse wie *Zaddach*. Bei Chironomus bedingen sich Kopfwülste und Vorderkopf in ihrer Entstehung gegenseitig, ihre Bildung beginnt mit einer Einbuchtung der Kopfkappe an ihrer ventralen Fläche, mit der Mundeinbuchtung, von welcher aus sich eine anfänglich seichte Furche quer über die Seitenfläche der Kopfkappe nach dem Rücken hinzieht. Sie läuft dem vordern Rand der Scheitelplatten parallel, liegt aber etwas vor demselben. Während sie sich bildet, verlängert sich die mediane Furche zwischen den Keimwülsten, welche vorher nur bis zum vordersten Kopfanhang nach vorn reichte, bis zu der Mundeinziehung. Die queren Furchen erscheinen somit als die Fortsetzung der medianen Längsfurche, welche an der Mundeinziehung sich gablig theilt. Da durch sie der vordere Rand der Kopfwülste bezeichnet wird, so ergiebt sich also, dass die Kopfwülste nur bis zum hintern Rand der Mundspalte dicht aneinander liegen, sodann aber auseinandertreten und bogenförmig in querer Richtung gegen den Rücken hinziehen (Taf. III. Fig. 27). Es ist klar, dass dadurch der vorderste Theil der Kopfkappe als unpaarer, medianer Theil zwischen ihnen stehen bleibt. Dies ist der Vorderkopf (*vk*), der durch allmähliche Vertiefung der an seinen Seiten hinlaufenden Querfurchen sich immer deutlicher als selbstständiger Theil abschnürt; *Zaddach* betrachtet den Vorderkopf als das Ende der Keimwülste, welche nach seiner Ansicht dicht aneinander liegend sich einbuchten, die Mundeinziehung bilden, um wieder empor zu steigen und als Vorderkopf dieselbe von vorn her zu begrenzen. Alles, was dem Kopf seitlich anliegt, rechnet *Zaddach* den Scheitelplatten zu, und ist deshalb genöthigt, eine nachträgliche, sehr bedeutende Verdickung derselben anzunehmen. Dass es sich bei Chironomus nicht so verhalten kann, geht schon daraus hervor, dass der Rand der Scheitelplatten mit dem Rand des querlaufenden Theiles der Kopfwülste nicht zusammenfällt, sondern erheblich hinter ihm zurückliegt. Die Mundspalte bildet sich nicht durch Faltung der Keimwülste, sondern dadurch, dass dieselben auseinanderweichen und eine Spalte zwischen sich und dem Vorderkopf lassen, welche mit der vorschreitenden Abgrenzung der sie bildenden Theile tiefer in den Kopf eindringt. Während der Umwandlung der Kopfkappe in die Urtheile des Kopfes vermehrt sich die Zellenmasse fortwährend auf Kosten des am Rücken gelegenen Dotters. Derselbe schmilzt von den Seiten her zusammen, und stellt bald nur noch eine dünne, in der Medianebene liegende Platte dar, während die neugebildete Zellenmasse eine weitere Fortsetzung der Kopfwülste vermittelt.

Man unterscheidet sodann ihrer Lage und Richtung nach drei Theile an den Kopfwülsten: einen ventralen (Taf. III. Fig. 25 *vkw*), von welchem die Anhänge entspringen, einen dorsalen (*dpw*), das zuletzt sich bildende Endstück, und einen mittleren (*mkw*), welcher bogenförmig verlaufend die beiden ersteren miteinander verbindet. Im Ganzen verlaufen die Kopfwülste schneckenförmig; zugleich entfernen sie sich in ihrem mittleren, nähern sich einander in ihrem dorsalen Theil, ohne indessen jetzt schon in der Mittellinie des Rückens wieder zusammenzustossen. Dies geschieht erst in späterer Zeit, wenn der zwischen ihnen liegende Dotter vollends in Zellen verwandelt ist. Dieser etwas complicirte Verlauf der Keimwülste im Kopf ist für das Verständniss der Bildung der vorderen Nervencentren, der Schlundganglien, wie später gezeigt werden soll, von grösster Wichtigkeit; die Gestalt dieser Ganglien, ihre Lage im Verhältniss zueinander und zum Oesophagus klärt sich dadurch sehr einfach auf, ein Umstand, der allein schon der hier vorgetragenen Ansicht vom Verlauf der Kopfwülste eine bedeutende Stütze sein würde, wäre dieselbe auch von Seiten der Beobachtung weniger sicher begründet, als sie es ist. Indessen lässt sich die Differenzirung der Urtheile des Kopfes, wie ich sie beschrieben habe, Schritt für Schritt verfolgen. Fig. 26 (Taf. III.) stellt ein Ei vor, an welchem die Spaltung des Faltenblattes bereits erfolgt ist, und die Umschlagstelle der Keimwülste (bei x) überschritten hat. Die mediane Furche auf dem Keimstreif erstreckt sich nur soweit nach vorn, als die Kopfanhänge (*md*, mx^1, mx^2) reichen, die Bildung des mittleren und dorsalen Theils der Kopfwülste ist also noch nicht erfolgt, und somit erscheint auch noch keine Andeutung der den Vorderkopf bildenden seitlichen Einschnürungen. Sehr schön erkennt man die Ränder der beiden auseinander gewichenen Hälften des Faltenblattes (*schp*), welches an den Seiten der tiefen Zellenmasse aufliegt, und, indem es sich beim Zurückziehen auch zugleich zusammengezogen und verdickt hat, zu der optischen Erscheinung des doppelten Contours Veranlassung giebt (*r*). Fig. 27 zeigt dasselbe Ei eine Stunde später; die Scheitelplatten haben sich weiter auseinanderbegeben, und der Vorderkopf (*vk*) beginnt sich abzuschnüren, indem die Kopfwülste (*kw*) sich nach vorn fortsetzen und um ihn herumbiegen. Noch ist aber die Furche ganz seicht, welche Vorderkopf und Mittelstück der Kopfwülste von einander trennen; erst indem sie sich vertieft tritt der Vorderkopf mehr hervor, nimmt seine eigenthümliche, im Profil keulenförmige (Taf II. Fig. 22 u. Taf. III. Fig. 29 *vk*), en face breit herzförmige (Taf. II. Fig. 21 *vk*) Gestalt an, und die muldenförmige Ausbuchtung (*m*), unter welcher die Kopfwülste auseinandertraten, wird zum spitzen, scharfgeschnittenen Winkel: der hinteren Begrenzung der Mundspalte. Letztere stellt in der Ventralansicht eine kleine, dreieckige, trichterförmige Vertiefung vor, in der Profilansicht (Taf. III. Fig. 29 *m*) aber einen Winkel, dessen Spitze nach hinten gerichtet ist und dessen Schenkel schwach gebogen verlaufen, der hintere gebildet von der inneren Fläche der Keimwülste, der vordere von der in die Tiefe ragenden ventralen Fläche des Vorderkopfes. Es sei hier gleich erwähnt, dass später das Lumen des Oesophagus sich einfach dadurch bildet, dass die Spalte zwischen Vorderkopf und Kopfwülsten, und weiter hinten zwischen dorsalen und ventralen Schenkeln der Kopfwülste sich durch den ganzen Kopf hindurch verlängert. Wenn auch in der Tiefe eine scharfe Grenze zwischen Vorderkopf und Kopfwülsten nicht besteht, so lässt sich doch die oben angedeutete Trennung der Zellmasse des Kopfes in drei Theile recht wohl erkennen: die zwei Kopfwülste, welche halbkreisförmig gebogen verlaufen, so dass Anfang und Ende dicht übereinander zu liegen kommen, und der Vorderkopf, der keilförmig bis zu unbestimmter Tiefe zwischen sie eingetrieben ist. Auf diese Weise sind endlich sämmtliche Urtheile gegeben, aus denen sich der Kopf des Embryo zusammensetzt: die Kopfwülste mit drei Paar Kopfanhängen, die Scheitelplatten mit dem Antennenfortsatz und der Vorderkopf. Das Ende des ersten Entwickelungsabschnittes ist damit erreicht.

Es bleibt noch übrig die Veränderungen zu schildern, welche sich inzwischen am Schwanzwulst zugetragen haben. Während der Differenzirung der Urtheile des Kopfes fährt derselbe fort zu wachsen und krümmt sich dabei immer tiefer in den Dotter hinein (Taf. II. Fig. 15 u. 19). Das Faltenblatt ist sehr leicht auf ihm zu erkennen, da es an dieser Stelle, anstatt sich zu verdünnen, an Dicke zunimmt und als ein ansehnlicher Wulst der Oberfläche der Keimwülste aufliegt. In der Profilansicht hat es fast den Anschein, als schlüge sich der Schwanzwulst selbst, nur um etwa die Hälfte verdünnt, wieder nach aussen um (*schf*), bei scharfem Zusehen aber gewahrt man deutlich, dass das scheinbar umgeschlagene Stück, an der Eihaut angekommen, nicht endet, sondern, plötzlich sich verdünnend als Faltenblatt die Keimwülste überzieht (Taf. II. Fig. 15 u. 19). Vom Rücken betrachtet spannt sich das Faltenblatt als ein Bogen von bedeutender Dicke über den Schwanzwulst hin, und es bleibt nur eine schmale halbmondförmige Spalte zwischen den Flächen beider Theile (Taf. II. Fig. 16). Sobald der Keimstreif sich in die Keimwülste getheilt hat, vergrössert sich diese Spalte und nimmt eine dreieckige Gestalt an (Taf. II. Fig. 23 *a*), zugleich aber bemerkt man eine Verdünnung des

Faltenblattes. Diese ist nur scheinbar und wird dadurch hervorgebracht, dass der Schwanzwulst sich inzwischen stärker in den Dotter hineingekrümmt hat und eine dünnere Stelle des Faltenblattes an die Umbiegungsstelle gerückt ist. Sehr bald liegt das ganz verdünnte Faltenblatt an dieser Stelle, und wenn dann die Spaltung desselben sich bis hierher fortgesetzt hat, schwindet auch dieses und die Oberfläche der Keimwülste wird unmittelbar vom Dotter begrenzt. Nur der verdickte Theil des Faltenblattes, welcher dem Schwanzwulst aufliegt, bleibt ungespalten, und auf diesem Umstande beruht die Bildung der Afteröffnung. Ich anticipire, dass das in den Dotter gekrümmte Ende der Keimwülste sich noch mehr verlängert und so stark herumkrümmt, dass die sich zugekehrten Flächen dicht aufeinander zu liegen kommen (Taf. II. Fig. 22 *schw*, *schw'*). Aus dem umgeschlagenen Theil (*schw'*) wird die dorsale Hälfte des zwölften Leibessegmentes, der einzige Theil des Rückens, der schon in den Keimwülsten selbst seine Anlage findet. Wenn nun das Faltenblatt sich bis zu seinem verdickten Anfangstheil spaltet, muss die oben erwähnte dreieckige Rinne (Taf. II. Fig. 23 *r*) zwischen dem ungespaltenen Theil des Faltenblattes und dem umgeschlagenen Theil der Keimwülste (Rücken des zwölften Segmentes) nach aussen geöffnet werden. Leider ist die Lage dieser Theile der Beobachtung ungünstig, da sie gänzlich im Dotter vergraben sind; es lässt sich somit keine continuirliche Beobachtungsreihe von der Spaltung des Faltenblattes bis zur endlichen Afterbildung geben, Thatsache aber ist es, dass nach dem später zu beschreibenden Herabrücken des Schwanzendes nach dem spitzen Eipol die Afteröffnung sich an der Stelle befindet, an welcher früher der dicke Theil des Faltenblattes endete, und dass das Lumen des Hinterdarms in derselben Richtung liegt, in welcher die Rinne zwischen Faltenblatt und Keimwülsten verlief.

Am Ende der ersten Periode sind somit alle Haupttheile des Embryo in der Anlage vorhanden: die Urtheile des Kopfes mit ihren Anhängen, die ganze Bauchseite des Leibes als Grundlage der Körpersegmente, mit ihrer, den bilateralen Bau aussprechenden Theilung in die Keimwülste, der Schwanzwulst als Anlage des Hinterleibsendes. Zugleich sind die Oeffnungen gebildet (Mund und After), durch welche das später zu bildende Nahrungsrohr mit der Aussenwelt communicirt, sogar schon das Lumen von Vorder- und Hinterdarm als Rinnen wenigstens theilweise in der Anlage vorhanden. Die Aufgabe der nächsten Periode ist es nicht mehr neue Theile zu bilden, sondern die vorhandenen zu gliedern, zu bestimmten Gruppen zu ordnen, und der Embryonalanlage diejenige Lagerung zu geben, welche die Schliessung der Leibeshöhle durch Umwachsen des Dotters ermöglicht.

B. Zweite Entwickelungsperiode.

Die Zusammenziehung der Keimwülste.

Alle Veränderungen, welche innerhalb der zweiten Periode an dem Embryo sichtbar werden, beziehen sich mehr oder minder auf einen eigenthümlichen Process, welchem die Keimwülste unterworfen sind. Es tritt eine Zusammenziehung der Keimwülste in der Längsrichtung ein, welche zwar langsam und allmählich, aber stetig und sehr ausgiebig in ihrer ganzen Länge erfolgt, und welche damit endet, dass der Schwanzwulst an den spitzen Pol hinabrückt, während der dorsale Theil des Kopfes (die dorsalen Schenkel der Keimwülste mit den ihnen aufliegenden Scheitelplatten) sich weiter nach hinten wendet.

Als erste Folge dieser Zusammenziehung betrachte ich einen Vorgang, der sich der Beobachtung sehr leicht entzieht, wenn auch seine Folgen auffallend genug sind. Es ist dies eine nochmalige halbe Umdrehhung des Embryo. Wir sahen die erste Umdrehung bei Gelegenheit des Reissens der Keimhaut und der Bildung des Keimstreifens vor sich gehen, und betrachteten sie als eine Folge des durch den plötzlichen Riss veränderten Gleichgewichtes des Eiinhaltes. Die zweite Umdrehung erfolgt ganz ebenso constant wie die erste, wie einfach aus dem Umstand hervorgeht, dass einige Zeit nach Beginn der Zusammenziehung der Keimwülste bei allen Eiern die convexe Eiseite zur Bauch-, die gerade zur Rückenseite geworden ist, während es sich vorher umgekehrt verhielt. Der Process der Umdrehung selbst ist schwer zu beobachten, da er sehr langsam vor sich geht, lässt sich aber mit einiger Geduld durch Beobachtung der Embryonaltheile in ihrer Lage zu den Eirändern sehr wohl verfolgen. In der Regel dauert er vier bis fünf Stunden und die Drehungsrichtung geht von Rechts nach Links, in e i n e m Fall aber stellte sich die viel längere Umdrehungszeit von fast vierundzwanzig Stunden heraus, was ich indessen um so weniger als normal betrachten kann, als das betreffende Ei sich nicht regelrecht weiterentwickelte. Die Figuren 26—29 (Taf. III.) sind dieser Beobachtungsreihe entnommen, die an ein und demselben in seiner Lage durch die Gallerte des Eierstranges fixirten Ei angestellt wurde. In diesem Fall begann die Umdrehung etwas früher, als gewöhnlich, wo sie erst dann eintritt, wenn die Differenzirung der Urtheile des Kopfes bereits beendet ist, und zuweilen noch später, wie aus Fig. 22 (Taf. II.) ersichtlich, wo trotz weit vorgeschrittener Ausbildung dieser Urtheile die Bauchseite des Embryo noch der geraden Eiseite anliegt. So viel steht fest, dass die Umdrehung immer in den Beginn der Zusammenziehung der Keimwülste fällt, sei es nun, dass sie zugleich mit dieser beginnt, sei es, dass sie erst etwas später eintritt. Da sie zugleich bei Weitem langsamer und unmerklicher vor sich geht, als die erste Umdrehung, so liegt es nahe, sie mit der ebenfalls allmählich erfolgenden Zusammenziehung der Keimwülste in Causalnexus zu bringen. Offenbar wird durch die Zusammenziehung die grösste Masse des Embryo an der Bauchseite zusammengedrängt und als einfache mechanische Folge hiervon wird es zu betrachten sein, wenn diese sich an diejenige Eiseite begiebt, welche am meisten Platz darbietet, d. h. an die convexe.

Schon während der Drehung des Embryo beginnt eine weitere Wirkung der Zusammenziehung der Keimwülste einzutreten: die Vereinigung der Urtheile des Kopfes zu einer Gruppe, dem Kopf. Die Ventralschenkel der Kopfwülste und mit ihnen ihre drei paarigen Anhänge rücken allmählich nach vorn, während sich die dorsalen Schenkel mehr nach hinten überbeugen. Sehr bald bildet sich eine seichte Querfurche dicht hinter dem zweiten Maxillenpaar, welche die Grenze zwischen Kopf und Leib bezeichnet, und zu gleicher Zeit schnüren sich die Scheitelplatten nach hinten ab, indem die schmale Brücke, welche das den Keimwülsten seitlich aufliegende und bereits mit ihnen verschmolzene Faltenblatt mit den Scheitelplatten verband, entzwei reisst (vergl. Fig. 21 und 29); letztere stehen fortan mit dem Körpertheil der Keimwülste in keiner Verbindung mehr und stellen jetzt nach allen Seiten scharf begrenzte, fast viereckige Platten dar. Da dieselben dem dorsalen und mittleren Theil der Kopfwülste unmittelbar aufliegen, so müssen sie jede Lageveränderung derselben mitmachen, und da die Zusammenziehung der Keimwülste nicht von beiden Enden gegen die Mitte, sondern von hinten nach vorn erfolgt, so würden sie weiter nach vorn rücken müssen, wenn nicht, vermöge des schneckenförmig gewundenen Verlaufes der Kopfwülste deren vorderes Ende nach hinten gerichtet wäre und durch die Zusammenziehung also in dieser Richtung weitergeschoben würde. Die Scheitelplatten machen deshalb eine radförmige Bewegung, indem sie sich um eine Axe drehen, welche man sich durch ihre beiden Mittelpunkte quer durch den Kopf gelegt denken muss. Sie vergrössern sich zugleich gegen den Rücken hin und schliessen bald die schmale, mit freiliegendem Dotter gefüllte Spalte, welche in der Medianlinie bisher noch zwischen ihnen geblieben war. Die Drehung der Scheitelplatten und damit das Vorwärtsrücken der Kopfwülste selbst lässt sich sehr leicht durch die Lageveränderung des Antennenfortsatzes controliren, welcher gleich einem am Rande einer Scheibe befestigten Zeiger vorrückt, anfänglich noch hinter der Mundspalte steht, und schliesslich auf den Rücken an die Seite des Vorderkopfes zu liegen kommt (Taf. II. u. III. Fig. 21, 29—31 *at*). Es geht daraus hervor, dass die Scheitelplatten eine Drehung von etwa 45 Grad machen. Dies geschieht, ohne dass sie selbst oder ihr Anhang, der Antennenfortsatz, Gestalt und Grösse wesentlich veränderten.

Anders verhält es sich mit den Anhängen der Keimwülste. Wir sahen sie als nach aussen wachsende, quer den Keimwülsten aufgelagerte

Plättchen entstehen (Taf. II. Fig. 20 *md*, mx^1, mx^2), sie besassen keinen der Mittellinie zugewandten Rand, sondern gingen ohne Grenze in die Keimwülste über. Sobald nun die Spaltung des Faltenblattes erfolgt ist und die Spaltränder sich seitlich zurückgezogen haben, beginnen die Anhänge gegen die Mittellinie hin zu wachsen und ihre vorher quere Lagerung in eine schräg nach innen und vorn gerichtete umzuwandeln (Taf. II. Fig. 24). Die Mandibeln erreichen zuerst die Mittellinie (Taf. III. Fig. 26 *md*), wo sie mit scharfem Rand aneinanderstossen, noch aber den Kopfwülsten dicht anliegen. Die beiden Maxillenpaare bekommen erst später einen freien Innenrand, wenigstens kann im Anfang der zweiten Periode ein solcher noch nicht unterschieden werden. Um diese Zeit lässt sich das Verhältniss der Kopfwülste zu Vorderkopf und Scheitelplatten, sowie ihre Lagerung im Kopf, wie sie oben beschrieben wurde, sehr schön erkennen. In der Halbprofilansicht (Taf. III. Fig. 28) treten die beiden ventralen Schenkel der Kopfwülste als zwei parallel nebeneinander herlaufende scharfe Contourlinien hervor (*vkw* und *vkw'*), ganz wie es auch am Körpertheil der Keimwülste der Fall ist. Seitlich liegen ihnen die drei Anhänge auf, deren vorderstes Paar die Mittellinie erreicht hat, unmittelbar vor diesen die Antennen (*at*, *at'*), unter welchen auf der dem Beobachter zugewandten Hälfte der Contour des Kopfwulstes in sanfter Biegung gegen den Rücken zu läuft (*mkw*). Zwischen der von den Antennen bedeckten Partie der Kopfwülste, an dem Punkt, wo dieselben auseinanderweichen, liegt die Mundspalte in der Tiefe, von der Seite her gedeckt durch das Mittelstück der Kopfwülste (*mkw*), welches an der Seitenfläche des Vorderkopfes nach dem Rücken sich wendet, um dort ziemlich scharf in den dorsalen Schenkel (*dkw*) umzubiegen, und am hintern Ende des Kopfes mit einer Verdickung zu enden. Die Scheitelplatten bedecken den dorsalen und mittleren Theil der Kopfwülste fast vollständig, jedoch steht ihr vorderer Rand noch um Einiges vom Rand des letzteren (*mkw*) ab, was bei fortgesetzter Drehung der Platten sehr bald sich ändert, indem dann der Antennenfortsatz selbst an diese Stelle zu liegen kommt und den vordern Rand der Kopfwülste bei Weitem überragt. Der Verlauf des ersteren ist in diesem Stadium deutlicher als später, weil jetzt zwischen den beiden dorsalen Schenkeln (*dkw*) noch eine dünne Platte von Dotter liegt, während eine dickere Dotterlage die Grenzen zwischen ventralen und dorsalen Schenkeln markirt.

Das Vorrücken der Anhänge wird aus ihrer Lage zur Mundspalte ersichtlich. In Fig. 21 und 22 ist diese seitlich von den Antennen bedeckt, einige Zeit später rücken die Mandibeln an ihre Stelle (Taf. III. Fig. 30 *md*), heben sich zugleich von den Kopfwülsten ab und stellen frei aufgerichtete, vorn abgerundete Plättchen dar. Es leuchtet ein, dass mit dem Vorrücken der Anhänge auf der Kreisbogenbahn der Kopfwülste zugleich eine Veränderung in ihrer Lage zur Körperaxe eintreten muss, und in der That gehen dieselben aus der ursprünglich queren Lagerung immer mehr in die Längsrichtung über; indessen ist die Zusammenziehung der Keimwülste doch nicht die einzige Ursache, welche diese Richtungsänderung veranlasst, sondern es kommt, sobald einmal der Kopf gebildet ist, auch noch ein eigenes, selbstständiges Wachsthum hinzu. Besonders auffallend tritt dies an den beiden Maxillenpaaren hervor. Aus dem hintern von ihnen (mx^2) soll die Unterlippe dadurch gebildet werden, dass es in der Medianlinie miteinander verschmilzt. Anfangs sind diese Anhänge als die kleinsten von allen noch erheblich weit von der Mittellinie entfernt (Taf. III. Fig. 30 mx^2), nach Bildung des Kopfes aber wachsen sie rasch gegeneinander und zugleich nach vorn, und indem sie das Maxillenpaar zwischen sich, den Mandibeln und dem ventralen Rand der Scheitelplatten einzwängen (Taf. III. Fig. 31 mx'), nöthigen sie demselben eine eigenthümlich gekrümmte, fast biscuitförmige Gestalt auf (Taf. IV. Fig. 41—43). Sehr bald überragen sie das Maxillenpaar nach vorn und stossen in der Mittellinie zusammen; sie bedecken dann fast vollständig den ventralen Theil der Kopfwülste, ihre Basis steht dem hintern Rand des Kopfes auf, und nach vorn erreichen sie beinahe den Lippenrand der Kopfwülste, (die Stelle, an welcher dieselben auseinanderbiegen und die Mundspalte zwischen sich lassen (Taf. III. Fig. 32 mx^2). In der Bauchansicht erkennt man, dass die Verwachsung der Maxillen von einer Umbiegung ihres Vorderrandes nach aussen begleitet wird, die ihnen eine leyerförmige Gestalt verleiht (Taf. IV. Fig. 44 mx^2). Noch täuschender wird diese Aehnlichkeit dadurch, dass sich im Innern der Anhänge eine Spalte bildet, welche jederseits von der Basis aus bogenförmig nach vorn und etwas nach innen läuft (Taf. IV. Fig. 43 *sp*), eine Andeutung der später allgemein eintretenden Differenzirung der embryonalen Zellenmasse in eine oberflächliche und tiefe Schicht. Uebrigens finden sich schon früher in den Anhängen und im Vorderkopf einzelne Zellen oder Zellengruppen, welche sich durch ihr Aussehen von der übrigen Zellenmasse unterscheiden. Im Vorderkopf bilden sie sich aus der Dotterspitze, welche anfänglich noch in denselben hineinragte und füllen die durch das Schwinden des Dotters entstandene Höhlung nur unvollkommen aus. Sie sind grösser als die übrigen Zellen, unregelmässig polygonal, und von starkem Brechungsvermögen, und erhalten sich in scharfer Begrenzung bis zur Zeit der histologischen Differenzirung der gesammten embryonalen Zellenmasse (Taf. IV. Fig. 40—42). In den Kopfanhängen und Antennen liegen deren nur eine oder zwei, heben sich aber auch hier durch ihre centrale Lage, sowie meist durch einen schmalen, sie umgebenden Spaltraum deutlich hervor (Taf. IV. Fig. 40 und folgende). Später verschwinden sie, ohne dass sich ihnen eine besondere Bedeutung zuschreiben liesse.

Während der Veränderungen, welche die Zusammenziehung der Keimwülste am Kopfe begleiten, bleibt der Vorderkopf, nachdem er einmal vollkommen von den Kopfwülsten abgeschnürt ist, in Lage und Gestalt fast ganz unverändert, die durch ihn gebildete vordere, oder besser dorsale Wand der Mundspalte behält daher ihre ursprüngliche Lage bei und verändert sich nur insofern, als sie sich tiefer in den Kopf hinein erstreckt und am Ende dieser Periode fast bis an den hintern Rand des Kopfes reicht (Taf. III. Fig. 32). Auch die hintere oder ventrale Begrenzung der Mundöffnung, der oben erwähnte Lippenrand der Kopfwülste erleidet keine wesentliche Abänderung, jedoch erscheint er jetzt durch die in Folge der Zusammenziehung stärker hervortretende Wölbung der Kopfwülste herzförmig eingeschnitten (Taf. IV. Fig. 40 — 42 *m*). Man könnte versucht sein, ihn für die Anlage der Unterlippe zu halten (wie dies von *Kölliker*[1]) auch wirklich so dargestellt worden ist), die weitere Entwickelung lehrt aber, dass er vom zweiten Maxillenpaar überwachsen und in die Tiefe gedrängt wird und so für die Bildung der äusseren Mundtheile jede Bedeutung verliert.

Es wurde oben gezeigt, wie der Kopf auf dem Rücken durch Nahtbildung der Scheitelplatten geschlossen wird. Dies gilt aber nur für den hinteren Theil, weiter vorn geschieht die Schliessung durch den Vorderkopf, der mit scharfer Spitze sich keilförmig zwischen die Scheitelplatten drängt und sich unter gabelförmiger Naht mit ihnen verbindet. Das keilförmige Stück wird später zum Schildchen (Clypeus), während aus dem vorderen Theil des Vorderkopfes sich die Oberlippe bildet. Am Ende der zweiten Entwickelungsperiode stellt der Kopf eine geschlossene Masse dar, welche etwa das vordere Drittel des Eies einnimmt, in den meisten Fällen aber das Ei nicht mehr ganz ausfüllt, sondern einen leeren Raum zwischen sich und den Eihäuten lässt. Er erscheint etwas nach rückwärts übergebeugt (Taf. II. Fig. 23), so dass sein hinterer Rand am Bauch weiter nach vornen steht als am Rücken; die drei Anhänge der Keimwülste umgeben die Mundspalte, während die Antennen (*at*) am dorsalen Rand des Vorderkopfes angelangt sind. Zwei kurze Dotterspitzen ragen in den Kopf hinein und zwischen ihnen im Bogen nach hinten ziehend zeigt sich die Verlängerung der Mundspalte: das Lumen des kurz darauf als selbstständiger Theil auftretenden Oesophagus (in Fig. 33 schon ausgebildet).

Während der Umwandlung des Kopfes treten am Körpertheil des EmbryoVorgänge ein, welche sich kurz in zwei Hauptmomente zusammenfassen lassen: Bildung der Ursegmente und Herabrücken des Schwanzwulstes an den hinteren Pol. Die Segmentbildung beginnt mit der bereits erwähnten Abschnürung des Kopfes durch eine quere Furche. Unmittelbar nach diesem Vorgang und zuweilen gleichzeitig mit ihm erfolgt die Bildung der Ursegmente des Leibes (Taf. III. Fig. 29); rasch von vorn nach hinten vorschreitend zeigen sich in regelmässigen Abständen voneinander elf seichte Querfurchen, welche die Keimwülste in zwölf Segmente abtheilen, deren letztes den Schwanzwulst enthält und also aus zwei mit ihren inneren Flächen aufeinanderliegenden Stücken der

1) a. a. O. S. 5.

Keimwülste besteht. In reiner Profilansicht decken sich die Segmente beider Körperhälften vollständig, je mehr die Lage sich von dieser entfernt, um so weiter rücken die parallellaufenden Contouren beider auseinander. Es ist klar, dass diese segmentartigen Abschnitte der Keimwülste noch keine vollständigen Segmente sind, da sie nach dem Rücken zu noch vollkommen offen stehen; ich behalte deshalb den von *Zaddach* vorgeschlagenen, von *Leuckart* adoptirten Namen der Ursegmente (protozonites, *Claparède*) bei. Anfänglich sind dieselben von ziemlich bedeutender Länge, das sechste und siebente nimmt den hinteren Polraum ein (Taf. III. Fig. 29), durch die Zusammenziehung der Keimwülste verkürzen sie sich dann allmählich, und nacheinander treten das achte, neunte, zehnte und elfte Ursegment durch den Polraum auf die Bauchseite hinüber (Taf. III. Fig. 30—32), bis schliesslich der Schwanzwulst am spitzen Pol anlangt und denselben ausfüllt. Er allein ist vom Rücken her geschlossen und bildet somit ein vollständiges Segment. Die Entstehung desselben durch Verwachsung der gegeneinander geklappten Enden der Keimwülste wurde bereits im ersten Entwickelungsabschnitt geschildert, sie fällt indessen in den zweiten und geschieht, während das Schwanzende nach dem hintern Pol hinrückt. Auf der Rückenfläche des zwölften Segmentes (des Schwanzwulstes) liegt die Afteröffnung (*a*), eine kurze Längsspalte, deren Ränder sich bald zu kleinen Längswülsten erheben (Taf. III. Fig. 35 *w*), das Ende desselben erscheint herzförmig eingeschnitten, da die Längsfurche zwischen den Keimwülsten sich auf den Rücken fortsetzt und bis zur Afteröffnung hinläuft. Der Umstand, dass das Lumen des Hinterdarmes als directe Fortsetzung dieser Furche erscheint, macht die Richtigkeit der oben aufgestellten Theorie über die Bildung der Afteröffnung und des Lumens des Enddarmes fast unzweifelhaft.

Ebenso einfach leitet sich die Entstehung der Locomotionswerkzeuge aus der Genese des zwölften Segmentes her. Die Larve von Chironomus hat zwei Paar Afterfüsse, ein hinteres liegt an der Hinterleibspitze und ein vorderes an der Bauchseite des ersten Körpersegmentes; die Anlage des hintern Paares ist in der eben erwähnten Spaltung des zwölften Segmentes gegeben, welche sich nur zu vertiefen braucht, um die Spitze des Segmentes in zwei conische Zapfen zu trennen, deren weitere Ausbildung zu schildern dem dritten Abschnitt vorbehalten bleibt. Auch die Anlage der vorderen Afterfüsse fällt noch in die zweite Entwickelungsperiode, indem sich der vordere Rand des ersten Ursegmentes zu einer breiten, aber niedrigen Falte erhebt (Taf. III. Fig. 32 *f*).

Ich habe noch des umgestaltenden Einflusses zu gedenken, den die Zusammenziehung der Keimwülste auf die Ausbreitung des Dotters ausübt. In dem Maasse als der Schwanzwulst sich vom Kopf entfernt und sich gegen das hintere Eiende hinbegiebt, tritt der Dotter am Rücken unmittelbar unter die Eihäute (Taf. III. Fig. 30—33) und nimmt nach vollendeter Zusammenziehung der Keimwülste die ganze gerade Eiseite vom

Kopf bis zum Schwanzwulst ein. Zugleich verändert er in diesem Raum seine Beschaffenheit, die braune Dotterflüssigkeit vermehrt sich auf Kosten der meist in der Tiefe gelegenen grossen Fettkugeln. Im Schwanzwulst selbst, d. h. im zwölften Segment liegt gar kein Dotter mehr, höchstens reicht noch eine kurze Spitze zwischen die beiden noch nicht ganz vollständig verwachsenen Hälften desselben hinein (Taf. III. Fig. 31 u. 32), sonst aber zieht sich die früher bei Gelegenheit der Bildung der Keimwülste beschriebene mediane Dotterfirste an der ganzen Innenfläche der Keimwülste hin, und endet nach vorn als die der Bauchseite zunächst liegende Dotterspitze im Kopf. An Höhe hat dieser Dotterstreif bedeutend zugenommen, da die Keimwülste sich während der Bildung der Ursegmente auf Kosten der seitlichen Partieen des Dotters vergrössert haben, und den in der Mittellinie gelegenen Dotterstreif in grösserer Ausdehnung umfassen. Diese Verdickung der Ursegmente auf Kosten der seitlichen Dotterpartieen geschieht in der Weise, dass zu beiden Seiten der medianen Dotterfirste ein schmaler, ihr parallellaufender Dotterstreif unverändert liegen bleibt. Ich nenne ihn den lateralen Dotterstreifen (Taf. III. Fig. 34 *ld*) im Gegensatz zu dem unpaaren medianen; er besteht aus denselben Elementen, wie letzterer, nur fehlen grössere Fettkugeln, welche durch eine Menge kleiner Tröpfchen ersetzt sind. Diese drei Dotterstreifen, sammt ihren Ausläufern in den Kopf wandeln sich später direct in Zellen um, sei es noch während der embryonalen Periode, sei es erst im Beginn des Larvenlebens; aller übrige Dotter ist bestimmt, in den Mitteldarm einzutreten, und erst von hier aus als Ernährungsmaterial dem Embryo und später der jungen Larve zu dienen.

C. Dritte Entwickelungsperiode.

Vom Ende der Zusammenziehung der Keimwülste bis zum Ausschlüpfen des Embryo.

Wie die erste Periode sich durch die Anlage der Urtheile des Larvenkörpers charakterisirte, so war es die Aufgabe der zweiten, die noch weit auseinanderliegenden Theile zu bestimmten Gruppen zu vereinigen, die Anlage des Bauchs in regelmässige Abschnitte zu gliedern und sämmtliche Theile des Embryo in eine Lage zu bringen, welche sie befähigt, die noch bevorstehenden Umwandlungen einzugehen, und welche im Wesentlichen bis gegen das Ende der embryonalen Entwickelung beibehalten wird. Der Kopf ist gebildet und seine einzelnen Theile befinden sich in einer der definitiven sehr nahe kommenden Lage, der Mund und das Lumen des Vorderdarmes sind angelegt, und wie das Vorderende des Körpers der Kopf, so befindet sich auch das Hinterende als geschlossenes Ganze an dem Ort seiner definitiven Bestimmung; die Afteröffnung und eine Spalte als Lumen des Hinterdarmes bereiten auch hier die Bildung des Darmtractus vor, dessen mittlerer Theil noch aus einer freien, seine Form schon vollständig darstellenden Dottermasse besteht. Die Ursegmente bilden die Grundlage der homologen Abschnitte des Larvenkörpers und die Locomotionsorgane zeigen sich in ihrer Entstehung als paarige Auswüchse an dem ersten und letzten dieser Abschnitte. Die Aufgabe der dritten Periode ist es, den bereits richtig gruppirten Theilen ihre definitive Form zu geben, zugleich aber die bisher gleichförmigen Zellenmassen in eine oberflächliche und eine tiefe Schicht zu theilen, aus welchen dann einerseits die Haut und das Muskelsystem, andererseits die inneren Organe: Nervensystem und Darmtractus sich bilden. Während der Ausbildung der inneren Organe wird die bisher noch offene Leibeshöhle nach dem Rücken hin geschlossen. Die Bildungsthätigkeit dieser Periode ist zuerst eine organologische und dann eine histologische, es liessen sich demnach zwei Unterabtheilungen unterscheiden, in deren erster sich die Organe aus noch indifferenten Zellenmassen zusammensetzen, während in der zweiten diese Zellenmassen histologische Charaktere annehmen. Praktisch ist indessen diese Eintheilung nicht durchzuführen, da die verschiedenen Organe in ihrer histologischen Umwandlung nicht gleichen Schritt halten, und ausserdem bei vielen der Zeitpunkt sich gar nicht bestimmen lässt, von welchem an die embryonalen Zellen den Charakter eines bestimmten Gewebes annehmen. Den letzten Theil dieser Periode bezeichnet ein Wachsen des gesammten Embryo in die Länge, durch welches das Missverhältniss in der Grösse des Kopfes und Leibes einigermaassen ausgeglichen wird, die inneren Organe, vor Allen der Darmcanal, die zu ihrer bald beginnenden Thätigkeit nöthigen Proportionen annehmen, und ausserdem dem Embryo die zur Sprengung der Eihüllen erforderliche Kraft verliehen wird.

Ich beginne mit der Metamorphose des Kopfes und seiner Anhänge. Wir sahen, wie am Ende der zweiten Periode das hintere Maxillenpaar in der Mittellinie verwachsen war, und durch Umkrümmen seiner vorderen Enden nach aussen Leyerform angenommen hatte (Taf. IV. Fig. 41 mx^2). Die zu einer Platte verwachsenen Maxillen bedeckten von hinten her den Bauchtheil der Kopfwülste, liessen aber die vorderste, unmittelbar vor der Mundspalte gelegene Partie derselben noch frei, welche in der Bauchansicht als lippenförmig eingeschnittener Doppelwulst vor ihrem vorderen Rand deutlich hervortrat (*kw*). Indem jetzt die nach aussen gekrümmten lappigen Seitentheile (*l*) sich mehr aufrichten und das Maxillenpaar nach vorn wächst, überragt es bald den Lippenrand der Kopfwülste, ohne indessen mit ihm zu verschmelzen, wie durch Senkung des Tubus leicht constatirt werden kann (Taf. IV. Fig. 42 mx^2). Zugleich rücken die Seitenlappen (*l*) der Maxillen näher zusammen, spitzen sich nach vorn zu (Taf. III. Fig. 33 und 34), verschmälern sich, und verschmelzen endlich in der Medianlinie zu einem herzförmig eingeschnittenen

Lappen (Taf. IV. Fig. 43 *l*), der als die eigentliche Unterlippe sich vom Basaltheile der Maxillen, dem Kinn der Larve scharf abgrenzt. Letzterer hat die Form eines Halbkreises und zeigt zu dieser Zeit bereits sehr deutlich eine Trennung der Zellenmasse in eine tiefe und oberflächliche Schicht, nachdem er anfänglich sich von den unter ihm gelegenen Kopfwülsten gar nicht abgegrenzt und mit ihnen eine einzige Masse gebildet hatte. Zwischen der oberflächlichen und der tiefen Schicht entsteht eine Spalte, die sich im Laufe der Entwickelung noch erweitert und sowohl im Profil, als auch in der Bauchansicht im ganzen Umfang des Basalstückes wahrgenommen wird, im letzteren Fall als zwei schmale, meniscusartige helle Räume (Taf. IV. Fig. 43), zwischen welchen die tiefe Zellenmasse als eine grosse, breite, kuglige Masse liegt. Letztere ist nichts Anderes, als das zweite Ganglion des sich bildenden Nervenstranges: das untere Schlundganglion (Taf. III. Fig. 33 sg^2). Zwischen Kinn und Unterlippe bleibt ein schmaler Streifen übrig, in welchem zwei kleine eiförmige Figuren auftreten, wahrscheinlich die Ansatzstellen zweier Muskeln im optischen Querschnitt gesehen (Taf. IV. Fig. 44 *b*). Die Unterlippe nähert sich nun immer mehr ihrer definitiven Form; der herzförmige Einschnitt des vorderen Randes verliert sich und wird zur einfachen geraden Querlinie, welche sich sehr verdünnt, später gegen die Mitte in stumpfem Winkel vorspringt (Taf. IV. Fig. 44 mx^2), und auf welcher sich am Ende der embryonalen Periode, wenn die Zellenschicht der Haut eine zarte Chitinlage auf sich abscheidet, jederseits vier kleinere spitze Zähne, und in der Mitte ein grösserer, unpaarer Zahn erheben. Allmählich nimmt dann die vorher farblose Platte eine gelbliche bis braungelbe Färbung an, und stellt so die Form dar, wie sie während der ganzen Larvenzeit bestehen bleibt (Taf. IV. Fig. 45 mx^2).

Die Unterlippe von Chironomus wird demnach unzweifelhaft durch Verwachsung der hinteren Maxillen gebildet, und ebenso verhält es sich, wie weiter unten gezeigt werden soll, bei Musca. Nachdem früher ganz allgemein die Unterlippe als das Product einer Verwachsung zweier Kiefer angesehen wurde, worauf schon ihre Gestalt und die paarigen Taster vieler Insecten hinwiesen, musste man nach *Kölliker*'s Darstellung und Abbildungen von Chironomus, Simulia und Donacia[1]) glauben, dass der Lippenrand des Keimstreifens (der Keimwülste) selbst sich zur Unterlippe umbilde. *Zaddach* lässt nun für die Phryganeen keinen von beiden Modus gelten[2]). Er schreibt dem hinteren Maxillenpaar nur sehr geringen oder gar keinen Antheil an der Bildung der eigentlichen Unterlippe zu und lässt nur die Endglieder derselben sich zu den Lippentastern umwandeln. Nach seinen Beobachtungen besteht »der ganze Theil, der bei den Insecten und ihren Larven als Kinn und Unterlippe bezeichnet wird

1) De prima insectorum genesi Taf. I. Fig. IV—VIII.

2) Entwickelung des Phryganideneies. S. 30 u. 31.

und wahrscheinlich auch die sogenannte Zunge aus einer tiefen Falte der Keimwülste selbst, zu der die Segmente der Oberkiefer und der beiden Unterkieferpaare beitragen, und nur, weil diese aus zwei nebeneinanderliegenden Strängen gebildet werden, erscheint auch die Unterlippe aus zwei seitlichen Theilen zusammengesetzt. Die Gliederung in Kinn und Unterlippe entsteht erst später und steht mit der ursprünglichen Segmentbildung an diesem Organ in keinem Zusammenhang«. Mit letzterem Satz stimmt meine Darstellung überein, ersteren aber muss ich für die Dipteren wenigstens entschieden in Abrede stellen und für die Hemipteren scheint er ebensowenig gültig zu sein. *Huxley*[1]) sah die rüsselartige Unterlippe von Aphis durch Verschmelzung des zweiten Maxillenpaares zu Stande kommen und suchte vergeblich nach einem Anhalt für die Ansicht *Zaddach*'s. Ich glaube mich übrigens um so weniger berechtigt, einen Beobachtungsfehler bei *Zaddach* vorauszusetzen, als neuerdings *Claparède*[2]) die Unterlippe der Spinnen ebenfalls aus einem unpaaren medianen Theil, dem hintern Rand der »plaque épichilique« entstehen lässt und wäre eher geneigt anzunehmen, dass der Theil, den wir bisher Unterlippe nannten, nicht überall dieselbe morphologische Bedeutung hat.

Während das hintere Maxillenpaar zur Unterlippe verschmilzt, verlässt das vordere mit seiner Basis den hinteren Kopfrand und rückt an der Seite der Unterlippe nach vorn, um dieselbe schliesslich zu überragen (Taf. IV. Fig. 41 u. 44 *mx'*). Es verliert dabei seine frühere Biscuitform; seine Ränder, soweit sie nicht frei in die Höhe ragen, verwachsen mit den anliegenden Theilen, dem Kinn und den Scheitelplatten, sein vorderer Rand verbreitert sich und theilt sich durch eine Längsspalte in zwei ungleiche Hälften. Die innere und kleinere legt sich als oblonges Plättchen an die innere Seite des Kinnes, um an der Begrenzung des trichterförmigen Mundeinganges Theil zu nehmen (Taf. VI. Fig. 44 *in*), die äussere verbreitert sich, nimmt eine kegelförmige Gestalt an und bildet aus ihrer Spitze eine kreisrunde Abstutzung, innerhalb deren eine Anzahl kurzer, starrer Borsten sich erheben (Taf. IV. Fig. 44 *ext*). Während also die innere, den Maxillen entsprechende Hälfte verkümmert, entwickelt sich die äussere zu einem kegelförmigen Taster, welcher zu Seiten und etwas vor der Unterlippe steht, so dass seine Basis sich noch etwas an der inneren Fläche derselben hinerstreckt (Taf. IV. Fig. 45 *mx'*).

Die Umwandlung der Mandibularanhänge zu ihrer definitiven Form ist einfacher; sie spitzen sich zu und krümmen sich schnabelförmig nach innen gegeneinander (Taf. IV. Fig. 43 und 44 *md*). Einige Zeit vor dem Ausschlüpfen der Larve chitinisiren sie und erhalten dabei an ihrem Innenrande drei spitze Zähne (Taf IV. Fig. 45 *md*).

1) On the Agamic Reproduction and Morphology of Aphis. p. 224.

2) a. a. O. S. 54.

Der Antennenfortsatz, welcher seine Lage am Rücken des Vorderkopfes beibehalten, verschmälert sich an seinem vorderen Theil und wächst in eine kurze, borstenförmige Antenne aus, deren Gliederzahl während der Embryonalzeit selbst bei starker Vergrösserung schwer zu erkennen ist (Taf. III. Fig. 36 *at*). Die Antenne der Larve hat fünf Glieder, deren erstes so lang ist, als die folgenden zusammengenommen, deren zweites am Grund eine Borste trägt, welche fast bis an die Spitze der Antenne reicht.

Eine eigenthümliche Entwickelung erfährt der Vorderkopf. Wie oben schon erwähnt, entsteht aus seinem hinteren Theil der Clypeus, welcher keilförmig zwischen den Scheitelplatten eingezwängt eine Gabelnaht auf der Rückenseite des Kopfschildes veranlasst (Taf. IV. Fig. 35 *vk*). Der vordere Theil desselben wird zur Oberlippe, behält eine sehr bedeutende Grösse bei, bekommt eine starke Musculatur und bildet ein wesentliches Glied des Kauapparates (Taf. IV. Fig. 46 u. 48 *lb*). Zwischen Beiden bildet sich eine quere Furche, welche zur scharfen Kante wird, und der hintere Theil zerfällt durch zwei von den Seiten hervorspringende flügelförmige Fortsätze der Scheitelplatten wiederum in zwei Abtheilungen, deren vordere, eine querliegende rechtwinklige Platte, das sogenannte »untere Kopfschildchen« ist (Taf. IV. Fig. 46 u. 48 *uk*), während die hintere eine rhombische Gestalt hat und dem eigentlichen Kopfschild entspricht (*cl*). Die Ränder dieses Rhomboids verdicken sich leistenförmig nach innen, vielleicht um den Muskeln als Ansatzpunkte zu dienen, und bilden so eine zierliche Figur, welche in spätrer Zeit, wenn der Kopf ganz ausgebildet ist, weniger hervortritt, als zur Zeit ihrer Entstehung. Die Oberlippe behält die dicke, wulstförmige Gestalt bei, die der vordere Theil des Vorderkopfes von Anfang an hatte, trennt sich aber in ihrer ganzen Dicke vom hinteren Theil (Clypeus) ab; im Profil sieht man bei tiefer Einstellung deutlich eine scharfe Linie schräg von der Furche zwischen Oberlippe und Clypeus nach dem Eingang in den Schlund hinziehen (Taf. IV. Fig. 48 *a*). Obere und untere Fläche der Oberlippe gehen mit sanfter Wölbung ineinander über, die untere wird schliesslich mit zwei Reihen kurzer, dicker, nach rückwärts gekrümmter Borsten besetzt (Taf. IV. Fig. 45 *lb*), hinter welchen noch ein elliptischer Ring folgt, anfänglich aus den kleinen, körnerartigen Embryonalzellen bestehend, später aber chitinisirend unter Bildung verschiedentlicher Zacken und Zähnchen. Die Oberlippe macht bei der Larve die Bewegung von oben nach unten, ihre rauhe, mit verschiedenartigen spitzen Vorsprüngen besetzte Unterseite wirkt nicht allein beim Act des Beissens mit, sondern scheint auch bei der Locomotion eine Rolle zu spielen, indem die Larve ihre Kauwerkzeuge gebraucht, um die Wirkung des vorderen Afterfusses zu unterstützen und sich damit an den zufällig im Weg liegenden Gegenständen festzuklammern. Ich habe dies oft unter dem Mikroskop beobachtet, wo während des Umherkriechens im Wassertropfen die Kiefer der Larve sich fortwährend öffneten und schlossen, während die Oberlippe als Anticheir dienend eine auf- und zuklappende Bewegung machte.

Während so auf der Oberfläche des Körpers die der Ernährung dienenden Kauwerkzeuge ihrer Vollendung entgegengehen, bildet sich in der Tiefe des Embryo der Darmtractus aus. Wir sahen am Ende des zweiten Abschnittes die Bildung des Vorder- und Hinterdarmes durch nach aussen mündende Spalten vorbereitet, und es wurde bereits besprochen in welcher Weise sich diese Spalten bilden. Beide umgeben sich nach Beendigung der Zusammenziehung der Keimwülste, bisweilen auch schon etwas früher mit einer einfachen Schicht von Zellen, welche sich von denen der übrigen Embryonaltheile durch Grösse und Form, sowie durch ihre regelmässige Anordnung sehr deutlich abzeichnen, obwohl es keinem Zweifel unterliegt, dass sie nicht neu entstanden, sondern durch Umwandlung aus jenen hervorgegangen sind, und gewissermassen einem Spaltungsprocess der sie umgebenden tiefen Zellenschicht ihren Ursprung verdanken. Der Vorder- wie der Hinterdarm erscheinen sodann als helle Spalten, eingefasst von zwei bandartigen Streifen relativ grosser, viereckiger Zellen, an welchen sich sehr wohl der röthliche, klare, kreisrunde Kern von dem homogenen, bläulich das Licht brechenden Zelleninhalt unterscheiden lässt (Taf. III. Fig. 33*vd*). Diese Zellen sind nicht wesentlich verschieden von den übrigen Embryonalzellen, und wenn *Zaddach*[1]) von einer gänzlichen Umwandlung der Zellen in »Gewebe bildende Körner« spricht und dieser Beobachtung einen grossen Werth beilegt, so kann ich zwar zugeben, dass allmählich eine so erhebliche Verkleinerung der Zellen eintritt, dass sie stark lichtbrechenden Körnern gleichen, muss aber jede weitergehende Bedeutung dieser Thatsache in Abrede stellen. Die scheinbaren Körner sind Zellen, und es hängt lediglich von ihrer absoluten Grösse ab, welche wiederum von der Grösse des Embryo abhängig zu sein scheint, ob die Erkenntniss ihrer zelligen Natur leichter oder schwieriger ist. Bei der Entwickelung von Musca vomitoria wird dies vollends klar werden.

Während so die beiden Endtheile des Darms sich durch Umhüllung einer Spalte mit bereits vorhandenen, nicht erst neugebildeten Zellen bilden, entsteht der Mitteldarm unabhängig von jenen auf ganz verschiedene Weise, wahrscheinlich durch Umhüllung des Dotters mit einem Blastem, aus welchem sich Zellen bilden. Die Dottermasse, welche bestimmt ist in den Mitteldarm einzutreten, welche gewissermassen die Form ist, über welche die Wandung des Mitteldarms gegossen wird, befindet sich an der Rückenseite des Embryo in dem freien Raum zwischen dem hinteren Rand des Kopfes und der Hinterleibspitze, und reicht in die Tiefe bis nahe an die innere Fläche der Keimwülste, von welcher sie nur durch die mediane Dotterfirste getrennt wird. Im Anfang der dritten

1) a. a. O. S. 24.

Entwickelungsperiode, kurze Zeit nach der Bildung des Vorder- und Hinterdarms umgiebt sich diese Dottermasse mit einer dünnen, hellen Schicht (Taf. III. Fig. 33 *bl*), welche sich auf ihrer ganzen Oberfläche, soweit dieselbe der Beobachtung zugänglich ist, zu gleicher Zeit auflagert. Da um diese Zeit die Schliessung des Rückens noch nicht erfolgt ist, und also in dem Umfang des zum Mitteldarm werdenden Dotters keine Zellen sich befinden, von denen aus sich ein Ueberzug über ihn hinziehen könnte, und da ausserdem an der hellen Schicht auf der Oberfläche des Dotters keine zellige Structur zu erkennen ist, dieselbe auch viel dünner ist, als eine Lage von Embryonalzellen sein würde, so muss geschlossen werden, dass die Wandung des Mitteldarms durch freie Zellenbildung entsteht. Auch *Zaddach*[1]) wurde zu dieser Ansicht geführt, obwohl er directe Beobachtung über die Bildung des Dottersackes nicht besass; sie gewinnt an Wahrscheinlichkeit durch die Wahrnehmung, dass die Wandung sich allmählich auf Kosten des eingeschlossenen Dotters verdickt (Taf. III. Fig. 37), und dann erst aus Zellen zusammengesetzt erscheint. Bei Chironomus können diese zwar nicht deutlich erkannt werden, sind aber bei grösseren Insecten (Musca) leicht nachzuweisen.

Ueber die Bildung des Dottersackes weichen die Ansichten der Autoren ziemlich weit von einander ab.

Zaddach und *Leuckart*[2]) stimmen insoweit überein, als Ersterer bei den Phryganeen, letzterer bei den Pupiparen allen Dotter in den Mitteldarm eintreten lässt, weichen aber insofern voneinander ab, als *Zaddach* die Wandung durch freie Zellenbildung entstehen sah, während *Leuckart* die Bauchwand des Dottersackes früher als die Rückenwand beobachtete und sie als eine isolirte Schicht des »Muskelblattes« betrachtet, entstanden durch eine Fortsetzung desselben Spaltungsprocesses, aus welchem er auch die Bildung des Vorder- und Hinterdarms herleitet. Auch *Kölliker*[3]) sah, sowohl bei Chironomus als bei Simulia die Bauchwand zuerst entstehen und stimmt insofern mit *Leuckart* überein, mit dessen Anschauungsweise von der Entstehung dieser Wandung nur die Angabe *Kölliker's*, dass zwischen der Wandung und der Zellenmasse des Embryo noch ein Dotterstreif trennend liegen bleibt, wenig verträglich ist. Wie oben gezeigt wurde, ist indessen diese Beobachtung *Kölliker's* vollkommen richtig: bei Chironomus wird die Bauchfläche des Dottersacks von den Keimwülsten durch die mediane Dotterfirste getrennt, welche vom Kopf bis in's zwölfte Segment sich zwischen Beiden hinzieht. Folgt hieraus auch nur, dass es sich bei Chironomus in dieser Hinsicht anders verhält als bei den Phryganeen und Pupiparen, so ist doch die hier nicht zu bezweifelnde Thatsache der Absperrung des Dottersacks von den Zellenschichten der Keimwülste ein schwer wiegender Einwand gegen die An-

1) a. a. O. S. 40.
2) Entwickelungsgeschichte der Pupiparen. S. 78.
3) a. a. O. S. 6.

sicht, als bilde sich die ventrale Wand des Mitteldarms durch Abspaltung von der tiefen Lage der Keimwülste.

Der Dottersack nimmt anfänglich die ganze Breite des Eies ein, ist oval und reicht vom hintern Rand des Kopfes bis in's zehnte Segment. In der Rückenlage (Taf. III. Fig. 35) bemerkt man oft deutlich den Uebergang seiner hellen Wandung in den Enddarm, dessen Zellenschicht dieselbe an Dicke bedeutend übertrifft. Erst später, wenn auch jene eine zellige Structur annimmt, besitzen die Wände beider Darmtheile gleiche Dicke (Taf. III. Fig. 33 u. 37).

So steht die Bildung der Endtheile des Darms zeitlich zwar nur wenig entfernt von der des Mitteldarms, ihrem Wesen nach aber ist sie gänzlich verschieden von dieser, wie dies auch bereits von *Leuckart*[1]) ausgesprochen worden ist. Vorder- und Hinterdarm bilden sich als einfache Zuleitungsröhren zu dem Mitteldarm, der schon durch sein enormes Volumen und mehr noch durch seine ganz selbstständige Bildungsgeschichte als der Haupttheil des Verdauungsapparates sich geltend macht. Später ändern sich die Grössenverhältnisse der einzelnen Darmtheile zu einander, Vorder- und Hinterdarm strecken sich in die Länge, ersterer entwickelt sich zum Schlund, der Speiseröhre und dem Vormagen, letzterer zum eigentlichen Darm und zum Rectum, während der Mitteldarm zwar nicht an Länge, aber sehr viel an Breite abnimmt und den vom Vormagen bis zur Einmündung der *Malpighi*'schen Gefässe reichenden Chylusmagen darstellt. Die Bildung der *Malpighi*'schen Gefässe lässt sich bei Chironomus nicht beobachten; dass sie nicht vom Mitteldarm ausgeht, kann schon aus der Mündungsstelle der Gefässe bei der jungen Larve geschlossen werden, und aus dem Umstand, dass bei dieser der Chylusmagen bis dicht oberhalb der *Malpighi*'schen Gefässe mit Dotter gefüllt ist, während diese selbst, ganz wie die übrigen Theile des Tractus ein vollkommen klares Lumen besitzen.

Zu gleicher Zeit mit dem Darm bildet sich die Leibeshöhle des Embryo, indem die Ursegmente den Dottersack umwachsen, sich gegen den Rücken hin verlängern, um in der Mittellinie desselben zusammenzustossen und mit einander zu verschmelzen. Diese Schliessung der Segmente schreitet von hinten nach vorn vor, so dass die hinteren Segmente früher den Rücken erreichen als die vorderen. Anfänglich ist von einer regelmässigen Gliederung am Rücken nichts zu sehen; eine wulstige, nicht sehr dicke, vielfach gefaltete Zellenschicht bedeckt den Dottersack (Taf. III. Fig. 36), später aber lassen sich die Querfurchen der Segmentränder auch hierhin verfolgen, wenn sie auch stets etwas dicht an- und übereinander gedrängt sind, die Folge ihrer Lagerung an der kürzeren (geraden) Eiseite. Dass mit der Schliessung der Leibeswand die Bildung des Rückengefässes zusammengeht, ist zwar wahrscheinlich,

1) a. a. O. S. 77.

allein der Vorgang entzieht sich gänzlich der Beobachtung. An der frisch ausgeschlüpften Larve ist das Rückengefäss in schönster Ausbildung und Thätigkeit zu beobachten.

Die Bildung selbstständiger Wände um die Spalten des Vorder- und Hinterdarmes bezeichnet den Anfang der organologischen Differenzirung der embryonalen Zellenmassen. Dieselben trennen sich in eine oberflächliche und eine tiefe Schicht, aus ersterer entstehen Haut und Muskeln, aus letzterer Darm und Nervensystem. Es ist hier der Ort auf die *Zaddach*'sche Blättertheorie zurückzukommen. Es fragt sich, ob die jetzt auftretende oberflächliche Zellenschicht identisch ist mit der oberflächlichen Zelllenlage der ersten Periode, dem Faltenblatt, ob demnach dieses ein Hautblatt im *Zaddach*'schen Sinne genannt werden kann. Ich muss dies entschieden verneinen, da sich weder eine Continuität zwischen Faltenblatt und Hautschicht der dritten Periode nachweisen lässt, noch diese letztere die Charaktere besitzt, die sie zu einem Keimblatt machen würden. *Zaddach* lässt sein Hautblatt, nachdem die Anhänge des Kopfes und der Körpersegmente gebildet sind, von den Seitentheilen der Keimwülste, auf welche es in zwei Hälften getrennt sich zurückgezogen hatte, wieder gegen die Mittellinie hin wachsen und sämmtliche oberflächlich gelegenen Theile des Embryo, die ganze Bauchfläche mit ihren Gliedmassen inbegriffen, von Neuem überziehen. Aus ihm bildet sich dann die Haut, während die Hauptmasse der embryonalen Anlage als »Muskelblatt« sich in Muskeln und Nerven trennt. Die Thatsachen, auf welchen diese Theorie fusst, scheinen mir bei Weitem nicht sicher genug, um so weitgehende Schlüsse zu tragen. Gerade der wichtigste Punkt, die Ueberwachsung des gesammten Embryo durch das Hautblatt tritt in der Darstellung *Zaddach's* viel mehr als ein Postulat der Theorie, denn als unbefangene Beobachtung auf. Verfasser schliesst aus dem Verschwinden einer Linie, welche eine Zeit hindurch die Grenze der zurückgewichenen Hälften des Hautblattes bezeichnete, dass dasselbe von Neuem gegen die Mittellinie gewachsen sei; eine Beobachtung dieses Vorganges wollte ihm nicht gelingen. Auch mir ist sie nicht gelungen, und ich ziehe aus dem Verschwinden der zarten Kanten des Faltenblattes den näher liegenden Schluss, dass dieselben mit den Keimwülsten verschmelzen. Eine Ueberwachsung sämmtlicher, zum Theil stark prominirender Theile durch das Hautblatt würde überdies auch grossen theoretischen Schwierigkeiten begegnen, da aus ein und demselben Blatt einerseits scharf abgegrenzte selbstständige Theile (die Scheitelplatten), andererseits ein allgemeiner Ueberzug sämmtlicher Theile sich bilden soll. Die Grenzlinien der Scheitelplatten müssten sich hierbei unfehlbar verwischen. Indessen entspricht auch die oberflächliche Zellenschicht der dritten Periode einem Hautblatt im *Zaddach*'schen Sinne keineswegs. Aus ihr bildet sich nicht nur die Haut, sondern auch der grösste Theil der Muskeln, während auf der andern Seite das tiefe Blatt, wenn man eine klumpige Zellenmasse mit diesem Namen belegen will, nicht nur Nervensystem und Wände des Darmes, sondern auch einen Theil der Muskeln aus sich hervorgehen lässt. Von Keimblättern in dem bei den Wirbelthieren gebräuchlichen Sinne kann demnach hier nicht die Rede sein. Die vorher gleichmässige Zellenmasse spaltet sich in zwei Hauptgruppen, eine oberflächliche und eine tiefe Schicht, und diese spaltet sich sodann weiter in die einzelnen Organe, die ihre Vollendung durch Annahme histologischer Charaktere erreichen.

Die Bildung der Ganglienkette beginnt im Kopf, zu ihrem Verständniss ist es nöthig die seitherigen Schicksale der Kopfwülste genauer zu verfolgen. Wir sahen, wie in der zweiten Periode das hintere Maxillenpaar zu einem leyerförmigen Stück verschmolzen, den ventralen Theil der Kopfwülste bedeckt mit Ausnahme des Lippenrandes derselben, der vor ihnen hervorragend die hintere Grenze der Mundspalte bildete. Später bedeckt die Unterlippe auch diesen noch freien Theil, und da sämmtliche Kopfanhänge zugleich mit ihr nach vornen wachsen, um von den Seiten her den Mundeingang zu umstellen, so werden dadurch die Kopfwülste in den hinteren Theil des Kopfes gedrängt, sie verschwinden in der Tiefe und lassen sich erst dann wieder deutlich erkennen, wenn die Differenzirung der Zellenmasse eintritt. Wie viel von ihnen an die oberflächliche Lage abgegeben und zur Muskelbildung verwandt wird, lässt sich nicht genau bestimmen, ein kleiner Theil hat sich auch zur Umhüllung der Spalte des Vorderdarms bereits von ihnen getrennt, sicher ist, dass die bei weitem grösste Masse zur Bildung der beiden vordersten Ganglien, des oberen und unteren Schlundganglions, nebst der sie verbindenden Commissur verwandt wird. Die Gestalt der Kopfwülste ändert sich dabei nur unbedeutend und ganz allmählich, die Lage ihrer einzelnen Theile zu einander bleibt ganz dieselbe, die dorsalen Schenkel bilden das obere, die ventralen das untere Schlundganglion, und die den Schlund umfassenden Commissuren entstehen aus dem Verbindungstheil Beider (vergleiche Fig. 24 *vkw, mkw, dkw* u. Fig. 36 sg^1, sg^2). Die Bildung dieser Ganglien beginnt im Anfang der dritten Periode, fast zu gleicher Zeit mit der Bildung des Vorder- und Hinterdarmes, und sehr bald sind die beiden Ganglien bereits scharf begrenzt und lassen sich in jeder Lage des Embryo leicht erkennen.

Das untere Schlundganglion liegt direct unter dem Kinn (Taf. III. Fig. 33, 36, 39 sg^2) und ist in der Bauchansicht (Taf. IV. Fig. 44 sg^2) in seinem hinteren Theil vom vorderen Afterfusspaar (*f'*) bedeckt. Sehr gut markirt sich in dieser Lage die mediane Furche, die wie früher die Kopfwülste, so jetzt das Ganglion in zwei symmetrische Hälften theilt. Wird der Tubus gesenkt, so erkennt man in der Tiefe die beiden Hälften des oberen Schlundganglions (sg^1), deren jede von etwa birnförmiger Gestalt mit der Spitze nach vorn in die beiden Commissuren übergeht. Fig. 35 u. 37 zeigen das obere Schlundganglion vom Rücken her, wo der paarige Bau sehr deutlich hervortritt. Auch nach dem Ausschlüpfen der Larve aus dem Ei lässt sich an der Form der beiden Ganglien ihre Entstehung aus den Kopfwülsten noch recht wohl erkennen. Sie sind dann noch mehr nach hinten gerückt, haben den Kopf verlassen und liegen im ersten Leibessegment; ihre Grösse hat sich vermindert und auch die Gestalt etwas verändert (Taf. IV. Fig. 49 *A* u. *B*), sie erscheinen von den Seiten her abgeplattet und die Oeffnung zwischen den Schenkeln der Commissuren hat sich verengert, ihre Lage zu einander aber und zum Schlund ist ganz dieselbe wie die der Kopfwülste in der ersten Periode der Embryonalzeit.

Nicht lange nach der beginnenden Differenzirung im Kopf erfolgt derselbe Process am Körpertheil der Keimwülste; eine dünne, oberflächliche Schicht trennt sich mit scharfer Linie von der tiefen, welche letztere sich mit Ausnahme des zwölften Segmentes in der ganzen Länge und Dicke der Keimwülste zur Bauchganglienkette umwandelt. Es entstehen auf diese Weise elf Ganglien von einer im Verhältniss zum Embryo colossalen Grösse, welche die Form der Ursegmente vollkommen beibehaltend ohne Commissuren dicht aufeinandergepackt liegen und durch eine tiefe mediane Längsfurche auf ihrer Aussenfläche in symmetrische Hälften getheilt werden. Anfänglich liegt ihnen die oberflächliche Zellenschicht noch dicht auf (Taf. III. Fig. 36), allmählich aber hebt sie sich von ihnen ab und es bildet sich ein heller, nur von Flüssigkeit erfüllter Raum zwischen beiden (Taf. III. Fig. 39). Im Hauptprofil erscheinen dann die symmetrischen Hälften der Ganglien, ganz wie früher die der Ursegmente als parallellaufende Linien, über welche die Haut, mehr oder weniger deutlich die Segmenteinschnitte beibehaltend, brückenartig hingespannt ist. In der Bauchansicht zeigen die Ganglien eine sehr bedeutende Breite (Taf. III. Fig. 38 g^1—g^{11}), sind fast von biscuitförmiger Gestalt und werden seitlich von einem schmalen, hellen Raum begrenzt, welcher dadurch entsteht, dass an den Seitenwänden des Embryo, die erst secundär durch Umwachsen des Dottersackes gebildet wurden, eine Spaltung in Schichten erst später eintritt.

An Beobachtungen über die Entstehung der Nervencentren bei den Insecten ist die Literatur nicht reich; *Kölliker* konnte die Ganglienkette weder im Embyo, noch in der jungen Larve von Chironomus zonatus wahrnehmen und auch *Zaddach* bietet über ihre Entstehung mehr Vermuthungen als directe Beobachtungen; er konnte die Ganglien nur dadurch sichtbar machen, dass er den Leib des Embryo durch Druck sprengte. Dabei traten häufig vier kuglige Zellenklumpen aus, welche er gewiss mit Recht für Bauchganglien ansprach. Wenn *Zaddach* mit *Rathke* schliesst, das Nervensystem bilde sich aus einer Partie der festen Bauchwand, so ist das zwar nicht erschöpfend, aber im Allgemeinen richtig und auch die Vermuthung, das Nervensystem bilde sich erst um die Mitte der Entwickelungszeit, kann ich bestätigen, wenn ich auch nicht vermag ihm in die weiteren theoretischen Schlüsse zu folgen, wonach für jedes um diese Zeit noch selbstständige Segment der Keimwülste ein Ganglion entstünde und auf diese Weise sich erklären liesse, warum für die von dem genannten Forscher angenommenen fünf Kopfsegmente nur zwei Ganglien sich bilden. Dass nicht für jedes Segment der Keimwülste auch nothwendig ein Ganglion gebildet werden muss, geht aus der Thatsache hervor, dass dem zwölften Segment ein solches fehlt, und bloss vom ersten bis elften Leibessegment ein Ganglion sich vorfindet. So viel mir bekannt, ist *Leuckart* der einzige, der den Ganglienstrang der Insecten kurz nach seiner Entstehung in situ gesehen hat; er lässt ihn durch Isolation aus dem sogenannten Muskelblatt, d. h. also aus der tiefen Zellenschicht entstehen, eine Beobachtung, welche mit den meinigen im vollkommenen Einklange steht. Nach *Leuckart's* Zeichnungen[1]) scheint indessen bei den Pupiparen eine viel geringere Masse der Keimwülste in die Bildung der Nervencentren einzugehen, als bei Chironomus.

Aus den bei Chironomus gewonnenen Resultaten geht hervor, dass das Nervensystem sich direct aus den Doppelaxen der Embryonalanlage bildet, aus den Keimwülsten; der grösste Theil desselben ist potentia bereits im Keimstreifen enthalten.

Im Anschluss an die Nervencentren sei hier der Entstehung der S i n n e s o r g a n e gedacht. Die Larve hat zwei Paar e i n f a c h e A u g e n, welche seitlich am Kopf hinter den Fühlern liegen und deutlich aus dem Nerven, einem lichtbrechenden Körper (Linse) und einer Pigmentschicht bestehen. Sie entstehen, wenn das Nervensystem bereits ausgebildet ist. Näheres über die Art und Weise dieser Entstehung zu erfahren, war nicht möglich, da die körnerähnlichen Embryonalzellen durch ihr starkes Lichtbrechungsvermögen die Beobachtung sehr erschweren. In der letzten Hälfte der dritten Periode zeigen sich auf der Rückenfläche des Kopfes, an den Seiten der Scheitelplatten je zwei blasse, gelbliche Pigmentflecken von unregelmässig rundlicher, oft fast halbmondförmiger Gestalt, deren Färbung im Laufe der Entwickelung an Intensität zunimmt und durch's Karminrothe in's Bräunliche übergeht, an denen sich aber weder zutretende Nerven, noch Linse erkennen lässt.

Noch weniger Aufschluss giebt die Beobachtung über die Bildung der F ü h l e r g a n g l i e n, eines bei den Dipterenlarven, wie ich finde, sehr weit verbreiteten Tastorgans, ich verspare daher die Besprechung desselben auf die nachembryonale Zeit. (Siehe auch bei Musca vomitoria.)

Während der Ausbildung der inneren Organe vollenden sich am ersten und letzten Leibessegment die L o c o m o t i o n s o r g a n e. Im Anfang der dritten Periode bestehen die hinteren Afterfüsse aus zwei kurzen, conischen Zapfen, deren Entstehung oben beschrieben wurde. Der After liegt zwischen ihrer Basis in einer Grube, an der Grenze zwischen

1) a. a. O. Taf. II. Fig. 12.

Rücken und hinterer Fläche; die kleinen Längswülste, welche ihn seitlich begrenzen, haben sich in zwei Hälften getheilt, deren jede jetzt zu einem hohlen, fingerförmigen Anhang auswächst (Taf. III. Fig. 36, 37, 39 *az*). Wahrscheinlich dienen dieselben der Respiration, wie dies auch *Kölliker* annimmt.

Die Afterfüsse der Larve sind ungegliederte, cylindrische Fortsätze, deren querabgestutztes Ende napfförmig eingezogen und kegelförmig wieder vorgestülpt werden kann, und mit einer grossen Menge langer, hakig gekrümmter, starker Borsten besetzt ist. Beim Embryo zeigt sich bald auf der Spitze der conischen und soliden Zapfen eine napfförmige Einziehung, über welche sich eine klare, structurlose Membran wegspannt, wie das Fell über eine Pauke. Der Raum swischen Beiden ist mit vollkommen durchsichtiger, structurloser Masse ausgefüllt, in ihm entstehen die Borsten, welche beim Ausschlüpfen der Larve durch Reissen der darüber ausgespannten Membran und Ausstülpen der napfförmigen Vertiefung mittelst Einpressen von Blut in den Afterfuss zu Tage treten. Das Einstülpen des Fusses geschieht durch besondere Muskeln, welche am Grunde des Napfes als lange, schmale Bänder bis an die Basis des Segmentes zurücklaufen. Sie entstehen aus der tiefen Zellenschicht des Segmentes, da, wie wir oben sahen, ein Ganglion im zwölften Segment nicht gebildet wird.

Die Bildung des vorderen Afterfusspaares ist der des hinteren ganz analog; die Bildung der Borsten lässt sich hier sehr genau beobachten. Bei der Larve sind die vorderen Afterfüsse in der Mittellinie verwachsen, demgemäss entstehen sie auch gemeinsam aus einer queren, vorn gerade abgestutzten Falte, welche sich am vorderen Rand des ersten Segmentes erhebt, und etwa drei Viertel der Bauchseite desselben einnimmt (Taf. III. Fig. 33 *f'*). In der Falte tritt eine Zusammenziehung der Zellenmasse ein, in Folge deren sich eine einzige, grosse, napfförmige Vertiefung bildet, in der Bauchansicht als halbmondförmiger Ausschnitt erscheinend, den die Zellenmasse in nach vorn concavem Bogen begrenzt. Die Vertiefung ist auch hier mit einer structurlosen, klaren Masse ausgefüllt, welche von einer ebenfalls structurlosen Membran überspannt wird. Ehe noch in der Ausfüllungsmasse eine Differenzirung sichtbar wird, krümmt sich der Zellenwulst, welcher die napfförmige Aushöhlung bildet, nach vorn, und theilt so den halbmondförmigen Ausschnitt in zwei ebenso gestaltete Hälften (Taf. IV. Fig. 43 *f'*). Der mediane Vorsprung wächst allmählich noch weiter nach vorn, erreicht aber nicht ganz die structurlose Membran, so dass also immer eine Communication zwischen beiden Näpfen bleibt. Unterdessen schiessen in der klaren Ausfüllungsmasse die Borsten an, wie Krystalle in der Mutterlauge. Man erkennt zuerst eine feine, sehr blasse und zarte Längsstreifung, welche sogleich in der ganzen Länge der zu bildenden Borsten entsteht, und fast den Eindruck einer feingefalteten Membran macht. Diese Streifen nehmen später an Dicke und Deutlichkeit zu, und zeigen sich schliesslich als ziemlich dichtstehende, etwas gekrümmte, nach innen radienförmig zusammengelegte, und deshalb in spitzen Winkeln sich kreuzende Borsten, deren Enden den vorderen Rand der Fussfalte nicht ganz erreichen (Taf. IV. Fig. 44 u. 45 *f'*). Die Muskeln des Afterfusses bilden sich, wie besonders an etwas grösseren Species von Chironomus beobachtet werden kann, aus dem oberflächlichen Blatt, welches sich hier ganz deutlich in Haut und Muskeln trennt. Ueber die Entstehung der letzteren histologisch genaue Rechenschaft abzulegen, ist bei der Kleinheit der Gebilde nicht wohl möglich; Querstreifung besitzen die embryonalen Muskeln noch nicht, wohl aber habe ich deutlich kleine Kerne in ihnen wahrgenommen (Taf. III. Fig. 39 *ms*). Die Muskeln des Leibes und die des Kopfes bilden sich zu derselben Zeit.

Der Embryo ist jetzt so weit ausgebildet, dass man ihn für fähig zum Ausschlüpfen halten sollte. Die äussere Form des Körpers ist der der Larve ähnlich, die Leibeshöhle ist geschlossen, die inneren Organe sämmtlich angelegt, und die Bewegungsorgane vorhanden: wirkliche Bewegungen aber mangeln noch, und der Embryo muss noch volle vier und zwanzig Stunden ausharren, ehe er im Stande ist, sich aus den Eihüllen zu befreien. Die Hauptveränderung, welche in dieser letzten Zeit an ihm vorgeht, ist ein Wachsen des ganzen Körpers in die Länge, verbunden mit einer Abnahme im Dickendurchmesser. Bisher füllte der Embryo die Eihüllen bei weitem nicht mehr aus (Taf. III. Fig 39), es blieb am Kopfende ein grosser Raum leer, und nur die innere Eihaut, die sehr zarte und durchsichtige Membrana vitellina umschloss den Embryo unmittelbar. In Folge des Längenwachsthums und der daraus resultirenden Krümmung des Embryo reisst die Dotterhaut entzwei, und der Embryo legt sich dicht an das Chorion an. Er nimmt dabei eine eigenthümliche, korkzieherartig gewundene Lage an, die allmählich und offenbar rein mechanisch durch die zunehmende Länge des Körpers hervorgebracht wird. Die Bauchseite des Kopfes und der vorderen Segmente tritt dabei wieder auf die gerade Eiseite (Taf. IV. Fig. 50), nimmt aber auch Theil an der in zwei Spiraltouren stattfindenden Aufrollung des Körpers. Das äussere Ansehen desselben verändert sich in sofern, als es mehr wurmförmig und gestreckt wird, zugleich scheidet die Zellenlage der äusseren Haut eine feine Chitinschicht auf sich ab, und es entstehen scharfe Grenzlinien am Kopf, die Gliederung der Antennen, die Zähne der Mandibeln und der Unterlippe treten scharf hervor, und eine quere Kante zieht sich vom Kinn an der Seite des Kopfes nach der Basis der Antennen. Wahrscheinlich fällt auch in diese Zeit die Bildung zweier conischer Zapfen auf dem Rücken des elften Segmentes, auf deren Spitze fünf bis sechs lange, dünne Borsten eingepflanzt sind. Sie dienen der Larve als Tastorgane, wie ein in ihrer Basis gelegenes Ganglion beweist.

Die Veränderungen der inneren Organe lassen sich in dieser letzten

Periode nicht verfolgen, da der Dotter dieselben zu sehr verdeckt. Schon bei der Umwachsung des Dottersacks durch die seitlichen Theile der Ursegmente begann der freie Dotter, vor allem der noch sehr mächtige mediane Dotterstreif an die Seiten und gegen den Rücken hin zu ziehen und sich mit dem bereits seitlich gelegenen lateralen Dotterstreifen zu vereinigen. Kurz nach der Schliessung der Leibeshöhle findet sich noch kein Dotter am Rücken, später aber zieht sich von den Seiten eines jeden Segmentes bis auf den Rücken ein Ring von Dottermasse hin, während Dottersack und Ganglienkette nun unmittelbar aneinanderliegen (Taf. III. Fig. 39). Diese seitlichen Dotterringe verhindern in Verbindung mit der spiraligen Lage des Embryo die genaue Controlirung der Vorgänge im Innern, die sich erst nach dem Ausschlüpfen aus dem Bau der jungen Larve erschliessen lassen.

Nach Vollendung der spiraligen Aufrollung werden Bewegungen des Embryo, besonders am vorderen Afterfuss bemerklich, die Borsten desselben werden vorgestülpt und wieder eingezogen, der ganze Fuss vorwärts und zurück bewegt; bald auch öffnen und schliessen sich die Oberkiefer. Diese Bewegungen nehmen an Häufigkeit, wie an Stärke zu, und das Sprengen der Eihaut geschieht zweifellos durch Anritzen derselben mit den scharfen Oberkiefern, worauf der Druck des eine Spiralfeder darstellenden Körpers mit Leichtigkeit den Riss vollendet.

Die frisch ausgeschlüpfte Larve hat eine Länge von 0,51 Mm. Da die Länge des Eies nur 0,32 Mm. betrug, so muss also in dem letzten Theil der dritten Entwickelungsperiode der Embryo um 0,19 Mm. gewachsen sein. Dem entsprechend haben sich auch die inneren Organe in die Länge gezogen, der Verdauungscanal hat sich gegliedert und seine einzelnen Abschnitte besitzen die Gestalt, welche sie im Wesentlichen während der Larvenperiode beibehalten. Der Tractus stellt einen geraden cylindrischen Schlauch dar, der wie bei den meisten Tipulidenlarven ohne Windungen, gestreckt in der Axe des Körpers verläuft. Schlund, Oesophagus und ein mit lappigen Ausstülpungen versehener Vormagen lassen sich leicht unterscheiden; ihre Wand besteht aus einfacher Lage heller Zellen. Sodann folgt vom dritten bis achten Segment der Chylusmagen, der sich aus der früheren Eiform in einen schlauchförmigen Cylinder umgewandelt hat, und noch mit grossen, gelben Dotterkugeln gefüllt ist, und schliesslich der Darm, in dessen vorderes Ende die *Malpighi*'schen Gefässe münden. Letztere besitzen ein relativ weites, und deutliches Lumen, ohne wahrnehmbaren Inhalt, die Zellen der dünnen Wandung sind stark in die Länge gezogen und von bläulicher Farbe. Auch die den After umstehenden vier fingerförmigen Lappen haben sich vergrössert, sie sind Schläuche, deren Lumen mit der Leibeshöhle direct communicirt, so dass das Blut in ihnen circuliren kann. Bei dem gänzlichen Mangel eines Tracheensystems liegt die oben ausgesprochene Vermuthung nahe, dass sie der Respiration dienen, eine Vermuthung, die auch von den früheren Beobachtern [*Kölliker*[1]), *Verloren*] bereits aufgestellt wurde, und die dadurch an Wahrscheinlichkeit gewinnt, dass später, wenn die Larve eine bedeutendere Grösse erreicht, ohne dass ein im Verhältniss zur Körpergrösse stehendes Tracheennetz sich entwickelte, noch mehrere solche schlauchförmige, mit der Leibeshöhle communicirende Anhänge sich bilden. Von *Réaumur* sind sie bereits beschrieben worden und auch *Verloren*[2]) bildet sie ab; beiden Beobachtern scheint es aber nicht bekannt gewesen zu sein, dass sie der jungen Larve noch fehlen.

Die Speicheldrüsen lassen sich jetzt erkennen, als dreieckige Lappen, welche mit der Basis nach vorn gerichtet, unmittelbar hinter dem oberen Schlundganglion im zweiten Segment liegen. *Kölliker* hat bei Chironomus zonatus die Anlage derselben bereits im Embryo wahrgenommen, als rundliche, dem Oesophagus dorsal aufliegende Zellenhaufen[3]); bei den von mir beobachteten Species liess sich davon Nichts erkennen.

Auch der Nervenstrang ist dem allgemeinen Längenwachsthum gefolgt, und zwischen den einzelnen Knoten, welche früher dicht aufeinander lagen, haben sich doppelte Längscommissuren gebildet. Indessen steht die dadurch bewirkte Verlängerung der Ganglienkette weder im Verhältniss zur Verlängerung des Körpers im Ganzen, noch geschieht sie gleichmässig; während die meisten Knoten durch längere Commissuren verbunden werden, bleiben andere dicht aufeinander liegen. Das letzte Ganglion rückt um ein ganzes Segment weiter nach vorn, die Schlundganglien aber treten aus dem Kopf nach rückwärts und liegen jetzt zur Hälfte im ersten Leibessegment, um einige Tage später vollständig in dasselbe hinüberzutreten.

Nur kurz sei noch der blassen, bandförmigen Streifen gedacht, welche in der Leibeshöhle zu Seiten des Tractus liegen, und meist an jedem Segmentrand sich fadenförmig verdünnen. Sie sind Reste des Dotters, der ausser im Magen sich sonst nur noch in den Seitentheilen eines jeden Segmentes als eine rundlich zusammengeballte Masse vorfindet: aus ihnen bildet sich der Fettkörper der Larve. Sie bestehen aus einer matten, bläulich schimmernden, homogenen Grundsubstanz, in welcher bald mehr, bald weniger grosse, braungelbe Dotterfettkugeln eingebettet sind. Die Contouren der bandartigen Lappen sind durchaus scharf, eine umhüllende Membran aber lässt sich nicht unterscheiden; was ihnen ein besonderes Interesse verleiht, ist der Umstand, dass später mit dem Verschwinden der Dotterkugeln helle Kerne in ihnen entstehen, um welche sich feines Fett hofartig ablagert. Es scheint sich hier eine der

1) a. a. O. p. 6.

2) Mémoire sur la circulation dans les insectes in Mém cour. et Mém. de Sav. étrang. de l'Acad. de Belgique Tom. 19. Pl. II. Fig. 2.

3) a. a. O. Taf. I.

wenigen Stellen darzubieten, an welchen eine freie Zellenbildung in formlosem Blastem nachweisbar ist.

Sobald die junge Larve das Ei verlassen hat, schwimmt sie mit lebhaften Schlängelungen des Körpers im Wasser umher, um etwas später den Bau eines unbeweglichen Gehäuses zu beginnen.

Die embryonale Entwickelung von Chironomus dauert im Mai gewöhnlich sechs Tage, von denen die erste Entwickelungsperiode die ersten sechs und dreissig Stunden umfasst, die zweite den Rest des zweiten und den dritten Tag, und die dritte die übrigen Tage. Ich lasse eine kurze Zusammenstellung der Hauptentwickelungsmomente, wie sie sich auf die einzelnen Tage vertheilen, hier folgen. Da die Eier von Chironomus des Abends gelegt werden, so ist also der Tag von Abend zu Abend gerechnet.

Erster Tag: Bildung der Keimhaut, Reissen derselben, erste Umdrehung des Eiinhaltes und Bildung des Keimstreifens. Ueberwachsen desselben durch das Faltenblatt; die Keimwülste beginnen sich zu bilden.

Zweiter Tag: Spaltung des Faltenblattes, Vollendung der Keimwülste und Bildung der Urtheile des Kopfes (Hervorsprossen der Kopfanhänge, Abschnürung des Vorderkopfes von den Kopfwülsten und Bildung der Scheitelplatten). Anlage der Mund- und Afteröffnung. Ende der ersten Periode. — Beginn der Zusammenziehung der Keimwülste und zweite Axendrehung des Embryo, Vorrücken der Kopfanhänge, und Abschnürung des Kopfes gegen den Körpertheil der Keimwülste; Verwachsen der Scheitelplatten auf dem Rücken, und Schliessung des Kopfes. Bildung der Ursegmente.

Dritter Tag: Weiteres Vorrücken der Kopfanhänge, das hintere Maxillenpaar legt sich in der Mittellinie aneinander; die Spalte des Vorderdarmes verlängert sich durch den Kopf; auf dem Vorderrande des ersten Leibessegments die Falte des vorderen Afterfusses. Das Hinterleibsende kommt als geschlossenes zwölftes Segment im hinteren Polraum an. Ende der Zusammenziehung der Keimwülste und der zweiten Entwickelungsperiode.

Vierter Tag: Dritte Entwickelungsperiode; die Differenzirung in oberflächliche und tiefe Schicht beginnt; die Zellenschichten, welche die Spalten des Vorder- und Hinterdarmes umhüllen, verwandeln sich in selbstständige Wandungen; Bildung des Mitteldarmes (Dottersackes); Bildung der Ganglienkette; Zuspitzung der Oberkiefer und Antennen, und Vorrücken des ersten Maxillenpaares. Schliessung der Leibeshöhle am Rücken. Afterfüsse mit napfförmigen Gruben, in denen die Anlagen der Borsten.

Fünfter Tag: Trennung des Vorderkopfes in Oberlippe, unteres Kopfschildchen und Clypeus; Vollendung der äusseren Form der Kopfanhänge. Anlage der Augen. Histologische Differenzirung der oberflächlichen Zellenschicht in Haut und Muskeln. Vollkommene Ausbildung der Afterfüsse.

Sechster Tag: Ablagerung der äusseren Chitinhaut; Wachsen des Körpers in die Länge und spiralige Aufwindung desselben. Bewegungen. Am Ende des sechsten oder Anfang des siebenten Tages Sprengen der Eihäute und Ausschlüpfen der Larve.

II.

Die Entwickelung von Musca vomitoria im Ei.

Mit Taf. IV. Fig. 52 ff. bis Taf. VII.

Das Ei von Musca vomitoria hat eine Länge von 1,42—1,49 Mm. l ist im Ganzen von ellipsoidischer Gestalt. Seine beiden Pole können h der Lage, welche der Embryo in ihm einnimmt, als vorderer und erer Pol bezeichnet werden, in ersterem entwickelt sich der Kopf, etzterem das Schwanzende; beide unterscheiden sich schon durch äussere Gestalt, indem der vordere schmäler und mehr zugespitzt ler hintere breiter und stumpfer, wie denn das ganze Ei von hinten vorn allmählich an Dicke abnimmt. Auf dem vorderen Pole findet gerade im Centrum eine kleine, kreisrunde Abflachung, innerhalb ıer der Mikropylapparat liegt. Da derselbe von *Meissner*[1]) bereits beschrieben wurde, kann ich hier füglich davon absehen. Die- Seite des Eies, an welche der Bauch des Embryo zu liegen kommt, ıvex vorgewölbt, während die Rückenseite entweder gerade, oder twas concav ausgeschweift ist; in der Seitenansicht bietet das eine convexe oder Bauch-, und eine gerade oder Rückenseite dar. ikropylapparat aus zieht sich auf letzterer bis nahe an den hinte- ɔol hin ein schmaler, bandartiger Streif, dessen Ränder leistenar- geworfen sind und am Ende mit kurzem Bogen ineinander ıen. Er gehört lediglich der äusseren der beiden Eihäute an, dem ı, welches derb, lederartig zäh, bei auffallendem Licht weiss und ımen undurchsichtig ist, und sehr regelmässig in sechseckige, nd fein punktirte Felder zerfällt. Das Chorion darf nicht mit

eobachtungen über das Eindringen der Samenelemente in den Dotter, diese 't Bd. VI. S. 273.

Meissner als Product einer Zellenverschmelzung angesehen werden, sondern ist Zellenausscheidung, und diese sechseckigen Felder sind nur die Abdrücke der Epithelzellen des Eierstocks, die feine Punktirung also wahrscheinlich der Abdruck von Porenöffnungen in den Zellenwandungen. Hier, wie vermuthlich überall bei den Insecten, besteht ein wesentlicher genetischer Unterschied zwischen Chorion und Dotterhaut, der sich bei den Musciden auch in der Structur deutlich ausspricht. Während das Chorion hier durch zierliche Zeichnung auf die Zellen hinweist, von welchen es ausgeschieden wurde, ist die Dotterhaut vollkommen structurlos und muss als eine Verdichtung und Erhärtung der oberflächlichen Dotterschicht angesehen werden.

Die Dotterhaut von Musca ist glashell und ziemlich dünn, aber doch von hinreichender Festigkeit, um allein, nach Entfernung des Chorion, den Druck des Eiinhaltes bis zu vollständiger Entwickelung des Embryo auszuhalten. Die Undurchsichtigkeit des Chorion hat bis heute eine Beobachtung der embryonalen Entwickelung von Musca nicht gestattet, wie denn noch vor Kurzem *Robin* durch dieselbe verhindert wurde über die An- oder Abwesenheit von Polzellen bei Musca in's Klare zu kommen. Nach vergeblichen Versuchen das Chorion durch Reagentien sichtbar zu machen, gelang es unerwarteter Weise sehr leicht, dasselbe mit Hülfe der gewöhnlichen feinen Präparirnadeln zu entfernen. Einzige Vorbedingung zum Gelingen dieser Operation ist, dass die Eier etwas an der Luft gelegen haben, so dass ihre Oberfläche nicht mehr feucht ist; sie kleben dann oft fest aneinander und durch ein Darüberhinstreichen mit der Nadel gelingt es leicht, das Chorion zu zerreissen und die Dotterhaut mit ihrem Inhalte unverletzt herauszupräpariren. Wird sodann das der Beobachtung zugänglich gemachte Ei auf den Objectträger gebracht und durch Wasser der Eiinhalt vor Verdunstung geschützt, so lässt sich sehr leicht die Entwickelung des Embryo längere Zeit hindurch an ein und demselben Ei beobachten. Allerdings führt in den frühesten Stadien die Präparation, wenn auch noch so vorsichtig angestellt, doch meist schon nach kurzer Zeit Missbildungen herbei, später geschieht dies weniger leicht und der Embryo entwickelt sich nicht selten bis zum Ausschlüpfen.

Dass die Mikropyle auch die Dotterhaut durchbohrt, ist schon von *Meissner* beobachtet worden und lässt sich bei Eiern, deren Chorion entfernt wurde, leicht bestätigen.

Die Hauptmasse des Dotters besteht aus Fetttropfen, welche sämmtlich, bis auf die kleinsten herab, von einer dünnen Eiweissschicht umgeben sind und desshalb doppelte Contouren aufweisen (Taf. IV. Fig. 55 *d*). Die grössten messen nur 0,01 Mm. im Durchmesser, eine sehr geringe Grösse im Vergleich zu den enormen Fettkugeln viel kleinerer Insecten, z. B. von Chironomus. Ausserdem enthält der Dotter eine Menge blasser Molekel von unmessbarer Kleinheit, und eine farblose, nicht direct wahrnehmbare, die übrigen Elemente verbindende Flüssigkeit. Ein Keimbläschen ist in dem frischgelegten Ei in der Regel nicht mehr vorhanden. Sehr oft wiederholte, auf diesen Punkt gerichtete Untersuchungen berechtigen mich zu diesem Ausspruch, dem ich jedoch hinzufügen muss, dass ich allerdings in zwei Fällen mitten im Dotter ein grosses kugliges Bläschen von 0,088 Mm. Durchmesser fand, welches von deutlicher Membran umgeben war. In dem einen Falle schloss es einen klaren Inhalt ein, im anderen kamen noch Dotterelemente hinzu, Fetttröpfchen und *Brown*'sche Molecularbewegung zeigende feinste Körnchen (Taf. V. Fig. 61 *a*). Durch den Druck des Deckgläschens trat nach einigér Zeit Ruptur der Membran ein und langsames Ausfliessen des zähen Inhaltes. Ob diese beiden Eier befruchtet waren, ob sie sich weiter entwickelt haben würden, weiss ich nicht zu sagen; denkbar wäre es immerhin, dass an einzelnen der massenweise gelegten Eier das Eindringen der Zoospermien in's Ei durch Zufälligkeiten verhindert werden könnte, denkbar auch, dass das Keimbläschen ausnahmsweise länger persistirt hätte. Dass die Bläschen in beiden Fällen für Keimbläschen zu halten sind, daran lässt sich kaum zweifeln, dennoch aber muss ich mit Bestimmtheit behaupten, dass in der Regel das Keimbläschen im befruchteten Ei verschwunden ist und jedenfalls keinen Antheil an der Bildung der ersten Zellen hat, wie im Folgenden speciell nachgewiesen werden soll.

Ich trenne die Entwickelungserscheinungen wie bei Chironomus in drei Abschnitte, deren erster wie dort die Bildung der Keimhaut, des Keimstreifens, der Keimwülste und die Anlage der Urtheile des Kopfes in sich begreift, der zweite die hier weniger scharf begrenzte Zusammenziehung der Keimwülste umfasst, und der letzte die vollkommene Ausbildung der äusseren Körperform wie der innren Organe.

A. **Erste Entwickelungsperiode.**

Von der Bildung der Keimhaut bis zur Bildung der Keimwülste und der Urtheile des Kopfes.

Die erste Veränderung im befruchteten Ei ist eine Zusammenziehung des Dotters, in Folge deren derselbe sich etwas von den Eipolen zurückzieht und zwar zuerst am hinteren Pol, also an demjenigen Theile des Dotters, welcher zuerst mit den eindringenden Spermatozoiden in Berührung kommt. Die Oberfläche des Dotters überzieht sich hier mit einem anfänglich ganz dünnen Keimhautblastem (Taf. IV. Fig. 52), welches zum Theil durch Hervorpressen der Dotterflüssigkeit an die Oberfläche, der Hauptsache nach aber durch Umwandlung der übrigen Dotterelemente entsteht, wie sich schon aus dem allmählichen Uebergange des Dotters in die Blastemschicht schliessen lässt (Taf. IV. Fig. 52 *A*). Eine halbe

Stunde später als am vorderen Pole erscheint die Blastemschicht am hinteren, um sich sodann von beiden Polen aus als continuirliche Lage über die gesammte Dotteroberfläche auszubreiten. Dass sie für das Auge weniger auffallend ist als bei Chironomus, rührt davon her, dass sie bis fast an die Peripherie von feinen Dottertröpfchen und -Körnchen durchsetzt und dadurch verdunkelt wird. Ein deutlicheres Bild erhält man durch Ausüben eines leisen Druckes auf das Ei; das Keimhautblastem tritt dann als ziemlich breiter (0,011 — 0,015 Mm. Durchmesser), heller Raum am ganzen Umfang des Dotters deutlich hervor.

Wird in diesem Stadium die Dotterhaut mit der Nadel zerrissen, so findet man niemals mehr ein Keimbläschen; das Keimhautblastem überzieht den Dotter als helle Rinde und behält durchaus seine scharfe, glatte Oberfläche bei, löst sich weder in Wasser noch in einer Lösung von chromsaurem Kali, wie ich sie gewöhnlich bei Untersuchuug zarter histologischer Objecte anwende, ist zähe, seiner Hauptmasse nach homogen, und schliesst die oben erwähnten kleinen Molekeln ein, wie sie theils ursprüngliche Dotterelemente waren, theils aus der allmählichen Auflösung und Umwandlung der Dottertröpfchen hervorgehen (Fig. 52 *A*).

Wie bei Chironomus, so folgt auch bei Musca die Bildung der Polzellen der Ablagerung des Keimhautblastems unmittelbar nach. Sie tritt aber hier bei Weitem nicht so hervor wie dort und kann leicht übersehen werden, da die Keimhautzellen nur um weniges später entstehen. Wie bei Chironomus sind es vier Polzellen, welche wie dort am hinteren Eipole entstehen, und nicht, wie *Robin*[1]) irrig angiebt, an dem Kopfende des Eies. Ihre Bildung beginnt mit dem Auftreten von vier hellen, kreisrunden, anfänglich nicht scharf begrenzten Flecken von bedeutender Grösse, welche in ziemlichen Abständen voneinander in dem dem leeren Polraume zugekehrten Theile des Blastems liegen. Indem sie sich schärfer begrenzen treten sie zugleich dicht unter die Oberfläche des Blastems, die Rinde desselben hügelig vortreibend. Das Blastem zieht sich um sie zusammen und es bilden sich halbkuglige Vorsprünge, die sich binnen wenigen Minuten als selbstständige kuglige Zellen von 0,038 Mm. Durchmesser vom unterliegenden Blastem abgeschnürt und isolirt haben. Sobald dies geschehen ist, und oft noch vor vollständiger Isolirung, beginnt eine jede der vier Zellen sich unter gleichzeitiger Theilung des Kernes in zwei Hälften zu theilen, und einige Minuten später liegen acht, um die Hälfte kleinere Zellen an der Stelle der vier ersten. Die Vermehrung der Polzellen durch Theilung ist damit noch nicht abgeschlossen, lässt sich aber nicht mehr deutlich verfolgen, weil unterdessen die Zellen der Keimhaut entstanden sind, in Gemeinschaft mit den Polzellen den ohnehin nur sehr schmalen Polraum vollständig ausfüllen und eine Unterscheidung der Polzellen von den übrigen Zellen unmöglich machen.

1) Mém. sur les globules polaires de l'ovule et sur le mode de leur production. Compt. rend. T. 54. p. 112.

Die Keimhautzellen bilden sich ganz auf dieselbe Weise wie die Polzellen, am vorderen Pole oft ganz zu gleicher Zeit mit ihnen. An der ganzen Peripherie des Dotters treten jetzt in dem Blastem grosse, helle, unbestimmt begrenzte Flecke auf, die Kerne der zukünftigen Zellen. Sie sind durch Zwischenräume getrennt, welche ihrem Durchmesser etwa gleichkommen und welche um so mehr von den hellen Kernflecken abstechen, als sämmtliche Dotterkörnchen, die in dem Blastem enthalten waren, sich in ihnen zusammendrängen. Die den Dotter umgebende Schicht bekommt dadurch das Ansehen eines Rosenkranzes (Taf. IV. Fig. 53 *B*). Wie bei den Polzellen folgt nun der höchst eigenthümliche Vorgang der Zellenbildung durch Vordringen des Kernes gegen die Oberfläche, und Zusammenziehung des Blastems um dieselben. Die Kerne scheinen auf die Oberfläche zu steigen wie eine Luftblase aus der Tiefe auf die Oberfläche des Wassers steigt. Vollständige Abschnürung und Isolirung der Zellen findet nicht von vornherein statt, vorläufig haften die halbkugligen Vorsprünge mit ihrer Basis im Mutterboden des Blastems, welches noch eben so allmählich wie früher sich in den Dotter verliert (Fig. 58). Meist zeigen sie, noch ehe sie erheblich über die Oberfläche hervorgetreten sind, die ersten Zeichen beginnender Theilung, die halbkuglige Wölbung flacht sich ab und die bis 0,053 Mm. im Durchmesser haltende Zelle schnürt sich in der Mitte ein; ebenso der Kern. Eine Zweitheilung der Zellen erfolgt ganz constant an allen primär gebildeten Zellen am ganzen Umfang des Dotters. An den Seiten ist die Zellenbildung weniger vortheilhaft zu beobachten, da der Raum beengt ist und die halbkugligen Vorsprünge sich von vornherein gegeneinander und gegen die Dotterhaut abplatten. Der Durchmesser der primären Blastemkugeln beträgt hier 0,038 Mm., der der secundären, durch Theilung erzeugten nur 0,015 Mm., also weniger als die Hälfte. Wie bei Chironomus bietet die Keimhaut in diesem Stadium ein eigenthümliches Bild dar; durch die Massen zum grössten Theil sich deckender, hügelig vorspringender Zellenabschnitte wird eine unregelmässige, verwirrte Lichtbrechung hervorgerufen, die durch die hellen, schwach lichtbrechenden Kerne im Innern der Zellen noch vermehrt wird (Taf. IV. Fig. 53). Es ist daher auch schwer, durch directe Beobachtung zu entscheiden, ob noch ferner eine Vermehrung der Zellen stattfindet. Ich halte eine nochmalige Theilung derselben für sehr wahrscheinlich, weil die Abplattung der Zellen von den Seiten her noch fortwährend zu-, und dementsprechend ihr Querdurchmesser bis zu kaum 0,011 Mm. abnimmt, wobei noch in Anschlag zu bringen ist, dass während der vollständigen Ausbildung der Keimhaut die Zusammenziehung des Dotters, welche ihre Bildung einleitete, nachlässt, die Keimhaut sich ausdehnt und die Polräume allmählich wieder ausfüllend eine um so grössere Oberfläche darbietet. Sobald die vollständige Ausdehnung der Keimhaut erreicht ist, und an den Seiten schon viel früher verschwinden die hügeligen Vorsprünge der einzelnen Zellen; die Zellen platten sich ab und stellen kurze, sechseckige Prismen dar, deren Breite nur um weniges die Breite des Kernes übertrifft (Taf. IV. Fig. 54 und 56). Zugleich zieht sich der Dotter von ihnen zurück, und man bemerkt jetzt, dass sie sich nach innen scharf abgegrenzt haben: eine dem Eirande parallel laufende Linie bezeichnet ihre innere Fläche. Zwischen dieser und dem Dotter lagert sich von Neuem eine Blastemschicht ab, genau von demselben Ansehen wie die erste: das bei Chironomus bereits beschriebene, innere Keimhautblastem (*ib*). Die Keimhaut liegt der Dotterhaut überall dicht an und nur am hinteren Pole drängen sich zwischen beide die Polzellen ein, welche sich durch fortgesetzte Theilung vermehrt und zugleich verkleinert haben (Taf. IV. Fig. 54 *pz*). Ihre Zahl lässt sich nicht genau bestimmen, doch scheinen es bereits mehr als sechszehn zu sein, was auf eine dreimalige Theilung der primären Zellen und auf eine endliche Zahl von zwei und dreissig Polzellen schliessen lässt.

Abplattung derselben tritt nicht ein, sie bleiben vollkommen kuglig und bilden lose aufeinandergehäuft ein Conglomerat, welches in einer napfförmigen Vertiefung auf der Oberfläche der Keimhaut liegt. Die zwei Schichten, welche den Dotter umgeben besitzen an den Seiten eine Breite von 0,023 Mm., die innere enthält ausser feinen Körnchen keine Formbestandtheile, die äussere besteht aus den beschriebenen Zellen, welche in Profilansicht als länglich viereckige, epitheliumartige Formen erscheinen. In ihrer Mitte liegen die Kerne, welche wie die Zellen selbst eine regelmässige Reihe bilden. Von der Fläche gesehen erscheinen die Zellen sechseckig (Fig. 54 *D*) und lassen in ihren Kernen, welche jetzt einen Durchmesser von 0,013 Mm. besitzen, deutlich ein oder zwei blasse Nucleoli erkennen.

Was die Bildung der Keimhaut von Musca der Beobachtung besonders werthvoll macht, ist die Möglichkeit die am unverletzten Ei gewonnenen Resultate durch Präparation und Isolirung zu controliren. Wir sahen oben, dass das erste Keimhautblastem beim Zerreissen des Eies als zähe Rinde sich erhielt, also nicht eine Flüssigkeit im gewöhnlichen Sinne des Wortes ist. Wenn sich die Kernflecken gezeigt haben, findet man im ausgeflossenen Eiinhalte nicht selten einzelne Stellen, wo sich dieselben unverändert erhalten haben, und erkennt bei starker Vergrösserung deutlich, dass die Kernflecke noch keinen scharfen Contour besitzen, sondern dass die Körnchen, welche im Blastem dicht gedrängt liegen, gegen die Flecken hin an Grösse und Menge allmählich abnehmen, schliesslich gänzlich fehlen und einen klaren kugligen Raum im Centrum lassen (Taf. IV. Fig. 53 *A*). Dieser Raum kann nicht mit Flüssigkeit gefüllt sein, sonst müssten die feinen Molekeln an seiner Peripherie Bewegung zeigen, die Kernflecke bestehen also aus kugliger, anfänglich nicht scharf begrenzter Masse einer krystallhellen Gallerte. Die im unverletzten Ei noch glatte Blastemschicht buchtet sich freigeworden den Kernflecken entsprechend hügelig vor, ein Beweis, dass jetzt bereits, worauf übrigens schon die Anordnung der

Molekel hindeutet, die Anziehung des Kerns auf seine Umgebung begonnen hat. Isolirung von Kernen gelingt est einige Zeit später, wenn die Verdichtung des Blastems um die Kerne zugenommen hat und ein jeder von ihnen in einer hügeligen Hervorragung liegt. Beim Zerreissen des Eies in einer Lösung von chromsaurem Kali erhält man dann häufig Kerne isolirt als kuglige Bläschen von 0,012—0,017 Mm. Durchmesser, an welchen sich ein vollkommen klarer Inhalt und eine ziemlich dünne, aber deutlich als doppelter Contour hervortretende Membran kenntlich machen. Häufig erhält man sie auf weite Strecken in ihrer natürlichen Lagerung innerhalb halbkugliger Verdichtungen des Blastems; lässt man dann einen sehr geringen und allmählichen Druck auf sie einwirken, so verlieren sich die hügeligen Vorsprünge und man hat wieder das Bild des vorigen Stadiums: eine von gerader Linie begrenzte Blastemschicht, in welcher aber jetzt Kerne liegen. Der innere an den Dotter grenzende Theil des Blastems verflüssigt sich dabei zuweilen, und ich sah ihn einmal mit einem Theil des Dotters unter der zähen Decke der Oberflächenschichte des Blastems hinfliessen; ein Kern nach dem andern löste sich los und wurde mit in's Freie geschwemmt (Taf. IV. Fig. 55). Später zeigen sich beim Zerreissen der Eihaut Gruppen kolbiger Fortsätze, deren jeder einen Kern enthält, im Uebrigen aus der unveränderten Masse des Blastems besteht und an seiner Basis noch mit der in den Dotter übergehenden Schicht zusammenhängt (Taf. V. Fig. 60). Sobald auch hier die Abschnürung erfolgt ist, gelingt es einzelne zu isoliren als grosse, matte, solide Kugeln von 0,0309—0,0412 Mm. Durchmesser, in deren Centrum kuglige bläschenförmige Kerne liegen. Diese Zellen besitzen noch keine Membran; werden viele aneinanderliegend einem schwachen Drucke ausgesetzt, so schmelzen sie zu Einer Masse zusammen, während die Kerne unverändert erhalten bleiben; sie bestehen also nur aus Kern und Zelleninhalt, oder nach der von *Max Schultze* wieder eingeführten Bezeichnung: Protoplasma.

Das weitere Wachsthum der Keimhaut geschieht zunächst durch Verlängerung der Zelle auf Kosten des neugebildeten inneren Keimhautblastems. Der einzige Unterschied von dem analogen Vorgange bei Chironomus liegt darin, dass hier das Blastem, während es absorbirt wird, gegen den Dotter hin an Masse noch zunimmt, so dass es anfangs, trotz zunehmender Länge der Zellen gleich breit zu bleiben scheint und erst später vollständig in jene aufgeht (Taf. IV. Fig. 54 *A*, *B*, *C*). Hier wie bei Chironomus besteht die Keimhaut, so lange noch nicht die zur Bildung des Keimstreifens führenden Veränderungen eingetreten sind, an der ganzen Peripherie des Dotters nur aus einer einzigen Lage sehr langer, prismatischer Zellen. Bei Musca verursachen selbst die Polzellen nicht eine mehrfache Schichtung, weil sie vollständig getrennt von den Keimhautzellen bleiben.

Auch an den Polen bildet sich ein inneres Keimhautblastem, bleibt aber nur kurze Zeit sichtbar; sehr bald verdunkelt sich die innere

Blastemschicht, indem Dotter an ihre Stelle tritt, oder vielmehr sie dicht durchsetzt (Taf. IV. Fig. 57). Dies ist die Einleitung zu einem höchst merkwürdigen Vorgange; der Dotter tritt nämlich in die noch immer wandungslosen Zellen selbst hinein, und erst wenn dies geschehen ist, bildet sich die Zellenmembran. An eine Täuschung ist dabei nicht zu denken, der Vorgang wiederholt sich an allen Punkten der Keimhaut, beginnt aber an den Polen. Die vorher ganz helle Zellenschicht verdunkelt sich von nun an immer mehr (Taf. V. Fig. 59), bis schliesslich kaum noch ein Unterschied wahrzunehmen ist zwischen Zellen und freiem Dotter. Für die Beobachtung der weiteren Entwickelung ist diese Veränderung von grossem Belang, da durch sie die Vorgänge in der Tiefe vollständig verhüllt werden. Der Eintritt des Dotters in die Zellen lässt sich auch an den isolirten Zellen verfolgen, deren inneren, d. h. dem Dotter zugewandten Theil man jetzt mit einer dichten Masse von feinen Dotterfetttröpfchen durchsetzt findet, bis dann später der ganze Zelleninhalt von ihnen erfüllt wird. Auch jetzt isoliren sich die Zellen noch sehr vereinzelt, bleiben meistens auf ihrem gemeinschaftlichen Boden nebeneinander sitzen und fliessen bei länger anhaltendem, schwachem Druck ganz wie früher noch zusammen. Die Zellenbildung ist ert dann als abgeschlossen zu betrachten, wenn, wie kurze Zeit darauf geschieht, die Keimhaut beginnt sich zusammenzuziehen, der erste Schritt zur Bildung des Keimstreifens; alsdann isoliren sich die Zellen sehr leicht und massenweise, enthalten alle mehr oder weniger Fetttröpfchen und besitzen eine deutliche, wenn auch feine Membran; durch Druck fliessen sie nicht mehr zusammen, sondern sie platzen und der Inhalt zerstreut sich nach allen Seiten. Die Bildung der Membran muss begleitet sein von einer Umwandlung des Protoplasma der Zelle, welches vorher festweich war und jetzt flüssig ist: man erkennt sehr deutlich eine lebhafte *Brown*-sche Molecularbewegung innerhalb der Zellenmembran.

In Folge der soeben erwähnten Zusammenziehung der Keimhaut entfernt sie sich an beiden Polen von der Eihülle und es beginnen die Veränderungen, welche zur Bildung des Keimstreifens führen. Bei Musca wird wie bei Chironomus ein wirklicher Keimstreif gebildet, d. h. eine überall scharf begrenzte, den Dotter nicht vollständig überziehende bandartige Lage von Zellen, von welcher zunächst alle weiteren Veränderungen ausgehen und welcher gegenüber die übrigen Theile des Eies nur passive Bedeutung haben. Dennoch unterscheidet sich der Keimstreif von Musca sehr wesentlich von dem der Tipulaceen, indem eine Continuitätstrennung der Keimhaut nicht vorkommt, deshalb auch der Dotter niemals wieder zu Tage tritt, sondern von der Keimhaut überall bedeckt bleibt. Es verhält sich hier ähnlich wie bei Melophagus, wo nach *Leuckart* der Bauchtheil der Keimhaut bei Weitem rascher sich weiterbildet und Umwandlungen eingeht, als der mehr indifferente Rückentheil — allein es besteht bei Musca auch eine ganz scharfe Grenze zwischen dem Theil der Keimhaut, von welchem die Bildung des Embryo ausgeht und der vorläufig indifferenten Zellenlage des Rückens. Man kann demnach hier in demselben bestimmten Sinne von einem Keimstreifen sprechen, als bei den Insecten mit Continuitätstrennung der Keimhaut. Die Lage desselben ist eine andere als bei den Tipuliden, und ich bin sehr geneigt die Verschiedenheit in der Bildungsweise desselben mit dieser verschiedenen Lagerung in Zusammenhang zu bringen. Bei Musca, wie auch nach *Leuckart* bei Melophagus, nehmen Schwanz- und Kopfende des Keimstreifens von Anfang an die entgegengesetzten Polräume ein und behaupten diesen Platz bis zum Ausschlüpfen des Embryo, während bei den Tipuliden die Länge des Eies im Verhältniss zur Länge des zu bildenden Keimstreifens zu klein ist und derselbe in Form eines grössten Kreises um den Dotter herumgewunden ist, sein Kopf- und Schwanzende dicht aneinanderstossen und letzteres öfters sogar noch in den Dotter hineingekrümmt ist (Simulia, Chironomus). Eine solche Lagerung konnte nur dadurch erreicht werden, dass die Keimhaut zu einem Bande auseinander geschnitten wurde. Wenn nun auch der Unterschied zwischen einem durch Riss entstandenen und einem mit der übrigen Keimhaut in Continuität bleibenden Keimstreifen kein essentieller ist, so muss doch nothwendig die ganze Reihe von Vorgängen, welche das Reissen der Keimhaut herbeiführen, bei der Bildung des Keimstreifens von Musca wegfallen. Die Verdickung am hinteren Eipole, die Bildung eines Schwanz- und Kopfwulstes, die Verdünnung der Keimhaut zwischen beiden, kurz alle Erscheinungen welche dem Reissen der Keimhaut bei Chironomus vorausgingen, fehlen bei Musca. Das Faltenblatt dagegen spielt hier wie dort eine sehr wichtige Rolle und seine Bedeutung erscheint nach den hier gemachten Erfahrungen noch in etwas anderem Lichte: durch die Ausdehnung des Faltenblattes werden die Grenzen des Keimstreifens bestimmt. Leider stellen sich einer erschöpfenden Beobachtung sehr bedeutende Schwierigkeiten in den Weg, nicht nur macht die bald eintretende vollkommene Undurchsichtigkeit der Keimhaut die Anwendung des durchfallenden Lichtes unmöglich, und es ist bekannt, wie schwierig die Erkennung feiner Linien auf der Oberfläche opaker Körper bei stärkerer Vergrösserung ist, sondern es kommt noch hinzu, dass die Beobachtung des ganzen Entwickelungsabschnittes an ein und demselben Ei nicht durchführbar ist, da fast immer schon kurze Zeit nach Entfernung des Chorion die Entwickelung eine abnorme wird, und man deshalb stets der Gefahr ausgesetzt ist, Missbildungen für normale Entwickelungsformen zu nehmen. Ich habe viele Zeit mit solchen oft sehr regelrecht aussehenden und eine Zeit lang ganz stetig sich weiter fortbildenden Missbildungen verloren.

Die nächste Folge der Zusammenziehung der Keimhaut ist die Bildung zweier Querfurchen, deren eine nicht ganz um ein Drittel der Eilänge vom vorderen Pole entfernt ist, die andere vor dem hinteren Pole liegt (Taf. V. Fig. 63 und 64). Beide Furchen entstehen durch eine Faltung der Keimhaut in ihrer ganzen Dicke, Zellenlage und innere Blastemschicht biegen sich in den Dotter hinein (Taf. V. Fig. 63 *vf*). Die vordere Falte läuft schräg vom Bauch gegen den Rücken und zugleich etwas nach hinten um die Keimhaut herum, und schnürt somit den vorderen Theil der Keimhaut als eine »Kopfkappe« ab, während die hintere in entgegengesetzter Richtung schräg gegen den Rücken verläuft, sich aber unterwegs ziemlich stark abflacht. Diese beiden Furchen sind constant, ausser ihnen kommen aber nicht selten noch mehrfache, die Keimhaut nicht vollständig umfassende Falten vor, offenbar in Folge der starken Zusammenziehung der Keimhaut. Unterdessen tritt an der ganzen Bauchseite die Verdunkelung der Zellen durch Eindringen des Dotters ein, und wie aus den folgenden Vorgängen, der Bildung eines Faltenblattes, geschlossen werden muss, die Zellen, welche bisher auf Kosten des inneren Blastems gewachsen waren, beginnen sich zu vermehren und es entstehen mehrfache Zellenlagen. Am Rücken bleibt die Zellenschicht länger hell (Taf. V. Fig. 64 *D*) und hier ist es, wo man das gänzliche Aufgehen des inneren Blastems in dieselben vollständig beobachten kann; offenbar beginnt jetzt bereits der Rückentheil der Keimhaut hinter dem Bauchtheile in der Entwickelung zurückzubleiben.

Die Zusammenziehung der Keimhaut findet am Schwanzende in der Richtung gegen den Rücken hin statt, wie aus der rasch sich verändernden Lage der Polzellen (Taf. V. Fig. 64 *pz*) hervorgeht. Dadurch dass die Keimhaut sich hier von der Dotterhaut zurückzieht, treten die Polzellen, welche vorher in eine flache Grube eingebettet kaum sichtbar waren, wieder hervor und liegen als rundlicher Haufen kleiner, kugliger Zellen auf der Mitte der hinteren, jetzt schräg gegen den Rücken hin abgestutzten Fläche. Bald wendet sich diese noch mehr gegen den Rücken, die Polzellen werden in dieser Richtung mit vorgeschoben und gelangen schliesslich auf die Rückenfläche der Keimhaut, wo sie als kreisrundes Zellenconglomerat in ziemlicher Entfernung vom hinteren Ende auf der Fläche der Keimhaut erkannt werden können.

Ehe sie aber so weit vorgerückt sind, beginnt die Bildung des Faltenblattes, indem sich parallel dem hinteren im Polraum gelegenen Rande der Keimhaut ein Faltenrand auf der Keimhaut zeigt, der bis auf die dorsale Fläche derselben läuft und dort unmittelbar vor den Polzellen die Mittellinie überschreitend in einen gleichen Faltenrand der anderen Seite übergeht. Am Bauche reicht derselbe anfänglich nur sehr wenig nach vorn. Diese Falte ist durchaus anderer Natur als die oben beschriebenen Querfalten, sie verdankt ihre Entstehung nicht einer Einbiegung der Keimhaut in ihrer ganzen Dicke, sondern zeigt einen ganz dünnen, scharfen Rand, besitzt also eine viel zu geringe Dicke, als dass die Zellen der Keimhaut in ihrer ursprünglichen Länge in sie eingegangen sein könnten. Daraus folgt, dass ihrer Bildung eine Theilung der Keimzellen vorhergegangen sein muss und dass sodann nur die äussere Lage der verkleinerten Zellen in die Faltenbildung eingegangen ist. Am Rücken treten die Ränder der Falte kurz nach ihrer Entstehung am stärksten hervor. Unmittelbar hinter der medianen Brücke, durch welche beide Hälften der Falte zusammenhängen, zieht sich die Keimhaut etwas von der Dotterhaut zurück und es entsteht eine Lücke zwischen beiden. Bis zu diesem Punkte lassen sich die Polzellen verfolgen; hier angekommen werden sie von den seitlich überstehenden Rändern der Falte bedeckt und verschwinden, wahrscheinlich um mit den Zellen der Keimhaut sich zu vereinigen. Kurz nachdem auf diese Weise am hinteren Ende der Keimhaut die Bildung eines Faltenblattes eingeleitet wurde, entsteht am vorderen eine Kopffalte, deren Bildung aber weit schwieriger zu verfolgen ist. Sie zeigt sich als ein dem Rande des Eies paralleler, also längslaufender Faltenrand, und scheint vom Rücken her auf den Bauch hinüber zu wachsen. Wenigstens fand ich öfters am Rücken in der Nähe des vorderen Pols eine Einbuchtung der Keimhaut, nach deren wallartigem Rand eine feine, etwas buchtige Linie auf der Oberfläche der Keimhaut hinlief; diese Einbuchtung schien sodann nach vornen vorzurücken, um den Pol umwachsend auf die Bauchseite zu gelangen.

Ein nicht unerheblicher Unterschied in der Bildung des Faltenblattes bei Chironomus und bei Musca liegt darin, dass bei letzterer Kopf- und Schwanzfalte von vornherein in grösserer Ausdehnung auftreten, dagegen aber auch eine weit geringere Dicke besitzen und viel weniger die äussere Gestalt der Keimhaut verändern, während bei Chironomus vorzüglich die Kopffalte im Moment ihrer Bildung den Anschein einer Halbirung der ganzen Kopfkappe hervorbringt. Sehr kurze Zeit nachdem die Keimhaut begonnen hat sich zusammenzuziehen, etwa zwanzig Minuten später, lässt sich bei auffallendem Lichte der feine, scharfcontourirte, etwas aufgeworfene Rand der beiden Falten, der Kopf- und der Schwanzfalte, in der Seitenlage sehr deutlich erkennen (Taf. V. Fig. 65 *fb*). Beide Ränder laufen in etwas welliger Linie dem convexen Eirande parallel und stossen sehr bald in der Mitte zusammen, so dass dann eine continuirliche Linie über die Oberfläche der Keimhaut hinzieht. Den Vorgang der Verschmelzung beider Falten gelang es öfters direct zu beobachten. Später wächst dann das Faltenblatt, während seine Ränder immer regelmässiger und gestreckter werden, gegen die Mittellinie des Bauches hin. Ob es sie erreicht und also den Keimstreif vollständig überzieht oder schon früher mit demselben verschmilzt, habe ich nicht ermitteln können, wahrscheinlich verdünnt es sich bei weiterem Vorwachsen so stark, dass es bei schwacher Vergrösserung, wie sie die Undurchsichtigkeit des Objectes erheischt, nicht mehr wahrgenommen werden kann. Eine Unterbrechung erleidet der Verlauf der Faltenblattränder durch die am Anfange beschriebene vordere Querfurche, welche sich nach Bildung desselben noch mehr vertieft und vor welcher eine zweite Querfurche entsteht, welche von der Mittellinie des Bauches aus nach vorn und dem Rücken zu läuft, ohne indessen letzteren zu erreichen (Taf. V. Fig. 66 *cf*). Die beiden Furchen convergiren gegen die Mittellinie des Bauches, und zwischen ihnen bleiben dreieckige, mit der Spitze der Mittellinie zugewandte Wülste (*xw*) stehen, über welche, wie es scheint, das Faltenblatt sich hinüberschlägt; wenigstens setzt sich von dem Vorderrande des dreieckigen Wulstes aus eine feine Linie schräg nach vorn und gegen die Mittellinie des Bauches hin fort (*fb'*). In der Ventralansicht (Taf. V. Fig. 67) erkennt man, dass die beiden Furchen in der Mittellinie nicht unmittelbar zusammenstossen, sondern durch eine kurze mediane Furche verbunden zusammen eine *x* förmige Figur bilden. Die hintere Furche besitzt eine bedeutende Tiefe, und die dreieckigen Wülste selbst erreichen nicht die Mittellinie, sondern flachen sich ab und werden zu Vertiefungen. Auch den Rand des Faltenblattes habe ich mehrmals als eine dem Eirande parallellaufende Linie bis zu der Querfurche verfolgen können (*fb*), niemals aber weiter nach vorn, was kaum Wunder nehmen kann bei der ungemeinen Abhängigkeit solcher Bilder von der günstigsten Beleuchtung. Die Querfurche, welche früher vor dem Schwanzwulst die Keimhaut ringförmig umzog, ist gleich nach Bildung der Schwanzfalte bei dem Nachlasse der Zusammenziehung verschwunden.

Während Solches an der Bauchseite der Keimhaut vor sich geht, verändert sich der Rückentheil in folgender Weise. Die oben erwähnte, auf dem Rücken liegende Brücke zwischen den beiden symmetrischen Hälften der Schwanzfalte spaltet sich in der Mittellinie und zwar wahrscheinlich schon bald nach dem Verschwinden der Polzellen, ihre beiden Ränder bleiben hier dicht aneinander liegen, weichen aber nach vorn auseinander bis zur Mitte der Eilänge, um von da ab zu convergiren und vor dem vorderen Pole zusammenzustossen[1]). Vom Bauche aus bis zu diesen auf dem Rücken hinziehenden Rändern ist die Keimhaut vom Faltenblatte vollständig überzogen, und damit ist der Keimstreif gebildet, denn nur der vom Faltenblatte überzogene Theil der Keimhaut nimmt an den nächsteintretenden Metamorphosen Theil, und erst später, wenn die typischen Abtheilungen des Körpers angelegt und ihre Anhänge bereits in der Ausbildung weit vorgeschritten sind, treten auch am Rücken weitere Umwandlungen ein. Nach Bildung des Keimstreifens verschwinden allmählich die dreieckigen Querwülste (*xw*) im vorderen Theile des Keimstreifens; sie sind also weder definitive Theile, noch auch bilden sie sich in solche um, und ich bin ausser Stand zu sagen, aus welchen Ursachen sie resultiren und

1) Ein Stück dieses dorsalen Randes ist in Fig. 66 *fb"* zu erkennen, die dorsalen Ränder in ihrer ganzen Ausdehnung in Fig. 70 *rfb*, welche aber ein späteres Stadium darstellt

welchen Bauzwecken sie dienen. Allerdings scheint die hintere der beiden Querfurchen zu persistiren, um später die hintere Grenze des Kopfes zu bilden, allein auch dies kann ich nicht mit Bestimmtheit behaupten, da ich nie an einem Ei die Entwickelung vollständig beobachten konnte.

Zwei Stunden nach der Zusammenziehung der Keimhaut lassen sich an dem Embryo nur mit grösster Mühe einige Linien unterscheiden, da derselbe die Dotterhaut vollkommen ausfüllt und Nichts mehr von den tiefen Furchen aufweist, welche die dreieckigen Querwülste einschlossen, bald aber tritt die Bildung der Keimwülste ein, kenntlich an einer medianen Furche, welche den Keimstreif in seiner ganzen Länge durchzieht. Bei geeigneter Beleuchtung lässt sich dieselbe auf der ganzen Bauchseite hin verfolgen und tritt am Schwanzende als herzförmiger Einschnitt hervor, während die vordere Spitze des Keimstreifens anfänglich von einer Längsfurche nicht durchzogen wird (Fig. 68). Dagegen bildet sich hier eine quere Einziehung, die Mundeinziehung (*m*), durch welche der Vorderkopf (*vk*) beginnt, sich von den Keimwülsten abzuschnüren. Das Verhältniss des Vorderkopfes zu den Keimwülsten ist hier offenbar dasselbe wie bei Chironomus. Wenn auch die Undurchsichtigkeit des Embryo ein vollständiges Verfolgen des Verlaufes der Keimwülste nicht erlaubt, so geht doch gerade aus der frühesten Anlage derselben hervor, dass sie sich nicht in den Vorderkopf fortsetzen, sondern hinter der Mundspalte auseinanderweichen, um an den Seiten des Vorderkopfes gegen den Rücken hin zu ziehen; die mediane Furche zwischen den Keimwülsten läuft bis zur Mundspalte, wo sie einen tiefen, herzförmigen Einschnitt veranlasst, aus dessen Gestalt ein einfaches Umschlagen der Keimwülste in die Mundspalte sich nicht herleiten lässt.

Nach Anlage der Keimwülste erfolgt sehr rasch hintereinander die Bildung der Urtheile des Kopfes, welche bei Musca eben so vollständig vorhanden sind wie bei Chironomus, obgleich bekanntlich die Larve unter die sogenannten kopflosen gehört, und in der That ihr erstes, dem Kopfe entsprechendes Segment sich nur wenig von den Leibessegmenten unterscheidet. Die Anlage des Kopfes nimmt etwa ein Drittel der Länge des Keimstreifens ein, und die hintere Grenze desselben wird durch eine Querfurche bezeichnet, welche schräg um den Keimstreifen herumläuft und möglicherweise identisch ist mit der Furche, welche die Kopfkappe abschnürte.

Unmittelbar nach Entstehung der Mundeinziehung setzen sich von ihr aus Furchen gegen den Rücken hin fort und schnüren den Vorderkopf als selbstständigen Theil ab. Etwas später bilden sich zwischen Mundspalte und hinterem Kopfrande drei querlaufende, tiefe und schmale Furchen, welche die Keimwülste in drei Kopfsegmente theilen. In halber Rückenansicht sieht man, wie ein scharfer, wulstiger Rand dieselben gegen den Rücken hin begrenzt, um hinter dem letzten Segmente sich der Mittellinie des Bauches zuzuwenden. Es ist dies der ventrale Rand der sich bildenden Scheitelplatten, deren vorderer Rand quer vom Bauche nach dem Rücken zieht und durch die Abschnürung des Vorderkopfes gebildet wird, während der dorsale mit dem dorsalen Rande des Keimstreifens zusammenfällt.

In welcher Weise sich das Faltenblatt zur Bildung der Urtheile des Kopfes verhält, lässt sich nicht ermitteln; ob es sich wie bei Chironomus in der Mittellinie des Bauches spaltet und auf die Seitentheile der Keimwülste zurückzieht, ob aus ihm die Scheitelplatten sich bilden, darüber lassen sich nur Vermuthungen aufstellen.

Von den Kopfsegmenten entspringen die Kopfanhänge, deren auch hier drei Paare vorhanden sind, Mandibeln, erstes und zweites Maxillenpaar. Sie zeigen sich zuerst als rundliche Plättchen, nach aussen von bogenförmigem Rande begrenzt, nach innen ohne Grenzlinie in die Keimwülste übergehend; ihre querlaufenden Ränder (vordere und hintere) sind anfänglich noch sehr schwach ausgebildet (Taf. V. Fig. 69 *md*, mx^1, mx^2). An Breite sind die Anhänge ziemlich gleich, dagegen stehen an Länge die Mandibeln hinter den beiden Maxillen zurück, ihre äusseren Ränder liegen der Mittellinie näher, und da die ventralen Ränder der Scheitelplatten (*schp*) die Anhänge nach aussen begrenzen, so springen dieselben in der Höhe der Mandibeln bedeutend weiter gegen die Mittellinie vor, als weiter hinten, wo die beiden Maxillenpaare, und zwar vorzüglich das vordere, weit auf den Rücken hinübergreifen (Taf. V. Fig. 70 mx^1, mx^2). Anfänglich sind die Mandibeln in der Seitenansicht noch sichtbar (Taf. VI. Fig. 91 *md*), bald aber nähern sich die ventralen Ränder der Scheitelplatten noch mehr der Mittellinie und verdecken dieselben von der Seite her vollständig (Taf. VI. Fig. 92). Die Mandibeln liegen zur Zeit ihrer Bildung vom Lippenrande der Keimwülste etwas entfernt, dieser Rand selbst zeigt, wie oben erwähnt, einen scharfen medianen Einschnitt, und auch der Vorderkopf wird häufig auf seiner ventralen, etwas convex vorgewölbten Fläche von einer Längsfurche durchzogen, welche auf seiner Rückenfläche niemals fehlt. Es scheint dass anfänglich die dorsalen Ränder des Keimstreifens, d. h. des Faltenblattes, erst auf der Spitze des Vorderkopfes zusammenstossen, und dass daher eine tiefe Furche auf dem Rücken desselben so lange bestehen bleibt, bis die Verwachsung dieser Ränder in der Mittellinie eingetreten ist. Dies geschieht kurz nachdem die Anhänge gebildet sind, und dann stossen die Ränder des Keimstreifens in der Höhe der Scheitelplatten zusammen (Taf. V. Fig. 70).

Die Keimwülste verlaufen bis an das Schwanzende des Embryo und lassen sich in Halbprofilansicht als parallellaufende Linien leicht erkennen. Die sie trennende mediane Längsfurche setzt sich noch etwas auf den Rücken hin fort, wahrscheinlich bis zu der Afteröffnung, auf deren Bildung ich im zweiten Abschnitte zurückkomme, und das hintere

Ende des Embryo erscheint deshalb jetzt herzförmig eingeschnitten (Taf. V. Fig. 69 und 70). Mit der Bildung der Keimwülste und der Urtheile des Kopfes ist die erste Entwickelungsperiode beendigt. Wenn leider auch viele Lücken in der Beobachtung bleiben mussten, welche wohl nur durch Auffindung eines der Untersuchung günstigeren Muscideneies ausgefüllt werden können, so geht doch aus dem Thatsächlichen so viel hervor, dass im Allgemeinen eine grosse Uebereinstimmung mit den Vorgängen des ersten Entwickelungsabschnittes bei den Tipulaceen besteht. Die Bildung der Keimhaut ist ganz dieselbe, bei beiden wird ein wirklicher, scharf begrenzter Keimstreif gebildet, wenn auch auf verschiedene Weise, und seine Bildung wird eingeleitet und begleitet von der Bildung zweier Falten, welche die Embryonalanlage überwachsen, zu einem oberflächlichen Blatte verschmelzen und durch ihre Ausdehnung die Grenze des Keimstreifens bestimmen. Die Theilung des Keimstreifens in symmetrische Hälften, die Keimwülste, ist beiden gemeinsam, ebenso wie die Trennung des Vorderendes des Embryo in die Urtheile des Kopfes.

B. **Zweite Entwickelungsperiode.**

Die Zusammenziehung der Keimwülste mit den sie begleitenden Erscheinungen bis zu beginnender Verschmelzung des zweiten Maxillenpaares.

Die zweite Entwickelungsperiode charakterisirt sich durch Zusammenziehung der Keimwülste, welche aber keine totale ist, wie bei Chironomus, sondern die sich auf den Kopftheil der Keimhaut beschränkt. Der Körpertheil derselben erfährt sogar eine, wenn auch nur passive Ausdehnung, die Folge der Verkürzung des Kopfes; die Zusammenziehung bewirkt daher nicht eine durchgehende Lageveränderung der Embryonalanlage, wie bei Chironomus, sondern sie verändert nur das Grössenverhältniss zwischen den einzelnen Hauptabschnitten (Kopf und Leib) und bahnt zugleich die definitive Lage der Anhänge an.

Die letzteren rücken nach vorn und machen zugleich eine drehende Bewegung, welche, weniger auffallend als bei Chironomus, doch darauf hindeutet, dass die Anhänge auf bogenförmig gekrümmter Basis aufsitzen, d. h. dass die Keimwülste an der Mundspalte auseinanderweichen und von den Scheitelplatten bedeckt gegen den Rücken hinlaufen. Das gänzliche Fehlen eines Antennenfortsatzes lässt diese Drehung, die durch einen höchst eigenthümlichen Entwickelungsgang der Mandibeln bereits etwas versteckt wird, weniger hervortreten. Das Ende der Entwickelungsperiode ist nicht so scharf bezeichnet als der Anfang, de sich die Beendigung der Zusammenziehung der Keimwülste nicht durch eine bestimmte Lagerung der Theile kennzeichnet, und eine Verkürzung des Kopfes auch nachher noch stattfindet durch Verkleinerung seiner einzelnen Theile. Die Bildung der Ursegmente des Leibes, die Schliessung des Kopfes auf dem Rücken und die beginnende Verwachsung des zweiten Maxillenpaares zur Unterlippe gehören in diesen Abschnitt, dessen Ende ich in einem eigenthümlichen Vorgange finde, dem Umbeugen des Vorderkopfes, durch welchen die letzte zur definitiven Gestaltung des Kopfes erforderliche Metamorphose eingeleitet wird. Die von diesen Entwickelungsmomenten begrenzte Periode entspricht in der Hauptsache vollkommen dem zweiten Entwickelungsabschnitte bei Chironomus, mit dem einzigen Unterschiede, dass bei Musca, entsprechend der im Allgemeinen überaus raschen Entwickelung, der Beginn einer organologischen Differenzirung der embryonalen Zellenmasse noch in das Ende des zweiten Abschnittes fällt, und ebenso die damit zusammenhängende Anlage des Darmes.

Gleich nach dem Hervorsprossen der Kopfanhänge beginnt die Zusammenziehung der Keimwülste, in Folge deren der Kopftheil der Embryonalanlage, welcher anfänglich etwa ein Drittel der ganzen Eilänge einnahm, schliesslich auf weniger als ein Zehntel derselben reducirt wird um in der dritten Entwickelungsperiode zum kleinsten der typischen Leibesabschnitte zu werden.

Während die Anhänge langsam nach vornen rücken, grenzen sie sich zugleich schärfer voneinander und von den Keimwülsten ab, erhalten jetzt zu dem früher schon vorhandenen halbkreisförmig gebogenen äusseren Rande einen vorderen und hinteren Rand, welche ziemlich gerade in querer Richtung gegen die Mittellinie hinziehen, letzterer bei dem hinteren Maxillenpaare zugleich den hinteren Rand des Kopfes bezeichnend. Die vorderen Maxillen werden sodann durch fortgesetztes Vorrücken der hinteren Maxillen an die Seite gedrängt, so dass sie zwischen hintere Maxillen und Scheitelplatten zu liegen kommen (Taf. V. Fig. 71). Sie nehmen zugleich eine aufrechte Stellung ein, d. h. ihre Längsaxe fällt nahezu mit der des Körpers zusammen, und während ihre schmälere Basis auf dem hinteren Kopfrande aufsteht, wird der frühere Innenrand zum breiten, sanft gebogenen Vorderrande (Taf. V. Fig. 73).

Die Mandibeln entwickeln sich in folgender, höchst eigenthümlicher Weise. Anfänglich haben sie ähnliche Lage und Gestalt wie die Mandibularanhänge von Chironomus bei Beginn ihrer Entstehung, sie liegen den Keimwülsten flach auf und unterscheiden sich von den gleichen Theilen bei Chironomus nur durch ihre im Verhältniss zu den Maxillaranhängen geringere Grösse (Taf. V. Fig. 69 *md*). Bei beiden Insecten stossen sie in der Mittellinie zusammen, sobald sie einen inneren Rand bekommen haben, bei Chironomus aber entfernen sie sich später voneinander, da der Boden, auf welchem sie nach vornen rücken, die Kopfwülste an der Mundspalte auseinanderweichen; hier kommen deshalb die Mandibeln seitlich von der Mundspalte zu stehen. Bei Musca ist es anders. Die Mandibeln entfernen sich während ihres durch die Zusammenziehung der Kopfwülste eingeleiteten Vorrückens nicht voneinander, sondern bleiben mit ihren Innenrändern dicht aneinander liegen. Ihr grösster Durchmesser, der anfänglich quer lag, kommt allmählich in die Längsrichtung zu liegen, weniger durch Drehung der Anhänge als durch Auswachsen derselben in dieser Richtung, und zugleich schliesst sich eine Spalte, welche anfänglich noch zwischen dem vorderen Theile ihrer Innenränder blieb, so dass es keinem Zweifel unterliegt, dass hier eine Verwachsung eingeleitet wird. Die Mandibeln verschmelzen zu einem unpaaren zahnartigen Organ, auf welches ich später wieder zurückkommen werde. Geraume Zeit, ehe diese Verschmelzung eintritt, besitzen die Mandibeln schon die Gestalt dreieckiger Plättchen mit breiterer, rückwärts gerichteter Basis und abgerundeter, nach vorn sehender und etwas nach aussen umgekrümmter Spitze (Taf. V. Fig. 71 *md*); ihr äusserer Rand ist schwach convex gebogen, der innere gerade und in seinem hinteren Theile mit dem Innenrande seines Partners verschmolzen. Etwas später überragen dann die rundlichen Spitzen der Mandibeln den Lippenrand der Keimwülste (*lkw*), der deutlich durch sie hindurchschimmert, und wenn endlich die inneren Ränder sich in ihrer ganzen Länge aneinander geschlossen haben, so bleiben nur die Spitzen als herzförmig eingeschnittener Rand noch selbstständig (Taf. VI. Fig. 75 *md*). Bis zur vollkommenen Verschmelzung lässt sich die Umwandlung nicht verfolgen, da die Mandibeln der weiteren Beobachtung entzogen werden. Es geschieht dies durch eine eigenthümliche Veränderung in der Lage des Vorderkopfes, durch welche sie von diesem bedeckt werden.

Der Vorderkopf hat sich nämlich inzwischen von den Scheitelplatten vollständig abgeschnürt und stellt einen hohen, dicken, vorn quer abgestutzten Zapfen vor, von vierseitig prismatischer Gestalt, dessen ventrale Fläche convex vorgewölbt keine mediane Furche mehr aufweist, so wenig als die hintere, mehr ebene Fläche. Wenn nun die vorderen Maxillen vollkommen aufgerichtet zwischen Scheitelplatten und hinterem Maxillenpaare eingeklemmt stehen und die Mandibeln beinah vollständig verwachsen den Lippenrand der Keimwülste überragen, fängt der Vorderkopf an sich gegen den Bauch zu krümmen und beugt sich in Kurzem so weit herab, dass seine vordere, querabgestutzte Fläche zur ventralen wird, die ventrale aber die Mundspalte überdeckt und dicht auf den Lippenrand der Keimwülste zu liegen kommt (Taf. VI. Fig. 74). Keimwülste und Vorderkopf stossen mit ganz gerader Querlinie aufeinander, und vor dieser sieht man dann den Vorderrand der Mandibeln durchschimmern (Taf. VI. Fig. 75). Die Mandibeln liegen jetzt in der Mundspalte selbst, die eben der Raum zwischen Vorderkopf und Keimwülsten ist, und rücken später noch tiefer in dieselbe hinein, wie aus der andauernden Verkürzung des Kopfes hervorgeht. Auch der Vorderkopf hat mit der Umbeugung auf die Keimwülste das Ende seiner Umwandlungen noch nicht erreicht; höchst merkwürdiger Weise nimmt er an der äusseren Begrenzung des Larvenkopfes gar keinen Antheil und stülpt sich vollständig nach innen um, wie im dritten Abschnitte näher zu schildern sein wird.

Während dieser Vorgänge hat das hintere Maxillenpaar begonnen sich zur Unterlippe umzuwandeln. Dasselbe ist mit dem hinteren Kopfrande, auf welchem es mit breiter Basis aufsteht, nach vorn gerückt und reicht jetzt mit seinem vorderen Rande fast bis an den umgebogenen Vorderkopf (Taf. VI. Fig. 75 mx^2). Jede einzelne Maxille hat eine dreieckige Gestalt, die inneren geraden Ränder liegen in der Mittellinie unmittelbar aneinander und gehen nach vorn in die abgerundeten Spitzen über, welche zusammen einen herzförmig eingeschnittenen Rand bilden. Vollständige Verschmelzung tritt auch hier erst in der dritten Periode ein.

Es bleibt noch übrig die Veränderungen der Scheitelplatten zu verfolgen. Im Beginn des zweiten Abschnittes waren dieselben noch nicht vollständig ausgebildet, es fehlte ihnen der hintere Rand (Taf. VI. Fig. 91 *schp*); bald indessen bildet sich, etwas weiter nach vorn gelegen als der hintere Rand des Kopfes, eine feine, gerade Querfurche, welche die Scheitelplatten vom Körpertheile des Keimstreifens abschnürt (Taf. V. Fig. 72 u. Taf. VI. Fig. 92 *hr*). Hinter dieser entsteht eine zweite, ventralwärts mit jener convergirende Furche, so dass dann ein auf dem Rücken breiter, gegen den Bauch zu sich verjüngender Querwulst zwischen Kopf und Leib zu liegen kommt. Die Scheitelplatten sind sodann von allen Seiten durch scharfe Linien begrenzt und stellen zwei fast vollständig getrennte Platten dar, welche auf dem Rücken weit auseinanderklaffen (Taf. V. Fig. 72 *schp*) und nur ganz vorn mit ihren Rändern zusammenstossen. Von diesem Vereinigungspunkte aus biegen sie um und laufen als ziemlich dicke Wülste an der Seite des Vorderkopfes gegen die Medianlinie des Bauches hin. So lange die Mandibeln noch nicht vom Vorderkopfe bedeckt werden, springt der innere Rand der Scheitelplatten stark gegen die Mittellinie hin vor und trifft an dem Winkel zwischen vorderer und hinterer Maxille auf den soeben beschriebenen hinteren Rand (*hr*). Später werden durch das Vorrücken der hinteren und das seitliche Zurückweichen der vorderen Maxillen die Scheitelplatten mehr gegen den Rücken hingedrängt, der an die Mandibeln grenzende Vorsprung verliert sich und zwischen Scheitelplatten und Mandibeln treten, wie oben bereits erwähnt, die vorderen Maxillen (Taf. V. Fig. 73). Während so die Scheitelplatten an der Bauchseite zurückgedrängt werden, vergrössern sie sich auf dem Rücken. Ihre dorsalen Ränder wachsen gegeneinander, und die Spalte zwischen ihnen beginnt, von vorn nach hinten vorschreitend, sich zu schliessen. Am Ende dieses Entwickelungsabschnittes ist die Spalte vollständig, oder nahezu vollständig geschlossen und damit der Kopf als ein Ganzes gebildet (Taf. VI. Fig. 76).

Während dieser Vorgänge am Kopftheile des Embryo bilden sich am Körpertheile die Ursegmente, und zwar fällt ihre Bildung noch in den Anfang dieser Periode. Zehn quere Furchen theilen den Keimstreif in elf anfänglich ziemlich gleichgrosse Abschnitte, deren jeder wieder durch die zwischen den Keimwülsten verlaufende Längsfurche in zwei symmetrische Hälften getheilt wird (Taf. V. Fig. 71). In Uebereinstimmung mit den Beobachtungen an Chironomus, wie mit den Angaben welche *Leuckart*, *Zaddach* und *Kölliker* in Bezug auf Insecten, *Claparède* in Bezug auf Arachniden gemacht haben, schreitet die Segmentirung der Keimwülste von vorn nach hinten fort, auch geht, hier wie bei Chironomus und nach *Leuckart* auch bei Melophagus, der Abtheilung in scharf geschiedene Abschnitte eine unregelmässig wellige Biegung der Oberfläche der Keimwülste voraus. Letztere besitzen von Anfang an ihre definitive Länge, wachsen während der Bildung der Ursegmente nicht mehr und es verhält sich also hier anders als bei den Spinnen, bei welchen *Claparède* die Bildung der Ursegmente des Abdomens von einer steten Verlängerung der Schwanzkappe begleitet sah, ein Umstand, dessen Erklärung in dem ungewöhnlich frühzeitigen Auftreten der Segmentirung zu suchen sein wird.

Sobald die Ursegmente angelegt sind beginnt die Schliessung des Rückens, ohne jedoch schon in dieser Periode vollständig erreicht zu werden. In demselben Maasse als die Scheitelplatten auf dem Rücken sich einander nähern, wachsen auch die dorsalen Ränder der Ursegmente gegeneinander und verengen die anfänglich sehr breite Spalte auf dem Rücken. Die Fläche dieser Spalte behält dabei dieselbe Beschaffenheit, die sie auch vorher hatte, sie ist glatt und zeichnet sich durch eine gelblichere Färbung aus (bei auffallendem Licht), davon herrührend, dass der Dotter durch die nur dünne Zellenlage durchschimmert. Am Ende dieses Entwickelungsabschnittes besitzt die Spalte noch immer eine ziemlich bedeutende Breite, ist in der Mitte am breitesten und verschmälert sich allmählich nach vorn und hinten (Taf. VI. Fig. 76).

Die B i l d u n g d e r H i n t e r l e i b s s p i t z e des Musca-Embryo unterscheidet sich einigermassen von dem entsprechenden Vorgange bei Chironomus, insofern hier nicht ein förmliches Umklappen des Keimstreifens auf den Rücken stattfindet wie dort und wie bei Phryganea. Indessen greift auch hier der Keimstreif von Anfang an auf den Rücken über, und der Rückentheil des letzten Segmentes bildet sich aus diesem kappenartig übergreifenden Theile. Man kann hier sehr wohl von einer S c h w a n z k a p p e sprechen, die dadurch zu Stande kommt, dass die Ränder des Faltenblattes, wie oben beschrieben wurde, am Schwanzende des Embryo mit einem Bogen sich auf den Rücken hinaufziehen. Indessen ist dieser Rückentheil der Schwanzkappe nur sehr klein, so dass nach Bildung der Ursegmente das letzte derselben (das elfte) nur zum Theil, nicht aber vollständig wie bei Chironomus gegen den Rücken geschlossen ist (Taf. V. Fig. 72). Erst allmählich, durch Gegeneinanderwachsen der Ränder des Keimstreifens, findet diese Schliessung statt (Taf. VI. Fig. 76). Sehr eigenthümlich ist das Verhalten des Faltenblattes zur Afterbildung. Es wurde im ersten Abschnitte erwähnt, dass sich dasselbe, soweit es auf dem Rücken liegt, spalte, und in der That ist diese Spaltung, welche höchst wahrscheinlich in der ganzen Länge des Keimstreifens erfolgt, dort aber nicht wahrgenommen werden konnte, hier sehr leicht zu constatiren; das Faltenblatt spaltet sich, seine beiden Ränder aber entfernen sich nicht voneinander, sondern bleiben dicht aneinander liegen, um kurze Zeit darauf, wenn die Ursegmente entstanden sind und der Rücken des elften Ursegmentes nach vorn sich schliesst, wiederum mit einander zu verschmelzen. Bevor dies geschieht, berühren sich die Ränder des Faltenblattes nur in einer ganz kurzen Strecke, da sie nicht nur nach vorn sondern auch nach hinten auseinanderweichen und somit anzudeuten scheinen, dass hier wie bei Chironomus die Hälften des gespaltenen Faltenblattes sich auf die Seitentheile der Keimwülste zurückziehen. Der hintere Theil des letzten Ursegmentes ist in dieser Periode auf dem Rücken vom Faltenblatte nicht bedeckt, die Ränder des letzteren ziehen sich an den Seitenflächen des Segmentes vom Bauche her dorsalwärts und stossen erst in der Mittellinie des Rückens unter spitzem Winkel zusammen (Taf. V. Fig. 72 bei *a*). An dieser Stelle entsteht der After innerhalb einer queren Furche, welche die Afterfurche heissen mag. Wenn auch die directe Beobachtung über die Art und Weise dieser Entstehung keinen Aufschluss giebt, so ist es doch klar, dass man sich die Afteröffnung hier auf ganz ähnliche Weise entstanden denken kann als bei Chironomus, nämlich so, dass die Decke des Enddarmes durch den nicht gespaltenen, oder vielmehr wieder zusammenverschmolzenen Theil des Faltenblattes gebildet wird, das Lumen selbst aber durch Ueberbrückung der Längsfurche zwischen den Keimwülsten. Zur Zeit der Entstehung des Afters ist der Rücken des letzten Segmentes noch nicht vollständig geschlossen, wenn dies aber später geschehen ist, so bildet sich dann eine zweite Querfurche auf dem Rücken, in welcher sich die zwei hinteren Stigmen, die einzigen der jungen Larve, ausbilden; ich nenne sie die Stigmenfurche. Zwischen Stigmenfurche und Afterfurche bleibt dann ein breiter, zapfenartiger Wulst stehen, die eigentliche hintere Fläche des Segmentes, auf welcher zuerst eine mediane Naht hinläuft, der Ueberrest der medianen Längsfurche zwischen den Keimwülsten; diese verwischt sich aber bald und bleibt nur an ihrem Anfange, d. h. an der Stelle der Aftermündung, noch als dreieckige, mit der Spitze gegen den Rücken gerichtete Grube bestehen. Anfangs erscheint daher der Zapfen in der Rückenansicht herzförmig eingeschnitten, später verliert sich der Einschnitt hier sowohl wie auch am ventralen Theile des Segmentes.

In der Mitte der zweiten Entwickelungsperiode tritt eine Trennung der embryonalen Zellenmasse in eine oberflächliche und tiefe Schicht ein, zuerst kenntlich an einem ziemlich dicken, etwas helleren Rande (Taf. VI. Fig. 75 *h*), der überall im Verlauf der Keimwülste sichtbar wird, und aus welchem sich später die Zellenlage der äusseren

Haut und die Hautmuskeln bilden. Diese Differenzirung entspricht vollkommen der bei Chironomus in der dritten Entwickelungsperiode eintretenden Differenzirung der Zellenmasse, sie ist eine rein organologische und histologische Scheidung und kann mit den Keimblättern der Wirbelthiere in keiner Weise verglichen werden. Mit dem Faltenblatte steht sie in keiner Beziehung, von diesem ist schon geraume Zeit vor ihrem Eintritt nichts mehr zu bemerken. Gleichzeitig mit dem Sichtbarwerden einer Hautschicht legen sich in der Tiefe die drei Darmtheile an, Vorderdarm, Mitteldarm und Hinterdarm, und lassen sich zuweilen durch Ausüben eines Druckes auf das Ei durch die äusseren Theile hindurch erkennen (Taf. VI. Fig. 75 *md*, *hd*); ich verspare indessen ein näheres Eingehen auf die Entstehung dieser, sowie der übrigen inneren Organe des Embryo auf den als Anhang der dritten Entwickelungsperiode beigegebenen histologischen Theil.

Hier sei nur noch des Modus gedacht, nach welchem sich die Zellen der Embryonalanlage bis zum Eintritt der organologischen Differenzirung vermehren. Es geschieht dies keineswegs ausschliesslich durch Zweitheilung der Zellen, wie man seit *Remak* allgemein annahm, sondern es kommen Zellenformen vor, welche noch auf einen zweiten Modus der Zellenfortpflanzung schliessen lassen. Es finden sich nämlich neben den oben beschriebenen kugligen Zellen mit einfachem Kern eine nicht unbedeutende Anzahl viel grösserer, im isolirten Zustande ebenfalls kugliger Zellen, welche eine Menge kleiner Kerne einschliessen (Taf. V. Fig. 61 *e*). Sie enthalten daneben viel feinkörnige dunkle Fettkörnchen, welche nicht selten hofartig um die Kerne gruppirt sind. Je grösser die Anzahl der Kerne ist, um so kleiner werden die einzelnen von ihnen, so dass hieraus, in Verbindung mit dem Umstande, dass niemals ein grösserer Kern zwischen den kleinen gefunden wird, den man als unverändert persistirenden ersten Zellenkern ansprechen könnte, geschlossen werden muss, dass die kleinen Kerne durch fortgesetzte Theilung des ersten Zellenkerns entstanden sind. Damit stimmt es auch, dass die Zahl der Kerne mit der Grösse der Zelle im Verhältniss steht. Bei den grössten, 0,051 — 0,061 Mm. im Durchmesser haltenden Zellen beläuft sich ihre Anzahl auf dreissig, während von da an abwärts eine jede Zahl bis zu zwei Kernen gefunden wird, die in letzterem Falle zweifellos durch Theilung des ersten Kernes entstanden sind (Taf. V. Fig. 61 *dd*). Theilungserscheinungen an den Zellen selbst habe ich trotz vielfach wiederholter Untersuchung niemals mit Sicherheit beobachtet, dass aber dennoch der grösste Theil der Zellen durch Theilung entsteht, ist nicht zu bezweifeln. Wie später gezeigt werden soll, finden sich auf gewissen Entwickelungsstufen vieler inneren Organe ungemein zahlreich Zellen mit doppeltem Kern, während nicht lange Zeit nachher an denselben Stellen nur Zellen mit einfachem Kern liegen. Die vielkernigen Zellen finden sich im ausgebildeten Embryo nicht mehr vor, wahrscheinlich werden die einzelnen Kerne, um welche der

Zelleninhalt bereits hofartig zusammengeballt war, durch Bersten der Zellenmembran frei und verfolgen sodann einen selbstständigen Entwickelungsgang, bilden eine Membran um das Protoplasma und werden von Neuem fortpflanzungsfähig, ich werde weiter unten bei Gelegenheit der Muskelbildung auf sie zurückkommen. Für diesen Entwickelungsgang spricht auch das mit dem Auftreten der vielkernigen Zellen gleichzeitige Vorkommen sehr kleiner Zellen, Zellen von 0,040 Mm. Durchmesser mit einem Kern von 0,0068 Mm., welchen nicht selten scharfe Grenzlinien, wie sie bei vorhandener Zellenmembran sich zeigen müssten, noch mangeln.

C. Dritte Entwickelungsperiode.

Von der Bildung der Unterlippe bis zum Ausschlüpfen der Larve.

Im dritten Entwickelungsabschnitte erhält der Embryo die Gestalt, welche er im Wesentlichen während der Larvenperiode beibehält; die Leibeshöhle wird geschlossen, indem die vorher indifferente, den Rücken des Embryo bedeckende Zellenschicht von den Rändern des Keimstreifens überwachsen und in den Rückentheil der Segmente umgewandelt wird. Zugleich legen sich die inneren Organsysteme an, und die bereits früher angelegten bilden sich vollends aus, endlich erhält der Kopf seine definitive, vor den übrigen Segmenten sehr wenig ausgezeichnete Gestalt und in ihm bildet sich der Hakenapparat, das Aequivalent der Fresswerkzeuge der Larve.

Ich beginne mit der weiteren Ausbildung des Kopfes, um die des Leibes nachfolgen zu lassen und mit der Entstehung und Ausbildung der inneren Organe abzuschliessen.

Am Ende der zweiten Periode hatte sich der Vorderkopf gegen den Bauch umgebogen und bedeckte die Mandibeln, welche in der Mittellinie dichtaneinanderliegend in die Mundspalte hineingerückt waren. Die vorderen Maxillen, bedeutend herangewachsen und die Scheitelplatten zurückdrängend, lagen an den Seiten des Kopfes, und das zweite Maxillenpaar bedeckte, in der Mittellinie mit gerader Naht zusammenstossend, den hinteren Theil der ventralen Kopffläche (Taf. VI. Fig. 74—76). Von nun an verkürzt sich der Kopf immer mehr, sein hinterer Rand rückt weiter nach vorn, und während die Mandibeln bald vollständig in der Mundspalte verschwunden sind, beugt sich auch der Vorderkopf immer weiter um (Taf. VI. Fig. 77 *vk*) und stülpt sich förmlich in die Mundspalte ein; zugleich wachsen beide Maxillenpaare nach vorn, besonders die vorderen Maxillen erreichen bald eine bedeutende Grösse, ragen über den Vorderkopf hinaus, verbreitern sich zugleich nach rückwärts und drängen die Scheitelplatten immer mehr zusammen, die zugleich immer kleiner werden und schliesslich mit den Maxillen verschmelzen, so dass die Grenze zwi–

schen beiden Theilen nicht mehr zu erkennen ist. Das zweite Maxillenpaar verwächst in der Mittellinie und bildet eine schildförmige, breite Platte, an deren vorderem Rande sich anfänglich die Zusammensetzung aus paarigen Theilen durch eine mediane Einziehung deutlich kennzeichnet, während auf ihrer Fläche eine gerade, mediane Naht bleibt. Dieses Stadium stellt Fig. 81 dar; der Vorderkopf ragt noch etwas weiter nach vorn als die flügelförmig an seinen Seiten stehenden vorderen Maxillen, in seinem Innern ist ein Hohlraum entstanden, in welchem nur einzelne runde Zellen innerhalb klarer Flüssigkeit liegen. Etwas später (Taf. VI. Fig. 82) verschwindet dann mediane Naht und Einziehung des vorderen Randes der Unterlippe, zugleich verschmälert sich ihre Basis und der Vorderkopf (*vk*), inzwischen noch weiter umgebogen, steht mit ihrem vorderen Rande in gleicher Höhe. Sodann nimmt die Unterlippe, während ihr mittlerer Theil sich verschmälert, früher schon vorhandene seitliche kleine Vorsprünge aber deutlicher sich markiren, immer mehr eine zungenförmige Gestalt an und der Vorderkopf verschwindet vollständig (Taf. VI. Fig. 83). Auf seiner ventralen Fläche bildet sich während, und oft schon vor Beginn des Herabbeugens fast constant eine kurze, spornartige Spitze aus (Taf. VI. Fig. 74 u. 77), die die Orientirung erleichtert, wenn sie auch sonst ohne Bedeutung ist. Diese lässt sich in der Bauchansicht durch die Unterlippe hindurch erkennen (Taf. VI. Fig. 83), der niedrige, mit dem Sporn versehene Vorderkopf ist zwischen die vorgewucherten vorderen Maxillen eingeklemmt und in Fig. 84 stellt er nur noch die etwas kuglig gewölbte Brücke zwischen den Basen derselben vor. Interessant ist in diesem Stadium eine seitliche Ansicht, wenn die Theile durchsichtig genug sind, um den in Gestalt eines flachen Rückens zwischen der Basis der Maxillen gelegenen Vorderkopf erkennen zu lassen (Taf. VI. Fig. 85 *vk*). Zwischen seinem ventralen Ende und der immer noch etwas wulstigen und dicken Unterlippe befindet sich die Mundöffnung (*m*), und aus der gegenseitigen Lage der Theile ist es offenbar, dass der grösste Theil des Vorderkopfes und das ganze erste, die Mandibeln tragende Kopfsegment in die Mundspalte eingestülpt worden sein muss. Aus diesem eingestülpten Theilen bildet sich der für die Muscidenlarven so charakteristische mächtige Schlundkopf mit dem Hakenapparate. Die Lage der Wände des Schlundkopfes in der jungen Larve macht es unzweifelhaft, dass derselbe seine Entstehung dem eingestülpten Vorderkopf und Mandibularsegmente verdankt.

Die letzten Umwandlungen des Kopfes bestehen darin, dass die vorderen Maxillen, mit denen ein Theil der verkümmerten Scheitelplatten verschmolzen ist, fortfahren sich zu verbreitern, in der Mittellinie des Rückens zusammenstossen und mit einander verschmelzen, während die zungenförmige Unterlippe zusehends kleiner und dünner wird, bis sie zuletzt, ohne ihre Gestalt weiter zu verändern, ein sehr unscheinbares, durchsichtiges Plättchen darstellt, welches durch das jetzt eintretende

Zurückziehen des Kopfsegmentes in das zweite Segment sich leicht der Wahrnehmung entzieht (Taf. VI. Fig. 86 u. 87 mx^2). An der Unterlippe ist sehr auffallend nachzuweisen, einer wie starken absoluten Verkleinerung einzelne embryonale Theile im Verlauf ihrer Ausbildung unterworfen sind. Während sie einige Zeit nach Verschmelzung der sie zusammensetzenden Maxillen noch 0,99 Mm. im Querdurchmesser mass, beträgt später ihre Breite nur 0,057 Mm., und dementsprechend verringert sich auch ihre Dicke und Höhe. Aehnliche Verhältnisse finden sich bei der Bildung der Wandungen der inneren Organe, des Darmes und seiner Anhänge, wie weiter unten besprochen werden soll.

Wenn die Unterlippe ausgebildet ist, hat bereits die Abscheidung einer zarten chitinösen Cuticula auf der Zellenlage der äusseren Haut stattgefunden, und man sieht dann von dem Winkel, welcher zwischen Basis der Unterlippe und Bauchfläche des verschmolzenen vorderen Maxillenpaares liegt, zwei doppelte, fadenartige Verdickungen der Chitinhaut über die Seitentheile der letzteren gegen den Rücken hin ziehen (Taf. VI. Fig. 85. 87); *Leuckart* hat sie vor Kurzem in einer Notiz über die Larvenzustände der Musciden [1]) erwähnt und gefunden, dass sie nur dem Jugendzustande der Larven zukommen, bei der ersten Häutung aber einer complicirteren Zeichnung von feinen Chitinleisten Platz machen. Eine besondere physiologische oder morphologische Bedeutung lässt sich ihnen nicht zuschreiben, sehr wohl dagegen einer anderen Bildung, welche ebenfalls erst jetzt auf der dorsalen Fläche des Kopfsegmentes sich zeigt. Es sind dies zwei Paar sehr kleine, tasterartige Hervorragungen, deren hinteres ein kurzer Zapfen auf halbkugliger Basis ist, das vordere nur aus einer kreisförmig abgestutzten, sehr niedrigen Papille besteht, auf welcher einige starre kurze Borsten eingepflanzt sind. Beide Gebilde sind als Tastorgane zu betrachten, da beide auf einem subcutanen Ganglion aufsitzen, und zwar entspricht das vordere Paar morphologisch ohne Zweifel den Maxillentastern, während das hintere und mehr dorsal gelegene Paar wahrscheinlich von dem aus den Scheitelplatten gebildeten Theile der Rückenwand seinen Ursprung nimmt und somit die Antennen der Larve vorstellt (Taf. VI. Fig. 87 *mxt* und *at*). Die ventrale Fläche des Kopfes zeigt in dieser letzten Zeit des embryonalen Lebens noch sehr deutlich ihre Entstehung aus der Verschmelzung paariger Theile durch eine Längsfurche an, welche nach vorn sowohl als nach hinten sich dreieckig erweitert und so die ventrale Fläche in zwei lippenförmige Wülste theilt (Taf. VI. Fig. 86 *w*). Diese nach zwei Richtungen zweischenklig auseinanderweichende mediane Rinne führt nach hinten direct in die Mundöffnung, welche von der Bauchseite her durch die Unterlippe bedeckt wird.

In dieser höchst eigenthümlichen Weise wandeln sich die Urtheile

1) Archiv f. Naturgesch. 27. Jahrg. Bd. I. S. 60.

des Kopfes zum Kopfsegmente der Larve um. Nur allein das hintere Maxillenpaar verhält sich ähnlich wie bei den übrigen Insecten, indem es zur Unterlippe zusammentritt, alle übrigen Theile entwickeln sich in ganz ungewohnter Weise; die Maxillen, statt paarig an den Seiten des Mundes zu stehen, verwachsen in der Medianlinie und bilden eine Art Oberlippe, an welcher nur die kleinen, tasterartigen Anhänge daran erinnern, dass sie morphologisch einer solchen nicht entspricht; der Theil, aus welchem sonst die Oberlippe sich bildet: der Vorderkopf, verschwindet gänzlich von der Aussenfläche des Körpers und stülpt sich in die Mundspalte ein und ebenso das ganze erste Segment des Kopfes sammt seinen Anhängen, den Mandibeln. Von letzteren wurde weiter oben bereits im Allgemeinen erwähnt, dass sie zu einem unpaaren Organe verschmelzen, und es ist hier der Ort das Nähere darüber nachzuholen. Sobald dieselben vom Vorderkopf bedeckt und in die Mundspalte eingestülpt worden sind, entziehen sie sich der Beobachtung und es lässt sich nur aus der Lage und Gestalt der ausgebildeten Theile des Kauapparates schliessen, welcher von ihnen seinen Ursprung den Mandibeln verdankt. Die meisten Autoren haben in den paarigen Haken, welche sich im Munde vieler Musciden-larven vorfinden, die Mandibeln vermuthet[1]), ich muss dies aber, soweit es wenigstens Musca vomitoria betrifft, schon aus dem Grunde für unrichtig halten, weil die fraglichen Haken in der dorsalen Wand des Einganges in den Schlundkopf, und zwar zu beiden Seiten der Mundöffnung liegen, die Mandibeln aber an der Ventralwand, und zwar in der Mittellinie derselben sich vorfinden müssten. *Leuckart* macht in seiner oben bereits angeführten Notiz über die Larvenzustände der Musciden darauf aufmerksam, dass der Hakenapparat der jungen Larve sich anders verhalte als der der einmal gehäuteten, und findet diesen Unterschied darin, dass bei der jungen Larve nur e i n e r, bei der älteren z w e i Haken im Munde lägen. Die zwei Haken der letzteren sind indessen auch schon bei der jungen Larve vorhanden, *Leuckart* beschreibt sie auch als »Chitinleisten, an die sich auch am Vorderrande eine Anzahl kleiner Zähnchen anschliesst«, allerdings aber sind sie bei der jungen Larve relativ kleiner als in späterer Zeit, wenn sie auch bereits die Gestalt selbstständiger, an der Spitze hakig umgebogener Stäbe besitzen. Was die Fresswerkzeuge der jungen Larve charakterisirt, ist der von *Leuckart* erwähnte unpaare Haken; dieser fehlt der älteren Larve und d i e s e r i s t e s, d e r s e i n e E n t s t e h u n g d e r V e r s c h m e l z u n g d e r O b e r k i e f e r v e r d a n k t. Es geht dies unzweifelhaft aus seiner Lage hervor, er liegt in der Mittellinie der ventralen Schlundwand, und ebenso sehr aus seiner Gestalt, welche sehr deutlich eine Zusammensetzung aus paarigen Stücken erkennen lässt. Ich verspare eine genaue Beschreibung des Kauapparates auf die Entwickelungsgeschichte der Larve und gebe hier nur Einzel-

1) Siehe z. B. *Milne-Edwards* in: Leçons de l'anatomie comparée. T. V. p. 534.

heiten, soweit sie zum Verständniss des Ganzen nothwendig sind. Der ausgebildete Hakenapparat besteht im Wesentlichen aus drei Theilen: dem Gestell (Taf. VII. Fig. 93 *gs*), dem zahnartigen, unpaaren Haken (*md*) und den vordersten, paarigen, zu Seiten des Mundeinganges liegenden, hakig im rechten Winkel nach aussen umgekrümmten Chitinstäben (*vh*). Mit einziger Ausnahme des unpaaren, den Mandibeln entsprechenden Zahnes sind alle diese Theile nichts weiter als Cuticularbildungen. Das Gestell, seinerseits wieder aus zwei Theilen zusammengesetzt, ist eine partielle Verdickung der Intima des Schlundkopfes, wie sich an Embryonen aus etwas früherer Zeit leicht nachweisen lässt (Taf. VII. Fig. 101). Man erkennt hier, wie das Gestell das Lumen des Schlundkopfes auskleidet, und wie die braune Färbung seiner einzelnen Platten und Stäbe ganz allmählich sich in die helle Intima hineinverliert. Auch für die paarigen Haken fällt der Nachweis ihrer cuticularen Natur nicht schwer, da dicht vor denselben noch sieben oder acht ganz eben solche Haken in abnehmender Grösse sitzen, die sich nur durch den Mangel eines Stiels und durch eine hellere Färbung von jenen unterscheiden und welche offenbar Cuticularbildungen sind. Demnach besitzt also nur die junge Larve wirkliche Mandibeln, die aber zu einem Stück verschmolzen sind und bei der ersten Häutung abgeworfen werden, ohne sich wieder zu erneuern. Die Larve bedarf aber auch keiner kauenden oder beissenden Mundtheile, da sie nur Flüssiges oder Halbflüssiges zu sich nimmt, der unpaare Zahn dient ihr vor Allem zum Anritzen der Eihüllen und sodann wahrscheinlich um sich in den Körper einzubohren, auf welchen die Eier gelegt worden waren. Auch die paarigen Haken werden mehr zur Ortsbewegung gebraucht, als direct zur Nahrungsaufnahme, die Larve schlägt sie in weiche Körper ein und zieht den Leib nach.

Während so der Kopf und der mit ihm zusammenhängende Hakenapparat seine vollendete Ausbildung anstrebt, wachsen die dorsalen Ränder der Ursegmente gegen die Mittellinie hin und schliessen den Rücken. Es entstehen auf diese Weise e l f v o l l s t ä n d i g e S e g m e n t e, die zugleich, entsprechend der steten Verkleinerung des Kopfes, im Längendurchmesser zunehmen und zwar vor Allem das erste von ihnen, oder, wie ich es von jetzt an nennen werde: das z w e i t e S e g m e n t (das Kopfsegment als erstes betrachtet), welches auch noch während des Larvenlebens stets eine etwas grössere Länge behauptet als die übrigen Segmente. Die Schliessung des Rückens scheint in etwas anderer Weise wie bei den Insecten mit durch Ruptur entstandenen (regmagenem) Keimstreif zu erfolgen, indem die dünne Zellenlage, welche von der Bildung des Keimstreifens an die Spalte zwischen den Rändern desselben bedeckte, selbstständig sich verdickt und zur Bildung der dorsalen Wand der Segmente beiträgt. Ich schliesse dies daraus, dass die Ränder der Ursegmente, wenn sie sich schon bedeutend einander genähert haben, undeutlich werden, streifenartige Verdickungen auf den Spaltraum ausschicken, während dieser allmählich seine frühere gelbliche Färbung verliert und schliesslich die Fortsetzung der Querfurchen zwischen den Segmenten auf sich erkennen lässt.

Die Entstehung der Stigmenfurche auf dem Rücken des zwölften (letzten) Segmentes wurde oben bereits geschildert. Die Stigmen selbst erscheinen im Beginne der dritten Entwickelungsperiode als zwei halbkuglige, in der Mittellinie zusammenstossende Vorsprünge, welche sich auf der Rückenfläche des Segmentes in der Stigmenfurche erheben (Taf. VI. Fig. 88 u. 89 *stw*). Sie sind anfangs von bedeutender Grösse und verkleinern sich nach Maassgabe ihrer vorschreitenden Ausbildung. In der jungen Larve ragen sie nur noch wenig über die Haut hervor und tragen in ihrer Mitte zwei nierenförmig eingeschnittene, braungelbe, schräg gegen die Mittellinie gerichtete Chitinringe, innerhalb deren die mit den Tracheenstämmen communicirende Spalte liegt (Taf. VII. Fig. 93 *st*). Die Afteröffnung (Taf. VI. Fig. 89 und 90 *a*) befindet sich auf der unteren Kante des oben bereits beschriebenen zapfenförmigen hinteren Endes des Segmentes (*aw*), und ist seitlich von kleinen rundlichen Wülsten begrenzt. Das Hinterende ist im Ei dicht an die Dotterhaut gepresst und lässt sich in seiner eigentlichen Gestalt erst nach dem Ausschlüpfen erkennen. Ehe ich aber auf die äussere Gestalt der jungen Larve näher eingehe, schalte ich hier meine Beobachtungen über Anlage und Ausbildung der inneren Organe ein, des Darmtractus, Nervensystems, der Respirations- und Circulationsorgane, sowie der äusseren Haut mit den Muskeln.

Darmtractus.

Die Bildung der beiden zuleitenden Darmtheile, des Vorder- und Hinterdarmes fällt noch in die zweite Entwickelungsperiode, und ihr folgt die Bildung des Mitteldarmes auf dem Fusse nach. Der Dottersack lässt sich erst dann isoliren, wenn bereits eine Zellenlage um ihn her gebildet ist, so dass man über die Art der Entstehung dieser Zellen auch hier im Unklaren bleibt. Vorder- und Hinterdarm bilden sich wie bei Chironomus um vorgebildete Spalten, der Mitteldarm als Dottersack auf der Oberfläche der noch nicht in Zellen umgewandelten Dottermasse. Anfänglich durchzieht die Axe der drei Darmtheile den Embryo in gerader Linie, Vorder- und Hinterdarm sind kurze, gerade Schläuche, der Mitteldarm besitzt eine eiförmige Gestalt (Taf. VI. Fig. 75), später wachsen erstere in die Länge, der Mitteldarm verschmälert sich, wird ebenfalls zu einem dünnen Schlauch (Taf. VI. Fig. 79), und schliesslich füllen Chylusmagen und Darm in mannichfachen Windungen gelagert die Bauchseite des Embryo, während der Oesophagus die gestreckte Lage des Vorderdarmes beibehält (Taf. VI. Fig. 80). Sehr charakteristisch ist es, dass das Längenwachsthum von einer Verdünnung der Wandungen begleitet ist; die anfangs in mehrfacher Lage lose aufeinander geschichteten

Zellen rücken auseinander, platten sich gegenseitig ab und stellen schliesslich eine einfache Lage polygonaler Zellen vor, welche an ihrer inneren Fläche eine structurlose Intima abscheiden, auf ihrer äusseren erst nachträglich von der Muskelhaut und von Tracheen überzogen werden.

Im jüngsten Stadium, welches zur Beobachtung kam (Fig. 75), lässt sich der Vorderdarm nur stückweise isoliren als ein cylindrischer Strang lose aufeinandergehäufter kugliger Embryonalzellen in dessen Innern ein spaltförmiges Lumen zu erkennen. Etwas später findet sich schon die Andeutung einer Gliederung (Taf. VII. Fig. 94); der Zellenstrang ist in die Länge gewachsen, an seinem vorderen Ende sitzt ihm, im rechten Winkel abstehend, die Anlage des Saugmagens an (*sm*), während sein hinteres, in den Mitteldarm übergehendes Ende eine conische Verdickung (*prv*) zeigt: die Anlage des Vormagens. Die Zellen messen 0,015—0,017 Mm. im Durchmesser. Das Lumen des Oesophagus lässt sich deutlich, wenn auch nicht tief in den Saugmagen hinein verfolgen, der — der Hauptsache nach ein solider Zellenklumpen — im grössten Durchmesser 0,15 Mm. misst.

Etwas später scheiden die Zellen, während sie noch immer die Kugelgestalt so ziemlich beibehalten, eine structurlose Intima aus, welche als gestreckter Schlauch und ohne wellenförmige Biegung das Lumen auskleidet (Taf. VII. Fig. 95 *int*). Der Saugmagen hat an Grösse bedeutend zugenommen und besitzt eine mehrfach geschichtete dicke Zellenwand. Sehr hübsch lässt sich die Bildung des Vormagens beobachten (*prv*), der nichts Anderes ist als eine Intussusceptio des Oesophagus. In Fig. 95 hat die Einstülpung bereits begonnen, der eingestülpte Theil ragt als conischer Zapfen in das erweiterte Lumen und die Intima liegt in der durch die Einstülpung gebildeten Falte mit ihrer inneren Fläche aneinander. Die Gestalt des Proventriculus ist noch cylindrisch. Kurz vor dem Ausschlüpfen der Larve hat der Vormagen eine beinahe kuglige Gestalt (Taf. VII. Fig. 96), der Oesophagus ist bedeutend in die Länge gewachsen, während er an Durchmesser von 0,076 auf 0,039 Mm. abgenommen hat, und seine Wandung nur noch aus einer einfachen Lage von Zellen besteht. Im Vormagen reicht das eingestülpte Stück des Oesophagus bis zur Basis des Chylusmagens und endet hier mit trompetenförmig erweitertem Lumen. Die aufeinanderliegenden Flächen der Intima (*int*) erscheinen als eine einzige dunkle Linie. Man unterscheidet jetzt vier Schichten, wenn man von der ganz oberflächlich gelegenen und ungemein dünnen Muskelschicht absieht, die um diese Zeit bereits begonnen hat sich zu entwickeln. Die zwei inneren sind die beiden aneinanderliegenden Wandungen des eingestülpten Oesophagus, die beiden äusseren haben sich aus der von Anfang an verdickten Wand, in deren Lumen die Einstülpung erfolgte, gebildet. Eine jede dieser beiden letztgenannten Schichten besteht zu dieser Zeit noch aus einer einfachen Lage von Zellen, welche entsprechend der kuglig gewölbten äusseren Fläche des Proventriculus vorn und hinten am kürzesten sind und von beiden Seiten her gegen die Mitte an Länge zunehmen. Die innere Schicht bleibt immer einfach und hat bereits begonnen einen eigenthümlichen histologischen Charakter anzunehmen, der in späterer Zeit sich noch mehr ausbildet und in einer auffallenden Klarheit und einem matten, hellen Ansehen sich ausdrückt. Diese Schicht, welche man versucht sein könnte als Knorpelgewebe der Insecten zu bezeichnen, besteht auch während der Larvenzeit aus nur einer Lage grosser Zellen, wogegen die äussere jetzt schon einzelne Zellen mit doppeltem oder mit eingeschnürtem Kern aufweist, eine Hindeutung auf die später eintretende Theilung der Zellen und Bildung einer mehrfachen Schichtung. Am Oesophagus selbst wie am Proventriculus sind die kugligen Vorragungen einzelner Zellen verschwunden, die Zellen haben sich abgeplattet, eine polygonale, prismatische Form angenommen und auf ihrer äussern Fläche eine sehr feine Cuticularschicht abgeschieden.

Mitteldarm. Im frühesten Stadium besitzt der Mitteldarm als Dottersack eine eiförmige Gestalt, nimmt fast drei Viertel der Eibreite ein, und reicht vom zweiten bis zum zwölften Segment (Taf. VI. Fig. 75). Es ist dieselbe Form, welche *Leuckart* bei Melophagus beschrieb, dessen Darmtractus während der ganzen Larvenzeit auf dieser sehr niedrigen Stufe der Ausbildung stehen bleibt. Isolirbar ist der Dottersack in diesem Stadium nur in einzelnen Stücken, seine Wandung besteht aus kugligen Zellen, welche viele dunkele Dotterkörner enthalten und in mehrfacher Lage vorhanden sind. In der dritten Entwickelungsperiode streckt sich der Dottersack zum Chylusmagen und bildet eine schräg in der Bauchhöhle gelagerte Schlinge (Taf. VI. Fig. 79); und noch ehe die übrigen inneren Organe ganz vollendet sind, ehe z. B. die Tracheen mit Luft gefüllt sind, und die Haken der Mundwerkzeuge eine dunkle Färbung angenommen haben, ist bereits der grösste Theil der im Mitteldarme eingeschlossenen Dottermasse zum Aufbau der Organe verwandt worden, und der Chylusmagen hat im Verhältniss zur Körpergrösse seine definitive Länge erreicht (Taf. VI. Fig. 80). Derselbe ist dann schlauchförmig und bildet mehrere grosse Schlingen, die bis in's elfte Segment herabsteigen; sein Lumen ist mit Dotter gefüllt und seine Wandung besteht aus doppelter Lage polygonaler, häufig mit Dotterkörnchen gefüllter Zellen. Mehrmals habe ich deutlich im Innern des unverletzten und bewegungslos in seiner Eihülle liegenden Embryo partielle, wellenförmig fortschreitende Einschnürungen des Darmes und Chylusmagens gesehen, und bei der Präparation contrahiren sich einzelne Stellen bis auf ein Viertel ihres vorherigen Durchmessers, so dass der Dotter ganz ausgetrieben und das Lumen auf's Aeusserste verengt wird. Es ist also unzweifelhaft, dass eine Muskelschicht bereits gebildet ist, und bei genauer Kenntniss der Darmmusculatur der Larve gelingt es auch feine, den Darmtractus umspinnende blasse Fasern zu sehen, auf die ich wieder zurückkommen werde. Wie im Vorder-, so bildet sich auch im Mitteldarme eine structurlose Intima, und eine feine, nicht isolirbare cuticulare Ablagerung auf der äusseren Oberfläche.

Schon früh zeigen sich am vorderen Ende des Mitteldarms vier kurze, etwas zugespitzte, lappige Anhänge (Taf. VII. Fig. 94 *bl*) ohne Lumen, solide Zellenconglomerate. Sie sind die Anlage vier schlauchförmiger Blinddärme, welche dem Vorderende des Chylusmagens der Larve ansitzen. Sie bieten ein besonderes Interesse, weil sich an ihnen nachweisen lässt, dass, den Ansichten mehrerer Forscher entgegen, die drüsigen Anhänge des Darms bei den Insecten in ganz ähnlicher Weise entstehen, wie bei den Wirbelthieren, d. h. nicht durch plötzliche Abspaltung in ihrer ganzen Länge aus dem sog. tiefen Keimblatte, sondern durch Auswachsen, oder wenn man will Ausstülpen der Darmwand. Von unbedeutenden conischen Hervorragungen wachsen die Blindschläuche zu einer Länge von 0,24—0,42 Mm. heran und besitzen vor dem Ausschlüpfen der Larve eine Länge von 0,57 Mm., während ihr Dickendurchmesser in demselben Maasse von 0,064 auf 0,043 und 0,039 Mm. herabsinkt (Taf. VII. Fig. 94, 95 und 96). Die ausgebildeten Blindschläuche bestehen aus einer einfachen Lage polygonaler Zellen (Fig. 96 *bl*), deren Wandung, wie später zu zeigen sein wird, sich nach allen Richtungen hin verdickt, ohne aber eine selbstständige Cuticula, sei es nach innen (als Intima) oder nach aussen, abzuscheiden.

Wie am vorderen Ende des Mitteldarmes die Blinddärme, so wachsen am vorderen Ende des Hinterdarmes die *Malpighi*'schen Gefässe hervor. Wenn es auch nicht gelang, so frühe Entwickelungsstadien von diesen zur Anschauung zu bringen, wie von jenen, so glaube ich doch dieselbe Entstehungsweise für sie in Anspruch nehmen zu müssen. Es geht dies aus dem histologischen Bau, den sie während ihrer Entwickelung besitzen, mit Sicherheit hervor. Im frühesten Stadium, in welchem mir ihre Isolirung im Zusammenhang mit dem Darme gelang, bildeten sie kurze und dicke, solide Zellenstränge (Taf. VII. Fig. 98), deren je zwei in der Nähe der Einmündungsstelle zu einem Strange (*a*) zusammentraten. Wenn auch nicht mit Sicherheit behauptet werden kann, dass die Gefässe in ihrer ganzen Länge intact erhalten gewesen seien, so zeigt doch das Verhältniss zwischen der Dicke dieser Zellenstränge und der der ausgebildeten *Malpighi*'schen Gefässe in Verbindung mit der Thatsache, dass eine lebhafte Vermehrung der den Strang zusammensetzenden Zellen stattfindet, dass eine sehr beträchtliche Verlängerung die weitere Ausbildung der Gefässe begleiten muss. Wie die Wände des Darmes und wie die Blindschläuche des Chylusmagens, so erleiden auch die *Malpighi*schen Gefässe im Laufe ihrer Entwickelung eine beträchtliche Verdünnung. Ihr anfänglicher Durchmesser von 0,065 Mm. sinkt später bis auf 0,029 Mm. herab. Die Zellen der primitiven Stränge zeichnen sich dadurch aus, dass sie fast sämmtlich zwei Kerne enthalten (Taf. VII. Fig. 99 *A*), also Fortpflanzungserscheinungen darbieten. Später kommt dies so wenig vor, als am ausgebildeten Gefäss, welches nicht durch Vermehrung seiner Zellen, sondern durch Vergrösserung derselben wächst. Gleichzeitige Vermehrung der Zellen und Verringerung der Dicke des Organes setzen ein Wachsthum desselben in die Länge voraus. Sehr auffallend ist an den *Malpighi*'schen Gefässen die Umwandlung eines mehrschichtigen Zellenstranges in einen von einfacher Zellenlage gebildeten cylindrischen Schlauch zu verfolgen. Fig. 99 *A*, *B* und *C* geben hiervon eine Anschauung und zeigen zugleich, wie schon während der embryonalen Entwickelung die Thätigkeit der Gefässe beginnt, und dunkle Secretkörner sich in den Zellen derselben ablagern. Cuticula und Intima sind hier, wie bei den Blindschläuchen als selbstständige Häute nicht erkennbar, wenn auch der scharfe Saum der Zellen gegen das Lumen und nach aussen hin auf eine dünne Ablagerung auf ihrer Oberfläche schliessen lässt.

Der eigentliche Darm entwickelt sich ganz analog dem Oesophagus, erfährt nur eine viel bedeutendere Verlängerung als jener, legt sich mehrfach in Schlingen (Taf. VI. Fig. 80 *d*), und verdünnt sich zugleich von 0,14 Mm. auf 0,07 Mm.

Es wurde oben schon peristaltischer Bewegungen der Därme Erwähnung gethan, und dieselben in Zusammenhang gebracht mit ungemein feinen und blassen, den Darm umspinnenden Ringfasern. Diese Fasern finden sich auch am Oesophagus und Proventriculus, und an letzterem Orte bemerkte ich eine sehr dünne Lage ganz kleiner Kerne, von denen aus die Circulärfasern über die Oberfläche des Organes hinliefen. Nur am Rande liessen sich diese entdecken, nicht auf der Fläche, was bei ihrer geringen Grösse und der störenden Opacität der darunter liegenden Zellenschichten nicht verwundern kann. Diese kleinen, dicht beisammen liegenden Kerne, umgeben von einer geringen Menge blasser, homogener, contractiler Substanz lassen vermuthen, dass die Bildung der Darmmuskeln nach demselben Modus vor sich geht, wie ich es später von den übrigen Muskeln zeigen werde und für die Muskeln der Imagines der Insecten bereits an einem andern Orte nachzuweisen suchte[1]). Wenn es auch nicht möglich ist auf die zunächst sich aufdrängende Frage nach dem Ursprunge jener kleinen, muskelbildenden Kerne eine positive Antwort zu geben, so möchte doch so viel feststehen, dass dieselben nicht aus den Zellen, welche die Darmwand zusammensetzen, hervorgehen. Ich glaube, dass die Muskelanlagen von aussen auf die Darmoberfläche hinaufwachsen, wie wir dasselbe später von den Tracheen sehen werden. Die Gründe, welche mich zu dieser Ansicht bestimmen, sind vor Allem gewisse, bisher unbekannt gebliebene Verbindungen der Muskellage des Darmes mit den Flügelmuskeln des Rückengefässes, sodann aber der Umstand, dass eine Umwandlung der äussersten Zellenschicht der embryonalen Darmanlage in muskelbildende kleine Kerne thatsächlich nicht stattfindet.

1) Zeitschr. f. rad. Medicin. 3. Reihe. Bd. XV. S. 66.

Die Speicheldrüsen der Larve sind zwei lange, schlauchförmige, an der Ventralseite der Leibeshöhle gelegene Organe, deren Wandungen aus einfacher Lage grosser sechseckiger Zellen bestehen, und deren Ausführungsgänge in einen gemeinschaftlichen Gang zusammenstossend an der Bauchseite des Schlundkopfes, dicht hinter der äussern Mundöffnung in den Schlund münden. Ueber ihre Bildung besitze ich keine Beobachtungen, jedoch können sie ihrer Mündungsstelle halber nicht als Auswüchse des Vorderdarmes betrachtet werden, und werden vermuthlich als selbstständige Organe angelegt. Am Ende der dritten Entwickelungsperiode sind sie bereits vollkommen ausgebildet, ihr Durchmesser beträgt dann 0,079 Mm., derjenige der einzelnen, sie zusammensetzenden Zellen 0,008—0,013 Mm. Die Ausführungsgänge besitzen eine einfache Lage kleinerer, und weniger regelmässig gestalteter Zellen, und eine elastische Intima, welche sehr ähnlich der Intima der Tracheen feine spiralige Verdickungen zeigt.

Tracheen.

Die Wissenschaft besitzt bereits seit längerer Zeit eine ausführliche Arbeit über die Entwickelung der Tracheen von *H. Meyer*[1]), und es könnte überflüssig scheinen, noch einmal auf denselben Gegenstand näher einzugehen, wenn nicht *Meyer*'s Beobachtungen an nicht sehr günstigen Objecten angestellt worden wären, so dass, abgesehen von Irrthümern, mannichfache Lücken in der Beobachtung blieben. Dazu kommt, dass der genannte Forscher die jüngsten Entwickelungsstadien überhaupt nicht gesehen hat, da er seine Beobachtung nicht an Eiern, sondern an jungen Raupen und Ichneumonidenlarven anstellte.

Die Larve von Musca besitzt ein sehr ausgebildetes Tracheensystem, welches während der embryonalen Entwickelung so vollständig sich ausbildet, dass es noch vor erfolgtem Ausschlüpfen der Larve bis in die feinen Aeste hinein mit Luft erfüllt ist. Die Entstehung der Tracheen lässt sich daher im Ei von Musca vortrefflich verfolgen.

Wie *Meyer* bereits bemerkt hat, entstehen die Stämme der Tracheen auf andere Weise als die feinen Endverzweigungen, welche zu den Organen treten. Was zuerst die Stämme betrifft, so unterliegt es keinem Zweifel, dass dieselben als solide, dicke Stränge kugliger Embryonalzellen angelegt werden, es drängt sich aber hier wieder die Frage auf, welche schon bei Gelegenheit der *Malpighi*'schen Gefässe besprochen wurde, ob diese primären Zellenstränge von einem Punkte aus hervorwachsen, oder in ihrer ganzen Länge auf einmal angelegt werden. *Leuckart*[2]) hat sich für letzteres entschieden, glaubt sogar die Abspaltung

1) Ueber die Entwickelung des Fettkörpers der Tracheen und der keimbereitenden Geschlechtstheile bei den Lepidopteren. Zeitschr. f. wissensch. Zool. Bd. I. S. 175.
2) Entwickelung der Pupiparen. S. 79.

des Tracheenstammes aus der tiefen Zellenlage des Embryo direct wahrgenommen zu haben, und ich kann ihm insoweit beistimmen, als mir ein Hervorwachsen von einem Punkt aus in dem Sinne, dass die Verlängerung der Stränge von der Bildung neuer Zellen abhängig wäre, undenkbar scheint. Es lässt sich auch leicht nachweisen, dass an der Stelle, an welcher die Tracheenstämme entstehen, vorher schon formlose Zellenmassen sich befunden haben, dass also jene sich durch allmähliche Gruppirung dieser zu Strängen consolidirt haben. Bei den Pupiparen beginnt nach *Leuckart* die »Ablösung der zwei Rückentracheenstämme aus demjenigen Theil, welche der Rückenwand des Chylusmagens aufliegt« in der Mitte des letzteren, und breitet sich von da zunächst nach der hintern Körperseite bis zur Stigmentasche aus, mit der das Ende des Zellenstrangs sodann in Verbindung tritt. Bei Musca verhält es sich umgekehrt, die Bildung der Stämme geht von der Stigmenfurche aus, und setzt sich von da nach vorn fort, auch wird nicht nur ein Stamm angelegt wie bei Melophagus, wo während der ganzen Embryonalzeit, ja bis zur Geburt das Tracheensystem aus einer einfachen Luftröhre besteht, sondern zu gleicher Zeit mit dem Stamm entwickeln sich auch die Aeste erster und zweiter Ordnung und so fort, bis nach kurzer Zeit das ganze Tracheensystem in seiner Grundform angelegt ist. Diese erste Anlage erfolgt um einiges später, als die des Darmcanals; im frühesten zur Beobachtung gekommenen Stadium zogen von der Gegend der Stigmenfurche dicke Stränge aus lose zusammengefügten kugligen Embryonalzellen nach vorn, und liessen sich nur eine kurze Strecke weit von der Hauptmasse der tiefen Zellenlage trennen, mit welcher sie durch unförmliche, unbestimmt abgegrenzte, aus vielfachen Zellenlagen bestehende Seitenäste zusammenhingen. Etwas später gelingt es zuweilen die Stämme mit einer Menge ihnen anhängender Aeste, die sich in Form und Lage sehr wohl als das spätere Tracheennetz erkennen lassen, zu isoliren, und je später man untersucht, um so weiter erstrecken sich die Verästelungen gegen die Peripherie hin. Es wird daraus klar, dass ein wesentlicher Unterschied zwischen einer Differenzirung (Ablösung *Leuckart*'s) aus vorhandenen Zellenmassen und dem eigentlichen Wachsen nicht vorhanden ist; in beiden Fällen beginnt die Bildung an einem Punkt, und strahlt unter fortwährender Vermehrung des Baumateriales, der Zellen, von da gegen die Peripherie hin aus, ohne dass sich sagen liesse, wie viele von den in die Tracheenstränge eintretenden Zellen bereits vorgebildet waren, und wie viele erst nachträglich entstanden. Die Zellen, aus welchen diese Stränge zusammengesetzt sind, messen etwa 0,020 Mm. im Durchmesser, enthalten einen, nicht selten auch zwei Kerne und einen feinkörnigen, blassen, selten mit Fetttröpfchen vermischten Inhalt. Sobald sich ein System von zusammenhängenden Strängen isoliren lässt, sind dieselben nicht mehr solid, sondern enthalten bereits, wenigstens die grösseren, ein schmales Lumen, in welches die lose aneinandergefügten Zellen der

Wandung kuglig vorspringen (Taf. VII. Fig. 97 *A b*). Dicht vor dem Stigma, an der Stelle, an welcher ein anastomotischer Ast quer von dem einen zum andern Stamm hinläuft, beträgt die Dicke der letzteren 0,085 Mm., der Durchmesser des Lumens 0,017 Mm. Das Lumen ist mit klarer Flüssigkeit gefüllt, und zeigt bereits eine besondere Begrenzung in einer geringen Verdickung der ihm zugewandten Zellenwände.

Sehr bald nimmt diese Verdickung, oder vielmehr Auflagerung an Mächtigkeit zu, es bildet sich eine dünne structurlose Intima, welche als zarte Doppellinie auf den Zellen hinzieht und ihre Abhängigkeit von diesen durch genaue Anschmiegung an ihre kugligen Vorsprünge kund giebt (Taf. VII. Fig. 97 *A a, b, c*). In dem Maasse als sich die Intima verdickt, verlieren die Zellen ihre Selbstständigkeit, ihre aneinanderstossenden Wände verschmelzen, und bald umgiebt den inzwischen bedeutend erweiterten Hohlcylinder der Intima eine gleichmässige Schicht eines Gewebes, dessen Entstehung aus Zellen sich nur noch an der regelmässigen Stellung der kugligen Kerne erkennen lässt (Taf. VII. Fig. 97 *B*). Erst wenn sich die wellenförmige Biegung der Intima ganz verloren hat, und dieselbe ein gerades, cylindrisches Rohr darstellt, beginnt eine feine, blasse Querstreifung sich an ihr bemerklich zu machen (Taf. VII. Fig. 97 *B int*), die sich immer deutlicher zu dem bekannten und vielbesprochenen Spiralfaden gestaltet, einem Gebilde, welches, wie *Leydig* gezeigt hat, keine Selbstständigkeit besitzt, sondern nur aus partieller Verdickung der ursprünglich gleichmässigen Intima besteht. Die Idee *Meyer*'s, der die Spirale für Sprünge der Intima, hervorgebracht durch den Lufteintritt hielt, wiederlegt sich durch die Thatsache, dass die Spiraltouren längst vorhanden sind, ehe Luft eintritt. Somit bestätigt sich die Richtigkeit der von *Leydig*[1]) gegebenen Darstellung der histologischen Structur der Tracheen auch von Seiten der Entwickelungsgeschichte, und die alte Annahme von drei Häuten, welche von *Meyer* sowohl, als auch kürzlich noch von *Milne Edwards*[2]) festgehalten wurde, muss aufgegeben werden. Zur Entstehung der Intima lassen sich leicht sehr instructive Bilder gewinnen. In Fig. 97 hat die Verschmelzung der Zellen in dem Stämmchen (*a*) bereits begonnen, die einzelnen Zellen springen nach innen nur wenig noch vor, und die Intima stellt eine ziemlich gestreckte Wellenlinie dar, während sie an dem Seitenzweige (*b*) zwischen den einzelnen kugligen Zellenvorsprüngen scharfe Einschnitte zeigt, und an dem secundären Zweige (*c*) ein eigentliches Lumen noch nicht vorhanden ist, die Zellen aber an der der Axe des Stranges zugekehrten Fläche bereits deutlich (in der Natur wenigstens, die Zeichnung giebt es nur sehr unvollkommen wieder) mit einer sehr feinen, stark lichtbrechenden Cuticularschicht überzogen sind. Dadurch erledigt sich auch die von *Leuckart* aufgeworfene Frage, ob das

1) Lehrbuch der Histologie S. 386.
2) Leçons sur la physiologie et l'anatomie comparée. Paris 1857. T. II. p. 161.

blinde Ende der Intima sich beim Wachsthume der Tracheenäste allmählich vorschiebe, dahin, dass ein blindes Ende nicht vorhanden ist, sondern ganz allmähliche Uebergänge von der fertigen cylindrischen Intima bis zu dicht aneinander liegenden Zellen stattfinden, deren innere Flächen bereits eine dünne Intima ausgeschieden haben.

Wenn also auch die elastische Membran für die specifische Function der Tracheen ohne Zweifel die wichtigste ist, und deshalb wohl »die eigentliche Tracheenmembran« genannt werden kann (*Meyer*), so ist sie genetisch doch keineswegs das Primäre, und ebensowenig entspricht sie histologisch einer Zellenmembran, oder ist die äussere Haut ein »accessorisches Gebilde«, und kommt nur an den grösseren Stämmen vor (*Meyer*). Im Gegentheil enthält, wie wir gesehen haben die sog. Zellgewebsscheide oder Peritonealhülle die primären Elemente der Trachee, sie fehlt deshalb auch nirgends, sondern überzieht die kleinsten Aestchen, wie die grossen Stämme, einzig in ihrer Dicke wechselnd, die beim Embryo und der jungen Larve von Musca im Verhältniss zur Weite des Lumens steht. Die sehr bedeutenden Dickenunterschiede werden dadurch hervorgebracht, dass die stets nur in einer Lage vorhandenen Zellen an den Stämmen dicht gedrängt liegen bleiben, während sie an den kleineren Aesten weiter auseinanderrücken, so dass der äussere Contour wiederum eine langgestreckte Wellenlinie darstellt, in deren Bergen die Kerne. Je feiner die Zweige, um so weiter auseinander liegen die Kerne der Peritonealhülle, welche sodann überall aus einer äussern, sehr feinen, structurlosen Membran besteht, dem Reste der zu einer Haut verschmolzenen Zellenmembranen, und einem feingranulirten Inhalt, in welchem die Kerne (Taf. VII. Fig. 97 *C a*).

Die zu den Organen tretenden Endigungen der Tracheen bilden sich als Fortsetzungen der feinen Zweige, jedoch auf andere Weise als diese, indem ihre Intima nicht auf der Oberfläche von Zellen abgelagert wird, sondern in deren Innerem entsteht. *Meyer* giebt dies bereits an, wenn er auch, seiner Abbildung nach zu schliessen[1]), den Vorgang selbst nicht beobachtet, sondern nur spätere Stadien gesehen hat, in denen die Zellennatur der Tracheenzelle längst geschwunden war. Am günstigsten für die Beobachtung sind die Tracheenstämmchen, welche an den Seiten des Schlundkopfs herlaufen, und zu diesem eine Menge feiner Zweige absenden. Die kugligen Zellen der Stammtrachee treiben Ausläufer, wachsen in die Länge und nehmen eine spindelförmige Gestalt an, man findet dann das ganze Stämmchen ringsum besetzt mit langschwänzigen Zellen, welche sich durch Kerntheilung vermehren, und in ihrem Innern ein feines elastisches Röhrchen ablagern: die Intima (Fig. 97 *C* und *D*). Während diese an den grösseren Tracheen als Ausscheidung auf der Oberfläche von Zellen, also als Cuticularbildung entsteht, bildet

1) Zeitschr. f. wissensch. Zool. Bd. I. Taf. XIII. Fig. 6.

sie sich hier durch partielle Umwandlung des Zelleninhalts. In der jungen Larve finden sich diese feinsten Endigungen mit Luft gefüllt, und lassen deutlich ihre Lage innerhalb spindelförmiger Zellen erkennen, welche zuweilen noch mehrere blasse Ausläufer treiben und dadurch sternförmig werden (Taf. VII. Fig. 97 *E*). Die Ablagerung des elastischen Röhrchens geschieht nur selten gerade in der Axe der Zelle, meist biegt es sich, dem Kern ausweichend, von einer Seite schraubenartig auf die andere hinüber, und zuweilen findet sich sogar eine von der Form der Zelle ganz unabhängige rankenartige Torsion desselben (Taf. VII. Fig. 97 bei *s*). Letzteres bestätigt die Vermuthung *Semper*'s, der knotenartige Verschlingungen eines feinsten Tracheenröhrchens innerhalb einer gemeinschaftlichen structurlosen Membran fand, und glaubte, dass der ganze Knoten auf einmal in einer Zelle entstanden sei, ohne dass es ihm gelingen wollte durch Beobachtung seine Vermuthung zur Gewissheit zu erheben [1]).

Innerhalb von Zellen entstehen sämmtliche Endzweige, sowohl die zu den Fettkörperlappen treten, als auch diejenigen welche den Darmtractus umspinnen und die Nervencentren versorgen. Ich glaubte anfangs, dass die Endigungen der Tracheen nur aus einer elastischen Haut bestünden, welche dann etwa von den Zellen des Parenchyms ausgeschieden werden, also gewissermassen in den Spalten des Gewebes entstehen konnte, dem ist aber nicht so. Nicht nur binden sich diese Endreiser keineswegs an die Grenzen der Parenchymzellen, laufen gelegentlich mitten über diese weg etc., sondern es lässt sich direct erweisen, dass überall, wo ein Netz von Tracheenenden auf einem Organe vorkommt, dasselbe durch Vermittlung spindelförmiger Zellen entstanden ist. Am ganzen Darmtractus einer frisch ausgeschlüpften Musca-Larve hängen in ziemlich grossen Abständen von ihren Stämmen abgerissene, spindelförmige, sehr blasse Zellen, in deren Innerem ein mit Luft gefülltes, feines elastisches Röhrchen liegt. Sehr häufig finden sich zwei Kerne in den Zellen, welche bei weiterem Wachsthum auseinanderrücken, und die Centren zweier mit ihren Enden zusammenhängender spindelförmiger Zellen darstellen. Uebrigens wachsen die Enden der Tracheen nicht nur durch Kernvermehrung, sondern sie treiben selbstständig zahlreiche Ausläufer, die sich wiederum verzweigen, anastomosiren etc., ohne dass zuerst neue Zellen gebildet würden. Die Endausbreitung des Tracheennetzes ist in der jungen Larve eine unverhältnissmässig viel geringere, als später, wo alle innern Organe, die jetzt kaum die ersten Anfänge eines Tracheennetzes besitzen, von einem solchen dicht umstrickt sind. Hieraus geht hervor, dass der grösste Theil des Respirationssystems der Larve indirect durch Auswachsen schon vorhandener Aestchen sich bildet.

1) Ueber die Bildung der Flügel, Schuppen und Haare der Lepidopteren. Zeitschrift f. wissensch. Zool. Bd. VIII. S. 328.

Eine Continuität der feinen Tracheen mit dem Fettkörper, wie ihn *Leydig* annimmt[1]), der einen directen Zusammenhang zwischen der Peritonealhülle der Trachee und den Zellen des »Bindegewebes« statuirt, muss ich für die Larve von Musca wenigstens entschieden in Abrede stellen. Die Tracheen treten immer nur auf die Oberfläche der Organe, niemals in die Zellen derselben, wie schon daraus hervorgeht, dass ausser den Bildungszellen der Tracheen und wahrscheinlich der Nerven überhaupt keine Zellen mit Ausläufern, und keine Anastomosen zwischen Zellen vorkommen. Ich sah oft in der jungen Larve lange Ausläufer spindel- und sternförmiger Zellen, in deren Innerem lufthaltige, elastische Röhrchen lagen, sich frei durch die Leibeshöhle nach dem Fettkörper oder einem andern Theil hin ausspannen (Taf. VII. Fig. 97 *E*), immer aber endigten diese Tracheen mit feiner Spitze auf der Oberfläche der Organe.

Zwei bis sechs Stunden vor dem Ausschlüpfen der Larve füllen sich die Stämme und grössern Aeste der Tracheen mit Luft; nach Maassgabe ihrer histologischen Ausbildung folgen die kleinen Zweige und Endverzweigungen nach, die Füllung der letzteren geschieht meist erst nach dem Ausschlüpfen. Ich habe mehrfach die auffallende Beobachtung gemacht, dass diese Füllung auch dann vor sich geht, wenn das Ei sich im Wasser entwickelte, und halte diese Thatsache für nicht bedeutungslos, da sie zeigt, dass die Tracheen der in der Luft lebenden Insecten ganz ebenso, wie der im Wasser lebenden Larven (Phryganeen, Tipulaceen) die Fähigkeit besitzen »aus dem Wasser die Luft abzuscheiden«. Diese Fähigkeit beruht, wie ich glaube, einfach darauf, dass die elastische Haut der Tracheen für Flüssigkeiten undurchdringlich ist, eine Eigenschaft, die schon für die erste Füllung mit Luft nothwendige Vorbedingung scheint. Während der Entstehung der Tracheen ist ihr Lumen mit klarer Flüssigkeit gefüllt, welche fortwährend von Neuem durch die dünne Intima eindringt, nach Maassgabe der Erweiterung des Lumens durch das Wachsthum. Sobald nun durch Dickenzunahme und Ausbildung ihrer specifischen Natur die Intima für Flüssigkeit undurchdringlich wird, muss an Stelle des Wassers Luft eintreten, vorausgesetzt dass die Vergrösserung des Lumens noch anhält. Dabei ist es ganz gleichgültig, ob die Luft direct durch die Stigmen eindringt, oder in der umgebenden Flüssigkeit aufgelöst enthalten ist. Das Gesammtvolum der Tracheenlumina nimmt nun bis zum Ausschlüpfen fortwährend zu, da sich von den Stämmen gegen die Peripherie hin immerfort neue Aeste bilden und die vorhandenen sich erweitern. Offenbar wird auf alle Punkte des Röhrensystems ein gleicher Druck von aussen einwirken, durch welchen in dem für Flüssigkeit noch durchgängigen Theile diese, in demjenigen aber, welcher kein Wasser mehr durchlässt, Luft eintreten muss. Es wird sonach die primär vorhandene Flüssigkeitsmenge so lange zunehmen, bis die elastische Haut

1) Lehrbuch der Histologie S. 387 Fig. 200.

der Stämme für Flüssigkeit impermeabel wird, sodann aber durch die eintretende Luft immer weiter gegen die Endigungen der Tracheen hinausgeschoben werden, wie denn auch in der That zuerst die Stämme und später die Aeste zweiter, dritter, vierter Ordnung sich mit Luft füllen Dass am Ende der embryonalen Entwicklung, wo nur die feinsten Tracheen noch keine Luft enthalten, das Gesammtvolum der noch Flüssigkeit enthaltenden Röhren dem Gesammtvolum der vor Beginn des Lufteintrittes vorhandenen Intimaröhren gleichkomme, ist allerdings kaum anzunehmen, und es muss wohl eine Resorption der Flüssigkeit in den letzten Spitzen der Tracheen zu Hülfe kommen, um auch hier den Lufteintritt zu ermöglichen; denkbar wäre es aber auch, dass die um diese Zeit eintretende Bewegung der Larve einen grösseren Druck auf die Stämme ausübte, und so die Luft in die feinen Endigungen hineinpresste.

Fettkörper.

Auch der Fettkörper bildet sich bereits im Ei, wenigstens sind die ihn zusammensetzenden Lappen angelegt, wenn ihnen auch der charakteristische Inhalt, das Fett, noch mangelt, und sie noch nicht die Ausdehnung besitzen, wie später. Auf die gröbere anatomische Structur werde ich bei Beschreibung der Larvenentwickelung zurückkommen, hier nur das Histologische. Die Lappen des Fettkörpers bilden sich direct aus der tiefen Zellenschicht des Embryo, und bestehen ganz aus denselben kugligen Embryonalzellen, wie die Tracheenstränge. In der jungen Larve sind diese zu regelmässigen Sechsecken abgeplattet, besitzen einen ovalen Kern und einen klaren, nur sparsam mit blassen Körnern versetzten Inhalt. Eine Intercellularsubstanz mangelt ganz, und tritt auch in späterer Zeit nicht auf, und so vermag ich keinen besondern Vortheil darin zu erkennen, dieses reine Zellengewebe mit dem Bindegewebe der Wirbelthiere, welches sich gerade durch das Vorherrschen der Intercellular- oder Internuclearsubstanz charakterisirt, in eine histologische Gruppe zu vereinigen. Ob functionell eine so grosse Uebereinstimmung zwischen beiden Geweben besteht, dass ein gemeinsamer Name zu rechtfertigen ist, und ob überhaupt bei den Insecten ein dem Bindegewebe der höheren Thiere entsprechendes Gewebe existirt, denke ich bei einer andern Gelegenheit zu besprechen.

Nervensystem.

Das Nervensystem wird bei Musca wahrscheinlich um dieselbe Zeit angelegt, wie bei den Tipuliden d. h. nur um weniges später als das Nahrungsrohr, die Isolirung desselben durch Präparation gelingt aber erst in der dritten Periode. Es besitzt dann eine der definitiven bereits sehr ähnliche Gestalt, d. h. es besteht aus einem zapfenförmigen, die

Bauchganglienkette repräsentirenden Strang, welcher vorn vom Oesophagus durchbohrt wird, und auf der Rückenseite desselben zu zwei symmetrischen Hälften des oberen Schlundganglions, eine jede von beinahe kugliger Gestalt, anschwillt. Die Grössenverhältnisse der einzelnen Theile sind jedoch noch sehr verschieden von denen der Nervencentren der Larve. Die Länge des ganzen Nervenstranges beträgt 0,73 Mm., während kurz vor dem Auskriechen der Larve nur noch 0,49 Mm.; es findet also eine Verkürzung um fast die Hälfte der ursprünglichen Länge statt. Die Pupiparen bilden hier das Mittelglied zwischen Tipuliden und Musciden, bei ihnen [1]) besteht das Nervensystem des Embryo aus einer Reihe von den Segmenten entsprechenden Knoten, ähnlich wie bei Chironomus, später aber rücken diese Knoten dichter zusammen, die Ganglienkette verkürzt sich und stellt schliesslich eine keulenförmige Masse dar, an welcher indessen die Zusammensetzung aus einzelnen Knoten durch scharfe Einschnitte kenntlich bleibt. Bei Musca sind solche Einschnitte auch in den frühesten Stadien nicht vorhanden. Vermuthlich bildet sich auch hier das Nervensystem aus der tiefen Lage der Keimwülste, welche sich aber jedenfalls nicht in ihrer ganzen Länge an seiner Bildung betheiligen. Letzteres ist indessen auch bei Chironomus nicht der Fall, wo wir im letzten Segment ebenfalls kein Ganglion entstehen sahen. Es ist dies ein neuer Beweis gegen die Theorie *Zaddach*'s, dass für jedes zur Zeit der Bildung des Nervensystems noch selbstständige Segment auch ein Ganglion gebildet würde. Der Nervenstrang liegt beim Embryo im vierten und fünften Segment (Taf. VI. Fig. 80 *gstr*), und reicht anfänglich bis ins sechste Segment hinein, der Oesophagus tritt mit seinem hintern Theile durch den Schlundring, so dass das obere Schlundganglion (*sg'*) dem Proventriculus wie ein Sattel aufliegt, und nach vorn bis gegen den Schlundkopf hinreicht. Es steht demnach nichts im Wege, sobald man die Bildung des Schlundkopfs durch Einstülpung des Vorderkopfs und der Kopfwülste kennt, sich die Entstehung des Schlundringes aus den auseinanderweichenden und den Vorderdarm zwischen sich nehmenden vordern Enden der Keimwülste entstanden zu denken: der Nachweis eines solchen Bildungsmodus kann aber hier nicht geführt werden.

Die histologische Structur des centralen Nervensystems ist sehr einfach und bleibt sich im Wesentlichen während der embryonalen Entwicklung und auch später noch gleich. Zellen von kugliger Gestalt, in keiner Weise besonders ausgezeichnet, ohne Ausläufer und ohne bestimmte gegenseitige Anordnung setzen massenweise beisammen liegend den Nervenstrang zusammen, und sind umhüllt von einer feinen, structurlosen Hülle, welche wohl als Ausscheidungsproduct der oberflächlichen Zellenlage zu betrachten ist. Die Zellen besitzen einen sehr hellen Inhalt und geben dadurch dem Nervenstrang eine gegen die übrigen Organe

1) *Leuckart*, Entwicklung der Pupiparen S. 79.

etwas abstehende, weissliche Färbung; sie messen 0,012—0,015 Mm. im Durchmesser, sind also im Verhältniss zu den die Keimwülste ursprünglich zusammensetzenden Zellen klein zu nennen, und besitzen einen ovalen klaren Kern von 0,010 Mm. Durchmesser.

Die Nerven entspringen von den Schlundganglien und den Seiten des Bauchstrangs; über ihre histologische Entstehung besitze ich nur sehr wenige Beobachtungen, nach welchen sie wahrscheinlich durch spindelförmiges Auswachsen einzelner Zellen entstehen, innerhalb deren sich sodann die Axencylinder bilden. In einigen Fällen sah ich Nerven von dem Bauchstrange seitlich abgehen, welche noch deutlich sich als spindelförmige Zellen mit einem oder mit zwei dichtbeisammenliegenden Kernen erkennen liessen.

Haut und Muskeln.

Es wurde oben erwähnt, dass in der zweiten Entwicklungsperiode die Trennung der embryonalen Zellenmasse in eine oberflächliche und tiefe Schicht erfolgt. Während sich aus der letzteren Darm, Nervencentren und Respirationssystem bilden, entsteht aus ersterer der grösste Theil der Muskeln und die äussere Haut. Der innere Theil fällt der Muskelbildung zu, und nur die äusserste Zellenlage wird zur Haut, d. h. zu der Zellenschicht, welche auf ihrer Oberfläche die Chitinhaut abscheidet. Sie wurde bisher bald nach ihrer morphologischen Bedeutung als Epidermis (*Gegenbaur*[1])) bezeichnet, bald als Epithel der Haut, bald nach einer vielleicht sehr richtigen Analogie als Corium[2]) oder auch als chitinogene Schicht (*Leuckart*, *Claparède*[3])) und als subcutane Zellenschicht. Alle diese Bezeichnungen haben ihre Uebelstände, und ich möchte daher den Namen Hypodermis vorschlagen, der soviel mir bekannt, noch nicht vergeben, und deshalb noch fähig ist, eine Specialbedeutung anzunehmen. Die Hypodermis besteht beim Embryo von Musca aus regelmässig sechseckigen, platten Zellen, welche eine einfache ununterbrochene Lage bilden, sehr ähnlich einem vollkommen ausgebildeten Pflasterepithel, und welche niemals mit einander verschmelzen, wie dies von *Claparède* für die Spinnen, von *Baur*[4]) für den Flusskrebs angegeben wird. Die Cuticula, welche von diesen Zellen ausgeschieden wird, ist farblos, sehr dünn, aber ziemlich fest, und bildet an verschiedenen Stellen vorragende Leisten, kurze Borsten und dornartige Stacheln, welche bei Gelegenheit der äussern Körperform der Larve näher beschrieben werden sollen.

In welcher Weise die Umwandlung der grossen Embryonalzellen in die sehr kleinen muskelbildenden Kerne geschieht, lässt sich durch Beob-

1) Grundzüge d. vergleich. Anatomie, Leipzig 1859. S. 199.
2) *Leydig*, Lehrbuch d. Histologie S. 111.
3) A. a. O. S. 71.
4) Ueber den Bau der Chitinsehne am Kiefer der Flusskrebse, Arch. f. Anat. u. Phys 1860. S. 113.

achtung nicht feststellen, möglich, dass die vielkernigen Zellen, deren ich oben bei Gelegenheit der Fortpflanzungsweise der Embryonalzellen gedachte, auf die Muskelbildung bezogen werden müssen. Für diese Annahme spricht einigermassen das Vorkommen derselben, indem sie nicht in allen Theilen der Embryonalanlage, sondern hauptsächlich in der Nähe der Peripherie sich vorfinden, zumal am Vorderende in der Gegend des muskelreichen Schlundkopfes, zweitens aber auch das Vorkommen ähnlicher vielkerniger, wenn auch viel kleinerer Zellen in den Muskelanlagen von Puppen anderer Dipteren (Chironomus und Simulia, siehe meinen Aufsatz »Ueber die zwei Typen contractilen Gewebes etc.« in Zeitschr. f. rat. Med. 3. Reihe Bd. XV. S. 66 ff.). Gerade die ersten Anlagen der Muskelprimitivbündel lassen sich im Ei von Musca nicht wohl isoliren, dennoch kann kein Zweifel sein, dass sie genau auf dieselbe Weise entstehen, wie ich von den Muskeln der Puppen am angegebenen Orte geschildert habe, und wie in der zweiten Abtheilung der vorliegenden Arbeit noch genauer besprochen werden soll. Am besten isoliren sich die Muskeln des Schlundkopfes. Sie stellen cylindrische Schläuche von circa 0,034 Mm. Durchmesser vor, bestehend aus einem structurlosen, feinen Sarcolemma, welches mit einer klaren, nicht flüssigen, sondern zähen, festweichen Masse gefüllt ist. In diese Grundsubstanz sind massenweise, und ohne bestimmte Anordnung sehr kleine Kerne (Durchmesser 0,0051—0,0086 Mm.) eingebettet, mit klarem Inhalt und stark lichtbrechendem Nucleolus. Von einer Querstreifung ist noch keine Spur vorhanden, dennoch contrahiren sich die Muskeln bereits, vermitteln das Ausschlüpfen der Larve aus dem Ei, und entwickeln sich erst während der Larvenzeit zu den bekannten Formen des Arthropodenprimitivbündels. Ihre weiteren Metamorphosen bleiben deshalb der Darstellung der Larvenentwicklung vorbehalten. Sobald die Trennung der oberflächlichen Zellenschicht in Hypodermis und Muskeln stattgefunden hat, lässt sich das Verhältniss beider Theile zu einander am unverletzten, in seiner Eihülle befindlichen Embryo ganz wohl erkennen. Die Hypodermis (*hy*) erscheint im Profil als ein Band von gleichmässiger Dicke (etwa 0,034 Mm.), zusammengesetzt aus kleinen (Durchmesser 0,015 Mm.) viereckigen Zellen, denen eine feine, durch dunkeln doppelten Contour kenntliche Cuticula aufliegt: die Chitinhaut. Wenn die von Segment zu Segment laufenden, in doppelter Lage vorhandenen Längsmuskeln sich zusammenziehen, hebt sich die Hypodermis in wellenförmiger Biegung von ihnen ab und ein leerer Raum zwischen ihnen lässt beide um so deutlicher hervortreten (Taf. VII. Fig. 100).

Rückengefäss.

An die Haut und die Muskeln würde sich naturgemäss die Bildung des Rückengefässes anschliessen, falls es möglich wäre, über seine Entstehung etwas zu eruiren. Aus seiner Lage in der Larve, wo es die Mittellinie des Rückens einnimmt, eine Stelle die von den Muskeln der Haut frei bleibt, lässt sich schliessen, dass es hier an Stelle der letzteren aus der tiefen Lage der oberflächlichen Zellenschicht sich bildet. Während der embryonalen Entwicklung gelingt es nicht, dasselbe zur Anschauung zu bringen, an jungen Larven habe ich mehrmals den hintern Theil desselben recht hübsch beobachten können. Er contrahirte sich 56 Mal in der Minute.

Der Act des Ausschlüpfens und die äussere Körperform der jungen Larve.

Wenn die Tracheen mit Luft gefüllt sind, und das Kaugestell mit seinen Haken eine dunkle Färbung erhalten hat, nehmen die Bewegungen des Embryo an Häufigkeit und Intensität zu, die Leibessegmente ziehen sich zusammen und dehnen sich wieder aus, der Schlundkopf, und mit ihm das Kaugestell wird vor- und zurückgeschoben, und der mittlere zahnförmige Haken (die verschmolzenen Mandibeln) gegen die Eihaut angedrückt. Nach vielen vergeblichen Versuchen gelingt es der Larve einen Riss in die Dotterhaut zu machen (das Chorion war künstlich entfernt worden), der Riss erweitert sich durch das Nachdrängen des Körpers, und das junge Thier kriecht aus. Eine eingehende Beschreibung der Larve verspare ich auf die Darstellung der spätern Entwicklung, hier nur kurz das Hauptsächliche über die äussere Körperform. Die junge Larve hat in vollkommen ausgestrecktem Zustand eine Länge von etwa 2 Mm., ist also länger als das Ei (1,4 Mm.), was daher rührt, dass die Leibessegmente sich im Ei bis auf einen gewissen Grad fernrohrartig ineinanderschieben, das erste sogar sich fast vollständig in das zweite zurückzieht.

Die Larve (Taf. VII. Fig. 93) ist drehrund, walzig, von hinten nach vorn an Dicke allmählich abnehmend; die zwölf Segmente sind sehr gleichmässig gebildet, und bieten mit Ausnahme des ersten und letzten von aussen wenig Eigenthümliches dar. Der Vorderrand eines jeden ist zu einem wulstigen Ringe verdickt, welcher mit mehreren Reihen kurzer, rückwärts gerichteter, dornartig mit breiter Basis und scharfer Spitze versehener Stacheln besetzt ist, einer für die Locomotion der Larve sehr wichtigen Vorrichtung. Dem ersten Segmente (Kopfsegment) fehlt dieser Ringwulst, sein vorderer Rand ist quer abgestutzt und in der Mittellinie herzförmig eingeschnitten, sowohl auf dem Rücken, als auf dem Bauche, eine Andeutung seiner Entstehung durch Verschmelzung paariger Theile, der vordern Maxillen und der Scheitelplatten. An der Bauchseite liegt die Mundöffnung, eine flache dreieckige Grube, deren Schenkel nach vorn gegen die Mittellinie laufen, um wieder auseinander zu biegen und so zwei flache Hügel darzustellen, auf welchen je ein schwarzer Chitinhaken liegt (in Fig. 93, welches die Larve vom Rücken her zeigt in *vh* angedeutet), dessen Schaft lang und gerade, dessen Spitze kurz in rechtem Winkel nach aussen gebogen ist; sie wurden bereits oben erwähnt, so wie auch die vor ihnen sitzenden ganz ähnlichen aber ungefärbten sieben bis acht kleineren Zähne. Die Mundöffnung ist in der Ruhe von unten her durch die Unterlippe bedeckt. Aus dem Winkel zwischen dieser und den seitlichen Schenkeln der Mundgrube entspringen jederseits die oben bereits erwähnten vier fadenartigen, hellen Chitinleistchen, von denen je zwei parallellaufend im Bogen nach aussen ziehen. Die vordere quer abgestutzte Fläche des Kopfes besitzt einen obern und einen untern Rand, deren jeder an der Seite eine scharfe, rechtwinklige Ecke bildet, die obern gehören den Scheitelplatten, die untern den Maxillen an. In jeder der vier Ecken liegt ein Ganglion von kugliger Gestalt, auf ersteren sitzen die den Antennen entsprechenden Taster auf, auf letzteren die Maxillentaster (Taf. VII. Fig. 93 *gls* und *gli*). Die Ganglien selbst bestehen aus structurloser Hülle und einem Inhalt von klaren Zellen; die beiden Ganglien einer Seite werden aus einem gemeinschaftlichen Nervenstämmchen versorgt, welches sich in geringer Entfernung von ihnen theilt und leicht zu erkennen ist.

Diese vier Ganglien sind die einzigen Sinnesorgane der Larve, da sonstige Vorsprünge der Haut mit Nerven nicht in Verbindung stehen, und Augen gänzlich fehlen.

Die junge Larve besitzt nur zwei Stigmen, welche auf dem Rücken des zwölften Segmentes liegen (Taf. VII. Fig. 93 *st*). Die obere Fläche desselben ist schräg abgestutzt, und stellt eine nach hinten und oben sehende schildförmige Platte dar, deren Ränder in mehrere kurze Zipfel ausfahren. Auf dieser Fläche, nahe dem obern Rande liegen die zwei Stigmen dicht an der Mittellinie. Unterhalb dieser Stigmenplatte endet das Segment in eine schmälere, gegen die Bauchfläche gerichtete, einem Ambos nicht unähnliche papillose Hervorragung, auf deren unterer, quer abgestutzter Fläche der After mündet. Auch hier sind die Ecken mit kurzen Hautzipfeln verziert. Ausser den schon beschriebenen Auswüchsen und Hervorragungen der Haut finden sich nur unbedeutende cuticulare Bildungen. Die ganze Oberfläche der Haut ist durch längslaufende Schrunden etwas rauh, stellenweise, so besonders in der Umgebung der Stigmen, finden sich auch stärker ausgeprägte Querrinnen, alle diese Bildungen besitzen indessen wohl nur geringen physiologischen Werth.

Die embryonale Entwicklung von Musca vomitoria geht ungemein rasch von statten; zwischen der Befruchtung, welche beim Durchgang des Eies durch die Scheide stattfindet, und dem Ausschlüpfen der jungen Larve liegt ein Zeitraum von 17—26 Stunden (im Sommer); hohe Lufttemperatur beschleunigt die Entwicklung, niedrige hält sie zurück [1]). Auf die erste Entwicklungsperiode kommen 5—7, auf die zweite 6—9 Stunden und der Rest fällt der dritten Periode zu (6—10 Stunden).

Erste Entwicklungsperiode: Eine halbe Stunde, nachdem das Ei gelegt worden ist, zeigt sich am vordern Pol eine dünne Blastemschicht auf der Oberfläche des sich zusammenziehenden Dotters; nach einer ganzen Stunde erscheint eine solche auch am hintern Pol und überzieht von beiden Punkten aus den Dotter. Nach zwei Stunden treten die Kernflecken am ganzen Umfange des Dotters in der Blastemschicht auf und zugleich entstehen die Polzellen. Nach drei Stunden besteht die Keimhaut aus einfacher Lage sechseckig abgeplatteter Zellen, an deren innerer Fläche das innere Keimhautblastem; nach drei und einer halben Stunde beginnt der Dotter an den Polen in die Zellen einzutreten und nach drei und drei viertel Stunden beginnt bereits die Zusammenziehung der Keimhaut, der die Bildung des Faltenblattes und Keimstreifens nachfolgt. Die Trennung des Keimstreifens in die Keimwülste, die Abschnürung des Vorderkopfs, Bildung der Scheitelplatten, der drei Kopfsegmente mit ihren Anhängen, der Mund- und Afteröffnung nimmt die letzte der fünf Stunden der ersten Periode in Anspruch.

Zweite Entwicklungsperiode, sechste bis elfte Stunde. Zusammenziehung der Keimwülste, hauptsächlich des Kopftheils derselben, Vorrücken der Kopfanhänge, Abschnüren der Scheitelplatten nach hinten; Bildung der Ursegmente. Die vordern Maxillen wachsen nach vorn und drängen sich zwischen Scheitelplatten und zweites Maxillenpaar, welches, wie auch die Mandibeln in der Mittellinie dicht aneinander liegt. Die Scheitelplatten wachsen auf dem Rücken gegeneinander, und schliessen den Kopf. Trennung der Zellenmasse in oberflächliche und tiefe Schicht, Anlage der drei Darmtheile. Die Periode endet mit der Umbeugung des Vorderkopfs auf den Lippenrand der Kopfwülste.

Dritte Entwicklungsperiode, zwölfte bis siebzehnte Stunde. Weitere Umstülpung des Vorderkopfs verbunden mit Vorwärtswachsen der vordern Maxillen, Bildung der Unterlippe; Schliessung der Segmente auf dem Rücken; Verlängerung des Darms, Anlage der Tracheen, der Nervencentren, definitive Ausbildung des Kopfes zum ersten Körpersegment, allmähliches Einstülpen desselben in das zweite. Trennung der oberflächlichen Zellenschicht in Muskeln und in Hypodermis, welche letztere die Chitinhaut auf sich ausscheidet; Gliederung des Darms in Speiseröhre, Vormagen, Chylusmagen, Darm, Anlage der Speicheldrüsen, der Blinddärme des Chylusmagens, Ausbildung der Malpighi'schen Gefässe. Zwei Stunden, öfters auch längere Zeit vor dem Ausschlüpfen beginnen selbstständige Bewegungen, und kurz darauf tritt Luft in die Tracheenstämme, um von ihnen aus gegen die Peripherie vorzudringen; Ausbildung des Schlundkopfs mit dem Hakenapparat; Ausschlüpfen.

1) Von *Claparède* auch für die Eier der Spinnen bemerkt. A. a. O. S. 4.

III.

Einiges über die Entwicklung des Pulicideneies.

Mit Taf. V, Fig. 62.

In der Einleitung wurde bereits angedeutet, dass das Ei der Puliciden der Beobachtung nicht besonders günstig ist, das Chorion ist zwar nicht vollkommen undurchsichtig, lässt aber gerade die feineren Verhältnisse, deren Erforschung allein die Mühe einer zusammenhängenden Beobachtungsreihe lohnen würde, nicht erkennen, und spottet jeden Versuches es ohne Verletzung der Dotterhaut zu entfernen. Ich gebe deshalb nur die Abbildung eines einzelnen Stadiums, welche hinreichen wird das Verhältniss klar zu machen, in welchem die embryonale Entwicklung der Puliciden zu der der andern Dipterenfamilien steht.

Fig. 62 stellt einen Embryo von Pulex canis dar aus dem Ende der zweiten Entwicklungsperiode. Auf den ersten Blick fällt die grosse Aehnlichkeit mit dem Embryo der Tipuliden auf. Auch hier muss der Keimstreif durch wirkliches Reissen der Keimhaut entstanden sein, da zwischen Schwanzende und Kopf der Dotter frei unter den Eihäuten liegt. Offenbar hatte ersteres früher seine Stellung dicht hinter dem Kopfe gehabt, und würde bei fortgesetzter Zusammenziehung der Keimwülste sehr bald vollständig in den hintern Polraum hineingetreten sein. Während so Gestalt und Lage des Keimstreifens im Ganzen vollkommen den Verhältnissen bei Chironomus entsprechen, ist auch die Zusammensetzung der einzelnen Abschnitte eine ganz analoge. Am Kopfe drei paarige Anhänge und der Antennenfortsatz, der hier ebenso deutlich wie dort den Scheitelplatten angehört, der Vorderkopf als einziger unpaarer Theil, zwischen ihm und dem ventralen Schenkel der Kopfwülste die Mundspalte. Die Stellung dieser Theile zu einander ist eine etwas andere, besonders die hintern Maxillen kleben in seltsamer Weise der Oberfläche der Kopfwülste an, und die Scheitelplatten erreichen in keinem Punkte die Mittellinie des Rückens, so dass es fast den Anschein hat, als würden sie hier nicht zur Schliessung des Kopfes verwandt. Die Zahl der Ursegmente des Leibes stimmt mit der der Tipuliden überein, und das letzte (zwölfte) Segment lässt deutlich seine Zusammensetzung aus zwei gegeneinander geklappten Stücken, einem dorsalen und ventralen erkennen, zwischen welche eine feine Dotterspitze eine kurze Strecke weit hineinreicht, ganz wie es in demselben Stadium bei Chironomus der Fall ist (vergl. Taf. III. Fig. 32).

Die gleiche Bildung des Hinterleibendes lässt auf eine gleiche Entstehung der Afteröffnung und der Hinterdarmspalte schliessen, und so würden wir auch hier auf die Annahme eines Faltenblattes geführt, welches bei Chironomus die Bildung jener Theile vermittelte. Die Beobachtung ist aber nicht im Stande, über die Anwesenheit eines solchen Auskunft zu geben und wir müssen uns begnügen constatirt zu haben, dass die embryonale Entwicklung der Flöhe derjenigen der Tipuliden am nächsten kommt, dass beide Familien zu denjenigen Insecten gehören, welche sich aus einem Keimstreifen entwickeln, der einem Reissen der Keimhaut seine Entstehung verdankt.

IV.

Rückblicke und Folgerungen.

Die erste Veränderung am befruchteten Ei der Athropoden scheint ganz allgemein eine Veränderung der peripherischen Schicht des Dotters zu sein, welche von einer Zusammenziehung der gesammten Dottermasse begleitet ist: es bildet sich ein Keimhautblastem. Dasselbe entwickelt sich nicht überall in so auffallender und charakteristischer Weise, wie bei den Tipulaceen und Phryganeen, und daher mag es kommen, dass dasselbe von vielen Autoren gänzlich übersehen, oder doch nicht in seiner Bedeutung gewürdigt worden ist. Wie bei Musca und Melophagus, so scheint es auch bei den Spinnen von Dotterelementen dicht durchsetzt zu sein; dass es bei letzteren nicht gänzlich fehlt, geht aus der Beschreibung *Claparède*'s hervor, der desselben zwar nicht ausdrücklich erwähnt, jedoch angiebt, dass vom Beginne der Entwicklung an, und also noch vor dem Auftreten der Kerne, die oberflächliche Schicht des Dotters sich physikalisch und vielleicht auch chemisch umwandelt[1]). Der Umstand, dass der Bildung der Kerne und Zellen die Umwandlung eines Theils des Dotters zu einem Blastem vorhergeht, scheint mir besonders im Gegensatze zu der Zellenbildung durch Dotterfurchung wichtig, worauf ich weiter unten zurückkommen werde.

In dem Keimhautblastem entstehen die Kerne; auch dieser Punkt ist durch die Untersuchungen *Leuckart*'s und *Claparède*'s, denen sich die meinigen anschliessen, als festgestellt zu betrachten, wenn es auch bis jetzt nicht gelingen wollte, zu einem Abschluss über die Art dieser Entstehung zu kommen. Es liegt hier die Frage nach der Continuität aller organischen Formelemente (Zellen oder Kerne) vor, eine Frage, die mit der nach der Continuität aller lebenden Wesen im genauesten Zusammenhange steht, und gleichsam eine Parallele zu dieser darstellt. Es kann deshalb nicht Wunder nehmen, wenn sich einiger Parteieifer in die Beurtheilung der vorliegenden Thatsachen gemengt hat. »Die Mehrzahl der Forscher ist der Ansicht, dass das Keimbläschen mit der Befruchtung schwinde und somit der Kern der ersten Furchungskugel ein ganz neu entstandenes Gebilde sei, es sind jedoch auch gegentheilige Stimmen laut geworden und haben, namentlich *J. Müller* (bei Entoconcha mirabilis) und

[1]) A. a. O. S. 8.

später auch *Leydig* und *Gegenbaur* Beobachtungen vorgebracht, denen zufolge das Keimbläschen nicht schwinden soll, in welchem Falle der erste Furchungskern als mit demselben identisch anzusehen wäre.« In diesen Worten fasst *Kölliker*[1]) den augenblicklichen Stand der Frage nach dem Zusammenhang zwischen Keimbläschen und Kernen der Embryonalzellen zusammen. Bei den Insecten ist ein solcher Zusammenhang noch niemals beobachtet worden, alle Beobachter stimmen darin überein, dass das Keimbläschen mit der Befruchtung schwinde, *Kölliker* sowohl als *Rathke*[2]), *Zaddach*, *Huxley* und *Leuckart* konnten in dem gelegten Ei ein Keimbläschen nicht mehr auffinden. Allerdings ist aber dieser negative Beweis für die Unabhängigkeit der entstehenden Kerne vom Keimbläschen keineswegs ausreichend, da ein Uebersehen eines kleinen Bläschens in einer grossen Menge dunklen Dotters auch bei grösster Aufmerksamkeit immer noch möglich ist, und so kann es nicht verwundern, wenn in neuester Zeit *Claparède*, trotzdem auch er in dem gelegten Ei der Spinnen kein Keimbläschen mehr entdecken konnte, dennoch an dem Satz »omnis cellula e cellula« festhält, und ohne andere Basis als diesen Satz die feste Ueberzeugung ausspricht, dass die Kerne der Keimhautzellen vom Keimbläschen abstammen (— »je ne doute pas, que tous ces nucléus ne descendent d'un nucléus ou d'une cellule préexistante, sans doute de la vésicule germinative«)[3]). Ich glaube, dass die oben angeführten Beobachtungen über das Entstehen der fraglichen Kerne bei Chironomus und Musca genügen werden, um diese Frage zur Lösung zu bringen. *Claparède* gelang es nicht über die Art und Weise des Entstehens der Kerne Näheres zu beobachten, er sah nur, wie auf der Oberfläche des Dotters hier und da kleine, sehr klare, kreisrunde Flecken entstanden — »il ne m'a jamais été possible de les observer avant qu'elles fussent déjà nombreuses et entourées de quelques granules«. Sie entstehen demnach sehr rasch hintereinander, fast gleichzeitig auf der ganzen Oberfläche des Dotters. Ganz ebenso verhält es sich bei Musca und Chironomus, nach *Zaddach*'s Darstellung, welcher übrigens die Kernflecken für Zellen hielt, bei Phryganea und nach *Leuckart* bei Melophagus. Sobald dieser Punkt als allgemein gültig feststeht, dass nämlich die Kernflecken zu gleicher Zeit an vielen verschiedenen Punkten der Dotteroberfläche auftreten, so würde ein Zusammenhang dieser Kerne mit dem Keimbläschen nur in der Weise denkbar sein, dass letzteres sich in der Tiefe des Dotters vervielfacht, und dass dann die aus ihm hervorgegangenen Kerne plötzlich durch irgend eine centrifugal wirkende Kraft gleichzeitig an die Oberfläche des Dotters geschleudert würden. Es müssten sich dann, noch vor dem Auf-

1) Entwickelungsgeschichte des Menschen und der höheren Thiere, Leipzig 1861. S. 32.

2) Studien zur Entwickelungsgeschichte der Insekten. (Herausgegeben von *Hagen*.) Stettiner entomolog. Zeitung. Jahrg. 22, 1861, p. 169.

3) A. a. O. S. 9.

treten der Kernflecke an der Peripherie eine grosse Anzahl von Kernen im Innern des Dotters vorfinden. Dies ist indessen nicht der Fall, wie ich mich durch vielfache Untersuchung der Eier von Musca in diesem Stadium überzeugt habe. Es bedarf aber auch eines solchen negativen Beweises nicht, da die Art und Weise, wie die Kerne entstehen, jeden Zweifel an der Unabhängigkeit ihres Entstehens ausschliesst.

Unter unsern Augen treten in dem Blastem helle Flecke auf, die sich isolirt als solide, kuglige Massen einer krystallhellen Gallerte ausweisen (Musca), welche ohne scharfe Grenze ganz allmählich in das Blastem übergeht. Die Begrenzung erfolgt erst später, und indem die Aussenschichte der soliden Kugel zu einer Membran erhärtet, wandelt sich das Uebrige zu einer Flüssigkeit um, es entsteht ein Bläschen mit Membran und flüssigem Inhalt. Die Kerne entstehen somit durch eine chemische Differenzirung des Blastems; dasselbe trennt sich in eine gleichmässige Grundsubstanz und in die kugligen Gallertmassen der Kerne, die sich besonders bei Chironomus schon durch ihre optischen Eigenschaften (Farblosigkeit und schwaches Lichtbrechungsvermögen) von der Grundsubstanz des Blastems, dem Protoplasma der zu bildenden Zellen auffallend unterscheiden. Ein weiterer chemischer Process, in seiner wahren Natur uns ebenso unergründlich wie der erste, wandelt sodann die soliden Kernkugeln zu Bläschen um, und man kann nicht umhin, eine grosse Aehnlichkeit zwischen dieser Bildung der Kerne und der später erfolgenden Bildung der Zellen selbst durch Trennung des Protoplasma in Membran und Inhalt zu finden. Mit dem Nachweis einer allmählichen Entstehung der Kerne im Blastem ist zugleich festgestellt, dass sie Neubildungen, dass sie nicht Abkömmlinge des Keimbläschens sind.

Wenn ich die Angaben, welche *Leuckart* und *Claparède* über die Bildung dor Keimhautzellen der Arthropoden gemacht haben, mit meinen Beobachtungen vergleiche, so scheint mir auch hier ein Schlussresultat nicht mehr fern zu liegen, und selbst die in diesem Punkt unvollkommenen Beobachtungen *Kölliker*'s und *Zaddach*'s, sowie die in einseitiger Weise ausgebeuteten *Robin*'s scheinen nur zu bestätigen, dass die Bildung der Keimhautzellen bei den Anthropoden im Wesentlichen überall auf dieselbe Weise vor sich geht. Um mich *Claparède*'s Ausdruck zu bedienen: »die Kerne wirken wie Attractionscentren«, das Blastem zieht sich kuglig um sie zusammen und zerfällt in primäre Zellen. Bei den Arachniden zeichnet sich diese Zusammenziehung weniger durch stark vorspringende, kuglige Vorragungen aus, als vielmehr durch die Ansammlung der im Blasteme vorhandenen Dotterkörner um den Kern; bei den Insecten beginnt schon während der Entstehung der Kerne das Blastem sich wellig zu erheben. Die aus dieser freien Zellenbildung hervorgegangenen Zellen theilen sich, und der ersten Theilung folgt eine zweite bald nach. Die Zellmembran bildet sich erst spät, durch Umwandlung der Rindenschicht des Protoplasma, mit der eine Verflüssigung des Inhaltes Hand in Hand geht. In allen diesen Punkten stimmen die Beobachtungen *Claparède*'s mit den meinigen überein; handelt es sich darum theoretisch diese Thatsachen zu verwerthen, so scheint mir kein Grund vorzuliegen, eine ganz neue Art der Zellenbildung durch Knospung zu statuiren, wie dies von *Robin* geschehen ist, sondern wir werden einfach sagen, dass die Zellen der Keimhaut bei den Insecten (wahrscheinlich bei den Arthropoden im Allgemeinen) durch freie Zellenbildung entstehen, wir werden zurückgeführt zu der Theorie der Zellenbildung, welche die Entdecker der Zelle, *Schleiden* und *Schwann* bereits vor zwanzig Jahren als allgemein gültig verkündigten, welche später durch *Bergmann* und *Henle* zur sogenannten Theorie der Umhüllungskugeln ausgebildet wurde, und welche auch jetzt wieder einiger Modificationen bedarf, um den Thatsachen ganz gerecht zu werden. Nicht nur muss mit *Bergmann* die Ansicht *Schwann*'s, dass die Zellenmembran sich früher als der Zelleninhalt unmittelbar um den Kern bilde, dahin abgeändert werden, dass dieselbe ein Product, sei es der partiellen Umwandlung oder der Ausscheidung des Zelleninhaltes ist, auch die »Ansammlung des Blastems um den Kern« geschieht nicht dadurch, dass sich feine Körnchen aus flüssiger Grundsubstanz allmählich um den Kern anhäufen. Das Blastem ist eine festweiche, zähe Masse, welche durch das Auftreten der Kerne plötzlich in Kernterritorien zerfällt. *Robin* ist vollkommen im Recht, wenn er behauptet, die Zellen der Keimhaut entstünden nicht durch Dotterfurchung, er irrt aber, wenn er diese Behauptung für neu hält, da im Gegentheil alle Forscher, welche über Entwicklung der Arthropoden arbeiteten, eine wirkliche Dotterfurchung geläugnet haben. So *Kölliker*[1]), *Zaddach*[2]), *Rathke*[3]). *Leuckart*, und ihm schliesst sich neuerdings *Claparède*[4]) an, glaubte allerdings eine Aehnlichkeit zwischen der Dotterfurchung und der Zellenbildung im Insectenei zu erkennen, er glaubte, »dass die Vorgänge der Zellenbildung im befruchteten Insectenei sich aufs engste anschlössen an die gewöhnlichen Erscheinungen des embryonalen Zellbildungsprocesses.«[5]) *Leuckart* wie auch *Claparède* leitete diese Ansicht aus Beobachtungen an Eiern ab, an welchen das Vorhandensein einer selbstständigen Blastemschicht nur schwer zu erkennen ist, und Beide betrachteten die Gruppirung des mit Dotterkörnchen dicht durchsetzten Blastems um die Kerne als eine Anhäufung von Dottermasse. Unter dieser Voraussetzung liegt es freilich sehr nah, die Bildung der Keimhautzellen als eine oberflächliche Dotterfurchung zu betrachten. Hat man sich aber, wie dies an Tipulideneiern sehr leicht ist, überzeugt, dass

1) De prima insectorum genesi, S. 2.
2) Entwicklung des Phryganideneies, Abschnitt I.
3) Stud. zur Entwickelungsgeschichte der Insekten.
4) Recherches sur l'évolution des araignées, S. 10.
5) Entwickelungsgeschichte d. Pupiparen, S. 66.

nicht der Dotter selbst die Kerne umhüllt, sondern eine von ihm durchaus verschiedene Blastemschicht, so können die primären Keimhautzellen nicht mehr als Anhäufungen von Dotter um centrale Kerne betrachtet werden, und diese Aehnlichkeit mit den Furchungskugeln schwindet. Ich will übrigens nicht verkennen, dass in der That beide Processe der Zellenzeugung eine grosse Verwandtschaft zueinander besitzen, ja dass ihnen offenbar gleiche vitale Kräfte zu Grunde liegen müssen. Offenbar ist die anziehende Kraft der Kerne in beiden Fällen das primum movens der Zellenbildung, in beiden Fällen wird eine gegebene Menge von Material plötzlich in Portionen getheilt, entsprechend den als Centren fungirenden Kernen. Die kuglige Zusammenziehung des Blastems um massenweise und gleichzeitig auftretende Kerne muss auf die nämlichen unbekannten Attractionskräfte des Kernes zurückgeführt werden, wie die successive Abschnürung der Furchungskugeln. Trotz dieser Aehnlichkeit zwischen beiden Arten der Zellenzeugung bleibt es doch nothwendig, beide als durchaus differente Vorgänge anzusehen, und ich bin um so mehr geneigt Nachdruck darauf zu legen, dass die Zellenbildung im Ei der Arthropoden nicht durch Dotterfurchung, sondern durch freie Zellenbildung in formlosem Blastem zu Stande kommt, als viele der bedeutendsten Forscher in neuester Zeit dahin neigen, die freie Zellenbildung ganz ins Reich der Fabel zu verweisen.

Ganz auf dieselbe Weise wie die Zellen der Keimhaut, entstehen die in ihrer Bedeutung so räthselhaften Polzellen, welche nach der Angabe *Robin's*[1]) (dessen »globules polaires«) eine allen Thieren, die sich aus dem Ei entwickeln, zukommende Erscheinung sind. *Claparède* erwähnt ihrer für die Spinnen nicht, und ob die Polzellen der Insecten, welche, soviel mir bekannt, früher noch nicht beobachtet wurden, in eine Linie zu stellen sind mit den längst bekannten »Richtungsbläschen« der Molluskeneier, scheint mir sehr zweifelhaft. Nach *Rathke*[2]) sind letztere nichts, als ausgeschiedene Tropfen des Liquor vitelli, sind ohne alle Bedeutung für die Entwicklung des Embryo, und die neuesten Untersuchungen *Lereboullet's*[3]) theilen ihnen keine bedeutungsvollere Rolle zu. Bei den Insecten lässt es sich wenigstens feststellen, dass sie wirkliche Zellen sind, die später mit den Zellen der Keimhaut zusammentreten (Chironomus), wenn freilich ihre eigentliche Bedeutung auch hier vollkommen unklar bleibt.

Robin gründet auf sie seine Theorie von der Entstehung der Keimhautzellen par gemmation, und lässt sie als solide Kugeln entstehen, in

1) Mém. sur la production des cellules du blastoderme sans segmentation du vitellus chez quelques articulés. Compt. rend. Tom. 54. S. 150.

2) Zur Kenntniss des Furchungsprocesses im Schneckenei. Arch. f. Naturgesch. 1848, S. 157.

3) Recherches d'embryologie comparée sur le développement de la Truite, du Lézard et du Limnée. III Partie Ann. des scienc. nat. Sér. 4. Zool. T. XVII. (1861).

denen erst nachträglich sich ein Kern bildet. Dass nicht die Zellen das Primäre sind, sondern die Kerne, dass von diesen die Zellenbildung ausgeht, ist dem französischen Forscher gänzlich entgangen.

Die Keimhaut besteht bei allen Insecten, wahrscheinlich bei allen Arthropoden aus einer einfachen Lage von Zellen. Mit den Beobachtungen, welche ich selbst in dieser Beziehung an verschiedenen Tipuliden und Musciden gemacht habe, stimmen die Angaben *Zaddach*'s für die Phryganeen, *Leuckart*'s für die Pupiparen und *Claparède*'s für die Spinnen vollkommen überein. Einn mehrfache Zellenlage kommt erst dann zu Stande, wenn der Keimstreif gebildet wird. Ob auch die oben beschriebene, eigenthümliche Art des Längenwachsthums der Keimhautzellen auf Kosten einer innern, neu sich bildenden Blastemschicht allgemein der Bildung mehrfacher Zellenlagen vorausgeht, müssen weitere Beobachtungen lehren.

Keimstreif. Es scheint bei den Arthropoden allgemeines Gesetz zu sein, dass nur die Bauchseite des Embryo direct aus der Keimhaut hervorgeht, und der Rücken erst secundär entsteht, dass der Embryo sich nicht aus einer geschlossenen Zellenblase, sondern aus einem bandartigen Zellenstreifen entwickelt, mit einem Wort: dass ein Keimstreif gebildet wird. Wenn wir von den spärlichen und wohl nicht ganz feststehenden Angaben einer Entwicklung ohne Keimstreif absehen, so lässt sich aus den hier mitgetheilten Beobachtungen der Schluss ziehen, dass der Keimstreif der Arthropoden auf zwei verschiedene Arten sich bildet, entweder durch Reissen der Keimhaut, oder dadurch, dass ein Theil von ihr sich verdickt und scharf abgrenzt, während der Rest vorläufig indifferent bleibt, und an der Bildung der Urtheile des Embryo keinen Antheil nimmt. Es kann hienach ein regmagener und ein aregmagener Keimstreif unterschieden werden, je nachdem derselbe durch Reissen der Keimhaut entstanden ist oder nicht. In beiden Fällen scheint die Entstehung des Keimstreifens aufs genaueste zusammenzuhängen mit dem Auftreten eines oberflächlichen Blattes, des Faltenblattes; die Ausbreitung desselben bestimmt die Grenzen des Keimstreifens. Beim regmagenen Keimstreifen tritt dies weniger hervor, da hier die ganze Keimhaut in die Bildung des Keimstreifens eingeht, und somit die Grenzen des Faltenblattes mit den Rändern der zerrissenen Keimhaut zusammenfallen. Die Grenzen des Keimstreifens springen deshalb hier sehr in die Augen, sind aber beim aregmagenen Keimstreifen ganz ebenso scharf vorhanden. Ich halte die verschiedene Genese desselben nicht für essentiell, finde vielmehr die Ursache derselben in ziemlich nebensächlichen, fast möchte ich sagen zufälligen Verhältnissen. Die Nothwendigkeit eines Reissens der Keimhaut scheint mir durch die Lage des zu bildenden Keimstreifens und diese wiederum durch die Länge desselben im Verhältniss zur Grösse des Eies bedingt, es handelt sich hier um eine Oekonomie des gegebenen Raumes. Die Ränder eines Keimstreifens, dessen beide Enden (Kopf und Schwanz) dicht aneinander liegen oder gar untereinander hingeschoben werden wie z. B. bei Simulia (siehe die Abbildungen *Kölliker's*) können nicht durch eine Membran zusammenhängen, da sie zur Bildung eines Rückens und einer Leibeshöhle später auseinander rücken müssen. Die Grösse des Eies wird zwar immer in bestimmtem Verhältniss zur definitiven Grösse des Embryo stehen, nicht aber zur Länge des Keimstreifens. Das Verhältniss zwischen diesem und der Länge des ausgebildeten Embryo und also auch der des Eies ist keineswegs immer dasselbe, und hängt vor Allem von der grösseren oder geringeren Ausbildung des Kopfes und seiner Anhänge ab. Weniger von den Thoracalanhängen, und gar nicht von der Anzahl der persistirenden Abdominal- und Postabdominalsegmente, da diese nicht so reducirt und verschoben werden können als die Kopfsegmente und deshalb die Grösse des Eies von vornherein auf sie berechnet sein muss. Bei Chironomus wird fast die Hälfte der ursprünglichen Länge der Keimwülste zur Bildung des Kopfes verwandt, bei Musca nur ein viel kleinerer Theil derselben, bei ersterem besitzt die Larve einen hornigen Kopf und einen vollständig ausgebildeten Kauapparat, bei letzterer verkümmern die Kopfanhänge grossentheils, und der Kopf schrumpft zum kleinsten Körpersegment zusammen. Je vollkommener die Ausbildung des Kopfes in der Larve, um so grösser wird im Verhältniss zum Körper die Anlage desselben im Embryo sein. Ebenso bedingen Thoracalsegmente, von welchen Beine entspringen sollen, eine grössere Ausdehnung in ihrer ersten Anlage als andere, wie aus den Abbildungen *Zaddach's* und *Huxley's*[1]) deutlich hervorgeht. Es ist somit klar, dass die Länge des Keimstreifens im Verhältniss zur Länge des Embryo um so grösser sein muss, je höher entwickelt die Kopf- und Thoracalanhänge der Larve, oder überhaupt des jungen Thieres sind, und es ist anzunehmen, dass alle Larven mit beissenden Mundtheilen, und alle Insecten mit unvollkommener oder fehlender Metamorphose sich aus einem regmagenen, alle sogenannten kopflosen Larven aus einem aregmagenen Keimstreifen entwickelt werden. Damit stimmen auch die vorliegenden allerdings sehr spärlichen Beobachtungen.

Der regmagene Keimstreif wurde beobachtet in der Familie der Tipulaceen (Chironomus), der Crassicornia (Simulia)[2]), der Pulicina (Pulex), unter den Käfern bei den Chrysomelinen (Donacia)[2]), unter den Neuropteren bei Phryganea[3]), der aregmagene Keimstreif ausser bei Musca auch bei den kopflosen Larven von Melophagus. *Leuckart* erkannte ganz richtig, dass der Keimstreif des letzteren sich von den früher beschriebenen Keimstreifen der Insecten wesentlich unterschied, er beobachtete, dass die Keimhaut in ihrem ganzen Umfang persistirt, und an den einzelnen Körpertheilen nur insofern ein verschiedenes Verhalten

1) On the Agamic Reproduction and Morphology of Aphis.
2) *Kölliker*, De prim. insect. gen.
3) *Zaddach*, a. a. O.

zeigt, als sie sich hier mehr, dort weniger schnell verdickt und weiter bildet. Allerdings war *Leuckart* geneigt diese Verschiedenheit zwischen den Resultaten der eigenen Beobachtungen und denen früherer Forscher auf Rechnung eines Irrthums der Letzteren, und nicht auf die Anwesenheit einer wirklichen Verschiedenheit des Objectes zu setzen, und hierin ist ihm *Claparède* nachgefolgt. Dieser ausgezeichnete Forscher überzeugte sich, dass die Keimhaut der Spinnen niemals entzweireisst, und dass der Keimstreif nur durch eine partielle Verdickung der Keimhaut entsteht[1]). Die Spinnen entwickeln sich also ebenfalls aus einem aregmagenen Keimstreifen und aus den Abbildungen ist ersichtlich, dass derselbe auch hier von vollkommen scharfen Rändern begrenzt wird. Letzteres spricht sehr für die Anwesenheit eines Faltenblattes, die ich auch für Melophagus aus der Angabe *Leuckart*'s herleiten möchte, dass die Verdickung der Keimhaut zum Keimstreif zuerst am hintern und später erst am vordern Pol sichtbar werde[2]). Es stimmt dies auffallend mit der Entstehung des Faltenblattes aus zwei successiv auftretenden Falten, der Schwanz- und Kopffalte überein.

Dass das Faltenblatt nicht blos eine einzelnen Dipteren zukommende Erscheinung ist, lässt sich schon aus der Wichtigkeit seiner Rolle vermuthen, die mit der Vermittlung der Bildung des Keimstreifens keineswegs beendet ist. Aus ihm bilden sich die Scheitelplatten mit den Antennen, und durch sein eigenthümliches Verhalten am Schwanzende entsteht die Afteröffnung und wird die Spalte des Hinterdarms gegen den Rücken geschlossen. Dann erst verschmilzt es mit dem Keimstreif.

Einem Keimblatt in dem bei den Wirbelthieren gebräuchlichen Sinn entspricht das Faltenblatt sicherlich nicht, und die später erfolgende, spontane Trennung der embryonalen Zellenmasse in eine oberflächliche und eine tiefe Lage darf nicht mit ihm verwechselt werden. Es ist dies nicht nur von *Zaddach* geschehen, dem Gründer der Keimblättertheorie für die Insecten, sondern auch von *Leuckart*[3]) und *Claparède*[4]) welche Beide eine Spaltung in oberflächliches und tiefes Blatt erwähnen und damit die Entdeckung *Zaddach*'s zu bestätigen glauben. Es liegt hier aber offenbar eine Verwechselung zu Grunde, daher rührend, dass *Zaddach* die in der dritten Entwicklungsperiode ganz unabhängig eintretende Spaltung der Zellenmasse mit der von ihm in der ersten unmittelbar nach Bildung des Keimstreifens eintretenden identificirt, und diese von jener herleitet. Ich glaube oben bereits hinreichend bewiesen zu haben, dass das *Zaddach*'sche Hautblatt der ersten Periode nichts anderes ist als das Faltenblatt von Chironomus, dass es, soweit wirkliche Beobachtungen und nicht nur Vermuthungen vorliegen, sich ganz ebenso weiter ent-

1) *Claparède*, a. a. O. S. 21.
2) *Leuckart*, a. a. O. S. 70.
3) A. a. O. S. 69.
4) A. a. O. S. 25.

wickelt, und demnach vermuthlich auch demselben Process der Faltenbildung sein Entstehen verdankt. Ich habe auch nachgewiesen, dass ein Zusammenhang zwischen ihm und dem Hautblatt der dritten Periode nicht besteht. Das von *Leuckart* beobachtete Hautblatt ist, wie ich mit Sicherheit aus der Analogie mit der ganz ähnlich sich entwickelnden Musca schliessen darf, die Hautschicht der dritten Periode von Phryganea und Chironomus, und ebenso verhält es sich mit dem von *Claparède* bei Spinnen beschriebenen Hautblatt. Daraus wird es auch erklärlich, dass letzterer Beobachter eine Spaltung seines Hautblattes in der Medianlinie des Bauchs, wie sie *Zaddach* vom Hautblatt beschreibt und wie sie in der That dem Faltenblatt zukommt, nicht bemerken konnte.

Nachdem so festgestellt, dass es sich hier um zwei verschiedene Dinge handelt, bliebe noch die Frage zu entscheiden, ob die in der dritten Periode eintretende Differenzirung der Zellenmasse als eine Bildung von Keimblättern aufzufassen sei. Ich habe diese Frage für Chironomus oben bereits verneint, und sehe in dieser Differenzirung nur den unmittelbaren Vorläufer der Anlage der einzelnen Organe und ihrer histologischen Ausbildung. Einem Hornblatt in *Remak*'schem Sinn entspricht die hier in Frage kommende Hautschicht schon deshalb nicht, weil aus ihr nicht nur die Hypodermis (chitinogene Schicht) entsteht, sondern auch ein grosser Theil der Muskeln. Schon die Zeit der Blattbildung scheint mir in dieser Frage entscheidend, da der Begriff der Keimblätter ihr Auftreten in frühester Zeit, im Keim des Embryo, in sich schliesst. Nach *Claparède*'s Schilderung tritt nun allerdings die fragliche Spaltung in Schichten bei den Spinnen ziemlich früh ein, beginnt aber doch auch hier erst nachdem die Keimwülste längst angelegt sind, sich in Ursegmente getheilt, und bereits ziemlich lange Anhänge hervorgetrieben haben. Es ist deshalb eine Parallelisirung der bei den Arthropoden in der zweiten Hälfte der Entwicklung auftretenden Differenzirung der Zellenmasse mit den Keimblättern der Wirbelthiere nicht zulässig.

Die Keimwülste. *Zaddach* hat zuerst auf die Trennung des Keimstreifens in zwei symmetrische Hälften aufmerksam gemacht: die Keimwülste. Diese Doppelaxen, wenn auch zuweilen schwach ausgebildet — *Leuckart* konnte bei den Pupiparen kaum eine Spur von ihnen entdecken — scheinen doch ganz allgemein der embryonalen Anlage der Insecten zuzukommen. Alle drei von mir untersuchten Insectenfamilien besassen sie, also sowohl Insecten mit regmagenem als mit aregmagenem Keimstreifen. Die Keimwülste enthalten die Grundlage der ganzen Bauchseite des Embryo, des Kopfes und des Hinterleibsendes; von ihnen geht die Bildung der Ursegmente aus, und in ihnen ist virtuell das Centralnervensystem enthalten. Ihr Verhalten am vordern und hintern Körperende ist ein sehr ähnliches, Kopf und Hinterleibsspitze werden dadurch gebildet, dass sich die Keimwülste nach dem Rücken herumkrümmen. Am hintern Körperende verwachsen die beiden gegeneinandergeklappten Stücke und bilden die Hinterleibspitze, am Kopf tritt eine solche Verwachsung nicht ein, das umgeklappte Stück (die dorsalen Schenkel der Kopfwülste) wird bedeckt von den Scheitelplatten, und diese in Gemeinschaft mit dem als Vorderkopf abgeschnürten vordern Ende des Keimstreifens schliessen die Kopfhöhle, während die Keimwülste selbst sich zu den Schlundganglien umwandeln. So verhält es sich bei Chironomus; bei Musca steht ein Uebergreifen der Keimwülste auf den Rücken nur vom hintern Körperende fest, wo wie bei den Spinnen eine förmliche Schwanzkappe gebildet wird. Letztere scheint dem aregmagenen Keimstreifen eigenthümlich zu sein, während ein wirkliches Umklappen dem regmagenen. Bei Phryganea beschreibt *Zaddach* die Bildung des Hinterleibsendes im Wesentlichen ganz so, wie ich sie bei Chironomus beobachtet habe und wie sie, nach Fig. 62 zu urtheilen, auch beim Floh vorkommt. Die Schwanzspitze bildet sich demnach niemals aus dem Ende der Keimwülste, sondern immer aus einer Umschlagstelle derselben.

Es wäre hier der Ort, auf die Zusammensetzung des Kopfes und die morphologische Bedeutung seiner Theile einzugehen, indessen ziehe ich es vor, diese theoretischen Fragen erst am Ende des zweiten Theiles dieser Arbeit abzuhandeln, wo ein Vergleich mit den Anhängen der Imago möglich sein wird.

Die Umdrehungen des Embryo. Es bleibt mir noch übrig eine Erscheinung zu besprechen, die zwar nur bei einem der von mir beobachteten Insecten vorkam, die aber dadurch eine allgemeine Bedeutung erhält, dass ähnliche, wenn auch nicht dieselben Vorgänge bei andern Insecten beobachtet worden sind. Ich spreche von den Lageveränderungen des Embryo im Ei. Bei Chironomus kamen diese Lageveränderungen dadurch zu Stande, dass abwechselnd die Bauch- und die Rückenfläche des Embryo an die convexe Eiseite trat. Der Embryo machte zu drei verschiedenen Zeiten eine halbe Umdrehung; zum ersten Mal während des Reissens der Keimhaut — die convexe Eiseite wurde dadurch zur Rückenseite; in Folge der zweiten Umdrehung, welche in den Beginn der zweiten Entwicklungsperiode fiel, wurde die convexe Eiseite wieder zur Bauchseite, und blieb es, bis gegen das Ende der embryonalen Entwicklung in Folge des starken Längenwachsthums eine spiralige Lagerung des Embryo, und zugleich eine, wenigstens am vordern Theil des Körpers bemerkbare halbe Drehung eintrat, durch welche der Bauch wieder an die gerade Eiseite zu liegen kam. Bei allen diesen Lageveränderungen kommen keine selbstständigen Bewegungen des Embryo mit ins Spiel, sondern die Drehungen werden durch rein mechanische Momente bedingt, wie dies oben näher zu begründen versucht wurde, durch plötzlich oder allmählich eintretende Veränderungen in den Grössenverhältnissen der Theile des Embryo. *Claparède* erwähnt beiläufig, dass bei den Spinnen Drehungen des Eiinhaltes innerhalb der Eihaut leicht durch künstliche Drehung des ganzen Eies zu erzielen und dadurch zu controliren sind, dass der räthselhafte Cumulus auf dem Dorsaltheil der Keimhaut stets oben, d. h. dem Beschauer zugewandt bleibt[1]). In einem regelmässig ellipsoidischen, oder gar wie bei den Spinnen in einem kugligen Ei bleiben solche Drehungen natürlich ohne allen Einfluss auf den Eiinhalt. In dem unregelmässigen Ei von Chironomus aber tritt durch die Drehung abwechselnd ein und derselbe embryonale Theil an die lange und an die kurze Seite des Eies, wird also bald zusammengedrückt, bald wieder ausgedehnt. Die Umdrehungen des Eiinhaltes lassen sich hier nicht auf künstliche Weise, durch Drehung des ganzen Eies erzielen, sondern der Embryo behauptet seine Lage ganz unabhängig von der des Eies. Diese Drehungen wurden bisher übersehen, *Kölliker* erwähnt ihrer nicht und auch aus seinen Abbildungen lassen sie sich nicht ableiten, unter denen sich nur eine einzige findet, in welcher der Bauch des Embryo der geraden Eiseite anliegt (a. a. O. Taf. II, Fig. III. 3). Der Verfasser sagt auch ausdrücklich »partis primitivi fines plerumque siti sunt in ovorum facie concava«, und nennt deshalb die concave (gerade) Eiseite die dorsale[2]).

Es würde unrichtig sein, diese Drehungen des Embryo von Chironomus zusammenzuwerfen mit der von *Zaddach*[3]) und *Rathke*[4]) bei Phryganea, von *Claparède*[5]) bei Pholcus, Lycosis und Epeira, von *Huxley*[6]) bei Aphis beobachteten Lageveränderung, der sogenannten Umrollung des Embryo. Das Resultat beider Vorgänge ist zwar ein ähnliches und übt auf die Entwicklung vielleicht den gleichen Einfluss aus, — die vor der Umrollung zusammengedrückten Theile werden nach derselben ausgedehnt — allein der Vorgang selbst ist ein ganz anderer. Bei der Umrollung wird der vorher der Kugelfläche der Eihülle anliegende, also stark convex gewölbte Bauch allmählich concav und wendet seine Fläche dem Mittelpunkt des Eies zu, während der Rücken sich der Eihülle anschmiegt. Eine solche Umrollung kommt weder bei Chironomus noch bei Musca vor, und wurde auch von *Leuckart* bei Melophagus nicht beobachtet. Ich kann deshalb *Claparède* nicht beistimmen, wenn er sie für eine möglicherweise allen Arthropoden zukommende Erscheinung hält, ich glaube vielmehr, dass die Umrollung so wenig als die blossen Umdrehungen für typische Erscheinungen gelten können, dass beide durch rein mechanische Momente bedingt sind, und dass es hauptsächlich von der Form des Eies sowie von der Gestalt, der relativen Grösse und der Lage des Embryo abhängt, ob die eine oder die andere Form der Lageveränderung eintritt, oder ob eine solche gänzlich mangelt.

1) *Claparède*, a. a. O. S. 15.
2) A. a. O. S. 3.
3) A. a. O. S. 31.
4) Stud. zur Entwickelungsgeschichte der Insekten.
5) A. a. O. S. 41.
6) A. a O. S. 223.

II.

Die nachembryonale Entwicklung der Musciden

nach Beobachtungen

an Musca vomitoria und Sarcophaga carina.

Tafel VIII—XIV.

Nachfolgende Untersuchungen behandeln die Entwicklung der Musciden von dem Zeitpunkt an, wo die Larve das Ei verlässt, bis zum Ausschlüpfen des vollendeten Insectes aus der Puppe. Wenn frühere Beobachter — ich erinnere an *Herold* und *Newport* — bestrebt waren, die Gestaltveränderungen festzustellen, welche das Insect in seinen verschiedenen Entwicklungsstadien in Bezug auf den ganzen Körper wie die einzelnen Organe erleidet, so musste es als die Aufgabe der heutigen Forschung betrachtet werden, in die tieferen Ursachen der Gestaltveränderungen einzudringen und das »Wie« derselben aufzuklären. Es musste versucht werden, nachzuweisen, in welchem genetischen Zusammenhang gleichnamige, gleich functionirende Organe der Larve und Puppe stehen, sowie festzustellen, wann und auf welchem Wege die dem vollendeten Insect eigenthümlichen Organe oder Körpertheile sich bilden. Das Verhältniss zwischen dem geschlechtsreifen Thier und seinem Larvenzustand kann uns nur dadurch klar werden, dass wir genau wissen, wie die einzelnen Theile beider Entwicklungszustände sich zu einander verhalten und ebenso können die physiologischen Processe, welche jeden dieser Zustände begleiten, nur verstanden werden, bei genauer Kenntniss der an den einzelnen Organsystemen ablaufenden morphologischen Processe.

Eine Entwicklungsgeschichte der Insecten in diesem Sinne war vor der Begründung einer wissenschaftlichen Histologie unmöglich, jetzt aber schien es wohl an der Zeit, dass der Versuch gewagt wurde, und ich glaube er hat Manches geliefert, was zum weitern Fortschreiten auf der betretenen Bahn aufmuntert.

Möge man die Lücken, welche bleiben mussten, sowie eine gewisse Ungleichheit in der Behandlung der einzelnen Theile mit den Schwierigkeiten entschuldigen, welche den Untersuchungen, besonders denen der Puppenentwicklung entgegenstanden. Eine in allen einzelnen Theilen relativ vollständige Entwicklungsgeschichte lässt sich überhaupt nicht nach ein oder zwei Species entwerfen, sie kann nur allmählich durch vergleichende Beobachtung verschiedener Insectenfamilien zu Stande gebracht werden. Einmal zeigen sich verschiedene Arten bei weitem geeigneter für das Studium dieses oder jenes Organsystems, und sobald eine vollständige Entwicklungsgeschichte aller einzelnen Theile gegeben werden sollte, käme es darauf an, für jeden das möglichst günstigste Untersuchungsobject ausfindig zu machen, also eine ganze Reihe von Arten zur Untersuchung herbeizuziehen — dann aber werden auch gar manche Punkte von allgemeinerer Bedeutung erst dann in dem richtigen Licht erscheinen, wenn eine Vergleichung mit den analogen Vorgängen in andern Insectenfamilien möglich sein wird.

Es kam hier weniger darauf an, eine Sammlung entwicklungsgeschichtlicher Monographieen einzelner Organe zu geben, als vielmehr den Ueberblick über die gesammten morphologischen Vorgänge an ein und derselben Art zu ermöglichen; es wurde zwar überall da, wo es nicht nutzlose Zeitverschwendung schien, der histologische Aufbau der einzelnen Theile so weit irgend möglich verfolgt, für das eigentliche Ziel aber waren diese letzten histologischen Details weniger wichtig als gewisse allgemeinere histologische Verhältnisse, vor allem die Herleitung oder Entstehungsweise der histologischen Elemente, der Zellen und dann der Modus, nach welchem dieselben die Bildung der einzelnen Gewebe vermitteln.

Es wird sich im Verlauf dieser Mittheilungen ergeben, dass die Musciden in vieler Beziehung ein sehr günstiges Object für die beabsichtigten Studien gewesen sind, ich hoffe indessen, die Untersuchungen noch auf andere Insectenfamilien und Ordnungen ausdehnen und dadurch das Wesen der Insectenmetamorphose noch weiter begründen helfen zu können.

Die nachembryonale Entwicklung der Dipteren gliedert sich naturgemäss in zwei Abschnitte, die Larven- und die Puppenperiode. Zur Untersuchung dienten für beide Perioden Musca vomitoria und Sarcophaga carnaria, sowie in einzelnen Fällen auch Musca Caesar. Wenn der Darstellung der Larvenperiode die Entwicklung von Musca vomitoria zu Grunde gelegt wurde, der der Puppenperiode die von Sarcophaga carnaria, so hat diess in ganz äusserlichen Umständen seinen Grund, hauptsächich in den einmal vorhandenen Zeichnungen. Die speciellen Angaben (Messungen etc.) sind im ersten Abschnitte alle — wo nicht ausdrücklich das Gegentheil angegeben ist — auf Musca vomitoria zu beziehen, im zweiten auf Sarcophaga carnaria.

I. Das Larvenstadium.

Wenn die junge Larve von Musca vomitoria mittelst ihres scharfen Zahnes die Eihäute angeritzt und durch Nachdrängen des dicken, fleischigen Körpers dieselben zum Bersten gebracht hat (S. 86), beginnt sie sogleich nach Nahrung zu suchen und findet diese meist in ihrer unmittelbarsten Umgebung, da die Fliege fast immer ihre Eier an Stellen legt, von wo aus die Lärvchen mit Leichtigkeit in weiche, faulende Massen, ihr eigentliches Lebenselement, hineinkriechen können. Die Schmeissfliege beginnt mit dem Eierlegen immer zuerst in der Nähe der Körperöffnungen des betreffenden Aases; bei Vögeln werden die Eier zwischen die Schnabelränder und durch diese hindurch auf den Rücken der Zunge gelegt, bei Säugethieren zwischen die Zähne und in die Lippenfalten, in die Nasenlöcher und unter die Lidränder; erst wenn an diesen Orten kein Platz mehr ist auch auf die Haut zwischen die Federn.

Schon durch die geringe Ausbildung der Sinnesorgane ist die Larve zum Aufsuchen ihrer Nahrung in grösseren Entfernungen nicht geeignet. Ihre Bewegung ist aber weniger unbehülflich und langsam, als man nach ihrem Bau schliessen möchte. Die Larve kriecht im Allgemeinen nach demselben Princip, nach dem sich die sechzehnbeinigen Raupen der Schmetterlinge vorwärts bewegen, sie zieht die einzelnen Segmente nach der Reihe von vorn nach hinten zusammen, um sie in derselben Reihenfolge am Boden wieder zu befestigen, allein da ihr die Füsse fehlen, so ist ihre Bewegung auf glatter Fläche, z. B. einer Glasplatte schwerfällig und mehr ein Wälzen als ein Kriechen zu nennen. Anders auf weichem Boden. Hier bieten die rückwärts gerichteten Stacheln, welche auf dem Vorderrande der Segmente eingepflanzt sind, das Aequivalent der Raupenfüsse. Dazu kommt dann noch die eigenthümliche Thätigkeit des vordersten Segmentes. Dieses, ausgerüstet mit rudimentären Sinnesorganen, ist bei weitem das beweglichste von allen; beim Kriechen tastet es nach allen Seiten umher und falls das Terrain zur Fortsetzung der Reise geeignet befunden wurde, öffnet sich der an seiner Unterseite gelegene Mund, die beiden starken, gekrümmten Haken des Schlundkopfes werden weit aus ihm vorgestreckt und in den weichen Boden des thierischen Aases eingeschlagen. Der Körper folgt dann nach wie ein Schiff seinem Anker. Für die Ortsbewegung auf weichem Boden ist demnach die Muscidenlarve vortrefflich gebaut und ebenso für das Eindringen in weiche Massen und enge Spalten. Ihr Körper bildet einen Keil. Die jungen Larven, wenn sie eben aus dem Ei gekommen sind, beginnen sofort sich einzubohren, sei es in die festweiche Masse zerfallender Organe, sei es in die Lumina enger Gefässe oder in Spalten zwischen den Organen. Man könnte von einem förmlichen Trieb des Einbohrens reden, denn die Thiere thun es auch da, wo Nahrung für sie nicht zu finden ist. Wenn man

Muscidenlarven in einen leeren Kasten setzt, in dem ein schweres Stück Holz liegt, so wird man nach einigen Stunden alle unter diesem Holz beisammen finden; hat aber der Kasten Ritzen, wenn auch noch so schmale, so stecken sie voll von Larven, die ihren Körper halb oder ganz hineingezwängt haben. Ich habe öfters mit angesehen, wie ausgewachsene Larven von 2 Cm. Länge und entsprechender Dicke sich durch die engsten Ritzen hindurcharbeiteten. Die Larve zwängt zuerst die vordere dünne Körperhälfte hindurch, während die Masse der Eingeweide nach hinten geschoben wird und dadurch die hintere Körperhälfte kuglig anschwillt, sodann aber beginnen die Eingeweide langsam und allmählich nach vorn zu wandern, sie passiren einzeln die eingezwängte Mitte des Körpers und gelangen so in die bereits wieder freie vordere Körperhälfte, um nun diese kuglig schwellen zu machen und dem von innern Organen möglichst befreiten hintern Theil des Körpers den Durchgang zu ermöglichen. Diese Bohrfähigkeit der Fliegenmaden gestattet ihnen, die Weichtheile eines todten Thieres vollständig zu vertilgen; nur Knochen und Haut bleiben übrig und die wimmelnde Bewegung der Maden unter der Haut bringt dann oft den Anschein des Lebens in das Aas zurück.

Die Umwandlung der stinkenden Jauche der faulenden Gewebe in die lebendige Körpermasse der Fliegenlarven geht ungemein rasch vor sich, wie das schnelle Wachsthum dieser Thiere beweist. Die Larve von Musca vomitoria ist innerhalb vierzehn Tagen von einem 0,3 Cm. langen Würmchen zu einem Thier von 2 Cm. Länge herangewachsen und die Larve von Sarcophaga carnaria schon in 8—10 Tagen. Während dieser ganzen Zeit ist sie ununterbrochen mit ihrer Ernährung beschäftigt, ihr Darm ist stets mit Chymus angefüllt und der Saugmagen mit stinkender Jauche. Die Larven machen mehrere Häutungen durch, durch die sich ihre äussere Gestalt zwar nicht verändert, wohl aber, wie *Leuckart* zuerst gezeigt hat — einzelne Theile: die Stigmen und der Hakenapparat[1]). Ich lege der Entwicklungsgeschichte der Larve die anatomische Beschreibung des Thieres zu Grunde, um bei den einzelnen Organsystemen die Veränderungen einzuflechten, welche dieselben bis zu ihrer vollständigen Ausbildung durchzumachen haben. Die Schilderung der Puppenorgane im Innern der Larve wird sodann nachfolgen, zuerst die Beschreibung der Anlage der Geschlechtsdrüsen, sodann die Entstehung und Umwandlung jener Bildungsscheiben, aus welchen sich später Brust und Kopf der Fliege zusammensetzen.

1) Es ist ein Irrthum, wenn *Burmeister* in seinem Handbuch der Entomologie angiebt, die Larven der Musciden hätten keine Häutung (a. a. O. I S. 466). Zwei Häutungen lassen sich durch die oben angedeuteten Veränderungen leicht nachweisen, direct aber den Häutungsprocess zu beobachten, gelingt nicht wohl, wegen des schmierigen Mediums, in dem die Thiere leben. Eine dritte Häutung habe ich aus der abermaligen Erneuerung der Tracheen erschlossen, wahrscheinlich existirt auch noch eine vierte.

Der Bau der Larve.

Die Körperwandungen.

Die Beschreibung, welche bei Darstellung der Entwicklung im Ei von der Körperform der jungen, eben aus dem Ei geschlüpften Larve gegeben wurde (S. 86), kann im Allgemeinen auch für die ausgewachsene Larve noch gelten. Dieselbe walzige, drehrunde, von hinten nach vorn keilförmig sich verjüngende Gestalt, das Hinterende quer abgestutzt, gegen den Rücken die Platte für die hintern Stigmen tragend, gegen die Bauchfläche in die ambosartige Afterpapille endend; der vordere Rand eines jeden Segmentes zu dem stachelbesetzten Ringwulste verdickt, das erste und kleinste Segment an der Bauchfläche mit der Mundöffnung auf dem Rücken mit zwei Paar kleinen Tastern versehen.

Auch die Wandungen, welche diese äussere Form bedingen, sind wenigen Veränderungen unterworfen, wenn wir nicht die Muskellagen hierher rechnen wollen, welche allerdings ihre definitive Ausbildung erst während der Larvenperiode erreichen.

Die Chitinlage der Haut, die früher sehr zart und weich war, verdickt sich sehr bald und wird derb, zäh, lederartig. Unter ihr findet sich die sie producirende Zellenschicht, die sog. chitinogene Schicht, oder nach meinem Vorschlag: die Hypodermis. Sie behält während des ganzen Larvenlebens ihre ursprüngliche Zusammensetzung bei, d. h. sie bildet eine Mosaik von grossen, regelmässig sechseckigen Zellen mit deutlicher Membran, klarem Inhalt, Kern und Kernkörperchen. Diese Zellen fehlen auch an den Ansatzzellen der Muskeln nicht, vielmehr heften sich die Muskeln überall an die Hypodermis als an die eigentliche, lebensthätige Haut, welche unberührt von den Häutungen stets dieselbe bleibt, während das von ihr ausgeschiedene Chitinskelet bei jeder Häutung abgeworfen und erneuert wird. Bei einer Larve von 1,5 Cm. Länge besassen die Zellen der Hypodermis einen Durchmesser von 0,078 Mm., der Kern maass 0,041 Mm.

Die Musculatur ist sehr ausgebildet, wie denn ein jedes Segment sich bedeutend zusammenziehen, der Körper im Ganzen sehr kräftige Bewegungen ausführen kann. Es liegt nicht in meiner Absicht, hier eine ausführliche Schilderung derselben zu geben, da sich hier im Wesentlichen dieselben Verhältnisse finden, wie sie von den Raupen der Schmetterlinge seit geraumer Zeit aufs genaueste bekannt sind. Die Musculatur der Füsse fällt bei der Muscidenlarve selbstverständlich weg, dafür sind aber die Muskeln der Körperwand selbst um so stärker ausgebildet, es finden sich sowohl am Rücken als am Bauch Längsmuskeln (Mm. recti ventrales et dorsales), ausserdem noch schräge Muskeln und an den Seiten quere oder wenn man will circuläre Bündel, vom Rücken gegen den

Bauch laufend, ohne aber weder diesen noch jenen zu erreichen. Die Längs- wie die Schrägmuskeln ziehen stets vom einen Rand des Segments zum andern und setzen sich hier mit kammförmig zerschlissener Basis an die Hypodermis.

Interessant sind die histologischen Umwandlungen der Muskeln während des Larvenlebens.

Wenn die junge Larve das Ei verlässt, sind ihre Muskeln cylindrische Schläuche von circa 0,034 Mm. Durchmesser, welche aus einem structurlosen, feinen Sarcolemma bestehen, gefüllt mit einer klaren, nicht flüssigen, sondern zähen, festweichen Masse. In diese Grundsubstanz sind massenweise und ohne bestimmte Anordnung sehr kleine Kerne (Durchmesser 0,0051—0,0086 Mm.) eingebettet, mit klarem Inhalt und stark lichtbrechendem Nucleolus. Von Querstreifung noch keine Spur (Taf. VIII. Fig. 11, *A*). Sehr bald aber ordnen sich die Kerne unter rascher Zunahme der Grundsubstanz in Längsreihen (Taf. VIII. Fig. 11, *B*) und schon am zweiten Tage tritt Querstreifung ein. Dies geschieht durch eine totale Umwandlung der Grundsubstanz, die aber nur in der Axe des Bündels, nicht aber an der Peripherie vor sich geht. Unter dem Sarcolemma bleibt eine ziemlich ansehnliche Schicht unverändert, eine hyaline mit feinen Körnchen durchsetzte Masse, unter welcher sodann erst eine die cylindrische Gestalt des ganzen Primitivbündels wiederholende quergestreifte Masse folgt. In dieser liegen zwar anfänglich Kerne (Taf. VIII. Fig. 11, *C*), sie verschwinden aber sehr bald und finden sich dann nur noch unter dem Sarcolemma, wo sie, ohne an Zahl zuzunehmen, mit dem Muskelbündel wachsen, um schliesslich die enorme Grösse von 0,027 Mm. zu erreichen. Das Wachsthum des Muskels durch eine Ablagerung contractiler Substanz erfolgt hier offenbar nur auf der Oberfläche des quergestreiften Cylinders und zwar erzeugen die Kerne, welche hier wie überall die Entstehung der Muskelsubstanz vermitteln, nicht direct quergestreifte Substanz, sondern zuerst die embryonale, contractile Masse, und erst secundär die definitive. Ein deutlicher Beweis dafür, dass die Ablagerung nur in dieser Weise vor sich geht, liegt in dem Umstande, dass auch an den Ansatzflächen des Primitivbündels eine granulirte Schicht mit eingestreuten Kernen sich zwischen Sarcolemma und quergestreifte Substanz einschiebt (Taf. VIII. Fig. 11, *D*).

Nahrungscanal.

An dem Darmtractus der Larve ist nur der vorderste Abschnitt einer Veränderung während des Wachsthums unterworfen, auch dieser aber nur in Bezug auf seine Cuticularbildungen: den Hakenapparat, der Schlundkopf selbst verändert seine Form nicht. In den ersten Tagen gestattet die Durchsichtigkeit des vordern Körperabschnittes noch sehr wohl den Schlundkopf sammt seiner Musculatur und dem in seinem Innern gelegenen Hakengerüste an dem lebenden Thiere zu beobachten. Der Schlundkopf erscheint als ein cylindrischer, nach vorn und hinten etwas zugespitzter Kolben (Taf. VIII. Fig. 2 u. 4). Nach hinten setzt er sich direct in den Oesophagus fort, wie er denn überhaupt als der verdickte Anfangstheil des Oesophagus betrachtet werden kann, wenn man ihn auch vom streng morphologischen Standpunkt aus anders ansehen muss. Er verdankt seine Entstehung dem während der embryonalen Entwicklung eingestülpten Vorderkopf- und Mandibularsegmente (S. 67). Nach vorn öffnet er sich in den Mund, während seine Wände sich in die Hypodermis fortsetzen. Wird der Schlund bei vorgestrecktem Kopfe etwas zurückgezogen, so erkennt man in der Ventralansicht die Uebergangsstelle als ein schmales, in der Medianlinie gelegenes Band, welches ähnlich dem Frenulum der menschlichen Zunge sich anspannt (Taf. VIII. Fig. 4, *fr.*). Die Wände des Schlundkopfes, von bedeutender Dicke, bestehen lediglich aus kleinen Zellen, welche ziemlich regelmässig in Querreihen übereinander geschichtet sind, stark hervortretend durch ihre mit Nucleolus versehene Kerne. Nach aussen wie nach innen ist diese Zellenschicht von einer Cuticula begrenzt, während diese aber dort sehr fein bleibt, verdickt sie sich hier zu Stäben und Platten und bildet jene complicirt gebaute Mundbewaffnung, welche ich als Hakenapparat bezeichnet habe. Drei Haupttheile lassen sich an ihm unterscheiden: das Gestell, der zahnartige, unpaare Haken und die paarigen, zu Seite des Mundeinganges liegenden Haken. Das Gestell (Taf. VIII. Fig. 2 u. 3, *hg*) besteht aus einem dorsalen und einem ventralen Stück; ersteres (Taf. VIII. Fig. 3, *dp*) hat die Form einer zweizinkigen Gabel, deren Zinken nach hinten, deren bogenförmiges Verbindungsstück nach vorn gerichtet ist, letzteres (Taf. VIII. Fig. 3, *vp*) besteht aus zwei freien, senkrecht gestellten, nach vorn und hinten zugespitzten Platten, die nicht durch einen Querast verbunden werden, sondern ein jeder durch eine platte, geschweifte Fortsetzung nach oben in die dorsale Gabel übergeht. Das Ganze erinnert an einen Holzbock.

Nur die beiden ventralen Chitinplatten vermitteln den Zusammenhang mit dem vordern Theil des Hakenapparates, indem sie sich nach vorn verlängern und ganz allmählich in die normale Intima übergehen. Ein schmaler Chitinstreif setzt sich von ihnen bis in die Schenkel des unpaaren medianen Zahnes fort. Dieser hat Aehnlichkeit mit einer Dolchklinge (Taf. VIII. Fig. 2 u. 3, *md*), ist flach, zweischneidig und besitzt scharfe Ränder und eine scharfe Spitze. Er kann mit Hülfe des Gestelles weit aus dem Munde heraus geschoben und wieder zurückgezogen werden: der erste Gebrauch, den das Thier von ihm macht, ist — wie früher schon erwähnt wurde — das Anritzen der Eihäute, nach dem Ausschlüpfen wird er mit grosser Energie zum Einbohren in weiche, schmierige Massen benutzt. Morphologisch entspricht er den Mandibeln, da er durch Verschmelzung der Anhänge des Mandibularsegmentes entsteht. Er hängt übrigens nicht nur durch die Ausläufer der untern Schenkel des Gestelles mit diesem zusammen, sondern es schiebt sich zwischen beide Theile noch ein Chitinstück von etwa xförmiger Gestalt ein, welches die Verbindung zwischen Zahn und Gestell noch mehr befestigt (Taf. VIII. Fig. 2, *x*). Der dritte Theil des Hakenapparates hängt in dieser Periode nicht direct mit den übrigen Theilen zusammen; er besteht aus zwei zu Seiten der Mundöffnung gelegenen geraden Chitinstäben, die an ihren Spitzen unter rechtem Winkel nach aussen umgebogen sind (Taf. VIII. Fig. 2, *h*). Sie sind nicht selbstständig beweglich, treten aber beim Hervorstülpen der obern Schlundwand, an welcher sie aufsitzen, mit hervor.

In der Ruhe wird die Mundöffnung, eine an der untern Fläche des ersten Segmentes gelegene flache dreieckige Grube (*m*), von der sehr dünnen, zungenförmigen Unterlippe (*lb*) bedeckt, unter welcher die paarigen Haken mit ihren Spitzen noch hervorragen, während der mediane Zahn ganz bedeckt wird. Die Lippe ist selbstständig beweglich, sie besitzt zwei starke Rückziehmuskeln, die vom hintern Rand des zweiten Segmentes, ziemlich weit nach aussen entspringen und schräg nach innen convergirend unter spitzem Winkel in der Mittellinie der Unterlippe zusammentreffen. Nicht selten sieht man, wie die Unterlippe allein bewegt wird und sich soweit zurückzieht, dass der mediane Zahn vollständig frei liegt. Nach Nachlass der Contraction schnellt sie rasch wieder vor, wahrscheinlich durch eigene Elasticität.

Erwähnenswerth, wenn auch nicht gerade von grosser physiologischer Bedeutung sind fadenartige Verdickungen der Chitinlage der Haut, welche vom Mundwinkel an der Basis der Unterlippe entspringen und schräg nach aussen gegen die Rückenfläche hin laufen. Es sind ihrer jederseits zwei Paare (Taf. VIII. Fig. 2, *ch*).

Der Schlundkopf wird durch mächtige Muskeln bewegt und zwar finden sich sowohl Vorwärtszieher als Rückwärtszieher. Die ersteren entspringen am hintern Rande des ersten Segmentes und laufen schräg nach hinten zum hintersten Theile des Schlundkopfes, die letztern nehmen ihren Ursprung vom hintern Rande des dritten Segmentes und laufen schräg nach innen und vorn zur Bauchfläche des Schlundkopfes (Taf. VIII. Fig. 2, *mr*). Dieses mächtige Organ mit dem festen Chitingestell im Innern bietet für alle diese starken und dicken Muskelbäuche hinreichende Ansatzfläche dar und mit ihrer Hülfe wird denn das, was eigentlich bewegt werden soll — der Zahn, oder in späteren Stadien die paarigen Haken — kräftig nach vorn und wieder zurückgeschoben.

So verhält es sich vor der ersten Häutung.

Wie alle cuticularen Gebilde, welche mit der äussern Haut in Continuität stehen, so wird auch der Hakenapparat bei der Häutung abgestossen und durch Ausscheidungen der darunter gelegenen Zellenschicht von neuem angelegt. Der neue Hakenapparat unterscheidet sich — worauf *Leuckart* bereits aufmerksam gemacht hat[1]) — vom alten in einigen wesentlichen Punkten. Merkwürdigerweise wird der unpaare mediane Zahn — der einzige typische Theil des ganzen Apparates — ebenfalls abgestossen, und zwar ohne sich wieder zu erneuern; er fehlt der älteren Larve (Taf. VIII. Fig. 4). Dafür bilden sich aber die paarigen Haken (*h*) zu Seiten der Mundöffnung bedeutend stärker aus und — was noch wesentlicher ist — treten in Verbindung mit den übrigen Theilen des Apparates. Sie sind jetzt von bedeutender Dicke, gebogen und mit scharfer, kurzer Spitze versehen, während ihr Schaft an der Basis zweischenklig auseinanderweicht und hier auf einem schräg gelagerten Chitinstückchen (*ar*) aufsitzt. Dieses erst steht dann in Verbindung mit dem xförmigen Stück, welches seinerseits dann wieder mit dem Gestell sich berührt. Zwischen Gestell und Haken sind also jetzt zwei verbindende Glieder eingeschoben, die die Bewegung fortpflanzen. Es ist leicht einzusehen, dass vermöge der eigenthümlichen Art, wie die Haken mit ihren zwei kurzen Schenkeln auf dem schrägen Verbindungsstück aufsitzen, dieselben durch ein Vorwärtsschieben des gesammten Schlundkopfes nicht nur nach vorn rücken, sondern auch mit ihren Spitzen sich voneinander entfernen und nach aussen drehen. Dass diese Haken nicht etwa eine Bildung sind, die dem frühesten Larvenstadium gänzlich mangelt, sondern dass sie den früheren paarigen Haken entsprechen, ergiebt sich daraus, dass ich sie öfter beide zugleich und dicht übereinanderliegend gesehen habe, unmittelbar vor der Häutung nämlich, wenn die neue Haut bereits gebildet, die alte aber noch nicht abgestreift worden war.

Auch das xförmige Mittelstück verändert seine Gestalt, es wird breiter, seine Schenkel sind vorn quer abgestumpft, hinten laufen sie in eine scharfe Spitze aus. Das Kopfsegment gewinnt durch alle diese Umwandlungen ein anderes Ansehen, wozu besonders die veränderte Zeichnung der Haut beiträgt. An Stelle der paarigen Chitinfäden, die vom Mundwinkel ausliefen, ist jetzt eine complicirtere Zeichnung getreten, eine fächerförmige Gruppe von fadenartigen Chitinleisten, die in einem Halbkreis vom Mundwinkel ausstrahlen (Taf. VIII. Fig. 4, *ch*).

Unterlippe und Gestell bleiben wie sie waren, nur die Färbung des letzteren wird dunkler, fast schwarz, seine Lamellen und Stäbe nehmen an Dicke und Breite zu, der ganze Apparat wird massiver.

Bei der Entstehung der Larve im Ei wurde bereits der Zusammensetzung des Darmtractus gedacht und nachgewiesen, in welcher Beziehung seine einzelnen Theile zu den embryonalen Darmtheilen, dem Vorder-, Mittel- und Hinterdarm stehen.

Der Oesophagus (Taf. VIII. Fig. 12, *oe*) enspringt vom Schlund-

1) Vorläufige Notiz über die Larvenzustände der Musciden. Arch. f. Naturgesch. 27. Jahrg. Bd. I. S. 60.

kopfe am untern Rande seiner hintern Fläche; dicht hinter seinem Ursprung mündet in ihn der kurze Stiel des Saugmagens (*s*), der von gleicher Weite mit dem Oesophagus rasch zu einer Blase anschwillt, die im leeren contrahirten Zustande kaum die unmittelbar hinter ihm gelegenen Centraltheile des Nervensystems vollständig bedeckt, bei vollständiger Ausdehnung aber bis ins hintere Körperdrittel reicht. Fast immer findet man ihn gefüllt mit braunröthlicher, faulig riechender, dicklicher, Flüssigkeit. Im normalen Verlauf des Verdauungsprocesses wird diese dann von da in den Oesophagus gepresst und es mag zur Erleichterung dieses Ueberfliessens dienen, dass der Stiel des Saugmagens nicht in spitzem, sondern fast in rechtem Winkel in den Oesophagus einmündet, ganz wie bei dem Saugmagen der Schmetterlinge [1]). Nachdem die dünne Speiseröhre durch den Schlundring getreten, der im vordern Theil des vierten Segmentes gelegen ist, läuft sie auf der dorsalen Fläche des Bauchstrangs hin, um kurz hinter der Spitze desselben in den Proventriculus (*pr*) einzumünden. Histologisch besteht der Oesophagus aus einer einzigen Lage grosser, klarer Zellen, die auf ihrer äussern wie auf ihrer innern Fläche eine Cuticula abgeschieden haben. Die ziemlich derbe, weite und gemeiniglich stark längsgefaltete Intima hebt sich sehr leicht als selbstständiger Schlauch von den Zellen ab und wird bei jeder Häutung ausgestossen und erneut. Die Cuticula der äusseren Fläche dagegen ist sehr dünn und auf ihr liegt ein feines Muskelnetz, nur bei starker Vergrösserung und genauer Einstellung erkennbar. Es besteht aus Längsfasern und Querfasern, welche bündelweise schräg über die Oberfläche hinstrahlen. Nur auf dem Saugmagen ist es mächtig entwickelt, die dicht verflochtenen Muskelstränge erreichen hier eine bedeutende Dicke.

Die Entstehung des Proventriculus beim Embryo hat uns gezeigt, dass er als eine Intussusceptio des Oesophagus zu betrachten ist. Diess lässt sich auch in späterer Zeit noch recht wohl erkennen, da eine Verschmelzung der übereinanderliegenden Oesophagealwände nicht eintritt. Während in der embryonalen Periode das eingestülpte Stück des Oesophagus noch kurz war, ragt dasselbe schon dicht nach dem Ausschlüpfen der Larve aus dem Ei bis gegen den Chylusmagen hinab und hängt später sogar noch ein Stück weit in ihn hinein. Der Proventriculus besitzt dann eine nahezu kuglige Gestalt und besteht aus den drei aufeinanderliegenden Oesophagus-Wandungen. Die äussere und mittlere Lage berühren sich mit ihrer innern, die mittlere und innere mit ihrer äussern Fläche. Die Grenze zwischen den beiden ersten Lagen wird durch die doppelt liegende Intima sehr scharf markirt, man beobachtet übrigens häufig, dass eine Spalte zwischen ihnen bleibt, die dann direct mit dem Lumen des Chylusmagens communicirt. Nur in der äussern Lage hat sich die einfache Zellenschicht der Oesophaguswand in eine mehrfache verwandelt

1) *Milne Edwards*, Leçons de physiol. et de l'anat. comp. T. V. p. 590.

und besteht aus dicht aneinandergedrängten Zellen mit klaren, scharf sich hervorhebenden, rundlichen Kernen. Der Inhalt der Zellen selbst, die von der Fläche betrachtet ganz regelmässige Sechsecke darstellen, ist feinkörnig und im Vergleich gegen die klaren Kerne dunkel. Die mittlere Lage ist die eigenthümlichste. Sie besteht aus grossen, mit ihrer Längsaxe senkrecht auf die Fläche gestellten Zellen mit völlig pellucidem, bläschenförmigem Kern und einem eigenthümlich weisslichen Inhalt, der homogen scheint und nur bei starker Vergrösserung eine sehr feine Granulirung erkennen lässt. Von der Fläche gesehen sind auch diese Zellen regelmässig polygonal, jedoch etwas in die Länge gestreckt. Sie selbst wie auch ihre Kerne zeichnen sich durch eine sehr dicke und deutliche Membran aus.

Dass die innerste Lage aus einfacher Zellenschicht besteht, lässt sich schon aus ihrer geringen Dicke schliessen, die der der normalen Oesophaguswände völlig gleich kommt; erkennen lässt sich ihre histologische Zusammensetzung nur schwer wegen der Dicke der darüber liegenden Schichten, vor Allem wegen der starken Entwicklung eines Tracheennetzes. Zwischen den Flächen der inneren und mittleren Schicht steigt ein ziemlich starker Tracheenast in die Tiefe herab bis zur Uebergangsstelle beider Schichten. Unterwegs giebt derselbe eine Anzahl Aeste ab, die unter spitzem Winkel sich von ihm entfernen, um an der Umschlagstelle umzubiegen und eine Strecke weit wieder zurückzulaufen. Das reiche und feinverästelte Tracheennetz bekommt dadurch eine ganz eigenthümliche Gestalt, vergleichbar etwa dem Gazeüberzug eines Kronleuchters. Bevor die Trachee ins Innere des Proventriculus tritt, giebt sie einen Ast ab, der wie eine Coronaria um die kuglige Aussenfläche herumläuft und von dem etwa zwölf Aeste in der Richtung von Meridianen über die Kugel hinziehen und Seitenästchen in querer Richtung abgeben. Auch hier ist das Tracheennetz, bei der ausgewachsenen Larve wenigstens, ein sehr dichtes. Wir haben also hier ein äusseres und ein inneres Tracheennetz, doch liegt auf der Hand, dass dadurch der allgemein gültige Satz, dass die Tracheen sich nur auf der Oberfläche des Darms verästeln, nicht berührt wird. Das innere Netz ist nur durch die Einstülpung nach innen gelangt, bleibt in der That aber auf der Aussenfläche der Oesophagealwand. Das Organ ist aussen von einem feinen Muskelnetz umstrickt, welches sich ganz so verhält, wie es später vom Chylusmagen und Darm beschrieben werden soll. In die Einstülpung scheint es sich nicht fortzusetzen.

Fragen wir nach der physiologischen Bedeutung der bis jetzt geschilderten Theile des Verdauungsapparates, so unterliegt es keinem Zweifel, dass die gestielte Blase, welche dem Oesophagus anhängt, zum Einsaugen der Nahrungsflüssigkeit dient. Mag die Function des sog. Saugmagens der Schmetterlinge auch von Einigen noch angezweifelt werden, hier tritt alle Nahrung zuerst in den Saugmagen und von da erst wieder zurück in Oesophagus und Chylusmagen. Schneidet man aus der frischgetödteten Larve diese Theile sammt dem Schlundkopfe heraus und übt nun einen gelinden Druck mit dem Deckgläschen auf den prall gefüllten Saugmagen, so fliesst der Inhalt durch den Oesophagus ab, in den Schlundkopf tritt kein Tropfen; die Flüssigkeit bleibt dicht hinter ihm stehen, wie es scheint, ohne dass eine besondere Klappenvorrichtung vorhanden wäre; der Verschluss muss durch die Contractur einer sphincterartigen Muskelschicht an dieser Stelle horvorgebracht werden.

Der Saugmagen ist sowohl Saug- als Druckpumpe, er wirkt ganz wie die in neuerer Zeit construirten Spritzen aus einer Kautschukblase; zusammengedrückt entleert sich die Blase und sobald der Druck nachlässt, dehnt sie sich durch ihre Elasticität wieder aus. Den Druck übt in diesem Fall die mächtige Muskelschicht aus, die der Verengerung folgende Erweiterung kann wohl nur auf die elastische Spannung der sehr dicken Intima zurückgeführt werden. Diese wird indessen nur bei ganz erschlaffter Musculatur stark genug sein, eine Ausdehnung der Blase zu bewirken.

Ueber die Function des Proventriculus habe ich vergeblich mich bemüht ganz ins Klare zu kommen. Von einem Kaumagen kann bei der durchweg flüssigen Nahrung des Thieres nicht die Rede sein, auch zeigt die Intima hier keine andere Structur als im Oesophagus und die Musculatur ist nur äusserst schwach entwickelt. Es fragt sich, ob nicht eine eigenthümliche Art von Drüsen in der mittleren Zellenlage vermuthet werden darf, die ihr Secret, ohne dass es erst in einem Ausführungsgange sich sammelt, direct in den Magen hinabfliessen liessen?

Ich komme zur Beschreibung des aus dem Dottersack (Mitteldarm) hervorgegangenen Chylusmagens (Taf. IX. Fig. 12, *ch*). Derselbe ist schlauchförmig und besitzt eine sehr bedeutende Länge. Er liegt darmartig gewunden in der hintern Körperhälfte und trägt an seinem Vorderende vier cylindrische Blindschläuche, die stets im Bogen nach vorn gerichtet sind und in dieser Lage durch besondere später näher zu beschreibende Bänder festgehalten werden. Was den histologischen Bau des Chylusmagens betrifft, so vermag ich nicht die Schichtung von Geweben hier vorzufinden, wie sie von den Autoren für den Insectendarm im Allgemeinen angegeben wird. Offenbar hat man hier viel zu viel nach Analogieen mit dem Wirbelthierdarm gesucht. Hätte man das Schema eines Arthropodendarms allein nach den Ergebnissen der Untersuchung dieses Thiertypus aufgestellt, man würde schwerlich von einer »bindegewebigen« Tunica propria reden, die nach innen von dem »Epithel«, nach aussen von der Muscularis und bei Einigen auch noch von einer Serosa umgeben ist. Ich finde am Chylusmagen wie am Darm von Musca nur eine einzige Lage grosser polygonaler Zellen, die gegen das Lumen hin von einer structurlosen Intima begrenzt werden, nach aussen von einer feinen Cuticula, die sich mit dem Muskelnetz aufs innigste verbindet. In dieser

Haut, theils über, theils auch unter den Muskeln verlaufen die Tracheen (Taf. IX. Fig. 16).

Die Zellen der Wandung sind gross, unregelmässig polygonal oder abgerundet und lassen einen kreisrunden Kern und einen blassen, feinkörnigen Inhalt erkennen. Bei einer Larve von 1,1 Cm. Länge betrug ihr Durchmesser 0,010 Mm., der der Kerne 0,03 Mm. Charakteristisch ist die eigenthümliche Rindenschicht der Magenzellen, auch bei andern Insectenlarven sich vorfindend, welche als eine 0,005 Mm. dicke, homogene, stark lichtbrechende Lage der Innenfläche der Zellmembran aufliegt. Porencanäle liessen sich nicht an ihr erkennen. Die Zellen functioniren ganz wie das Darmepithel der Wirbelthiere, man findet sie während der Verdauung strotzend mit kleinen, dunkeln Fetttröpfchen gefüllt (Taf. IX. Fig. 16, *ce*[1]), die anfänglich nur den Kern umgeben, bald aber die ganze Zelle anfüllen; sie bilden aber hier zugleich die Grundlage der Darmwand, während alles andre (Muskeln und Tracheen) nur accessorische Gebilde sind. Die Muskeln des Darmes sind sehr interessanter Natur und verdienen eine nähere Betrachtung. Wie bei den meisten Insecten bestehen sie aus Längs- und Querfasern, die sich rechtwinklig kreuzen und ein grossmaschiges Netz dünner und schmaler Bänder darstellen. Nicht immer lassen sie sich leicht erkennen, besonders wenn die Zellen darunter stark mit Fett angefüllt sind, durch längere Einwirkung einer Lösung von chromsaurem Kali oder der Kalilösung von 35% treten sie indessen sehr gut hervor. Die Quermuskeln bilden die tiefere Schicht, sind sehr schmal und liegen in Gruppen von drei oder vier beisammen (Taf. IX. Fig. 16, *rm*), die Längsbänder besitzen eine bedeutendere Breite (bis zu 0,010 Mm.) und verlaufen isolirt (*lm*). Sie sind platt und schwellen in weiten Abständen spindelförmig an (Dicke der Anschwellung 0,025 Mm.), um einen kleinen (0,013 Mm.), ovalen Kern einzuschliessen. Beide bestehen aus einer dünnen Lage quergestreifter contractiler Substanz und einer sie einschliessenden structurlosen Hülle, die häufig quergerunzelt ist.

Die Tracheenverästlung auf der Oberfläche des Chylusmagens nimmt mit dem Alter der Larve sehr bedeutend zu. Beim jungen Thier finden sich nur einige wenige feine Endreiser, vor der Verpuppung ist der ganze Darm (es gilt diess auch für den eigentlichen »Darm«) von einem dichten Tracheennetz umsponnen und zwar verlaufen die Aestchen theils über den Muskeln, theils dringen sie in die Maschen des Muskelnetzes ein und kriechen unter den Muskelbändern hin.

Eine Tunica serosa, eine »Bindegewebshülle« oder überhaupt noch eine weitere Gewebslage kommt hier nicht vor, die Muskeln liegen ganz oberflächlich und ich werde weiter unten zu zeigen haben, dass sie sogar, zum Theil wenigstens, von aussen auf den Darm hinaufwachsen.

Obwohl die Blindschläuche am Anfang des Chylusmagens nicht wirklich durch Ausstülpung entstanden sind, sondern durch selbstständiges Auswachsen eines anfänglich soliden Zellenklumpens, so können sie ihrem feineren Bau nach doch als Ausstülpungen der Magenwand betrachtet werden, sie bestehen genau aus denselben Schichten. Die Schläuche sind nur schmal, so dass die grossen, polygonalen Zellen der Wandung (Durchmesser 0,057 Mm.) mehr als die Hälfte der Breite des Blindschlauchs einnehmen. Diese Zellen werden bis 0,034 Mm. dick und springen buchtig ins Lumen vor. Erst allmählich scheiden sie eine Intima aus und auch die Cuticula auf ihrer äussern Oberfläche ist im jungen Thier noch kaum wahrzunehmen wegen ihrer grossen Feinheit, später sehr wohl. Auf ihr liegt dann das Muskelnetz, auf welches ich wegen seines Zusammenhanges mit dem noch zu beschreibenden Visceralmuskelnetz wieder zurückkommen werde (Taf. VIII. Fig. 9, *A*).

Der Dünndarm der Larve (Taf. IX. Fig. 12, *il*) hat nur etwa die halbe Dicke des Chylusmagens, besitzt eine noch bedeutendere Länge und bildet mehrere Schlingen; in sein vorderes, etwas eingeschnürtes Ende münden die *Malpighi*'schen Gefässe (*ma*), sein hinteres Ende geht ohne scharfe Grenze in den kaum als besonderer Darmtheil unterscheidbaren Dickdarm über.

Histologisch zeigt der Darm fast genau dieselbe Structur wie der Chylusmagen, eine einfache Lage grosser polygonaler Zellen mit klarem kreisrunden Kern und einer allerdings hier dünneren homogenen Rinde neben dem feinkörnigen Inhalt; nach innen von den Zellen der faltige leicht abhebbare Schlauch der Intima, nach aussen die sehr zarte Cuticula, in welche die Muskelbänder und Tracheen verwebt sind. Wie bei dem Chylusmagen so findet man auch hier die Zellen während der Verdauung strotzend mit grossen und kleinen Fetttropfen erfüllt, so dass der Darm bei auffallendem Lichte weiss, bei durchfallendem ganz dunkel erscheint.

Die *Malpighi*'schen Gefässe finden sich hier wie bei allen Dipteren in der Vierzahl, von denen je zwei mit einem gemeinschaftlichen Ausführungsgang in den Anfangstheil des Darmes einmünden. Dass dieselben schon während der ganzen Larvenperiode als Nieren functioniren, kann nicht bezweifelt werden, schon in der frisch ausgeschlüpften Larve findet man die Zellen gelblich gefärbt und im Lumen Gruppen gelber bei durchfallendem Lichte dunkler, fettkugelähnlicher Concremente unorganischer Substanz. Dafür, dass daneben auch noch die Secretion einer galleähnlichen Flüssigkeit in ihnen geschehe, wie *Leydig* annimmt, besitze ich hier zum mindesten keinen Anhalt.

Ihre Structur ist die bekannte: grosse, polygonale Zellen in einfacher Lage, nach aussen halbkuglig vorspringend und so das rosenkranzartige Aussehen bedingend (Taf. XIII. Fig. 60, *A*). Die Zellen verschmelzen nie und sind nicht von Muskelbändern umstrickt. Auf beiden Flächen scheiden sie eine Cuticularschicht ab, die äussere ist sehr fein, die innere nimmt mit dem Wachsthum zu und zeigt in der ausgewachsenen Larve sehr deutlich eine feine und scharfe Querstreifung, wie sie *Leydig* schon früher bei den *Malpighi*'schen Gefässen der Phryganea grandis und einer

Gastropacha beobachtet und als den optischen Ausdruck durchsetzender Porencanäle gedeutet hat (Lehrbuch d. Histol. S. 475). In der ausgewachsenen Larve besitzen die Zellen die bedeutende Grösse von 0,072 Mm., der Kern misst 0,028 Mm., der cuticulare Saum 0,007 Mm. im Durchmesser.

Die Larve besitzt zwei mächtige Speicheldrüsen (Taf. IX. Fig. 12, *gs*), welche in den vordersten Theil des Verdauungsapparates einmünden. Dicht hinter dem Schlundkopf vereinigen sich die beiden Ausführungsgänge zu einem gemeinschaftlichen Gange der unter dem Schlundkopfe hinläuft, um vorn, zwischen Gestell und xförmigem Mittelstück des Hakenapparates seine Wand zu durchbohren. Der physiologische Werth des Speichels in dem vordersten Abschnitte des Eingeweidetractus lässt sich bei der rein flüssigen Nahrung der Thiere nur dadurch erklären, dass man die Nothwendigkeit einer sofortigen chemischen Einwirkung auf diese Nahrung annimmt. Diese Annahme scheint sehr plausibel, wenn man bedenkt, dass es faulende, in voller Zersetzung begriffene organische Substanzen sind, die dem Thiere zur Nahrung dienen, die also jedenfalls einer sehr kräftigen chemischen Umwandlung bedürfen, um ohne Schaden resorbirbar zu werden. Ausser den Zellen des Chylusmagens, die aber zugleich bereits der Resorption dienen und vielleicht des Proventriculus sind es einzig die Speicheldrüsen, die der eingesogenen Jauche ein umwandelndes Ferment beimischen können. Dieselben sind denn auch von bedeutender Grösse, cylindrische Schläuche von bedeutender Dicke und Länge. Sie liegen zu beiden Seiten an der Bauchfläche der Leibeshöhle und reichen fast bis zu halber Körperlänge des Thieres nach hinten. Ihre abgerundeten Enden sind durch ein breites Band verbunden, welches seiner histologischen Beschaffenheit nach zum Fettkörper zählt, obgleich es mit den Lappen desselben nicht zusammenhängt. Die Drüsen selbst bestehen aus einer einfachen Lage grosser, polygonaler Zellen, die einen kreisrunden, klaren, mit deutlicher Membran und einem grossen, matten Nucleolus versehenen Kern enthalten. Der Inhalt der Zellen ist blass und feingranulirt. Das Lumen der Drüse kleidet eine sehr feine structurlose Intima aus, die sich gegen den Ausführungsgang verdickt und in demselben spiralige, reifartige Verdickungen aufweist, ähnlich der Intima einer Trachee. Wie diese wird auch sie bei jeder Häutung abgestossen und durch eine neue ersetzt. Unmittelbar vor der Häutung findet man dann zwei Intimahäute, die alte in der Axe, die neue um ein Bedeutendes weiter, zugleich aber auch länger und deshalb gewunden verlaufend.

Tracheensystem.

Das Tracheensystem erleidet unter allen Larvenorganen die meisten Veränderungen während des Wachsthums, es ist in einer fortwährenden

Umgestaltung begriffen, die im Wesentlichen darin besteht, dass es sich weiter ausdehnt und die wachsenden Organe des Körpers mit immer engeren Netzen umspinnt. Aber auch die Stigmen sind Metamorphosen unterworfen, die sich wohl einfach auf das Bedürfniss grösserer Zuleitungsöffnungen zurückführen lassen, denn es geschieht in der That nichts anderes, als dass das vorhandene Stigmenpaar statt mit einer einzigen erst mit zwei, dann mit drei Oeffnungen versehen wird und dazu kommt noch die Bildung eines vorderen Stigmenpaares.

Das Tracheensystem der frisch ausgeschlüpften Larve wurde im Allgemeinen bereits beschrieben (s. Taf. VII. Fig. 93). Es besteht aus zwei Stämmen, welche den Körper der Länge nach durchziehen, indem sie unter allmählicher Verjüngung nach beiden Seiten hin Zweige abgeben, theils zu den Eingeweiden, theils zu den Wandungen des Körpers. In jedem Segment läuft ein Ast nach aussen und einer nach innen und ausserdem gehen noch mehrere grössere Zweige zum Darm. Am Hinterrande des zweiten Segmentes lösen sich die Stämme in ein Büschel feiner Aeste auf und kurz vorher (im dritten Segment) sind beide durch einen queren Ast miteinander verbunden. Ein zweiter solcher Verbindungsast liegt im elften Segment, er ist bedeutend kürzer, da die Stämme von hinten nach vorn divergiren. Auf dem Rücken des zwölften Segmentes liegen die beiden Stigmen; sie bestehen aus einem nieren- oder bretzelförmigen Chitinring, welcher zum Theil von einer rundlichen, dreieckigen Falte der Haut umgeben ist (Taf. VIII. Fig. 5, *st*).

So verhält es sich v o r der ersten Häutung; n a c h derselben gewinnt das Stigma eine ganz andere Gestalt. In dem hellen, ovalen Hofe sind jetzt zwei getrennte längliche Chitinringe von gelbbrauner Farbe gelegen (Taf. VIII. Fig. 6, *st*¹), deren jeder eine Stigmenspalte einschliesst und nach der zweiten Häutung bilden sich dann drei Peritremata und drei Spalten (Taf. VIII. Fig. 7). Die Peritremata (*tr*) sind 0,038 Mm. breit und bestehen aus zwei Schenkeln, die an den Enden ineinander umbiegen und ziemlich nahe aneinander liegen, so dass nur eine schmale Spalte zwischen ihnen bleibt. Diese wird noch theilweise verdeckt durch Querfortsätze, welche, ähnlich den Sprossen einer Leiter, beide Schenkel verbinden und so ein Gitterwerk bilden, durch dessen rundliche Maschen die eigentliche Spaltöffnung (*lb*) erblickt werden kann. Trennt man die Schenkel des Peritrema von einander, so findet man unter ihnen eine sehr feine, helle, structurlose Membran, die in der Mitte einen Längsspalt trägt, den Eingang in den Tracheenstamm. Diese Stigmen sind demnach zu den zweilippigen Stigmen (stigmes bilabiés, *Milne Edwards*) zu zählen.

In welcher Weise die Metamorphose der Stigmen vor sich geht, lässt sich genau verfolgen. Es handelt sich hier nicht um eine eigentliche Umwandlung, sondern um eine wirkliche Neubildung, und zwar geht dieselbe von der äussern Hülle des Tracheenstammes aus. Ich schicke nur wenige Worte über den histologischen Bau der Tracheen in der Larve voraus. Sie bestehen aus der Peritonealhülle und der Intima. Beide sind im Gegensatz zu vielen andern Insecten vollkommen farblos, diese ist elastisch, derb und zeigt die bekannte spiralige Zeichnung, der Ausdruck reifartiger Verdickungen, jene ist eine blasse, gleichmässige Lage einer hellen, mit Körnchen mehr oder minder durchsetzten Grundsubstanz, in welcher Kerne eingestreut sind. Die Kerne besitzen im Allgemeinen eine bedeutende Grösse und liegen in den grösseren Stämmen dichter, in den kleinen entfernter von einander. Nach aussen wird die Grundsubstanz von einer structurlosen Membran begrenzt, die man für eine cuticulare Bildung halten möchte, liesse sich nicht ihre Entstehung aus verschmolzenen Zellmembranen nachweisen (S. 79).

Von dieser sog. Peritonealhülle gehen alle Neubildungen aus, welche überhaupt an Tracheen vorkommen, sowohl das reguläre Wachsthum derselben in die Länge und die Entstehung zahlloser neuer Aestchen, als die Bildung eines neuen Intimarohres bei jeder Häutung, als schliesslich auch die Neubildung von Stigmen. Ich werde später zu zeigen haben, dass auch ganz heterogene Organe, Imaginalscheiben, wie ich sie genannt habe, — Organe, in denen einzelne Theile des Thorax der Fliege entstehen — von der Peritonealhaut der Tracheen ihren Ursprung nehmen. Der Peritonealhaut bleiben alle die Lebensäusserungen erhalten, die ursprünglich den Zellen zukamen, aus deren Verschmelzung sie sich zusammensetzte; die Peritonealhaut besitzt die secretorische Thätigkeit der Zelle, sie vermag Stoffe in sich aufzunehmen und andre — z. B. eine elastische zur Membran erhärtende Masse — auf sich abzulagern, ihre Kerne wirken wie in selbstständigen Zellen als Ernährungscentren, vermögen sich zu theilen, neue Grundsubstanz um sich anzusammeln, dadurch auseinander zu rücken und ein Wachsthum in die Länge zu bewirken; sie vermögen sich aber auch wieder in Zellen umzuwandeln, indem sich die Grundsubstanz kuglig um sie verdichtet und auf ihrer Oberfläche zur Zellmembran erhärtet. So geschieht die Bildung neuer Verzweigungen, die erst mit der letzten Häutung ihr Ende erreicht, durch Auswachsen der Peritonealhaut zu einem Fortsatz. In diesen rücken Kerne mit hinein und später entsteht dann in seiner Axe eine elastische Röhre, anfänglich von sehr grosser Feinheit, bald aber sich verdickend und Spiralwindungen aufweisend, die Intima, welche dann bei der nächsten Häutung mit den übrigen Tracheen in Verbindung tritt. Wie wir im embryonalen Alter der Larve die feinsten Intimaröhrchen im Innern von Zellen entstehen sahen, so geschieht auch hier die Ablagerung elastischer Substanz nicht auf der Oberfläche, wie es bei cuticularen Bildungen sonst gewöhnlich ist, sondern im Innern kernhaltiger Grundsubstanz. Die Vorgänge bei der Häutung sind folgende. Zuerst hebt sich die Peritonealhaut von der Intima ab, zwischen beiden entsteht allmählich ein weiter, mit klarer Flüssigkeit gefüllter Zwischenraum. Zugleich buchtet sich die innere Fläche der Peritonealhaut in der Weise ein, dass ein jeder ihrer Kerne innerhalb eines halbkugligen Vorsprungs zu liegen kommt, so dass die Haut fast das Ansehen einer Zusammensetzung aus Zellen erhält und nun scheidet sich auf dieser hügeligen innern Fläche der Peritonealhaut eine elastische Schicht aus, die schon sehr früh und sehr deutlich eine regelmässige feine Einkerbung erkennen lässt, die Anlage der Spiralreifen. Taf. XI. Fig. 32 zeigt das Stadium kurz vor der Häutung. Die alten Intimaröhren (*tr*[1]) sind noch lufthaltig, die neuen (*it*) mit klarer Flüssigkeit gefüllt.

Um endlich zur Bildung der Stigmen zu gelangen, so bereitet sie sich durch eine Verdickung der Peritonealhaut des Stammes in der Umgebung der alten Stigmen vor. Die Kerne vermehren sich und bilden Zellen, es entsteht eine kolbige Anschwellung, welche aus kleinen, sechseckigen Zellen zusammengesetzt ist. Hier finden wir also die Kerne der Peritonealhülle als Ausgangspunkt einer Zellenbildung. Taf. VIII. Fig. 5 stellt das Stadium dar, wo zwar die Abscheidung der neuen Intima des Tracheenstammes bereits begonnen hat, indem die Peritonealhülle sich abhebt, wo aber von dem neuen Stigma, soweit es cuticulare Bildung ist, noch nichts zu sehen ist; dasselbe erscheint sodann um weniges später nach aussen von dem alten Stigma und unmittelbar unter ihm, auf der Oberfläche des Zellenkolbens, und muss als eine Ausscheidung dieses letzteren betrachtet werden. Taf. VIII. Fig. 6 giebt eine Ansicht eines der hintern Stigmen unmittelbar vor der ersten Häutung.

Es entstehen aber bei der ersten Häutung auch neue Stigmen am Vorderende der Larve. Diese verdanken ganz demselben Process ihre Bildung. An einem zur Haut verlaufenden Tracheenästchen bildet sich eine kolbige Anschwellung der Peritonealhaut, unmittelbar unter und in Verbindung mit der Hypodermis. Ihre Oberfläche formt sich in bestimmter und eigenthümlicher Weise und scheidet eine allmählich sich färbende Chitinschicht auf sich aus. Zugleich bildet sich im Innern der Anschwellung eine weitere elastische Intima, die durch die Häutung mit dem übrigen Tracheensystem in Continuität tritt und das vordere Endstück des Stammes darstellt, während die Stigmen an die Oberfläche der Haut zu liegen kommen. Sie münden auf dem Rücken des zweiten Segmentes, nahe dem hintern Rand und liegen also nur wenig weiter nach vorn als die vordere Commissur der Tracheenstämme, wie die hintern Stigmen nur Weniges hinter der hintern Commissur gelegen sind. Ihr Bau unterscheidet sich wesentlich von dem des hintern Stigmenpaares. Schon in einiger Entfernung von der Haut nimmt der Tracheenstamm ein verändertes Aussehen an, wird braun und undurchsichtig und endet in acht bis neun fingerförmig gestellte abgerundete Spitzchen, deren Intima ebenfalls braungelb gefärbt ist, während ein dünnerer farbloser cuticularer Saum sie aussen überzieht. Von der Fläche gesehen ähnelt das Stigma der Zotte einer Giesskanne (Taf. VIII. Fig. 4, *st*, *st*[1]). Ob die einzelnen Zapfen Spalten auf ihrer Spitze besitzen, lässt sich nicht erkennen.

Nervensystem.

Die Centraltheile des Nervensystems der Muscidenlarven weichen von denen anderer Insecten bedeutend ab. Es findet sich hier kein Bauchstrang, dessen einzelne Ganglienknoten durch Längscommissuren verbunden sind und der so ziemlich den ganzen Körper der Länge nach durchzieht, sondern die Nervenmasse bildet einen einzigen kurzen conischen Zapfen, der seine virtuelle Zusammensetzung aus den Ganglien des Bauchstrangs nicht einmal durch seitliche Einkerbungen andeutet. Auch das untere Schlundganglion ist mit diesem Bauchmark so vollständig verschmolzen, dass es sich in keiner Weise hervorhebt, die obern Schlundganglien dagegen bilden zwei fast kuglige Knoten, die nicht in gewöhnlicher Weise durch dünne Commissurfäden, sondern durch dicke und breite Brücken mit dem Bauchzapfen verwachsen sind und nur eine enge Oeffnung zum Durchtritt des Oesophagus zwischen sich lassen (Taf. X. Fig. 19—20). Die obern Schlundganglien oder Hemisphären springen stark gegen den Rücken hin vor und stehen rechtwinklig zur Ebene des Bauchzapfens, mit welchem zusammen sie im Profil gesehen etwa das Bild eines Pistolenschaftes geben (Taf. X. Fig. 20). Im Verhältniss zur Körperlänge sind die Nervencentren ausnehmend kurz, die Länge des Bauchzapfens mit den Hemisphären beträgt etwa ein Zwanzigstel der gesammten Körperlänge, bei einer Larve von 1,3 Cm. Länge massen die Nervencentren 0,74 Mm. Sie erstrecken sich vom vierten bis ins sechste Körkersegment und liegen an der Bauchseite der Leibeshöhle in dem Raume zwischen dem Schlundkopfe und dem Proventriculus. Die Breite des Bauchzapfens nimmt von hinten nach vorn rasch zu und wird von der Breite der Hemisphären noch übertroffen, welch letztere bei einer Larve von 1,3 Cm. 0,78 Mm. beträgt.

Die Nerven nehmen ihren Ursprung nur vom Bauchzapfen, vom obern Schlundganglion entspringt nicht ein einziger Körpernerv. Für jedes Segment ist ein Nervenpaar vorhanden; vom vordern, queren Rand des Bauchzapfens, dem untern Stück des Schlundringes, laufen deren zwei gerade nach vorn zu den zwei ersten Segmenten, sodann folgen noch zehn Stämme jederseits, die das dritte bis zwölfte Segment versorgen. Die vordersten ziehen in querer, die folgenden in immer schrägerer Richtung gegen die Körperwand; der Bauchzapfen in seiner natürlichen Lage ist wie ein Mast nach allen Seiten durch ausgespannte Stränge befestigt.

Hemisphären und Bauchstrang bestehen aus einer ziemlich derben, structurlosen Hülle und einem zelligen Inhalt. Die Zellen sind wie die Nervenzellen fast aller Insecten sehr klein, vollkommen kuglig und scheinbar wenigstens ohne alle Ausläufer; sie liegen dicht gedrängt und ohne bestimmte Anordnung, platten sich nicht gegenseitig ab und sind eingebettet in minimale Mengen einer feinkörnigen Grundsubstanz. Es lässt sich eine hellere Rinde und ein dunkleres Mark unterscheiden

(Taf. X. Fig. 19, *A* u. B) und die Nervencentren bieten eines der wenigen Beispiele dar, wo die Tracheenverästlungen nicht auf der Oberfläche bleiben, sondern zwischen die einzelnen Zellen des Gewebes selbst hineindringen. In eine jede Hemisphäre tritt ein Tracheenstämmchen, welches, ohne sich zu theilen, sogleich bis in das Centrum des Nervenknotens eindringt und dort in eine Menge von feinen Aestchen zerfällt, welche radienförmig nach allen Seiten ausstrahlen. Am Bauchstrang bleibt das Tracheennetz zum grössten Theil auf der Oberfläche und nur in der Medianlinie durchbohren einzelne Luftgefässe die Nervenmasse vom Rücken her, um an der entgegengesetzten Seite wieder auszutreten und sich in sehr beschränktem Umkreise sternförmig zu verästeln. Sie sind durch regelmässige Zwischenräume getrennt, welche den zwölf virtuellen Ganglien des Bauchmarkes entsprechen (Taf. X. Fig. 19, *B*, *tr*).

Die Structur der Nerven lässt sich am besten an Präparaten erkennen, welche bei Vermeidung von Wasser frisch mit verdünntem Alkohol behandelt wurden. Man erkennt dann im Innern der structurlosen Hülle dünne, blasse Röhren, deren Contouren sehr zart, aber deutlich aus zwei Linien gebildet sind, die daher wiederum als aus einer Membran und einem Inhalt bestehend angesehen werden müssen. Zwischen diesen Nervenröhren und der Scheide bleibt ein heller Zwischenraum, in dem in weiten Abständen ovale Kerne liegen, theils kleinere, theils — und diess besonders an Theilungsstellen der Nerven — einzelne sehr grosse. Die Dicke der Nervenröhren bleibt sich in den grösseren Nerven ziemlich gleich, sie beträgt 0,003—0,005 Mm.

Dem Nervensystem schliessen sich die Sinnesorgane an. Die Larve besitzt deren zwei Paare: die mit den tasterartigen Antennen und Maxillarpalpen in Verbindung stehenden Ganglien, deren ich oben schon erwähnt habe (Taf. VIII. Fig. 1, *A*, *at*, *mx*). Sie liegen im Vorderrande des ersten Segmentes dicht unter der Haut. Die zwei Ganglien je einer Seite entspringen von einem gemeinsamen Nervenstamme (*n*), der sich dicht hinter ihnen theilt und offenbar ein Ast des ersten Körpernerven ist, wenn es auch wegen der Undurchsichtigkeit der Theile nicht gelingt, den Zusammenhang direct zu verfolgen.

Beide Ganglien verhalten sich vollkommen gleich; sie sind von kolbiger Gestalt, der Nerv geht allmählich in sie über, sie bilden die Endanschwellung desselben (Taf. VIII. Fig. 1, *B*). An frisch ausgeschlüpften Larven schimmern sie sehr deutlich durch die Haut hindurch und besitzen hier einen queren Durchmesser von 0,04—0,05 Mm. Der Inhalt des Ganglion besteht aus einer feinkörnigen Grundsubstanz, in welcher viele freie Kerne von 0,006—0,008 Mm. eingebettet sind, daneben aber auch Zellen von ziemlich bedeutender Grösse vorzukommen scheinen. Dass diese Ganglien in Verbindung mit den tasterartigen Chitingebilden, welche direct auf ihnen aufsitzen, lediglich dem Tastsinn dienen, ist wohl mehr als wahrscheinlich.

Rückengefäss und Blut.

Das Centralorgan des Circulationssystems liegt hier wie bei allen Insecten in der Mittellinie des Rückens und erstreckt sich der Länge nach durch den grössten Theil des Körpers. Es unterscheidet sich von dem gewöhnlichen Verhalten — soweit dieses bisher richtig dargestellt sein sollte — dadurch, dass es nicht an der Haut befestigt ist, sondern an den beiden Tracheenstämmen, dass es überhaupt nicht unmittelbar unter der Haut liegt, sich zum Theil sogar ziemlich weit von ihr entfernen kann, indem der Saugmagen in gefülltem Zustande zwischen Körperwand und Rückengefäss tritt. Nach vorn reicht das Rückengefäss bis zum Schlundkopfe, nach hinten bis zu dem Querast, welcher im elften Segment die beiden Tracheenstämme miteinander verbindet.

Eine Beobachtung am lebenden Thiere ist nur in manchen Fällen bei ganz jungen Larven möglich, und auch dann sieht man mehr die Bewegung des Rückengefässes im Ganzen, als dass sich Einzelheiten erkennen liessen. Zur Erforschung des feineren Baues ist deshalb stets die Präparation nöthig.

Das Rückengefäss besteht aus drei Theilen, von denen nur die beiden hintern einen Pericardialsinus besitzen und durch Flügelmuskeln befestigt werden, der vorderste nackt ist und durch eine sehr eigenthümliche Vorrichtung in der Lage erhalten wird. Das Rückengefäss selbst ist in seinem ganzen Verlaufe von ziemlich gleicher Weite, im ausgewachsenen Thiere von etwa 0,13 Mm. Durchmesser. Seine Wände, welche etwa 0,015 Mm. in der Dicke messen, bestehen aus zwei Lagen. Die äussere ist sehr zart und vollkommen structurlos, man hat sie mit dem Namen der »Peritonealhaut« belegt und für »bindegewebig« erklärt, sie hat aber mit Bindegewebe nichts zu thun, sondern ist eine structurlose Haut. Ob sie als Cuticularbildung oder als das Product einer Verschmelzung von Zellmembranen zu betrachten ist, das könnte nur die Entwicklungsgeschichte entscheiden. Solche Beobachtungen liessen sich nur an den grössten tropischen Insectenarten anstellen, sie würden aber von grossem Interesse sein, wenn sie zu zeigen im Stande wären, in welcher Beziehung dieser merkwürdige Hohlmuskel zu den embryonalen Zellen steht, unter welchen Vorgängen er sich aus ihnen aufbaut. So weit nämlich meine Beobachtungen reichen, verhält sich das Herz der Insecten histologisch ganz anders als es bisher beschrieben wurde; es ist kein zusammengesetztes Gebilde in dem gewöhnlichen Sinne, sondern eine histologische Einheit, es besteht nicht aus »Bindegewebe«, Muskelprimitivcylindern, Zellen etc., sondern es ist ein einzelner Muskel mit Hülle, contractilem Inhalt und Kernen, es entspricht in seiner Totalität einem einzigen Arthropodenprimitivbündel. Offenbar entsteht es so wenig aus einer einzigen Zelle, als jenes, welches sich, wie wir gesehen haben, auf recht complicirte und eigenthümliche Weise aus einer grossen Anzahl von

Zellen aufbaut, allein im fertigen Zustand ist es ein einheitliches Organ auch im histologischen Sinn, so gut als ein Muskelprimitivbündel. Es ist auch ein Irrthum anzunehmen, es könnten »zu den circulären Fasern manchmal noch Längsfasern« hinzukommen[1]). Keines von beiden ist der Fall, sondern die Lage contractiler Substanz ist eine einzige, ungetrennte, ein dünner Schlauch, an welchem die Querstreifung in der Querrichtung des Gefässes liegt, also Ringfasern vor allen Dingen nicht entspricht. So verhält es sich bei allen kleineren, durchsichtigen Dipterenlarven, so auch bei den Raupen verschiedener Gastropachaarten, am überzeugendsten aber lässt sich die angedeutete Structur bei den grössern Muscidenlarven nachweisen[2]).

Hier liegt der äussern structurlosen Haut des Rückengefässes eine sehr dünne und durchsichtige, aber deutlich und scharf gestreifte Schicht contractiler Substanz an, die ganz wie jene einen einheitlichen, nicht aus Stücken zusammengesetzten Schlauch darstellt. Gegen das Lumen des Gefässes hin scheint eine besondere, wenn auch sehr feine Haut die Grenze zu bilden; eine directe Beobachtung derselben ist indessen nur an einzelnen Stellen möglich, wovon sogleich das Nähere. Histologisch ist sie offenbar gleichbedeutend mit der äussern Hülle, d. h. sie ist Cuticularbildung und ich muss somit auch die »bindegewebige Intima« der Autoren in Frage stellen. Im Leben liegt die Muskelschicht der Hülle unmittelbar an, nach dem Tode aber reisst jene häufig in ringförmige Stücke, die sich dann zusammenziehen und grosse Lücken zwischen sich lassen. An solchen Stellen besteht dann das Gefäss einzig aus der structurlosen Hülle, während die zackig gerandeten Muskelhautstücke vielfach gefaltet im Innern liegen. Die Kerne gehören der contractilen Substanz an, sie sind von ovaler Form und mittlerer Grösse, im unversehrten Organ liegen sie in ziemlich weiten und regelmässigen Abständen von einander und springen stark in das Lumen des Gefässes vor, so dass es wohl denkbar ist, dass sie bei der Contraction einen unvollständigen Verschluss herbeiführen und das Rückströmen des Blutes behindern, dass sie also als Klappen wirken. Sie sind es, welche die Anwesenheit einer innern Cuticula beweisen, indem sie gegen das Lumen hin von einer structurlosen Membran umhüllt erscheinen, die sich von den Seiten her auf sie hinaufschlägt. Während sie einerseits der Muskelschicht unmittelbar aufliegen, sind sie andrerseits in eine feinkörnige Substanz eingebettet, die leicht den Anschein erzeugt, als habe man es mit Zellen zu thun. Diess ist nicht der Fall, es sind nur hüglige Erhebungen der Intima, in welchen je ein Kern und eine grössere oder geringere Menge von feinkörniger Grundsubstanz liegt, gerade wie in den Primitivbündeln der Körpermusculatur die Kerne

1) Vergleiche: *Leydig*, Lehrbuch d. Histologie, S. 432; *Frey* und *Leuckart*, Anatomie d. wirbellos. Thiere, S. 80; *v. Siebold*, Lehrb. d. vergl. Anat., S. 609.

2) Ich werde weiter unten die Verschiedenheiten in der Structur des Rückengefässes bei der ausgebildeten Fliege zu besprechen haben.

meist auch von einer solchen feinkörnigen Grundsubstanz umhüllt sind. Es ist klar, dass es keine Aenderung dieser Auffassung bewirken kann, ob die Kerne mehr oder weniger stark ins Lumen vorspringen und ich meinerseits bin vollkommen überzeugt, dass die sog. »einzelligen «Klappen, welche zuerst von *Leydig* für das Rückengefäss der Corethra plumicornis beschrieben wurden, welche auch bei anderen im Wasser lebenden Insectenlarven (z. B. Chironomus) sich vorfinden, nichts anderes sind als solche in feinkörnige Grundsubstanz eingebetteten Kerne, die nur hier viel stärker in das Lumen des Gefässes vorspringen, so stark, dass sich hinter dem Kerne eine Einschnürung gebildet hat und sie gestielt erscheinen. Finden wir ja eine ganz ähnliche Ausstülpung des Kernes sogar bei selbstständig gebliebenen Zellen, so bei den merkwürdigen Muskelzellen der Nematoden, bei welchen der gestielte kolbige Anhang, welcher den Kern enthält, auch lange Zeit für eine selbstständige Zelle galt.

Der hinterste der drei Abschnitte des Rückengefässes reicht bei der Muscidenlarve vom hintern Rande des elften bis in das neunte Segment. Das Gefäss selbst besitzt ganz die oben geschilderte Structur, es unterscheidet sich aber vom mittleren und vorderen Theile durch die Art seiner Befestigung. Von jeder Seite treten drei Flügelmuskeln heran, die sich durch Vermittlung besonderer, colossaler Zellen an das Gefäss befestigen. Solche Zellen finden sich bei vielen Insecten, meist aber in geringerer Anzahl. Hier liegen deren auf jeder Seite dreizehn von rundlicher oder ovaler Gestalt, an denen sich eine Membran, ein dunkler, feinkörniger Inhalt und ein grosser, bläschenförmiger Kern unterscheiden lassen. In der ausgewachsenen Larve beträgt der Durchmesser der Zellen 0,096—0,11 Mm. Je ein Flügelmuskel tritt an eine ganze Reihe der Zellen, indem er sich auf seinem Wege zum Rückengefäss in mehrere Bündel theilt, von denen jedes zu einer Zelle verläuft und von denen je die äussersten miteinander verschmelzen, so dass also die Flügelmuskeln einer Seite untereinander zusammenhängen. An der Zelle angekommen, spaltet sich das Sarcolemma in zwei Platten und bekleidet die obere und untere Fläche der Zelle als zarte, fein gefaltete, spinnwebeartige Haut. Von hier geht sie auf das Rückengefäss selbst über und bildet auf ihm einen netzartigen Ueberzug, von dem sich schwer mit Sicherheit sagen lässt, ob er noch eine geschlossene Haut oder blos ein Gewebe feiner Fasern ist, mit Maschenräumen dazwischen. Ich möchte mich allerdings für das erstere entscheiden und damit zugleich den Schriftstellern beistimmen, welche wie *Leydig* und *Milne Edwards* von einem das Rückengefäss umgebenden Pericardialsinus reden.

Der mittlere Theil des Rückengefässes reicht vom neunten Segment bis an den hintern Rand des fünften und zeichnet sich durch bandartige, zellige Massen aus, welche ihn an den Seiten begleiten. Sie sind offenbar die Analoga der grossen Zellen im hintern Abschnitt des Rückengefässes, unterscheiden sich aber in Aussehen und Bau sehr wesentlich von jenen.

Obgleich sie bei vielen Insectenlarven in ganz ähnlicher Weise vorkommen — so besonders bei den Schmetterlingsraupen — und schon ihre Constanz auf eine bedeutende physiologische Rolle hinweist, so finden sie sich doch meines Wissens nirgends eingehender berücksichtigt. Dass sie die Anheftung der Flügelmuskeln in derselben Weise vermitteln, wie die grossen Zellen des hintern Abschnittes, ist im Allgemeinen bekannt. Bei Musca treten zu diesem mittleren Theile jederseits vier Flügelmuskeln, welche sich, am Zellenstrang angekommen, dreieckig verbreitern und in zwei Schenkel spalten (Taf. IX. Fig. 18), welche in gleicher Richtung mit dem Rückengefäss am Rande des Zellenstranges hinziehen, um mit dem entgegenkommenden Schenkel des zunächst gelegenen Flügelmuskels zu verschmelzen. Das Rückengefäss wird also auf jeder Seite von einem Zellenstrang und einem Muskelband begleitet. Von letzterem gehen dann feinste Ausläufer aus, welche den Zellenstrang umspinnen und ihn an das Rückengefäss anheften.

Die Zellenstränge selbst sind platt und etwa 0,26 Mm. breit, die sie zusammensetzenden Zellen stehen den einzelnen Zellen des hintern Abschnittes des Rückengefässes bei weitem an Grösse nach und in dem herausgeschnittenen Präparat hat es gewöhnlich den Anschein, als bildeten sie, unregelmässig aufeinander gehäuft, ein längslaufendes Band. Wird aber durch Anziehen der Flügelmuskeln die natürliche Lage der Theile wieder hergestellt, so bemerkt man, dass die Zellen schmale Stränge bilden, die in querer Richtung vom Muskelband nach dem Rückengefäss ziehen. Sie liegen sich übrigens nicht alle genau parallel, sondern stossen mehrfach in spitzen Winkeln zusammen und es kommt auf diese Weise ein Maschenwerk zu Stande, offenbar bestimmt den eintretenden Blutstrom zwischen sich durchzulassen (Taf. IX. Fig. 18). Es finden sich denn auch in den Maschenräumen nicht selten Haufen von Blutkörperchen. An den Zellen, welche die einzelnen Balken des Maschenwerkes zusammensetzen, ist mir nur die häufige Anwesenheit von zwei Kernen auffallend gewesen. Die Gestalt der Zellen ist mehr oder weniger in die Länge gezogen, oval, der Inhalt ziemlich dunkel, matt und feinkörnig. Dass diese Zellenmassen nicht lediglich zur Befestigung der Flügelmuskeln oder zur Bildung eines Pericardialsinus vorhanden sind, liegt auf der Hand, beides wäre auch ohne sie möglich gewesen, sie müssen noch eine besondere physiologische Bedeutung besitzen, die für jetzt noch schwer zu errathen ist. Da alles Blut, ehe es in das Rückengefäss eintritt, vorbei passiren muss, so mag wohl eine Wechselwirkung beider aufeinander stattfinden, über deren Natur ich mich nach den mir bis jetzt vorliegenden Thatsachen noch nicht zu äussern wage.

Die Flügelmuskeln des Rückengefässes entsprechen histologisch einem Primitivbündel, sie bestehen nicht aus »Ring- und Längenfasern«, sondern aus einem Sarcolemma und einer Inhaltsmasse, welche contractil und quergestreift ist und einzelne Kerne enthält. Sie sind platt, etwa

0,032 Mm. breit und ihre Querstreifung weicht im Aussehen ab von der der übrigen Primitivbündel, sie scheint oft nur eine Runzelung des Sarcolemma zu sein, doch beruht diess auf Täuschung, die Querstreifen stehen nur stellenweise sehr weit von einander ab, während sie an andern Stellen sich dicht aneinander drängen. Bei starker Anspannung reisst nicht selten der massive, contractile Inhalt in mehrere Stücke und man erkennt dann sehr schön den structurlosen Sarcolemmaschlauch.

Sämmtliche Flügelmuskeln, sieben an der Zahl auf jeder Seite, sind nicht an der Körperwand, sondern an den Tracheenstämmen befestigt. Sie setzen sich hier mit etwas verbreiteter Basis an und zwar mit ihrem Sarcolemma an die Peritonealhaut der Trachee. Es ist mir nicht selten gelungen, die Tracheenstämme im Zusammenhange mit dem Rückengefäss herauszuschneiden.

Der vordere Abschnitt des Rückengefässes ist nackt; er besteht nur aus dem oben beschriebenen musculösen, dünnwandigen Schlauch, welcher hier nicht durch Flügelmuskeln, sondern durch eine ganz eigenthümliche Vorrichtung in der Lage erhalten wird. Das Rückengefäss verläuft oberhalb des Nervenstranges und kommt gerade in den Einschnitt zwischen den Hemisphären zu liegen. Gerade vor diesem findet sich ein Ring, der aus dicken, zelligen Wänden besteht und dessen Lumen gerade gross genug ist, um das Rückengefäss durchtreten zu lassen. Er besteht aus einer feinen, structurlosen Hüllmembran und einem Inhalt, an welchem sich die einzelnen Zellcontouren nicht mehr erkennen lassen, sehr wohl aber die kleinen, überaus zahlreichen, kreisrunden Kerne von 0,018 Mm. Durchmesser, welche von einem Hof dunklerer Körnchen umgeben sind (Taf. VIII. Fig. 8). Der Ring hängt frei in der Leibeshöhle, befestigt durch kleine Tracheenästchen (*tr*, *tr*[1]), welche durch ihn hindurchtreten. Im vordern Theile des zweiten Segments entspringt auf jeder Seite eine Trachee aus dem Hauptstamme, um schräg nach hinten und gegen die Mittellinie hin zu ziehen, in die Hemisphäre einzudringen und sich dort zu verästeln. Auf diesem Wege sind die Stämmchen durch einen Querast mit einander verbunden und gerade hinter diesem treten sie durch den Ring hindurch, indem ihre Peritonealhaut mit der Substanz des Ringes verschmilzt. Der Querast liegt meistens auch eine grössere oder kleinere Strecke weit in dem untern Schenkel des Ringes, so dass dieser an solchen Stellen als Anschwellung der Peritonealhaut der Tracheen angesehen werden könnte. Damit reicht man aber nicht aus, da die Tracheen nur den kleinsten Theil des Ringes durchsetzen, wir haben es hier offenbar mit einem Organ zu thun, welches schon im Ei angelegt wurde. Die Gestalt des Ringes ist ganz die eines einfachen, breiten Fingerringes, die obere Hälfte zeigt sich in der Mittellinie von hinten her etwas eingeschnitten, der Durchmesser der Wände kann bis 0,23 Mm. betragen (in der Richtung von hinten nach vorn gemessen). Nachdem der nackte Muskelschlauch des Rückengefässes durch diesen Ring hindurch getreten ist, an dessen innerer Fläche er durch feine Fäden festgehalten wird, erweitert er sich allmählich trichterförmig, um sich schliesslich an der hintern Wand des Schlundkopfes zu inseriren.

Dass der Ring ein Fixationsapparat ist, darüber kann wohl kein Zweifel entstehen, ich habe ihn indessen noch nicht vollständig beschrieben, er wird nicht lediglich durch die ihn durchsetzenden Tracheen in seiner Lage erhalten, sondern gerade in der Mittellinie von vorn und von hinten setzen sich Stränge an ihn an, welche wohl als fixirende Bänder betrachtet werden müssen. Das eine verläuft an der untern Fläche des Rückengefässes und kommt vom Proventriculus her. Ich habe es zuerst nur als einen dem Proventriculus anhängenden Strang gekannt und war lange zweifelhaft, ob es als Nerv oder als ein dem später zu besprechenden Visceralmuskelnetz angehöriger Strang zu betrachten sei, bis mich der Zusammenhang mit dem Ringe des Rückengefässes dahin entschied, es für keines von beiden zu halten, sondern lediglich für ein fixirendes Band. Einerseits heftet es sich an dem Proventriculus fest, unter dreieckiger Verbreiterung und Spaltung in zwei Schenkel, welche sich ziemlich weit auf der Oberfläche des Organs hin verfolgen lassen, als äusserste, der Muskelschicht aufliegende Schicht. Es läuft sodann, nur um weniges verdünnt, gerade nach vorn, um sich mit abermaliger dreieckiger Anschwellung an die untere Hälfte des Ringes, an dessen hintern Rand genau in der Mittellinie zu inseriren (Taf. VIII. Fig. 8, *lg*). Kurz vorher aber giebt es nach rechts einen dünnen Ast ab (lg^1), der aussen um den Ring herum nach dem Schlundkopfe läuft und sich hier zwischen den Muskeln verliert, indessen o h n e s i c h z u v e r ä s t e l n. Wenn auch seine Anheftungsstelle selbst nicht ganz frei präparirt werden konnte, so wurde doch constatirt, dass eine solche Anheftung und zwar eine sehr feste stattfindet.

Aus diesem Verlaufe ist klar, dass es sich hier nicht um einen Nerven handelt, ein Zusammenhang mit den Hemisphären oder dem Bauchstrang ist nicht vorhanden und dasselbe ergiebt der histologische Bau. Obgleich es schwer ist von einem blassen Strang mit structurloser Hülle und einem undeutlich streifigen, mit Kernen durchsetzten Inhalt mit Sicherheit die nichtnervöse Natur aus dem Bau allein zu bestimmen, so glaube ich doch in diesem Falle versichern zu können, dass keine Nervenröhren im Innern liegen. Durch das beschriebene Band wird demnach die ventrale Hälfte des Ringes von vorn und von hinten her zugleich fixirt.

Für die dorsale Hälfte findet sich nur e i n Strang, der von seinem vordern Rande gegen den Schlundkopf hin läuft. Er ist breiter, auch sehr blass und enthält viele in einer Reihe gelegene Kerne. Er liegt der dorsalen Wand des Rückengefässes unmittelbar auf, so dass man zweifelhaft sein kann, ob er nicht mit ihr verwachsen ist und verbreitert sich dicht vor seiner Anheftungsstelle an der hintern Wand des Schlundkopfes zu einer breiten, herzförmigen Platte, die im Wesentlichen dieselbe Structur zeigt wie der Strang selbst, aber in der feinkörnigen Grundsubstanz eine grosse Anzahl von Kernen enthält (Taf. XI. Fig. 30, *mb*).

Ueber das vordere Ende des Rückengefässes hält es sehr schwer, vollkommen ins Klare zu kommen, die ganze vordere Parthie desselben, vom Ring bis zum Schlundkopf ist innerhalb eines Rahmens ausgespannt wie eine Stickerei in dem Stickrahmen.

Mit zelliger Masse gefüllte Schläuche, die wir weiter unten als »Hirnanhänge« kennen lernen werden, bilden die Seitenwände dieses Rahmens, dessen vordere Wand durch den Schlundkopf dargestellt wird. Bei der Entstehung der Theile des vollendeten Insectes werde ich hierauf zurückkommen.

Es blieben noch die Spaltöffnungen und Klappenvorrichtungen zu besprechen übrig. In dieser Hinsicht sind meine Beobachtungen jedoch sehr mangelhaft, da weder am lebenden Thiere, noch an dem herauspräparirten Rückengefäss gerade diese Verhältnisse sich erkennen lassen. Es finden sich gerade in Bezug auf die Anzahl der seitlichen Oeffnungen sehr verschiedene Verhältnisse nicht nur bei den Insecten, sondern auch bei Insectenlarven. Bei den meisten der letzteren ist eine Anzahl durch Klappen verschliessbarer Kammern vorhanden, die der der Segmente entspricht, welche vom Rückengefäss durchzogen werden. Dann findet sich in jeder Kammer ein Paar seitliche Spaltöffnungen und nur in der hintersten Kammer liegen deren zwei Paare. So z. B. bei Chironomusarten, bei Corethra, bei den Raupen. Bei Musca verhält es sich offenbar anders, der vordere Abschnitt des Rückengefässes enthält überhaupt keine Spaltöffnungen, sie müssten sich trotz der vielen Falten des isolirten Gefässes erkennen lassen. Es scheint demnach, dass nur die beiden hintern, von den Zellensträngen und einzelnen Zellen umgebenen Abschnitte das Blut aus dem Körper in sich aufnehmen. Gesehen habe ich indessen diese Oeffnungen nicht.

Das Blut ist farblos und enthält zahlreiche aber ungleich vertheilte Blutkörperchen, klare, kuglige Bläschen mit deutlicher Membran und zusammengeballtem, körnigen Inhalt. So lange die Larve noch durchsichtig ist, sieht man sie an verschiedenen Stellen der Leibeshöhle zu kleineren und grösseren Klumpen angehäuft hin- und herflottiren, oft auch ruhig an einer Stelle bleiben und erst allmählich durch den Blutstrom wieder isolirt werden.

Fettkörper.

Wenn man eine ausgewachsene Larve im Wasser betrachtet, so erkennt man ausser dem strotzend angefüllten, braunen Saugmagen keine innern Organe, da sie vom Fettkörper so dicht umhüllt sind, dass nur in der Mittellinie des Bauches eine schmale Spalte frei bleibt. Oeffnet man dann das Thier in der Mittellinie des Bauches, so legt sich der Fettkörper nach beiden Seiten auseinander, während in der Mitte das Convolut der Eingeweide bleibt, zwischen welches derselbe nicht eindringt. Der Fettkörper ist rein weiss; ohne weitere Präparation lassen sich einzelne Lappen nicht an ihm erkennen, sondern er nimmt sich etwa aus wie ein faltiges Leintuch, in welchem die Eingeweide eingewickelt waren. Vollständig voneinander getrennte Lappen sind in der That auch nicht vorhanden, es lassen sich aber drei Hauptgruppen unterscheiden, zwei seitliche und ein mittlerer dorsaler Lappen, die alle mehrfach miteinander zusammenhängen. Alle drei erstrecken sich vom zwölften Segmente bis zum hintern Rande des ersten, sind breit, an der Spitze abgerundet, besitzen ganz unregelmässige buchtige Ränder und bestehen aus einem Netzwerk, dessen Balken im Verhältniss zu den Maschen dünn sind und welches viel Aehnlichkeit mit einem gehäkelten Schoner hat.

Die Balken setzen sich aus Zellen zusammen, welche dicht aneinander liegen und zwar meist nur in einfacher Reihe (Taf. IX. Fig. 17), nur da eine unregelmässige sechseckige Gestalt besitzen, wo sie keine Seite einem Maschenraum zuwenden, sonst aber unregelmässig polygonal sind, viereckig oder dreieckig, mit abgerundeten Seiten. Wie diese Zellen beim Ausschlüpfen der Larve aus dem Ei waren, so bleiben sie während der ganzen Larvenperiode, sie vermehren sich nicht, wenigstens habe ich nie darauf hinweisende Erscheinungen bemerken können, sie wachsen nur und füllen sich mit Fett an. Während sie in der jungen Larve 0,017 Mm. im Durchmesser besitzen und noch kein Fett, sondern nur blasse, körnige Masse im Innern enthalten, sind sie bei einer Larve von 1,1 Cm. Länge schon ganz dunkel von feinen Fetttröpfchen und in der ausgewachsenen Larve so vollständig mit Fett erfüllt, dass der gänzlich verdeckte Kern nur durch Druck noch sichtbar gemacht werden kann. Sie erreichen dann die colossale Grösse von 0,29 Mm. Durchmesser. Tracheenverästlungen umspinnen die Fettkörperlappen nur sehr spärlich.

Das Visceralmuskelnetz.

Ob das System von Muskelsträngen, welches ich unter diesem Namen beschreiben werde und welches die einzelnen Theile der Eingeweidemasse untereinander verknüpft, eine den Insectenlarven allgemein zukommende Einrichtung ist, oder ob dieselbe nur auf wenige Familien beschränkt ist, vermag ich vorläufig noch nicht zu entscheiden. Vielleicht dass es nur bei den weichen, kopflosen Larven vorkommt, deren Körper einer sehr starken Zusammenziehung fähig und deren innere Organe also einem sehr wechselnden Drucke ausgesetzt sind — ich habe es bisher nur bei Musca und Sarcophaga beobachtet [1]). Hier fielen mir zuerst musculöse Stränge auf, welche gegen den Darm hinliefen und sich mit der Muskelhaut desselben zu verbinden schienen. Am sichersten und

1) Siehe die Anmerkung auf S. 130.

schönsten lassen sich dieselben an den Blindschläuchen des Chylusmagens erkennen. Hier tritt an die Spitze eines jeden Blindschlauchs ein dünnes Muskelband von der Beschaffenheit der Flügelmuskeln des Rückengefässes und theilt sich sofort in sechs bis acht schmale Bänder, welche wie die Finger der Hand das blinde Ende umfassen und gestreckt in der Längsrichtung auf der Oberfläche des Organs hinlaufen (Taf. VIII. Fig. 9, *A*). In ziemlich weiten Zwischenräumen schwellen sie spindelförmig an und schliessen dann einen Kern ein — kurz sie sind nichts anderes als die Längsfasern des den Blinddarm umstrickenden Muskelnetzes. Aber auch die Ringfasern strahlen von dem Visceralmuskelband aus, wie sich vorzüglich dann gut erkennen lässt, wenn sich dieses nicht genau a n, sondern etwas n e b e n der Spitze inserirt (Taf. VIII. Fig. 9, *B*), Es zerfällt dann plötzlich in eine grosse Anzahl sehr feiner Aestchen (*mr*), welche den Blindschlauch reifartig umspinnen und zwischen denen die Längsfasern (*ml*) entspringen. Die Ringfasern sind sehr schmal, höchstens 0,0017 Mm. breit, ihre Kerne liegen in grossen Abständen voneinander und messen etwa 0,008 Mm.; Anastomosen der Fasern untereinander geschehen stets unter sehr spitzem Winkel. Die Längsbänder messen etwa 0,0086 Mm. im Durchmesser, ihre Kerne 0,012 Mm., sie liegen ü b e r den Ringsfasern, während feine Tracheenzweige, deren übrigens nur wenige sind, unter dem Muskelnetz sich verbreiten, so dass es sich also ganz so verhält, als seien die Muskeln auf den Blinddarm hinaufgewachsen.

Ganz in derselben Weise treten freie Muskelbänder aus der Leibeshöhle an den Chylusmagen und Darm und spalten sich in das Muskelnetz dieser Organe. Sie scheinen nicht sehr zahlreich zu sein und lassen sich nicht jedesmal auffinden, da sie leicht beim Herausnehmen des Darmtractus abreissen. Oefters sah ich, dass sie sich dicht vor der Ansatzstelle theilten und dass dann die eine Hälfte sofort in das Muskelnetz des Darms überging, während die andre noch eine Strecke weit auf der Oberfläche desselben fortlief, ehe sie sich anheftete. Auch hier gehen sowohl Ring- als Längsbänder aus ihnen hervor und zwar, wie ich mit Bestimmtheit gesehen habe, beides aus ein und demselben Visceralmuskelband. Meist verhält es sich so, dass dasselbe auf der Oberfläche des Darms sich in zwei oder drei Aeste spaltet, von welchen einer in eine grosse Zahl schmaler Ringfasern zerfällt, die andern in fünf oder mehr Längsfasern.

Die Breite der Visceralmuskelbänder ist verschieden, doch übersteigt sie wohl nicht 0,065 Mm. Es fragt sich, woher dieselben kommen, wo sie sich anheften. Ich kann diese Frage dahin beantworten, dass sie alle, direct oder indirect, mit den Flügelmuskeln des Rückengefässes zusammenhängen. Zu wiederholten Malen konnte ich die directe Verbindung eines Flügelmuskels mit einem Visceralmuskelband nachweisen. Die Flügelmuskeln enden nicht an ihren Ansatzstellen an den Tracheenstämmen, sondern sie theilen sich hier in mehrere Aeste und diese sind es, welche zu den Eingeweiden treten. Bei den Blindschläuchen des Chylusmagens ist die Verbindung keine directe, sondern sie geschieht durch Vermittlung der Speicheldrüsen. Auch diese sind in das Visceralmuskelnetz hineingezogen, indem sich ein von den Flügelmuskeln herkommendes Muskelstämmchen an sie anheftet und auf ihrer Oberfläche mit kurzer, fingerförmiger Verästlung endet. Einige der Endäste scheinen dann mit den Muskelbändern der Blindschläuche zusammenzuhängen.

Es ist sehr schwer, diese feinen, freien Muskelnetze, die weder mit blosem Auge, noch mit der Loupe wahrgenommen werden, aufzusuchen und ihren Verlauf zu verfolgen, es mag deshalb auch wohl sein, dass ich deren manche übersehen habe und dass das Visceralmuskelnetz ein complicirteres ist, als ich hier beschrieben habe. Einige weitere musculöse Bänder werde ich später noch zu erwähnen haben. Im Wesentlichen steht soviel fest, dass hier ein System feiner Muskelbänder die Visceralhöhle durchzieht, mit den verschiedenen Organen im Innern derselben in Verbindung tritt und jedenfalls im Stande ist, das Lagerungsverhältniss der Theile zu einander zu erhalten, oder wenn es gestört wurde, es wieder herzustellen. In der Regel werden diese Functionen bei den Insecten von den Tracheen und Fettkörperlappen versehen und auch in der Larve von Musca fehlt es nicht an zahlreichen Tracheenästchen, welche einerseits den Fettkörper an die Leibeswand heften, andrerseits eine Verbindung zwischen ihm und dem Darme zu Wege bringen. Die Anwesenheit eines besondern musculösen Netzes, welches die Eingeweide untereinander verbindet, wirkt aber offenbar noch weit energischer und ist im Stande auch starke Verschiebungen einzelner Theile rasch wieder rückgängig zu machen. In dieser Weise deutet auch *Leydig*[1]) den physiologischen Werth des Muskelapparates, welcher sich bei vielen Insecten und bei Anneliden an den Ganglienstrang ansetzt. Er meint — und ich muss ihm hierin vollkommen beistimmen — dass jenes Muskelnetz bestimmt sei die Nervencentren mit den eintretenden Bewegungen der Umgebung in Einklang zu setzen.

Wenn überhaupt ein Visceralmuskelnetz, wie ich es hier für Musca beschrieben habe, eine den Insecten allgemein zukommende Einrichtung ist, so bildet die von *Leydig* beschriebene Nervenmusculatur offenbar einen Theil desselben. Es bleibt übrig festzustellen, ob die Insecten, deren Bauchstrang von einem Muskelnetz umsponnen ist, zugleich auch Muskelstränge besitzen, welche wie bei Musca frei die Leibeshöhle durchsetzen und sich an den Darm und die Drüsen festheften. Ich hoffe in einiger Zeit weitere Mittheilungen machen zu können[2]). Ein Muskelnetz der

1) *Leydig*, Das sog. Bauchgefäss der Schmetterlinge und die Muskulatur der Nervencentren bei Insecten. Arch. f. Anat. u. Phys. 1862. S. 565.

2) Ein mehr oder minder entwickeltes Visceralmuskelnetz wurde inzwischen bei Larven von Eristalis und einer Holzwespe, bei Larven von Dytiscus und von Libellula depressa aufgefunden, sowie auch bei Gryllotalpa vulgaris. Auch das oft so über-

Ganglienkette scheint nach *Leydig* weit verbreitet vorzukommen, bei Schmetterlingen wie bei Dipteren, einigen Hymenopteren, Orthopteren und wiewohl seltner und schwach entwickelt bei Coleopteren. Der Erste, der es beschrieb, ist wohl *Rudolf Leuckart* gewesen. In dem Lehrbuche der Zootomie heisst es S. 37: »Zur Befestigung des Nervenstranges im Innern des Abdomens scheint häufig noch eine besondre, maschenförmige Schicht eines zarten Muskelgewebes zu dienen, die, wie man besonders bei den Heuschrecken und Bienen deutlich wahrnehmen kann, über der Nervenkette sich von einer Seite des Körpers zur andern ausspannt und mit den Sternalmuskeln der Brust in Zusammenhang steht. Bei vielen Dipteren und den Lepidopteren scheint sie sogar mit dem Neurilem des Bauchstranges verbunden zu sein, wo durch eine gewisse Aehnlichkeit mit den sogenannten flügelförmigen Seitenmuskeln des Rückengefässes sich herausstellt«.

Bei der Larve von Musca wie von Sarcophaga besitzt die centrale Ganglienmasse keine Musculatur, ein Umstand, der nicht auffallen kann, da dieselbe sehr kurz und nach allen Seiten hin durch Nerven und Tracheen befestigt ist.

Der Gedanke *Leuckart's*, die Muskeln des Nervenstranges mit den Flügelmuskeln des Rückengefässes zu vergleichen, scheint mir ein sehr glücklicher. Sowie bei der Larve von Musca die Muskelbänder des Rückengefässes mit den zum Darm und den Speicheldrüsen laufenden Muskeln in Continuität stehen, also offenbar als ein Theil des »Visceralmuskelnetzes« betrachtet werden müssen, so wird aller Wahrscheinlichkeit nach ganz dasselbe für die Muskeln der Nervencentren sich herausstellen. Es lässt sich voraussehen, dass in verschiedenen Thieren bald die eine, bald die andere Organengruppe stärker mit contractilen Bändern bedacht sein wird, dass sie gelegentlich bald hier, bald dort ganz fehlen können, es werden aber alle unter demselben Gesichtspunkte betrachtet werden und als ein System musculöser Stränge aufgefasst werden müssen, wel-

aus entwickelte Muskelnetz der Eierstöcke ausgebildeter Insecten muss hierher gerechnet werden. Das Vorkommen eines Visceralmuskelnetzes scheint sich auch nicht bloss auf die Insecten zu beschränken. So beschrieb *Leydig* (Zeitschr. f. wiss. Zool. Bd. III. S. 284) schon vor längerer Zeit, wie die Längsmuskeln des Darms bei Artemia salina sich theilen und »in das Muskelnetz übergehen, welches das Endstück des Darms umgiebt und an die Innenfläche des äusseren Hautskeletes anheftet«, und ich kann diese Angabe für den naheverwandten Branchipus stagnalis bestätigen. Auch *Ernst Häckel's* Beobachtung von Muskelbändern, welche sich an die Muskelhaut des Darms gewisser Corycäiden ansetzen und ihn auf- und abziehen (Jen. naturwiss. Zeitschr. Bd. I. S. 63), gehört hierher und es würden sich vermuthlich noch mehrere auf die Anwesenheit eines Visceralmuskelnetzes bezügliche Angaben in der Literatur auffinden lassen. Morphologisch erscheint dasselbe von grossem Interesse, weil es sehr deutlich auf einen fundamentalen Unterschied in der Bildung der innern Organsysteme bei Arthropoden und Vertebraten hinweist. Die sog. »Muskelhaut« des Darms, der Eierstöcke etc. ist keine selbstständige, dem Organ eigenthümliche Haut, sondern ein accessorisches Gebilde, das local mehr oder minder verdichtete Muskelnetz, welches die ganze Leibeshöhle durchzieht.

ches bestimmt ist, die Lageveränderung der einzelnen Organe in der Leibeshöhle nur bis zu einem gewissen Grade zu gestatten, sie einander zu accommodiren und sie rasch wieder auszugleichen.

Der guirlandenförmige Zellenstrang.

Unter diesem Namen muss ich vorläufig ein Organ beschreiben, dessen physiologische Bedeutung mir noch gänzlich räthselhaft ist, sowie sein Vorkommen meines Wissens noch bei keinem andern Insect beobachtet wurde. Es ist diess ein aus grossen, locker aneinandergefügten Zellen bestehender Strang, der frei wie eine Blumenguirlande in der Leibeshöhle aufgehängt ist. Er liegt mit nach hinten gerichteten Bogen in einer Horizontalebene nahe dem Rücken, seine beiden Enden berühren die beiden Speicheldrüsen und zwar an der Stelle, an welcher das Visceralmuskelband vom Rückengefäss her sich an sie anheftet. Einen Ausführungsgang besitzt der Zellenstrang nicht, mit den Speicheldrüsen steht er so wenig in directer Verbindung als mit irgend einem andern Organe, es sind lediglich Tracheen, welche einen allerdings festen Zusammenhang bewirken. Die Lage des Stranges war in allen darauf untersuchten Larven genau die gleiche; der von ihm gebildete Bogen wurde stets durch die Mittellinie halbirt und zwar an der Stelle, wo unter ihm der Oesophagus, über ihm die Grenze zwischen mittlerem und vorderem Theile des Rückengefässes liegt. Die Zellen, aus welchen das räthselhafte Organ besteht (Taf. VIII. Fig. 10), sind theils etwas in die Länge gezogen rundlich, theils beinahe rhombisch, in der Mitte des Stranges liegen ihrer drei bis vier nebeneinander, gegen die verjüngten Enden hin nur zwei oder drei, immer liegen sie aber ganz locker aneinander und von der Architectonik einer Drüse, von einem Lumen und einer Wandung ist keine Spur vorhanden. Sowohl der Zelleninhalt ist charakteristisch für sie, als die stets in der Mehrzahl vorhandenen Kerne. Jener besteht aus einer homogenen, mattbläulichen Grundsubstanz, in welcher feine Körnchen sich häufig auf einer umschriebenen Stelle anhäufen. Die Kerne sind klein, vollkommen kreisrund und krystallhell; in der jungen Larve finden sich ihrer in einer Zelle je vier oder fünf, aber auch später noch kommen vier Kerne vor und weniger als zwei habe ich niemals beobachtet. Die Zellen sind demnach durchaus eigenthümlich und würden sich auch in isolirtem Zustand auf den ersten Blick mit Sicherheit erkennen lassen. Der Zusammenhang zwischen ihnen wird theils durch den allgemeinen Gewebekitt bewerkstelligt, den wir überall da annehmen müssen, wo Zellenoberflächen aneinander haften, theils durch Tracheen. Mehrere feine Tracheenreiser ziehen in gestrecktem Verlauf und unter schwacher Verästlung zwischen den Zellen hin.

Kaum wage ich es irgend eine Vermuthung über die Function des räthselhaften Organs auszusprechen, man könnte vielleicht versuchen, es len »Blutgefässdrüsen« der Wirbelthiere zu parallelisiren und es auf die Zusammensetzung des Blutes einen bestimmenden Einfluss ausüben lassen, freilich ohne andern Anhalt, als dass der Zellenstrang unmöglich als Drüse im gewöhnlichen Sinn betrachtet werden kann, da er weder Ausführungsgang besitzt, noch ein Lumen, und dass andrerseits die Leistungen des Organes in die Larvenperiode fallen müssen, da es später zu Grunde geht. Es ist nicht vielleicht die erste Anlage eines Organes, welches erst während des Puppenschlafes zur vollen Entwicklung gelangte.

Anlage der Geschlechtsdrüsen.

Herold[1]) war es, der zuerst für die Schmetterlinge nachwies, dass bereits im Ei die Keime der Geschlechtsdrüsen angelegt werden »und zwar mit deutlich sichtbarem Unterschied des Geschlechtes«. Bei den Fliegen verhält es sich ebenso, wenn auch die Verschiedenheit zwischen den Keimen der weiblichen und männlichen Geschlechtsdrüsen viel weniger in die Augen fallend ist.

In der Larve nehmen die Keime der Geschlechtsdrüsen, kleine rundliche mit blossem Auge nicht sichtbare Körperchen, einen sehr versteckten Platz ein. Sie liegen zu beiden Seiten der Mittellinie des Rückens, aber nicht wie bei den Raupen an der Innenfläche der Körperwand, sondern in den Fettkörperlappen. In einem sehr kleinen Maschenraume sind sie hier mit feinen Fädchen an die benachbarten Fettzellen angeheftet, von denen jede einzelne grösser ist als die ganze Drüsenanlage.

Die Präparation muss sich auf ein Suchen in den herausgeschnittenen Fettkörperlappen beschränken und es gelingt nicht immer die Drüsen aufzufinden, selten aber beide zugleich und in ihrer natürlichen Verbindung.

In einer Larve von Musca vomitoria von 1,0 Cm. Länge besitzen die Hoden eine beinahe kuglige Gestalt und messen im Durchmesser etwa 0,1 Mm. Sie bestehen aus einer structurlosen Kapsel, die sich ohne Unterbrechung in einen dünnen Ausführungsgang fortsetzt und aus einem zelligen Inhalt, der schon jetzt eine eigenthümliche, später aber noch viel schärfer hervortretende Lagerung aufweist. Die Zellen stehen nämlich alle mit der Längsaxe in radiärer Richtung und strahlen nach dem Centrum der Kugel zusammen, ohne indessen regelmässige Reihen zu bilden. Die Zellen drängen sich dicht aneinander und stellt man auf die Oberfläche ein, so erkennt man unregelmässige, polygonale Felder von ziemlich verschiedener Grösse (Taf. XIV. Fig. 67, *A*). Diese vieleckigen Zellen sind Mutterzellen und enthalten bereits zu dieser Zeit kleinere Tochterzellen in verschiedener Anzahl (bis zu zwanzig), sehr blasse Kugeln von 0,008—0,013 Mm. Durchmesser, deren jede einen matten, runden Kern von 0,005—0,006 Mm. enthält.

1) *Herold*, Entwicklungsgeschichte der Schmetterlinge.

Der Ausführungsgang ist etwa sechs bis sieben Mal so lang als die Drüse und stösst mit dem der andern Seite in einen gemeinschaftlichen kurzen Gang zusammen, der gerade in der Mittellinie nach hinten läuft und stumpf abgerundet endet (Taf. XIV. Fig. 68).

Ueber die weiblichen Sexualdrüsen besitze ich für die Larve von Musca vomitoria keine Aufzeichnungen und muss mich daher auf die durchaus ähnlichen Verhältnisse bei Sarcophaga carnaria beziehen. Die männlichen Drüsen verhalten sich hier ganz wie bei Musca, sind nur etwas grösser (Durchmesser bei der ausgewachsenen Larve 0,42 Mm.) und vielleicht etwas mehr in die Länge gestreckt (Taf. XIV. Fig. 67, *A*). Die Eierstöcke, bedeutend kleiner als die Hoden — ihr Durchmesser beträgt nur 0,29 Mm. — sind von birnförmiger Gestalt und unterscheiden sich auch bereits durch ihren histologischen Bau von der männlichen Geschlechtsdrüse (Taf. XIV. Fig. 67, *B*). Hier finden sich keine Mutterzellen, die structurlose Hülle schliesst nur kleine, runde Zellen von 0,013 Mm. Durchmesser ein, deren 0,01 Mm. messender Kern vollkommen klar ist und einen Nucleolus erkennen lässt. Diese Zellen lassen sich schwer isoliren, sie kleben fest aneinander. Zerreisst man das Ovarium einer ausgewachsenen Larve, so werden ausser ihnen keine weitern Bestandtheile sichtbar, wird aber auf das unverletzte Organ ein geringer Druck angewandt, so erkennt man, dass bereits die Anlage der Eierstocksröhren vorhanden ist. In der obern Hälfte des Ovariums erscheinen dann cylindrische Schläuche, die in der Längsrichtung nebeneinander stehen, nach oben sich allmählich verjüngen, ohne dass jedoch eine förmliche Spitze sichtbar würde, nach unten sich in die Zellenmasse verlieren. Der Durchmesser der Schläuche beträgt 0,04 Mm., sie bestehen aus einer feinen structurlosen Membran und einem Inhalt, der sich von den ausserhalb gelegenen Zellen durchaus nicht unterscheidet. Da diese Röhren in jüngeren Larven noch nicht vorhanden sind, so fragt es sich, auf welche Weise sie sich bilden, eine der wenigen Fragen, welche der letzte gründliche Untersucher der Insectengenitaldrüsen, *Hermann Meyer*[1]), noch offen gelassen hat. Die Antwort kann nicht zweifelhaft sein, die structurlosen Schläuche der Eierstocksröhren bilden sich offenbar ganz ebenso wie das Sarcolemma der Muskelprimitivbündel oder die Chitinhaut auf der Oberfläche der Hypodermis, die Schläuche sind Cuticularbildungen, Abscheidungen der oberflächlichen Lage cylindrischer Zellenhaufen.

Dass die Geschlechtsdrüsen bereits im Ei angelegt werden, geht schon aus ihrer Lage mitten im Fettkörper hervor, wo sie abgeschnitten sind von jeder Verbindung mit Theilen, denen sie ihre Entstehung ver-

1) Ueber die Entwicklung des Fettkörpers, der Tracheen und der keimbereitenden Geschlechtstheile bei den Lepidopteren. Zeitschr. f. wiss Zool. Bd. I. S. 175.

lanken könnten. Die jüngste Larve, in welcher ich sie nachwies, war 1 Cm. lang, also etwa fünf Tage alt, mit vielem Zeitaufwand würde es sicher möglich sein, sie auch in der frisch aus dem Ei geschlüpften Larve aufzufinden.

Imaginalscheiben.

Unter diesem Namen fasse ich jene in der Larve schon vorhandenen Theile zusammen, aus welchen sich später Brust und Kopf der Fliege bilden sammt den ihnen zugehörigen Anhängen, den Beinen, Flügeln, Schwingern und Stigmenzapfen einerseits, dem Rüssel, den Antennen und Augen andrerseits.

Dass die Flügel und Beine und der Kopf des vollendeten Insectes in den letzten Tagen des Larvenlebens in der Anlage vorhanden sind, war bereits *Swammerdam* bekannt. Es heisst in der Bibel der Natur in dem Capitel, welches von der »Verwandlung der Würmer und Raupen« in Puppen handelt, dass man in der Nymphe »alle Gliedmassen und Theile des zukünftigen Thierchens so klar und deutlich erkennen und unterscheiden kann als an dem Thierchen selbst. Ja, welches höchlich zu verwundern und unsers Wissens von Niemanden je angemerkt ist, man kann diese Schickung der Gliedmassen schon in dem Wurme selbst wahrnehmen und durch ein geschicktes Abstreifen seiner Haut zum Vorschein bringen«[1]). *Swammerdam*'s Beobachtungen wurden später von *Burmeister* und in neuester Zeit von *Agassiz* bestätigt. Keiner dieser beiden Forscher aber hat sie weiter fortgeführt und über die Entstehung der betreffenden Theile, sowohl in Bezug auf die Zeit, als besonders auf das Wie ihrer Bildung, blieben wir vollkommen im Dunkeln. Die Morphologie betrachtete Flügel und Beine des vollendeten Insectes als Ausstülpungen der äussern Haut, darauf gestützt begnügte man sich allgemein mit der Annahme, die Anhänge des Thorax seien Auswüchse der Larvenhaut.

Dem ist indessen nicht so, wenigstens nicht bei den Musciden.

Die Art und Weise, wie sich Kopf und Thorax der Fliege bilden, ist eine höchst eigenthümliche und scheint geeignet unsre bisherigen Ansichten über die Metamorphose der Insecten bedeutend umzugestalten. Es handelt sich hier nicht um eine blosse Umwandlung entsprechender Theile der Larve, wie man sich dies vorzustellen gewohnt war, sondern um eine gänzliche Neubildung. Nicht nur diejenigen Theile der Fliege, welche wie die Beine und Flügel kein Aequivalent bei der Larve vorfinden, bauen sich selbstständig auf, sondern auch die Wände des Körpers selbst, an welchen jene neuzubildenden Anhänge befestigt sind, bilden sich neu und zwar gänzlich unabhängig von der Körperwand der Larve. Diese

1) *Swammerdam*, Bibel der Natur. Leipzig 1752. S. 3.

trägt nur zur Bildung des Abdomens bei; Thorax und Kopf der Fliege sammt ihren Anhängen, den Schwingern, Flügeln, Beinen, den Antennen, Augen und Mundtheilen entwickeln sich im Innern der Leibeshöhle und zwar an verschiedenen Stellen und in organischer Verbindung mit physiologisch und morphologisch ganz heterogenen Theilen des Larvenkörpers.

Der Kopf mit allen seinen Theilen bildet sich aus einer Zellenmasse, welche mit dem obern Schlundganglion, den Hemisphären durch einen Nerven in Verbindung steht, der, während des Larvenlebens unthätig, durch seine spätere Entwicklung sich als die Anlage des Nervus opticus ausweist. Er ist paarig vorhanden und so auch die Zellenmasse, die zwar von Anfang an in der Mittellinie sich berührt, aber doch erst später, wenn zugleich eine Gliederung in die einzelnen Kopftheile stattgefunden hat, miteinander verschmilzt. Sie bildet dann einen Mantel oder eine Kapsel, die die beiden vordern Nervenknoten umhüllt. Während so der Kopf des Imago aus zwei Theilen sich zusammensetzt, nur von zwei festen Punkten aus hervorwächst, entsteht der Thorax auf sehr vielen, getrennt sich entwickelnden Stücken. Ein jeder seiner drei Ringe setzt sich aus vier Stücken zusammen, zwei obern und zwei untern, oder zwei rechten und zwei linken und ein jedes dieser Stücke lässt aus sich einen Anhang hervorwachsen, lange ehe es mit den übrigen zusammengestossen und mit ihnen zu einem Segment verschmolzen ist. Diese einzelnen Stücke, welche man also als obere und untere Thoracalstücke bezeichnen kann, finden sich in der Larve als scheibenförmige, von structurloser Membran umschlossene Zellenanhäufungen, welche theils in den Verlauf eines Nervenstammes eingeschaltet sind und dann als Wucherungen des Neurilems betrachtet werden müssen, theils grösseren Tracheen ansitzen und Auswüchse der Peritonealhaut derselben darstellen. Es scheint durchaus keine tiefere Beziehung zu bestehen zwischen den Imaginalscheiben und den Theilen der Larve, an welchen sie entspringen; vollkommen gleichwerthige Thoracalstücke wie die drei untern, von welchen die Bildung der Beine ausgeht, hängen theils Tracheen, theils Nerven an; der histologische Bau beider Organe scheint gleich fähig derartige Neubildungen hervorzubringen, und es muss wohl hauptsächlich in den Lagerungsverhältnissen der Scheiben die Ursache gesucht werden, warum sie bald von einem Nerven, bald von einer Trachee ihren Ursprung nehmen.

Diejenigen Scheiben, aus denen sich die Rückenhälfte der Thoracalsegmente zusammensetzen soll, finden sich von Anfang an auch näher dem Rücken gelagert als die Scheiben, in denen sich die Bauchhälfte entwickelt; die Bezeichnung von obern und untern Thoracalscheiben bezieht sich also zugleich auf ihre Lagerung in der Larve und auf den Antheil, den sie am Aufbau eines Fliegensegmentes nehmen. Bei Musca vomitoria sowohl als bei Sarcophaga carnaria finden sich sämmtliche Thoracalscheiben in unmittelbarer Nähe des centralen Nervensystems, sie umgeben dasselbe, wenn sie auch nur zum Theil mit ihm in wirklichem Zusamıenhang stehen und anfänglich von grosser Kleinheit, noch durch weite wischenräume voneinander geschieden sind. Ich nenne die Scheiben : nach ihrer morphologischen Bedeutung die obern und untern Prohoracalscheiben, Mesothoracalscheiben und Metathoraalscheiben. In einer jeden Scheibe entwickelt sich das betreffende horacalstück — also entweder die rechte oder linke Hälfte des Rückender Bauchstückes eines Segmentes und zugleich der dazu gehörige Anang: in sämmtlichen unteren Scheiben ein Bein, in den obern Metaoracalscheiben die Schwinger, in den obern Mesothoracalscheiben die lügel und in den obern Prothoracalscheiben ein zapfenförmiges Organ, urch welches das Tracheensystem der Puppe mit der Aussenwelt comunicirt. Man hat es bisher nach seiner Function als Puppenstigma beeichnet; morphologisch entspricht es einem dorsalen Segmentanhange, vie ich bei einer früheren Gelegenheit bereits nachgewiesen habe[1]. Es rgiebt sich dies daraus, dass in der Familie der Culiciden ganz allgemein in wohlentwickeltes und meist sehr in die Augen fallendes Organ sich n Stelle des einfachen Stigma's aus der Prothoracalscheibe entwickelt — in Organ, welches wie dieses der Respiration dient, aber meist nicht irect Luft aufnimmt, sondern dieselbe aus dem Wasser abscheidet, als og. Tracheenkieme.

Die Imaginalscheiben entwickeln sich vollkommen unabhängig voninander, halten aber gleichen Schritt in ihrer Entwicklung. Sie entsteıen nicht erst, wie ich früher glaubte und angab, während des Larvenebens, sondern werden in ihren ersten Anfängen bereits im Ei angelegt. Während des Larvenlebens wachsen sie erst langsam, lann immer rascher, ihr zelliger Inhalt, zuerst ganz gleichmässig, diffeenzirt sich allmählich, bildet aber erst nach vollendeter Verpuppung sich o weit aus, dass der betreffende Anhang und das Thoracalstück deutich zu erkennen und voneinander zu unterscheiden sind. Zu dieser Zeit st noch keine Vereinigung der einzelnen Stücke des Thorax erfolgt, die Scheiben, aus einer dünnen, blasig aufgetriebenen Hülle und dem von lieser eingeschlossenen Glied und Bruststück bestehend, hängen noch ebenso isolirt wie früher an ihren Stielen, den Nerven oder Tracheen, wie reife Früchte an ihrem Zweige. Erst am dritten Tage nach der Verpuppung platzt ihre Hülle und die stark in Länge und Breite gewachsenen Bruststücke, die schon vorher dicht aneinander lagen, verschmelzen

1) *Weismann*, Ueber die Entstehung des vollendeten Insectes in Larve und Puppe, Frankfurt a/M. 1863.

In dieser kleinen Schrift sind die Grundzüge der Muscidenentwicklung, soweit sie den Aufbau der Brust und des Kopfes betrafen, bereits dargelegt worden, gerade in Bezug auf die Stigmenhörner musste eine Lücke bleiben, da ihre Entstehung nicht beobachtet worden war. Ihre morphologische Bedeutung wurde nur aus Analogieen erschlossen. Dass dieser Schluss richtig war, werden die weiteren Mittheilungen lehren.

zum Thorax, während ihre Anhänge, noch ziemlich kurz, aber in Form und Gliederung schon an das ausgebildete Organ erinnernd, frei an ihm herabhängen.

Wird nun gefragt, in welcher Weise aus der anfänglich gleichmässigen Zellenanlage einer Bildungsscheibe sich das betreffende Thoracalstück sammt seinem Anhange herausentwickelt, so findet sich, dass dies allerorts nach demselben Grundprincipe geschieht. Alle Scheiben sind von einer structurlosen Membran umschlossen, anfänglich dünne, flache Zellenanlagen, welche rasch wachsen, sich nach allen Richtungen ausdehnen und sich nach Abspaltung einer dünnen, peripherischen, als Hülle dienenden Zellenlage zu einer Membran gestalten, die in mehr oder weniger zahlreiche Falten gelegt ist. Durch Ausstülpung einer bestimmten Stelle bildet sich sodann ein hohler Fortsatz, der je nach seiner späteren Bedeutung ungegliedert bleibt, sich vergrössert und eine bestimmte, der definitiven Gestalt des Organes (Flügel, Schwinger) ähnliche Form annimmt, oder aber sich gliedert und zum Bein wird. In letzterem Fall ist der Modus der Gliederung ein sehr eigenthümlicher, sowohl dadurch, dass die Gliederung früher beginnt als die Ausstülpung, als auch durch die eigenthümliche Reihenfolge der Gliederung, welche zuerst das basale und terminale Glied entstehen lässt und dann erst die Mitglieder zwischen jene einschiebt. Alles, was von der ursprünglich vorhandenen membranartigen Zellenmasse nicht ausgestülpt und zur Bildung des Anhanges verwandt wurde, wird zum Thoracalstück. Auf der Aussenfläche des Thoracalstückes liegt der Anhang, von der Innenfläche sieht man in das Lumen desselben hinein.

Der Nerv, die Trachee, an welcher die Scheiben angewachsen sind, stehen in keiner organischen Verbindung mit den Neubildungen im Innern, sondern nur mit jener dünnen Zellenlage, welche als Rindenschicht sich schon bei Beginn der Differenzirung von der Scheibe abgetrennt und der structurlosen Hülle angeschmiegt hat. Sobald die Thoracalstücke miteinander verschmelzen, gehen die Hüllen sammt ihren Stielen, den Nerven und Tracheen zu Grunde.

Ich gehe zur Schilderung dieser Verhältnisse im Speciellen über.

A. Thoracalscheiben.

Die untern Prothoracalscheiben, aus welchen die Bauchhälfte des Prothorax mit dem vordersten Beinpaar hervorgeht, entstehen aus einer gemeinsamen Anschwellung des zweiten Nervenpaares. Dieses entspringt an der untern Fläche des verschmolzenen Bauchstranges, dicht hinter dem Rande des Schlundringes und läuft gerade nach vorn ein wenig gegen die Mittellinie hin convergirend. Kurz nach seinem Ursprunge theilt der Nerv sich in zwei Aeste, deren äusserer, dünnerer zu den Muskeln des zweiten Segmentes geht, deren innerer den Stiel der Scheiben darstellt. Diese selbst hatte ich in meiner früheren Mittheilung von einer Larve von 0, 65 Cm. Länge beschrieben, als jüngstes beobachtetes Stadium. In diesem Stadium stossen die betreffenden Nerven zu einer Anschwellung zusammen, welche fast das Aussehen eines Maltheserkreuzes hat (Taf. X. Fig. 22). Sie besteht aus zwei Hälften, deren jede von rhomboidischer Gestalt schräg nach vorn und gegen die Mittellinie läuft, um sich dort mit der andern Hälfte zu vereinigen. Weder eine Scheidewand, noch auch nur eine Trennungslinie scheidet die beiden Hälften, sie bilden eine einzige platte Anschwellung, welche nach vorn in drei Stränge ausläuft, einen unpaaren medianen (*ms*) und zwei paarige laterale (*ls*). Es musste von grossem Interesse sein, die Natur dieser Ausläufer kennen zu lernen, soweit sie sich aus ihrer Structur und ihrem weiteren Verlaufe erschliessen lässt. Ich bin zu dem Resultat gekommen, dass der mediane Ausläufer ein blosses fixirendes Band ist, die lateralen dagegen als die aus der Anschwellung (der Scheibe) wieder austretenden Nerven betrachtet werden müssen. Ersterer läuft in der Medianlinie gerade nach vorn, er hat zwar bei oberflächlicher Betrachtung ganz die Structur eines Nervenstämmchens — feine, structurlose Hülle, längsstreifigen, blassen Inhalt, zwischen beiden spärliche, ovale, 0,010—0,012 Mm. lange Kerne — Axencylinder habe ich jedoch niemals in ihm wahrnehmen können und sein weiterer Verlauf macht es überdies zweifellos, dass wir es nicht mit einem Nerven zu thun haben. Es gelang mehrmals, den Strang bis zu seiner Anheftungsstelle zu verfolgen. Sie liegt am vordern Rande des zweiten Segmentes in der Mittellinie des Bauches und zwar setzt sich der Strang ohne sich zu verästeln an die Hypodermis fest. Die lateralen Stränge sind dicker; in jeden tritt von hinten her ein dünner Tracheenast (*tr*), der an der Eintrittsstelle seine Peritonealhülle verliert und ohne sich zu verästeln im Innern des Stranges nach vorn läuft. In einiger Entfernung von seinem Ursprunge theilt sich dieser dichotomisch (Taf. XI. Fig. 29, *ls*), der äussere Ast enthält die Trachee, der innere, kaum von geringerer Dicke als jener, ist blass und läuft in der Richtung des Stammes nach vorn zu den Muskeln der ventralen Wand des zweiten Segmentes. Der äussere Ast ist, wie sein weiterer Verlauf zeigt, gewiss nicht nervöser Natur, sondern besteht nur aus der austretenden Trachee, die nun wiederum von besonderer Peritonealhülle umgeben erscheint. An der Austrittsstelle biegt dieselbe plötzlich in mehr als rechtem Winkel um und läuft schräg nach hinten und aussen, um in den Tracheenstamm der entsprechenden Seite einzumünden. Die nervöse Natur des innern Astes ist nicht zu bezweifeln, schon die Art seiner Verästlung in der Nähe der Muskeln lässt darüber nicht im Unklaren, dann aber habe ich auch wiederholt Axencylinder in ihm und in dem gemeinsamen Stamme nachweisen können, oft schon ohne Anwendung eines Reagens, sehr leicht aber durch Zusatz von Alkohol zum frischen Präparat. Durch diese Reaction erkennt man auch die nervöse Natur des Stieles der Scheibe.

Es steht demnach fest, dass die Scheibe in den Verlauf eines echten Nerven eingeschaltet ist, dass dieser durch sie hindurchtritt, um ungestört zu den Organen hinzulaufen, welche durch ihn versorgt werden sollen. Dies gilt für die untern Prothoracalscheiben und ganz ebenso für die untern Mesothoracalscheiben.

Die untere Prothoracalscheibe besteht in dem oben besprochenen Stadium bei einer Larve von 0,65 Cm. Länge aus ziemlich grossen (0,013 Mm.), klaren Zellen mit 0,006 Mm. grossem, ebenfalls klarem und mit Nucleolus versehenen Kerne. Die Zellen liegen mehrfach übereinander und bilden eine flache Anschwellung, welche von einer structurlosen Hülle umgeben ist, der Grenzmembran des Neurilem's (Taf. X. Fig. 22). Die oben aufgestellte Behauptung, dass die Bildungsscheiben schon während der embryonalen Entwicklung angelegt werden, liess sich für die untern Prothoracalscheiben direct nachweisen; es gelang, dieselben aus einer eben aus dem Ei gekrochenen Larve von 0,3 Cm. Länge zu isoliren. Die Gestalt der Scheiben war bereits die oben beschriebene, ihre Grösse aber noch ausserordentlich gering, nicht nur absolut, sondern auch im Verhältniss zu den durchtretenden Nerven, zu denen sie sich wie ein kleines gemeinschaftliches Ganglion ausnahmen. Ihre Zellen waren von auffallend verschiedener Grösse, alle jedoch sehr klein und dabei so blass, dass sich ihre Umrisse nicht sicher unterscheiden, noch die Art ihrer Vermehrung feststellen liess. Einige der grössten hatten das Aussehen von Vacuolen und schienen mehrere Kerne zu enthalten, so dass man an eine Vermehrung durch Tochterzellenbildung wie bei einem Theile der den Embryo aufbauenden Zellen (S. 65) hätte denken können.

Später scheint das Wachsthum der Scheiben durch Zellentheilung vermittelt zu werden, wenigstens erkennt man häufig zwei, niemals aber mehr Kerne in einer Zelle, es ist mir auch sehr wahrscheinlich, dass ein Theil der Kerne, welche in den seitlich austretenden Stämmchen gelegen sind, mit zur Zellenbildung verwandt werden.

Nach der ersten Häutung lassen sich bei einigermassen durchsichtigen Larven die Prothoracalscheiben am lebenden Thiere erkennen, wenn man es bei mässiger Vergrösserung von der Bauchseite her betrachtet. Sie liegen dicht unter der Hypodermis im vordern Theile des zweiten Segmentes, sind ausserordentlich blass und scheinen ganz homogen. Sie besitzen scharf geschnittene Ränder und ihre Form ist sehr abweichend von der, wie man sie bei etwas älteren Larven durch Präparation gewinnt. Der Unterschied in der Gestalt ist so auffallend, dass ich über die Identität der Gebilde längere Zeit im Zweifel blieb, indessen lassen sich die nervösen Stiele, wenn auch mit einiger Schwierigkeit, bis gegen ihre Ursprungsstelle vom Bauchstrang zurückverfolgen, ihnen fast parallel und dicht neben, zum Theil auch über ihnen gelagert, laufen die beiden

Tracheen, ganz gestreckt und offenbar scharf angespannt. In der Mitte ihres Weges etwa werden sie durch eine quere, kurze Commissur verbunden (Taf. X. Fig. 21, *v*). Sie treten nicht in das Innere der Scheibe, sondern tangiren sie nur, um sofort unter rechtem Winkel nach aussen umzubiegen und den oben beschriebenen Verlauf zu den Tracheenstämmen zu nehmen. Sie üben dadurch einen starken Zug auf die Scheibe von den Seiten her aus und da zugleich ein Zug von hinten durch die Trachee und durch die Stiele der Scheibe, ein Zug nach vorn aber durch den medianen Ausläufer ausgeübt wird, so lässt es sich wohl begreifen, wie eine ganz andere Figur zu Stande kommen muss, als wenn ein jeder Zug aufhört, wie es nach der Präparation der Fall ist. Die Scheiben im lebenden Thiere bilden mit ihrem hintern Rande die Figur eines gothischen Spitzbogens. Später wird die Larve zu undurchsichtig zur directen Beobachtung, dann vergrössern sich aber auch die Scheiben im Verhältniss zu ihren Stielen und Ausläufern so sehr, dass schwerlich mehr ein solches Auseinanderziehen der beiden Scheibenhälften stattfinden und die Gestalt der isolirten Theile in der Hauptsache zusammenfallen wird mit der im lebenden Thiere. Das Wachsthum geschieht in der Weise, dass jede Hälfte der gemeinsamen Anschwellung sich nach rückwärts verlängert und verbreitert und zwar selbstständig. In der Mittellinie berühren sich die neugebildeten Theile, verschmelzen aber nicht, sondern lassen eine Spalte zwischen sich. Bald übertrifft der hintere Theil den vordern an Ausdehnung bedeutend und man hat dann zwei getrennte Scheiben, eine jede von birnförmiger Gestalt, die nur in ihrem vordersten, schmalen Theile verwachsen sind, sonst aber in der Mittellinie mit geraden Rändern dicht aneinander liegen und zusammengenommen die Form eines Kartenherzens besitzen (Taf. X. Fig. 23 u. 29, *up*). Die Eintrittsstelle des nervösen Stieles und die Eintrittsstelle der Trachee, früher nahe bei einander gelegen, sind jetzt weit auseinander gerückt, da jene mit der Vergrösserung des hintern Theiles der Scheibe nach hinten geschoben wurde. Der Raum zwischen Scheiben und Nervencentren ist relativ viel kleiner geworden, die Stiele relativ viel kürzer. Letztere heften sich aussen an die Scheiben, nicht genau am Rande, sondern etwas auf deren oberer Fläche. Die Eintrittsstelle der Trachee markirt sich weniger als früher, da sie ebenfalls nicht mehr am Rande der Scheibe, sondern auf deren oberer Fläche liegt. Betrachtet man die Scheiben von oben, so laufen über ihre Oberfläche von hinten nach vorn die beiden Tracheenstämmchen hin, während der sie verbindende quere Ast, welcher früher in dem Raume zwischen Scheiben und Nervencentren lag, jetzt etwa die Mitte der Scheiben einnimmt. Es erfordert einige Aufmerksamkeit, um die Stelle zu entdecken, wo die Tracheen in das Innere der Scheiben eindringen. Bei Musca vomitoria liegt sie im Beginn der Spitze, bei Sarcophaga schon in den lateralen Ausläufern selbst, den Verlängerungen dieser Spitzen (Taf. X. Fig. 23, *tr*). Der mediane Ausläufer geht nicht unmittelbar aus einer der beiden Scheiben selbst hervor, sondern gehört dem Verbindungstheile zwischen ihnen an, von dem er mit dreieckig verbreiterter Basis entspringt; er sitzt schwimmhautartig zwischen den vordern Spitzen der beiden Scheiben, deren Ränder aber frei sind und sich nicht mit ihm verbinden. Vom Rücken gesehen besitzen die beiden Scheiben ringsum einen scharfen Rand, nur ihre Ventralfläche ist mit der Verbindungshaut verwachsen; es verhält sich so, als wären sie mit ihrer Bauchfläche auf dieselbe aufgeklebt. Scheiben und Verbindungsmembran grenzen sich um so schärfer voneinander ab, je weiter die Entwicklung vorschreitet. Diese besteht nun nicht bloss in einer Grössenzunahme und allmählicher Formveränderung, sondern im Innern der Scheibe tritt eine Differenzirung der vorher gleichmässigen Zellenmasse ein. Wann diese beginnt, ist schwer genau anzugeben; hier, wie bei allen noch folgenden Zeitbestimmungen kommt in Betracht, dass Wachsthum und Entwicklung der Larve je nach den äussern Bedingungen, Nahrung und hauptsächlich Temperatur, sehr ungleich rasch vor sich gehen, so dass weder die Grösse, noch das Alter einen sichern Maassstab abgeben. In einer Larve von 1,6 Cm. Länge, oft auch in noch kleineren Exemplaren, findet sich bereits eine Trennung in eine Rindenschicht und einen Kern (Taf. X. Fig. 23). Jene ist ziemlich breit und umzieht wallförmig die durch eine zarte elliptische Furche von ihr abgegrenzte ovale Scheibe des Kernes. Die Zellenmasse der Rinde grenzt sich gegen den Stiel scharf ab, nach vorn aber geht sie allmählich in die Spitze der Scheibe, in die lateralen Ausläufer über, in denen sich am Grunde noch viel, dann immer weniger Zellen vorfinden, bis schliesslich nur noch Kerne übrig bleiben, wie sie dem Neurilem oder der Peritonealhülle der Tracheen eigenthümlich sind.

Von nun an entwickelt sich jede der beiden Zwillingsscheiben unabhängig von der andern und die verbindende Haut zwischen ihnen tritt gegen die mächtig anwachsenden Scheiben immer mehr zurück. Früher war ich der Meinung, die Rindenschicht diene nur als Hülle, nehme keinen weiteren Antheil an der Bildung der Imagotheile, nehme auch nicht mehr an Masse zu, sondern werde nur mechanisch durch das Wachsen der gesammten Scheibe mit ausgedehnt und verdünne sich dabei fortwährend, bis sie nur noch eine zarte Hüllmembran darstelle, wie sie sich in der That in ausgebildeten Scheiben vorfindet. Sie liegt hier der ebenfalls dünnen, cuticularen Hülle unmittelbar an und umschliesst den Inhalt der Scheibe von allen Seiten. Ich habe mich jetzt überzeugt, dass die dicke Rindenschicht, welche als erstes Zeichen beginnender Differenzirung auftritt, mit der feinen Zellenhülle der letzten Periode nicht identisch ist und dass dieselbe einen wesentlichen Antheil an der Neubildung nimmt. Aus ihr hauptsächlich entwickelt sich das Thoracalstück, während aus dem Kerne der Anhang hervorgeht. Die Rinde umkreist den Kern wallartig, schliesst ihn aber keineswegs wie eine Kapsel in ihrem

Innern ein. Dadurch schon unterscheidet sie sich von der feinen zelligen Hülle, die in diesem Stadium zwar bereits vorhanden, aber schwer erkennbar ist und erst dann deutlich hervortritt, wenn — wie dies am Ende der Scheibenentwicklung geschieht — der völlig differenzirte Scheibeninhalt sich von der Hülle zurückzieht.

Die elliptische Furche zwischen Rinde und Kern ist keine völlig durchgreifende, sie trennt nicht beide Theile voneinander, sondern ist nur der Ausdruck einer Faltenbildung. Die jetzt folgenden Veränderungen lassen sich alle auf diesen Process der Faltenbildung zurückführen, die gesammte Zellenmasse der Scheibe formt sich zu einer dicken Membran um, welche sich in sehr eigenthümlicher Weise faltet und zusammenlegt. Nach Maassgabe des voranschreitenden Wachsthums bilden sich mehrere concentrisch um den ovalen Kern verlaufende Falten, deren jede eine ganz bestimmte morphologische Bedeutung besitzt. Sie sind durch tiefe, schmale Furchen voneinander getrennt und erscheinen scharf begrenzt; es hat fast den Anschein, als bedecke schon jetzt eine sehr feine structurlose Schicht ihre Oberfläche.

Nach Trennung des zelligen Inhaltes der Scheibe in Hülle, Rinde und Kern gehen zuerst am Kerne auffallende weitere Veränderungen vor sich. Es bildet sich in ihm eine kreisförmige Furche, welche eine runde Scheibe aus ihm herausschneidet, die nicht genau in seiner Mitte liegt (Taf. X. Fig. 25, *ts*), sondern excentrisch, dem Stielende der Scheibe genähert. Der Kern besteht sodann aus diesem centralen Stück und aus einem dasselbe einschliessenden Ringe von nahezu eiförmiger Gestalt (*bs*), welcher am Stielende der Scheibe schmal, am peripherischen Ende breit ist, hier aber zugleich mehr zugespitzt, dort stumpfer zuläuft. Das peripherische Ende des Ringes zeigt jetzt schon eine in späterer Zeit noch mehr hervortretende zungenförmige Gestalt. In diesen beiden Stücken des Kernes sind potentia die Glieder des zu bildenden Anhanges enthalten und zwar in dem centralen Stück die Endglieder, Tarsen und Tibia (letztere nur theilweise), in dem ovalen Ringe die basalen Glieder: Femur, Trochanter und Coxa. Nur die Endglieder des Beines trennen sich schon während der Scheibenentwicklung voneinander, die basalen bleiben ein einziges Stück, welches sich erst nach der Bildung des Fliegenthorax weiter differenzirt.

Verfolgen wir die Entwicklung der Endglieder, so findet sich kurze Zeit nach der Differenzirung des Kernes in Ring und centrales Stück an letzterem eine weitere Furche gebildet, welche ganz wie die erste einen ringförmigen Wall von seiner Peripherie abgrenzt und ihn also von neuem in eine centrale Scheibe und einen dieselbe einschliessenden Ring trennt (Taf. X. Fig. 26, *A*). Auch dieser Ring ist am breitesten gegen die Spitze der Scheibe (*ts*), am schmälsten gegen ihre Basis hin, nicht selten sogar erscheint er unvollständig, indem der schmale Theil durch die centrale Scheibe verdeckt wird. Es rührt diess daher, dass die Scheibe aufhört eben zu sein, dass einzelne der in ihr differenzirten Theile stärker emporragen als andere und es ist diess ein so wesentlicher Umstand, dass hauptsächlich auf ihm die Bildung des Anhanges beruht. Wie oben bereits angedeutet wurde, entsteht der Anhang als eine Ausstülpung des Thoracalstückes und beginnt dieselbe gleichzeitig mit der Differenzirung des Kernes in den ovalen Ring (das Basalstück des Beines) und das centrale Stück, oder genauer: mit der Entstehung von weiteren Ringfurchen in diesem letzteren.

Um den Modus der Gliedbildung zu verstehen, müssen wir uns erinnern, dass alle Scheiben so gelagert sind, dass ihre eine Fläche nach aussen sieht gegen die Haut der Larve, die andre nach innen, sowie diese äussere und innere Fläche später zur äussern und inneren Fläche des Thorax wird. Diese bleibt verhältnissmässig eben, auf jener wuchert als eine Ausstülpung das Bein hervor. Diess geschieht nun in der Weise, dass das centrale Stück des Kernes zur Spitze des Beines, zum fünften Tarsalglied wird und dass dieses, während es als eine hohle zapfenförmige Ausstülpung sich über die Ebene der Scheibenoberfläche erhebt, durch Bildung ringförmiger Furchen weitere fünf Glieder von sich abschnürt. Da der Zapfen, anfänglich wenigstens, an seiner Basis viel breiter ist als an seiner Spitze, so bilden also die Glieder eine Folge von Ringen, deren folgender immer etwas enger ist als der vorhergehende — oder denken wir uns den Zapfen senkrecht auf die Fläche der Scheibe vorgewachsen, so wird in der Ansicht von aussen die Spitze des Gliedes als eine runde centrale Scheibe erscheinen, welche von fünf concentrischen, eng aufeinanderfolgenden Ringen umgeben ist, den fünf folgenden Abschnitten des Beines. Der Zapfen wächst nun nicht senkrecht auf die Fläche vor, sondern liegt von Anfang an schräg mit seiner Spitze gegen die Basis der Scheibe gerichtet. Daher kommt es, dass in natürlicher Lage, die um die centrale Scheibe des Kernes, das fünfte Tarsalglied (t^5) sich bildenden Ringe nur zum Theil sichtbar sind, zum andern Theil aber durch den sich hervorstülpenden Zapfen selbst verdeckt werden (Taf. X. Fig. 27 u. 28).

Die sechs auf diese Weise gebildeten Segmente des Beines entsprechen den fünf Tarsen und der Tibia. Je mehr sie hervorwachsen, um so mehr verlieren sich die Unterschiede ihrer Dicke, so dass sie sehr bald einen an Spitze und Basis fast gleichdicken cylindrischen Zapfen vorstellen, dessen basales Glied relativ einen viel geringeren Umfang besitzt als früher, indem sich inzwischen die ganze Scheibe und besonders das Thoracalstück bedeutend ausgedehnt haben. An der innern Scheibenfläche führt eine centrale sehr deutlich sichtbare Oeffnung in das Lumen der Ausstülpung (Taf. X. Fig. 28, *B*, *l*).

Wir haben indessen bis jetzt nur die weitere Differenzirung des Endstückes des Beines verfolgt. Das basale Stück, welches gleichzeitig mit jenem aus dem Kerne der Scheibe hervorging, umgiebt auch jetzt noch den Zapfen, wie es früher die erste Anlage desselben, die centrale Scheibe, ringförmig einschloss, das Missverhältniss in der Dicke seiner beiden Enden hat aber noch zugenommen, gegen den Stiel der Scheibe bildet es einen sehr schmalen Ring, gegen die Spitze derselben eine breite, fast dreieckige, zungenförmige Vorragung (Taf. X. Fig. 27 u. 28, *A*, *bs*). Auch sie ist in ihrem Innern hohl, wie sich in späterer Zeit nachweisen lässt und entsteht, ganz ähnlich wie der Endzapfen des Beines durch Ausstülpung von der Innenfläche der Scheibe her und zwar von dem nämlichen Punkte aus, nur in entgegengesetzter Richtung. Während der Tarsenzapfen (Taf. X. Fig. 28, *A*) gegen die Basis der Scheibe gerichtet ist, steht die Spitze des Basalstückes (*bs*) des Beines gegen die Spitze der Scheibe, beide zusammen bilden eine Doppelausstülpung, welche ein gemeinsames Lumen besitzt und hammerartig dem Thoracalstück aufsitzt.

Die Entwicklung des Thoracalstückes nun geht von der Rinde der Scheibe aus. Dieselbe wächst und zwar weniger in die Breite als in senkrechter Richtung auf die Scheibenoberfläche, sie gestaltet sich zu einer Membran, welche sich in ringförmige, concentrische Falten legt. Anfangs liegt der scharfe Rand der Thoracalmembran auf der äussern Fläche der Scheibe, er erhebt sich über die in der Tiefe gelegene Ausstülpungsstelle des Anhanges und bedeckt einen Theil des zungenförmigen Basalstückes desselben (Taf. X. Fig. 27, *A*, *th*). Später, wenn die Scheibe sich noch bedeutend vergrössert und der Anhang sich in grösserer Länge hervorgestülpt hat, liegt der Rand des Thoracalstückes an den Seitenrändern der Scheibe und der Anfang frei auf seiner äussern Fläche (Taf. X. Fig. 28, *A* u. *B*).

Während das Thoracalstück aus der Rinde der Scheibe sich entwickelt und also nur den schmalen Rand derselben einnimmt, dehnt es sich später auch gegen das Centrum hin aus und nimmt sodann einen grossen Theil der Fläche ein, welche im Beginn der Differenzirung dem Kerne angehörte. Es ist diess die Folge einerseits von der andauernden flächenhaften Vergrösserung der Thoracalmembran, andererseits aber davon, dass sich die Einstülpungsstelle des Anhanges in demselben Maasse als dieser sich verlängert zusammenzieht und am Ende der Entwicklung einen sowohl relativ als absolut kleineren Kreis darstellt als am Anfang. Von der ganzen Fläche des Kernes ging die Ausstülpung aus, das Lumen des Anhanges musste demnach anfänglich dem Umfange des Kernes entsprechen, der ja durch das Basalglied des Anhanges bezeichnet wurde (Taf. X. Fig. 26, *B*, *rd*). Es wurde nun oben schon erwähnt, dass im Momente des Entstehens die einzelnen Glieder des Beines von ungleichem Umfange sind, dass sie einer Anzahl ineinander liegender concentrischer Ringe vergleichbar sind, die aber zugleich sich übereinander erheben, einen Kegel bilden, dessen Spitze das centrale Stück ist — es wurde auch bereits angeführt, dass während des weitern Wachsthums diese Ungleichheit sich mehr und mehr verliert, dass schliesslich ein beinahe cylindrischer Zapfen aus dem Kegel hervorgeht. Dieses geschieht nun weniger durch Vergrösserung der kleineren Ringe, als vielmehr durch Verkleinerung der grösseren: Die unteren Tarsen, das Tibialstück und vor allem das Femur, Trochanter und Coxa repräsentirende Basalstück ziehen sich zusammen, sie verengen ihr Lumen. Da nun die Ränder dieses Basalstückes unmittelbar in das Thoracalstück übergingen, so wird also dieses durch ein centripetales Wachsthum der Ränder mit gegen das Centrum der Scheibe hingezogen. Während man daher im Beginn der Ausstülpung den Kern der Scheibe von innen her zu einem Trichter vertieft findet, welchen concentrische Furchen durchziehen, ist am Schluss der Scheibenentwicklung davon nichts mehr zu sehen, der weite Eingang zum Trichter hat sich zu einer engen rundlichen Oeffnung zusammengezogen, welche etwa in der Mitte einer die ganze Breite der Scheibe einnehmenden Membran gelegen ist (Taf. X. Fig. 28, *B*, *e*). Diese ist nichts anderes als das Thoracalstück, eine nicht sehr dicke Membran von ovaler Gestalt, in flache Falten gelegt, welche die Einstülpungsöffnung als mehr oder weniger vollständige, mehr oder weniger regelmässige Kreisbogen umgeben. Es ist jetzt nicht mehr nach aussen zusammengeschlagen, sondern in e i n e r Fläche ausgebreitet, so dass also seine Ränder den seitlichen Rändern der Scheibe anliegen. Die Scheibe selbst verdient aber jetzt kaum noch diesen Namen, sie ist durch das Wachsthum der in ihrem Innern gelegenen Theile zu einer kolbigen, dünnwandigen Blase ausgedehnt worden, in deren prall mit klarer Flüssigkeit gefülltem Inneren das Bein mit seinem Thoracalstück liegt. Die Wandung zeigt sich jetzt deutlich als zusammengesetzt aus der äussern structurlosen (Taf. X. Fig. 28, *ct*) und der innern zelligen Membran (*z*). Letztere besteht nur aus einer einzigen Zellenlage, ist also sehr dünn und lässt sich am besten an Stellen erkennen, an welchen sie sich — wie diess oft vorkommt — ein wenig von jener abgehoben hat.

Das deutliche Hervortreten der Hüllen hat seinen Grund darin, dass der Inhalt die Scheibe nicht mehr vollständig ausfüllt. Der Anhang überwuchert das Thoracalstück, seine Glieder dehnen sich in die Länge, so viel etwa, dass die Spitze des Beines, das fünfte Tarsalglied über den Rand des Thoracalstückes hinaussteht (Taf. X. Fig. 28, *B*, *ts*). Nichtsdestoweniger besitzen die einzelnen Glieder noch immer eine viel grössere Breite als Länge, unterscheiden sich also noch sehr von ihrer spätern Gestalt, wo es sich gerade umgekehrt verhält. Das fünfte Tarsalglied bildet eine breite rundliche Kuppe, auf deren Spitze häufig schon eine kleine zapfenförmige Vorragung zu erkennen ist. Die drei folgenden Tarsen stellen schmale Ringe vor, während das erste Tarsalglied jetzt schon durch eine bedeutendere Grösse seine spätere langgestreckte Form andeutet. Das Tibialstück ist ihm ganz ähnlich gebildet. Alle Glieder grenzen sich gegeneinander, die Tibia auch gegen das Femorocoxalstück durch tief einschneidende, scharfe Furchen ab, die Glieder selbst zeigen sich nicht immer in ihrer wirklichen, ganz regelmässigen Gestalt, sondern einzelne von ihnen werden oft noch von zufälligen und bedeutungslosen Furchen durchzogen, welche leicht den Anschein einer zahlreicheren Gliederung hervorbringen können, als wirklich vorhanden. Das ganze Glied besteht aus einer dünnen, zelligen Rinde und einem weiten, mit wasserklarer Flüssigkeit angefüllten Lumen. Die Zellen unterscheiden sich nicht von denen, welche das Thoracalstück zusammensetzen, sind sehr klein und liegen wie dort mehrfach geschichtet übereinander. Eine Cuticula scheint weder auf der Fläche des Gliedes noch des Thoracalstückes schon ausgeschieden zu sein. In natürlicher Lage erstreckt sich das Glied von der Spitze der Scheibe bis zur Basis, platt auf das Thoracalstück hingelagert, die Spitze nach der Basis der Scheibe, das Femorocoxalstück nach der Spitze derselben gerichtet. Alle Glieder folgen sich in derselben Flucht aufeinander.

Das Basalstück des Beines, oder, wie ich es seiner Bedeutung nach genannt habe, das Femorocoxalstück verdient noch eine nähere Betrachtung. Wie schon oben bemerkt, entwickelt sich seine der Spitze der Scheibe zugewandte Hälfte zu einer zungenförmigen Ausstülpung. Diese vergrössert sich zuletzt sehr bedeutend und erscheint als ein selbstständiges Stück, dessen Höhlung sich später — wie weiter unten gezeigt werden soll — in höchst eigenthümlicher Weise durch eine quere Scheidewand in einen obern und untern, an der Spitze des Stückes zusammenhängenden Gang theilt und so eine auf sich selbst zurückgebogene Röhre darstellt, aus welcher sich durch Gliederung die basalen Glieder des Beines abschnüren, von Anfang an in der aufeinandergebogenen Lage, welche sie in der Puppe einnehmen. Es genügt einstweilen, darauf aufmerksam zu machen, dass die Ausstülpungsstelle des Thoracalstückes, also der Eingang in das Lumen des Beines nicht an der Spitze des Femorocoxalstückes liegt, sondern am Grunde des Tibialstückes, dass man von diesem Eingange aus nach rechts — um mich so auszudrücken — in die Höhle des Femorocoxalstückes kommt, nach links in die der Tibia und der Tarsen, dass also das gesammte Bein hammerförmig der Ausstülpungsstelle aufsitzt.

Diese ganze Darstellung von der Differenzirung des Scheibeninhaltes zum Thoracalstück und seinen Anhang bezieht sich nicht nur auf die untern Prothoracalscheiben, sondern ist für alle untern Thoracalscheibenpaare gültig. Eigenthümlich ist den Prothoracalscheiben nur ihre gemeinsame Entstehung und der daraus folgende Zusammenhang, in dem sie während der ganzen Zeit ihrer Entwicklung verharren. Uebrigens ist es nur die Hülle der Scheiben, welche in dem vorderen Theile derselben miteinander verwachsen ist, nicht etwa die Thoracalstücke selbst. Beide Scheiben, oder besser Blasen, liegen mit ihrem geraden, medianen Rande dicht aneinander, die Thoracalstücke im Innern sind hier nur durch die dünnen Hüllmembranen voneinander getrennt.

Die Gestalt der Blasen ist durch das Auswachsen der Beine etwas verändert, mehr dreieckig geworden, die Insertionsstelle des Stieles mehr nach innen gerückt. Die Stiele finden sich bis zuletzt vor und haben bedeutend an Dicke zugenommen, so dass sie die übrigen Nervenstämme an Durchmesser bei weitem übertreffen. Anders mit den Ausläufern, die mit dem Wachsthum der Scheibe nicht gleichen Schritt halten, weder der mediane noch die lateralen und mit dem Tracheenästchen in den lateralen Ausläufern, welches schon sehr früh im Wachsthum zurückbleibt und schliesslich verschwindend klein erscheint gegen die mächtig herangewachsene Scheibe.

Alle zuletzt geschilderten Vorgänge, von der Ausstülpung des Beines an gehören nicht mehr der Larvenentwicklung an, sondern fallen in die beiden ersten Tage nach der Verpuppung. Wie sodann die Hüllmembranen, die Ausläufer und Stiele der Scheiben zerfallen, die Neubildungen im Innern aber frei werden und zum Thorax zusammenwachsen, wird bei der Darstellung der Puppenbildung näher zu betrachten sein.

Die untern Mesothoracalscheiben entstehen nicht wie die Prothoracalscheiben gemeinsam, sondern eine jede für sich eingeschaltet in den Verlauf des dritten Nerven. Dieser entspringt dicht hinter den Hemisphären vom Bauchstrang und versorgt die Muskeln des dritten Segmentes. Auch giebt er vor seinem Eintritt in die Scheibe einen Seitenzweig ab, der direct zu den Muskeln läuft. In ganz jungen Larven bildet die Scheibe eine kleine ganglienähnliche, dreieckige Anschwellung, welche aus dem Neurilem und einer geringen Anzahl grosser, klarer, kernhaltiger Zellen besteht (Taf. X. Fig. 20 u. 24, *ums*). Aus dieser Anschwellung gehen drei Ausläufer hervor, von denen zwei gemeinsam eine Tracheenschlinge enthalten (*tr*), der dritte wohl rein nervöser Natur ist, wie seine Structur und seine Verästlung an die Muskeln des dritten Segmentes beweist. Auch der eine mindestens der tracheenhaltigen Stränge scheint Nervenfasern in sich zu bergen. Es wird diess schon dadurch wahrscheinlich, dass die Trachee im Verhältniss znr Dicke des ganzen Stranges ausserordentlich dünn ist (ihre Dicke beträgt etwa $1/8$ des Stranges), überdiess entspringen auch von Zeit zu Zeit blasse Ausläufer vom Strang und begeben sich zu den Muskeln der Körperwand.

Später gestaltet sich die ganglienartige Anschwellung zu einer platten, den Durchmesser des nervösen Stieles um das Vielfache übertreffenden Scheibe von birnförmiger Gestalt (Taf. XI. Fig. 29, *ums*); die Spitze derselben ist gegen die Haut, die Basis gegen die Nervencentren gerichtet, die Scheibe liegt nicht in der Queraxe des Körpers, sondern, wie die Beobachtung am lebenden Thiere lehrt, schräg nach vorn und fast in der Längsrichtung. Durch den Stiel und die Ausläufer wird sie gleich den vordern Scheiben in ihrer Lage erhalten und verändert bei Bewegungen des Thieres nur wenig ihren Platz. Der Stiel inserirt sich hier anfänglich wenigstens gerade in der Mitte der Scheibenbasis; wie der Stiel der Prothoracalscheibe so nimmt auch er rasch an Volum zu und zwar, wie es scheint, durch massenhafte Kernvermehrung in seinem Innern und übertrifft bald die gewöhnlichen Nervenstämme an Dicke. Die Differenzirung des Scheibeninhaltes geht genau in derselben Weise vor sich wie bei den vordern Beinscheiben. Die Figg. 25—28, *B* zeigen die untern Mesothoracalscheiben auf den verschiedenen Stufen der Entwicklung.

In Fig. 25, *A* u. *B* (Taf. X.) ist die erste Differenzirung bereits überschritten, der Kern hat sich in das ringförmige Basalstück des Beines und in die centrale Scheibe, die Anlage des Endstückes, getrennt; die Scheibe im Ganzen ist nicht mehr eben, von innen gewahrt man den Anfang der trichterförmigen Einstülpung. Noch bedeutend tiefer ist dieselbe in Fig. 26, *A* u. *B* geworden. Zugleich hat aber auch hier eine stärkere Entwicklung der Rinde (*ri*) — der Anlage des Thoracalstückes — begonnen. Es zeigen sich concentrische Furchen in ihr, das erste Anzeichen der beginnenden membranösen Faltung und an der innern Fläche der Scheibe tritt die Grenze zwischen Thoracalstück und Anhang als eine scharfe Kante von ovaler, fast birnförmiger Gestalt hervor (*rd*). Von dieser Grenzlinie wird die trichterförmige Vertiefung umschlossen, welche als der Anfang des sich ausstülpenden Beines zu betrachten ist. Sie besteht jetzt aus drei Gliedern, da sich zwischen Basalstück (*bs*) und centrale Scheibe (t^5) (fünftes Tarsalglied) ein neuer Ring (*ts*) eingeschoben hat. Das Basalstück umschliesst die beiden andern und in der Ansicht von innen her lassen sich auch die Grenzlinien dieser beiden Glieder sehr wohl erkennen (*rd* u. rd^1). Auch die zungenförmige Spitze des Basalstückes ist bereits deutlich entwickelt (Taf. X. Fig. 26, *A*, *bs*) und manifestirt sich in der Ansicht von innen ohne Schwierigkeit als eine Ausstülpung. Die Linie *rd* liegt höher als die Linie x, die zungenförmige Spitze (*bs*) ist hier bedeckt von dem Thoracalstück.

In Fig. 27, *A* u. *B* (Taf. X.) ist dann die Gliederung des hervorwachsenden Endzapfens noch weiter vorgeschritten, man unterscheidet bereits vier Tarsenglieder (t^2—t^5), während zugleich das Thoracalstück sich mächtig entwickelt hat (*A*, *th*) und mit seinen freien Rändern (*A*, *rd*) sich auf der Aussenfläche der Scheibe erhebt.

Die Figg. 28, *A* u. *B* geben das Ende der Scheibenentwicklung. Das Thoracalstück ist ausgebildet und das Bein sitzt als eine hammerförmige Ausstülpung auf seiner äussern Fläche, sehr deutlich grenzen sich die fünf Tarsalglieder, die Tibia und das Femorocoxalstück (*bs*) voneinander ab. Auf der innern Fläche zeigt sich, etwa im Centrum des Thoracalstückes, das eng zusammengezogene, kreisförmige Lumen (*l*) des Beines, welches nach der einen Seite in den Tarsenzapfen führt, nach der andern in das Femorocoxalstück.

Die untern Metathoracalscheiben lassen aus sich das dritte Fusspaar und die untere Hälfte des Metathorax hervorgehen. Sie entwickeln sich in Zusammenhang mit der Peritonealhaut einer Trachee, mit welcher sie zwar nicht unmittelbar verwachsen sind, aber mit Hülfe eines Stieles zusammenhängen. Dieser Stiel entspringt von einem Seitenzweige desselben Tracheenastes, von welchem auch die weiter unten zu betrachtende obere Metathoracalscheibe ihren Ursprung nimmt. Das Gewebe des Stieles ist nicht identisch mit dem der Peritonealhaut, es ist ein heller, durchsichtiger Strang; auf den ersten Blick könnte man glauben, einen Nerven vor sich zu haben, nicht selten zeigt sich auf ihm eine sehr scharfe und regelmässige Querstreifung, ganz wie sie den Strängen des Visceralmuskelnetzes zukommt, zu denen demnach dieser Stiel wohl gerechnet werden muss.

Wenn es auch nicht gelang, die Scheibe schon unmittelbar nach dem Ausschlüpfen der Larve aus dem Ei zur Beobachtung zu bringen, so kann es doch keinem Zweifel unterliegen, dass dieselbe ganz ebenso wie Flügelscheibe und wie die übrigen Beinscheiben bereits im Ei angelegt wird. Es geht diess schon aus ihrer Anheftungsstelle hervor, die mit einer späteren Entstehung nicht verträglich wäre, dann aber vor Allem aus ihrer Entwicklung, die mit der der übrigen Beinscheiben dem Modus und der Zeit nach zusammenfällt. Ihre Gestalt ist vor dem Eintreten der Differenzirung mehr dreieckig, die zweizinkige Spitze gegen die Muskeln gerichtet, später wird sie ganz regelmässig birnförmig (Taf. XI. Fig. 33, *umt*), an die breite Basis inserirt sich der Stiel (*st*). Auch hier findet sich die Tracheenschlinge in den beiden Ausläufern der Scheibe, und zwar lässt es sich nachweisen, dass das Tracheenröhrchen (*tr*¹) aus einem Seitenzweige des im vierten Körpersegmente vom Stamm abgesandten Astes entspringt, von demselben, welchem die Flügelscheibe ihren Ursprung verdankt. Die Spitze der Scheibe geht demnach hier wieder direct in die Peritonealhaut einer Trachee über und es ist auf diese Weise ein indirecter Zusammenhang hergestellt zwischen der Flügelscheibe und dieser untern Metathoracalscheibe. Dass auch ein directer Zusammenhang besteht, wird später gezeigt werden. Der zweite Ausläufer der Scheibe enthält den austretenden Schenkel des Tracheenröhrchens und verästelt sich ganz nach Tracheenart an die Muskeln der Körperwand.

Die Differenzirung der Scheibe kann ich unterlassen zu schildern, da sie ganz zusammenfällt mit der der beiden vordern Beinscheiben; sie lässt sich leicht durch alle ihre Stadien hindurch verfolgen. Taf. XI. Fig. 33 zeigt die innere Fläche der Scheibe in dem Stadium, wo bereits der Tarsenzapfen vorzuwachsen beginnt. Man erkennt sehr deutlich die Rinde (*ri*) und in dem Kerne das ringförmige Basalstück des Beines (*bs*), sowie drei Segmente des Tarsenzapfens, in dessen Lumen man hineinblickt.

In der oben erwähnten, früher publicirten Arbeit über die Entstehung des vollendeten Insectes in Larve und Puppe wurden für einige Familien der Dipteren Imaginalscheiben beschrieben, in welchen sich die obere Hälfte des Prothorax entwickelt, zusammen mit einem Anhange von eigenthümlicher, functioneller Bedeutung. Diese obern Prothoracalscheiben entspringen bei mehreren Tipuliden (Chironomus und Simulia) von der Peritonealhaut des Haupttracheenstammes, in ihnen entwickeln sich bei Chironomus und Simulia die Tracheenkiemen der Puppe, Respirationsorgane, die der Hauptsache nach aus einem mehr oder weniger vollen Büschel von Röhren bestehen, welche dem Tracheenstamme aufsitzen und frei ins Wasser, das Lebenselement dieser Puppen, hineinhängen. Auch bei der Puppe von Musca findet sich an derselben Stelle, seitlich auf dem Rücken des Prothorax, dicht hinter dem Kopfe, ein Respirationsorgan, welches aber hier, als bei einem in der Luft lebenden Thiere, aus einem einfachen, mit einem kurzen Zapfen aufsitzenden Stigma besteht. Die Entstehung dieses Zapfens mit dem Stigma war von mir früher nicht beobachtet worden, und ich musste es unentschieden lassen [1]), ob eine Prothoracalscheibe vorkomme, innerhalb deren es sich entwickle, so wahrscheinlich ein solches Verhalten auch sein musste. Es findet sich nun allerdings die gesuchte Scheibe, allein sie zeigt mannichfache Abweichungen von den übrigen Scheiben, sowie von den entsprechenden bei der Familie der Tipuliden. Sie entwickelt sich am Tracheenstamm selbst und zwar erst in der letzten Periode des Larvenlebens durch Wucherung der Peritonealhaut. Sie ist die einzige Bildungsscheibe — ich muss diess besonders hervorheben — welche nicht schon im Embryo angelegt wird, sondern welche im Wesentlichen ganz ebenso entsteht, wie die neuen Stigmen bei den Häutungen der Larve. In der ausgewachsenen Larve findet man dicht hinter dem vordern Stigma die Peritonealhaut zu einer breiten, im Profil gesehen, dreilappigen, von oben biscuitförmigen Zellenmasse angeschwellt, an der sich ausser der feinen Cuticula auf der Oberfläche eine dunklere Rinde und ein helles Lumen unterscheiden lassen. Aus dieser Scheibe bildet sich je ein Stigmenhorn und die dasselbe umgebende Hypodermislage, also das dorsale Stück des Prothorax nebst dem dazu gehörigen Anhange. Die nähern Vorgänge dieser Differenzirung sind sehr schwer zu beobachten, vor Allem vermag ich nicht mit Sicherheit anzugeben, wie gross und von welcher Gestalt dieses dorsale Stück des Prothorax ist, wenn es zur Bildung des Segmentes mit den übrigen Scheiben zusammentritt. Dass es sehr klein ist, steht fest und da sein Anhang ebenfalls nur von unbedeutender Grösse ist, so erklärt sich daraus die gegen die übrigen Thoracalscheiben auffallende Kleinheit dieser obern Prothoracalscheibe (Taf. XII. Fig. 48, *op*). Das Stigma im Innern des Stigmenhorns bildet sich ganz wie bei jeder Larvenhäutung in Continuität mit den neugebildeten Intimaröhren; ich werde bei dem Tracheensystem der Puppe darauf zurückkommen.

1) A. a. O. S. 8.

In den obern Mesothoracalscheiben entwickelt sich die Rückenhälfte des Mesothorax mit den Flügeln, ich bezeichne sie der Kürze halber als Flügelscheiben. Sie stellen in ihrer frühesten Anlage eine Verdickung der Peritonealhülle eines Tracheenastes vor, und zwar entstehen sie an dem Zweige, welcher im vierten Segment vom Stamme entspringt und schräg nach aussen und unten zu den Muskeln läuft. Das jüngste Stadium, welches ich früher gesehen und beschrieben [1]), hatte sich bei einer Larve von 0,7 Cm. Länge vorgefunden. In dieser Periode zeigt sich an der Stelle, wo die Trachee einen Seitenzweig abgiebt, eine plötzliche kolbige Anschwellung ihrer Peritonealhaut, welche, den Seitenzweig umhüllend, ganz allmählich gegen die Peripherie hin abschwillt und zur normalen Dicke und Beschaffenheit zurückkehrt (Taf. XI. Fig. 32). Die Anschwellung hat etwa die Form einer Retorte, deren Hals nach aussen gerichtet ist; soweit die Tracheenintima durch sie hindurchläuft, vertritt sie die Stelle der Peritonealhaut. Während kurz vor der Scheibe grosse, ovale Kerne wie gewöhnlich in weiten Abständen voneinander in der blassen Tracheenhülle liegen, besteht die Anschwellung selbst aus massenhaft zusammengedrängten, bedeutend kleineren Kernen, welche von klaren und schwer wahrnehmbaren Zellen umhüllt sind.

Jetzt ist es mir gelungen, auch die Flügelscheiben in einem Lärvchen aufzufinden, welches eben erst aus dem Ei gekommen war — ein Beweis, dass auch sie schon während der embryonalen Entwicklung angelegt werden. Bei solchen etwa 0,3 Cm. langen Maden schwillt die ohnehin relativ sehr dicke Peritonealhaut an der besprochenen Stelle kolbig an und zwar jetzt schon scharf abgesetzt gegen den Stamm hin. Eine histologische Differenz zwischen Anschwellung und Peritonealhaut ist aber noch nicht vorhanden (Taf. XI. Fig. 31). Beide enthalten dieselben Elemente: kleine, klare, kreisrunde Kerne, welche dicht gedrängt liegen, umgeben von nicht immer deutlich hofartig gruppirter, feinkörniger Grundsubstanz. Die Kerne messen 0,008 Mm. im Durchmesser, die Scheibe selbst an ihrer breitesten Stelle etwa 0,068 Mm. Ich wage nicht, mit Bestimmtheit zu behaupten, dass die Kerne Zellen angehörten, obgleich die Voraussetzung nahe liegt, dass Gebilde, die früher (in der embryonalen Zeit) Zellen waren, wie aus der Bildungsgeschichte der Tracheen hervorgeht, und die später sich als Zellen ausweisen — wie es ohne irgend einen Zweifel bei der älteren Larve der Fall ist — auch in der Zwischenzeit Zellen geblieben sein werden. Auch glaubte ich zuweilen in diesem Stadium schon polygonale Felder auf der Fläche der Scheibe zu sehen. Mit Sicherheit aber lassen sich Zellen erst in dem anfangs beschriebenen Stadium bei einer Larve von 0,7 Cm. Länge erkennen (Taf. XI. Fig. 32). Ihr Durchmesser beträgt dann 0,013 — 0,017 Mm., der ihres Kernes

1) A. a. O. S. 15.

0,008—0,010 Mm., sie haben etwa dieselbe Grösse wie die Kerne der Tracheenhülle und unterscheiden sich in Nichts von den Zellen der Fussscheiben. Die Scheibe ist jetzt platt und hat sich auf 0,13 Mm. Durchmesser vergrössert. Sie besteht aus structurloser, feiner Hülle, der Fortsetzung der structurlosen Membran der Peritonealhaut und einer ganz ebenen und gleichmässigen Schicht jener Zellen, welche in mehrfacher Lage dicht aneinandergepresst sich zu regelmässigen Polygonen abplatten. Dass das Wachsthum der Scheibe bloss durch Vermehrung der primär in ihr gelegenen Zellen zu Stande kommt, ist wohl zu bezweifeln, da die Scheibe in grösserem Verhältniss wächst als die Tracheen, und sich ihre Ansatzfläche auf Kosten der Peritonealhaut vergrössert. Wahrscheinlich wandeln sich die Kerne dieser letzteren in Zellen um.

Das Verhältniss der Scheibe zu den Tracheen ist aus der Abbildung deutlich zu ersehen; an dem primären Aste ist der Rand, an dem secundären, quer von ihm abgehenden die Fläche der Scheibe mit der Peritonealhaut verwachsen; nur an den Verwachsungsstellen hat letztere ihre normale Structur verloren, die sie dicht daneben unverändert beibehielt. An den Uebergangsstellen scheint man den Bildungsprocess von Zellen aus den Kernen der Peritonealhülle räumlich nebeneinander vor Augen zu haben. In einiger Entfernung von der Scheibe liegen noch grosse Kerne in weiten Abständen voneinander, näher gegen dieselben drängen sie sich dichter und werden zugleich kleiner, umgeben sich mit einer schmalen, hellen Protoplasmaschicht und entwickeln sich zu Zellen der Scheibe. Es ist wohl zu bemerken, dass diese Scala von Umwandlungen sich nur auf die eine Seite der Trachee bezieht; die andre bleibt vollkommen normal, und gerade so ist es mit den beiden andern Aesten. Dieser Umstand macht es möglich, dass die Scheibe bei stärkerem Auswachsen nicht in ihrer ganzen Dicke von den Tracheen durchsetzt wird, sondern denselben nur seitlich angewachsen ist, ein Verhalten, welches für die Entwicklung des Scheibeninhaltes zu selbstständigen Theilen unerlässlich ist. Die Scheibe wächst später hauptsächlich rückwärts, d. h. gegen den Stamm hin und zwar ohne dass sich ihre Ansatzfläche noch weiter vergrösserte, ohne dass die Tracheenhülle weiteren Antheil an ihrem Wachsthum hätte, also vollkommen selbstständig; sie überwuchert die Tracheen nach allen Seiten, ist überall von freien, scharf geschnittenen Rändern begrenzt und hängt schliesslich nur noch an ihrer Spitze mit der Trachee zusammen, von welcher sie entsprang; sie nimmt eine breit birnförmige Gestalt an und misst in der ausgewachsenen Larve 1,03 Mm. in der Länge, 0,71 Mm. in der Breite (Taf. XI. Fig. 33, *oms*). Schon früher aber beginnt die Differenzirung in ihrem Innern. Es zeigt sich zuerst ähnlich wie bei den Beinscheiben eine dem Rande parallel laufende Furche, welche eine peripherische Zellenlage vom Inhalt abtrennt. Ich vermeide absichtlich die Bezeichnung: Rinde, da wir es hier mit einem reinen Hüllengebilde zu thun haben, welches an der Bildung des

Thoracalstückes keinen Antheil nimmt. Fast gleichzeitig mit dieser Abspaltung einer zelligen Hülle treten auch zwei oder drei quere Furchen auf der Fläche der Scheibe auf; der Inhalt derselben formt sich zu einer gefalteten Membran um. Die Gestalt der Scheibe im Ganzen ähnelt jetzt der eines Flügels und man könnte ohne Kenntniss der folgenden Stadien leicht in den Irrthum verfallen, die gesammte Scheibe für den Flügel zu nehmen. Dem ist aber nicht so, die Lage des Flügels, wenn er später durch Ausstülpung aus dem Thoracalstück entsteht, ist sogar gerade die umgekehrte; wo früher die Spitze der Scheibe war, da kommt die Basis des Thoracalstückes zu liegen und die Basis der Scheibe wird durch den vorwachsenden Flügel zu einer Spitze vorgedrängt.

Die Scheibe liegt an der äussern Fläche des Tracheenstammes, zwischen diesem und den Muskeln; während der ganzen Larvenzeit — d. h. solange der Anhang noch nicht hervorgewachsen ist — bleibt die Spitze der Scheibe gegen die Körperwand gerichtet, die breite, in grossem Bogen abgerundete Basis steht nach innen. Während sich die dem Rande der Scheibe parallellaufende Furche vertieft, entstehen neue Furchen in dem mittleren Theile der Scheibenoberfläche, es bilden sich hier quere, in dem breiten Basaltheile aber circuläre Falten, welche ein Centrum von ovaler Gestalt (*k*) umkreisen. Letzteres entspricht dem Kerne der Beinscheiben, von ihm geht die Ausstülpung des Anhanges aus. Von der innern Fläche gesehen bildet sich zuerst eine trichterförmige Vertiefung, welche sich rasch weiter vertieft und zu einer zungenförmigen Ausstülpung wird, welche sich über die äussere Fläche des Thoracalstückes hinlagert (Taf. XI. Fig. 34, *fl*). Auch hier erhebt sich der Anhang nicht senkrecht auf der Fläche des Thoracalstückes, sondern schiebt sich während seines Vorwachsens platt über die Fläche desselben hin. Da nun die Spitze des Anhanges gegen die Basis der Scheibe gerichtet ist, so tritt bald der obenerwähnte Umstand ein, dass die breite Basis durch den Flügel zu einer Spitze vorgedrängt wird, und es giebt ein Stadium, in welchem die Scheibe an beiden Enden zugespitzt ist. Bald indessen verbreitert sich die frühere Spitze, indem das Thoracalstück sich hier zu zwei Lappen ausbildet, die die Hülle auseinanderdrängen.

Am zweiten Tage nach der Verpuppung stellt die Flügelscheibe eine dünnwandige Blase dar, in der eine unregelmässig gefaltete membranöse Masse liegt. Von der äussern Fläche betrachtet bedeckt der bereits flügelförmig gestaltete, aber noch kurze Anhang einen grossen Theil des Thoracalstückes, von innen (Taf. XI. Fig. 34) hat man diess in seiner ganzen Ausdehnung vor sich, eine mächtige, im Ganzen etwa quadratische Platte (*th*), und blickt in das gewöhnlich etwas zusammengedrückte Lumen des Flügels hinein (*l*). Von diesem selbst ragt nur die Spitze frei hervor (*fl*), an dieser aber erkennt man sehr deutlich die dünne zellige Wandung und das geräumige Lumen. Die Scheibe ist noch angeheftet an dem Tracheenzweige (tr^1), von dem sie ihren Ursprung herleitet, dieser aber beginnt bereits zu schrumpfen, um dann bald, wie später näher ausgeführt werden soll, einem neuen Tracheensystem zu weichen. Die Bedeutung der zwei Lappen (*lp* u. *lp*'), in welche das Thoracalstück auf der einen Seite endet, ist mir nicht ganz klar geworden, jedenfalls bilden sie den medianen Rand desselben, der später mit dem entsprechenden Rande der andern Seite zur medianen Naht auf dem Rücken des Thorax zusammenwächst. Sehr deutlich lässt sich gerade an dieser Stelle der Scheibe erkennen, dass die im Beginn der Differenzirung abgespaltene oberflächliche Zellenlage nur ein Hüllengebilde ist, an der Bildung des Thoracalstückes aber keinen Antheil nimmt. Diese zellige Hülle (*h*) wird durch das rasche Wachsen des Flügels wie des Thoracalstückes so sehr ausgedehnt, dass sie schliesslich nur noch eine ausserordentlich dünne und zarte Membran darstellt, deren einzelne Zellen sich nicht mehr direct berühren, sondern durch eine zarte Zwischensubstanz in Form von gewellten und netzförmigen Fäden getrennt werden. Nur diese Zellenlage geht bei der Thoraxbildung verloren, zusammt mit der structurlosen Hülle und dem durchsetzenden Tracheenästchen. Letzteres verhält sich ganz wie bei den Beinscheiben, es behält den Durchmesser, den es im Beginn der Entwicklung hatte und tritt dadurch immer mehr gegen die mächtig anwachsende Scheibe zurück. Schon in der ausgewachsenen Larve wird nur noch die Spitze der Scheibe von der Trachee durchsetzt und nach der Verpuppung ist es sehr schwer das feine Luftröhrchen noch nachzuweisen. Ohne Kenntniss der Entwicklung würde man dann nicht auf die Idee kommen, dass die Scheibe von der Peritonealhaut der Trachee aus sich gebildet habe.

Die obern Metathoracalscheiben. Das die Schwinger tragende Thoracalstück entwickelt sich an dem Tracheenast, welcher im fünften Körpersegment vom Hauptstamme nach aussen abgeht. An diesem Aste bildet sich eine Scheibe von breit birnförmiger Gestalt, sehr ähnlich der Flügelscheibe, aber bedeutend kleiner (Taf. XI. Fig. 33, *omt*). Sie sitzt der Trachee an der Stelle an, wo diese sich gabelförmig theilt und an derselben Stelle — es lässt sich kaum entscheiden, ob von der Fläche der Scheibe oder nur von der Trachee — entspringt der oben beschriebene Stiel der untern Metathoracalscheibe. Bröckelt man mit den Nadeln die Schwingerscheibe Stückchen für Stückchen ab, so bleibt schliesslich der Stiel an der Trachee unversehrt hängen. Es finden sich übrigens sehr häufig Varietäten in der Verästlung der Trachee und dann kommt es vor, dass die Anheftungsstelle der Schwingerscheibe ziemlich weit absteht von der Insertionsstelle des Stieles der untern Metathoracalscheibe. So z. B. in Taf. XI. Fig. 33. Wie ich schon früher vermuthete, ist eine Verbindung der Schwingerscheibe mit dem Nervensystem nicht vorhanden, dieselbe entwickelt sich wie Flügelscheibe und dritte Fussscheibe vollkommen unabhängig vom Nervensystem. Auch sie wird bereits im Ei angelegt. Die Differenzirung des zelligen Inhaltes der Scheibe, wenn auch in allem Wesentlichen mit der Entwicklung der übrigen Scheiben zusammenfallend, gewinnt doch dadurch ein etwas anderes Aussehen und ist schwieriger zu beobachten, dass die zu bildenden Segmentanhänge nur sehr rudimentär angelegt werden und von der Form der ausgebildeten Organe viel mehr abweichen als diess bei den Beinen und Flügeln der Fall ist. Das uhrfederartige Aussehen, welches die Beinscheiben eine Zeit lang besitzen, bietet die Schwingerscheibe in keinem Stadium dar, ihre Entwicklung hat am meisten Aehnlichkeit mit der der Flügelscheibe. Wie dort erfolgt zuerst die Abspaltung einer zelligen Hülle und erst später die Differenzirung des Inhaltes zu Thoracalstück und Anhang. Es sind anfänglich nur wenige unregelmässig buchtige Falten, in deren Mitte sich eine trichterförmige Vertiefung (*c*) bildet. Dieses Stadium stellt Fig. 33 vor, welches die Scheibe von der innern Fläche zeigt. Später, nämlich am zweiten Tage nach der Verpuppung, hat sich jene Vertiefung zu einem Fortsatz ausgestülpt, der offenbar der Anhang des Segmentstückes ist (Taf. XI. Fig. 35, *omt*, *sw*), also die Anlage der Schwinger darstellt, mit denen er aber in der Gestalt noch wenig Aehnlichkeit hat. Es ist ein kurzer, fast kugliger Hohlkolben mit einer nur sehr schwachen Einschnürung der Basis und wird umgeben von einem kreisförmigen Wall des Thoracalstückes, welches sich zu einer in ihrer übrigen Ausdehnung ziemlich flachen und wenig gefalteten Membran (*th*) entwickelt hat.

Die Gestalt der Scheibe bleibt bis zu ihrer vollständigen Entwicklung ziemlich unverändert, ihr Wachsthum geht ganz in derselben Weise vor sich wie bei der Flügelscheibe, sie wächst, ohne dass ihre Ansatzfläche sich vergrössert, so dass sehr bald nur ihre Spitze noch von der Trachee durchsetzt wird und auch hier nur die zellige Hülle, nicht aber die Neubildung mit ihr in directer Berührung steht.

Ich muss hier nachholen, dass die drei Tracheenscheiben, die Flügel-, Schwinger- und hintere Fussscheibe untereinander in Verbindung stehen, so dass dadurch ihre Lage zueinander eine fest bestimmte wird. Die Scheiben sind in das Visceralmuskelsystem eingeschaltet, musculöse Stränge spannen sich von der einen zur andern aus. Des Stieles der untern Metathoracalscheibe (Taf. XI. Fig. 33 u. 35, *st*) wurde schon Erwähnung gethan, ein ähnlicher, nur schmälerer und platter Strang (*vm*) verbindet dieselbe Scheibe mit der zunächst vor ihr gelegenen: der Flügelscheibe. Von dem hintern Rande dieser letzteren entspringt mit zwei Schenkeln ein blasses Band, welches nach kurzem Verlauf sich an den zunächstliegenden Rand der untern Metathoracalscheibe befestigt. Gewöhnlich zeigt es nur eine structurlose Hülle und einen blassen, höchstens etwas feinkörnigen Inhalt, zuweilen aber lässt es scharfe, regelmässige Querstreifung erkennen. Dass es als ein Theil des Visceralmuskelnetzes zu betrachten ist, geht aus seinem directen Zusammenhange mit demselben hervor. Nicht selten kommt es nicht zur Vereinigung der beiden Schenkel des Bandes, sie verlaufen getrennt, entspringen auch häufig ziemlich weit voneinander, und dann beobachtet man, wie der eine Schenkel an der untern Metathoracalscheibe vorbeiläuft, ohne sich festzusetzen und direct in die Verlängerung eines Flügelmuskels des Rückengefässes übergeht. Da diese letztern sich an den Tracheenstamm inseriren, so bedarf es keiner grossen Länge des Scheibenstranges, um mit ihnen zusammenzutreffen. Auch die untere Metathoracalscheibe wird direct mit dem Flügelmuskel verbunden durch ein dickes und breites musculöses Band, welches sich an die innere Fläche der Scheibe anheftet. Oft findet sich auch eine mehrfache Verbindung zwischen den beiden Scheiben und dem Flügelmuskel.

B. Kopfscheiben.

Der Kopf der Fliege bildet sich — wie oben bereits angedeutet wurde — aus einer Zellenmasse, welche mit dem obern Schlundganglion durch einen Nerven in Verbindung steht, der, während des Larvenlebens unthätig, durch seine spätere Entwicklung sich als die Anlage des Nervus opticus ausweist. Schon in der eben aus dem Ei gekommenen Larve findet sich, der vordern Fläche der Hemisphäre aufliegend, ein ziemlich dicker Lappen (Taf. X. Fig. 19, *A* u. *B*, *ha*) von fast dreieckiger Gestalt, dessen breite Basis, gegen die Mittellinie gerichtet, mit dem entsprechenden Anhange der andern Hemisphäre zusammenstösst, ohne jedoch mit ihm zu verschmelzen, dessen Spitze nach aussen und unten gerichtet ist und aus einem Nervenstamme hervorgeht (*st*), welcher der Oberfläche der Hemisphären dicht anliegt und aussen an der untern Seite derselben entspringt. Dieser H i r n a n h a n g, wie ich ihn der Kürze halber nennen will, reicht wahrscheinlich schon in seiner ersten Anlage bis zum Schlundkopf nach vorn, eine sichere Präparation ist in ganz jungen Larven unmöglich und es blieb dieser Punkt unentschieden, jedenfalls streckt er sich rasch in die Länge und lässt schon in einer Larve von 0,5 Cm. Länge zwei ziemlich scharf von einander abgesetzte Theile erkennen, einen platten, napf- oder mützenartigen Basaltheil (Taf. X. Fig. 20, *aus*), und einen terminalen Theil in Gestalt eines nach vorn laufenden dicken, cylindrischen Stranges (*sts*). Beide bestehen aus Zellen, wie sie für die Thoracalscheiben bereits beschrieben wurden. Die cylindrischen Zipfel spannen sich zwischen Hirn und hinterer Wand des Schlundkopfs in dem freien, nur vom Oesophagus durchzogenen Raum aus; in natürlicher Lage verlaufen sie vollkommen gerade in der Längsrichtung des Körpers und sie sind es, welche d e n o b e n e r w ä h n t e n R a h m e n b i l d e n, i n d e m d a s v o r d e r e E n d e d e s R ü c k e n g e f ä s s e s a u s g e s p a n n t i s t. I h r e H a u p t b e d e u t u n g l i e g t a b e r d a r i n, d a s s a u s i h n e n d i e S t i r n m i t d e n A n t e n n e n, ü b e r h a u p t d i e g a n z e v o r d e r e u n d u n t e r e F l ä c h e d e s F l i e g e n k o p f e s e n t s t e h t, w ä h r e n d aus dem napfartigen Basaltheil sich die zusammengesetzten Augen bilden.

In der ausgewachsenen Larve finden sich beide Theile des Hirnanhangs bedeutend an Masse vergrössert (Taf. XI. Fig. 29), der vordere breit und bandförmig abgeplattet, nach vorn allmählich verschmälert, aber dicht hinter seiner Anheftungsstelle an die hintere Schlundwand nochmals angeschwellt und an dieser Stelle durch ein schmäleres, querlaufendes Band (Taf. XI. Fig. 30, *br*) mit dem entsprechenden Fortsatze der andern Seite verbunden — der hintere (*aus*) zu einer flachen Scheibe ausgebreitet. Die Brücke zwischen den Zipfeln der Hirnanhänge zieht parallel der hintern Wand des Schlundkopfes und liegt ihr dicht an, bildet also einen rechten Winkel mit den Hirnanhängen; sie kann nicht als ein Theil derselben betrachtet werden, da sie an der Bildung der Imagotheile keinen Antheil nimmt und am Ende der Larvenperiode zerfällt. Schon ihre histologische Zusammensetzung unterscheidet sie wesentlich von den Hirnanhängen und charakterisirt sie als ein indifferentes Band. Sie enthält keine Zellen, sondern lässt nur eine structurlose Hülle und einen grob längsstreifigen Inhalt erkennen, in welchem einzelne grosse Kerne eingestreut sind.

Die Differenzirung der Hirnanhänge beginnt mit der Abspaltung einer ziemlich dünnen peripherischen Zellenlage, welcher lediglich die Bedeutung einer umhüllenden Membran zukommt, ganz wie die äusserste Zellenlage der Thoracalscheiben. Sie bildet einen einzigen dünnen Sack in der ganzen Länge der Hirnanhänge. Aber auch die Zellenmasse im Innern behält ihre Continuität während der Entwicklung bei, sie wandelt sich in eine faltige Membran um, welche im hintern Theile des Hirnanhangs dick, wulstig, von uhrglasförmiger Gestalt ist und durch ein schmäleres Verbindungsstück in den vorderen, dünneren, der Form des Anhangs selbst vollkommen entsprechenden Theil übergeht.

Den hintern Theil bezeichne ich als Augenscheibe (*aus*), da sich aus ihm die zusammengesetzten Augen der Fliege bilden, den vordern als Stirnscheibe (*sts*), da von ihm zunächst die Bildung der Stirn und des Scheitels ausgeht.

Die Augenscheibe (Taf. XI. Fig. 36, *aus*) besitzt etwa die Gestalt eines Pilzes, dessen Hutränder nach unten etwas umgekrempelt sind und dessen Stiel excentrisch angeheftet ist, so dass die mediane Hälfte der Scheibe die laterale an Ausdehnung übertrifft. Von seinem Ursprung an windet sich der Nerv in leichter Krümmung über die Fläche der Hemisphäre nach vorn und aussen, so dass sein Ansatz an die Fläche der Scheibe auch in der Rückenansicht wahrnehmbar ist, besonders leicht, wenn man den ganzen Hirnanhang etwas nach vorn zieht; dann erkennt man auch, dass der Pilzhut, obgleich er dem vordern Theile der Hemisphären genau aufliegt, doch nicht in Continuität mit ihm steht, sondern sich weit von ihm abheben lässt.

In den beiden ersten Tagen nach der Verpuppung, während die Scheiben noch in ihrer Hülle eingeschlossen sind, zeigt sich auf ihrer Aussenfläche bereits eine regelmässige Anordnung der Zellen, die erste Andeutung des späteren musivischen Baues des Auges. Dadurch grenzt sich dann die Augenscheibe auch gegen die Stirnscheibe scharf ab, in die sie übrigens unmittelbar sich fortsetzt. Die Hirnanhänge sind von Anfang an nicht so platt, wie die übrigen Scheiben und auf diesem letzten Stadium der Entwicklung stellen sie lange, sehr allmählich sich verjüngende Kegel vor mit breiter, fast kreisrunder Basis. Die im Innern gebildeten membranösen Gebilde besitzen daher einen bedeutenden Spielraum und gerade die Uebergangsstelle (*ue*) zwischen Augenscheibe und Stirnscheibe bildet in der Regel eine tiefe Falte und entzieht sich dadurch leicht der Wahrnehmung.

Die Entwicklung der Stirnscheibe beschränkt sich auf die Bildung einer dünnen, gewöhnlich längsgefalteten Membran, deren Ränder hohlsondenartig umgekrempelt sind. Der hintere und breitere Theil der Membran lässt durch Ausstülpung einen Anhang aus sich hervorgehen: den Stirnanhang, die Antennen (*at*). Der Bildungsmodus derselben fällt im Wesentlichen mit dem der Beine genau zusammen. Zuerst entsteht eine ovale Furche von bedeutendem Umfange, welche ein eiförmiges Stück umgrenzt. Diess entspricht dem Kerne der Beinscheiben. Sehr bald treten innerhalb desselben zwei mit der äussern concentrisch verlaufende Furchen auf, und der Kern ist damit in drei Segmente getheilt (Taf. XI. Fig. 29, at^1—at^3), ein centrales Stück und zwei dasselbe umkreisende Ringe. Sie sind die Anlage der drei Antennenglieder, die schon während ihrer Entstehung sich auszustülpen beginnen und einen niedrigen Kegel mit rundlicher Kuppe und sehr breiter Basis vorstellen, in dessen trichterförmiges Lumen man von der entgegengesetzten Seite hineinsieht. Umgeben ist dieses Rudiment der Antenne von einem weitern ringförmigen Zellenwulst, der sich aber nach aussen nicht mehr scharf absetzt gegen die übrige Grundmembran und der als das dem Anhange zugehörige Segmentstück zu betrachten sein wird. Die Gestalt der Antennenrudimente hat noch am zweiten Tage nach der Verpuppung kaum eine Aehnlichkeit mit dem ausgebildeten Organe. Allerdings beginnt dann schon das letzte Glied die Ueberhand über die vorhergehenden zu gewinnen und von seiner Basis wächst eine kurze dünne Spitze aus, die Anlage der Fühlerborste.

Bei der Besprechung des Rückengefässes der Larve wurde bereits erwähnt, dass sein vorderes Ende sich in einem Rahmen ausspanne, dessen Seitentheile von den Hirnanhängen gebildet würden; es ist hier der Ort darauf zurückzukommen.

In der Larve wie in der jungen Puppe stossen die Hirnanhänge nur mit ihrem hintern Theile, den Augenscheiben, in der Mittellinie zusammen, die Stirnscheiben dagegen lassen einen ziemlich breiten Raum zwischen sich frei und in diesem spannt sich das Rückengefäss aus (Taf. XI. Fig. 30, *vd*). Im hintern Theile des Raumes, gerade vor oder zum Theil noch zwischen den Augenscheiben liegt der Ring (*r*), durch welchen das Rückengefäss zu passiren hat. Von dem Ringe aus sieht man nun eine Menge feiner Fäden fächerförmig nach vorn und den Seiten hin ausstrahlen und sich mit dreieckig verbreiterter Basis an die Ränder des Rahmens anheften. Der ganze Raum sieht aus wie von einem feinen Spinnwebnetz überzogen. Es hat ganz den Anschein, als blieben zwischen diesen Fäden Spalten offen, die dann als die Ausströmungsöffnungen des Rückengefässes zu nehmen wären. Ich bin aber mehr geneigt sie für blosse Falten einer sehr zarten Membran zu halten, und dann würde die Oeffnung des Rückengefässes vorn zwischen den Muskeln des Schlundkopfes zu suchen sein, eine Stelle, die der Untersuchung sehr schwer zugänglich ist; die spinnwebartig ausgespannten Fäden wären dann nur ein Fixirungsapparat, das Analogon der Flügelmuskeln. Musculös sind Haut und Fäden, wie die zwar zarte, aber stellenweise sehr deutliche Querstreifung beweist.

C. Die Lage der Imaginalscheiben im Innern der Larve.

Nachdem so die Entstehung und Entwicklung der einzelnen Brust- und Kopfscheiben geschildert wurde, ist es zum Verständniss der Vorgänge, durch welche die in ihrem Innern differenzirten Neubildungen zum Ganzen vereinigt werden, nothwendig, auch die Lage, welche die Scheiben zueinander einnehmen, näher zu bezeichnen.

Alle Scheiben gehören dem vordersten Abschnitte des Larvenkörpers an, sie reichen nach hinten nicht über das vierte Segment hinaus, liegen aber zum grössten Theil im dritten und zweiten Segmente.

Wird die Larve durch einen Schnitt in der Mittellinie des Bauches geöffnet, so findet man dicht unter der Haut im hintern Theile des vierten und im vordern Viertel des fünften Segmentes den Bauchstrang, der häufig schon durch die Bauchdecken hindurch sich erkennen lässt. Von ihm strahlen die Nerven fächerförmig nach hinten und den Seiten hin aus. Gerade vor ihm in derselben Ebene und zwar etwa um die Länge des Bauchzapfens von ihm entfernt, liegen die in der Mittellinie zusammengewachsenen untern Prothoracalscheiben, von drei Seiten her durch Stränge in ihrer Lage befestigt, nach vorn durch den unpaaren, medianen Ausläufer, nach hinten durch ihre nervösen Stiele, sowie durch die in sie eintretenden Tracheen, nach aussen durch die die austretenden Tracheen einschliessenden seitlichen Ausläufer, der Hauptsache nach ebenfalls nervöser Natur.

Gerade hinter den vordern Fussscheiben und etwas weiter nach aussen liegen die untern Mesothoracalscheiben, auch sie fast genau in der Längsrichtung und in ganz ähnlicher Weise wie die Prothoracalscheiben durch ihre Stiele und Ausläufer fixirt. Hebt man sie auf, so erscheinen unter ihnen — in natürlicher Lage also auf ihnen — die Flügelscheiben, welche an der äussern Seite des Tracheenstammes zwischen diesem und den Muskeln liegen. Die Lage der übrigen Tracheenscheiben ergiebt sich aus der der Flügelscheibe schon von selbst. Etwas weiter zurück und näher dem Bauche findet sich die untere Metathoracalscheibe und wiederum etwas weiter nach hinten und näher dem Rücken die obere Metathoracalscheibe. Die Spitzen dieser Scheiben ragen sämmtlich zwischen die Muskeln hinein, an welche sich auch ihre Tracheen verästeln. Die oberen Prothoracalscheiben sind so klein und dermassen zwischen den Muskeln verborgen, dass sie nur bei sorgfältigem Herausschneiden der Umgebung des vordern Stigma's zur Ansicht gebracht werden können.

Die Hirnanhänge dagegen treten hervor, sobald die untern Prothoracalscheiben entfernt werden, sie spannen sich zwischen Hirn und Schlundkopf aus und bilden den oben beschriebenen Rahmen. Die Theile, welche an dieser Stelle von unten nach oben aufeinander folgen, sind daher: zu unterst die vordern Fussscheiben, sodann der Oesophagus, darüber der Rahmen der Hirnanhänge, innerhalb dessen das Ende des Rückengefässes ausgespannt ist, und über diesem, allerdings ihm unmittelbar aufliegend, das Band, welches den Ring mit der Brücke zwischen den vordern Zipfeln der Hirnanhänge verbindet. Ueber diese Theile lagert sich dann noch der Saugmagen. Berücksichtigt man die geringe Breite des vordern Larvenkörpers und die Kürze der vordern Segmente, so ist es klar, dass die sämmtlichen Bildungsscheiben sehr nahe beisammen liegen und dass sie keiner sehr bedeutenden Vergrösserung bedürfen, um sich alle mit ihren Rändern zu berühren. Die Thoracalscheiben bilden offenbar je zwei Reihen, ganz so wie dies bei Simulia und Chironomus der Fall ist (siehe a. a. O. Taf. I. Fig. 1), eine dorsale und eine ventrale, in dieser liegen hintereinander die drei Fussscheiben, in jener die obern Prothoracalscheiben, die Flügel- und die Schwingerscheiben. In der Mitte zwischen ihnen befinden sich die Hirnanhänge, aus denen der Kopf der Fliege hervorgehen soll.

II. Das Puppenstadium.

Das Puppenstadium beginnt mit dem Einstellen der Nahrungsaufnahme und der Locomotion. Es zerfällt in zwei Perioden, in die der Bildung der Puppe und in die der Entwicklung derselben zum vollendeten Insect, zwei Perioden, welche sich bei allen Insecten mit vollkommener Metamorphose vorfinden. Bekanntlich betrachtet man in neuerer Zeit die Verpuppung als eine Häutung, welche sich von den Häutungen der Larve nur dadurch unterscheidet, dass diese mit sehr geringen, jene mit sehr auffallenden Formveränderungen einhergeht Aus dem, was oben über die Imaginalscheiben der Larve gesagt wurde, kann schon abgenommen werden, dass bei der Puppenbildung der Musciden Vorgänge in Betracht kommen, welche sich nicht mehr unter den einfachen Begriff der Häutung einreihen lassen. Abgesehen aber davon, auf welche Weise und in welchem Zusammenhange mit der Larvenhypodermis sich die Wandungen des Puppenkörpers bilden, findet sich eine wirkliche Häutung nur bei den Insecten, welche Pupae obtectae und liberae bilden; nur diese streifen das Chitinskelet der Larve wirklich ab, die andern verpuppen sich in der Larvenhaut. Zu dieser letzteren Gruppe welche die sog. Pupae coarctatae bilden, gehören die Musciden. Wenn nun auch das Persistiren der Larvenhaut an und für sich im Wesen der Puppenentwicklung nichts ändert, so resultiren daraus doch verschiedene Eigenthümlichkeiten, die diese Art der Entwicklung charakterisiren und die sich vor Allem auf die erste Periode, die der Bildung der Puppe, beziehen. Sie lassen sich dahin zusammenfassen, dass hier die Bildung des Puppenleibes viel langsamer vor sich geht. Schon *Swammerdam* erkannte unter der Haut der im Wasser umherschwärmenden Culicidenlarve bereits alle Theile der Imago, und fand in den ausgewachsenen Larven der Bienen und des Kohlweisslings Fühler, Rüssel, Flügel und Beine unter der Haut. Der Körper der Puppe ist hier als ein geschlossenes Ganze angelegt, ehe noch die Gestalt der Larve sich wesentlich umgewandelt hat; die erste Periode fällt demnach bei Culiciden und Schmetterlingen in das Ende des Larvenstadiums. Wird sodann das Chitinskelet der Larve abgestreift, so kommt die in ihrer äussern Form völlig ausgebildete Puppe zum Vorschein, versehen bereits mit einem neuen Chitinskelet, welches anfänglich noch hell und zart ist, sehr rasch aber eine bedeutende Dicke und Härte erlangt und meistens auch eine dunkle Färbung. Diese Periode der Puppen**bildung** fällt bei den Insectengruppen mit Pupae coarctatae — so wenigstens bei den Musciden— in den Zeitraum **nach** der Verpuppung, d. h. in eine Zeit, in welcher Nahrungsaufnahme und jede Locomotionsfähigkeit längst aufgehört haben.

Wenn die Larve vollkommen ausgewachsen und zur Verpuppung

reif ist, stülpt sie ihr erstes Segment, das Kopfsegment, vollständig nach innen um, contrahirt den ganzen Körper und nimmt Tonnenform an. Nur kurze Zeit lang behält das Thier die Fähigkeit den zusammengezogenen Zustand wieder aufzugeben, sich auszudehnen und fortzukriechen. Die Larvenhaut, anfänglich noch schmutzig weiss und lederartig, wird gelb, dann braun, zuletzt fast schwarz und nimmt zugleich eine spröde, hornige Beschaffenheit an, sie wird zur Schale, die eine weitere Formveränderung unmöglich macht und die weichen Theile im Innern vor äusserem Druck vollkommen schützt. Oeffnet man um diese Zeit ein Thier, so findet man im Innern noch keinen Puppenleib, die Theile der zukünftigen Fliege sitzen noch als Scheiben isolirt im Innern der Leibeshöhle, um erst am dritten Tage zum Thorax, am vierten zum Kopfe zusammenzuwachsen. Dann beginnt erst die eigentliche Entwicklung der Puppe und mit ihr die zweite Periode des Puppenstadiums.

Wird nach der unmittelbaren Ursache der Verpuppung gefragt, nach dem Anstosse, welcher das Thier veranlasst sich zu contrahiren und Tonnenform anzunehmen, so kann es hier nicht der Druck der Imagotheile sein, der, wie *Burmeister* für die Schmetterlingsraupen geltend macht, die Larve hindert weiter zu fressen und sich zu bewegen, und sie zwingt sich zu verpuppen. Die Bildungsscheiben besitzen noch eine zu unbedeutende Grösse, um einen irgend erheblichen Druck auf die Larvenorgane auszuüben. Eher wäre es denkbar, dass die neugebildeten Theile im Innern der zwei vordern Beinscheibenpaare auf den sie durchsetzenden Nerven drückten und dadurch einen continuirlichen Reiz auf die Muskeln der vordern Segmente ausübten, welche durch jene Nerven versorgt werden. Freilich wäre damit die gleichzeitige Contraction der gesammten Körpermusculatur nicht erklärt.

Schon aus den Beobachtungen *Herold's* an Schmetterlingen ist zu ersehen, dass die Verpuppung nicht bloss in der Bildung einer anders gestalteten Körperwand mit anders gestalteten Segmentanhängen besteht, sondern dass wesentliche Veränderungen mit den innern Organen des Thieres vor sich gehen. Bei den Musciden ist diess in noch viel höherem Maasse der Fall, es findet eine vollständige Auflösung (wenigstens im histologischen Sinne) sämmtlicher Larvenorgane statt und aus den Trümmern der Gewebe bauen sich dann die Organe der Imago auf. Schon während der Verhornung der Puppenschale (der Tonne) beginnen in rascher Aufeinanderfolge die Veränderungen sämmtlicher innern Organsysteme. Die Muskeln zerfallen sammt ihren Nerven, das gesammte Tracheensystem wird zerstört, um einem ganz neuen Platz zu machen, die Wände des Darmtractus gerathen in fettigen Zerfall. Auch der Fettkörper löst sich in seine Bestandtheile auf und bildet einen flüssigen Brei von Fettkugeln und Tropfen, die Hypodermis wird zum Theil zerstört, zum Theil löst sie sich nur von der alten Chitinhaut los, um sich später in das Abdomen der Imago umzuwandeln. Unterdessen bildet sich Thorax und

Kopf der Fliege, zuerst nur in rohen Grundformen und lediglich als eine dünne, gestaltgebende Hypodermisschicht.

Aus dem Zerfall der Gewebe gehen dann neue Organsysteme hervor, theils solche, welche nur für das Puppenleben zu functioniren haben, theils aber auch die definitiven Organe des vollendeten Insectes. Die erste Periode, die der Bildung des Puppenleibes könnte wohl in Bezug auf die innern Organe als die Periode des Zerfalls bezeichnet werden, die zweite als die des Aufbaues. Indessen greifen beide Vorgänge vielfach übereinander; es wird aus Folgendem hervorgehen, dass das Tracheensystem der Puppe, sowie ein Theil des Darmtractus schon in der ersten Periode neu angelegt werden, während der Zerfall eines andern Darmabschnittes erst in der zweiten Periode zu Stande kommt. Ich beginne mit der speciellen Schilderung der Vorgänge, welche die beiden Perioden der Entwicklung ausfüllen, um schliesslich eine kurze chronologisch geordnete Uebersicht der Puppenentwicklung folgen zu lassen.

Erste Periode.

Die Bildung der Puppe.

Vom Beginn der Verpuppung bis zur Bildung des Puppenleibes als eines geschlossenen Ganzen. Erster bis vierter Tag.

Eine tonische Contraction sämmtlicher Körpermuskeln leitet die Verpuppung ein und bestimmt die äussere Gestalt der Puppenschale. Man nennt diese gewöhnlich tonnenförmig, und die Bezeichnung lässt sich rechtfertigen, wenn auch die Pole nicht abgestutzt, sondern abgerundet sind, bei Musca vom. beide, bei Sarcophaga wenigstens der vordere, während der hintere hier eine concave Fläche mit stark vorspringenden Rändern bildet, an denen die Larvenstigmen besonders deutlich sich auszeichnen. Die Puppenschale lässt sich bei beiden eher mit einem in die Länge gestreckten Ei vergleichen, an welchem bei Musca das vordere Viertel durch eine seichte ringförmige Depression nach hinten abgegrenzt ist. Die Furche deutet die Stelle an, an welcher beim Auskriechen der Fliege die Schale gesprengt wird, sie hat also dieselbe physiologische Bedeutung, wie die in rechtem Winkel aufeinander stossende Quer- und Längsfurche, welche *Leuckart* bei Melophagus[1]) beschrieben hat.

Wenn die Chitinhaut der Larve zur Schale zu verhornen beginnt, löst sich die Hypodermis von ihrer innern Fläche los, ganz als ob es sich um eine gewöhnliche Häutung handle. Die innern Organe und mit ihnen die Bildungsscheiben sind umhüllt von dem Gitterwerk der Körpermuskeln

1) Entwicklung der Pupiparen. Abh. d. naturforsch. Gesellsch. zu Halle. Bd. 4. 1858, pag. 145.

und der Hypodermis, beide zusammen bilden einen Schlauch, der genau die Gestalt der Schale wiederholt. Die Scheiben sitzen noch wie vorher isolirt an ihren Stielen. Das eingestülpte erste Larvensegment bildet nach innen eine trichterförmige Vorragung, an deren Spitze sich der Hakenapparat anschliesst. Oeffnet man eine in Spiritus erhärtete, junge Puppe vom zweiten Tag, indem man die Muskelwand aufschneidet und auseinanderbreitet, so sieht man nach Entfernung des Fettes sehr hübsch die Scheiben in natürlicher Lage, alle in dem vordersten, schmalen Theile der Puppe zusammengedrängt. Sie sind noch eingeschlossen vom Hypodermisschlauch der Larve. Einen Tag später findet man den Thorax des Puppenleibs durch das Zusammenwachsen der Scheiben bereits gebildet, und zwar wird derselbe nicht — wie man denken sollte — umschlossen vom Hypodermisschlauch der Larve, sondern liegt unmittelbar unter der hornigen Schale. Hypodermis und Muskeln der betreffenden vordern Larvensegmente sind zerfallen und in eine feinkörnige Masse verwandelt, welche sich dem Blute beimischt und im Innern des Puppenleibes sich anhäuft. Der Zerfall der Hypodermis und Musculatur der vier vordern Segmente ist die Einleitung zu dem Zerstörungsprocess, welcher nach einander sämmtliche Organe der Larve ergreift. Der histologische Vorgang ist überall der der fettigen Entartung. Der Zelleninhalt wandelt sich in dunkle Molekel um, wässrige Flüssigkeit drängt sich zwischen Zellmembran und Inhalt, die Membran platzt und der Inhalt strömt aus und zerstreut sich. So der Zerstörungsprocess der Zellen. Die Muskelbündel verlieren zuerst ihre Querstreifung, während die Kerne noch bestehen bleiben, das Sarkolemma aber sich stellenweise abhebt. Später wandeln sich dann Kerne und contractiler Inhalt in eine feinkörnige Masse um, die durch Reissen des Sarkolemma frei wird.

Die Muskeln, auch der vier vordern Segmente, bleiben so lange intact, bis die Puppenschale eine gewisse Härte und Festigkeit gewonnen hat; erst am zweiten Tage beginnt die Degeneration. Mit den Körpermuskeln zerfallen zugleich auch die Muskeln des Schlundkopfes, sowie die zelligen Wände des Schlundkopfes selbst, der vordere Theil des Oesophagus sammt seinem Anhang dem Saugmagen. Schon am dritten Tage löst sich beim Oeffnen der Puppe das Hakengestell mit seiner Fortsetzung, der Intima des Oesophagus und des Saugmagens bei geringem Zuge los, umgeben von feinkörniger Zerfallmasse.

Die Muskeln der acht hintern Segmente aber beginnen erst später zu zerfallen und nur ein Organsystem wird jetzt schon in seiner ganzen Länge zerstört: das Tracheensystem. Die Veränderungen, welche die Luftröhren der Larve erleiden, sind nicht gewöhnliche Häutungserscheinungen, sondern viel tiefer eingreifend. Schon am ersten Tage beginnt eine Aufblähung der Peritonealhaut, die structurlose Grenzmembran hebt sich weit ab, sie ist mit klarer, wässriger Flüssigkeit erfüllt, in der stellenweise noch die grossen, ovalen Kerne liegen, umgeben von zusammengeballten, in fettigem Zerfall begriffenen Resten der früheren Grundsubstanz. Anfänglich enthält die Intima noch Luft, wenn sie aber, wie weiter unten beschrieben werden soll, in den Stämmen entzweireisst, so entweicht die Luft, die Intimaröhre verliert zugleich ihre Elasticität, sie schrumpft, wird faltig und platt und verschwindet spurlos wenigstens bei den feineren Aesten, wie dann auch die Peritonealhaut vollständig zerfällt. Nur zum Theil bildet sich das neue Tracheensystem der Puppe im Anschluss an die Stämme der Larve; an solchen Stellen bleibt die Peritonealhaut zum mindesten bis zur Ablagerung einer neuen Intimaröhre erhalten.

Bildung des Thorax.

Am dritten Tage wird der Thorax der Puppe gebildet, unmittelbar nach erfolgtem Zerfall der vordern Larvensegmente und der Peritonealhaut der Tracheen.

Wenn die Thoracalscheiben ihre letzte Entwicklungsstufe, wie sie früher dargestellt wurde, erreicht haben, sind sie zugleich so bedeutend breiter und grösser geworden, dass sie nicht nur in der Mittellinie des Bauches und des Rückens, sondern auch in der Richtung von vorn nach hinten und von oben nach unten aneinanderstossen. Bekanntlich bilden sie auf jeder Seite zwei Reihen, eine dorsale und eine ventrale, und umgeben das centrale Nervensystem. Am Ende des zweiten oder Anfang des dritten Tages ist der Zerfall der Larventracheen so weit vorgeschritten, dass die Tracheenscheiben frei werden. Zugleich mit der Peritonealhülle der Trachee reisst auch ihre eigne dünne Hülle entzwei, und dies ebenso auch an den an Nervenstielen sitzenden Scheiben. Die Ränder der verschiedenen Thoracalstücke, die in ihnen eingeschlossen waren, berühren sich nun unmittelbar und beginnen zusammenzuwachsen. Sie stellen einen anfänglich noch von vorn nach hinten ausserordentlich schmalen Ring dar, in dessen Innerem der Bauchstrang liegt. Der Vorgang des Zusammenwachsens lässt sich direct nicht beobachten; öfters kam indessen ein Stadium zur Beobachtung, wo die einzelnen Thoracalstücke nicht mehr in ihren Hüllen eingeschlossen, aber auch noch nicht fest zusammengewachsen waren. Sie bildeten einen vorn offenen Ring, der mit den hinter ihm gelegenen Larvensegmenten (dem fünften bis zwölften) noch in keinem festen Zusammenhang stand, sondern gegen dieselben mit dickem wulstigen Rand abschloss. Man erkannte scharf die einzelnen Thoracalstücke, besonders die sechs Ventralstücke mit ihren hüllenlosen, ganz frei flottirenden Anhängen. Etwas später findet man sie in der Mittellinie fest mit einander verwachsen unter Bildung einer medianen Naht (Taf. XII. Fig. 38 u. 39). Nur die obern Prothoracalstücke berühren sich nicht in der Mittellinie, sondern bleiben durch einen tiefen Spalt getrennt (*op*). Zwischen je zwei Segmentstücken findet sich immer ein schmaler Streif einer dünneren verbindenden Zellenlage, der wahrscheinlich erst secundär entstanden ist, und nur in der Mittellinie stossen die Thoracalstücke unmittelbar aneinander. Auf der Bauchseite erscheinen sie als ziemlich lange, querliegende Platten, welche nach der Seite von den frei vorstehenden Femorocoxalstücken überragt werden. Die Anhänge zeigen noch ganz dieselben Verhältnisse, welche sie, noch in den Scheiben eingeschlossen, schon erkennen liessen (Taf. XII. Fig. 39 u. 40). Am meisten fallen die fünf Tarsen mit dem vordern Theil der Tibia ins Auge; kurz und gekrümmt erstrecken sie sich gegen die Mittellinie des Bauchs hin, während der hintere Theil der Tibia, dem Femorocoxalstück angehörig, gerade in entgegengesetzter Richtung nach aussen verläuft. Die Gliederung dieses Femorocoxalstücks ist eine sehr eigenthümliche. Wie oben gezeigt wurde, entstand dasselbe durch Ausstülpen des basalen Ringes des Beins nach aussen, das Glied im Ganzen bildete einen hammerförmigen Fortsatz, der nur an einem Punkte mit dem Thoracalstück zusammenhing. Nach Bildung des Thorax führt jetzt eine gemeinsame Oeffnung eben an jenem Verwachsungspunkt in das Lumen des Anhangs hinein, und zwar einerseits direct in das Femorocoxalstück, andrerseits direct in den Tarsenzapfen. Dies vordere Stück der Tibia und die Tarsen sitzen jetzt dem Thorax direct auf, nicht, wie es beim ausgebildeten Beine der Fall ist, nur durch Vermittlung von Femur, Trochanter und Coxa. Es machte mich dies lange Zeit hindurch an der Richtigkeit meiner Deutung des »Femorocoxalstückes« irre, bis dann später die Verfolgung der weitern Entwicklung den Vorgang aufklärte. Das Femorocoxalstück, welches jetzt noch als kurzer, frei nach aussen vorstehender, quer abgestutzter Fortsatz mit einem einfachen, geräumigen Lumen erscheint, gliedert sich bald und in seinem Innern bildet sich eine Scheidewand (Taf. XII. Fig. 43, *w*), welche der Länge nach die gemeinsame Höhlung halbirt und welche höchst wahrscheinlich durch eine längslaufende Einschnürung der äussern Wandung zu Stande kommt. Die Scheidewand setzt sich aber nicht ganz bis zur freien Spitze des Stückes fort und es entsteht so im Innern ein zweischenkliger, auf sich selbst zurückgebogener Canal. Jetzt findet keine directe Communication mehr statt zwischen der Höhle des Thorax und dem Lumen der Tarsalglieder; mit andern Worten es hat sich aus dem Femorocoxalstück ein zweischenkliger Schlauch gebildet, aus dessen unterem, dem Thorax zugekehrten Schenkel Coxa, Trochanter und Femur sich bilden, aus dessen oberem das vordere Stück des Femur und das hintere der Tibia. Diese Gliederung tritt denn auch sofort ein (Taf. XII. Fig. 44), und zwar so, dass die Tibia einen grossen Theil des obern Schenkels einnimmt, dass die Uebergangsstelle der beiden Schenkel ineinander dem Femur zufällt und der innere Schenkel in seinem übrigen Verlauf sich in Trochanter und Coxa abschnürt. Später ändert sich diese Lagerung insofern, als das Gelenk zwischen Femur und Tibia an die Spitze rückt. Ich verweise auf die Abbildungen

Taf. XII. Fig. 43 u. 44, die den Vorgang deutlicher erkennen lassen, als alle Beschreibung. In Fig. 43 hat die Bildung der Scheidewand begonnen, allein dieselbe reicht noch nicht bis zu den Tarsengliedern nach vorn, dieselben stehen noch in directer Communication mit der Thoraxhöhle, wie die Bahn der flüssigen Fettmasse, welche von dorther eingedrungen ist, deutlich beweist.

In Fig. 44 dagegen erkennen wir alle Glieder des Imagobeines, Coxa (*cx*) und Trochanter (*tr*) sind verhältnissmässig lang gegen das kurze Femur (*fe*), und die Tarsen im Verhältniss zu allen übrigen Gliedern sehr gross. Die Tarsen mit dem untersten Stück der Tibia scheinen zwar auch jetzt noch direct am Thoracalstück angewachsen zu sein, sie flottiren nur bis zu dieser Stelle frei im Wasser, das Femorocoxalstück bildet auch jetzt noch ein Ganzes, insofern die zwei Schenkel, in welche es durch die Scheidewand getheilt ist, sich nicht mit der Nadel von einander entfernen lassen; allein das Lumen des Beins bildet jetzt eine zusammenhängende Röhre, welche nur an einem einzigen Punkt — an der Basis des Coxalstücks — mit dem Innern des Thorax zusammenhängt. Beine und Flügel sind in diesem Stadium noch nicht an den Körper der Puppe angelöthet, sie flottiren frei im Wasser. Auch der Thorax selbst differirt noch bedeutend in Grösse und Gestalt vom Thorax der Fliege, seine Rückenseite (Taf. XII. Fig. 38) ist kürzer als die Bauchseite (Taf. XII. Fig. 39), beide übrigens von sehr geringer Ausdehnung. Den Hauptantheil an der Rückenfläche hat der Mesothorax, die Grenzen des Metathorax lassen sich nicht mit Sicherheit angeben und die kleinen Prothoracalstücke (*op*) stossen nicht in der Mittellinie zusammen.

Das Abdomen der Puppe ist noch nicht gebildet, statt dessen bilden die acht hintern Larvensegmente mit scharfer Beibehaltung der Segmenteinschnitte den bei weitem grössten Theil des Körpers. Bei sorgfältiger Oeffnung der Schale glaubt man die Larve vor sich zu haben, an der nur der vorderste Theil fehlt und durch den schmalen vorn offnen Thoraxring ersetzt ist, die hintern acht Segmente sind in Form und Grösse vollkommen erhalten. Erst später, wenn der Kopf sich entwickelt und der Thorax eine grössere Ausdehnung gewinnt, ziehen sich diese Larvensegmente zusammen und gehen dann weitere Umwandlungen ein, die zur Bildung des Abdomens führen.

Anfänglich umschliesst das vorderste von ihnen — das fünfte Larvensegment — den hintern Theil des neugebildeten Thorax, so dass dieser also, zum Theil, aus jenem gewissermaassen hervorwächst. Ich habe mehrmals beim Oeffnen einer Puppe vom Ende des zweiten Tages die Thoracalscheiben zwar bereits aus ihren Blasen befreit, auch schon zu Segmenten vereinigt gefunden, allein nur der vordere Theil des Thorax war sichtbar, der hintere lag unter dem wulstig übergreifenden Rande des fünften Larvensegmentes verborgen. Es stimmt dies scheinbar nicht mit der Lage, welche die Imaginalscheiben des Thorax in der Larve einnehmen, indem sie dort nicht im fünften, sondern im vierten und dritten Segmente liegen; es lässt sich aber leicht einsehen, dass durch das Umstülpen des ersten Segmentes nach innen der Inhalt der folgenden weiter nach hinten geschoben worden sein muss.

Allmählich wächst dann der Thorax, sein hinterer Theil tritt frei zu Tage, er verlängert sich in der Richtung von hinten nach vorn. Es geschieht dies im Laufe des dritten Tages, und in derselben Zeit beginnen die Stigmen und das Tracheensystem der Puppe sich zu bilden.

Bildung des Tracheensystems der Puppe.

Auf dem Rücken des Prothorax erhebt sich auf jeder Seite ein conischer Zapfen, innerhalb dessen das Stigma entsteht. Das Tracheensystem der Puppe ist ein sehr eigenthümliches und unterscheidet sich in seinem Bau sehr wesentlich sowohl von dem der Larve, als von allen bekannten Luftgefässsystemen der Insecten. Nur zum kleineren Theil bildet es sich in Anschluss an die Tracheen der Larve, der grössere Theil entsteht selbstständig. Gemeinsam sind der Larve und der Puppe die Centren des Respirationsapparates, zwei mächtige längslaufende Stämme, aber auch diese unterscheiden sich dadurch, dass sie dort den ganzen Körper durchziehen und an beiden Polen in ein Stigma enden, während sie hier nur kurz sind und nur eine vordere Mündung besitzen, eben jene oben erwähnten Stigmen auf dem Rücken des Prothorax. Von diesem Stigma aus laufen die Stämme eine kurze Strecke weit nach hinten, um dann plötzlich in eine grosse Zahl feiner Zweige zu zerfallen, welche ohne weitere Verästlung, der Form nach einem Pferdeschwanz ähnlich, frei in die Flüssigkeit der Leibeshöhle hineinhängen. Die Hauptstämme geben in ziemlich regelmässigen Abständen nach beiden Seiten hin Nebenäste ab, sind vorn durch einen Querast verbunden, von welchem, sobald der Kopf gebildet ist, wiederum ein kurzer Ast nach vorn hinläuft. Alle diese Seitenzweige zerfallen in ähnlicher Weise wie die Stämme plötzlich in ein Büschel unverästelter feiner Zweige, welche frei in der flüssigen Fettmasse flottiren.

Der Stamm, der quere Verbindungsast und einige der kleineren Zweige bilden sich im Anschluss an Larventracheen. Am zweiten Tage der Verpuppung findet man die Peritonealhülle eines Theils des Larvenstammes abgehoben von der Intima und eine neue spiralige Intima (Taf. XI. Fig. 37, *it*) an ihrer innern Fläche ausgeschieden. Wir haben es hier mit demselben Processe zu thun, der auch bei jeder Larvenhäutung auftritt; da indessen keine wirkliche Häutung stattfindet, sondern nur eine virtuelle, d. h. da das alte Chitinskelet und mit ihm die alten Intimaröhren der Tracheen nicht abgestreift werden, so bedarf es einer besondern Einrichtung, um die Luft aus den alten in die neuen Luftröhren übertreten zu machen. Dies geschieht nun dadurch, dass das alte

Intimarohr des Stammes sich der Quere nach theilt, dass die aus der Theilung hervorgegangenen zwei Stücke sich etwas von einander entfernen und der Luft den Austritt ermöglichen. Während der Bildung des neuen Intimarohres zeigt sich an dem alten, in geringer Entfernung hinter dem Stigma eine ringförmige Anschwellung, die sich durch eine bräunliche Färbung von der sonst farblosen Röhre auszeichnet und hinter welcher eine scharfe Einschnürung folgt (*r*). Dies ist die spätere Trennungsstelle, das Intimarohr trennt sich in ein kurzes vorderes und ein viel längeres hinteres Stück. Das vordere wird sehr bald aus dem Körper der Puppe entfernt, das hintere aber bleibt bis zum Ausschlüpfen der Fliege im Abdomen liegen. Ersteres lässt sich zwar schwer direct beobachten, kann aber mit Sicherheit aus der Lageveränderung des Thorax bei der Kopfbildung geschlossen werden. Während seiner Bildung füllt der Thorax den vordern Raum der Puppenschale aus, Larvenstigmen und die neugebildeten Puppenstigmen liegen dicht neben einander. Nun wächst aber, wie dies sogleich näher beschrieben werden soll, der Kopf aus dem Innern des Thorax nach vorn, drängt sich zwischen diesen und die Puppenschale und füllt jetzt seinerseits den vordern Raum derselben an. Dadurch rückt also der Thorax um ein Bedeutendes nach hinten und mit ihm die Puppenstigmen, während sich das kurze, vordere Stück des alten Tracheenstammes auf passive Weise aus dem neuen Intimarohre herausziehen muss. Die Länge dieses Stückes entspricht etwa der endlichen Entfernung des Puppenstigma von der vordern Spitze der Schale. Damit stimmt, dass beim Oeffnen einer weiter entwickelten Puppe man niemals mehr das vordere Tracheenstück im Innern des Körpers findet, während sehr leicht zu beobachten ist, wie die hintern Stücke sich beim Wegnehmen der Schale, als zwei lange silberne Fäden aus kleinen Oeffnungen auf dem Rücken des letzten Segmentes herausziehen lassen.

Während so die Hauptstämme und -Aeste des neuen Tracheensystems sich durch einfachen Häutungsprocess im Umfange der alten bilden, entstehen ihre haarschopfähnlichen, plötzlichen Veränderungen in andrer Weise. Kurz nach ihrer Bildung findet man die neugebildete Intima eines Stammes oder Astes an ihrem Ende in eine Menge feiner Röhrchen gespalten, ohne dass sich an ihnen eine selbstständige Peritonealhülle erkennen liesse; nur feinkörniger Detritus scheint zwischen ihnen zu liegen. Es ist sehr schwer die Entstehung dieser Aestchen zu beobachten, gerade weil in dieser Periode des Zerfalls Alles weich und zerreisslich und mit feinsten Gewebetrümmern angefüllt ist. Einmal nur gelang es, gerade das Stadium zu treffen, in welchem die büschelförmigen Verzweigungen noch nicht gebildet, ihre Bildung aber eingeleitet war durch eine grosse Menge langer spindelförmiger Zellen, welche frei in der Leibeshöhle flottirten und nur mit dem einen Ende der Peritonealhülle des Stammes angeheftet waren. Die Intimaröhren gehen hier offenbar aus einer partiellen Umwandlung des Zelleninhaltes hervor, wie dies in derselben Weise bei Entstehung der Endigungen der Tracheen im Embryo der Fall ist. Die Zellen, in welchen sie sich bilden, stammen hier von der Peritonealhülle des Stammes oder der betreffenden Aeste ab. Schon während des Larvenlebens finden sich an bestimmten Stellen der Peritonealhaut Anschwellungen, welche aus Zellen bestehen und jungen Imaginalscheiben aufs Haar gleichen (Taf. XII. Fig. 48, *pt*, *pt*[1]). In der ausgewachsenen Larve bemerkt man solche an zwei Stellen in der Nähe der obern Prothoracalscheibe; zwei Tage nach der Verpuppung sind sie bedeutend gewachsen und machen den Eindruck selbstständiger Imaginalscheiben. Sie sind auch offenbar eine ganz analoge Erscheinung, bestehen aus denselben histologischen Elementen und unterscheiden sich von ihnen nur durch die Beschaffenheit ihrer Producte: es werden in ihnen keine Theile des äussern Skeletes mit ihren Anhängen gebildet, sondern Zellenmassen angehäuft, aus denen sich die Endausläufer des neuen Tracheensystems bilden. In etwas andrer Weise geht ein ganz ähnlicher Process an andern Zweigen vor sich. Hier schwillt die Peritonealhaut vom Stamm aus gleichmässig an, bis sie, mitten im Verlauf des Astes, mit kolbiger Verdickung (*pt''*) endet. Von dieser wachsen nachher die spindelförmigen Ausläufer aus.

D a s S t i g m a s e l b s t entsteht im Innern der obern Prothoracalscheibe und zwar erst nach der Verwachsung der einzelnen Thoracalstücke zum Thorax um dieselbe Zeit, in welcher sich im Stamm ein neues Intimarohr um das alte bildet. Da die Scheibe an der einen Seitenfläche des Stammes hervorgewachsen ist, so läuft der alte Stamm aussen am neuen Stigma vorbei, wie dies in ähnlicher Weise auch bei dem Stigmenwechsel der Larvenhäutungen der Fall war. In dem conischen Zapfen auf dem Prothorax bildet sich eine mit elastischer Haut ausgekleidete Höhle (Taf. XI. Fig. 37, *op*), die directe Fortsetzung des Intimarohrs. Gegen die Oberfläche hin stülpen sich von dieser aus sechs bis acht kurze fingerförmige Fortsätze aus, bekleidet von dünner Zellenlage, die sodann auch auf ihrer äussern Oberfläche eine Chitinschicht abscheidet und die Stigmenöffnungen bildet. Erst am vierten Tag erscheint das Stigma gelblich gefärbt, eine Färbung, die später intensiver wird und ins Orange übergeht.

Bildung des Kopfes.

Während die Wände des Thorax sich ausdehnen und die anfangs quer liegenden Anhänge durch rasches Wachsthum genöthigt werden, sich in leichter Krümmung nach hinten zu wenden und über die vordern Abdominalsegmente hinzulagern, bereitet sich in der Höhle des Thorax die Bildung des Kopfes vor. Oeffnet man die Brust durch einen Längsschnitt, so findet man in ihr den Bauchstrang mit den Hemisphären und ihren Anhängen. An den Hemisphären fällt sogleich die bedeutende Vergrösserung auf, sie sind zu dicken Kugeln angeschwollen und zeigen die erste Andeutung einer ringförmigen Einschnürung, welche sie in einen äussern und einen innern Abschnitt trennt. Dieser bleibt oberes Schlundganglion, jener wird zum nervösen Theil des Auges, dem Bulbus-artigen Ganglion opticum. Auch die Hirnanhänge sind in allen ihren Theilen bedeutend vergrössert, der hintere Abschnitt, die Augenscheibe, breitet sich als dicker Lappen über die Oberfläche der Hemisphären hin, und geht nach vorn in den in zahlreiche Falten gelegten vordern Theil über. Dieser war in der Larve mit seinem vordern Ende an dem Schlundkopf befestigt, eine quere Brücke verband die beiden Zipfel mit einander. Tritt nun der Zerfall des Schlundkopfes ein, so ziehen sich die Zipfel der Hirnanhänge etwas zurück und die Brücke zwischen ihnen degenerirt und zerfällt. Sie dehnen sich zugleich beträchtlich aus, so dass ihre medianen Ränder sich in der Mittellinie berühren und mit einander verwachsen. Die beiden Anhänge bilden jetzt zusammen eine faltige Blase, welche den vordern Theil der Nervencentren vollständig umhüllt. Sie kann als die Kopfblase bezeichnet werden und besteht an den Seiten und einem Theil der Dorsalfläche aus den bereits undeutlich facettirten Augenscheiben, an ihrer vordern Fläche aus dem Stirntheil, an welchem das Rudiment der Antennen, so wie es oben beschrieben wurde, sichtbar ist, und aus dem ventralen oder Rüsseltheil, der sich aber erst nach dem Hervorwachsen des Kopfes deutlich erkennen lässt. Er ist an den Hirnanhängen der Larve noch nicht als ein besonderer Theil vorhanden und bildet sich erst nach der Bildung der Kopfblase als eine kurze, conische, nach hinten gerichtete Ausstülpung derselben.

So lange die Kopfblase noch in der Entstehung begriffen oder noch in der Thoraxhöhle eingeschlossen ist, wird die Untersuchung durch die ungemeine Weichheit der Theile sehr erschwert und selbst eine Härtung in Alkohol führt nur unvollkommen zum gewünschten Ziel. So viel glaube ich indessen mit Sicherheit angeben zu können, dass vor der Verwachsung eine jede Stirnscheibe einen hohlen, aber gegen die Mittellinie hin offnen Schlauch darstellt, dessen unterer, ventraler Wandung die Antennen angehören. Die Verwachsung der beiden Schläuche erfolgt dann so, dass ihre Spitzen zum Scheitel der Kopfblase werden, dass sie also nach vorn gerichtet bleiben. Die Verwachsung ist eine vollständige, und zwar verwachsen je die dorsalen und ventralen Ränder mit einander, so dass eine einzige, faltige, weite Blase entsteht. Aus der Beschreibung der Larve wird es erinnerlich sein, dass das vordere Ende des Rückengefässes sich in dem Rahmen ausspannte, welcher durch die Hirnanhänge gebildet wurde, und dass dicht unter ihm sodann der Oesophagus nach seinem Austritt aus dem Schlundring verlief. Die Hirnanhänge lagen also über dem Oesophagus. Jetzt geschieht die Verwachsung derselben in der Weise, dass der Oesophagus ebensowohl als das Rückengefäss von der Kopfblase eingeschlossen wird, und dies ist die Ursache, warum die Verwachsung der Hirnanhänge — sonst überall eine vollständige — in ihrem vordersten Theil noch nicht stattfinden kann: an der Stelle nämlich, an welcher der Oesophagus mit dem Schlundkopf zusammenhängt. Der Zerfall des Oesophagus und des Schlundkopfs betrifft nur ihre zelligen Wandungen, die Musculatur etc., nicht aber die structurlose, chitinisirte Intima. Die Intima des Oesophagus, wie ihre Fortsetzung, das Hakengestell der Larve bleiben vorläufig intact und in Zusammenhang, und verhindern so den völligen Schluss der Kopfblase. Die beiden Zipfel der Hirnanhänge, schon in der Larve zu beiden Seiten des Eintrittes des Oesophagus in den Schlundkopf gelegen, bleiben noch getrennt und bilden eine Lücke, die sich nach dem sogleich näher zu beschreibenden Vorwachsen des Kopfes als eine klaffende Längsspalte mit stark geschweiften Rändern darstellt und gerade vorn auf dem Scheitel gelegen ist. In ihr findet sich der Oesophagus, der beim Oeffnen der Puppenschale sich aus dem Puppenkörper herauszieht und an der Schale hängen bleibt. Im spätern Verlauf der Entwicklung schliesst sich die Spalte, das dicht vor derselben gelegene Hakengestell wird zur Seite gedrängt, die Intima des Oesophagus scheint zu zerfallen, sie verschwindet, wie die zelligen Wandungen desselben schon früher verschwunden waren, um sich später vollkommen neu zu bilden und zwar an einer ganz andern Stelle.

Auch der hintere Theil der Hirnanhänge trägt zur Bildung der Kopfblase bei, die Augenscheiben verwachsen in der Mittellinie des Rückens, beim weiblichen Thier direct, beim männlichen mittelst einer schmalen Brücke einer indifferenten Zellenlage. Am vierten Tag nach der Verpuppung schiebt sich der Kopf aus der Höhle des Thorax nach vorn und erscheint vor demselben, um mit seinen hintern Rändern auch sogleich mit jenem zu verwachsen. Welcher Natur die Kraft ist, welche schiebt, darüber kann man vielleicht verschiedner Meinung sein; dass es aber nicht ein Wachsen im gewöhnlichen Sinn, sondern ein reines mechanisches Vorwärtsschieben ist, kann ich mit Bestimmtheit behaupten. Bei einer viertägigen Puppe fand ich in einem Fall den Thorax zwar schon sehr schön ausgebildet, den Kopf aber noch nicht sichtbar. Nachdem das Präparat einige Stunden dem schwachen Drucke des Deckgläschens ausgesetzt gewesen war, zeigte es sich, dass der Kopf jetzt zur Hälfte hervorgequollen war, und wenn es auch an dem todten Thier nicht gelang, denselben ganz hervorzudrücken, ohne Zerquetschungen herbeizuführen, so war es doch klar, dass derselbe in der Form bereits ausgebildet war, dass er nur etwas weiter nach vorn zu rücken brauchte, um den Zustand darzustellen, wie man ihn bei natürlicher Entwicklung am vierten Tage vorfindet. Ich glaube, dass sich die Natur desselben Mittels bedient, welches hier im Experiment angewandt wurde: d e s D r u c k e s, und zwar scheinen es mir die Muskeln des Hinterleibs zu sein, welche diesen Druck hervorbringen. So lange der Kopf noch nicht vorgetreten ist, nehmen die acht hintern Larvensegmente etwa drei Viertel der Puppenlänge ein. So steht es am dritten und oft noch am Anfange des vierten Tages. Im Laufe des letzteren erscheint nun der Kopf und nimmt einen fast ebenso grossen Raum ein, als der bedeutend in die Länge gewachsene Thorax. Dazu würde es an Platz fehlen, wenn nicht zu gleicher Zeit sich die acht Larvenringe des Abdomen ganz bedeutend verkürzten, so dass sie jetzt etwa die Hälfte ihrer frühern Länge einnehmen und nicht viel mehr als ein Drittel der gesammten Puppenlänge ausmachen. Die Segmenteinschnitte vertiefen sich dabei bedeutend, offenbar durch starke Contraction der Hautmusculatur im Innern, welche hier, wie oben bereits gesagt wurde, viel später degenerirt als im vordern Abschnitt der Larve. Es ist also die Zusammenziehung der Bauchmuskeln, welche das Volumen des hintern Körperabschnittes verringert, den zum grössten Theil verflüssigten Inhalt der Leibeshöhle vorwärts treibt und dadurch aller Wahrscheinlichkeit nach auch den Kopf aus dem Innern des Thorax hinausdrängt.

Da die Anhänge der Hemisphären, aus denen eben die Kopfblase sich gebildet hat, in ihrer ursprünglichen Verbindung mit diesen verharren, so muss also das gesammte centrale Nervensystem: obere Schlundganglien sammt Bauchstrang mit nach vorn rücken, und es fragt sich, wie dies ohne Zerreissungen bestehender Nervenverbindungen möglich ist. Vor Allem handelt es sich um das Schicksal der Nervenstränge, an welchen die beiden vordern Beinscheiben sich entwickelt haben. Da die Scheiben zum Thorax verwachsen, also unbeweglich sind, so würden ihre Stiele (die Nerven) durch das Vorwärtsschieben des Bauchstranges jedenfalls eine Zerrung erleiden müssen. Ich glaube aber jetzt mit Bestimmtheit angeben zu können — im Gegensatz zu meiner früher ausgesprochenen Vermuthung —, dass die Stiele der Thoracalscheiben degeneriren und zerfallen. In meiner früheren Notiz[1]) hiess es: »Ich möchte es für wahrscheinlich halten, dass später (gegen Ende der Puppenperiode), wenn die histologische Differenzirung der Beine in Haut, Muskeln und Nerven eintritt, die neugebildeten Nerven im Innern des Beins in Verbindung treten mit den Nervenfasern des Stiels.« Die Wahrscheinlichkeit dieser Annahme beruhte auf der Beobachtung, dass kurz ehe die Scheiben aus ihren Hüllen sich befreien, zu einer Zeit, wo die Larvenmuskeln schon im Zerfall begriffen sind, wo an eine Leitung der Nervenerregung durch die Scheibe hindurch schon wegen der vollständigen Umbildung des Scheibeninhaltes zu Bein und Thoracalstück nicht gedacht werden kann — Nervenfasern in grosser Menge in den Stielen sich nachweisen lassen. Seitdem habe ich mein Augenmerk auf das Verhalten der Stiele kurz vor und während der Thoraxbildung gerichtet. Sobald einmal der Thorax geschlossen war, konnte ich sie niemals mehr auffinden, kurz vorher aber zeigten sie sich im Innern feinkörnig und offenbar im Zerfall begriffen. Sie gehen also bei der allgemeinen Zersetzung der Ge-

1) A. a. O. S. 24.

webe mit zu Grunde, ebenso wie sämmtliche zu den Muskeln verlaufenden Nervenstämme.

Am Ende des vierten Tages hat der Kopf im Ganzen schon die Gestalt, welche er während des Puppenstadiums beibehält (Taf. XII. Fig. 41 u. 42). Der grösste Theil seiner Fläche wird von den Augenlappen (*au*) gebildet, welche halbkuglig an den Seiten vorspringend in der Mittellinie des Rückens zusammenstossen, vorn aber und gegen die Bauchseite hin durch die Anlage der Antennen (*st*) getrennt werden, an die sich nach hinten ein kurzer, ziemlich breiter, am freien Ende quer abgestutzter Fortsatz anschliesst: die Anlage des Rüssels (*rf*). Auf dem Scheitel bleibt die oben erwähnte Spalte (*sp*) und diese wird seitlich durch stark aufgewulstete Ränder begrenzt, welche nicht mehr den Augen angehören, sondern später durch ihr Verwachsen die schwellbare Blase darstellen, mittelst welcher die ausgebildete Fliege ihre Puppenhülle sprengt.

Der Thorax ist zu bedeutenden Dimensionen herangewachsen, seine ventrale Fläche vollständig von den Anhängen verdeckt. An diesen gewahrt man jetzt Coxa und Trochanter vollständig ausgebildet, jene stossen in der Mittellinie an einander und liegen quer. Auf den kurzen Trochanter folgt das Femur schräg nach vorn und aussen gelagert, während die Tibia in gleicher Richtung, aber in umgekehrtem Sinne verläuft. Die Tarsen stossen bei den zwei vordern Beinpaaren mit ihrem letzten Glied in der Mittellinie zusammen. Femur und Tibia sind bedeutend in die Länge gewachsen, während die früher so ansehnlichen Tarsen an Grösse weit hinter ihnen zurückstehen; die Grösse der einzelnen Beinstücke zu einander ist jetzt bereits die definitive. Die Spitzen des dritten Beinpaares begegnen sich auf der Grenze zwischen siebentem und achtem Abdominalsegment (elften und zwölften Larvensegment), also beinah am hintern Ende des Körpers.

Vom Rücken gesehen erscheint der Thorax kürzer, das Abdomen länger, die Grenzlinien der drei Thoracalsegmente sind undeutlich. Am vordern Rande stehen zu beiden Seiten die Stigmenhörner (*st*), hinter ihnen folgt die breite Wurzel der Flügel, welche sich in bekannter Weise um die Seitenflächen des Thorax herumschlagen und nach aussen von den Beinen auf die Ventralfläche des Abdomen hinüberreichen. Hinter den Flügeln bemerkt man bei guter Beleuchtung und geeigneter Lagerung der Puppe die beiden Flügelschuppen und unter der hinteren von ihnen ein noch ungestieltes conisches Wärzchen, die Schwinger.

Bildung der Puppenscheide.

Noch ehe der neugebildete Körper der Puppe vollständig geschlossen ist, zeigt sich bereits auf seiner Oberfläche eine feine, structurlose Membran. Es ist derselbe Process der Cuticularbildung, welcher auch bei jeder Häutung der Larve nach Abstossung des alten Chitinskeletes eintritt. Während dort aber die neue Haut für die ganze folgende Larvenperiode der Hypodermis unmittelbar aufgelagert bleibt, verdickt sie sich hier rasch, hebt sich von ihr ab und bildet die Puppenscheide.

Es folgen sich hier zwei Häutungen auf dem Fusse nach; denn sobald die Puppenscheide sich vom Körper abgehoben hat, scheidet die Zellenrinde von neuem eine Cuticula aus, die dann eine definitive Bildung ist: das Chitinskelet der Fliege. Drei Chitinhäute liegen dann über einander: die zur Schale verhornte Larvenhaut, die Puppenscheide und zu innerst die lange Zeit noch äusserst zarte Haut der Imago.

Von Aussehen ist die Puppenscheide zwar hell und durchsichtig, aber derb und in viele feine Runzeln gefaltet. Sie leistet den zerreissenden Nadeln erheblichen Widerstand und ist die Hauptursache, welche das Herausnehmen der neugebildeten, weichen, zelligen Theile so ausserordentlich schwierig macht.

Die Vorgänge im Innern des sich bildenden Puppenkörpers.

Wenn auch im Allgemeinen die Anlage der innern Organe der Fliege in die zweite Entwicklungsperiode der Puppe fällt, so finden doch auch jetzt schon gewisse Vorgänge statt, welche jene Neubildungen einleiten und am vordern Theile des Nahrungsrohrs beginnt der Aufbau des neuen Organs schon in den ersten Tagen.

Wenn am vierten Tage der Körper der Puppe als ein geschlossnes Ganze angelegt ist, so ist seine Oberfläche doch noch weit entfernt, die äussere Gestalt der Fliege im Einzelnen zu repräsentiren; die Gliederung der Beine ist zwar angedeutet, aber nur in den rohesten Umrissen; von einer Gelenkbildung, von einer specifischen Form der einzelnen Glieder ist noch keine Rede. Sämmtliche Anhänge sind, wie dies schon aus ihrer Bildungsgeschichte hervorgeht, hohle Schläuche, Beine, Flügel und Antennen und ebenso der Rüsselfortsatz. Alle diese Theile bestehen aus einer dünnen Rinde von Zellen und einem weiten Lumen, welches mit der allgemeinen Leibeshöhle in directer Verbindung steht und prall angefüllt ist mit der Flüssigkeit, welche jene erfüllt. Diese ist sehr eigenthümlicher Natur; sie ist nicht mehr reines, klares Blut, wie in der Larve, sondern enthält eine grosse Menge fester Theile, welche ihm durch den Zerfall der Gewebe beigemengt werden. Ich muss hier nachholen, dass in ähnlicher Weise, wie die Hypodermis und die Muskeln der vordern Segmente, wie die zelligen Wände des Schlundkopfs und Oesophagus auch der Fettkörper der Larve sich in Molekel auflöst. Am ersten Tage nach der Verpuppung findet sich das weisse Netzwerk der Fettkörperlappen noch intact, am zweiten und noch mehr am dritten Tage tritt der Zerfall ein, der auch hier im vordersten Theile der Puppe beginnt und allmählich nach hinten fortschreitet. Die einzelnen Fettzellen blähen sich auf, ihr dunkler, feinkörniger Inhalt ballt sich um den kaum durchschimmernden Kern zusammen. Sodann platzt die Membran und der Inhalt zerstreut sich, während der Kern zu Grunde geht. Wenn der Kopf sich vorgeschoben hat, ist der Zerfall des Fettkörpers bereits weit vorgeschritten, die Lappen sind in ihre einzelnen Zellen auseinandergefallen und viele von ihnen auch bereits gänzlich in Fetttröpfchen und Körnchen aufgelöst. Dazu kommt noch die feinkörnige Masse, die aus dem Zerfalle der übrigen Gewebe hervorgegangen und die mit jenen und mit dem Blute gemischt einen weisslichen Brei darstellt, der die Leibeshöhle anfüllt und in das Lumen der Anhänge hineindringt. Durch partiellen Druck auf ein Bein, etwa mit einer Nadel, kann man leicht die grossen, weissen Fettconglomerate hin und her flottiren lassen. Diese Leibesflüssigkeit, bestehend aus den Trümmern zerfallener Gewebe, entwickelt in sich die Elemente neuer Gewebsbildung.

Man findet schon in den ersten Tagen, sobald der Fettkörper in Thorax und Kopf flüssig geworden ist, ausser isolirten Körnchen und Fetttropfen verschiedner Grösse, grössere dunkle Massen, im Ganzen kuglig, aber von höckeriger, unregelmässiger Oberfläche (Taf. XII. Fig. 57, *a*) und zusammengesetzt aus Fetttropfen und körniger Masse. Etwas später gestalten sich diese Detritus-Conglomerate regelmässiger kugelförmig, und umgeben sich mit einer feinen Membran, die schwer sichtbar, stellenweise aber unzweifelhaft nachzuweisen ist. Sie messen jetzt 0,023—0,038 Mm. im Durchmesser (Taf. XII. Fig. 57, *b*, *c*). Bald zeigen sich in ihrem Innern zwischen den Fetttropfen und Fettkörnchen kleine, blasse Kugeln von 0,005 Mm. Durchmesser (Taf. XII. Fig. 57 *d* u. *e*). Sie sind in verschiedner Menge vorhanden, eine genaue Zählung ist wegen der dunklen Körnchen, in die sie eingebettet sind, nicht möglich; es lässt sich nur sagen, dass die Menge der Fettkörnchen um so geringer wird, je grösser die Anzahl dieser Kerne ist, und dass sich schliesslich blasige Kugeln bilden, welche ganz gefüllt sind mit Kernen. Ich bezeichne diese kernbildenden Fettconglomerate mit dem Namen »Körnchenkugeln«. Sie spielen bei dem Aufbau der Gewebe eine grosse Rolle, sie sind die Mittelglieder zwischen der formlosen Zerfallmasse und den Geweben. Weder der erhaltene Theil der Larvenhypodermis (die Wände des Abdomen), noch die neugebildeten Thoraxwände mit ihren blindsackartig ausgestülpten Anhängen, und ebensowenig die zelligen Wände des Kopfes nehmen Antheil an der Bildung der Muskeln, Nerven, Tracheen etc.; sie sind lediglich dazu bestimmt, die Haut des Körpers zu bilden, und alle Organe, die im Innern des Körpers neu angelegt werden, müssen ihr Zellenmaterial anderswoher beziehen. Es sind die Körnchenkugeln, welche dieses Material liefern, welche sich in immer grösserer Menge aus dem Detritus bilden, immer dichter sich in den verschiednen Theilen der Leibeshöhle anhäufen, um schliesslich den Aufbau der innern Organe zu vermitteln.

An und für sich ist es schon höchst interessant, dass das im Fettkörper niedergelegte Bildungsmaterial nicht vollständig im Blute aufgelöst wird, um von den vorhandnen Zellen resorbirt und auf diesem Wege zu ihrer Vermehrung verwandt zu werden, sondern dass es direct eine selbstständige Zellenbildung eingeht[1]). Noch mehr nimmt aber der Process dadurch die Aufmerksamkeit in Anspruch, dass es sich hier möglicherweise um eine freie Zellenbildung handelt. Ich wüsste wenigstens nicht, woher die Kerne im Innern der Körnchenkugeln stammen sollten. Es bliebe nur die Wahl zwischen den Kernen der Fettkörperzellen und den Blutkörperchen. Jene findet man häufig frei oder nur von wenigen Fetttröpfchen umgeben nach dem Zerfall der Zelle in der Leibeshöhle umherschwimmen. Sie sind jedoch so sehr verschieden von den viel kleineren und zarteren Bläschen im Innern der Körnchenkugeln, dass an einen genetischen Zusammenhang zwischen beiden nicht zu denken ist. Was aber die Blutkörperchen betrifft, so habe ich sie schon vor Bildung der Körnchenkugeln im Blute nicht mehr auffinden können.

Müssen wir in der Entstehung der Körnchenkugeln die Vorbereitung zu später aus ihnen hervorgehenden Neubildungen erkennen, so finden wir ein Organsystem der Fliege bereits in voller Neubildung begriffen, noch ehe der Puppenleib als ein geschlossenes Ganze angelegt ist. Es ist dies der Nahrungscanal.

Dass der vordere Theil des Darmtractus vollständig in Trümmer zerfällt, wurde oben erwähnt, Schlundkopf und Speiseröhre zerfallen zu moleculärer Masse. Das Hakengestell allein bleibt erhalten, findet sich anfangs (am vierten Tag) in der Spalte auf dem Scheitel des Kopfes, später, wenn diese verwachsen ist, neben dem Kopfe, dicht an die Puppenschale angedrückt.

Auch der Saugmagen der Larve zerfällt vollständig und ohne sich später wieder neu zu bilden und ebenso verhält es sich mit den Speicheldrüsen. Auch sie lösen sich auf. In der Regel zerfallen ihre einzelnen Zellen, und zwar in der Weise, dass zuerst der helle Inhalt dunkel wird und sich als eine feinkörnige Masse um den Kern zusammenballt, dass sodann die Membran schwindet und endlich der Inhalt sich zerstreut. In einem Falle fand ich indessen noch in der Fliege die Speicheldrüsen der Larve erhalten, und zwar lagen sie neben den neugebildeten Speicheldrüsen der Fliege. Sie hatten ihre äussere Form bewahrt und hingen an

1) In Bezug auf die physiologische Bedeutung des Fettkörpers war es eine allgemeine, aber allerdings unerwiesene (Siehe »*Gerstäcker* in dem von *Peters*, *Carus* und *Gerstäcker* herausgeg. Handbuch d. Zool. Bd. 2. S. 20«) Annahme, dass derselbe während der Puppenruhe behufs der Ernährung und Respiration verbraucht werde. Ich glaube, dass sowohl der Zeitpunkt, in welchem der Fettkörper verbraucht wird, als auch die Art und Weise seiner Umwandlung bei verschiednen Insectenfamilien ganz verschieden ist. Auch bei den Musciden wird ein Rest des Fettkörpermaterials mit in die Imago hinübergenommen und erst nach dem Ausschlüpfen derselben (siehe unten) wahrscheinlich zur Ausbildung der Eierstöcke verwandt.

ihren Ausführungsgängen; es war sogar noch ein Stück des gemeinschaftlichen Ganges erhalten; von den sie zusammensetzenden Zellen aber hatte sich nur noch die farblose Membran erhalten, Kern und Inhalt waren gänzlich geschwunden, das ganze Organ daher auch äusserst blass und durchsichtig.

Alle die bis jetzt besprochenen Theile des Verdauungscanals sind der Larvenperiode eigenthümlich, die Fliege besitzt zwar auch gleichnamige Theile (Speiseröhre, Saugmagen), aber es sind dies neue Organe, die mit jenen genetisch in keiner Beziehung stehen. Indessen werden nicht nur die dem Larvenleben eigenthümlichen Theile des Verdauungsapparates aufgelöst, sondern auch die, welche nur eine Umgestaltung in Bezug auf ihre Gestalt und Grösse erleiden. Auch bei ihnen zerfallen die histologischen Elemente ihrer Wandungen vollständig, die Gestalt dieser Wandungen aber bleibt erhalten und aus den Trümmern des Gewebes entstehen neue histologische Elemente. Zerfall und Wiederaufbau schreiten auch hier von vorn nach hinten fort. Am zweiten Tage bemerkt man im Lumen des Chylusmagens bereits einen gelblichen Körper von unregelmässiger, wurstförmiger Gestalt, an welchem eine äussere schmale, farblose Rinde und ein gelber Inhalt sich unterscheiden lässt. In diesem zeigen sich ausser einer gelblichen, feinkörnigen Grundsubstanz grosse, helle Kerne, wie sie in den Zellen der Darmwandungen enthalten sind, und zwar liegen dieselben sehr dicht, wie denn die ganze Masse wie comprimirt aussieht. An der Rindenschicht erkennt man nur eine unregelmässige Längsstreifung, als sei sie durch schichtweise Ablagerung entstanden, aber weder Kerne noch Zellen.

Ich halte den gelben Körper für den Rest des Proventriculus, zu dem möglicherweise auch noch ein Theil der zelligen Wände des Oesophagus hinzukommt. Dass wir es hier nicht mit einer Neubildung zu thun haben, zeigt die weitere Entwicklung, die eine einfache rückschreitende Metamorphose ist. Der Körper wird dunkler, meistens braunroth, trockner, kleiner; die zelligen Reste in ihm undeutlicher, er schrumpft zusammen. Einen Beweis für meine Ansicht finde ich in dem Zustande, in welchem der Proventriculus sich kurz nach Bildung des gelben Körpers befindet. Um diese Zeit nämlich ist der Proventriculus verschwunden, an seiner Stelle nur noch das kranzförmige Tracheennetz sichtbar, welches ihn auf der Oberfläche und in der Tiefe umspann. Dieses liegt jetzt zusammengeschnurrt im Anfange des Chylusmagens, noch hinter der Mündung der Blindschläuche, von denen man zuweilen einen oder den andern noch erhalten antrifft, wenn auch nur als structurlosen, mit wenigen blassen Körnern gefüllten Schlauch. In einem Falle fand ich gleich hinter dem zusammengefallenen Proventriculus eine grössere Masse von Zellen im Lumen des Magens, die unmittelbar in den gelben Körper übergingen. Untersucht man früh genug, so lässt sich die Zusammensetzung des gelben Körpers aus Zellen recht wohl erkennen. Wir haben es offenbar hier mit einem Einkapselungsprocesse zu thun. Die Zellen, welche die Wände des Proventriculus und der Blindschläuche constituirten, lösen sich, gleiten in Massen in den Magen hinab, ballen sich hier zusammen und scheiden an ihrer Oberfläche eine structurlose Schicht von verschiedner Dicke aus. Dadurch wird es auch leicht erklärbar, dass manchmal nur ein, oft auch zwei derartige encystirte Zellenmassen vorhanden sind.

Es scheint, dass schon frühere Beobachter diese Massen gesehen haben. So erkläre ich mir wenigstens die Angabe *Herold's*, es bleibe »ein mehr oder weniger kleinerer Theil des früherhin aufgenommenen Nahrungsstoffes meistentheils im Magen zurück, theils weil die wurmförmige Bewegung desselben aufhöre, theils wegen der Verschliessung der Afteröffnung, woran die Bildung des Schleimnetzes zu einer neuen Haut schuld sei«[1]. Ich habe nie Nahrungsreste im Darmtractus der Larve bemerkt, nachdem sie einmal Anstalten zum Verpuppen getroffen hatte, weder bei Musca, noch bei Schmetterlingsraupen, von welchen ich besonders die Seidenraupe sehr oft auf diesen Punkt untersucht habe. Nicht einmal Koth findet sich im Mastdarme vor und ich glaube, man kann es ganz allgemein als Regel hinstellen, dass stets und ohne Ausnahme der Darm seines Inhaltes entledigt wird, bevor weitere Umwandlungen an ihm vorgehen. Dies führt mich zu einer andern Angabe desselben Forschers, die ebenfalls irrig ist. *Herold* hält die Abgabe *Bonnet's* von einer Abstossung der Intima des Darmrohrs bei der Verpuppung für einen Irrthum, aber durchaus mit Unrecht. Die Sache verhält sich in der That so wie *Bonnet* behauptet: Die gesammte Intima des Darmtractus löst sich von der Zellenlage los, und wird, wahrscheinlich bei der Zusammenziehung des Abdomen einerseits und bei der Zurseitedrängung des Hakengestelles durch den Fliegenkopf andrerseits entfernt. Wie oben erwähnt wurde, lässt sich schon am zweiten Tage die Intima des Vorderdarms mit dem Hakengestell aus der Puppe herausziehen und ebenso gelingt dies für den Hinterdarm bei langsamem Wegnehmen des hintern Schalenstücks.

Nur für den Proventriculus, die Blindschläuche des Chylusmagens und wahrscheinlich für einen Theil des Oesophagus gilt diese Art des Zerfalls mit nachfolgender Einkapselung der auseinandergefallnen Zellen. Die Wandungen des Chylusmagens selbst, sowie die des eigentlichen Darms behalten ihren äussern Zusammenhalt, dennoch aber werden ihre histologischen Elemente zerstört, um später wieder neu geschaffen zu werden.

Kurz nach der Verpuppung hat der Chylusmagen das Aussehen, als ob er in voller Verdauung begriffen wäre, alle Zellen seiner Wandung sind dicht mit feinen Fettkörnchen erfüllt, bei durchfallendem Licht also dunkel; der Magen nimmt sich scheckig aus. Die Fettanfüllung rührt indessen nicht von einer Resorption wie bei der Verdauung, sondern von

1) Entwicklungsgeschichte der Schmetterlinge. 1815. S. 85.

der fettigen Entartung des Inhaltes her. Sodann zerfallen auch die Muskelbänder und das Tracheennetz auf der Oberfläche und nun bilden sich die Zellen der neuen Wand. Ich habe mich vergeblich bemüht festzustellen, auf welche Weise. Am dritten Tage sind sie noch nicht gebildet, sondern eine weiche, homogene Schicht, in der viele blasse Körnchen, bildet die Wand des Magens und auf dieser tritt sehr deutlich das im Zerfall begriffene, aber noch nicht gänzlich zerfallne Muskelnetz hervor. Die einzelnen Muskelbänder sind sehr stark lichtbrechend geworden und häufig in Stücke gebrochen, ihre Ränder abgerundet und ungleich, während sie früher scharf und glatt waren.

Spuren des Muskelnetzes lassen sich zuweilen auch noch am vierten Tag unterscheiden, wo sie der Oberfläche der neugebildeten Darmwand dicht auflagen. Diese selbst besteht dann aus Zellen, die man, auch ohne vom Zerfall der alten Wandungszellen etwas zu wissen, für neugebildete halten müsste, so sehr weichen sie in Allem von den Magenzellen der Larve ab. Schon der Grössenunterschied ist erheblich, der Durchmesser der Zellen beträgt in der Larve 0,061 Mm. in der Puppe aber 0,015—0,017 Mm. Die Zellen entbehren auch der dicken Rindenschichte, sie sind noch keine specifischen Magenzellen, sondern nur die Bausteine, aus denen erst durch weiteres Wachsthum die definitive Gestalt dieses Darmtheils hervorgehen soll. Sie liegen wie die Larvenzellen nur in einer Lage, die Wandung ist demnach sehr dünn und bildet einen weiten Schlauch (Taf. IX. Fig. 13, *ch*), der vollkommen hell und durchsichtig ist, auf seiner Oberfläche bald keine Spur mehr von einem Muskel- oder Tracheennetz aufweist und ein Lumen umschliesst, welches mit einer honigartigen, zähflüssigen, ganz klaren gelben Masse erfüllt ist, offenbar einer Secretion der Wandungszellen [1]. In dieser Flüssigkeit ist dann der oben beschriebene rothbraune Körper eingebettet.

Die histologischen Veränderungen des Magens sind begleitet von sehr wesentlichen Gestaltveränderungen im Grossen, so vor Allem von einer bedeutenden Verkürzung. Da ganz der gleiche Vorgang später bei der Neubildung des Darmes eintritt, nur in noch höherem Maasse, so werden die Ursachen dieser auffallenden Gestaltveränderung weiter unten im Genaueren betrachtet werden.

1) *Herold* (A. a. O. S. 40) leitet eine ähnliche Flüssigkeit im Saugmagen der Schmetterlingspuppen von einer Secretion der Speicheldrüsen her, ich glaube aber mit Unrecht. Bei Musca wenigstens könnte eine solche Secretion, auch wenn sie stattfände, nicht in den Magen gelangen, da der Oesophagus dann bereits zerfallen ist.

Zweite Periode.

Die Entwicklung der Puppe.

Von der Bildung des Puppenleibes bis zum Ausschlüpfen des vollendeten Insectes.
Fünfter bis zwanzigster Tag.

A. Die weitere Ausbildung der Segmente und ihrer Anhänge.

Beine.

Ich beginne mit den ventralen Anhängen des Thorax, da sich an ihnen viele Verhältnisse am klarsten übersehen lassen und weil die vorausgeschickte Darlegung ihrer Entwicklung die Schilderung der übrigen Entwicklungsvorgänge sehr erleichtern wird.

Das Verhalten der Thoracalanhänge kurz nach Schliessung des Thorax wurde oben im Allgemeinen bereits beschrieben. Die Beine sind noch sehr kurz, die Tarsalglieder relativ am meisten entwickelt, am fünften Tarsalglied bemerkt man auf der Mitte der abgerundeten Endfläche einen zapfenförmigen Vorsprung, der sich später auf die Puppenscheide überträgt, für das Glied selbst aber keine weitere Bedeutung hat. Coxa und Trochanter liegen quer und stossen in der Mittellinie zusammen; Tibia und Femur sind aufeinandergebogen und scheinen fast ein einziges Stück zu sein, ihre Anheftungsweise an die Oberfläche des Körpers erinnert noch an die Entstehung aus dem Femorocoxalstück. Während das Knie (Femorotibial-Gelenk) vollkommen frei vom Thorax absteht, ist die Mitte der Tibia angeheftet und erst die fünf Tarsen sind wieder frei und flottiren, wenn man die Puppe unter Wasser untersucht, nach allen Seiten umher (Taf. XII. Fig. 40).

Es wurde bereits erwähnt, dass sämmtliche Anhänge nur aus einer dünnen Rinde von Zellen bestehen, die ein ziemlich weites Lumen einschliesst, dass in diesem Lumen zur Zeit der Thoraxbildung nur klare Flüssigkeit enthalten ist, während kurz darauf die Zerfallproducte des Fettkörpers hineingeschwemmt werden. Wenn die Beine am vierten Tage dermaassen in die Länge gewachsen sind, dass sie beinahe zur Spitze des Hinterleibes hinabreichen (Taf. XII. Fig. 41), besitzt die Puppenscheide schon eine ziemliche Dicke und Festigkeit, hat sich aber noch nicht, oder doch nur wenig und stellenweise, von der Zellenrinde abgehoben (Taf. XII. Fig. 45). In der Axe des Beines zieht ein feines Tracheenstämmchen hin (*tr*), dessen Entstehungsgeschichte höchst wahrscheinlich zusammenfällt mit der der übrigen feinen Tracheen, über die ich aber direct nichts beobachten konnte. Das Stämmchen läuft gerade fort bis zur Kuppe des fünften Tarsalgliedes (t^5). Dann spaltet es sich in mehrere Zweige, die sich an der innern Fläche des Kuppengewölbes hinziehen. Auch unterwegs entsendet es feine Aestchen nach beiden Seiten, alle diese Zweige aber dringen nie in die Rinde des Beines (*r*) ein, sondern sie flottiren frei in der Flüssigkeit, welche das Lumen anfüllt, enden auch nicht mit freier Spitze, sondern biegen schlingenförmig um.

In diese Flüssigkeit tritt jetzt eine Menge der oben beschriebenen Körnchenkugeln hinein. Am vierten Tage finden sich deren verhältnissmässig noch wenige, die theils einzeln im Blute frei flottiren, theils in lockere Klümpchen zusammengeballt den Tracheenästchen lose anhängen (*k*). Je mehr der Zerfall des Fettkörpers in der Leibeshöhle fortschreitet, um so mehr strömt die formlose Fettmasse in das Lumen des Beines und füllt dasselbe bald vollkommen aus. Nun beginnt aber auch die äussere Form des Beines sich aus dem schwach gegliederten dünnwandigen Schlauche herauszubilden. Zuerst hebt sich die Cuticula als Puppenscheide (*ps*) ab und wird durch einen mit klarer Flüssigkeit gefüllten Raum von der Zellenrinde getrennt. Am vierten Tage ist das Lumen des Beines nur von einer einzigen Zellenlage begrenzt, deren Dicke am letzten Tarsenglied 0,012 Mm. beträgt, also sehr gering ist. Sodann aber verdicken sich diese Wandungen auf Kosten der Körnchenkugeln, es bilden sich neue Lagen kleiner, kugliger, heller Zellen, in deren klarem Inhalt stets noch einzelne kleine Fettkörnchen zu bemerken sind und in dem Maasse als die Zellenmasse wächst, verengert sich das Lumen und nimmt die Menge der in ihm zu einer compacten Masse dicht zusammengedrängten Körnchenkugeln ab. Dabei schreitet die Gliederung des Beines rasch vorwärts, die Gelenkeinschnitte vertiefen sich, die einzelnen Glieder nähern sich immer mehr ihrer definitiven Gestalt, am fünften Tarsalglied bilden sich Haftlappen (pulvilli) und Klauen. Die Entstehung der beiden letzten Theile lässt sich Schritt für Schritt verfolgen. Die erste Anlage der Haftlappen tritt schon früher hervor in Gestalt zweier scheibenförmiger Verbreiterungen des Tarsalgliedes, zwischen welchen sich, indem sie weiter nach vorn wachsen, eine anfangs seichte, dann immer tiefer einschneidende Spalte bildet, so dass zwei breite nur an ihrem Grunde verwachsene Lappen (Taf. XII. Fig. 46, *A* u. *B*) zu Stande kommen. Während sie noch in der Bildung begriffen sind, ziehen sich ihre Spitzen zu zwei kurzen, breiten, scharf zugespitzten Fortsätzen aus, welche sehr frühe schon sich krümmen, rasch in die Länge wachsen und die Gestalt der Klauen annehmen. Zugleich schnüren sie sich von den Haftlappen ab, und da beide Theile nach vorn sich verlängern, so haften sie nach ihrer völligen Ausbildung nur am Grunde aneinander, die Klaue entspringt an der Basis des Haftlappens (Taf. XII. Fig. 47). Morphologisch sind die Klauen als Ausstülpungen zu betrachten, da sie einen Hohlraum enthalten, der ganz wie die Tarsen selbst mit Körnchenkugeln gefüllt ist.

In welcher Weise die das Wachsthum begleitende Neubildung von Zellen vor sich geht, lässt sich nicht direct beobachten, sondern nur aus dem Verhalten der Körnchenkugeln einerseits und der Zellenschicht der Rinde andrerseits erschliessen. Bei andern Dipteren (Tipuliden) habe ich mit Bestimmtheit eine feine, structurlose Membran auf der Innenflächeder Zellenrinde erkannt — bei Musca und Sarcophaga getraue ich mich nicht das Vorhandensein derselben zu behaupten, obgleich es an einzelnen Stellen, so besonders an den verdünnten Gelenkstellen der Tarsen, ganz so aussieht. Die Frage ist insofern von grossem Interesse, als die Anwesenheit einer solchen Cuticula die Theilnahme der Zellen der Rinde an der Bildung der tieferen Zellenschichten von vorn herein ausschliessen würde. Dann bedürfte es keines besonderen Beweises, dass die Körnchenkugeln selbstständig Zellen produciren und nicht vielleicht nur von den einmal vorhandenen Zellen resorbirt und auf diese Weise zur Vermehrung der histologischen Elemente verwendet werden. Ich finde diesen Beweis jetzt in der oben angeführten Entstehung vieler, kleiner Kerne innerhalb der Körnchenkugeln, weiter aber noch in dem Umstande, dass die Zellenrinde während des ganzen Entwicklungsganges das bleibt, was sie war, eine einfache Lage kleiner, sich gegenseitig abplattender Zellen, die im optischen Querschnitt sowohl aussen als innen eine gerade Linie bilden.

Am neunten oder zehnten Tage findet man dann an der Wurzel der Tarsen folgende Schichten übereinander. Zu äusserst eine feine Cuticula, das spätere Chitinskelet, darunter eben jene Rindenschicht von Zellen, die im optischen Querschnitt viereckig erscheinen, sie entsprechen der Hypodermis und unter dieser folgt nun eine etwa drei Mal so dicke Schicht, deren Zusammensetzung aus Zellen sich nur nach Essigsäurezusatz erkennen lässt. Diese Schicht ist aus der Umwandlung der Körnchenkugeln hervorgegangen. Kerne und Zellen sind hier kleiner als in der Hypodermis und der Zelleninhalt trübe von feinen Fettkörnchen. Gegen die Axe hin ist die Zellenschicht an solchen vereinigten Stellen scharf begrenzt (Taf. XII. Fig. 47), sie lässt einen Axencanal frei, der von Körnchenkugeln ausgefüllt ist. Schon hier aber und noch mehr an den breiteren Stellen der Tarsen findet man Körnchenkugeln mitten in der Zellenschicht, die Zellenschicht dringt gewissermaassen zwischen die Körnchenkugeln ein, dieselben schwinden von aussen gegen die Axe hin, während die an ihrer Stelle auftretenden Zellen das Lumen ausfüllen, entweder ganz, wie an den Klauen und Haftlappen, oder bis auf die in der Axe verlaufenden Gebilde die Trachee und die Sehne, wie in den Tarsalgliedern.

Mag es immerhin unentschieden bleiben, ob das Zellengewebe der Tarsen direct oder indirect von den Körnchenkugeln abstammt, an den obern Gliedern des Beines, welche Muskeln enthalten, deren Lumen sogar bei weitem zum grössten Theil nur von Muskeln ausgefüllt wird, kann mit Bestimmtheit die directe Abstammung behauptet werden. Hier findet ganz derselbe Process statt, der weiter unten für die Muskeln des Thorax beschrieben werden soll; die Zellenstränge, aus denen sich die Primitivbündel bilden, entstehen in ihrer ganzen Länge plötzlich inmitten der Körnchenkugelmasse; an ein allmähliches Hervorwachsen derselben von den Wandungszellen aus ist nicht zu denken. Die Sehnen bilden sich ganz unabhängig von den Muskeln und bei weitem früher. Schon am vierten Tage sieht man einen blassen Strang in der Axe des Gliedes gegen dessen Spitze hinziehend (Taf. XII. Fig. 45, *s*), später wird derselbe durch die Körnchenkugeln verdeckt. Er besteht anfänglich aus Zellen, auf deren Oberfläche sich bald eine sehr dünne structurlose Membran ausscheidet, während in seiner Axe eine derbe längsstreifige Chitinmasse auftritt, die später den递haupttheil der Sehne ausmacht und ihre Festigkeit bedingt. Die umgebenden Zellen verschmelzen dann und stellen eine kernhaltige Schicht dar, ähnlich der Peritonealhaut der Tracheen.

Die histologische Entwicklung der Muskeln soll weiter unten in Gemeinschaft mit den Thoracalmuskeln erörtert werden, hier nur noch Einiges über die der Haut zugehörigen Zellenschichten. Es sind deren zwei, zu äusserst die einfache Lage der Hypodermiszellen und unter dieser eine Schicht grosser, kugliger Zellen, von welchen die Bildung der Borsten und Haare auf der Oberfläche der Haut ausgeht.

Bei Sarcophaga ist bereits am siebenten Tage das Bein mit Haaren dichtbesetzt. Die Haare sind von verschiedener Gestalt, einige schmale, lange, lanzettliche Plättchen mit feiner longitudinaler Strichelung, andere breiter, mit verschmälertem Stiel, ähnlicher den Schmetterlingsschuppen. Beide entstehen auf die Weise, wie dies *Semper*[1]) für die Schuppen der Schmetterlinge bereits beschrieben hat. Sie sind von einer Chitinschicht überzogene Zellenauswüchse. Die grössten Schuppen und Haare gehören auch immer grossen Zellen an, die von kugliger oder kolbiger Gestalt sind und sich nach aussen in einen dünnen Fortsatz verlängern, der erst jenseits des Chitinskeletes sich verbreitert und zur Schuppe wird. Ob auch die feinsten Härchen, welche die Oberfläche der Haftlappen überziehen, Auswüchse von Zellen sind, lässt sich bei der geringen Grösse des Objectes nicht entscheiden. Es scheint fast, als entständen die Haare hier als Verdichtungen in einer krystallklaren Flüssigkeit, wie ich diess bei den viel stärkeren Borsten auf den Afterfüssen der Chironomuslarve beschrieben habe (Siehe oben S. 40). Zur Zeit ihrer Entstehung zieht sich ein feiner, scharfer Contour wie eine abgehobene Cuticula über die Oberfläche des Haftlappens hin (Taf. XII. Fig. 47). Besonders in Profilansicht ist dies deutlich und man erkennt dann in der klaren Schicht zwischen Haftlappen und dieser feinen structurlosen Membran eine zarte Streifung, die senkrecht auf der Zellenlage

1) Ueber die Bildung der Flügel, Schuppen und Haare bei den Lepidopteren. Ztschr. f. wiss. Zool. Bd. VIII. S. 326.

steht und an keiner Stelle über die feine Haut hinausgeht. Von der Fläche gesehen erscheinen die Haare in regelmässigen sehr dichtstehenden Reihen angeordnet, die sich in dreifacher Richtung durchkreuzen und ein sehr zierliches Bild liefern. In dieser Periode umgiebt die Puppenscheide (*ps*) als ein loser, weiter Schlauch das Glied, sie zeigt keine Segmenteinschnitte und nur ein zapfenförmiger Vorsprung auf ihrem blinden Ende erinnert an ihre Entstehung auf der Oberfläche der primären Zellenrinde. Zugleich ist sie verklebt mit den benachbarten Scheiden, Beine und Flügel sowohl untereinander als mit den darunterliegenden Körpertheilen. Nur die Tarsalglieder der Beine sind nicht mit der Körperoberfläche verklebt und bilden zusammen ein aufhebbares Blatt, welches sich über das Abdomen hinlagert.

Flügel.

Die Entwicklung der Flügel stimmt in Vielem mit der der Beine überein. Schon am vierten Tage sind die Flügelscheiden mit dem Körper verklebt. Die Flügel selbst (Taf. XII. Fig. 38, *fl*) erscheinen als platte Blasen, deren Wände aus einer einfachen und sehr dünnen Zellenlage bestehen, in deren geräumiges Lumen die verflüssigte Fettmasse des Körpers einströmt. Wie überall, wo Neubildungen bei Insecten vor sich gehen, so treten auch hier Tracheen hinzu. Schon unmittelbar nach der Bildung des Thorax zeigen sich zwei Stränge, welche an der Wurzel des Flügels eintreten und in der Nähe der Flügelränder bis zur Spitze verlaufen, um sich dort nach Art der übrigen Tracheen der Puppe je in ein Büschel feiner Aeste aufzulösen. Jeder Strang besteht aus sieben bis acht einzelnen Luftröhren. Die Verästlungen treten auch hier, wie in den Beinen, im Thorax und Bauch nicht an die Zellenwände, sondern zwischen die losen, flottirenden Körnchenkugeln hinein.

Die Flügelanlagen wachsen rasch, indem die sie zusammensetzenden Zellen zugleich an Zahl zunehmen und an Grösse. Es geschieht diess, ohne dass neue Zellenanlagen sich bildeten, noch am sechsten Tage findet man eine einfache Lage regelmässig polygonaler Zellen mit feiner Membran, klarem Inhalt und grossem, runden, sehr blassen Kern. Eine einfache, dünne Cuticula bedeckt die äussere Fläche der Zellenlage, die innere Fläche beider Blätter wird durch eine ziemlich bedeutende Menge von Flüssigkeit getrennt, der Flügel ist noch nicht platt, sondern blasenartig. Je grösser aber seine Oberfläche wird, um so mehr plattet er sich ab, um so mehr nähern sich seine beiden Blätter einander und nun verdickt sich an gewissen Stellen die Zellenlage und es bilden sich Stränge kleiner, sechseckiger Zellen, welche das obere Blatt mit dem untern verbinden. Diess sind die Rippen des Flügels, Zellencylinder, die höchst wahrscheinlich in ihrer Axe einen Hohlraum enthalten, den ich aber mit Bestimmtheit nicht erkennen konnte.

Zu gleicher Zeit erscheinen die Haare und Borsten auf der Aussenfläche des Flügels. Wie überall sind dieselben Zellenauswüchse, allein es sind hier nicht besondre, unter der Hypodermis gelegene Zellen, von welchen die Borstenbildung ausgeht, sondern die Zellen der Hypodermis selbst schicken einen Fortsatz nach aussen. Sie entfernen sich dabei voneinander, so dass dann keine continuirliche Zellenlage mehr vorhanden ist, um später vollständig zu verschrumpfen. Es verhält sich also hier ganz anders als bei den Schmetterlingen, deren Flügelblätter aussen von einer Cuticula begrenzt werden, unter der eine ganz regelmässige Hypodermis und sodann erst die haarbildenden Zellen folgen, wo sich sogar unter diesen beiden Schichten nach *Semper* noch einmal eine Haut bildet, die zuerst aus ästigen Zellen besteht, später aber structurlos wird (?) und sich ganz wie eine Cuticula ausnimmt. Diese sog. »Basalmembran« *Semper*'s schliesst also das Lumen des Flügels gegen die zellige Rinde ab. Die endliche Ausbildung der Flügel begleitet das Ausschlüpfen der Fliege. Während bis dahin die beiden Blätter des Flügels noch durch Flüssigkeit getrennt waren, verwachsen sie jetzt miteinander und zugleich ziehen sich die Tracheen aus dem Flügel heraus, ohne dass neue vorgebildet wären. Die Entfaltung der Flügel kann demnach hier nicht durch Einpumpen von Luft bewirkt werden, sondern beruht vermuthlich lediglich auf dem Einpressen von Blut in die Hohlräume der Rippen. Diese sind durch massenhafte Ausscheidung von Chitin hart und starr geworden und dicht mit Borsten besetzt; eine jede der sie zusammensetzenden Zellen hat einen borstenbildenden Fortsatz nach aussen geschickt.

Bei den Schmetterlingen enthalten die Adern nach *Herold* und Andern Tracheen, *Herold*[1]) führt sogar ihre Bildung darauf zurück, dass sich cylindrische Räume um die Luftgefässe bildeten, bei den Fliegen fehlen im ausgebildeten Flügel Tracheen gänzlich.

Schwinger.

Im Anfang der zweiten Puppenperiode besitzen die Schwinger noch eine Gestalt, die mit der des ausgebildeten Organs kaum einige Aehnlichkeit hat. Sie sind weder kolbig, noch an ihrer Basis eingeschnürt also gestielt, sondern stellen einen einfachen abgeplatteten cylindrischen Fortsatz dar, der mit kurzer scharfer Spitze endet. In ihrem Bau stimmen sie mit den Flügeln und Beinen der gleichen Entwicklungsstufe vollkommen überein, bestehen aus einer dünnen Rinde sehr kleiner Zellen, welche ein weites mit Körnchenkugeln gefülltes Lumen einschliesst. Auch hier verbreiten sich einige feinere Tracheenzweige in der flüssigen Fettmasse.

Allmählich treten Zellen an Stelle der Körnchenkugeln, der Anhang

1) *Herold*, Entwicklungsgeschichte der Schmetterlinge. 1815. §. 78.

wächst in die Länge, die Spitze schwillt kolbig an, während die Basis sich zum Stiel verdünnt und am siebenten Tage, also gleichzeitig mit den übrigen Anhängen des Thorax hat das Organ seine definitive Gestalt angenommen. In Bezug auf die Bedeutung der Schwinger als Träger des Gehörorgans der Dipteren, wie diess von *Leydig*[1]) in neuester Zeit geltend gemacht wurde, hat mir ihre Entwicklungsgeschichte keine Aufschlüsse gegeben.

Thorax.

Sobald der Körper der Puppe geschlossen ist, hat auch der Thorax seine definitive Grösse erreicht und alle weitern Veränderungen, welche noch nachfolgen, betreffen nur seine Modellirung im Einzelnen: die Prothoracalstücke treten als Schulterschwielen deutlicher hervor, zwischen Prothorax und Kopf entsteht eine tiefe Einschnürung, das Schildchen bildet sich aus und bedeckt zum grössten Theil den mit allmählich zunehmender Abschnürung des Hinterleibs fast senkrecht abfallenden Metathorax.

Histologisch sind die begleitenden Vorgänge der Entstehung einer Cuticula mit Haaren und Borsten ganz dieselben wie sie bei den Anhängen vorkommen.

Kopf.

Der erste Abschnitt der Puppenperiode schloss mit der Kopfblase ab und mit dem Hervorwachsen derselben aus der Höhle des Thorax.

Im Innern der Kopfblase liegt der vordere Theil der Nervencentren: oberes und unteres Schlundganglion, die, wie unten besprochen werden soll, sich aus den Hemisphären und dem Bauchstrange der Larve gebildet haben. Die Kopfblase besteht ganz wie die Wände des Thorax nur aus einer dünnen Zellenrinde; ihr Lumen wird bei weitem nicht ausgefüllt durch die Nervenknoten und der ganze freie Raum zwischen diesen und der Zellenrinde wird von Körnchenkugeln eingenommen. Nur an einem Punkte hängt die Zellenrinde mit den Nervencentren zusammen: an der Augenscheibe, dem basalen Theile der Hirnanhänge. Der nervöse Stiel, welcher die Hemisphären mit der Augenscheibe schon in der Larve verband, zerfällt nicht wie die Stiele der übrigen Imaginalscheiben, sondern er persistirt und wandelt sich später zu einem Theil des Sehapparates um. Wie die Beine und Flügel so füllen sich auch die Antennen — Hautausstülpungen wie jene — von der Höhle des Kopfes aus mit Körnchenkugeln und ebenso der Rüsselfortsatz. Die einzelnen Theile der Kopfblase gehen zwar noch ohne scharfe Grenzlinien ineinander über,

1) Ueber Geruchs- und Gehörorgane der Krebse und Insecten. Reich. und Dub. Arch. f. Anat. 1860. S. 265.

assen sich aber doch schon recht wohl erkennen. Vorn erhebt sich in ler Mittellinie der hüglig vorspringende Scheitel, dessen spaltförmige Vertiefung bald verwächst; an den Seiten springen die Augenscheiben vor; an der untern Fläche zwischen ihnen das Rudiment der Antennen und hinter ihnen der an der Spitze quer abgestutzte Rüsselfortsatz.

Alle diese Partieen des Kopfes entwickeln sich dadurch weiter, dass hre dünne Zellenrinde sich auf Kosten der Körnchenkugeln verdickt und u gleicher Zeit sich ihrer definitiven Gestalt annähert, sich scharf abgrenzt von den umgebenden Theilen und sich im Einzelnen entwickelt.

Die Entwicklung des Auges wird weiter unten besprochen werden, lie der Antennen lässt sich mit wenigen Worten darstellen. Die Antenen entwickeln sich genau ebenso wie ein Bein, der einzige Unterschied st die abweichende Gestalt. Wenn am siebenten Tage die Beine in der iussern Gestalt ausgebildet und mit Haaren und Schuppen bedeckt sind, ind es auch die Antennen und um dieselbe Zeit hat sich auch Stirn und Scheitel entwickelt und der Kopf vom Prothorax sich durch eine tiefe Furche abgeschnürt.

Morphologisch ist die Entstehung der Mundtheile jedenfalls der ineressanteste Theil der Entwicklung des Kopfes. Wenn auch gerade hier ler Detailbeobachtung sich unübersteigliche Hindernisse in den Wegstelen, so lässt sich doch so viel feststellen, dass die einzelnen Theile des Rüssels auf eine durchaus andre Weise sich bilden, als die Mundtheile ler Larven, oder die Mundtheile der Insecten ohne Metamorphose im Ei. Beim Insectenembryo ist eine bestimmte Anzahl von Kopfsegmenten voranden, von welchen in allen bekannten Fällen eine ganz bestimmte und ich gleichbleibende Anzahl von Anhängen entspringt. Diese haben anänglich eine von der definitiven sehr verschiedene Gestalt, es sind Rudinente, die je nach der Ausbildung, welche sie bei einem bestimmten Inect erreichen sollen, sich weiter ausbilden in dieser oder jener Richtung, heilweise mit einander verschmelzen oder auch ganz verkümmern. Die Theile des Fliegenrüssels werden von vornherein als das angelegt, was ie werden sollen, ihre ganze Anlage zielt von vornherein auf ihre definiive Gestalt ab. So wächst die Unterlippe, der eigentliche Rüssel mit lem Haustellum nicht aus zwei ursprünglich getrennten und gleichartigen Anhängen zusammen, wie diess bei der Unterlippe der Larven der Fall ist, sondern wird sogleich als eine Hohlrinne angelegt. In einer fünfägigen Puppe sind die einzelnen Theile des Rüssels noch nicht differenirt, sehr bald aber lassen sich zuerst die Taster und dann die Borsten les Rüssels isoliren. Jene besitzen, sobald sie überhaupt bemerklich ind, bereits ihre kolbige Gestalt, ihr weites Lumen ist anfänglich dicht nit Körnchenkugeln gefüllt.

Interessant ist die Thatsache, dass die Borsten des Mundes, die die Morphologie als Oberlippe und Oberkiefer gedeutet hat, in der That nicht cuticulare Bildungen sind, wie ihr Aussehen fast vermuthen lassen möchte, sondern dass sie selbstständig aus Zellen aufgebaut werden. Am achten Tage besteht die Oberlippe aus ziemlich kleinen, sechseckigen Zellen, welche eine dünnwandige Rinne zusammensetzen. In der Axe liegt eine Reihe von Körnchenkugeln, auf der Oberfläche ist die Rinne überkleidet von einer dünnen, glashellen Cuticula, welche sehr kleine, spitze Härchen trägt. Die Kieferborste entsteht durch Verwachsung paariger Stücke, welche einen cylindrischen, nach vorn sich verjüngenden Zellenstrang umschliessen, wie die zwei Hälften eines Futterals. Der Strang wird zum Ausführungsgang der Speicheldrüsen, der in der Imago von hinten her an die untere Fläche der Borste tritt, um mit ihr zu verwachsen und etwas vor der Spitze mit feiner Oeffnung auszumünden.

Auch das knopfförmige Endglied des Rüssels ist zu einer Zeit, wo die Cuticularbildungen bereits vollständig vorhanden sind, noch ganz mit Körnchenkugeln gefüllt und besteht aus einer ziemlich dünnen Rinde von Zellen mit zierlich gezeichneter, mit Querstreifen versehener Cuticula.

Abdomen.

Während Kopf und Brust sich in ihrer äussern Gestalt immer mehr dem vollendeten Insect nähern, verschwinden die Einschnitte der Larvensegmente, welche den Hinterleib der Fliege bilden sollen und eine kurze Zeit hindurch besitzt derselbe eine ganz glatte Fläche. Es fällt diess mit der gänzlichen Entartung der Larvenmuskeln zusammen, welche — wie oben bereits erwähnt wurde — in diesem Theile des Thieres erst nach vollendeter Bildung des Puppenkörpers stattfindet. Etwas später zeigen sich dann feine, scharfe Querfurchen auf der Oberfläche, welche die vier Hinterleibssegmente der Fliege bezeichnen. Bei Sarcophaga sind sie am siebenten Tage zu erkennen.

Diese Segmente entstehen also in ganz andrer Weise als die des Thorax und daher erklärt sich denn ihre viel einfachere Zusammensetzung aus zwei Halbringen. Sie verdanken ihre Entstehung einer blossen Umwandlung der Hypodermis der Larve, gewissermaassen einer neuen Eintheilung derselben, auf welche die alte in keinerlei Weise maassgebend einzuwirken scheint. Offenbar aber hängt das Auftreten neuer Segmentfurchen mit der Bildung neuer Muskeln im Innern des Abdomens zusammen, welche um dieselbe Zeit ihren Anfang nimmt.

B. Die Entwicklung der innern Organe.

Nervensystem.

Durch die Untersuchungen *Herold*'s und *Newport*'s sind die auffallenden Umwandlungen bekannt geworden, denen das Nervensystem der Schmetterlingsraupen während der Verpuppung unterliegt. Die bedeuende Verkürzung des ganzen Thieres durch eine heftige und anhaltende Contraction sämmtlicher Muskeln nöthigt zuerst den Bauchstrang sich zu krümmen und eine Schlangenlinie zu bilden, später aber »fängt derselbe an, sich in sich selbst zu contrahiren«, die Längscommissuren werden dicker, das vierte und fünfte, das zweite und dritte Bauchganglion rücken zusammen, verschmelzen miteinander und bilden die beiden Thoracalganglien, während das sechste und siebente Ganglion vollständig verschwindet. Zugleich verkürzen sich die Commissuren, welche den Schlundring bildeten, und das untere Schlundganglion rückt dicht an das obere, während umgekehrt die Commissuren zwischen erstem und zweitem Bauchganglion sich erheblich verlängern.

Auch bei den Musciden erfährt das Nervensystem während der Puppenperiode eine sehr erhebliche Umwandlung, man kann sagen eine totale, denn es bleibt kein einziger Theil so wie er in der Larve war. Während aber bei den Schmetterlingen der wesentliche Charakter dieser Umwandlungen der der Verkürzung, der grösseren Concentrirung ist, findet hier im Gegentheil eine Verlängerung, eine Decentralisation statt. Die bei der Larve zu einer compacten Masse, dem Bauchstrange, verschmolzenen Ganglien gliedern sich und rücken, zum Theil wenigstens, auseinander.

Schon am dritten Tage nach der Verpuppung beginnt die Umwandlung mit der Abschnürung eines untern Schlundknotens vom Bauchstrang und mit der Trennung des obern Schlundganglions von dem nervösen Theile des Auges.

Die Hemisphären, welche in den beiden ersten Tagen ausserordentlich stark angeschwollen sind, zeigen, wie oben bereits erwähnt wurde, auf ihrer Oberfläche eine circuläre, ziemlich tief einschneidende Furche, welche sie in einen medianen und einen lateralen Knoten trennt (Taf. XII. Fig. 51). Beide besitzen noch annähernd Kugelgestalt, die äussere, das Ganglion opticum (*bl*), ist bei weitem die grössere. Wird hierdurch schon die Gestalt der centralen Nervenmasse bedeutend verändert, so wird sie es noch mehr durch die Furche, welche quer um den Bauchstrang herumlaufend dessen vordersten Theil als unteres Schlundganglion (*usg*) abschnürt. In der Larve war von einer Andeutung einzelner Ganglien keine Spur vorhanden, selbst das untere Schlundganglion grenzte sich nicht gegen die übrigen ab. Jetzt verdünnt und verlängert sich der Bauchstrang, eine doppelte Commissur wird als Schlundring sichtbar und der hintere Theil des Stranges bekommt geschweifte Ränder.

Die seitlich vom Bauchstrang abgehenden Nerven sind in diesem Stadium (Taf. XIII. Fig. 51) noch sehr schön nachzuweisen. Im weitern Verlaufe der Entwicklung nimmt das neuabgeschnürte untere Schlundganglion an Grösse bedeutend ab und rückt den obern Schlundganglien so nahe, dass die Oeffnung des Schlundringes kaum noch wahrzunehmen ist. Zugleich entfernt sich die Masse des Bauchstranges vom untern

Schlundganglion und rückt in die Brust hinab. Es bildet sich eine einfache Längscommissur zwischen beiden.

Das Nervensystem der Fliege verhält sich in der Hauptsache so, wie es *Blanchard* im *Cuvier*'schen Règne animal abbildet, es besteht aus einem grossen aus zwei Hemisphären gebildeten obern Schlundganglion (Taf. XIII. Fig. 54, *osg*), einem unmittelbar darunter liegenden unverhältnissmässig kleinen untern Schlundganglion, sowie aus einem Thoracalknoten (*th*), der sich indessen nicht so scharf, wie *Blanchard* es darstellt, in zwei Abschnitte gliedert, eher noch deren vier erkennen lässt, die durch flache Einbuchtungen voneinander geschieden werden. Vom hintern Rande des Thoracalknotens entspringt dann ein unpaarer medianer Nerv, der gestreckt nach hinten läuft bis zu den Geschlechtsorganen, an welche und in deren Umgebung er sich verästelt. Schon vorher entsendet er einige kleine Zweige an die Eingeweide; von Ganglien ist übrigens nichts in ihm zu entdecken und er verdient deshalb auch nicht den Namen einer chaine ganglionnaire abdominale, die Ganglienmasse für das Abdomen möchte ich vielmehr in dem vierten Abschnitte des Thoracalknotens erkennen.

Die vom Thoracalknoten entspringenden Nerven sind in ganz andrer Anzahl vorhanden, als bei der Larve. Dort entsprangen von dem Bauchstrange mit Abzug des untern Schlundganglions jederseits elf Nervenstämme. Vom Thoracalknoten der Fliege gehen nur vier grosse Nervenpaare aus, von denen drei zu den drei Beinpaaren und zu den Muskeln im Thorax gehen, das vierte in das Abdomen hinabsteigt. Ausserdem entspringt an der hintern Spitze der unpaare Abdominalnerv und an den Seitenrändern noch einige kleinere Muskelnerven.

Vom obern Schlundganglion entspringen die Fühlernerven, vom untern die Nerven zu den Mundtheilen.

Wir finden also hier einen Bau, der in jeder Beziehung von dem der Nervencentren der Larve abweicht. Mit dieser totalen Umwälzung des gesammten Nervensystems ist eine ebenso bedeutende histologische Veränderung verbunden; es ist nicht denkbar, dass Verkürzungen und Volumverminderungen bei zelligen Organen stattfinden sollten ohne Zerstörung dieser Zellen, zum mindesten eines Theils derselben, und andrerseits ist es ebenso undenkbar, dass neue Nervenstämme entstehen sollten, ohne vorausgehende und begleitende Bildung neuer histologischer Elemente. Damit stimmt die Beobachtung, denn schon am dritten Tage, wenn die ersten Gestaltveränderungen aufgetreten sind, beginnt die ganze Nervenmasse ungemein weich zu werden, so dass nur mit Mühe und nach Anwendung von Härtungsmethoden die Isolirung gelingt. Während in der Larve die Zellen des Bauchmarkes hell und klar waren, sind sie jetzt dunkel, mit feinen Fettkörnchen dicht erfüllt, so dass das ganze Organ vollkommen opak wird. Die Nerven werden zugleich äusserst blass, zeigen nur sehr schwach noch eine Andeutung der früheren Längsstreifung und sind ebenfalls durchsetzt von sehr feinen, leuchtenden Körnchen. Am vierten und fünften Tage schreitet der Zerfall der Nerven weiter vor, die gangliöse Zellenmasse concentrirt sich in dem vordern Theile des ehemaligen Bauchmarkes, der hintere Theil fällt zusammen, erscheint zuerst als ein heller Saum um den zellenhaltenden Theil, wird dann schmal und dünn und bildet mit den ihm anhängenden Nerven eine Cauda equina (Taf. XIII. Fig. 51, *ce*). Diese scheint aus sieben Nervenpaaren zu bestehen, während an dem vordern Theile des Bauchstranges nur drei bemerkt werden konnten. Letztere sind offenbar das dritte, vierte und fünfte Paar der Larven; es wäre denkbar, dass sie sich zu den drei Hauptnerven des Thoracalknotens der Fliege umwandelten. Von den übrigen Nerven bleibt keiner erhalten, ich konnte wenigstens einige Tage später von der ganzen Cauda niemals mehr eine Spur auffinden; sie scheint zu zerfallen. Auch die Abdominalnerven, der mediane unpaare, wie die paarigen sind durchaus Neubildungen und keine blossen Umbildungen, dass aber auch die drei Thoracalnervenpaare, die Nerven der Beine in ihrer grössten Länge neu entstehen, beweist ihre Endigung in neuentstandenen Theilen, nur ihr Stamm könnte der Rest eines Larvennerven sein. Ehe nicht die Thoracalmuskeln oder die Muskeln in den Beinen sich gebildet haben, kann auch von Nervenendigungen noch nichts angelegt sein, beide müssen gleichzeitig entstehen, und ganz ebenso verhält es sich, wie wir sehen werden, mit den Nerven aller übrigen Organe, z. B. des Darmtractus. Da der gesammte Nahrungscanal mit seinen accessorischen Gebilden, da die Haut und das Rückengefäss histologisch zerstört werden, so werden auch ihre Nerven zerstört und müssen später neu wieder angelegt werden, ebensogut wie bei Organen, die wie die Muskeln und accessorischen Organe des Genitalapparates im Larvenzustand noch nicht vorhanden waren. Es folgt also hieraus, dass das gesammte peripherische Nervensystem vollkommen neu gebildet wird, und weiter, dass während dieser Neubildung eine Thätigkeit der Nervencentren nicht stattfindet, dass die verschiedentlichen nutritiven und formativen Vorgänge unabhängig von ihnen vor sich gehen. Wie im Speciellen die Neubildung der Nerven verläuft, welche histologischen Processe die Gestaltveränderung der Centralnervenmasse begleiten, dem lässt sich an einem so kleinen Thiere, wie Musca, kaum mit Erfolg nachforschen. Es müsste auch die feinere Structur der Nervencentren bei den Insecten überhaupt genauer bekannt sein, als es heutzutage der Fall ist, ehe man zur Lösung dieser Frage schreiten könnte, und man müsste sich zu den ohnehin sehr schwierigen und zeitraubenden Untersuchungen des möglichst günstigsten Objectes bedienen, also eines Insectes, dessen Nervencentren an und für sich möglichst gross sind und möglichst grosse Gestaltveränderungen bei der Metamorphose erleiden. Soviel steht nur fest, dass auch hier die zelligen Elemente fettig entarten, um sich später von Neuem zu bilden.

Entwicklung der Augen.

Ueber die Entwicklung des Insectenauges besitzen wir bereits in einer schönen Arbeit von *Claparède*[1]) eine Grundlage, auf welche sich spätere Forschungen mit Sicherheit stützen können; es wird sich aus Nachfolgendem ergeben, dass ich für die Fliegen den von *Claparède* für Vanessa Io und einen Hymenopteren aufgestellten Entwicklungsgang in allen wesentlichen Punkten bestätigen kann, wenigstens insoweit es den histologischen Aufbau der einzelnen Augenkammern betrifft. Die gröbern morphologischen Verhältnisse berührt *Claparède* nicht, und keiner der frühern Beobachter hat sie in irgend ausreichender Weise behandelt. Trotzdem sind gerade sie äusserst interessant und wohl geeignet ein neues Licht auf den physiologischen und morphologischen Werth auch der einzelnen Augentheile zu werfen. Es hat sich nämlich herausgestellt, dass das Auge aus zwei, lange Zeit hindurch vollkommen getrennten Theilen sich zusammensetzt, deren einer unmittelbar aus den Hemisphären der Larve hervorgeht und den rein nervösen Theil, das Ganglion opticum (Taf. XIII. Fig. 51, *bl*) darstellt, während der andre die Augenkammern bildet, d. h. sowohl die facettirte Hornhaut, als die Krystallkegel, als den prismatischen sog. Nervenstab und die dazu gehörigen umhüllenden Gebilde. Alle diese Theile entstehen aus derselben Zellenmasse, aus der sich auch die Antennen, der Rüssel, der ganze Kopf gebildet haben: aus den Hirnanhängen und zwar speciell aus dem basalen Theile derselben, der **Augenscheibe** (Taf. XIII. Fig. 51, *au*, *au*[1]).

Am fünften Tage nach der Verpuppung stellt das Ganglion opticum eine fast kuglige Zellenmasse dar von mehr als der doppelten Grösse des obern Schlundganglions, aus welchem es durch Abschnürung sich herausgebildet hat. Ich bezeichne diesen rein nervösen Theil des Auges, der zugleich dem ganzen Organe seine halbkuglige Form giebt als **Bulbus**. Der Bulbus (*bl*) sitzt mit ziemlich breiter Basis auf dem obern Schlundganglion auf und ist an seiner äussern Fläche von der lappenförmigen Augenscheibe bedeckt. Die einander zugekehrten Flächen des Ganglions sind nicht zusammen verwachsen, sondern nur durch den ehemaligen Stiel des Hirnanhangs (*st*) verbunden. Dieser entsprang in der Larve an der hintern Fläche der Hemisphären; nach der Abschnürung des Bulbus haftet er diesem an und zwar dessen äusserer Fläche. Zwischen Bulbus und Scheibe drängt sich eine dünne Lage von freiem Fett und Körnchenkugeln, welche sich sehr allmählich in Zellen umwandeln und in Verbindung mit der eigenthümlichen, weiter unten zu besprechenden Ent-

1) Zur Morphologie der zusammengesetzten Augen bei den Arthropoden. Ztschr. f. wiss. Zool. Bd. X. S. 191.

wicklung des Stieles schliesslich eine Continuität zwischen beiden Flächen herstellen.

Ein wesentlicher Zuwachs an Masse wird durch die Umbildung des Fettes nicht herbeigeführt, sondern lediglich eine dünne Zellenschicht geschaffen, die noch zu einer Zeit (bei Sarcophaga noch am zwölften Tage), wo Augenscheibe und Bulbus bereits histologisch differenzirt sind, noch viel freies körniges Fett zwischen ihren einzelnen Elementen enthält und die Grenze zwischen beiden Theilen scharf bezeichnet.

Verfolgen wir zuerst die Entwicklung der Augenscheibe, welche als ein dünner, aus Zellen zusammengesetzter Lappen von bedeutender Flächenausdehnung uhrglasförmig den vordern Theil des centralen Nervensystems umhüllt, so wurde bereits erwähnt, dass seine äussere Fläche zur Zeit der Verpuppung deutlich eine regelmässige Anordnung der Zellen erkennen lässt, nach Weise der Hornhautfacetten. Es sind dieselben Zellen wie in den übrigen Imaginalscheiben, kuglig, sehr blass, von einer leicht platzenden Membran umhüllt, sie sind jedoch grösser als die Zellen der Thoracalstücke und ihrer Anhänge. Der rundliche, blassröthliche Kern hat einen Durchmesser von 0,012 Mm., die Zelle selbst von 0,015—0,017 Mm. Da die dünne, zellige Rinde, von welcher die Hirnanhänge in der Larve und auch in der jungen Puppe umhüllt waren, sobald es zur Bildung des Kopfes kommt, reisst und sich auflöst, so kommen die Augenscheiben ganz oberflächlich zu liegen, sie tragen wie alle oberflächlichen Theile zur Bildung der Puppenscheide bei, jener structurlosen Membran, welche sich auf ihrer Oberfläche abscheidet und sehr bald auch abhebt. Direct nach der Abhebung aber beginnt eine neue Cuticula sich auf ihnen zu bilden: die Cornea, die histologisch demnach vollkommen gleichwerthig ist den übrigen Theilen des Chitinskeletes. Ein Unterschied liegt nur in ihrer physikalischen Beschaffenheit, der Durchsichtigkeit und darin, dass die ausgeschiedene Cuticula die Gestalt der ausscheidenden Zellen beibehält und in polygonale Facetten zerfällt. Diese Cuticula bildet sich übrigens sehr langsam und stellt noch am vierzehnten Tage ein sehr dünnes Häutchen dar, am fünfzehnten Tage erreicht sie einen Durchmesser von 0,003—0,005 Mm. Es ist ein Irrthum, wenn *Claparède* annimmt, je vier Zellen producirten gemeinschaftlich je e i n e Hornhautfacette. Die vier Kerne, welche auch noch im ausgebildeten Auge unter der Facette durchschimmern und welche der genannte Autor unter dem Namen der *Semper*'schen Kerne beschreibt, gehören zu keiner Zeit vier Zellen an, sondern immer nur einer einzigen. Der Nachweis ist leicht zu führen. Bei Sarcophaga besteht die Facettirung der Hornhaut am dreizehnten Tage des Puppenschlafes bereits vollkommen deutlich, in jeder Facette liegt aber nur e i n Kern (Taf. XIII. Fig. 55, *c*), während schon am folgenden Tage sich deren vier bedeutend kleinere vorfinden (Taf. XIII. Fig. 55, *D*). Eine Theilung der Zelle folgt der Theilung des Kernes nicht nach.

Die Dicke der Augenscheibe (Taf. XIII. Fig. 55, *A*) ist noch am zwölften Tage bei Sarcophaga eine so geringe, dass der Gedanke nahe liegt, in ihr bloss die Anlage der Hornhaut zu erblicken. Sie hat dann 0,05 Mm. im Durchmesser, enthält aber doch bereits alle Elemente, die zur Bildung des dioptrischen Apparates und der Nervenstäbe gehören. Die innere Fläche (*i*) ist vollkommen eben und von gerader Linie begrenzt, auf der äussern (*a*) springen die einzelnen Facetten etwas vor. Zwischen beiden Flächen liegen in dem einer Facette entsprechenden Raume eine Anzahl Kerne. Die vier *Semper*'schen Kerne (*k*) folgen unmittelbar unter der Cuticula (Cornea-Anlage) und dicht über der innern Fläche finden sich noch ebensolche vier Kerne sehr dicht beisammen (k^1). Zwischen beiden liegen näher dem Rande der Augenabtheilung zwei Kerne und in der Axe zieht sich zwischen den Kernen durch ein Paar sehr feiner, doppelcontourirter gerader Stäbchen (*ax*), die erste Spur der später zu besprechenden Axengebilde des Nervenstabes. Es scheint fast, als gehörten alle diese Theile einer einzigen grossen Zelle an. Etwas später jedoch, am vierzehnten Tage, liegt jeder der Kerne, mit Ausnahme der *Semper*'schen Kerne, in einer besondern Zelle und es zeigt sich dann, dass noch einige Kerne mehr zu je einer Augenabtheilung gehören. Die Anlage des Nervenstabes besteht aus vier birnförmigen Zellen, deren inneres Ende spitz, das äussere kolbig verdickt ist und die sich jetzt noch leicht voneinander trennen lassen (Taf. XIII. Fig. 55, *B*). Sie bilden zusammen einen kurzen, etwas geschweiften Kegel. Die weitere Entwicklung erfolgt durch Wachsthum der Zellen in die Länge und Verschmelzung zu einem einzigen vierkantigen Stabe, der an seinem vordern Ende eine Anschwellung behält (*E*, *F* u. *G*).

Claparède lässt jede Augenabtheilung sich aus siebzehn Zellen zusammensetzen, von denen nur eine, die Ganglienzelle, unpaar ist, die übrigen in Gruppen von je vier beisammen liegen. Die zu äusserst gelelegene Gruppe sind die vier Bildungszellen des Krystallkörpers, sodann folgen die vier Bildungszellen des Nervenstabes. Die acht übrigen Zellen dienen der Bildung der Hüllen, vier vordere, die Pigmentzellen, liegen in der Einschnürung zwischen Krystallkörper und kolbiger Anschwellung des Nervenstabes, vier hintere bilden den Umhüllungsschlauch und werden als Umhüllungszellen bezeichnet.

Ich kann mich der *Claparède*'schen Darstellung in allen wesentlichen Punkten vollständig anschliessen. Nach *Claparède*'s Beobachtung scheinen die *Semper*'schen Kerne die Ausscheidung des Krystallkegels zu vermitteln; unter jedem Kerne bildet sich ein Klümpchen einer klaren lichtbrechenden Substanz, welches allmählich wächst und mit den drei andern zu dem Krystallkörper verschmilzt. Dieser Process liess sich bei Sarcophaga und Musca wegen der früh eintretenden Pigmentabscheidung innerhalb der vierkernigen Zelle nicht verfolgen, geht aber ohne Zweifel in derselben Weise vor sich wie bei den Schmetterlingen. In der Zahl der Kerne oder Zellen, welche den Nervenstab zusammensetzen, scheinen Verschiedenheiten vorzukommen, ich fand bei Musca in der kolbigen Anschwellung desselben regelmässig zwei Mal vier Kerne (*E*), während *Claparède* bei Vanessa Io nur die Hälfte beobachtete.

Auch in der Structur der Axengebilde des Nervenstabes liegt eine Eigenthümlichkeit des Muscidenauges. Eine Anzahl feiner, scharf begrenzter Stäbe (*ax*) durchziehen der Länge nach den Nervenstab wie ein Bündel Drähte und laufen nach aussen bis zum Grund der Krystalllinse. *Gottsche*[1]) bildet sie auch ab, jedoch ohne dass man ihre eigentliche Natur aus der Zeichnung ersehen könnte. Ich halte die Gebilde für selbstständige Stäbe, nicht etwa für die Kanten eines prismatischen dickeren Körpers. Es gelingt nicht selten, sie im optischen Querschnitt (*F*, ax^1) zu sehen und dann erscheinen sie als sehr kleine, stark lichtbrechende dunkle Kreise, ähnlich dem Durchschnitt eines Bündels Drähte. Ich zählte ihrer im fertigen Auge sieben bis acht, es scheinen anfänglich nur vier zu sein.

Die Pigmentirung der Augen beginnt bei Sarcophaga mit dem dreizehnten Tage als eine sehr schwache gelbliche Färbung, die sich rasch vertieft und bis zum siebzehnten Tage dunkelroth wird. Der Sitz derselben liegt hauptsächlich in der zur Kapsel des Krystallkörpers gewordenen *Semper*'schen Zelle und in den Umhüllungszellen. Die Anschwellung des Nervenstabes wie der Nervenstab selbst besitzen nur einen leichten gelblichen Anflug und sind vollkommen klar.

Claparède fand im jüngsten Zustande eine jede Augenabtheilung nur 0,02 Mm. lang, während ihre Länge im Imagozustande 0,25 bis 0,30 Mm. betrug, er fand, dass das Wachsthum derselben nur nach hinten stattfindet, und schloss daraus, was ihm auch die Untersuchung zu bestätigen schien, dass andre Theile durch sie verdrängt werden müssten. Diese Theile konnten keine andern sein, als »die in der Bildung begriffenen Faserbündel des Sehnerven«. Auch bei Sarcophaga ist das Längenwachsthum der Augenkammern ein sehr beträchtliches. Am zwölften Tage beträgt die Dicke der Augenscheibe 0,051 Mm., während die Länge einer Augenkammer im vollendeten Insect 0,29 Mm. beträgt. Ihr Wachsthum geht jedoch keineswegs auf Unkosten der dahinter liegenden Theile vor sich, sondern ganz unabhängig von diesen; der Bulbus vergrössert sich sogar gleichzeitig mit dem Wachsthum der einzelnen Augenkammern. Es geschieht diess in der Weise, dass der dünne nervöse Stiel der Augenscheiben sich mit Beginn der Puppenentwicklung verbreitert und allmählich über die ganze freie Oberfläche des Bulbus sich ausdehnt. Am fünften Tage besitzt der Stiel noch das Aussehen eines dicken Nervenstammes, am siebenten ist er bereits um das 5—6fache dicker geworden, erweitert

1) *Gottsche*, Beitrag zur Phys. und Anat. des Auges der Krebse und Fliegen. *Müll.* Arch. 1852. S. 483.

sich trichterförmig gegen die Augenscheibe hin und sticht durch sein helles Aussehen sehr gegen den dunkeln Bulbus und die mit feinem Fett belegte innere Fläche der Augenscheibe ab (Taf. XIII. Fig. 52, *st*).

Am zwölften Tage ist von einem Stiele nichts mehr zu sehen, da derselbe sich über die ganze freie Fläche des Ganglions ausgebreitet hat (Taf. XIII. Fig. 53, *st*) und eine helle Schichte darstellt, in welcher schon bei schwacher Vergrösserung eine starke und sehr regelmässige, radiäre Streifung bemerklich wird. Der Bulbus ist dadurch in seiner Gestalt verändert und zu einer Halbkugel geworden. Mit dem Breitenwachsthum des Stieles der Augenscheibe muss eine Lockerung seiner Verbindung mit ihr Hand in Hand gehen, denn es findet sich jetzt zwischen der äussersten Schicht des Bulbus, eben dem verbreiterten Stiele und dem Augenlappen, jene obenerwähnte mit vielem feinen Fett untermengte Zellenschicht, welche hervorgegangen ist aus der auf der innern Fläche der Augenscheibe abgelagerten Fettmasse. Ich nenne sie Grenzschicht, in ihr bilden sich die Ganglienzellen, welche am Grunde der Augenkammern sich vorfinden.

Bei Anwendung stärkerer Vergrösserung erkennt man, dass die radiäre Streifung der äussersten Bulbusschicht von feinen durchsetzenden Fasern herrührt, die bündelweise beisammen liegen und wohl nichts anderes sind, als Opticusfasern. Die Bündel verbreitern sich gegen die Peripherie hin und sind an der Grenzschicht durch bogenförmig verlaufende Fasern untereinander verbunden. Sie liegen nicht unmittelbar nebeneinander, sondern werden durch breitere Zwischenräume getrennt, welche mit sehr hellen, vollkommen klaren, bläschenförmigen Zellen mit deutlichem Kerne und Kernkörperchen ausgefüllt sind.

Der innere Theil des Bulbus besitzt eine ganz ähnliche Structur; auch hier in radiärer Richtung ausstrahlende Faserbündel durch Zellenlagen voneinander getrennt, die gegen das obere Schlundganglion hin immer mehr an Masse zurücktreten. Diese radiäre Faserung ist stellenweise von queren Faserlagen unterbrochen oder durchsetzt und zwar zähle ich deren drei, von welchen die zu innerst gelegene (Taf. XIII. Fig. 53, *gf''*) die dünnste und am wenigsten scharf begrenzte ist, die darauf folgende (*gf'*) die mächtigste.

Diese besteht aus zwei Schichten von gleicher Dicke und gleicher Structur, welche an den Rändern ineinander umbiegen, ohne die Oberfläche des Bulbus zu erreichen. Die aufeinander liegenden Flächen erzeugen eine sehr fein gekerbte Querlinie, von welcher aus feine Fasern in radiärer Richtung den queren Substanzbalken durchsetzen. Dieser Balken selbst ist theils aus sehr kleinen Zellen, theils aus dicht aufeinanderliegenden Querfasern gebildet, deren nähere gegenseitige Anordnung ohne Anfertigung von Schnitten (was nur bei grossen Insecten möglich wäre) nicht zu erkennen ist.

Die dritte Querfaserlage (*gf*) besteht nur aus einer dichten Schicht feinster Fasern, durch welche die Opticusfasern bündelweise hindurchlaufen, um sodann an der Grenzschicht (*gs*) zwischen Bulbus und Augenscheibe nochmals einer sehr schmalen Lage derselben feinen Querfasern zu begegnen. Es steht zu vermuthen, dass alle diese queren Fasergänge die Bedeutung von Stützfasern haben, wenn es auch vorläufig nicht möglich ist, den Beweis für diese Vermuthung zu führen. Die Grenzschicht selbst besteht aus sehr grossen, runden Zellen mit klarem Inhalt, dünner Membran und grossem, kugligen, wegen seiner Blässe schwer wahrnehmbaren Kern. Zwischen diesen Zellen sind nur undeutlich noch einzelne Fasern zu erkennen, die meisten scheinen vor ihnen zu enden. Dagegen findet sich hier noch am zwölften Tage viel Fett, die Verbindung zwischen Augenscheibe und Bulbus ist somit noch nicht vollkommen hergestellt und es ist denn auch sehr leicht mittelst eines Pinsels die Augenscheibe unverletzt vom Bulbus abzuheben, zurückzuschlagen oder ganz frei zu machen.

Auch in der ausgeschlüpften Fliege, wo kein freies Fett mehr vorhanden und eine wirkliche Verwachsung stattgefunden hat, bleibt die Verbindung doch immer eine lose und eine Trennung in Bulbus und Augenscheibe lässt sich sehr leicht ausführen. Der Bulbus scheint dann weniger complicirt gebaut als früher, was jedenfalls nur scheinbar ist und seinen Grund wohl in der Entwicklung eines reichen Tracheennetzes hat, welches die queren stützenden Faserzüge verdeckt. Er besteht aus drei Hauptzonen, deren innere hell ist und weniger auffallend radiär streifig als die sehr breite und dunklere, mittlere Zone. Nur in diesen beiden Zonen verbreiten sich Tracheen und zwar findet sich eine grosse Anzahl von Stämmchen, welche in radiärer Richtung verlaufen, sich allmählich in spitzen Winkeln theilen und mit ihren Zweigen bis an die Oberfläche der zweiten Zone vordringen, um dort schlingenförmig umzubiegen und Anastomosen zu bilden. Die dritte Zone ist die aus dem Stiele der Augenscheibe und aus der Grenzschicht hervorgegangene Lage radiärer Fasern und oberflächlich gelegener Ganglienzellen. Letztere liegen unmittelbar unter der Basis der einzelnen Augenkammern, die sich schon durch ihre schön weinrothe Färbung auffallend abzeichnen von dem farblosen Bulbus. Die einzelnen Theile der Kammern isoliren sich leicht, die blassgelben Nervenstäbe sowohl, als die sie einschliessenden stark roth gefärbten Umhüllungszellen, die als langgestreckte, spindelförmige Körper mit deutlichem Kerne leicht zu erkennen sind. Auch der Krystallkörper schimmert in günstiger Lage durch die umgebenden Theile durch. Zwischen den Augenkammern fehlen Tracheen vollständig.

Will man den morphologischen Werth der einzelnen Theile des Fliegenauges feststellen, so muss die Cornea als Chitinskelet, der übrige Theil der Augenkammern (Krystallkörper, Nervenstab und Hüllengebilde) als modificirte Hypodermis angesehen werden. Alle centralen Gebilde (Ganglienlage, Bulbus) entstehen als Auswüchse der Nervencentren.

Ueber die Bildung der drei Punktaugen (Ocellen) auf dem Scheitel der Fliege besitze ich keine Beobachtungen.

Muskeln.

Herold schildert die Neubildung der Schmetterlingsmuskeln in der Puppe bereits sehr getreu, soweit sich die Vorgänge mit blossem Auge und der Loupe erkennen liessen. Die im Brusttheile der Puppe befindliche Fettmasse wandelt sich zuerst in eine blaugrünliche, feinflockige Substanz um und nun erscheinen in dieser »einzelne, sehr zarte, fast durchsichtige Faserbündel, die sich in verschiedenen Richtungen, theils gegen den Kopf-, den Hinterleibstheil und die unausgebildeten Beine, theils gegen die Keime der Flügel hin ausbreiten«. Die beiden Fundamentalfacta, welche hier in Betracht kommen, waren demnach *Herold* bekannt, erstens, dass die Muskeln des Schmetterlinges Neubildungen sind und nicht blosse Modificationen der Larvenmuskeln und dann, dass dieselben sich durch plötzliche Umwandlung des Fettkörpers bilden.

Was die Entstehung der ersten Anlage der Muskeln betrifft, so vermag ich kaum der *Herold*'schen Darstellung noch etwas zuzufügen. In der flüssigen Fettmasse, welche die Brusthöhle anfüllt, treten feine blasse Stränge auf, die von Anfang an eine bestimmte Richtung und bestimmte Anheftungspunkte haben. Auf dem Objectträger lassen sie sich durch ihr starkes Lichtbrechungsvermögen leicht aus dem Fett herausfinden. Im jüngsten Stadium, welches zur Beobachtung kam, bestand ein solcher Strang aus einer grossen Menge unregelmässig aufeinander gehäufter kleiner Kerne von 0,006 Mm. Durchmesser, welche in eine Minimalmenge einer sehr blassen, feinkörnigen Grundsubstanz eingebettet waren (Taf. XIV. Fig. 63). Der Strang besass eine cylindrische Form und war von einer zarten, structurlosen Hülle umkleidet.

Noch jüngere Stadien sind mir zwar weder von Musca noch Sarcophaga bekannt, wohl aber von anderen Dipteren, wie ich diess bereits in einer früheren Mittheilung[1]) über die Genese der Insectenmuskeln angegeben habe. Dort (bei Chironomus z. B.) füllen im jüngsten Stadium kleine Zellen in Unzahl zusammengedrängt den Sarcolemmaschlauch aus, kurz darauf aber schwinden sie und ihre unterdessen noch bedeutend vermehrten Kerne bleiben allein zurück, eingebettet wie hier, in Minimalmengen einer feinkörnigen Grundsubstanz. Es kann demnach wohl keinem Zweifel unterliegen, dass auch bei den Musciden das Primitivbündel in seinem jüngsten Stadium aus einer cylindrischen Zellenmasse besteht.

Es fragt sich nun, woher die betreffenden Zellen kommen? Dass sie frei in der Leibeshöhle sich bilden müssen, ist klar und da hier keine an-

1) Ueber die zwei Typen contractilen Gewebes etc. in Ztschr. f. rat. Med. 3. Reihe Bd. XV. S. 60.

dern histologischen Elemente sich vorfinden, als die Körnchenkugeln mit ihren im Innern sich bildenden Kernen, so muss mit Bestimmtheit die Anlage der Muskelbündel auf die Körnchenkugeln zurückgeführt werden. Man kann sich die Sache etwa so vorstellen, dass der Körnchenkugeln im Thoraxraum immer mehr werden, und dass nun nach bestimmten Richtungen hin eine Anziehung zwischen ihnen stattfindet, so dass sie sich zu Strängen gruppiren. Eine jede einzelne Körnchenkugel wandelt sich sodann zu einem Haufen kleiner Zellen um, und die so entstandene cylindrische Zellenmasse umgiebt sich an der Oberfläche mit einer Cuticula, dem Sarcolemma. Durch directe Beobachtung lassen sich diese frühesten Vorgänge nicht feststellen, da sich alle Einzelheiten in der grossen Masse flüssigen Fettes verlieren.

Die weitere Entwicklung der Stränge geschieht dadurch, dass die Grundsubstanz sich vermehrt und die Kerne zugleich in bestimmter Weise regelmässig angeordnet werden.

Am achten Tage, häufig auch schon am siebenten, bilden die Kerne Längsreihen, welche durch schmale Streifen homogener Grundsubstanz voneinander getrennt sind (Taf. XIV. Fig. 64). Eine jede Reihe besteht aus mehrfach nebeneinanderliegenden Kernen von 0,006 Mm. Durchmesser. Das Sarcolemma lässt sich sehr leicht nachweisen, indem es sich bei Wasserzusatz, besonders an den Ansatzflächen des Muskels, abhebt. An solchen Präparaten erkennt man auch, dass die Kerne nicht unmittelbar in die Grundsubstanz eingebettet sind, sondern dass jede Kernsäule für sich in einer cylindrischen Lücke der Grundsubstanz liegt. Nicht selten quillt ein Theil der Kerne unter das abgehobene Sarcolemma vor, ohne dass dadurch die röhrenförmige Lücke in der Grundsubstanz schwände oder sich verengte und es hat oft den Anschein als wären die einzelnen Kernsäulen von einer besondern Membran umhüllt; dem ist jedoch nicht so. Bei Zusatz von Essigsäure entsteht dieser Schein dadurch, dass die Kerne sich enger zusammendrängen und eine Säule bilden, welche die einmal für sie vorhandene Lücke nicht mehr vollständig ausfüllen. Bei Anwendung des chromsauren Kali kommt ein ähnliches Bild durch die umgekehrte Wirkung des Reagens zu Stande. Die Grundsubstanz contrahirt sich, die Kernsäule quillt vor und die leere Röhre bleibt zurück. Dass solche Schläuche auf optischer Täuschung beruhen, lehrt auch die spätere Entwicklung, wo die contractile Grundsubstanz auch zwischen die einzelnen Kerne eindringt.

Die weitere Ausbildung des Primitivbündels beruht zunächst auf der fortdauernden Ablagerung von contractiler Substanz um die Kerne. Eine immer grössere Menge von Grundsubstanz drängt die Kernreihen auseinander und zeigt am vierzehnten Tage bereits eine schwache Längsstreifung, die erste Andeutung der Spaltung in Fibrillen. Die Kernreihen stehen jetzt um 0,007—0,015 Mm. voneinander ab.

Am sechzehnten Tage sind dann die Fibrillen schon sehr ausgebildet, wenn auch noch nicht so leicht isolirbar als in der Fliege, sie zeigen bereits zarte Querstreifung und die einzelnen Bündel contractiler Substanz zwischen den Kernreihen haben sich auf 0,015—0,045 Mm. verdickt. Zugleich beginnt aber jetzt ein Process, der das Primitivbündel total umgestaltet und ohne dessen Kenntniss ein Verständniss des ausgebildeten Muskelbündels nicht möglich ist. Es ist diess die Bildung des Tracheennetzes. In welcher Weise das gesammte Tracheensystem der Fliege sich entwickelt, wird später erörtert werden, die Umstrickung der Muskeln mit Luftgefässen geschieht so selbstständig und hat zugleich einen so grossen Einfluss auf die definitive Gestaltung der Muskelbündel selbst, dass sie hier bereits besprochen werden muss.

Gegen den sechzehnten Tag bemerkt man eine eigenthümliche Umwandlung an den Kernsäulen, die einzelnen Kerne werden sehr blass und liegen in grossen, hellen, vacuolenartigen Räumen, die von einer feinen, aber deutlich doppelt contourirten Membran umgeben, die also Zellen sind (Taf. XIV. Fig. 65). Diese Zellen von der bedeutenden Grösse von 0,018—0,025 Mm. Breite und bis 0,020 Mm. Länge stossen meistens dicht aneinander, ohne sich jedoch sehr stark abzuplatten, nicht selten aber bleiben auch kleine freie Zwischenräume zwischen ihnen und dann drängt sich die umgebende contractile Substanz zwischen ihnen zusammen, so dass sie innerhalb spindelförmiger Lücken zu liegen kommen. Es kann somit kein Zweifel darüber sein, dass die Zellen im Innern der Bündel liegen und dass sie von den Kernen der Kernsäulen aus gebildet worden sind. Kurz darauf entstehen im Puppenkörper die Stämme und Aeste des Tracheensystems der Fliege und nun bemerkt man auf der Oberfläche der Muskelprimitivbündel sehr blasse, dünnwandige Röhren mit weitem Lumen, die in regelmässigen Abständen in querer Richtung über das Bündel hinziehen und sich in eine Anzahl feinerer Aeste zerspalten. Diese Anlagen der Muskeltracheen treten nun in Verbindung mit den vacuolenartigen Zellen im Innern des Muskelbündels und zwar durch Vermittlung von Ausläufern. Die Zellen treiben Ausläufer von grosser Feinheit, welche sich verästeln und während ihres Entstehens in Verbindung treten mit den auf der Oberfläche gelegenen Tracheenanlagen (Taf. XIV. Fig. 66). Auch diese übrigens bilden sich mit Ausnahme der grösseren Stämmchen durch Vermittlung ganz ähnlicher heller, dünnwandiger Zellen, welche oft so dicht liegen, dass sie sich polygonal abplatten und einen förmlichen Ueberzug über das Primitivbündel bilden. Sie können nicht wohl aus Muskelkernen entstanden sein, sondern bilden sich wahrscheinlich durch Vermittlung von Körnchenkugeln, welche um diese Zeit noch in reichlicher Menge im Thorax vorhanden sind und in Gemeinschaft mit freien Fetttröpfchen und Stearinschollen dünne Lagen zwischen den Primitivbündeln bilden. Ich werde unten wieder darauf zurückkommen. Sehr auffallend ist die Thatsache, dass in dieser Zeit das Sarcolemma spurlos verschwindet. Nur dadurch wird es möglich, dass die in der Tiefe des Bündels gelegenen, aus der Umwandlung der Kernsäulen hervorgegangenen Tracheenzellen mit jenen auf der Oberfläche in Verbindung treten können, dadurch aber wird zugleich das Primitivbündel als eine histologische Einheit aufgehoben und in eine Anzahl schmälerer Bündel zerfällt, die nicht mehr von einer structurlosen Haut umgeben sind, sondern nur von einem sehr dichten Netz von Tracheen zusammengehalten werden. Diejenigen hatten Recht, welche behaupteten die Primitivbündel im Innern des Thorax der Insecten besässen kein Sarcolemma, und ich nehme hiermit meine frühere Angabe vom Vorhandensein des Sarcolemma's, die sich theils auf andre Insecten, theils auf jüngere Entwicklungszustände bezog, für die Brustmuskeln der Musciden zurück. Die Musciden besitzen überhaupt im ausgebildeten Zustande keine Primitivbündel in ihren Flügelmuskeln, es sind nur parallel nebeneinandergelegene, hüllenlose Stränge von Fibrillen, welche lediglich durch die Tracheen und durch die Cohäsion zwischen den einzelnen Fibrillen zusammengehalten werden. Diese Stränge entsprechen nur einem Theile eines Primitivbündels: der zwischen je zwei Kernreihen abgelagerten Masse contractiler Substanz. Es schien mir diess anfangs so unglaublich, dass ich durch eine Reihe von Messungen meine Beobachtungen bestätigen zu müssen glaubte und diese haben ergeben, dass es sich in der That so verhält, dass die Masse contractiler Substanz zwischen den Kernreihen ganz allmählich zunimmt bis sie zuletzt den Durchmesser der gewöhnlich als Primitivbündel bezeichneten, von einem Tracheennetz umsponnenen Fibrillenbündel erreicht.

Die Ablagerung der Intima der Tracheen geschieht an der innern Fläche der Zellmembran, während die Membran selbst mit dem Kerne zur Peritonealhaut wird.

Das Tracheennetz der Thoraxmuskeln ist ein sehr reiches und eigenthümliches. In geringen Abständen treten breite und platte Stämme in querer Richtung auf die Oberfläche der Muskelfascikel, um nun staffelweise in Aeste zu zerfallen (Taf. XIII. Fig. 62). Für jedes Fascikel geht eine Anzahl Aeste büschelförmig nach den Seiten ab, biegt dann um und umspinnt das Fascikel. Wo die Grenze der ehemaligen Primitivbündel war, lässt sich jetzt nicht mehr erkennen.

Wie ich bereits an einem andern Orte zur Genüge besprochen habe, unterscheiden sich die übrigen Muskeln der Insecten sehr wesentlich in ihrer Structur von den Flügelmuskeln, und demgemäss ist auch ihre Genese eine andre, wenn sie sich auch im Grundprincip auf den gleichen histologischen Vorgang zurückführen lässt. Die Anlage der Beinmuskeln, welche als Typus dienen können, erfolgt einige Tage später als die der Thoraxmuskeln. Auch sie bilden sich, wenn man nach meinen Erfahrungen an Tipuliden schliessen darf, aus einem cylindrischen Strange von kleinen Zellen, dessen Intercellularsubstanz an der Oberfläche zum Sarcolemma erhärtet. Dieses Stadium kam bei Musca nicht zur Beobachtung. Die Zellmembranen schwinden dann, der Inhalt der Zellen fliesst zusammen und freie Kerne liegen eingebettet in der hellen, ganz klaren Grundsubstanz. Zugleich beginnt die Ablagerung von contractiler Substanz und zwar an der Oberfläche des Bündels dicht unter dem Sarcolemma, als ein anfangs sehr dünner aber durch die bläuliche Lichtbrechung leicht kenntlicher Mantel. Auch hier geschieht also die Ablagerung der contractilen Substanz nicht unmittelbar um jeden einzelnen Kern, sondern um eine Kernsäule als Ganzes. Bei Musca vomitoria verdickt sich dann der contractile Mantel immer mehr, er wächst auf Kosten der klaren Grundsubstanz, in welcher die Kerne liegen, diese schwindet, ein Theil der Kerne schwindet ebenfalls und schliesslich hat man einen soliden Cylinder von contractiler Masse, welche mittlerweile scharf quergestreift wurde und in deren Axe eine meist einfache Reihe von Kernen liegt. Die gesammte Grundsubstanz ist in contractile Substanz umgewandelt. Während dieser Entwicklung nimmt das Primitivbündel an Dicke bedeutend zu, woraus geschlossen werden muss, dass die sarcogene Grundsubstanz fortwährend von Neuem erzeugt wird.

Bei Sarcophaga habe ich neuerdings eine ganz interessante Modification dieser Bildungsweise kennen gelernt. Hier lagern sich nämlich gleichzeitig zwei Schichten contractiler Substanz ab, zwischen welchen eine Lage Grundsubstanz unverändert bleibt. Am zwölften Tage findet sich bereits eine äusserst dünne Rinde contractiler Substanz, die den Kernstrang von allen Seiten einschliesst, ganz wie bei Musca (Taf. XIII. Fig. 61, *A*). Am siebzehnten Tage aber kommt zu dem äussern Mantel noch ein innerer, so zwar, dass zwischen beiden eine schmale Spalte bleibt (Taf. XIII. Fig. 61, *C*). Die Kernsäule besteht nach wie vor aus klaren, rundlichen Kernen von 0,006—0,008 Mm. Durchmesser, deren Bläschennatur durch den doppelten Contour ausser Zweifel gestellt wird. Im scheinbaren Querschnitt (Taf. XIII. Fig. 61, *D*) hat man im Centrum die Kerne, deren oft viele nebeneinander liegen, je nach der Dicke des Primitivbündels und nach aussen zwei dünne Ringe contractiler Substanz (*c*, *c'*) dicht aufeinander liegend, der äussere unmittelbar am Sarcolemma.

Beide Lagen der Muskelsubstanz nehmen dann an Dicke zu und am Ende des Puppenschlafes (zwanzigster Tag) sind sie beide von ziemlicher Dicke, stehen weiter von einander und vom Sarcolemma ab als früher und sind scharf quergestreift (Taf. XIII. Fig. 61, *E*). Die Zahl der Kerne hat auch hier abgenommen. Auf dem optischen Querschnitte sind die zwei Ringe contractiler Substanz noch deutlicher als früher (*F*).

Die Tracheenverästlung an diesen Muskeln ist sehr unbedeutend, ins Innere des Primitivbündels dringt kein Aestchen ein.

Geschlechtsorgane.

Die Geschlechtsdrüsen sammt einem rudimentären Ausführungsgange werden, wie oben gezeigt wurde, bereits im Ei angelegt und erreichen schon während des Larvenlebens ein specifisches, histologisches Gepräge, wenn sie sich auch lange nicht so weit entwickeln als diess bei den Schmetterlingen der Fall ist, in deren Raupen (Bombyx mori) *H. Meyer*[1]) schon acht Tage vor der Verpuppung die Hoden mit fertigen Samenelementen, die Ovarien mit Eiern angefüllt fand. Die Eibildung beginnt bei den Musciden immer erst gegen Ende der Puppenperiode, die des Samens früher; bei Sarcophaga wenigstens sind schon am dritten Tage nach der Verpuppung Bündel von Samenfäden gebildet.

Die histologische Entwicklung der Samenelemente geht ganz in der Weise vor sich, wie diess von *H. Meyer* beschrieben worden ist. In den ersten acht Tagen des Puppenlebens wird das Studium dieses Processes dadurch sehr erleichtert, dass man stets alle Entwicklungsformen nebeneinander vor Augen hat. Die Samenfäden bilden sich in Zellen, welche innerhalb der primären Hodenzellen durch Endogenese entstehen. Man findet in einer drei- oder viertägigen Puppe den Hoden noch von der nämlichen Gestalt, nur grösser als in der Larve (Taf. XIV. Fig. 68) und schon mit der Loupe erkennt man bei durchfallendem Licht, dass das Centrum bedeutend dunkel erscheint und sehr absticht gegen die hellen, näher der Peripherie gelegenen Schichten. Das Centrum enthält die reifen Samenfädenbündel, die peripherischen Schichten die unreifen. Von diesen letzteren geht deshalb auch das Wachsthum des Organs aus, hier werden fortwährend neue Zellen gebildet. Die histologischen Elemente der Rindenschicht sind: grosse Mutterzellen (Taf. XIV. Fig. 72, *a* u. *b*), in denen kuglige, sehr blasse, aber mit deutlichem Kern versehene Tochterzellen oft bis zu dreissig eingeschlossen sind, kleinere Mutterzellen mit wenigen Tochterzellen (*a*), kleine Zellen mit mehreren Kernen (*c*) und grössere Zellen mit einer grossen Anzahl von kleinen, bläschenförmigen Kernen (*d*). Die Elemente der centralen Schicht dagegen sind Samenfädenbündel, entweder noch spiral zusammengerollt in einer feinen zellmembranähnlichen ovalen Hülle, oder langgestreckt in einem structurlosen Schlauche (*e*). In der Deutung dieser Bilder und ihrer zeitlichen Aneinanderreihung schliesse ich mich *H. Meyer* ganz an. Die Samenschläuche sind die bedeutend in die Länge gewachsenen Tochterzellen, welche durch Platzen der Mutterzelle frei wurden. Wie man sich die Entstehung der einzelnen Samenfäden in den Zellen zu denken hat, da-

1) *H. Meyer*, Ueber die Entwicklung des Fettkörpers, der Tracheen und der keimbereitenden Geschlechtstheile bei den Lepidopteren. Ztschr. f. wissensch. Zool. Bd. I. S. 175.

rüber bin ich so wenig zu einer Entscheidung gelangt als *Meyer*. Sobald einmal das Samenfädenbündel gebildet war, habe ich niemals mehr einen Kern im Innern des Samenschlauches bemerkt, und so könnte man an eine Theilnahme des Kernes bei der Bildung der Samenfäden denken, wie sie *Kölliker*[1]) und neuerdings *Henle*[2]) nach ihren an Wirbelthieren angestellten Untersuchungen annehmen, allein damit stimmt nicht die Beobachtung *Meyer*'s, der constant zwei Kerne in den mit Samenfäden gefüllten Schläuchen fand, je einen an jedem Ende, auch passt die Grösse der Kerne in den vielkernigen Zellen nicht, da dieselbe bedeutender ist als die der Köpfe der Samenfäden. Es bliebe dann nur die Möglichkeit einer freien Differenzirung des Zelleninhaltes zu einem Bündel von Samenfäden. Indessen muss ich bemerken, dass meine Untersuchungen nicht ausführlich genug auf diesen Punkt gerichtet waren, um entscheidend sein zu können. Die einzelnen Samenfäden besitzen einen rundlichen Körper und einen langen peitschenförmigen Anhang und bewegen sich, wenn sie isolirt werden, in der bekannten Weise.

Wenn die Hoden ihre definitive Grösse erreicht haben, was bei Sarcophaga etwa am fünfzehnten Tage der Fall ist, beginnt sich ihre structurlose Kapsel zu verdicken und eine gelbliche Färbung anzunehmen, die sich rasch bis zu vollkommener Undurchsichtigkeit vertieft. Der Hoden hat dann etwa die Gestalt einer Retortenvorlage und ist ganz gefüllt mit Samenfädenbündeln, die bei geringem Druck durch den Ausführungsgang austreten. Nach dem Ausschlüpfen misst der eiförmige Hoden von Musca vomitoria 0,64 Mm. in der Länge und 0,035 Mm. in der Dicke.

Die Ovarien entwickeln sich bei Musciden ungemein langsam; wenn die Fliege aus der Puppe kommt, ist noch kein einziges Ei gebildet, obgleich doch die Eierstöcke schon im Embryo angelegt und bereits während des Larvenlebens bis zum Auftreten der Eiröhren weiterentwickelt werden.

Ich habe oben gezeigt, dass diese Eiröhren als Cuticularbildungen um solide Zellencylinder entstehen. Die früher gleichmässige Masse kleiner Zellen, welche die Ovariumkapsel ausfüllte, differenzirt sich und tritt zu cylindrischen Strängen zusammen, welche dann auf ihrer Oberfläche die betreffende Cuticula ausscheiden. Sodann besteht der Inhalt der Ovariumkapsel aus der früheren kleinzelligen Grundmasse, in welcher solide, durch einen feinen structurlosen Schlauch zusammengehaltene, walzige Stränge eben derselben Zellen eingebettet sind. Von einem äussern oder innern Epithelium, einem zähen, eiweissartigen Inhalte, in welchem freie Kerne eingebettet sind, wie diess *Meyer* als den jüngsten von ihm beobachteten Zustand der Eiröhren beschreibt, ist noch nichts zu sehen. Wenn man von Eiröhren spricht, so ist diess für dieses Stadium über-

1) Physiologische Studien über die Samenflüssigkeit. Ztschr. f. wissensch. Zool. Bd. VII. S. 201.

2) Handbuch der systemat. Anatomie des Menschen. Bd. II. S. 355.

haupt eine sehr wenig passende Bezeichnung; es sind vollkommen solide Zellencylinder, die erst im weitern Verlaufe der Entwicklung sich in Rinde und Inhalt differenziren, also zu Röhren werden (Taf. XIV. Fig. 69, *A*).

Noch am siebenten Tage nach der Verpuppung nehmen die Eiröhren nur eine schmale Zone des birnförmigen Ovariums ein (Taf. XIV. Fig. 70), sie liegen ziemlich dicht aneinander in der Längsrichtung des Organs und besitzen noch eine äusserst einfache Structur. Im Wesentlichen ist sie noch ganz die frühere, nur sind die Zellen im Innern grösser und dadurch deutlicher geworden. Sie sind kuglig, ihr Kern ist ohne Schwierigkeit zu erkennen. Der structurlose Schlauch endet mit einer kurz abgerundeten Kuppe.

Am vierzehnten Tage haben sich die Schläuche bedeutend weiter entwickelt, ihre äussere Gestalt hat sich verändert, das blinde Ende ist in eine Spitze ausgezogen, der mittlere Theil etwas angeschwollen, der untere wieder verengt (Taf. XIV. Fig. 69, *B*). Auch jetzt noch ist das ganze Lumen des Schlauches mit Zellen erfüllt, von denen sich keine bestimmte Anordnung, vor Allem noch keine regelmässige Epithellage erkennen lässt, wohl aber Grössenunterschiede der Zellen. Etwas später tritt diess noch mehr hervor. Es zeigt sich die Eiröhre in einen Stiel, eine Kammer und einen zipfelförmigen Anhang, das blinde Ende, abgeschnürt (Taf. XIV. Fig. 69, *C*). In der Kammer ist eine deutliche Scheidung der Zellen eingetreten. Kleine Zellen bedecken in einfacher Lage die Fläche des Schlauches als Epithel (*ep*), während grosse kuglige Zellen in der Mitte angehäuft liegen (*dz*). Aus letzteren bildet sich dann später e i n Ei. Ausserdem ist, wie auch schon für den vierzehnten Tag hätte bemerkt werden können, eine äussere Hülle (Taf. XIV. Fig. 69, *B* u. *C*, *ah*) gebildet worden aus den der Grundmasse angehörigen kleinen Zellen. Diess ist das von *Meyer* sogenannte »äussere Epithel«, welches aber kaum den Namen eines Epithels verdient, da es der structurlosen Membran nicht unmittelbar aufliegt, sondern als selbstständige Haut durch einen hellen, mit Flüssigkeit gefüllten Raum von ihr getrennt ist. Sie besteht anfangs aus mehrfacher Zellenlage, die bei zunehmendem Wachsthum und Dehnung dieser Hülle in die Länge eine einfache wird, um schliesslich ihre zellige Structur ganz zu verlieren und eine dünne mit Kernen in weiten Abständen besetzte Membran darzustellen (Taf. XIV. Fig. 71, *ah*), die von *Lubbock*[1]) als äussere Haut der Eiröhren bezeichnete Membran. Sie könnte auch als Hülle der Eierstocksröhren bezeichnet werden, da sie an der Kammerbildung keinen Antheil nimmt, sondern, ohne sich in die tiefen Einschnitte zwischen den einzelnen Kammern einzusenken, sich gerade über sie hinwegschlägt.

So wie sich jetzt e i n e Kammer gebildet hat, entsteht später über

1) On the ova and pseudova of Insects. Philosoph. Transact. 1857. S. 341.

ihr in dem blinden Ende des Schlauches eine zweite und schliesslich noch eine dritte. In jeder dieser Kammern entwickelt sich successive ein Ei, jedoch erst nach dem Ausschlüpfen der Fliege. So verhält es sich wenigstens im Winter, wo der ganze Eierstock in einer frisch aus der Puppe geschlüpften Fliege nur eine Dicke von 0,7 Mm. besitzt, und eine Länge, die etwa um die Hälfte grösser ist, während ein einziges reifes Ei fast $1\frac{1}{2}$ Mm. lang und etwa 0,4 Mm. dick ist. Demgemäss befinden sich auch die einzelnen Eiröhren auf einem sehr niedern Stande der Entwicklung, die Kammern sind noch unvollkommen voneinander abgeschnürt und die grösste Breite der untersten von ihnen beträgt nur 0,01 Mm. Dagegen sind die einzelnen Eiröhren sowohl, als der ganze Eierstock dicht umsponnen von starken, vielfach verästelten Tracheen, deren gewundener Verlauf auf die später eintretende enorme Vergrösserung des Organs schliessen lässt. Ihre Entstehung wird weiter unten abgehandelt werden.

Dass das Leben der Fliegen mehrere Wochen lang dauern muss, beweist die Entwicklung der Eierstöcke. Erst nachdem die Fliege schon geraume Zeit umhergeflogen ist, findet man in der ersten Kammer ein reifes Ei und hat dann jüngere Entwicklungsstadien desselben in der zweiten und dritten Kammer vor sich und wenn man es günstig trifft, auch noch in einer vierten (Taf. XIV. Fig. 71). Die Entwicklung des Eies geht nun so vor sich, dass die grossen Zellen, die das Lumen einer Kammer ausfüllen und anfangs kuglig waren, bedeutend heranwachsen, sich zu regelmässigen Sechsecken abplatten und zusammen eine compacte kuglige Masse darstellen. Die Zellen enthalten einen sehr deutlichen, hellen, bläschenförmigen Kern und einen homogenen, aber sehr stark lichtbrechenden Inhalt. Mit dem Wachsthum der Zellen verändert sich dieser Inhalt und wird feinkörnig matt, um noch später dunkel und dotterartig zu werden. Diess ist dann das Stadium, in welchem die Zellmembranen schwinden, der in den Zellen gebildete Dotter zusammentritt zu einer Masse und die Kerne bis auf e i n e n, welcher zum Keimbläschen wird, zu Grunde gehen. Es scheint, dass immer der Kern derjenigen eibildenden Zelle das Keimbläschen liefert, welcher am Ausführungsgange der Kammer liegt, und diess stimmt dann einigermaassen mit der Darstellung *Meyer*'s überein, welcher in jeder Kammer mehrere »Keimbläschen« annimmt, welche alle sich mit einer Zellmembran umgeben und so »gewissermaassen einen Versuch zur Eibildung machen«, von denen aber nur eins und zwar das dem Ausführungsende der Kammer zunächst gelegene sich zum Ei wirklich ausbildet. »Die übrigen gehen abortiv zu Grunde«. Schon *Lubbock* ist dieser Auffassung von den abortiven Eizellen entgegengetreten und deutet dieselben als Dotterbildungszellen und wie ich glaube mit vollkommenem Recht. In Bezug auf die Dipteren wenigstens stimmen meine Erfahrungen mit denen *Lubbock*'s vollkommen überein, aus beiden geht hervor, d a s s d a s E i d e r D i p t e r e n n i c h t v o n e i n e r e i n z i g e n Z e l l e a b s t a m m t, sondern ein ebenso zusammengesetztes Gebilde ist als die Eier der Cestoden und Trematoden, bei denen Dotterstock und Keimstock ihre Producte zur Bildung des Eies zusammenfliessen lassen. *Lubbock* bezeichnet diejenige Zelle der Eikammer, welche das Keimbläschen liefert als Eizelle, die übrigen als Dotterbildungszellen, bemerkt aber besonders, dass keine dieser Zellen als solche persistire und das Ei bilde, sondern dass ihre Membranen verschwinden und der in ihnen gebildete Dotter zusammenfliesst. Ich finde durchaus keinen Unterschied zwischen den Dotterzellen, weder in Grösse noch Structur; diejenige unter ihnen, deren Kern als Keimbläschen persistirt, zeichnet sich lediglich durch ihre Lage im Grund der Kammer, sowie dadurch aus, dass in ihr zuerst die Umwandlung des blassen Zelleninhaltes in dunkle Dotterkörnchen auftritt. Je mehr die Dotterbildungszellen heranwachsen, um so mehr verändert die Kammer ihre Kugelgestalt in die langgestreckt eiförmige des Muscideneies. Dann erst umgiebt sich die Dottermasse wieder mit einer Membran, oder vielmehr mit zweien, der Dotterhaut und dem Chorion. Erstere muss offenbar als die erhärtete Rindenschicht der Eimasse selbst betrachtet werden, entspricht also ihrer Genese nach einer Zellmembran, das Chorion aber ist eine Cuticularbildung und wird von dem Epithel der Eikammer ausgeschieden. Es kann darüber kein Zweifel sein — auch *Lubbock* spricht sich in diesem Sinne aus — wenn es auch in manchen Fällen täuschend so aussieht, als bildeten die Epithelzellen selbst durch Verschmelzung das Chorion.

Die Abbildung Fig. 71 (Taf. XIV) wird genügen, um die hier gegebene Darstellung der Eibildung gegenüber den Angaben *H. Meyer*'s und in manchen Punkten auch *Stein*'s für die Musciden wenigstens zu rechtfertigen. In Fig. 71 enthält die unterste Kammer ein reifes Ei. Das Chorion mit seinen sechseckigen Feldern, dem Mikropylapparat und allen weitern Einzelheiten ist ausgebildet, das Epithel der Kammer aber trotzdem unverändert. Die zweite Kammer, durch einen Gang mit der ersten verbunden, besitzt noch eine vollkommen kuglige Gestalt und ihre Wand besteht aus der structurlosen Membran und einer mehrfachen, dicken Schicht von Epithelzellen (*ep*). Das Lumen der Kammer ist vollständig ausgefüllt von einer feinkörnigen Masse, die hier durch die Behandlung mit Essigsäure sehr dunkel geworden ist, in frischem Zustande aber noch ziemlich hell war. In dieser Dottermasse liegen die grossen, kugligen Kerne (*dk*), etwa zwölf im Ganzen, deren Membran ziemlich dick ist und deren ursprünglich klarer, heller Inhalt ebenfalls durch die Essigsäure getrübt wurde. Ihr Durchmesser beträgt 0,037—0,048 Mm., Zellcontouren liessen sich in diesem Falle nicht mehr deutlich unterscheiden, obwohl sie noch vorhanden und nur durch den dunkeln Inhalt verdeckt waren. Ich habe sie oft in viel späteren Stadien erkennen können, wo der Durchmesser der Kerne bis auf 0,08 Mm. angewachsen war. Die Zellen erreichen dann dem entsprechend gleichfalls eine colossale

Grösse. Um so leichter sichtbar sind dieselben in der dritten Kammer (k^3), wo sie regelmässige Polygone bilden und in der vierten (k^4), wo noch keine Trennung der hellen Zellen in Epithel und eibildende Zellen stattgefunden hat. Es hängt offenbar nur von der Lebensdauer des Thieres ab, ob noch ein viertes Ei gebildet wird.

Ausser von Tracheen sind die einzelnen Eiröhren wie der ganze Eierstock noch von einem feinen aber stark entwickelten Muskelnetz (*m*) umstrickt, welches aus Bälkchen verschiedenen Durchmessers besteht und an den Knotenpunkten kleine ovale Kerne von 0,0068—0,008 Mm. enthält mit kleinem, punktförmigen Nucleolus. Scharfe Querstreifung findet sich hier wie bei allen Muskeln des Thieres.

Wenn die Eier der ersten Kammer entleert worden sind, findet man dieselbe zu einem weiten, sackartigen Schlauche zusammengefallen und die zweite Kammer entsprechend in der Eibildung vorangeschritten.

Die Ausführungsgänge und Anhangsdrüsen des Genitalapparates der Musciden sind bereits mehrfach beschrieben worden, ich erwähne sie deshalb nur kurz.

Ein jeder Hoden setzt sich in einen feinen Samenleiter fort, welche beide in den gemeinschaftlichen Ausführungsgang münden. An ihrer Mündungsstelle sitzen dem letzteren zwei kurze, dicke Drüsenschläuche an, sog. accessorische Drüsen.

Die kurzen, ziemlich weiten Oviducte (Taf. IX. Fig. 14) stossen in den etwa doppelt so langen gemeinschaftlichen Eiergang zusammen, der sich sodann sackartig zur Scheide erweitert. An der Grenze zwischen Eiergang und Scheide sitzen zwei lange und dünne schlauchförmige Anhangsdrüsen (*ga*) und dicht dahinter die Receptacula seminis (*re*). Es sind drei kleine, an kurzen, dünnen Stielen sitzende Bläschen, von welchen übrigens zwei, obgleich sie getrennte Ausführungsgänge besitzen, mit ihren Wänden aneinander liegen und verwachsen sind.

Dass die Ausführungsgänge der Geschlechtsdrüsen sich aus den Strängen entwickeln, an welchen die Keime dieser Drüsen in der Larve befestigt waren, scheint mir keinem Zweifel zu unterliegen. Diese Stränge bestehen aus einer äussern Cuticula und einem zelligen Inhalt, und so möchte denn wohl von letzterem die während der Puppenperiode eintretende Umgestaltung der Gänge und die Bildung der accessorischen Drüsen und Receptacula seminis ausgehen. Directe Beobachtungen aber über

1) Leider war meine Arbeit bereits zum Druck eingesandt, als ich die Abhandlung von *Claus*, »Beobachtungen über die Bildung des Insecteneies«, erhielt (Ztschr. für wiss. Zool. Bd. XIV. Heft 1). Ich erwähne deshalb nur kurz, dass in allen Hauptpunkten die Resultate, zu welchen *Claus* durch Untersuchung von Aphidinen gelangte, mit den meinigen übereinstimmen; »Dotterbildungszellen, Epithelzellen und Eier sind nur Modificationen ursprünglich gleichartiger Elemente«, der Dotter wird auch hier in besondern Zellen gebildet, welche indessen förmliche Drüsenzellen darstellen und nicht durch Verschmelzung dem werdenden Ei ihren Inhalt zuführen, sondern durch besondre Ausführungsgänge: die Dotterstränge.

die Art, wie das Zellenmaterial zu diesen Theilen beschafft wird, würden, wenn sie überhaupt an einem so kleinen Insect möglich sind, nur mit unverhältnissmässigem Zeitaufwande angestellt werden können. Die Bildung der accessorischen Organe des Genitalapparates beginnt gleichzeitig mit der Neubildung des Darmes und im Speciellen mit der Anlage der Mastdarmpapillen, jener ihrem physiologischen Werthe nach so räthselhaften Organe. Bei Sarcophaga fand ich bereits am elften Tage nach der Verpuppung die accessorischen Drüsen und die Receptacula angelegt. Letztere besassen ihre definitive Gestalt; ihre eigenen Wandungen wie die ihres Ausführungsganges bestanden aus einer Lage kleiner, heller Zellen, die im Receptaculum selbst eine sehr dünne, zarte und noch gänzlich farblose Intima ausgeschieden hatten. Später verdickt sich dieselbe und wird pigmentirt, zuletzt tief schwarz, während die helle Zellenschicht auf ihrer Oberfläche unverändert bleibt. Die Intima zeichnet sich ausser durch ihre Pigmentirung noch durch spiralige reifartige Verdickungen nach Art der Tracheenintima aus, und ganz ebenso nur ohne Färbung ist die Intima des Ausführungsganges beschaffen.

Gleichzeitig mit dem weiblichen Generationsapparat entwickelt sich auch der männliche. Hier wie dort werden schliesslich die ausführenden Canäle wie die Drüsen selbst von einem Muskelnetz umsponnen, dessen Entstehung bei Gelegenheit der Neubildung der Darmmuskeln besprochen werden soll.

Was die äussern Geschlechtstheile betrifft, so sind sie ihrer Form nach in *Meigen*'s[1]) Monographie der Dipteren genau beschrieben und abgebildet, sie bestehen bei dem weiblichen Thiere aus einer fünfgliedrigen Legeröhre, bei dem Manne in einem hornigen Penis mit doppelten Seitenlappen. Die Bildungsgeschichte dieser Theile habe ich nur insoweit verfolgt, als es mir für die allgemeine Morphologie wichtig zu sein schien und kann mit Bestimmtheit aussagen, dass sie nicht durch Umwandlung einzelner Larvensegmente entstehen, oder vielleicht schon als Imaginalscheiben in der Larve angelegt sind, sondern selbstständig angelegt werden um dieselbe Zeit, in welcher der Hinterleib der Fliege sich aus den acht hintern Larvensegmenten herausbildet. Keines dieser acht Segmente nimmt als solches an der Bildung der Legeröhre Theil, sondern dieselbe entsteht als eine Wucherung der Hypodermis im Innern des letzten Fliegensegmentes. Es nützt deshalb auch morphologischen Speculationen nichts, dass die fünf Segmente der Legeröhre, den vieren des Abdomens beigezählt, gerade neun ausmachen und so die Anzahl der Larvensegmente sich in der Imago wiederzufinden scheint, g e n e t i s c h e n t s p r e c h e n d i e e i n z e l n e n I m a g o s e g m e n t e d e n L a r v e n s e g m e n t e n n i c h t. Die betreffenden Larvensegmente werden nicht einzeln in Hinterleibssegmente der Fliege umgewandelt, sondern sie werden ihrer

1) Systematische Beschreibung der bekannten europäischen zweiflügligen Insecten. Hamm 1826. Th. V. S. 61.

Form nach aufgelöst, und nur das Zellenmaterial, welches sie zusammensetzte, bleibt bestehen und wird von neuem zur Bildung der Körperwandungen benutzt.

Nahrungscanal.

Der Darmtractus der Fliege erinnert in seiner Zusammensetzung durchaus an den der Larve, indessen ist sowohl die Form der einzelnen Theile, als besonders ihre Ausdehnung verändert.

Herold hat angezeigt, dass sich der Darmtractus der Raupe sehr bedeutend contrahirt während des Puppenlebens, oder richtiger, dass derselbe bedeutend kürzer wird, er betrachtete zugleich auch eine »zarter werdende Beschaffenheit seiner Häute« und ihm schien diess »auf ein Schwinden der Substanz desselben« hinzudeuten[1]). Ich habe oben gezeigt, dass in der That der Nahrungscanal der Larve in seiner ganzen Länge zerstört wird und dass aus seinen Trümmern, die die Gestalt des Organes im Allgemeinen beibehalten, sich der neue Darm aufbaut. Die Zellen der Wandung gehen durch fettige Entartung zu Grunde, die Intima stösst sich ab, die Tracheen, Nerven nnd das Muskelnetz zerfallen und verschwinden spurlos. Es wurde zugleich erwähnt, dass es die Zellen der Wandung sind, welche zuerst entarten, während das Muskelnetz sich einige Tage länger erhält. Daraus scheint mir die sehr erhebliche Verkürzung erklärt werden zu müssen, welche bald nach der Verpuppung eintritt, zuerst am Chylusmagen, später auch am Darm. Den normalen Darm der Larve würde anch die stärkste Contraction seiner Muskeln nicht so zu verkürzen im Stande sein, die Zellen der Wandung würden bei einem gewissen Grade der Zusammenziehung ein unübersteigliches Hinderniss bilden. Diess fällt hier weg und so trage ich kein Bedenken, die Contraction des Muskelnetzes als die primäre Ursache der eintretenden Verkürzung anzusehen, wie wir die Muskeln der Körperwandung als die Ursache der starken Verkürzung der hintern Larvensegmente bei der Bildung des Abdomens kennen gelernt haben.

Schon am zweiten Tage ist der Chylusmagen, welcher in der Larve über 1,5 Cm. lang ist, bis auf 0,6 Cm. verkürzt und die Einmündungsstelle der *Malpighi*'schen Gefässe — die Grenze zwischen Chylusmagen und Darm — weit nach vorn gerückt, während der Darm seine ursprüngliche Länge (3,4 Cm.) beibehalten hat und noch mehrfache Windungen macht (Taf. IX. Fig. 13). Später, bei Sarcophaga am sechsten und siebenten Tage, wenn die zelligen Wände des eigentlichen Darmes zerfallen, tritt dann die Verkürzung auch hier ein und zwar in noch stärkerem Maasse, der Darm verkürzt sich von 3,4 Cm. Länge bis auf 0,6 Cm., zugleich aber wächst der aus frischem Zellenmaterial gebildete Chylusmagen wieder in die Länge und erreicht am Schluss des Puppenschlafes die Länge

1) A. a. O. S. 40.

von 1,8 Cm., also etwa die Länge, welche er in der Larve besass (Taf. IX. Fig. 14). Sein vorderer Theil schliesst immer noch den braunen Körper ein und bleibt geräumig, während der hintere Theil sich nur durch die Mündungsstelle der *Malpighi*'schen Gefässe, nicht durch seine Gestalt vom eigentlichen Darme abgrenzt.

Der histologische Process der Zerstörung und des Wiederaufbaues ist an den Wandungen des Darmes ganz derselbe, wie an denen des Chylusmagens, nur beginnt und endet er zu einer viel späteren Zeit. Bei Sarcophaga carnaria dauert der Zerfall bis zum sechsten und siebenten Tage. Zuerst verwandelt sich auch hier der Zelleninhalt in feinkörniges Fett und der Darm gewinnt ein eigenthümlich fleckiges, scheckiges Aussehen, sodann zerfallen die Zellen vollständig, wie ich hier oft mit aller Bestimmtheit beobachtet habe. Es ist nicht ganz leicht, sich davon zu überzeugen, weil der Darm ungemein weich und bröcklig wird und daher sich sehr schwer in Continuität mit dem Chylusmagen, oder überhaupt nur auf längere Strecken aus der flüssigen Fettmasse der Leibeshöhle herauspräpariren lässt. Gelingt es, so hat man einen dunklen Strang von ganz ungleicher Dicke und höckeriger, flockiger Oberfläche vor sich, an dem sich einzelne Zellen nicht mehr, meistens auch nicht einmal mehr Zellenterritorien erkennen lassen (Taf. XIV. Fig. 73). Nur die Kerne sieht man hier und da durch die Haufen feiner Fetttröpfchen durchschimmern, sie erweisen sich also hier wie bei den Fettzellen als der resistenteste Theil der Zelle. Von einer oberflächlichen Cuticula, von Tracheen oder einem Muskelnetz ist keine Spur mehr zu sehen.

Sodann bildet sich eine neue Wandung aus den Trümmern der alten. Am neunten Tage wurde sie zuerst beobachtet. Wie ihre ersten Formbestandtheile entstehen, liess sich auch hier nicht entscheiden; ob die Kerne der alten Zellen die Grundlage liefern für die neuen, oder ob neue Kerne in einer Grundsubstanz entstehen wie die Kerne der ersten Embryonalzellen im Keimhautblastem? Der Zellenbildung geht jedenfalls eine gänzliche chemische Umwandlung des vorhandenen Bildungsstoffes voraus; die feinkörnige, dunkle, unregelmässig aufgehäufte Fettmasse wird allmählich gleichmässiger, heller und ebner. Es bildet sich dann eine neue Darmwand, deren Zellen anfänglich noch ziemlich dunkel und körnig sind (Taf. XIV. Fig. 56, *A*), allmählich aber so hell und klar werden wie die Wandungen des Chylusmagens. Man findet dann auch das Lumen des Darmes mit klarer, gelblicher Flüssigkeit gefüllt, in der einzelne grosse Fettkugeln (Taf. XII. Fig. 56, *B*).

Merkwürdigerweise nimmt auch an den Harngefässen ein ganz ähnlicher histologischer Process seinen Ablauf. Sie machen ganz wie der Darm selbst die Fettmetamorphose durch, ihre Zellen füllen sich immer stärker mit Fett, die Gefässe werden dabei immer weicher und zerreisslicher, ihr ganzes Aussehen wird ein anderes, die früher so deutlichen

Zellenumrisse verschwinden und nur unbestimmte Querstreifen lassen die früheren Zellengrenzen noch ahnen.

Die Zellen lösen sich auf und entstehen wieder von Neuem. Man hat nur nöthig, die vier Zeichnungen, Figg. 60, *A*—*D* (Taf. XIII), miteinander zu vergleichen, um über diese Thatsache ins Reine zu kommen. Fig. *A* stellt ein Gefäss der ausgewachsenen Larve dar, wie es sich auch nach der Verpuppung noch einige Tage erhält. Am achten Tage hat die fettige Entartung bereits begonnen, die Zellen sind mit feinen Körnchen (die nicht Harnsecret sind) gefüllt (Taf. XIII. Fig. 60, *B*) und sind gewissermaassen zusammengerutscht, d. h. während früher das ganze Gefäss nicht breiter als eine Zelle war, liegen jetzt mehrere Zellen nebeinander, sind aber in der Längsrichtung zusammengedrückt. Das Gefäss ist viel breiter geworden. Am elften Tage lassen sich Zellenumrisse nicht mehr unterscheiden, und auch von Kernen sieht man nichts mehr (Taf. XIII. Fig. 60, *C*). Untersucht man aber dann kurz vor dem Ausschlüpfen — Fig. 60, *D* rührt vom neunzehnten Tage her — so findet man die *Malpighi*'schen Gefässe wieder ähnlich denen der Larve zusammengesetzt, grosse mit gelbem körnigen Harnsecret gefüllte Zellen stehen alternirend, eine jede von der Breite des Gefässes selbst. Während der ganzen Puppenzeit bestehen aber die *Malpighi*'schen Gefässe als solche ununterbrochen fort und ihre Anheftungsstelle an den Darm bleibt immer dieselbe.

Wie sich aus den zerfallenden Wänden des Chylusmagens, des Darmes und der *Malpighi*'schen Gefässe neue, anders gestaltete Wandungen herausbilden, so ist es auch mit dem vordersten Abschnitte des Nahrungscanals der Fall. Auch der Oesophagus bildet sich neu als eine dünne, ziemlich lange Röhre, an deren hinteres Ende sich ein Kropf anschliesst, eine ringförmige Verdickung der Wandung. Es ist bekannt, dass die Fliege einen Saugmagen besitzt und zwar mündet derselbe mit langem Stiel gerade vor dem Kropfe unter rechtem Winkel in den Oesophagus (Taf. IX. Fig. 15, *s*). Nach *Herold* bildet sich der Saugmagen der Schmetterlinge durch allmähliche Ausstülpung vom Oesophagus aus; offenbar ist es hier ebenso, wenn es auch wegen der grossen Weichheit und schwierigen Präparation der Theile nicht gelang die einzelnen Stadien dieses Processes zu beobachten. Mit dem Saugmagen der Larve besteht keinerlei Zusammenhang.

Dass der neugebildete Dünndarm bedeutend kürzer ist, als der bei der Larve war, wurde bereits erwähnt, seine Breite nimmt von vorn nach hinten zu ab, dicht vor dem Mastdarme ist sie sehr gering.

Der Mastdarm selbst besteht aus der unmittelbar auf den Dünndarm folgenden sog. Rectaltasche (Taf. IX. Fig. 14, *re*) und einem kurzen, sich verjüngenden Ausmündungsstück. In der Rectaltasche liegen vier sog. Rectalpapillen, jene bei den Imagines der Insecten so weit verbreiteten, ihrer physiologischen Bedeutung nach so räthselhaften Organe. Ihre Entstehung gelang es genau zu verfolgen. Sie bilden sich von der zelligen Darmwand aus als solide Zellenkegel von geringer Grösse, deren innere Fläche von der Intima des Darmes überkleidet wird. So fand ich sie bei Sarcophaga am zehnten Tage (Taf. XIII. Fig. 58). Am folgenden Tage bildet sich dann ein nach aussen offenes Lumen im Innern der Kegel, so dass sie den Anschein von Einstülpungen der Darmwand bekommen und nun treten in die Höhlung Körnchenkugeln aus der den Darm umspülenden Fettmasse hinein und füllen dasselbe bald vollständig aus. Die nach aussen gerichtete Mündung der Papillen wird zugleich weit, trichterförmig und durch einen ringförmigen Zellenwall begrenzt, der sich später noch mehr verdickt und dann als runder Aufsatz auf dem Darme vorspringt, vergleichbar etwa dem Deckel einer Glaslaterne (Taf. XIII. Fig. 59, *rp*). Dieser Ringwulst setzt sich zwar scharf von der Darmwand ab, besteht aber aus denselben Elementen, Zellen, die hier wie dort nur in einfacher Lage vorhanden sind und nur durch ihre viel bedeutendere Grösse sich vor jenen auszeichnen. Sie umgeben radienartig die Oeffnung der Papille. Auch die übrige Wandung der jetzt kegelförmig zugespitzten Papille besteht nur aus e i n e r Lage (*zw*) von grossen, klaren, blassen Zellen, die auf ihren beiden Flächen von einer Cuticula begrenzt wird.

Das Lumen der Papille ist also gegen die Wandung hin abgeschlossen, es enthält jetzt die Umwandlungsproducte der Körnchenkugeln, kleine blasse Zellen, die, mit Fettkörnern und -Kügelchen gemengt, eine compacte Masse bilden. Aus diesen bilden sich später Nerven und Tracheen in Zusammenhang mit der Bildung dieser Organe in der Leibeshöhle und an den übrigen Organen. In jede Papille treten von aussen her zwei dünne Röhren von 0,036 Mm. Durchmesser, mit dünner, blasser Wand, in welcher stellenweise ziemlich dicht grosse, blasige Kerne liegen. Später erkennt man dann auch die elastische Intima. Die Untersuchung der Papillen wird gegen Ende der Puppenperiode immer schwieriger, die Wände des Darmes verlieren ihr früheres pellucides Aussehen, die Intima verdickt sich stark und treibt krumme, kurze Borsten auf der Oberfläche der Papillen. Wenn die Haut der Puppe anfängt sich schwarz zu färben, ist die Bildung der Papillen beendet, die Breite der viereckigen Rectaltasche beträgt dann 0,15 Cm. Die Tracheen theilen sich bei ihrem Eintritt in die Papille in etwa 16—20 Aeste, welche der Länge nach zwischen den Zellen der Füllungsmasse hinlaufen. Im ausgebildeten Thiere sind diese Zellen gross, polyedrisch, 0,044 Mm. breit, 0,086 Mm. lang, sie schliessen einen Kern von 0,018—0,020 Mm. ein und einen blassen Inhalt von eigenthümlich grobkörniger Beschaffenheit. Zwischen diesen Zellen verästeln sich die Tracheen, indem kurze Zweige in der Richtung gegen die Axe der Papille von ihnen abgehen und die Zellen gewissermaassen einrahmen. Ausserdem erhält aber auch der Ringwulst Tracheen und zwar viele Zweige, welche sehr regelmässig radiär gegen ihn ausstrahlen.

Was die physiologische Bedeutung der Rectalpapillen betrifft, so muss ich mich mit *Leydig* gegen ihre drüsige Natur aussprechen, ohne aber sagen zu können, was sonst ihre Functionen sind. *Leydig* vermuthet in ihnen Respirationsorgane, vergleichbar den Kiementracheen im Mastdarme der Libellenlarven. Es wird eine Entscheidung nur durch vergleichende Untersuchung einer grossen Zahl von Insecten zu erreichen sein, ich möchte hier nur darauf aufmerksam machen, dass die Musculatur der Rectaltasche ungemein stark ausgebildet ist. Die in rechtem Winkel sich kreuzenden Quer- und Längsbänder liegen hier so dicht, dass keine Maschenräume zwischen ihnen bleiben, die Quermuskeln drängen sich dicht aneinander, während die Längsmuskeln sogar in doppelter Lage vorhanden sind. Es deutet diess auf eine Thätigkeit der Papillen, welche mit einer Contraction der Darmwand verbunden ist.

Es bleibt mir noch übrig, einiges über die histologische Ausbildung des Darmcanals nachzuholen. Auf der neuen Zellenwand bildet sich an Stelle des zerfallenen Muskelnetzes ein neues und ebenso entsteht ein neues Tracheennetz. Während am siebenten und achten Tage bei Sarcophaga keine Spur von Muskelbändern mehr vorhanden ist, findet man am siebzehnten Tage ein Muskelnetz ganz ähnlich, wie es bei der Larve vorhanden war, aus Längs- und Ringbändern bestehend, die in grösseren Abständen Kerne enthalten.

Ueber die Entstehung dieser Muskelbänder gelang es folgendes zu beobachten. Am elften Tage, wo die Zellenwand des Darmes bereits neugebildet, die einzelnen Zellen aber noch nicht deutlich zu erkennen sind, wegen starker Anfüllung mit feinen dunkeln Körnchen, bemerkte ich auf der Oberfläche der Wandung kleine blasse Kerne, über welche eine zarte Membran sich wegzuschlagen schien. Die Kerne lagen theils ziemlich dicht, theils in weiteren Abständen und die Membran senkte und hob sich, je nachdem die Kerne aufeinander folgten (Taf. XIII. Fig. 56, *A, mz*). Kerne und Membran gehören zusammen, es sind kurze blasse, spindelförmige Zellen, welche die erste Anlage der Muskelbänder bilden. An einigen Stellen hoben sie sich von der Darmwand ab und liessen sich als Zellen deutlich erkennen. Durch Verschmelzung miteinander, so darf man wohl folgern, bilden sie die Muskelbänder. Es kommt aber hier wiederum die Frage nach dem »woher« der Zellen in Betracht. Von den Zellen der Darmwand stammen die muskelbildenden Zellen nicht ab, jene bilden eine compacte, geschlossene Membran, deren einzelne Glieder noch dazu senkrecht auf der Fläche stehen, während die Muskelzellen ihr parallel laufen. Wir werden also hier wiederum auf das zellenbildende Depot der flüssigen Fettmasse in der Leibeshöhle hingewiesen und ganz ebenso ist diess der Fall mit den Tracheen, die erst geraume Zeit nach der Bildung des Muskelnetzes auf die Darmoberfläche hinaufwachsen und über deren Entstehung unten Näheres beizubringen sein wird.

Als einer der Hülfsapparate des Nahrungsrohres sind noch zwei Speicheldrüsen (Taf. IX. Fig. 15, *gs*) zu erwähnen, die wohl aus selbstständiger Zellenanlage ihren Ursprung herleiten, da sie schon ihrer Mündungsstelle nach nicht Auswüchse des Oesophagus sein können. Sie bestehen eine jede aus einem dünnen, vielfach hin und her gewundenen Schlauche von etwa 0,057 Mm. Dicke, welcher übrigens im lebenden Thiere durch Fäden (vielleicht eines Visceralmuskelnetzes?) ausgespannt erhalten wird und dann bis in den Hinterleib herabreicht. Sie sind paarig vorhanden und begleiten den Stiel des Saugmagens. Nach vorn gehen sie in einen dünnen Ausführungsgang über, der sich mit dem der andern Seite zu einem gemeinschaftlichen Gange vereinigt und innerhalb der Rüsselscheide hinlaufend in der Spitze der Mandibelborste ausmündet. Histologisch sind sie aus einer einfachen Lage von Drüsenzellen und aus einer Intima zusammengesetzt.

In der Fliege findet sich die Mundöffnung am Grunde der vom Rüssel gebildeten Saugröhre, das vordere Ende des Oesophagus inserirt sich an die Chitinlamelle, welche die Basis der Unterlippe bildet und gerade an dieser Stelle heften sich von beiden Seiten her Büschel von Muskeln an die Speiseröhre (Taf. IX. Fig. 14, *m*). Diese tritt durch den Schlundring, gelangt in den Thorax und schwillt hier in den Proventriculus an, der eine halbkuglige Gestalt (*pr*) besitzt und sehr dicke und derbe Wandungen hat. Kurz vor ihm mündet der dünne Stiel des Saugmagens in die Speiseröhre, der bis an die hintere Grenze der Brust hinabreicht, um dort in den fast nierenförmig gestalteten Saugmagen (*s*) anzuschwellen. Auf beiden Seiten wird der Stiel von den dünnen, schlauchförmigen, in engen Windungen verlaufenden Speicheldrüsen begleitet. Der Chylusmagen scheidet sich in einen vordern, weiten und einen hintern, engen Theil. Der vordere verjüngt sich nach hinten zu allmählich, erreicht eine sehr grosse Dünne, an der Grenze zwischen Thorax und Abdomen und geht dann in den hintern, gewunden verlaufenden, darmähnlichen Theil über. So lange der vordere Abschnitt eine bedeutendere Weite besitzt, zeichnet er sich durch blindsackförmige Ausstülpungen seiner Wand aus, die kurz, fast halbkuglig gestaltet und in Längsreihen angeordnet sind. Ihre Wandungen unterscheiden sich nicht von den dazwischen liegenden Theilen des Chylusmagens, sie bestehen aus denselben kleinen, 0,020—0,029 Mm. grossen Zellen mit hellem, homogenem Rande und feinkörnigem Inhalt. Das Muskelnetz verläuft indessen nicht über sie hinweg, sondern sie liegen in den ziemlich weiten Maschenräumen desselben. Der eigentliche Darm ist sehr kurz und dünner als der hintere Theil des Chylusmagens, er geht scharf abgesetzt in die Rectaltasche über, an die sich dann noch ein kurzes, trichterförmig sich verengendes Endstück anschliesst (Taf. IX. Fig. 15, *re*).

Tracheensystem der Fliege.

Das Tracheensystem der Fliege ist so verschieden von dem der Puppe, wie dieses von dem der Larve. Die Puppe besitzt nur ein Paar Stigmen, die Fliege hat deren sechs Paar; daraus allein folgt schon, dass auch das Luftröhrennetz selbst ein anderes sein muss. Die Stigmen der Puppe sind, wie gezeigt wurde, auf dem Rücken des Prothorax in besondern kleinen hornartigen Zapfen gelegen, welche morphologisch den Flügeln und Schwingern entsprechen, d. h. welche die Rückenanhänge des Prothorax sind. Diese gehen bei der letzten Häutung des Insectes — dem Ausschlüpfen der Fliege — verloren und mit ihnen die in ihnen gelegenen Luftlöcher. Der Prothorax trägt bekanntlich bei keinem ausgebildeten Insect Stigmata. Zwei Paare vertheilen sich bei Musca wie bei Sarcophaga auf den Meso- und Metathorax und die vier übrigen liegen seitlich in den Dorsalstücken der Abdominalsegmente. Bei der Fliege findet sich auf jeder Seite des Körpers ein ansehnlicher Längsstamm, in welchen die von den Stigmaten herkommenden Stämmchen einmünden. Die Stämme reichen bis in den Kopf, sind hier durch einen Querast verbunden und enden jederseits in eine Tracheenblase, welche zwischen dem Auge und dem Antennennerv liegt. Auch im ersten Segmente des Abdomens verbindet ein Querast die Stämme und eine enorme Tracheenblase steht mit ihnen in Verbindung. Das ganze Tracheensystem ist sehr reich entwickelt, alle Organe zeigen ein dichtes Netz von Luftgefässen, sowohl die Muskeln, als die Generationsorgane, der Darm und die centralen Nervenmassen. Dieses ganze System von Luftcanälen tritt erst mit dem Ausschlüpfen der Fliege in Thätigkeit, während der Puppenperiode functionirt das oben beschriebene, so eigenthümlich gebaute Tracheensystem der Puppe, dessen beide Hauptstämme auf dem Prothorax ausmünden. Bei dem Acte des Ausschlüpfens ziehen sich diese Stämme mit ihren Aesten aus dem Körper der Fliege heraus; man kann sich leicht davon überzeugen durch künstliches Herausschälen der halbentwickelten Fliege aus der Puppenhaut. Da auf dem Prothorax der Fliege kein Stigma sich bildet, so muss sich die Oeffnung, die die Tracheenröhren durchtreten liess, wieder schliessen und verwachsen.

Das Tracheensystem der Fliege ist von dem der Puppe, wie man sieht, so verschieden, dass jenes sich nur in seinem kleinsten Theile im Anschluss an dieses bilden kann, in seinem bei weitem grössten Theile aber vollkommen selbstständige Neubildung ist.

Die Tracheennetze sämmtlicher innerer Organe sind Neubildungen und ebenso die zu ihnen hinführenden Aeste, die Hauptstämme, die Tracheenblasen und die Verbindungsäste zwischen Stigmen und Längsstämmen. Der Zusammenhang zwischen altem und neuem Luftgefässsystem ist also ein sehr geringer, nur wenige Aeste, wie z. B. die Tracheen der

Beine, sind beiden gemeinsam. An diesen bildet sich, wie bei jeder Larvenhäutung, ein neues elastisches Rohr um das alte. Man findet an ihnen in den letzten Tagen des Puppenlebens die Peritonealhaut abgehoben und an ihrer Innenfläche die Anhänge einer neuen Intima; alle andern Tracheen aber entstehen selbstständig und zwar auf verschiedene Weise, einmal ganz ebenso, wie sich die grösseren Tracheen des Embryo bilden, und dann nach einem im früheren Leben des Thieres noch nicht dagewesenen Modus. Jenes kommt bei den grösseren Aesten und den Stämmen vor, dieses bei den feineren Zweigen und den Verästlungen auf dem Parenchym der Organe. Die Stämme und gröberen Aeste bilden sich aus Strängen kugliger Zellen, in deren Axe ein Lumen entsteht und an deren innerer Fläche sich eine elastische Membran ausscheidet. In diesem Stadium findet man sie gegen Ende des Puppenschlafes, die einzelnen Zellen noch selbstständig, aber dicht aneinander gedrängt, eine dünne Intima umgebend, der helle Zelleninhalt mit vielen glänzenden Fetttröpfchen durchsetzt. Dieser Modus der Tracheenbildung geht nicht etwa von den Tracheen der Puppe aus und verbreitet sich von da allmählich weiter, sondern er tritt gleichzeitig an allen Orten auf.

Gegen das Ende der Puppenperiode, wenn die Pigmentablagerung in der äussern Haut bereits begonnen hat, also bei Sarcophaga am sechzehnten und siebzehnten Tage, geht eine Veränderung mit der die Körperhöhlen ausfüllenden flüssigen Fettmasse vor sich. Sie wird fest, lässt sich nicht mehr auswaschen und unter dem Mikroskop erkennt man, dass sie durchsetzt ist von zahllosen feinen und gröberen, blassen Strängen, den Anlagen der Tracheen. Diese Stränge durchziehen sowohl den freien Raum der Bauchhöhle als sie auch die einzelnen Organe umspinnen und man findet zu dieser Zeit die Oberfläche aller Organe, die überhaupt einen Tracheenüberzug erhalten, von ihnen umstrickt, so die Geschlechtsdrüsen, den Darmtractus und die Muskeln. Immer fand ich sie an allen Orten gleichzeitig, sie entstehen also gleichzeitig und wohl ohne Zweifel durch eine Umwandlung der Fettmasse mit Hülfe der Körnchenkugeln.

Die weiteren histologischen Umwandlungen erfolgen wie beim Embryo, die Zellen verschmelzen und es bildet sich eine kernhaltige Peritonealhaut, die sodann wahrscheinlich noch Ausläufer treibt und neue Aestchen bildet, wie diess auch während des Larvenlebens geschieht. Dafür spricht schon der Umstand, dass, noch ehe die Intima völlig ausgebildet ist, die dünneren Zweige, so z. B. die zum Darm tretenden eine fertige Peritonealhaut mit ziemlich weit auseinanderstehenden Kernen besitzen.

Die Entstehung des Tracheennetzes, welches die einzelnen Fascikel der Brustmuskeln umspinnt, ist oben schon beschrieben worden; es wurde gezeigt, dass sich die Kerne, von welchen die Erzeugung der contractilen Substanz ausgeht, und welche nach Ablagerung derselben in Längsreihen zwischen den Fascikeln der Fibrillen liegen, sich in tracheenbildende Zellen umwandeln und dass von ihnen aus die einzelnen Fascikel mit feinsten Aestchen überzogen werden. Es wurde auch bereits darauf hingedeutet, dass die tracheenbildenden Zellen auf der Oberfläche der Primitivbündel nicht aus Muskelkernen sich gebildet haben können, sondern auf Körnchenkugeln zurückzuführen sind.

Ganz freies, flüssiges Fett ist in dieser Periode in der Höhle des Thorax nicht mehr vorhanden, die Muskelmassen auf den Seiten, der Chylusmagen in der Mitte, füllen dieselbe fast vollständig aus und nur dünne Lagen von Fett sind noch zwischen den einzelnen Muskelbändern vorhanden. Zwischen diesem Fett, welches theils aus Fetttropfen, theils aus festeren, unregelmässig gestalteten Stearinschollen, theils auch aus Körnchenkugeln besteht, erscheinen am sechzehnten Tage plötzlich eine grosse Anzahl von runden, sehr blassen und dünnwandigen, vacuolenartigen Zellen, deren jede einen Kern enthält und die sich nur durch ihre differente Genese von den in der Tiefe zwischen den Fascikeln gelegenen tracheenbildenden Zellen unterscheiden. Sie sind anfangs rundlich, treiben aber bald Ausläufer, anastomosiren untereinander und bilden ein feines, die Muskelmasse überziehendes Netzwerk, bei welchem es oft sehr schwer ist zu sagen, wo Zelle und wo Lücke zwischen den Zellen ist, besonders da viel Fett und Stearinschollen zwischen und über den Zellen noch liegt. Die Bildung feiner und gröberer Röhren geschieht hier in der Weise, dass die Zellmembran selbst zur Wand der Röhre wird, ihr Lumen zum Lumen derselben. Die Ablagerung der elastischen Intima findet dann auf der Innenfläche der Zellwand statt, daher denn die so entstandenen Tracheen nur eine sehr dünne Peritonealhülle besitzen.

Dass die Tracheennetze auf dem Darme und den Generationsorganen in derselben Weise sich bilden, dafür spricht schon die Plötzlichkeit ihres Entstehens. Während am Tage vorher noch keine Spur der beschriebenen blassen, verästelten Stränge zu finden war, ist einen Tag später plötzlich alles voll davon (Taf. XIII. Fig. 56, *B, tr*).

Wir beobachten also bei Musca vier verschiedene Bildungsweisen der Tracheen. Einmal bilden sich die Stämme im Ei und in der Puppe aus soliden cylindrischen Strängen kugliger Zellen, die in ihrer Axe ein Lumen bilden, gegen dieses hin eine elastische Intima ausscheiden und miteinander zur Peritonealhaut verschmelzen. Dann entstehen die feinen Zweige innerhalb spindelförmiger oder sternförmiger Zellen, indem ein Theil des Zelleninhaltes sich zur elastischen Röhre umwandelt. Die dritte Art der Tracheenbildung kommt während des ganzen Larvenlebens vor und besteht einfach darin, dass die Peritonealhaut Ausläufer treibt, in deren Innern sodann die Intima sich ausscheidet, während die vierte Art die ebengeschilderte ist, wo nicht in einem festweichen, feingranulirten Zelleninhalt eine elastische Röhre durch partielle Umwandlung desselben entsteht, sondern die Intima sich unmittelbar an die Zellwand anlagert und der klare, flüssige Zelleninhalt dabei gar keine Rolle zu spielen scheint.

Fettkörper der Fliege.

Nach dem Auftreten des Tracheensystems der Fliege sind auch alle andern Organe ihrer endlichen Ausbildung nahe und die flüssige Fettmasse als Material zu Neubildungen hat ihre Rolle ausgespielt. Es bildet sich jetzt wieder ein Fettkörper, freilich nur in sehr geringer Ausdehnung, verglichen mit dem der Larve. Er ist keineswegs ein Rest des Larvenfettkörpers, sondern durchaus Neubildung, unterscheidet sich auch durch sein Aussehen auf den ersten Blick von jenem; auch er besteht zwar aus Zellen, welche, zu Strängen an einander gereiht, ein Netzwerk bilden, diese Zellen sind aber niemals so mit Fett angefüllt wie in der Larve, enthalten meist nur wenige grössere Fetttröpfchen, sind viel blässer, zarter, messen nur 0,047 Mm. im Durchmesser, sind also auch viel kleiner als jene. Ausserdem kommen aber noch in der Leibeshöhle der Fliege freie, kuglige, sehr grosse Zellen (Durchmesser 0,12 Mm.) vor, welche eine feine Membran besitzen. Sie sind mit sehr feinkörnigem Fett dicht gefüllt, welches häufig Molecularbewegung zeigt und sind nichts andres als übrig gebliebene Fettkörperzellen der Larve. Sie enthalten alle einen grossen, klaren Kern, der ganz mit dem Kerne jener Zellen in Grösse und Beschaffenheit übereinstimmt. Diese Zellen liegen theils in den Maschen des Fettkörpernetzes, theils flottiren sie frei in der Leibeshöhle. Der eigentliche Fettkörper findet sich nur im hintersten Theile des Abdomens. Hier umgiebt er die Ausführungsgänge der Geschlechtsdrüsen und bildet um die Hoden eine förmliche Kapsel. Es ist wohl denkbar, dass er auch nach dem Auskriechen der Fliege noch als Material zum Wachsthum der Organe verbraucht wird, zumal beim Weibchen, dessen Eierstöcke erst während des freien Lebens sich vollständig entwickeln. Ausserdem aber wirkt er wie ein Polster auf die von ihm eingeschlossenen Organe.

Rückengefäss.

Die Untersuchungen über das Verhalten des Rückengefässes während der Puppenperiode mussten vor Allem darauf gerichtet sein, festzustellen, ob dasselbe in Thätigkeit bleibe oder ob es gleich allen übrigen Organsystemen aufhöre zu functioniren. Für die Puppen der Schmetterlinge giebt *Herold* an, dass er das Pulsiren des Rückengefässes unmittelbar nach dem Abstreifen der Raupenhaut gesehen habe. Wenn er darauf ein eine ununterbrochene Thätigkeit des Rückengefässes während der ganzen Puppenperiode annimmt, so ist dagegen zu bemerken, dass der Zerfall vieler Larvenorgane nicht gleich in den ersten Tagen eintritt, also auch hier noch später nachfolgen könnte. Entschieden scheint mir deshalb diese Frage durch die *Herold*'sche Beobachtung nicht zu sein, obgleich es sehr wohl möglich ist, dass *Herold* für die Schmetterlinge im Recht ist mit seiner Behauptung. Bei den Musciden verhält es sich nicht so, hier degenerirt das Rückengefäss und wird von neuem in andrer Weise wieder aufgebaut. Directe Beobachtungen über das Aufhören der Pulsation lassen sich nicht anstellen, aber es kann mit Bestimmtheit aus den Veränderungen der histologischen Structur entnommen werden, dass von einer bestimmten Zeit an keine Contractionen mehr stattfinden können.

In den ersten Tagen der Verpuppung erhält sich das Rückengefäss ganz unverändert. Der Zerfall der Larventracheenstämme, an denen es mit seinen Flügelmuskeln befestigt war, nimmt ihm seine Stützpunkte, allein es scheint sich doch noch in der Mittellinie des Rückens zu erhalten, wenn es auch wegen der bedeutenden Verkürzung des Thieres stark gekrümmt verlaufen muss. Der vordere Anheftungspunkt in dem eigentlichen Ringe fällt auch weg, da am vierten oder fünften Tage derselbe durch fettige Degeneration zerstört wird. An eine Functionirung des Organs kann jetzt schon nicht mehr gedacht werden. Wenn auch die Structur des Rückengefässes selbst noch keine wesentliche Veränderung erkennen lässt, so zerfallen doch seine Flügelmuskeln, eine Erweiterung nach geschehener Contraction ist also nicht mehr möglich. Dementsprechend findet sich denn auch sehr bald das Lumen mit feinkörniger Masse locker angefüllt, derselben Masse, welche die ganze Leibeshöhle ausfüllt, welche aber doch zu grobe Bestandtheile mit sich führt, um das Rückengefäss als fliessende Masse zu passiren. Die Isolirung des Gefässes wird um diese Zeit ungemein schwierig, weil es sehr weich und zerreisslich wird und sich offenbar im Beginn des histologischen Zerfalls befindet. Als Organ zerfällt es nicht, es unterliegt einem ähnlichen Processe, wie wir ihn am Darme kennen gelernt haben und an den *Malpighi*'schen Gefässen. Die Zellen der begleitenden Zellenstränge füllen sich mit Fett, die Wand des Gefässes selbst verliert ihre Querstreifung, wird feinkörnig, die Flügelmuskeln sind schon vorher vollends verschwunden. Das Auffischen einzelner Stücke des Rückengefässes in der flüssigen Fettmasse der Leibeshöhle gelingt auch jetzt noch zuweilen, in Zusammenhang lässt es sich aber erst dann wieder zur Anschauung bringen, wenn die Neubildung begonnen hat.

Am dreizehnten oder vierzehnten Tage (bei Sarcophaga) besitzt das Gefäss bereits die Gestalt, welche es in der Fliege beibehält. Es lassen sich zwei Abschnitte unterscheiden, der vordere ist nackt und reicht bis an den Rand des Abdomens, der hintere läuft bis in das hinterste Segment des Abdomens, ist von complicirterem Bau und von allen Seiten mit Umhüllungsgebilden umgeben. Der vordere Abschnitt besitzt (bei Musca) eine Breite von 0,07 Mm. und einen Bau, der dem des vordersten Abschnittes des Rückengefässes in der Larve sehr nahe kommt. Dieser Theil besitzt keine Oeffnungen, noch ist er in Kammern abgetheilt, sondern er besteht aus einem cylindrischen Schlauche, dessen äusserste Hülle eine structurlose Haut ist, unter der die Muskelschicht liegt. Von Querstreifung ist an letzterer noch keine Spur zu bemerken, sie erscheint als eine helle homogene Schicht, in welcher kleine, leuchtende Fetttröpfchen eingebettet sind und welche ausserdem in bedeutenden Abständen grosse, klare, stark ins Lumen des Gefässes vorspringende Kerne enthält (Taf. XII. Fig. 49). In der Fliege zeigt dann diese Haut eine starke und grobe Querstreifung, die sich aber selbst am fünfzehnten und sechzehnten Tage des Puppenschlafes noch nicht vorfindet. Die einzelnen Querstreifen laufen ringartig um das Gefäss, also wie bei der Larve, stehen aber 0,0034—0,004 Mm. voneinander ab, so dass man geneigt sein könnte, sie selbst für feine Muskelfasern zu halten und von einer »Ringfaserschicht« zu reden (Taf. XII. Fig. 50). Der hintere Abschnitt des Rückengefässes beginnt mit einer kolbigen Anschwellung der Wandungen, die zugleich ihre Structur verändern. Letzteres spricht sich vorläufig nur in der bedeutenderen Dicke aus; die Wandungen besitzen eine Dicke von 0,028—0,035 Mm. und zeigen in regelmässigen Abständen vier Paar grosse, kuglig ins Lumen vorspringende Kerne, die sich gegenüber stehen. An dieser Stelle ist das Lumen kammerartig erweitert, so dass die Breite des Gefässes bis zu 0,28 Mm. anwächst, während dasselbe unmittelbar davor bedeutend verengt ist und hier, als an der Uebergangsstelle, vom hintern in den vordern Theil vollständig geschlossen werden kann. Hinter der mit Klappen versehenen kammerartigen Erweiterung folgt dann ein langer, einfach schlauchförmiger Theil, der vor seinem Ende nochmals sich zu einer kürzeren und weniger geräumigen Kammer ausweitet, um sodann quer abgestutzt zu enden.

An diesem ganzen hintern Abschnitte des Rückengefässes lässt sich jetzt noch keine Spur von Muskeln nachweisen, aber auch in der Fliege gelingt es nicht in der Wandung selbst Muskelfasern zu erkennen, wenn auch die Veränderung und Ausbildung des Gewebes gegenüber der Structur der Puppenperiode sehr in die Augen fällt. Statt einer klaren, durchsichtigen, wenn auch dicken Schicht homogener Masse, welche aussen von einer feinen, innen von einer derberen Cuticula begrenzt wird, findet sich jetzt eine vollkommen undurchsichtige Wand, deren Structur schwer zu verstehen ist. Alles, was bis dahin eine homogene, klare Substanzlage war, hat ein faseriges Gefüge angenommen und besteht aus einem sehr dichten Filze feiner, sich mannichfach durchkreuzender Fasern. Sowohl Ring- als Längsfasern lassen sich unterscheiden und dazwischen finden sich noch schräge Faserzüge, alle diese Fasern besitzen aber kaum eine Aehnlichkeit mit Muskelfasern. Dennoch müssen sie wohl contractiler Natur sein und sie müssten dann mit den feinen Muskelreisern zusammengestellt werden, welche an manchen Stellen des Darmtractus der Larve zu beobachten sind, so z. B. am Oesophagus. Es kommt indessen zu dieser Musculatur der Wandung selbst noch eine sehr starke accessorische Muskellage in der Umgebung des Gefässes. Auch diese ist in der Zeit, von welcher hier ausgegangen wird, noch nicht gebildet. Der abdominale Theil des Rückengefässes wird allerdings auch jetzt schon von einer grossen Menge blasser, runder, lose verbundener Zellen umgeben, zwischen welchen helle Bänder verlaufen mit klarem, von Fettkörnchen durchsetzten Inhalt und spärlichen Kernen. Querstreifung ist aber an diesen Bändern noch nicht zu erkennen und die ganze Anordnung dieser accessorischen Apparate wird erst nach völliger Ausbildung der Theile klar.

In der Fliege ist der abdominale Theil des Rückengefässes von einer locker anliegenden Scheide umgeben, welche aus einem Netz von Muskelbändern besteht. Diese sind sehr ähnlich den Muskelbändern des Darmes, zeigen dieselbe grobe Querstreifung und liegen dicht aneinander, so dass nur dünne Spalten zwischen ihnen bleiben. So wenigstens die Längsbänder; die Querbänder, welche jene unter rechtem Winkel kreuzen, folgen sich weniger dicht aufeinander. In diese musculöse Scheide, die wohl als Pericardialsinus angesprochen werden muss, strahlen von den Seiten her die Flügelmuskeln ein, von ganz gleichem Bau wie die Muskelbänder des Sinus. Dieser selbst aber wird in dem grössten Theile seiner Länge von der oben erwähnten Zellenmasse eingehüllt, die viele Aehnlichkeit besitzt mit den begleitenden Zellensträngen des mittleren Theiles des Larvengefässes, die höchst wahrscheinlich auch von jenen ihren Ursprung herleiten. Die kreisrunden oder ovalen Zellen messen bis 0,04 Mm. im Durchmesser und enthalten einen Kern von 0,022 Mm., sie sind blass, ihr Inhalt gelblich, grobkörnig; feine, blasse Fäserchen, welche mit den Muskelbändern in Zusammenhang stehen, heften sie lose aneinander. Die einzelnen colossalen Zellen, welche in der Larve den hintersten Abschnitt des Rückengefässes begleiteten und den Flügelmuskeln als Befestigungspunkte dienten, sind bis auf zwei Paar verschwunden.

Seitliche Spaltöffnungen lassen sich an dem abdominalen Theile des ausgebildeten Organes unschwer erkennen und zeigen den bekannten Bau: sie sind taschenförmige Einstülpungen der Wandung, in deren Tiefe der Schlitz liegt. Ihre Anzahl ist nur klein, konnte aber nicht mit Sicherheit festgestellt werden.

Zu den Umhüllungsgebilden des Rückengefässes gehören ausser der Muskelscheide und den Zellenmassen noch Tracheen, die in reichlicher Menge vorhanden sind und sich an allen Theilen, den umhüllenden sowohl, als auch in der Wand des Rückengefässes selbst verästeln. Sie entstehen gleichzeitig mit den übrigen Tracheen der Fliege. Auch Nervenstämmchen treten zu dem Rückengefäss, und zwar scheinen sie zum Theil wenigstens Seitenzweige des medianen Abdominalnerven zu sein.

Das Rückengefäss der Fliege liegt dicht unter der Haut, seine Flügelmuskeln werden sich also ohne Zweifel an die Hypodermis befestigen. Es macht die Wölbung des Rückens im Abdomen mit und heftet sich dann mittelst seitlicher Muskeln an den hintern Rand des letzten Thoracalsegmentes. Im Thorax ist es frei ausgespannt und besitzt keine Flügelmuskeln, über sein vorderes Ende aber, sowie über die Art seiner Befestigung im Kopf ist es nicht gelungen etwas festzustellen.

C. Die letzten Veränderungen und das Ausschlüpfen der Fliege.

Obgleich schon sehr früh die äussere Form des Insectes sich ausbildet und schon am achten Tage bei Sarcophaga auf dem ganzen Körper Borsten, Haare und Schuppen hervorwachsen, unterscheidet sich das Thier in seinem Aeussern doch noch sehr auffallend von der ausgebildeten Fliege durch den gänzlichen Mangel der Pigmentirung. Erst am sechzehnten Tage zeigen sich die ersten Spuren einer schwärzlichen Färbung auf dem Rücken des Thorax und an den Flügelwurzeln.

Die Färbung ist nicht an bestimmte Formelemente gebunden, sondern ist eine diffuse, die in der chitinösen Cuticula selbst ihren Sitz hat, sie ist also von ganz andrer Natur als die Färbung der Augen, wo ein körniges in Zellen eingeschlossenes Pigment unter der Cuticula liegt, diese selbst aber vollkommen farblos bleibt; diese Färbung beginnt auch unabhängig von der des übrigen Körpers, bei Sarcophaga schon am zwölften oder dreizehnten Tage.

Es scheint Regel zu sein, dass zuerst immer die Hautanhänge — Borsten etc. — sich schwärzen und dann erst der Boden, auf welchem sie stehen, auch färbt sich die Oberseite des Körpers früher dunkel als die Unterseite. Am siebzehnten Tage ist bei Sarcophaga in der Regel der ganze Körper pigmentirt, trotzdem aber scheint das Thier noch leblos; wird die Puppenschale geöffnet, so liegt es völlig bewegungslos da. Es ist das um so auffallender, als schon am fünfzehnten Tage die neuen Muskelanlagen die Höhle des Thorax vollkommen ausfüllen. Allein erst am achtzehnten Tage ist das Tracheensystem der Fliege ausgebildet und nun beginnt die Bewegungsfähigkeit, deren erste sichtbare Wirkung mit dem Reissen der Puppenscheide und Sprengen der Schale sich kund giebt. Der Mechanismus, durch welchen letzteres ermöglicht wird, ist ein überaus merkwürdiger. Die Fliege verwandelt einen Theil ihres Kopfes in eine hydraulische Presse, durch deren Druck die Schale gesprengt wird. Die Beobachtung dieses wunderbaren Vorganges ist alt, gerieth aber in neuerer Zeit gänzlich in Vergessenheit, bis sie von *Reissig* [1]) selbstständig von neuem gemacht wurde. *Réaumur* gerieth schon in Erstaunen über die jungen Fliegen, »qui gonflaient et qui contractaient leur tête alternativement«[2]), und etwas später beschrieb der anonyme Autor der »Geschichte

1) Ueber das Herauskommen der Tachinen aus ihren Tönnchen und aus dicht verschlossenen Orten, an welchen diese oft sich befinden. Arch. f. Naturg. 2. Jahrg. 1836. I. Bd. S. 189—196.

2) Mém. p. serv. à l'hist. des Insectes. Amsterdam, 1740. T. IV, 2 ème partie, p. 65 u. Pl. 24, Fig. 6—10.

der gemeinen Stubenfliege«[1]) ausführlich den ganzen Vorgang. »Sobald man einer zwölf- bis dreizehntägigen Puppe mit einer Nadel die Kappe — den vordern Theil der Schale — wegnimmt und die Fliege sich von der äussern Luft berührt fühlt, sobald treibt sie auch den vorher noch etwas spitz zulaufenden Kopf als eine dünne Blase in die Höhe und verräth damit ihr geheimes Kunststück, womit sie ein Paar Tage später die Thore ihres bisherigen Gefängnisses eröffnet haben würde.« Es ist der zwischen den Augen gelegene Theil des Kopfes, welcher die schwellbare Blase bildet, also Stirn und Scheitel und diese Theile, die wie das ganze Thier noch ganz weich sind, besitzen eine solche Dehnbarkeit, dass eine kuglige Blase von nahezu dem Durchmesser des Körpers gebildet wird. *Reissig* vergleicht die Entstehung der Kugel mit der Bildung einer Seifenblase, welche mittelst eines Strohhalmes aufgeblasen wird und glaubte aus den (bei kleineren Musciden, Tachina etc.) erkennbaren Strömungen der Flüssigkeit in der Kugel bestimmt entnehmen zu können, »dass diese Flüssigkeit durch einen oder vielleicht auch mehrere, jedenfalls sehr enge und ventilirte Canäle, förmlich hinein gepumpt wird«. Dafür spricht auch der Umstand, dass der ganze Vorgang im Willen des Thieres gelegen ist. Die Kopfblase kommt erst dann zu Stande, wenn die Puppe bewegungsfähig geworden ist und entsteht dann in verhältnissmässig sehr kurzer Zeit. An eine passive Blutansammlung im Kopf, etwa durch Behinderung des Rückflusses in Folge der stärkeren Ausbildung der Beine, kann deshalb nicht gedacht werden. Die Blase wird vorgestülpt und wieder eingezogen und *Reissig* hat an Tachinen beobachtet, dass diess ganz nach dem Willen des Thieres auch noch nach dem Ausschlüpfen geschah, wenn es galt Hindernisse zu beseitigen, enge Spalten zu erweitern etc.

Eine junge Tachine, welche er in eine enge, verstopfte Glasröhre gesperrt hatte, versuchte mittelst fortwährenden Auftreibens und Wiedereinziehens der Kopfblase den Stopfen bei Seite zu drücken, sie bediente sich derselben als eines Keils. Bei Musca vomitoria und Sarcophaga carnaria, welche nach dem Durchbrechen der Puppenschale nicht noch enge Gänge zu durchwandern oder sonstige Hindernisse wegzuschaffen haben, um ins Freie zu gelangen, kommt die Thätigkeit der Kopfblase hauptsächlich nur zum Sprengen der Schale in Anwendung. Indessen sieht man nicht selten Fliegen, an welchen auch nach dem Ausschlüpfen das Spiel der Kopfblase noch andauert[2]). Gegen das Ende des Puppenlebens wird die Schale sehr spröde und springt auch auf geringeren Druck schon leicht entzwei. Wenn die Fliege nun die Kopfblase wirken lässt, so sprengt sie — wahrscheinlich nach vielen vorausgegangenen vergeblichen Versuchen — den vordern Theil der Schale wie einen Deckel ab. Das

1) Geschichte der gemeinen Stubenfliege, vom Verf. des Neuesten aus dem Reich der Pflanzen etc. herausgegeb. v. *Keller*, Maler in Nürnberg, 1764.

2) Auch von *Réaumur* beobachtet. A. a. O. S. 69.

weite bis vierte Segment der Larve bilden diesen Deckel, der durch inen queren Sprung sich abtrennt, meist aber zugleich der Länge nach n zwei Theile auseinander bricht. Wenn es auch klar ist, dass durch Einpumpen von Blut die Kopfblase entsteht, so ist der Mechanismus im inzelnen doch schwer zu errathen. Ich vermuthe, dass das Rückengeäss dabei die Hauptrolle spielt, da es keinen andern Weg giebt, aus dem las Blut aus seinem Hauptreservoir, dem Hinterleibe, in den Kopf gelangen kann. Der Thorax ist durch die Muskeln, den Chylusmagen, die Neren und Tracheen vollständig ausgefüllt, so dass ein rasches Einströmen lurch feinste Spalten zwischen den Geweben wohl nicht stattfinden kann. Wahrscheinlich hängt die schwellbare Scheitelblase mit der unekannten vordern Endigung des Rückengefässes zusammen und auf dieen Punkt werden sich anatomische Beobachtungen hauptsächlish zu richen haben. Die Hemmung des Rückflusses kann in dem dünnen Halse edenfalls durch sehr geringe Muskelwirkungen erzielt werden.

Die Vorgänge unmittelbar nach dem Ausschlüpfen sind so bekannt und so vielfach beschrieben, dass ich sie nur erwähne, soweit sich Unterschiede von den übrigen Insectenordnungen vorfinden. Die Ausdehnung ler faltig zusammengelegten Flügel geschieht hier lediglich durch Einpressen von Blut in die Adern, in die Räume zwischen den Adern kann schon deshalb kein Blut treten, weil sie durch die Adern voneinander abgesperrt sind und da der Flügel keine Tracheen enthält, so wirkt also auch kein Lufteintritt beim Ausspannen derselben mit. Es geht aber offenbar auch eine chemische Umwandlung mit den Chitinlamellen des Flügels vor sich; sobald sie mit der Luft in Berührung kommen, werden sie hart und spröde, ihre physikalischen Eigenschaften ändern sich, wie schon einfach der Umstand beweist, dass sie später keine Adhäsion mehr zum Wasser besitzen.

Das Ausschlüpfen erfolgt bei Musca vomitoria im Sommer am zwölften bis vierzehnten Tage, bei Musca Caesar, die ebenfalls öfter zur Untersuchung kam, am zehnten Tage, bei Sarcophaga carnaria aber erst am siebzehnten bis zwanzigsten Tage nach der Verpuppung.

III. Uebersicht der Entwicklungserscheinungen.

Ehe ich zur Besprechung der in vorstehenden Beobachtungen enthaltenen allgemeineren Resultate übergehe, wird eine kurze chronologische Darstellung des ganzen Entwicklungsganges nicht ohne Nutzen sein.

In Uebereinstimmung mit allen früheren Beobachtungen an andern Insectenordnungen hat sich herausgestellt, dass auch bei den Dipteren während des Larvenlebens an der äussern Gestalt wie an den innern Organen nur Erscheinungen des Wachsthums ihren Ablauf nehmen, nicht aber tiefer greifende Umwandlungen. Wie mit der Vergrösserung eines Organes durch Wachsen bei den Wirbelthieren eine Neubildung von Blutgefässen verbunden ist, so begleitet hier die Entstehung neuer Luftgefässe das rasche Anschwellen der Muskeln und Eingeweide, und mit dieser sehr erheblichen, steten Zunahme des Tracheennetzes an Ausdehnung und also auch an Volum hängt es zusammen, dass nach der ersten Häutung am vordern Ende des Körpers ein neues Stigmenpaar sich bildet, das hintere aber doppelte und nach der zweiten Häutung sogar dreifache Oeffnungen erhält. Zugleich gehen gewisse Veränderungen mit dem Hakenapparat vor, welcher den Mund der Larve bewaffnet. Alle diese Veränderungen sind aber nur unwesentlich, sie führen keinen neuen Zug in die Organisation des Thieres ein, noch sind sie Entwicklungsreihen, die zur Bildung ganz neuer Organe oder Theile führten.

Umwandlungen im letzteren Sinne finden sich nur an denjenigen Theilen der Larve, aus welchen sich Theile des vollendeten Insectes entwickeln. Die Geschlechtsdrüsen, sowie die äussere Haut der anhängetragenden Segmente des Fliegenkörpers sind bereits in der Larve vorhanden, ja sie bilden sich sogar schon während der embryonalen Entwicklung. Wir finden uns also fast wieder auf die Einschachtelungstheorie *Swammerdam*'s zurückgeführt, der glaubte, Raupe, Puppe und Schmetterling steckten von Anfang an ineinander und kämen durch Abwerfen je einer Haut nacheinander zum Vorschein. Es ist in der That so, nur dass die Theile der Fliege nicht fertig im Innern der Larve liegen, sondern als Rudimente, und dass nur ein Theil des Fliegenkörpers vollkommen neu gebildet, ein andrer Theil aber aus der Larve mit herüber genommen wird. Kopf und Thorax mit ihren Anhängen bilden sich im Innern der Larve durch allmähliche Entwicklung besonderer Zellenmassen, das Abdomen dagegen entsteht durch einfache Umwandlung einer Anzahl von Larvensegmenten. Kopf und Thorax bilden sich nicht als ein Ganzes aus je einer Zellenmasse, sondern sie entstehen in einzelnen Stücken, aus denen sich erst nach der Verpuppung das Ganze zusammensetzt. Der Kopf entsteht aus zwei Zellenhaufen, welche mittels eines nervösen Stieles aus dem obern Schlundganglion entspringen, ein jedes Segment des Thorax aber aus vier getrennten Zellenhaufen, welche theils in den Verlauf von Nervenstämmen eingeschaltet, theils mit der Peritonealhaut einer Trachee verwachsen sind. Diese Zellenhaufen stellen flache, scheibenartige Körper dar, sind von einer structurlosen Membran umschlossen und wurden als Imaginalscheiben bezeichnet. In einer jeden der Imaginalscheiben des Thorax entsteht ein Viertel eines Segmentes nebst dem betreffenden Anhange; die beiden Imaginalscheiben des Kopfes — die Hirnanhänge — gliedern sich in einen hintern Abschnitt: die Augenscheibe, und einen vordern, der die Anlage für die Antennen und die übrigen Theile des Kopfes in sich einschliesst.

Die Verpuppung erfolgt bei Sarcophaga schon am achten bis zehnten Tage nach dem Ausschlüpfen der Larve aus dem Ei; sie wird eingeleitet durch eine starke Zusammenziehung des ganzen Körpers, begleitet von einem Umstülpen des ersten Segmentes nach innen. Unter der verhärtenden, tonnenförmigen Larvenhaut wird sodann erst die eigentliche Puppe gebildet, d. h. der von einer besondern Membran, der Puppenscheide, eingeschlossene Fliegenkörper. Die Bildung des Fliegenkörpers als eines geschlossenen Ganzen dauert bis zum vierten Tage nach der Verpuppung. Dann erst ist jenes Stadium erreicht, welches bei der Entwicklung der Schmetterlinge durch das Abstreifen der Raupenhaut bezeichnet wird, die Bildung der Puppe ist beendet, es beginnt die Entwicklung derselben. Diese zerfällt wieder in die Ausbildung der äussern Körperform und in die Anlage und Entwicklung der innern Organsysteme, und lässt sich auch der Zeit nach sehr wohl in zwei Abschnitte trennen, die oben bei der ausführlichen Darstellung nicht aufgestellt wurden, um eine grössere Freiheit in der continuirlichen Schilderung der Entwicklungsvorgänge zu behaupten, die aber hier, wo es sich um eine chronologische Uebersicht handelt, wohl angedeutet werden müssen. Der erste Abschnitt ist hauptsächlich der feineren Modellirung der äussern Form gewidmet. Bisher waren nur die rohesten Formen angelegt, die Anhänge des Thorax und des Kopfes nur als Rudimente vorhanden, die weder ihre volle Grösse besassen, noch ihre definitive Gestalt. Alle diese Theile bilden sich jetzt vollends aus und sind bis zum siebenten Tage in ihrer äussern Form fertig, auf ihrer Oberfläche bereits mit farblosen Haaren und Borsten bedeckt. Als zweiter Abschnitt lässt sich die Zeit vom achten bis zwanzigsten Tage bezeichnen, innerhalb welcher die innern Organe angelegt und ausgebildet werden und zugleich die Körperoberfläche die ihr eigenthümliche Färbung erhält.

Die erste Periode, die der Bildung der Puppe, vom ersten bis vierten Tag dauernd, beginnt mit dem Zerfall der vier vordersten Larvensegmente. Die gestaltgebende Hypodermis löst sich auf, die Muskeln der Körperwand wie des Schlundkopfes, die zelligen Wände des Schlundkopfes selbst, der vordere Theil des Oesophagus mit dem Saugmagen folgen nach. Unterdessen entwickeln sich die Thoracalstücke in den Imaginalscheiben, sie treiben Anhänge hervor, die allerdings noch sehr kurz sind, die aber doch schon alle einzelnen Glieder derselben enthalten und erkennen lassen, und die nichts anderes sind als Ausstülpungen dieser Thoracalstücke. Obgleich also hier nicht — wie man bisher geglaubt hat — die Anhänge der Imago als einfache Ausstülpungen der Larvenhypodermis gebildet werden, so wird doch die bisher gültige Ansicht der Morphologie, welche die Anhänge des Insectenkörpers als Hautausstülpungen betrachtete, durch ihre Entstehungsgeschichte nicht umgestossen, sondern bestätigt. Sie sind in der That auch hier Ausstülpungen der Haut, wenn sie auch zu einer Zeit sich bilden, wo diese Haut noch nicht zu geschlossenen Segmenten zusammengewachsen ist. Man findet noch am Ende des zweiten Tages die Bildungsscheiben des Thorax an ihren Stielen (Nerven, Tracheen) hängen als stark geschwellte, durchsichtige Blasen, in deren Innerem das betreffende Thoracalstück mit seinem Anhange leicht zu erkennen ist. Am dritten Tage haben sie ihre vollständige Ausbildung erreicht, ihre Hüllen zerreissen oder zerfallen, und sie treten nun zu drei geschlossenen Ringen zusammen, den Thoracalsegmenten. Gleichzeitig zerfallen die Tracheen der Larve und es beginnt die Bildung eines eigenthümlichen Tracheensystems, welches nur während der Puppenzeit functionirt. In seinen Stämmen und grösseren Aesten bildet sich dasselbe um die Larventracheen, in seinen Endigungen aber selbstständig. Letztere besitzen einen sehr eigenthümlichen Bau, indem alle Enden frei in die Leibesflüssigkeit hineinhängen und niemals — wie diess sonst die Regel ist — sich an Organe verästeln. Die Füllung des neuen Luftröhrensystems mit Luft geschieht nicht wie bei den übrigen Häutungen durch Entfernung der alten Intimaröhren — diess kann während des Puppenlebens nicht vollständig geschehen — sondern durch quere Trennung des Intimarohres an einer bestimmten Stelle des Stammes in der Nähe der vordern Stigmen.

Am dritten Tage bilden die drei Segmente des Thorax zusammen einen schmalen Ring, der nach rückwärts mit dem Rande des fünften Larvensegmentes verwachsen ist, nach vorn aber gewulstete Ränder hat und offen ist. In der Oeffnung liegen lose die chitinösen Theile des Schlundkopfes: der Hakenapparat. Vom Kopf der Fliege ist noch nichts zu sehen, das Rudiment desselben verbirgt sich noch im Innern des Thorax; im Laufe des dritten Tages verwachsen die beiden Bildungsscheiben des Kopfes, welche als Hirnanhänge bezeichnet wurden, zu einer die Schlundganglien einschliessenden Blase, der Kopfblase, an welcher die Augen und Antennen bereits deutlich abgegrenzt sind, an deren hinterem Rand unten der Rüsselfortsatz hervorwächst. Erst am vierten Tage tritt dieser neugebildete Kopf zu Tage, indem er aus dem Innern des Thorax nach vorn geschoben wird und zwar geschieht diess durch eine anhaltende und starke Contraction der noch erhaltenen acht hintern Larvensegmente. Dieselben verkürzen sich zum Volum und ungefähr auch der Gestalt des Fliegenabdomen.

Der aus dem Thorax vorgedrängte Kopf verwächst sofort mit dem Thorax, der Puppenleib ist als ein geschlossenes Ganzes angelegt und damit das Ende der ersten Periode bezeichnet.

Die Bildungsthätigkeit der ersten vier Tage beschränkt sich übrigens nicht allein auf den Aufbau der Körperwände, es beginnt auch bereits die Neubildung oder Umgestaltung einiger innerer Organe. Die in der Larve fast ganz ungegliederten Nervencentren gliedern sich; es schnürt sich ein unteres Schlundganglion vom Bauchstrang ab und das obere theilt sich in zwei Abschnitte, deren äusserer als Centralorgan des Gesichtssinnes (Ganglion opticum) zu betrachten ist und als Bulbus der zusammengesetzten Augen bezeichnet wurde.

Der ganze Vorder- und Mitteldarm zerfällt und wird bis zum Ende des vierten Tages neu wieder aufgebaut. Zuerst indessen nur der Oesophagus und Chylusmagen, während Proventriculus und Blindschläuche des Magens vorläufig nicht wiederhergestellt werden. Sie fallen in ihre Zellen auseinander; diese gelangen ins Innere des Chylusmagens, ballen sich dort zu einer compacten, wurstförmigen Masse zusammen, die sich mit einer eigenthümlichen Hülle umgiebt, also gewissermaassen encystirt. Sie füllt das Lumen nicht aus, sondern schwimmt in einer honigähnlichen Flüssigkeit, die um diese Zeit von den Zellen der Wandung secernirt wird. Werden hier die Zellen erhalten, während das Organ zerstört wird, so findet bei der Wandung des Chylusmagens selbst der umgekehrte Fall statt: die einzelnen Zellen zerfallen durch fettige Degeneration und an ihrer Stelle entstehen neue Zellen, welche das Organ von neuem constituiren. Der Zerfall der Zellen wird von einer Contraction der Muskelhaut begleitet und dadurch eine bedeutende Verkürzung des Organs herbeigeführt. Nachher zerfallen diese Muskeln wie auch die Tracheen, die in reicher Verästlung den Magen der Larve umstrickten; der Darmtractus bleibt ohne Luftgefässe bis in die letzten Tage der Puppenperiode.

Sobald der Hinterleib durch die Contraction der Hautmuskeln der acht letzten Larvensegmente gebildet ist, zerfallen auch hier die Muskeln und zu derselben Zeit, nämlich während des Vorschiebens des Kopfes, mit welchem auch die Nervencentren vorgeschoben werden, zerreissen die ebenfalls entarteten Nervenstämme, deren Endausbreitungen gleichzeitig mit den Organen zu Grunde gingen, in welchen sie sich verzweigten. Von einer Einwirkung des Nervensystems auf den Gesammtorganismus kann von jetzt an um so weniger die Rede sein, als die Gestaltveränderungen der Centraltheile desselben ebenfalls von durchgreifenden histologischen Veränderungen begleitet werden, wie die Durchsetzung ihrer Zellenmassen mit Fett beweist.

Auch das Rückengefäss functionirt nicht mehr. Das Thier besteht jetzt aus einer dünnen, zelligen Rinde und einem Inhalt von theils zerfallenden, theils bereits völlig aufgelösten, theils aber auch schon in der Neubildung begriffenen Organen. Der gesammte Fettkörper der Larve löst sich auf zu einer flüssigen Masse von Fettkugeln und Fettkörnchen und ihm mischen sich die Zerfallproducte der Muskeln, der Tracheen etc. bei. Am Ende der ersten Periode lässt sich der Inhalt des Puppenkörpers sehr wohl vergleichen mit dem Inhalte des befruchteten Eies Das sichtbare thierische Leben hat aufgehört, die Thätigkeit des Centrums der animalen Lebensäusserungen ist suspendirt, aus dem Chaos der Elementartheilchen bauen sich von neuem die Organe auf. Ein wesentlicher Unterschied der Eientwicklung bleibt nur immer der, dass zu keiner Zeit alle innern Organe fehlen, sondern einige, wenn auch ausser Thätigkeit und im Zerfall begriffen zu jeder Zeit vorhanden sind. Aber jede innere oder äussere Bewegung fehlt, Sinnesorgane und Nerven fehlen, es können also auch keine äussern Eindrücke zur Wahrnehmung kommen, selbst wenn man den centralen Theilen des Nervensystems noch eine Thätigkeit zuschreiben wollte. Auch eine regelmässige Säfteströmung findet nicht statt, und der einzige auf das Ganze bezügliche physiologische Vorgang ist der der Athmung, der aber hier ebenso passiv vor sich geht wie im Ei; hier durch die Stigmen und Tracheen, dort durch die Poren der Eischale. Eine active Athmung, wie sie bei den Insecten im ausgebildeten Zustande stattfindet, fehlt ebenfalls.

Während indessen die innern Organe in der Auflösung begriffen oder schon gänzlich zerfallen sind, beginnen neue Bildungselemente sich aus der allgemeinen Zerfallmasse zu entwickeln: Fettkörnchen, Fetttropfen und Stearinschollen ballen sich zu kugligen Massen zusammen, zu den Körnchenkugeln, die die Fähigkeit besitzen eine Membran um sich zu bilden und Kerne in ihrem Innern zu erzeugen.

Schon am dritten, noch mehr im Laufe des vierten Tages wachsen die Anhänge des Thorax in die Länge, alle bestehen aus einer dünnen, zelligen Rinde und aus einem weiten Lumen, welches sich in dem Maasse als der Fettkörper zerfällt mehr und mehr mit Fetttheilchen und Körnchenkugeln anfüllt.

Damit beginnt die Umwandlung der Anhänge und der ganzen äussern Körperform zu ihrer definitiven Gestalt, die Periode der Bildung des Puppenleibes ist beendet und es beginnt die Periode der Entwicklung desselben. Sie dauert vom fünften Tage bis zum Ausschlüpfen der Fliege und kann, wie diess oben schon angedeutet wurde, wieder in zwei Unterabtheilungen geschieden werden, deren erste bis zum Ende des siebenten Tages reicht.

Zuerst ist die Bildung der Puppenscheide zu erwähnen, die zwar auch schon am Ende der ersten Periode vorhanden war, aber als Cuticula noch dicht auf der zelligen Rinde lag, von welcher sie ausgeschieden wurde. Sie hebt sich jetzt ab und ein mit klarer Flüssigkeit gefüllter Raum trennt sie von der Körperoberfläche. Die Zellenrinde der Beine verdickt sich, theils durch Vermehrung der vorhandenen Zellen, die plastisches Material auf endosmotischem Wege aufzunehmen scheinen, theils aber durch freie Bildung neuer Zellen unter Vermittlung der Körnchenkugeln. Das ganze Lumen der Beine füllt sich dicht mit Körnchenkugeln, die sich allmählich von aussen nach innen in Zellen umwandeln.

Am fünften Tage bereits ist das letzte Tarsalglied in zwei Lappen getheilt und zeigt die erste Anlage der Klauen, am sechsten markiren sich die Gelenkeinschnitte noch stärker, die Haftlappen bilden sich aus und am siebenten ist das Bein in der äussern Form vollendet. Die Hypodermis sondert sich in zwei Schichten, deren tiefere Fortsätze auf die Oberfläche der Haut schickt und die Haare und Borsten bildet. Im Innern des Gliedes sind nur die Anlagen der Sehnen vorhanden und die Puppentracheen; die Muskeln entstehen erst später.

Aehnlich bilden sich die Flügel aus, ihre Adern entstehen, die Behaarung tritt auf, sie erreichen ihre definitive Grösse und falten sich zusammen. Die Schwinger bilden sich aus und statt eines einfachen hohlen, vorn abgestutzten Rüsselfortsatzes findet sich jetzt der in allen seinen Theilen ausgebildete, behaarte aber noch ungefärbte Fliegenrüssel vor. Auch die Antennen erreichen denselben Grad der Ausbildung, und wie die Anhänge der Segmente so nehmen auch die Segmente selbst jetzt ihre definitive Form an. Aus den acht Larvensegmenten, welche ursprünglich den Hinterleib der Fliege bildeten, werden die vier Abdominalsegmente gebildet.

Während die äussere Körperform in dieser Weise rasch ihrer endlichen Ausbildung entgegengeht, zeigen sich im Innern verhältnissmässig nur langsame Veränderungen. Der Fettkörper zerfällt immer mehr, und immer dichter füllt sich die ganze Leibeshöhle mit Körnchenkugeln und moleculärem Fett. Der neugebildete dünne Oesophagus verdickt sich an seinem hintern Ende zum Proventriculus und wahrscheinlich fällt auch die erste Anlage des Saugmagens der Fliege in diese Periode. Der Chylusmagen wächst allmählich in die Länge, seine Wände sind hell und klar und stechen auffallend von den dunkeln, mit molecularem Fett durchsetzten Wandungen des Dünndarms ab. Bei diesem beginnt jetzt erst die Periode des Zerfalls und erreicht am siebenten Tage ihren Höhepunkt. Auch hier wie beim Chylusmagen wird sie von einer sehr beträchtlichen Verkürzung des ganzen Organes begleitet.

Schon im Laufe des siebenten Tages beginnt in der Regel die zweite Unterabtheilung der zweiten Periode, die sich durch Anlage und Ausbildung der allein der Imago zukommenden Organe charakterisirt. Am siebenten Tage finden sich in der Höhle des Thorax die ersten Spuren der Flügelmuskeln. Zellenstränge von grosser Feinheit durchsetzen in bestimmter Richtung die flüssige Fettmasse und nehmen bis zum vierzehnten Tage fortwährend an Dicke zu, bis sie schliesslich dicht aneinanderliegend die Seitenräume des Thorax vollständig ausfüllen und nur in der Mittellinie einen schmalen Raum für den Durchtritt des Chylusmagens frei lassen. Ihre Structur ist dann im wesentlichen die definitive, es sind Sarcolemmaschläuche, gefüllt mit contractilen Fibrillen, welche bündelweise beisammen liegen und durch Kernsäulen voneinander geschieden werden. Unterdessen bildet sich aus den Trümmern der alten Darmwand eine neue, die schon, kurz nachdem sie entstanden, eine Gliederung in Dünndarm und Rectum aufweist und bereits am zehnten Tage die Rectaltasche mit der Anlage der vier Rectalpapillen erkennen lässt. Zugleich beginnt dann auch die Entstehung eines neuen Muskelnetzes auf der Oberfläche des gesammten Darmtractus.

Auch die wichtigsten Vorgänge in der Bildung der Hauptsinnesorgane der Fliege, der zusammengesetzten Augen, fallen in diesen letzten Entwicklungsabschnitt. Die Augenscheibe, welche aus dem hintern Abschnitte des Hirnanhanges hervorgegangen war, hing im Beginn der zweiten Periode noch mittelst eines dünnen, nervösen Stieles mit dem Bulbus zusammen. Dieser verbreitert sich allmählich, so dass er die ganze innere Fläche der Augenscheibe bedeckt und nur durch eine dünne Fettlage von ihr getrennt wird, die sich schon früh zwischen beide Theile eingeschoben hat. Der Bulbus zeigt eine radiäre Streifung, Ausdruck der ihn durchsetzenden Nervenfasern. Nur aus der Augenscheibe wird das eigentliche Auge gebildet: die Kammern mit dem dioptrischen Apparat und dem percipirenden Nervenelement. Noch am zwölften Tage besitzt die Scheibe, und also eine jede der aus ihr hervorgehenden Augenkammern, den sehr geringen Durchmesser von 0,051 Mm., der sich allmählich bis zum Schluss der Puppenperiode auf das Fünffache vergrössert, während zugleich die hinter einer jeden Hornhautfacette gelegenen zelligen Elemente sich zu je einer Augenkammer ausbilden mit Krystallkörper, Nervenstab und Hüllengebilden. Die Pigmentirung beginnt und vollendet sich und aus der dünnen Fettschichte zwischen Augenscheibe und Bulbus entstehen die Ganglienzellen am Grunde der Augenkammern. Auch die Nervencentren erhalten jetzt ihre definitive Form, der hintere Theil des Bauchstranges, der sich schon in der ersten Periode von dem untern Schlundknoten abgeschnürt hatte und in die Brust gerückt war, bildet sich jetzt zum Thoracalknoten um. Eine einfache Längscommissur verbindet ihn mit dem untern Schlundganglion. Erst ganz in der letzten Zeit senden die Centraltheile Nerven aus, nach den Seiten zu den Thoracalmuskeln und in die Beine, in welchen sich erst vom zehnten oder elften Tage an Muskeln zu bilden beginnen und nach hinten ins Abdomen.

Von den Larvenorganen wird in den letzten Entwicklungsabschnitt nur das Rückengefäss mit herübergenommen, aber auch dieses erleidet eine totale Umgestaltung. Ein ähnlicher Verfettungsprocess wie am Darmtractus nimmt an ihm seinen Ablauf und bereits am zwölften Tage besitzt es eine durchaus neue Form und Gliederung, ist indessen noch nicht functionsfähig, wie der Mangel einer histologisch ausgebildeten Musculatur beweist.

Von allen Organsystemen entsteht das Tracheensystem am spätesten; die erste Anlage desselben zeigt sich am fünfzehnten Tage: am siebzehnten ist es in der Regel bereits ganz ausgebildet. Die Stämme entstehen zumeist unter Vermittlung der Körnchenkugeln aus anfänglich soliden Zellensträngen, die Endverzweigungen auf den Organen aus einzelnen Zellen, deren Hohlraum zum Lumen der Trachee wird, während durch Ausläuferbildung eine Verästlung zu Stande kommt. Auch diese Zellen sind zum grössten Theil auf die Körnchenkugeln zurückzuführen, zum Theil aber, so besonders im Innern der Muskelprimitivbündel des Thorax, entstehen sie im Anschluss an bereits vorhandene histologische Formelemente: die Muskelkerne. Dieser merkwürdige Vorgang bleibt nicht ohne Rückwirkung auf die Muskelbündel selbst, ihr Sarcolemma schwindet und sie zerfallen in einzelne von Tracheen umsponnene Fascikel.

Alle Organe, die überhaupt mit Tracheen versorgt werden sollen, erhalten dieselben gleichzeitig in den drei letzten Tagen; in den Nervencentren, im Bulbus des Auges bilden sich Luftgefässe, der gesammte Darmtractus wird von ihnen umsponnen und in besonders reichem Maasse und eigenthümlicher Entwicklung treten sie in den Rectalpapillen auf. Auch das Rückengefäss und die gesammte Musculatur erhält Tracheen, und schliesslich die Geschlechtsdrüsen mit ihren Ausführungsgängen und Nebenapparaten.

Wie die Entwicklung der Geschlechtsdrüsen schon während der Larvenzeit begonnen hat, so schreitet sie durch alle drei Puppenperioden hindurch stetig fort, die Leitungsapparate, die accessorischen Drüsen und Receptacula seminis erscheinen aber gleichzeitig mit dem neuen Darmrohre, also erst inmitten des letzten Entwicklungsabschnittes. Die Geschlechtsdrüsen selbst erreichen nur bei dem männlichen Thiere schon während des Puppenschlafes ihre volle Ausbildung, die Eier entwickeln sich erst nach dem Ausschlüpfen der Fliege.

Die letzte äussere Vollendung erhält die in ihrer Form wie in ihren innern Organen ausgebildete Imago durch die Färbung der chitinösen Cuticula. Kurz darauf, am achtzehnten bis zwanzigsten Tage erfolgt das Ausschlüpfen.

IV. Schlussbemerkungen.

Versuchen wir, die Entwicklungserscheinungen der Musciden, wie sie in vorstehenden Mittheilungen enthalten sind, morphologisch zu würdigen, so wird vor allem der oben aufgestellte Satz, dass wir es bei der Metamorphose der Fliegen keineswegs nur mit einem einfachen Häutungsprocess zu thun haben, ohne Weiteres gerechtfertigt erscheinen. Allerdings begleitet auch hier eine Abstossung und Neubildung des Chitinskeletes die weitern Veränderungen, welchen der Thierkörper unterliegt, sie erscheint aber gegen diese von sehr untergeordneter Bedeutung. Sämmtliche Organsysteme der Larve zerfallen, sei es vollständig, sei es nur histolytisch, und aus den Trümmern der Gewebe baut sich ein neuer Thierleib auf. Man könnte in der That zweifelhaft werden, ob man Larve und Imago als ein und dasselbe Individuum zu betrachten hat, oder ob nicht vielmehr hier ein Generationswechsel vorliegt. Ich glaube, dass Diejenigen, welche bei gewissen Echinodermen von einer Metagenese reden, auch hier eine solche annehmen müssten, denn wenn wir mit *V. Carus*[1]) die Metamorphose als diejenige Entwicklungsreihe bezeichnen, bei welcher ein Entwicklungszustand mit provisorischen Organen ausgerüstet ist, die Metagenese aber als diejenige, bei welcher dieser ganze Entwicklungszustand selbst (die Amme) als ein provisorischer bezeichnet werden muss, so liesse sich unschwer nachweisen, dass sämmtliche Organsysteme der Larve provisorische sind, mit andern Worten, dass die Larve selbst als provisorischer Entwicklungszustand, die Fliege aber als ein neues Individuum betrachtet werden muss, dass folglich hier ein Generationswechsel stattfindet. Jedenfalls werden von der pluteusförmigen Larve mehr Organe mit in den Seestern herübergenommen, als von der Larve in die Fliege. Dort ist es der Darm und das Wassergefässsystem, welch letzteres, wenn auch in ziemlich unentwickeltem Zustand, bereits in der Larve vorhanden ist, hier haben wir ausser der Hypodermis der hintern Larvensegmente keinen Theil, der, ohne vorher einer totalen histologischen Umwälzung zu unterliegen, in die Puppe überginge. Der Darm und das Wassergefässsystem der Echinodermenlarve hören während der ganzen Metamorphose keinen Augenblick auf zu functioniren, sie bilden sich weiter aus, compliciren sich in ihrem Bau, stossen einzelne ihrer Theile ab, allein **sie behalten ihren histologischen Bau bei**, was daraus

1) System der thierischen Morphologie. Leipzig 1853. S. 264.

hervorgeht, dass sie physiologisch leistungsfähig bleiben. Bei den Musciden im Gegentheil gehen alle jene Organe der Larve, welche nicht vollständig in Trümmer zerfallen, die sogleich näher zu besprechende Histolyse ein, d. h. sie werden functionsunfähig, ihre histologischen Elemente lösen sich auf zu einem Blastem, in dem sodann erst neue histologische Bausteine entstehen. Der einzige Unterschied vom gänzlichen Zerfall, wie ihn die Muskeln, der Fettkörper etc. erleiden, ist der, dass die Gewebstrümmer hier in Continuität bleiben, und dass das neue Organ sich aus derselben Materie wieder aufbaut, aus welcher das alte bestand. So verhält es sich mit dem Darme, dem Nervensystem, dem Rückengefäss. Eine überraschende Aehnlichkeit aber mit dem Aufbau des Echinodermenleibes tritt uns in den Imaginalscheiben entgegen. Wie der Körper des Echinoderm sich an mehreren Punkten im Umkreis des Larvendarmes in Gestalt anfänglich indifferenter Zellenhaufen anlegt, und dann allmählich zu einer Masse zusammenwächst, so entstehen an verschiedenen Stellen im Innern des Larvenkörpers der Fliege — auch hier in genetischer Verbindung mit Larvenorganen — indifferente Zellenhaufen, welche sich im Laufe der Entwicklung zu Theilen des Imagokörpers differenziren und zu einem gemeinschaftlichen Ganzen zusammenwachsen. Es kann nicht als wesentliche Abweichung betrachtet werden, dass bei der Pluteuslarve diese Zellenhaufen erst während des Larvenlebens, bei der Muscidenlarve vor demselben, schon im Ei angelegt werden und diess um so weniger, als wir oben gesehen haben, dass ein Paar der Bildungsscheiben — diejenigen, aus welchen die obere Hälfte des Prothorax entsteht — hiervon eine Ausnahme machen und erst kurz vor der Verpuppung sich bilden. Hat man die Bildungszellenhaufen der Echinodermenlarven als Knospen bezeichnet, so kann diess mit noch grösserem Rechte bei den Bildungsscheiben der Musciden geschehen. Sie sind Auswüchse der Hüllmembranen von Nerven und Tracheen, von Geweben, welche, wenn auch nicht als histologisches, so doch als physiologisches Aequivalent des vielgestaltigen Bindegewebes der Wirbelthiere betrachtet werden müssen. Beide Gewebe enthalten Kerne in amorpher Grundsubstanz, welchen dieselbe Fähigkeit zuzukommen scheint, welche die neuere Histologie den Kernen des Wirbelthierbindegewebes zuschreibt, nämlich Zellen um sich zu bilden, also wieder zu dem zu werden, was sie früher waren. Ich fand es oben wahrscheinlich, dass die in der Nähe einer jungen Scheibe liegenden Kerne allmählich mit zur Scheibenbildung verwandt würden, dass sie sich mit einer Zelle umgeben und sodann gleich den übrigen Scheibenzellen vermehren — beweisen lässt sich ein solcher Vorgang an den ausnahmsweise spät auftretenden obern Prothoracalscheiben. Werden die übrigen Scheiben schon im Ei aus den Embryonalzellen gebildet, also aus demselben Material, aus welchem auch die Hüllmembran, mit welcher sie verwachsen sind, können dieselben also nur in idealem Sinne als Auswüchse dieser Hüllmembranen betrachtet werden, so sind die obern Prothoracalscheiben in Wirklichkeit nichts anderes als Auswüchse. Die Kerne der Peritonealhaut bilden Zellen, vermehren sich und constituiren die Scheibe. Wir haben hier eine Knospe, die sich kaum unterscheidet von den Knospen, welche die Bildung neuer Stigmen bei den ersten Häutungen der Larve vermitteln und man könnte fast an dem morphologischen Werthe dieser Scheiben als wirklicher Imaginalscheiben irre werden, stünde nicht der Vergleich mit Tipulidenlarven frei, bei welchen sie bei weitem complicirter gebaute Anhänge hervorzubringen haben, deshalb auch bedeutend grösser sind und gleichzeitig mit den übrigen Bildungsscheiben des Thorax angelegt werden.

Wie ich indessen nicht mit Denjenigen übereinstimmen kann, welche die bekannte Entwicklung der Echinodermen als Metagenese bezeichnen, so bin ich auch weit entfernt eine solche der Metamorphose bei den Musciden zu substituiren. Gewiss muss man mit *V. Carus* und *J. Müller* den Umstand, ob die Amme e i n e n oder m e h r e r e Keime (auf monogenem Wege) producirt, in dieser Hinsicht für irrelevant halten, maassgebend ist nur, ob das aus dem Ei gekommene Thier sich selbst zur geschlechtsreifen Form entwickelt oder ob es, dazu unfähig, am Ende seiner Entwicklung Keime producirt, die sich zum Geschlechtsthier ausbilden, ob also die Reihe der Entwicklungsformen vom Embryo zum geschlechtsreifen Thier an einem oder an zwei Individuen ihren Ablauf nimmt. Die Antwort scheint mir in beiden Fällen nicht zweifelhaft sein zu können; bei Echinodermen wie bei Musciden haben wir es mit einer Metamorphose zu thun, nicht mit einem Generationswechsel, Larve und geschlechtsreifes Thier sind ein und dasselbe Individuum. Bei den Echinodermen scheint mir diess dadurch entschieden, dass innere Organsysteme (Darm und Wassergefässsystem), o h n e d a s s i h r e F u n c t i o n u n t e r b r o c h e n w ü r d e von der Larve in den Seestern übergehen, sowie daraus, dass nicht ein von Anfang an einheitlicher Keim durch allmähliche Differenzirung zum ausgebildeten Thier wird, sondern dass mehrere Zellenhaufen sich bilden und erst im Laufe der Entwicklung das neue »Individuum« zusammensetzen.

Bei den Fliegen kommt aber noch ein andres Moment hinzu, welches uns zwingt, Puppe und Larve als ein Individuum anzusehen, wie gering auch immer die Gemeinschaft in Organen und äusserer Gestalt zwischen beiden Entwicklungsformen sein mag. Es ist diess der Umstand, dass dieselbe Masse organischer Substanz den Leib der ausgewachsenen Larve, wie den der Fliege constituirt. W ä h r e n d d e r U m w a n d l u n g f i n d e t k e i n W a c h s t h u m s t a t t. Der Larvenkörper löst sich auf, es bildet sich eine Schale um ihn, unter deren Schutz sich die letzte und ausgebildetste Entwicklungsform des Thieres aufbaut. Es wird weder Stoff zu- noch weggeführt, abgesehen von den Verbrennungsproducten des auch jetzt nicht cessirenden Respirationsprocesses. Wir haben gewissermassen eine zweite Eientwicklung, und wie wir Ei und Larve als Ein Individuum betrachten, so muss auch die Puppe, enthielte sie auch nichts als in Dotter umgewandelte Larve, mit dieser als Ein und dasselbe Individuum gelten. Nun verhält es sich aber nicht einmal so, sondern es giebt kein Stadium in der Entwicklung der Puppe, in dem nicht entweder noch Larvenorgane vorhanden, oder aber bereits Theile der Fliege neugebildet wären, die Auflösung des Larvenkörpers geschieht nicht plötzlich, sondern sehr allmählich und ihr parallel geht eine ganze Reihe von Neubildungsprocessen. Larve und Fliege greifen übereinander. Es kann kein Zweifel darüber herrschen, dass beide Ein und dasselbe Individuum sind, dass ihre Entwicklung also als Metamorphose zu bezeichnen ist.

Es ist aber jedenfalls die denkbar vollkommenste Metamorphose, welche wir bei den Musciden antreffen, weit vollkommener — ich stehe nicht an, es nach neueren Beobachtungen jetzt auszusprechen — als z. B. die Metamorphose der Schmetterlinge. Die Zerstörung der Larvenorgane ist bei den Schmetterlingen viel weniger vollständig, wie schon aus dem allbekannten Factum zu ersehen ist, dass die Schmetterlingspuppe die Fähigkeit besitzt, ihren Hinterleib zu bewegen. Die Muskeln der betreffenden Larvensegmente bleiben also erhalten und auch die Nervenleitung zu ihnen wird nicht unterbrochen, es findet also ein Einfluss der Nervencentren auf den Organismus statt, das Bewusstsein des Thieres bleibt erhalten, es reagirt auf Reize, nach *Herold* dauern auch die Pulsationen des Rückengefässes fort — kurz die Puppe hört keinen Augenblick auf ein lebendes Thier zu sein, während das Leben der Muscidenpuppe ein ebenso latentes ist wie das des befruchteten Eies.

Durch die Herübernahme vieler Organe der Raupe in die Puppe würden dann auch Neubildungen in viel geringerer Anzahl nothwendig. Ich finde zudem, dass bei den Schmetterlingen die Entstehung des Thorax von der Hypodermis der Raupe ausgeht, dass keine Thoracalscheiben im Innern des Körpers sich entwickeln, sondern dass die Anhänge der Thoracalsegmente ganz direct aus den Larvenbeinen durch einfache Umwandlung entstehen. Nur die Flügel entstehen besonders und in sehr eigenthümlicher Weise.

Ich vermuthe, dass die Art und Weise der Thoraxbildung in der Puppe der Insecten aufs genaueste zusammenhängt mit einem auf den ersten Blick sehr untergeordneten Umstand: der An- oder Abwesenheit von wirklichen Beinen bei der Larve; ich glaube, dass überall da, wo die auf den Kopf folgenden drei Larvensegmente Anhänge tragen, die entsprechenden Anhänge — die Beine — des vollendeten Insectes durch einfache Umwandlung derselben gebildet werden, während überall da, wo diese Larvenanhänge fehlen, Thoracalscheiben im Innern der Larve sich vorfinden und nicht nur die Anhänge, sondern auch die Wandungen Neubildungen sind.

Dafür sprechen alle meine Erfahrungen, neuere und ältere, unter andern auch die früher schon besprochenen Verhältnisse bei Mückenlarven, welche nur Afterfüsse, aber keine typischen Segmentanhänge besitzen und bei welchen die Bildung des Thorax ganz so wie bei den Musciden vor sich geht.

Wenn gesagt wurde, dass das thierische Leben in der Puppe latent sei, dass die wesentlich thierischen Lebensäusserungen der Bewegung und Empfindung derselben fehlten, so möchte ich diess vorläufig nur auf die Musciden bezogen und nicht ohne Weiteres auf alle Insecten mit gleichem Modus der Thoraxbildung übertragen wissen. Denn es kommt hier nicht nur die grössere oder geringere Selbstständigkeit im Aufbau des Puppenkörpers, der mehr oder minder ausgedehnte Zerfall der Larvenorgane in Betracht, sondern auch der Zeitpunkt der Puppenbildung. Bei den oben erwähnten Tipulidenlarven greifen Larvenperiode und Puppenperiode viel mehr übereinander als bei den Musciden, Thorax und Kopf der Puppe sind bereits vollständig ausgebildet, während die Larve noch lebhaft umherschwimmt. Wenn die Larvenhaut abgeworfen wird, sind die Muskeln der Puppe bereits vorhanden, die animalischen Lebensäusserungen brauchen keine Unterbrechung zu erleiden.

Bei den Musciden aber geht der Zerfall der Larventheile der Bildung des Puppenkörpers voraus. Hier sehen wir jede Bewegung aufhören und hier wird in der That das thierische Leben latent. Die Circulation des Blutes hört auf, das peripherische Nervensystem zerfällt, und dem centralen wird damit die Möglichkeit einer Functionirung entzogen, sämmtliche innern Organe werden unfähig zu weitern functionellen Leistungen. Der Aufbau neuer Organsysteme beginnt mit der Bildung indifferenter Zellen in der Zerfallmasse, ein Vorgang, der der Bildung der Keimhautzellen im Ei offenbar sehr nahe steht. Diese Art der Neubildung bezieht sich aber nur auf einen Theil der innern Organe. Es lassen sich vier Bildungsmodi unterscheiden, nach welchen die Theile der Fliege entstehen. Entweder werden Theile der Larve beibehalten und unterliegen nur bestimmten, weniger eingreifenden Modificationen, oder die Larvenorgane geben zwar die Grundlage für die Theile der Fliege ab, werden aber histologisch aufgelöst, ehe sie den definitiven Charakter annehmen können. Die dritte und vierte Art ist dann die gänzliche Neubildung, deren Beginn entweder noch in die embryonale oder Larvenperiode fällt, oder aber in das Ende der Puppenperiode.

Betrachten wir diese einzelnen Bildungsmodi etwas näher, so bezieht sich die directe Herübernahme von Larventheilen nur auf die Hypodermis der acht hintern Larvensegmente, welche sich später zum Abdomen der Fliege entwickeln. Der zweite Modus kommt am Darmtractus mit den *Malpighi*'schen Gefässen, am Rückengefäss und an den centralen Theilen des Nervensystems vor. An allen diesen Organen läuft im Wesentlichen derselbe Process ab, der der histologischen Auflösung mit nachfolgendem Wiederaufbau. Ich möchte ihn als Histolyse bezeichnen. Die histologischen Elemente des Organes — einfache wie zusammengesetzte — erliegen der fettigen Degeneration, es bleibt ein Trümmerhaufe zurück, der zum grössten Theil aus Fettmolekeln besteht. Bei den Nervencentren und den *Malpighi*'schen Gefässen scheinen die Kerne der Zellen zu persistiren und werden vielleicht den Anstoss zur Bildung neuer histologischer Elemente geben; ob es sich am Nahrungsrohr ebenso verhält, oder ob dort der Zerfall zuletzt auch die Kerne ergreift, muss unentschieden bleiben, jedenfalls dient aber auch hier dieselbe Masse, welche das alte Organ zusammensetzte, zum Aufbau des neuen. Die Zerfallproducte zerstreuen sich nicht, sondern bleiben beisammen und erhalten so die Form des Organes im grossen Ganzen auch dann, wenn kein einziges histologisches Element mehr vorhanden ist.

Müssen wir es hier unentschieden lassen, auf welche Weise die Zellen entstehen, welche das neue Organ zusammensetzen sollen, so kann diess bei den beiden letzten Bildungsmodi von Imagotheilen nicht zweifelhaft sein. Sie betreffen die vollständigen Neubildungen, d. h. alle diejenigen Theile, welche in der Larve überhaupt noch nicht vorhanden waren, oder doch nicht im ausgebildeten, functionsfähigen Zustande. In die letzte Kategorie gehören Thorax und Kopf der Fliege mit ihren Anhängen, also die Theile, welche aus den Imaginalscheiben hervorgehen, sowie ausserdem noch: die Geschlechtsdrüsen. Mit einer einzigen Ausnahme werden alle diese Theile bereits im Ei angelegt, ihre Zellen stammen also direct von den Zellen des Embryo ab und bei der obern Prothoracalscheibe, welche erst später sich bildet, ist doch auch eine Continuität zwischen den embryonalen Zellen und denen der Scheibe vorhanden, wenn auch indirect, durch Vermittlung der Kerne der Tracheenperitonealhaut.

Wohl zu bemerken aber ist es — und dadurch kommt eine grosse Planmässigkeit in den Aufbau des Imagokörpers — dass nur die Wandungen der betreffenden Theile aus den Bildungsscheiben hervorgehen, lediglich die Haut, nicht einmal die Muskeln. Diese verdanken ihre Entstehung einem neuen Zellenbildungsprocesse, der hauptsächlich in der letzten Hälfte der Puppenperiode vor sich geht und der das Material liefert für den Aufbau sämmtlicher noch fehlender innerer Organe, der Tracheen, der Nerven, des Fettkörpers der Fliege, der Anhangsgebilde der Genitaldrüsen. Ich habe nachzuweisen gesucht, dass es sich hier um eine »freie« Zellenbildung handelt, d. h. dass die neugebildeten Zellen weder direct noch indirect von Zellen abstammen. Im ersten Theile dieser Untersuchungen wurde gezeigt, dass die ersten Zellen im befruchteten Insectenei ebenfalls auf dem Wege der freien Zellenbildung entstehen, unabhängig vom Keimbläschen wie von irgend welchen früher vorhandenen Formelementen. Dort könnte der Einwurf versucht werden, man habe es mit einer endogenen Zellenbildung zu thun, indem man das ganze Ei als Zelle betrachtet. Freilich stellt sich jetzt heraus, ganz in

Uebereinstimmung mit den früheren Beobachtungen von *Stein* und *Lubbock*, dass das Insectenei nicht Aequivalent einer einzigen Zelle ist, sondern aus einer Anzahl von Zellen sich zusammensetzt. Ist dieser Einwurf damit beseitigt, so kann ein ähnlicher bei der Zellenbildung im Innern der Puppe überhaupt nicht erhoben werden, und wenn die im Bezug darauf mitgetheilten Beobachtungen stichhaltig sind, so wäre damit das Vorkommen freier Zellbildung im lebenden Organismus erwiesen.

Erklärung der Abbildungen.

Sämmtliche Figuren, bei denen nichts Näheres angegeben ist, sind bei 300facher Vergrösserung gezeichnet.

Tafel I.

Fig. 1. Ei von Chironomus einige Stunden nach der Befruchtung. Das Keimhautblastem umgiebt den Dotter, grenzt sich aber noch nicht scharf gegen denselben ab; in dem durch die Zusammenziehung des Dotters frei gewordenen Polraume am hinteren Eiende vier Polzellen mit deutlichen Kernen; zwei von ihnen enthalten ausserdem noch ein Dotterkörnchen.

A. Ein Stück des Keimhautblastems, in welchem in regelmässigen Abständen kuglige, klare Kerne.

B. Zweitheilung einer Polzelle.

Fig. 2. Kuglige Zusammenziehung des Blastems um die Kerne; die Aufnahme der Zeichnung wurde von einer Hebung des Tubus begleitet, so dass drei übereinander liegende Reihen sich bildender Zellen eingezeichnet werden konnten.

Fig. 3. Die Keimhaut ist gebildet und besteht aus zwei scharf getrennten Schichten, deren äussere aus gegenseitig sich abplattenden und nicht mehr kuglig-vorragenden Zellen, die innere aus homogenem Blastem (inneres Keimhautblastem) besteht. Am spitzen Pol liegen der Keimhaut die Polzellen auf.

Fig. 4. Die Zellen der Keimhaut sind auf Kosten der inneren Blastemschicht um's Doppelte ihrer Länge gewachsen, wobei zugleich ihre Kerne aus der kugligen in eine ovale Form übergegangen sind.

Fig. 5. Profilansicht. Die Keimhaut ist mehrschichtig geworden (Zellen nicht mehr angedeutet), sie beginnt sich zusammen zu ziehen; am spitzen Pol die Verdickung des Schwanzwulstes (*schw*) und eine mediane Furche auf der Aussenfläche der Keimhaut (*a*), welche in dieser Lage nur als dem Rand parallellaufende Linie in der Tiefe zu erkennen. Beginnende Verdünnung der Keimhaut bei *b* in der Mitte der geraden Eiseite.

Fig. 6. Dasselbe Stadium, Dorsalansicht. *schw* Schwanzwulst; *a* mediane Furche. Flaschenförmige Gestalt des Dotters, veranlasst durch die Verdickung der Keimhaut an beiden Polen; *kw* Kopfwulst.

Fig. 7. Profilansicht. Der Schwanzwulst (*schw*) hat sich bedeutend gegen das Kopfende hin vergrössert, theilweise überzogen von einer dünnen oberflächlichen Dotterlage (*d*). Auf dem Schwanzwulst erhebt sich die Schwanzfalte *schf*. Die Verdünnung bei *b* zugenommen.

Fig. 8. Schwanzwulst bis zur Mitte der Eilänge nach vorn reichend; die Verdünnung der Keimhaut bei *b* hat den höchsten Grad erreicht, die Schwanzfalte weiter nach hinten gewachsen.

Fig. 9. Das Ei in derselben Lage etwas später. Die Keimhaut ist gerissen und die Drehung des Eiinhaltes hat begonnen. *kk* Kopfkappe, *schw* Schwanzwulst, *schf* Schwanzfalte, *dsp* Spalte zwischen den Rissrändern.

Fig. 10. Dasselbe Ei nach vollendeter Umdrehung. Schwanzwulst jetzt an der convexen Eiseite, zugleich etwas weiter nach vorn gewachsen, Spalten an den Seiten hierdurch verlängert, en face gesehen von *u* förmiger Gestalt; *schf* Schwanzfalte, *vks* ventraler, *dks* dorsaler Schenkel des Keimstreifens; *dsp* Spalte zwischen den beiden Schenkeln, in welchen der Dotter frei zu Tage liegt.

Fig. 11—17. Zur Bildung des Faltenblattes nebst den sie begleitenden Veränderungen.

Fig. 11. Die Kopffalte erhebt sich (*kf*) am dorsalen Rande der Kopfkappe (*kk*) als ein Wulst von bedeutender Dicke; die Schwanzfalte (*schf*) steht noch auf der Dorsalseite des Keimstreifens. *dsp* Detterspalte; eine dünne Dotterlage (*dl*) greift etwas auf die Oberfläche des dorsalen Schenkels des Keimstreifens über und verdeckt das Schwanzende desselben.

Fig. 12. Dorsalansicht desselben Stadiums. *kf* Kopffalte. Man erkennt hier noch deutlicher als in Fig. 11, wie der hintere Rand der Kopfkappe durch das Vorwachsen der Kopffalte in der Medianlinie nach vorn gezogen wird; die quere Dotterspalte (*dsp*) erhält dadurch die Gestalt eines sphärischen Dreiecks. Am spitzen Pol sieht man von oben auf die Schwanzfalte (*schf*).

Tafel II.

Fig. 13. Die Kopffalte (*kf*) hat sich weiter auf die Kopfkappe hinaufgezogen, die Schwanzfalte (*schf*) liegt als dünnes Blatt dem dorsalen Schenkel des Keimstreifens bis dicht vor dem Pol hin auf.

Fig. 14. Die Kopffalte (*kf*) ist auf die Ventralseite der Kopfkappe hinübergewachsen, die seitlichen Theile der Schwanzfalte (*schf*) reichen ebenfalls bereits auf den ventralen Schenkel des Keimstreifens hinüber. Die den dorsalen Schenkel theilweise bedeckende dünne Dotterlage (*dl*) hat sich mehr zurückgezogen und ein grösserer Theil des Schwanzwulstes wird sichtbar.

Fig. 15. Beide Falten haben sich auf den ventralen Schenkel hinübergezogen und ihre Ränder sind ineinander übergegangen; das Faltenblatt (*fb*) ist gebildet und bedeckt den grössten Theil des Keimstreifens; der noch nicht überzogene Theil (*fr*) hat eiförmige Gestalt (in dieser Ansicht nur zur Hälfte sichtbar). Die dünne Dotterlage (*dl*) auf dem dorsalen Schenkel des Keimstreifens ganz verschwunden, Schwanzwulst frei sichtbar, weiter nach vorn gewachsen; auf ihm der verdickte Anfangstheil der Schwanzfalte (*schf*), über ihn hinziehend der schmale Dotterstreif (*db*), welcher allein noch die dorsale und die seitlichen Dotterspalten (*dsp* und *dsp'*) verbindet; *sp* die flügelförmigen Seitenplatten der Kopfkappe.

Fig. 16. Entwickelung nur um Weniges vorgeschritten; Rückenansicht. Die flügelförmigen Seitenplatten (*sp*) der Kopfkappe haben die früher dreieckige dorsale Dotterspalte (*dsp*) in Verbindung mit dem Vorrücken des Schwanzwulstes bedeutend verengt und sie fast gänzlich abgeschnitten von den seitlichen, zwischen den beiden Schenkeln des Keimstreifens liegenden Dotterspalten (*dsp'*); *db* schmale Dotterbrücke zwischen beiden. An drei Stellen erkennt man das Faltenblatt: an der Kopfkappe als Ueberzug derselben, durch eine schmale, helle Spalte von ihr getrennt, an der Umschlagstelle des Keimstreifens am spitzen Pol, und auf dem Schwanzwulst, an der Stelle, wo dieser sich in den Dotter hineinkrümmt, und zwar an letzterem Ort als der später persistirende Theil der Schwanzfalte von bedeutender Dicke, und durch eine schmale, halbmondförmige Spalte von der Oberfläche des Keimstreifens

Fig. 16. getrennt. An der inneren Fläche des Keimstreifens bereits eine mediane Rinne, die Vorbereitung zur Bildung der Keimwülste, in welche sich der Dotter hineingezogen hat, bei *mdf* (mediane Dotterfirste) und *mdf'* sichtbar.

Fig. 17. Dasselbe Stadium; Ventralansicht; *fr* der vom Faltenblatt noch nicht überzogene eiförmige Raum.

Fig. 18. Profilansicht. In dem vom Faltenblatt (*fb*) noch nicht überzogenen Theil des Keimstreifens hat sich letzterer durch eine Furche auf der äusseren Fläche in die Keimwülste getrennt, deren Contouren *kw*, *kw'* einander parallel laufen, und erst bei *a*, *a'* wieder in e i n e Linie zusammenstossen, welche, bedeckt vom Faltenblatt, bis an den Rand der Kopfkappe und des Schwanzwulstes läuft. Faltenblatt (*fb*) am spitzen Pol durch eine schmale Spalte vom Keimstreifen getrennt. Die neugebildeten Keimwülste in drei Segmente getheilt durch schwache Einziehung an der Oberfläche und stärkere in der Tiefe, kenntlich an den Vorsprüngen der medianen Dotterfirste (*mdf*). Rand des Keimstreifens ebenfalls in drei Segmentabschnitte getheilt, ebenso auch der seitliche Rand des Faltenblattes (*r*).

Fig. 19. Das Faltenblatt, welches vorher den ganzen Keimstreifen überzog, hat sich vom Kopfe her in der Medianlinie gespalten; *r* Rand desselben, *schp* Anlage der Scheitelplatten, *md*, mx^1, mx^2 die vom scharfen Rand des Faltenblattes begrenzten Kopfanhänge, welche hier etwas vom Rücken her gesehen werden und deshalb verkürzt, mehr wulstartig erscheinen. *kf* noch nicht gespaltene Ursprungsstelle der Kopffalte.

Fig. 20. Dasselbe Ei wie in Fig. 18 nach Bildung der Kopfanhänge, Scheitelplatten (*schp*) und Anlage der Kopfwülste (*kw*, *kw'*). Die Trennung des Keimstreifens in die Keimwülste (*kw''*, *kw'''*) bereits bis an's hintere Ende des Keimstreifens vollendet, die Spaltung des Faltenblattes hat die Umschlagstelle der Keimwülste am spitzen Pol noch nicht überschritten, daher daselbst Faltenblatt auf beiden Keimwülsten sichtbar (*fb* und *fb'*).

A. Dasselbe Stadium. Umschlagsstelle der Keimwülste am spitzen Pol in Ventralansicht. *fb* Faltenblatt, welches sich brückenartig über die Keimwülste hinspannt; *mdf* mediane Dotterfirste.

Fig. 21. Aus etwas späterer Zeit; Ventralansicht; die Stelle der Mundspalte wird durch den Winkel bezeichnet, welchen die auseinanderweichenden Schenkel der Kopfwülste zwischen sich lassen. Die Mandibeln (*md*) stossen in der Mittellinie mit scharfen Rändern zusammen.

Fig. 22. Aus etwas späterer Zeit; Profilansicht. Vorderkopf (*vk*) und schneckenförmig gewundener Kopftheil der Keimwülste (Kopfwülste *kw*) vollständig voneinander getrennt; *schp* Scheitelplatten mit dem Antennenfortsatz (*at*), *m* die Mundspalte. Die drei Kopfanhänge (Mandibeln *md*, vordere und hintere Maxillen mx^1 und mx^2) erscheinen verkürzt, da das Ei dem Beschauer etwas den Rücken zuwendet. *kw*, *kw'* Keimwülste, am Rücken beide sichtbar, mit wellig gebuchteten Rändern. Seitliche Dotterspalten (*dsp'*) scharf begrenzt, Dotter am Rücken nur noch an einer kleinen Stelle (*dsp*) freiliegend; aus dem Vorderkopfe hat derselbe bereits begonnen sich herauszuziehen. *kw* Kopfwülste, *v* vorderer, *b* ventraler, *d* dorsaler Rand der Scheitelplatten, welche nach hinten noch durch eine schmale Brücke mit dem Theile des Faltenblattes zusammenhängen, der die Keimwülste bedeckend bereits mit diesen verschmolzen ist. Schwanztheil des Keimstreifens umgeklappt (*schw*, *schw'*), auf ihm der persistirende Theil der Schwanzfalte (*schf*).

Fig. 23. Aus derselben Zeit; Dorsalansicht. Wie in den vorigen Figuren Faltenblatt an der Umschlagstelle der Keimwülste am spitzen Pol verschwunden, auf dem Schwanzwulst als persistirender Theil der Schwanzfalte noch vorhanden (*schf*), zwischen diesem und den Keimwülsten die Afterspalte *a*.

Fig. 24. Kopf etwas weiter entwickelt in Halbprofilansicht, um den Verlauf der Keimwülste im Kopfe zu zeigen; *vkw* rechter, *vkw'* linker ventraler, *mkw* mittlerer, *dkw* dorsaler Schenkel der Kopfwülste, die dorsalen Schenkel sind noch durch eine schmale Dotterwand in der Mittellinie voneinander getrennt; *schp* Scheitelplatten mit *at*, den Antennen, *m* Mundspalte. Durch den rechten Antennenfortsatz erkennt man das Mittelstück des linken Kopfwulstes, über welchen der linke Antennenfortsatz (*at'*) hervorragt.

Tafel III.

Fig. 25. Entwickelung etwas weiter vorgeschritten. Profilansicht. Die Zusammenziehung der Keimwülste hat bereits begonnen; Kopfanhänge bedeutend nach vorn gerückt, Scheitelplatten durch einen hinteren Rand gegen den Leib abgeschnürt, bereits etwas um ihre Axe gedreht, so dass der Antennenfortsatz die Mundspalte *m* vollkommen deckt. Dotter aus dem Vorderkopfe vollständig zurückgetreten, nur noch mit zwei Spitzen in den Kopf hineinragend, zwischen welchen die Verlängerung der Mundspalte. Schwanzende der Keimwülste (*schw*) vollständig umgeklappt und in den Dotter hineingekrümmt. Die Segmentirung der Keimwülste hat begonnen, acht Ursegmente sind bereits angelegt.

Fig. 26–29 zeigen an ein und demselben Ei die Differenzirung der Kopfkappe in Scheitelplatten, Vorderkopf und Kopfwülste, sie veranschaulichen zugleich die zweite Umdrehung des Eiinhaltes, die hier indessen früher begonnen hat, als es die Regel ist. Die Lage des Eies ist in allen vier Figuren genau Profillage, während der Embryo sich von verschiedenen Seiten präsentirt. Vergrösserung 150.

Fig. 26. Die Umdrehung hat bereits begonnen (im Anfang derselben lag die Bauchfläche mit den Anhängen genau der geraden Eiseite an). Keimwülste durch eine äussere Furche getrennt, welche nur soweit nach vorn reicht, als die Kopfanhänge (*md*, *mx*', *mx*''); Faltenblatt (*fb*) in der Medianlinie gespalten, und am Kopfe herabgezogen, bildet die Scheitelplatten (*schp*), *r* Rand des Faltenblattes (*fb*), durch welches deutlich die eigentliche Kopfkappe durchschimmert.

Fig. 27. Hier hat sich die mediane Furche nach vorn verlängert, an der Stelle der Mundeinziehung (*m*) theilt sie sich und schnürt den Vorderkopf (*vk*) ventral und lateral ab.

Fig. 28. Abschnürung des Vorderkopfes weiter vorgeschritten; Keimwülste in scharfem Winkel (*m*) auseinanderweichend; auf ihnen die Scheitelplatten mit dem Antennenfortsatz (*at*), welche inzwischen sich noch weiter von der Mittellinie zurückgezogen haben. Die Mandibeln (*md*) stossen in der Mittellinie zusammen.

Fig. 29. Umdrehung vollendet. Das dargestellte Stadium steht in der Mitte zwischen Fig. 22 u. 25. Vorderer Rand des Mittelstückes der Kopfwülste (*mkw*) liegt noch vor dem vorderen Rande der Scheitelplatten (*schp*). Letztere, nach hinten bereits abgeschnürt, stellen ganz freie Platten dar. *at* Antennen, *m* Mundspalte. Faltenblatt auf dem dorsalen Schenkel des Keimstreifens noch ungespalten, hinteres Ende desselben bei *fb*.

Fig. 30. Etwas weiter entwickelt als Fig. 25. Scheitelplatten noch mehr gedreht. Antennenfortsatz an der Seite des Vorderkopfes. Mandibeln (*md*) bedeutend gewachsen, und nach vorn an die Stelle gerückt, wo früher die Antennen. *md*, *md'* Mandibeln. Schwanzwulst nach hinten gerückt, freier Dotter (*d*) zwischen ihm und dem Kopfe. Ursegmente vollständig gebildet.

Fig. 31. Späteres Stadium. Zusammenziehung der Keimwülste dauert noch fort; hinterer Rand des Kopfes vom Rücken schräg nach vorn und dem Bauche. Drehung der Scheitelplatten beendet, Antennen am dorsalen Rande des Vorderkopfes angelangt. Die ganze Stellung des Kopfes zeigt deutlich, wie derselbe durch die Zusammenziehung der Keimwülste immer mehr nach hinten übersinkt. Zwischen Antennen und Mandibeln einerseits und dem Vorderkopfe andererseits schimmert der Rand des Mittelstückes der Kopfwülste durch (*mkw*). Vordere Maxille (mx^1) bogenförmig gekrümmt, hintere Maxille (mx^2) beginnt nach vorn und gegen die Mittellinie hin zu wachsen. Schwanzwulst stark gegen den hinteren Pol vorgerückt; *d* freier Dotter, welcher grossentheils aus brauner Flüssigkeit besteht; Ursegmente in Folge der Zusammenziehung bereits schmäler geworden.

Fig. 32. Embryo etwas weiter entwickelt; das hintere Maxillenpaar ist in der Mittellinie verwachsen mit Ausnahme der vorderen lappenförmigen Theile. Vordere Maxillen biscuitförmig; auf dem ersten Ursegment erhebt sich eine Falte, die Fussfalte f^1.

Fig. 33. Späteres Stadium. Zusammenziehung der Keimwülste beendet; ausser dem zwölften auch bereits das elfte Segment geschlossen. Lappenförmige Endstücke des zweiten Maxillenpaares zugespitzt. Die Differenzirung der Zellenmasse des Kopfes in tiefe und oberflächliche Schicht hat begonnen, und lässt bereits die Umwandlung der Kopfwülste zu den beiden Schlundganglien (sg^1 und sg^2) erkennen. Zwischen diesen der Vorderdarm von einfacher Zellenlage bekleidet. Die am Rücken frei liegende Dottermasse von einer dünnen, hellen Lage umgeben und dadurch zum Dottersack (*ds*) geworden. *hd* Hinterdarm; *mdf* mediane Dotterfirste.

Fig. 34. Dasselbe Ei in Ventralansicht. *ld*, *ld'* laterale Dotterstreifen, *ds* Dottersack (nur angedeutet); *s* die Spalte in dem zu einem Stück verschmolzenen Basaltheile der Unterlippe. Der auf der Rückseite des zwölften Segmentes liegende After (*a*) schimmert durch.

Fig. 35. Aus etwas späterer Zeit; Rückenansicht. Die vier hinteren Segmente bereits geschlossen; *sg'* obere Schlundganglien, *c* Commissurentheil derselben. Vorderkopf keilförmig zwischen die Scheitelplatten (*schp*) eingetrieben; Mitteldarm (Dottersack *ds*), Hinterdarm *hd*; *w* die den After seitlich begrenzenden Wülstchen.

Fig. 36. Etwas weiter entwickelt; Profilansicht. Das erste Maxillenpaar bedeutend nach vorn gewachsen deckt die Mundspalte und zum Theil auch das zweite Maxillenpaar (die Unterlippe), und die Mandibeln, welche sich ventralwärts gekrümmt haben; Antennen in eine abwärts gerichtete Spitze verlängert. Spalte des Vorderdarmes von einfacher Ordnung von Zellen umgeben, Intima deutlich; sg^1, sg^2 oberes und unteres Schlundganglion, *h* Hautschicht, am Ventralrand des Kopfes durch einen leeren Raum von der tiefen Schicht getrennt. Leibessegmente am Rücken vollkommen geschlossen; elf Bauchganglien (g^1-g^{11}); vorderer und hinterer Afterfuss angelegt (f^1 und f^2), bereits Andeutung der Borsten. Hinterdarm (*hd*) wie Vorderdarm von regelmässiger Zellenlage umgeben.

Fig. 37. Embryo weiter entwickelt; Rückenansicht. Der mediane und die lateralen Dotterstreifen, vom Bauche gegen den Rücken hin sich ziehend, sind dabei in einzelne den Segmenten entsprechende Gruppen zerfallen und liegen in den Seitentheilen der Segmente. Dottersack bedeutend schmäler geworden, seine Wandung viel dicker als früher (siehe in Fig. 35); die den After seitlich begrenzenden Wülste sind in vier Zapfen getheilt (*az*) (von denen nur zwei sichtbar).

Fig. 38. Dasselbe Stadium; Bauchansicht. Ganglienkette durch eine mediane Furche in symmetrische Hälften getheilt, g^1 erstes, g^{11} letztes Bauchganglion, sg^2 unteres Schlundganglion; *ls* die in Segmentabschnitte zerfallenen seitlichen Dotterstreifen; f^1 vorderer, f^2 hinterer Afterfuss, in ersterem die in ihrer Richtung sich kreuzenden Borsten sehr deutlich, sowie die über sie hingespannte quere Grenzmembran. Unterlippe (mx^2) zugespitzt, vordere Maxillen in zwei ungleiche Hälften getheilt. Mandibeln hakenförmig nach innen umgekrümmt.

Fig. 39. Späteres Stadium: Profilansicht. Kopf fast vollkommen entwickelt, *au* Augenflecke, Antennen gegliedert; Vorderkopf in Oberlippe (*lb*), unteres Kopfschildchen (*uk*) und eigentliches Kopfschild (Clypeus, *cl*) getrennt; Mandibeln schnabelförmig, vordere Maxillen in Taster umgewandelt, Unterlippe scharf zugespitzt. Im Körper vollkommene histologische Differenzirung eingetreten, Afterfüsse ausgebildet, Muskeln angelegt (*ms*), Ganglienkette von der Hautschicht durch einen hellen Zwischenraum getrennt; Dotter in den Seitentheilen der Segmente bis gegen den Rücken hin gelagert, aus dem Kopfe gänzlich verschwunden.

Tafel IV.

Fig. 40—45 zur Bildung der Mundtheile und des vorderen Afterfusses.

Fig. 40. Etwa das Stadium von Fig. 25; Ventralansicht; *m* Mundeinziehung, begrenzt von der Umbiegungsstelle der Keimwülste.

Fig. 41. Entspricht dem in Fig. 32 dargestellten Stadium. Zweites Maxillenpaar in der Mittellinie verwachsen, von Leyerform; *l* lappenförmige Seitentheile desselben; *m* Mundspalte, vor welcher der Lippenrand der Kopfwülste.

Fig. 42. Die Seitenlappen (*l*) des verwachsenen Maxillenpaares haben sich aufgerichtet, einander genähert, und decken zum Theil bereits die Umschlagstelle der Keimwülste, welche in Folge der andauernden Zusammenziehung etwas tiefer steht als in voriger Figur.

Fig. 43. Stadium zwischen den in Fig. 34 u. 36 dargestellten in der Mitte liegend; die zugespitzten lappigen Seitentheile der hinteren Maxillen miteinander verwachsen, eine halbkreisförmige Spalte im Basaltheile der Unterlippe theilt dieselbe in zwei Theile. Mandibeln beginnen sich hakenförmig zu krümmen. f^1 vorderer Afterfuss.

Fig. 44. Unterlippe (mx^2) in der Mittellinie etwas vorspringend, *b* mittleres Stück derselben, an welches sich zwei Muskeln ansetzen, deren eiförmige Ansatzstelle sichtbar. Vordere Maxillen (mx') in zwei Theile getheilt, deren innerer (*in*) von der Oberlippe verdeckt liegt, während der äussere an Grösse sehr überwiegend Kegelform angenommen und auf seiner Spitze kurze Borsten erhalten hat. Oberkiefer hakig gebogen, auf der ventralen Fläche der Oberlippe ein kleiner, querovaler Chitinring. Antennen hinter die Oberkiefer gekrümmt. Die beiden Schlundganglien (sg^1 u. sg^2) sind eingezeichnet worden, deren ersteres in dieser Lage nur durch bedeutendes Senken des Tubus sichtbar wird. Afterfuss (f^1) fertig.

Fig. 45. Kopf der Larve ausgebildet; Unterlippe, Mandibeln mit Zähnen, Maxillentaster papillenförmig, Oberlippe an der Unterseite mit dem querovalen Chitinring und mit gekrümmten Borsten besetzt.

Fig. 46. Dorsalansicht des Kopfes, etwa aus demselben Stadium wie Fig. 44. *lb* Oberlippe, Clypeus durch seitliche Vorsprünge der Scheitelplatten in das untere Kopfschildchen (*uk*) und den eigentlichen Kopfschild (*cl*) getrennt; *au* Augen, *at* Antennen, *n* mediane Naht der Scheitelplatten.

Fig. 47. Aus dem Ende der Embryonalzeit. Dorsalansicht des Hinterleibsendes. *af* Afterfüsse, in deren napfförmiger Höhlung die Borsten; *ag* die Grube zwischen den Afterfüssen, in welche der After mündet; *az* zwei der Afterzapfen; *z* die beiden mit einem Büschel Borsten besetzten zapfenförmigen Fortsätze am hinteren Rande des vorletzten Segmentes.

Fig. 48. Profilansicht der Unter- und Oberlippe, um die in der ganzen Dicke erfolgte Trennung des früheren Vorderkopfes in Oberlippe (*lb*) und Clypeus (*cl*) zu zeigen; *a* Grenzlinie zwischen beiden; mx^2 Unterlippe; *vd* Vorderdarm.

Fig. 49. Die Schlundganglien der jungen Larve, im ersten Körpersegment gelegen. sg^1 oberes, sg^2 unteres Schlundganglion; *oe* Oesophagus, g^1 erstes Bauchganglion. *A* Profilansicht, *B* Dorsalansicht.

Fig. 50. Larve unmittelbar vor dem Ausschlüpfen; spiralig gewundene Lage derselben. Geringe Vergrösserung.

Fig. 51. Junge Larve von der Bauchseite gesehen in ausgestreckter Stellung. Vergrösserung 80. mx^2 Unterlippe, f^1 vorderer, f^2 hintere Afterfüsse, g^1 erstes, g^{11} letztes Bauchganglion, die vier vordersten und zwei letzten ohne Commissuren, die übrigen durch doppelte Längscommissuren verbunden; *pr* Vormagen, *ch* Chylusmagen, *d* Darm, *az* die den After umstehenden fingerförmigen Blindschläuche; *db* die bandartigen Dotterreste, ausser denen in den Seitentheilen der Segmente noch unregelmässige Haufen von Dotterkugeln.

Fig. 52. Ei von Musca vomitoria, eine halbe Stunde nach dem Legen; vorderes Ende. Die Zusammenziehung des Dotters hat begonnen, und eine dünne Blastemschicht ist auf seiner Oberfläche abgelagert. Hier, wie in allen folgenden Figuren ist das Chorion entfernt worden, und nur die Dotterhaut gezeichnet. Vergr. 150.

A. Stück des Keimhautblastems, durch Zerreissen des Eies isolirt. Allmählicher Uebergang desselben in den Dotter. Vergr. 350.

Fig. 53. Hinteres Eiende. Kerne liegen in regelmässigen Abständen im Keimhautblastem, welches sich um sie zusammenzuziehen beginnt. Polzellen (*pz* bereits vollkommen frei auf der Keimhaut, in dreien derselben doppelte Kerne. Vergr. 150.

A. Zur Entstehung der Kerne im Keimhautblastem. Ei zerrissen und ein Stück des Blastems isolirt. Im unverletzten Ei fehlte noch die hüglige Vorwölbung des Blastems um die Kerne, trat aber sofort nach Zerreissung der Eihaut ein. Der helle Kernfleck noch ganz unbestimmt begrenzt, die Dotterkörnchen gegen ihn hin an Grösse abnehmend. Vergr. 350.

B. Die Kernflecken in der Blastemschicht des unverletzten Eies. Die feinen Dotterkörnchen, welche vorher gleichmässig in ihr vertheilt waren, concentriren sich jetzt in den Räumen zwischen den Kernen. Vergr. 350.

Fig. 54. Hinteres Eiende. Keimhaut gebildet, auf deren Oberfläche im Polraum die bereits bedeutend an Zahl vermehrten Polzellen (*pz*). *kh* Keimhaut aus einfacher Zellenlage, *ib* inneres Keimhautblastem, *d* Dotter. Vergr. 150.

A-C. Wachsen der Keimhautzellen auf Kosten des inneren Blastems. Vergr. 150.

D. Keimhautzellen von der Fläche gesehen. Vergr. 350.

Fig. 55. Ein Stück des Keimhautblastems nach Entstehung der Kerne, aber vor Bildung der Zellen durch Zerreissen des Eies isolirt. Die halbkugeligen Vorsprünge des Blastems haben sich durch den sehr schwachen Druck des Deckgläschens ausgeglichen, das Blastem bildet eine gerade feste Decke, unter welcher der Dotter und mit ihm der flüssigere innere Theil des

Fig. 55. Blastems, sowie einzelne Kerne hinfliessen. *n* Kerne, *d* Dottertröpfchen, von Eiweissschichten umgeben. Vergr. 850.

Fig. 56. Vorderes Eiende, nach Bildung der Keimhaut. Das innere Keimhautblastem (*ib*) am Pol durch den vorrückenden Dotter beinah ganz verdeckt. Vergr. 150.

Fig. 57. Hinteres Eiende. Zelle am Pol schon bedeutend in die Länge gewachsen, inneres Keimhautblastem daselbst gänzlich von Dotter durchsetzt. Polzellen nicht sichtbar, weil auf der entgegengesetzten Fläche (der dorsalen) des Pols gelegen. Vergr. 150.

Tafel V.

Fig. 58 u. 60. Zur ersten Bildung der Keimhautzellen. 58. Halbkuglige Vorsprünge, innerhalb deren die Kerne. 60. Dieselben weiter abgeschnürt, durch Zerreissen des Eies isolirt, erscheinen als kolbige Fortsätze mit ihrer Basis dem Blastem aufsitzend. Vergr. 50.

Fig. 59. Vorderes Eiende. Inneres Keimhautblastem vollständig verschwunden, der Dotter tritt in die Zellen ein. Vergr. 150.

Fig. 61. *a*. Persistirendes Keimbläschen, deutliche Membran, mit Dotterelementen gemischter Inhalt. *b. b.* Secundäre (d. h. durch Theilung der primären entstandene) Keimhautzellen, noch keine Membran (schmolzen auf geringen Druck noch zusammen). *c. c. c.* Nach Eintritt des Dotters in die Zellen, Zellenmembran gebildet. *dd* Zellen mit zwei Kernen; *e* aus der zweiten Entwickelungsperiode, vielkernige Zelle.

Fig. 62. Ei von Pulex canis aus dem Ende der zweiten Entwickelungsperiode. *d* freiliegender Dotter; *vk* Vorderkopf, *vd* Spalte des Vorderarms, *schp* Scheitelplatten mit *at* den Antennen, *md* Mandibeln, mx^1 vordere, mx^2 hintere Maxillen, *kw* Kopfwülste, us^1 erstes, us^{12} letztes Ursegment, *w* das umgeklappte Ende der Keimwülste, *mdf* mediane Dotterfirste mit ihrer hintern Spitze *x* zwischen dorsale und ventrale Hälfte des letzten Segments hineinreichend.

Fig. 63. Ganzes Ei bei 80facher Vergröss., wie auch die folgenden Figuren. Ventralansicht; Zusammenziehung der Keimhaut (*kh*), welche aus einfacher Lage von Zellen besteht; *ib* inneres Keimhautblastem, an den Polen bereits gänzlich mit Dotter durchsetzt. *vf* vordere, *hf* hintere Querfalte der Keimhaut.

Fig. 64. Dasselbe Stadium, Profilansicht. *V* Bauch-, *D* Rückenseite, an ersterer die Zellen der Keimhaut von eintretendem Dotter bereits verdunkelt, an letzterer noch hell, stellenweise noch ein schmaler Saum des innern Blastems sichtbar. *pz* Die Polzellen liegen an der schräg gegen den Rucken gewandten hinteren Fläche (deshalb in Ventralansicht nicht sichtbar). *vf* vordere, *hf* hintere Querfalte.

Fig. 65. Späteres Stadium, Profilansicht; Keimhaut vollkommen undurchsichtig; deshalb diese, wie alle folgende Figuren, bei denen nicht ausdrücklich das Gegentheil angegeben, bei auffallendem Licht gezeichnet. *vf* vordere Querfurche, die hintere verschwunden, Embryo füllt das Ei wieder vollständig aus. *fb* Faltenblatt, dessen scharfer Contour dem Bauchrand des Eies (*V*) parallel läuft, etwa in der Mitte aber noch unterbrochen ist, da Kopf- und Schwanzfalte sich noch nicht vollständig erreicht haben.

Fig. 66. Späteres Stadium, Profilansicht. Faltenblatt vollständig gebildet, *vf* vordere Querfurche, *cf* die gegen sie convergirende weiter nach vorn gelegene Querfurche, *xw* der Wulst zwischen beiden, *fb'* Rand des Faltenblattes von dem Querwulst *xw* nach der Mittellinie ziehend, *fb* Rand des Faltenblattes am

Fig. 66. Bauch, *fb''* am Rücken, als hintere Grenze des Keimstreifens; *fr* der vom Faltenblatt noch nicht überzogene, mediane Theil des Keimstreifens.

Fig. 67. Dasselbe Ei in Ventralansicht, *vf* vordere Querfurche, *cf* convergirende Furche, zwischen beiden der Querwulst *xw*; *fb* Rand des Faltenblattes.

Fig. 68. Späteres Stadium. Trennung des Keimstreifens in die Keimwülste (*kw*) durch eine äussere mediane Längsfurche (*mf*), welche an der Mundeinziehung *m* endet, oder vielmehr gablig auseinanderbiegt. *vk* Vorderkopf, welcher beginnt sich abzuschnüren.

Fig. 69. Späteres Stadium, Ventralansicht. Vorderkopf (*vk*) von den Kopfwülsten (*kw'*) vollständig abgeschnürt, *m* Mundeinbuchtung; *schp* Scheitelplatten, deren ventraler Rand nicht deutlich hervortritt, *md* Mandibularanhang, mx^1 vordere, mx^2 hintere Maxillen; *hk* hinterer Rand des Kopfes (ob identisch mit der frühern vordern Querfurche ?); *bk* Bauchtheil des Keimstreifens, *mf* mediane Längsfurche, *schw* Schwanzende durch dieselbe herzförmig eingeschnitten erscheinend.

Fig. 70. Dasselbe Ei in der Rückenansicht. *vk* Vorderkopf, *schw* Scheitelplatten, mx^1 vordere, mx^2 hintere Maxillen, *rfb* dorsaler Rand des Keimstreifens (durch den Rand des jetzt nicht mehr erkennbaren Faltenblattes bezeichnet), *sp* Spalte zwischen den Rändern des Keimstreifens, nur von dünner Zellenlage bedeckt.

Fig. 71. Späteres Stadium, Ventralansicht. Zusammenziehung der Keimwülste hat begonnen, Kopfanhänge weiter nach vorn gerückt; Mandibeln überragen den Lippenrand der Kopfwülste, welcher durch sie hindurchschimmert (*lkw*), vordere Maxillen beginnen sich aufzurichten und hintere gegen die Mittellinie zu wachsen. Bauchtheil der Keimwülste in 11 Ursegmente getheilt ($us^1 - us^{11}$), dorsaler und ventraler Theil des 11. Ursegmentes durch eine quere Furche (*af*) getrennt.

Fig. 72. Dasselbe Ei, Rückenansicht. *vk* Vorderkopf, *dr* dorsaler Rand der Scheitelplatten, continuirlich übergehend in den dorsalen Rand der Ursegmente (*rfb*), *hr* hinterer Rand der Scheitelplatten. *a* Afteröffnung in *af* der Afterfurche gelegen, gerade an der Vereinigungsstelle der beiden Hälften des Faltenblattes, man sieht, dass Ursegment 11 am Rücken zum grossen Theil noch nicht geschlossen ist.

Fig. 73. Späteres Stadium, Profilansicht. Scheitelplatten (*schp*) gegen den Rücken zurückgedrängt, zwischen ihnen und den hintern Maxillen die bedeutend vergrösserten und bereits in der Längsrichtung stehenden vordern Maxillen. Elftes Ursegment fast vollständig geschlossen, *a* After, *stf* die auf der Rückenfläche entstandene Stigmenfurche, zwischen beiden die noch von medianer Längsfurche in symmetrische Hälften getheilte wulstartige hintere Fläche des Segmentes.

Tafel VI.

Fig. 74. Aus etwas späterer Zeit. Vorderkopf gegen den Bauch umgebogen, Verhältnisse der Kopfanhänge sonst dieselben wie in Fig. 73, *rfb* hinterer Rand der Ursegmente.

Fig. 75. Dasselbe Stadium, Ventralansicht. Vorderkopf und die von den Mandibeln bedeckten Kopfwülste stossen mit gerader Querlinie aufeinander; der vordere Rand der in der Mittellinie dicht aneinander liegenden Mandibeln (*md*) schimmert durch den Vorderkopf hindurch, zweites Maxillenpaar in der Mittellinie zusammenstossend. Die Trennung der embryonalen Zellenmasse in oberflächliche (*h*) und tiefe Schicht ist eingetreten und in der Zeichnung

Fig. 75. angedeutet, obgleich sie bei auffallendem Licht so wenig sichtbar ist, als der ebenfalls hier eingezeichnete Darm. *md* Mitteldarm, mit Dotter gefüllt, *hd* Hinterdarm, man bemerkt, dass die dorsale Portion des letzten Segmentes noch in seitliche Hälften getheilt ist, während an der ventralen nichts mehr davon zu erkennen ist.

Fig. 76. Dorsalansicht desselben Eies. Durch den Vorderkopf schimmert der vordere Rand der Mandibeln hindurch (*md*), an deren Seiten die vordern Maxillen. Scheitelplatten (*schp*) in der Mittellinie verwachsen, Kopf geschlossen. Spalte zwischen den dorsalen Rändern des Keimstreifens sehr verschmälert, nach hinten zu undeutlich begrenzt.

Fig. 77. Etwas späteres Stadium, Profilansicht. Vordere Maxillen weiter nach vorn gewachsen, ebenso die hintern. Scheitelplatten beginnen sich zu verkleinern.

Fig. 78. Späteres Stadium. Zweites Maxillenpaar zur Unterlippe (mx^2) verschmolzen, den bereits sehr tief stehenden Vorderkopf (*vk*) ganz verdeckend, vordere Maxillen bedeutend verbreitert und nach vorn gewachsen, der ganze Kopf in der Richtung von hinten nach vorn bedeutend verkürzt, erstes Ursegment dagegen verlängert. Am letzten Segment die mediane Furche nur noch an einer kleinen dreieckigen Grube vor dem After (*a*) erkennbar.

Fig. 79. Etwas jüngeres Stadium, Profilansicht. Maxillen (mx') überragen den Vorderkopf noch nicht so bedeutend. Der Darmtractus ist eingezeichnet, Mitteldarm (*md*) bedeutend verschmälert und schräg gelagert, Vorderdarm zeigt eine Krümmung, welche später wieder schwindet, Hinterdarm *hd* bedeutend verlängert, bildet bereits eine Schlinge. Die Segmente sind am Rücken geschlossen.

Fig. 80. Einige Stunden vor dem Ausschlüpfen, Profilansicht bei durchfallendem Licht gezeichnet, um Gestalt und Lage der Eingeweide zu zeigen. Trennung der oberflächlichen Zellenschicht in Muskeln (*m*) und hypoderme Zellenlage (*hd*), auf welcher bereits eine sehr dünne Chitinschicht. Kopfsegment (erstes Segment) sehr klein und zum grossen Theil in das folgende eingestülpt, *sk* Schlundkopf und *sm* Saugmagen nur angedeutet; Speiseröhre nur an ihrem Eintritt in den Vormagen (*prv*) sichtbar, sonst verdeckt durch den Schlundring, dessen unteres Ganglienpaar mit den übrigen Bauchganglien einen zapfenförmigen Strang bildet (*gstr*), dessen oberes Paar der Speiseröhre als zwei Halbkugeln aufsitzen (sg^1), das ganze Centralnervensystem hat die Form eines Pistolenschaftes. *chm* Chylusmagen, dessen helle Wände scharf von dem dunklen Dotterinhalt abstechen; Chylusmagen, wie Darm (*d*) sind sehr bedeutend in die Länge gewachsen und bilden mehrfache Verschlingungen. *md* Mastdarm, *tr* Tracheenstamm in der Stigmenfurche (*st*) nach aussen mündend, *gls* Speicheldrüse der rechten Seite bis ins 9. Segment nach hinten reichend, *ds* Ausführungsgang derselben.

Fig. 81—87 zur Metamorphose des Kopfes in der dritten Entwickelungsperiode.

Fig. 81. Zweites Maxillenpaar zu einer schildförmigen Platte verwachsen (mx^2), an welcher noch mediane Naht sichtbar, Vorderkopf (*vk*) die vordern Maxillen (mx^1) noch überragend. Die Figur entspricht einem Stadium, welches zwischen Fig. 77. u. 78 liegt.

Fig. 82. Mediane Naht der Unterlippe verschwunden, Breite derselben verringert, Vorderkopf (*vk*) in ganz gleicher Höhe mit dem Vorderrand der Unterlippe, nur an den Seiten ein wenig vorragend.

Fig. 83. Unterlippe verschmälert, die in 82 bereits angedeuteten seitlichen Vorsprünge schärfer markirt; Vorderkopf (auf dem eine zipflige Spitze) durch den mittleren Theil derselben durchschimmernd, vordere Maxillen (mx^1) weiter vorgewachsen.

Fig. 84. Unterlippe noch etwas kleiner, Vorderkopf noch ganz tief stehend, als gewölbte Brücke zwischen den grossen flügelförmig an den Seiten stehenden Maxillen (*mx*').

Fig. 85. Dasselbe Ei von der Seite. Unterlippe (*mx*²) noch von ziemlicher Dicke, Vorderkopf (*vk*) ein langgestreckter Rücken, sein grösster Theil in die Tiefe eingestülpt und nicht sichtbar, *m* Mundspalte. Auf der äusseren Fläche der Maxillen sind bereits die zwei Paare von Chitinfäden sichtbar, welche vom Winkel der Unterlippe nach aussen ziehen, wie noch deutlicher in

Fig. 86. zu erkennen ist, wo die Maxillen in der Mittellinie mit einander verschmolzen sind, eine nach vorn und hinten sich verbreitende mediane Furche auf der Bauchfläche zwischen sich lassend. Unterlippe bedeutend kleiner, zungenförmiges Plättchen. Auf den Maxillen die kleinen Maxillentaster (*mxt*).

Fig. 87. Derselbe Embryo im Profil. Hinter den Maxillentastern die eingliedrigen Antennen, Unterlippe (*mx*²) bedeutend schmäler als in Fig. 85. *s*² zweites Segment, in welches das erste zum grossen Theil eingestülpt ist.

Fig. 88—90. Hinterleibsende in der dritten Entwickelungsperiode.

Fig. 88. Dorsalansicht; in der Stigmenfurche haben sich die beiden Stigmenwülste erhoben (*stw*).

Fig. 89. Seitenansicht. *s*¹² zwölftes Segment, *a* Afterfurche, *stw* Stigmenwülste, *stf* Stigmenfurche, *aw* wulstartig vorspringende hintere Fläche des Segmentes.

Fig. 90. Ventralansicht. *a* Afteröffnung, *hd* Hinterdarm, *af* Afterfurche.

Fig. 91 u. 92. Aus dem Ende der ersten und Anfang der zweiten Entwickelungsperiode, Seitenansichten, um die Lage der Kopfanhänge zu den Scheitelplatten zu zeigen.

Fig. 91. entspricht etwa den Fig. 69 u. 70. Vordere Maxillen am weitesten gegen den Rücken vorspringend, Mandibeln in starker Verkürzung sichtbar, alle drei Anhänge vom Rücken her durch den scharfen ventralen Rand (*vr*) der Scheitelplatten begrenzt, deren vorderer Rand (*ar*) den Rand der nach dem Rücken zu umbiegenden Kopfwülste bedeckt.

Fig. 92. Aus der zweiten Entwickelungsperiode, etwa zwischen Fig. 70 u. 71 in der Mitte stehend. Anhänge weiter nach vorn gerückt, Scheitelplatten haben einen hintern Rand erhalten (*hd*), Mandibeln durch den vorspringenden ventralen Rand verdickt. Ursegmente angelegt.

Tafel VII.

Fig. 93. Junge Larve bei durchfallendem Licht gezeichnet. Vergröss. 80. Dorsalansicht. Im ersten Segment (Kopfsegment) jederseits zwei kuglige Ganglien für die Antennen und Maxillentaster (*gli* und *gls*) *sk* Schlundkopf, in seinem Innern das Kaugestell (*gs*) (durch den Druck des Deckgläschens etwas schräg gelagert), an welches sich nach vorn der mediane zahnartige Haken anschliesst (*md*), welcher wahrscheinlich den Mandibeln entspricht. *vh* die vordern nach aussen rechtwinklig umgebogenen Chitinhaken. *sm* Saugmagen. Die übrigen innern Organe sind weggelassen mit Ausnahme der Tracheen, deren Stämme (*tr*) auf dem 12 Segment in zwei nierenförmigen Stigmen endigen. Auf dem Vorderrand eines jeden Segmentes eine mehrfache Reihe dornartiger Stacheln.

Fig. 94—101 zum histologischen Theil.

Fig. 94. Vorderer Theil des Verdauungscanals aus dem Anfang der 3. Periode. Wände des Oesophagus (*oe*) aus kugligen Zellen in mehrfacher Lage, Lumen besonders an der Stelle deutlich, wo der Saugmagen (*sm*) ansitzt; *bl* Anlage der Blinddärme, kurze, conisch zugespitzte Zellenklumpen, *prv* Anschwel-

Fig. 94. lung der Wandung des Oesophagus, Anlage des Proventriculus. *chy* Chylusmagen, mit Dotter gefüllt.

Fig. 95. Dieselben Theile aus der Mitte der dritten Periode. *sm* Saugmagen mit weitem von deutlicher Intima begrenztem Lumen, *oe* Oesophagus beginnt sich in seinen verdickten Endtheil (*pro*) einzustülpen. Blindschläuche (*bl*) bedeutend in die Länge gewachsen.

Fig. 96. Oesophagus mit dem ausgebildeten Vormagen aus dem Ende der dritten Periode. Wandung des Oesophagus aus einer einzigen Zellenlage, die Intussusception jetzt vollständig, das eingestülpte Stück reicht bis auf den Boden des Stückes, in welches es eingestülpt ist; der Vormagen ist damit im Wesentlichen fertig, von kugliger Gestalt, zeigt vier Zellenlagen, deren zweitäussere sich durch eigenthümliche Helle auszeichnet; *int* die aufeinanderliegenden Flächen der Intima. Blindschläuche noch mehr in die Länge gewachsen.

Fig. 97. *A-E*. Zur Entwickelung der Tracheen.

A. In Stämmchen die Intima wellig gebogen, in den Aesten *b* und *c* Lumen bis zum Verschwinden enger werdend, jedoch Ablagerung einer feinen Chitinschicht auf der Innenfläche der einzelnen Zellen.

B. Ein weiterentwickeltes Stämmchen, Intima ein gerades cylindrisches Rohr, an welchem die Spiralwindungen noch nicht sichtbar; die Zellen der Wandung bereits verschmolzen. Die Nebenästchen zeigen die Ablagerung der Intima zwischen scheinbar regellos gelagerten Zellenmassen.

C. Ziemlich ausgebildetes Tracheenästchen, in seinem peripherischen Theil ringsum besetzt mit spindelförmig verlängerten Zellen, den Bildungszellen der Tracheenenden.

D. Man erkennt, wie einzelne der kugligen Zellen in der Wandung des Stämmchens Ausläufer treiben und spindelförmig werden. Intima des Stämmchens scheint sich einerseits direct in eine spindelförmige Zelle zu verlängern.

E. Aus der jungen Larve. Spindel- und sternförmige Tracheenzellen mit lufthaltiger Intima (*tr*) im Innern, bei *s* rankenförmige Biegung derselben. Die Zellen waren frei zwischen den Organen in der Leibeshöhle ausgespannt.

Fig. 98. Hinterdarm mit den Malpighi'schen Gefässen aus dem Anfang der dritten Periode. *d* Darm, *a* gemeinschaftlicher Ausführungsgang je zweier Malpighi'schen Gefasse (*M*), *chg* Chylusmagen.

Fig. 99. *A-C* zur Bildung der Malpighi'schen Gefässe.

A. Dasselbe Stadium wie in Fig. 98, Vergr. 350. Solider Zellenstrang, viele Zellen mit doppelten Kernen.

B. Aus der Mitte der dritten Periode, Zellen in einfacher Lage, noch sehr dicht stehend, Lumen deutlich. Vergr. 150.

C. Aus dem Ende der dritten Periode, die Zellen auseinandergerückt, dunkle Secretkörner im Innern. Vergr. 200.

Fig. 100. Haut und Hautmuskeln aus dem Ende der dritten Periode. *ch* Chitinhaut, *hy* Hypodermis, *m* Muskeln.

Fig. 101. Aus dem Ende der Embryonalzeit. Schlundkopf (*sk*), dessen Intima durch partielle Verdickung und Farbung sich zum Kaugestell (*gs*) umwandelt. *mm* Muskeln, *md* unpaarer medianer Zahn (die übrigen Chitinstäbe des Kauapparats durch die Präparation aus ihrer Lage verschoben), *sm* Saugmagen, *oe* Oesophagus.

Tafel VIII.

Fig. 1. *A*. Dorsalansicht der beiden vordersten Segmente einer eben ausgeschlüpften Larve von Musca vom. *at*. Die tasterartigen Antennen. *mx*. Die verkümmerten Maxillartaster, beide auf kugligen Ganglien, *g*, *g'*, aufsitzend. *n*. Der Nerv. Vergrösserung 160. *B*. Dasselbe Präparat. Ein Ganglion bei 330facher Vergrösserung.

Fig. 2. Larve von Musca vom. vom ersten Tage, Ventralansicht der zwei vordersten Segmente. *ph*. Schlundkopf. *mr*. Rückziehmuskeln desselben. *hg*. Hakengestell. *dp*. Dorsale, *vp*. ventrale Platte desselben. *x* Das *x*förmige Verbindungsstück. *md*. Der den verschmolzenen Mandibeln entsprechende Zahn. *h*. Die paarigen Haken, vor ihnen eine Menge kleiner, nach rückwärts gerichteter Dornen. *lb*. Die Unterlippe. *m*. Die Mundöffnung. *ch*. Die seitlichen Chitinfäden. Vergr. 160.

Fig. 3. Eine ebensolche Larve schräg von der Seite gesehen. Bezeichnungen wie in Figur 2.

Fig. 4. Eine Larve nach der ersten Häutung. Ventralansicht der vordern Segmente. *ph*. Schlundkopf. *mr*. Rückziehmuskel desselben. *lb*. Unterlippe. *ml*. Rückziehmuskel derselben. *fr*. Frenulumartige Uebergangsstelle des Schlundkopfes in die Hypodermis. *ds*. Ausführungsgang der Speicheldrüsen. *hg*. Hakengestell. *x*. Das gegen früher bedeutend vergrösserte *x*förmige Mittelstück. *ar*. Das Articulationsstück der Haken *h*; *st* und *st'*. Die neuentstandenen vordern Stigmen. *tr*, *tr'*. Die Tracheenstämme. *ch*. Die fächerförmig vom Mundwinkel ausstrahlenden fadenartigen Leisten der Chitinhaut. *w*. Mit Stacheln besetzter vorderer Rand des zweiten Segmentes. Vergr. 160.

Fig. 5. Das hintere Ende der Tracheenstämme einer eintägigen Larve. *st*, *st'*. Die Stigmen. *tr*, *tr'*. Die Tracheenstämme, von denen sich die Peritonealhaut bereits abgehoben hat zur Bildung einer neuen Intima, *in*; in der Umgebung der Stigmen ist dieselbe kolbig angeschwollen und ihre Kerne haben Zellen um sich gebildet.

Fig. 6. Derselbe Theil des Tracheensystems von einer um weniges älteren Larve, dicht vor der ersten Häutung. Die alte Intima ist noch mit Luft gefüllt, die neue, *in*, bereits mit Spiralreifen versehen, das neue Stigma *st'* unter dem alten *st* und seitlich von ihm ausgebildet. Vergr. 160.

Fig. 7. Eines der beiden hintern Stigmen nach der zweiten Häutung. *tr'*. Der äussere Chitinring, welcher die drei länglichen Peritremata, *tr*, einschliesst. Durch die Maschenräume des Gitterwerkes feiner Chitinstäbe erkennt man die Längsspalte zwischen den dicht aneinanderschliessenden Labien, *lb*. Vergr. 160.

Fig. 8. Von einer ausgewachsenen Larve. Der Ring, durch welchen der vordeer Theil des Rückengefässes befestigt wird. *r* Der Ring. *vd*. Das Rückengefäss. *k* Ein Kern in der Wand desselben. *tr'*, *tr*. Die den Ring durchsetzenden Tracheen. *lg*. Das zum Proventriculus hinlaufende Band, von dem ein Ast, *lg'*, nach rechts abgeht zu dem Schlundkopfe. Vergr. 40.

Fig. 9. *A*. Aus einer Larve von 1,5 Cm. Länge. Einer der blinddarmförmigen Anhänge des Chylusmagens, an dessen Spitze sich ein Visceralmuskelstrang, *vm*, handförmig umfassend ansetzt, indem er sich in eine Anzahl schmälerer Muskelbänder zertheilt, die als Längsmuskelschicht auf der zelligen Wand des Blinddarmes hinlaufen. Bei *mr* sind die Ringmuskelfasern angedeutet. Vergr. 160. *B*. Die Spitze eines solchen Blinddarmes. *vm*. Der Visceralmus-

Fig. 9. kelstrang, seitlich an den Blinddarm sich anheftend und sich in eine Menge feinster Muskelfäden zerspaltend, welche die Ringmuskeln des Blinddarmes darstellen. *ml.* Längsmuskelbänder. *mr.* Ringmuskelfasern. Vergr. 330.

Fig. 10. Das eine Ende des guirlandenförmigen Zellenstranges unbekannter Bedeutung aus einer Larve von 1,5 Cm. Länge. *z.* Die Zellen, alle mit zwei oder mehr Kernen. *tr.* Tracheenreiser. Vergr. 80.

Fig. 11. Zur Entwicklung der Larvenmuskeln. *A.* Primitivbündel vom Kauapparat der Larve von Musca vom.; aus dem Ei, einige Stunden vor dem Ausschlüpfen der Larve, die Kerne ungeordnet. *B.* Ein ebensolches aus einer Larve kurz nach dem Ausschlüpfen. *a.* Sarcolemma. *b.* Grundsubstanz, *c.* Kerne, in Reihen geordnet. *C.* Ein ebensolches aus einer etwas älteren Larve. *a.* Sarcolemma. *b.* Der centrale Cylinder quergestreifter contractiler Substanz. *c.* Kerne. *D.* Stück eines Primitivbündels aus einer Larve von 0,5 Cm. Länge.

Taf. IX.

Fig. 12. Verdauungstractus einer Larve von 1 Cm. Länge. *oe.* Oesophagus. *s.* Saugmagen. *pr.* Proventriculus. *ch.* Chylusmagen. *bl.* Blindschläuche an seinem vordern Ende. *ma.* *Malpighi*'sche Gefässe. *il.* Darm. *gs.* Speicheldrüsen. Vergr. 10.

Fig. 13. Verdauungstractus einer Puppe von zwei Tagen. *pr.* Der geschrumpfte Proventriculus. *bl.* Die Reste der Blindschläuche. *ch.* Chylusmagen bedeutend kürzer und weiter als in der Larve, sein Lumen mit pomeranzengelber, klarer, honigartiger Flüssigkeit erfüllt, in welcher die zusammengeballten zelligen Reste des Proventriculus und der Blindschläuche schwimmen. Die Zellen des Darmes beginnen sich mit Fett zu füllen (bei *il* angedeutet). Länge des Darmes noch unverändert. Vergr. 10.

Fig. 14. Verdauungstractus einer Puppe ein oder zwei Tage vor dem Ausschlüpfen. *lb.* Unterlippe mit dem Rüsselknopf. *m*, *m*'. Muskelbündel, die sich an das vordere Ende des Oesophagus (*oe*) setzen. *s.* zweischenkliger Saugmagen. *pr.* Proventriculus. *ch.* Chylusmagen bedeutend wieder in die Länge gewachsen, in seinem hintern Theile darmartig, im vordern die Zellenballen *x* einschliessend. Dünndarm (*il*) neugebildet und sehr kurz, gefüllt mit Harnsecret. *re.* Rectaltasche mit den vier Rectalpapillen. Neben dem Mastdarme die weiblichen Geschlechtsorgane. *ov.* Die Ovarien. *ga.* Accessorische Drüsen. *re*'. Receptacula seminis. Vergr. 10.

Fig. 15. Verdauungstractus einer Fliege. Bezeichnung wie vorher, Chylusmagen noch mehr verlängert. *gs.* Die Speicheldrüsen. *dgs.* Ihr gemeinschaftlicher Ausführungsgang. Vergr. 10.

Fig. 16. Ein Stück des Chylusmagens aus einer Larve von 1,7 Cm. Länge. *ce.* Die Zellen der Wandung mit ihrem gewöhnlichen, feingranulirten Inhalt. *ce*'. Zellen, wie sie während der Verdauung sind, mit Fett gefüllt. *lm.* Die Längsmuskelbänder, in weiten Abständen kernhaltig. *rm.* Die Ringmuskelfasern: die Tracheen auf der Oberfläche der Deutlichkeit halber weggelassen, ebenso die structurlose Intima. Vergr. 160.

Fig. 17. Ein Stück Fettkörper aus der ausgewachsenen Larve, nur die mittleren Zellen ausgeführt und hier der Kern verdeckt von dem feinkörnigen Inhalt der Zellen. Vergr. 40.

Fig. 18. Ein Stück der den mittlern Abschnitt des Rückengefässes begleitenden Zellenmassen, aus einer ausgewachsenen Larve. *fm.* Ein Flügelmuskel *r.* Wand des Rückengefässes; zwischen dieser und den Muskelbändern *m*, *m*' spannen sich die Zellenstränge, im Ganzen in senkrechter Richtung auf das Rückengefäss, längliche Maschenräume zwischen sich lassend. Vergr. 160.

Taf. X.

Fig. 19. *A*. Nervencentren einer jungen Larve vom ersten Tage, Dorsalansicht. *hm*. Hemisphären (obere Schlundganglien). *bm*. Bauchmark. *ha*. Hirnanhänge, 1) erstes, 2) zweites, 3) drittes Nervenpaar. *m*. Mark, *r*. Rinde der Nervenmasse. *B*. Dasselbe Präparat, Ventralansicht. *st*. Die Stiele der Hirnanhänge. *tr*. Sternförmige Ausstrahlung der perforirenden Tracheenästchen, die virtuelle Zusammensetzung des Bauchmarkes aus zwölf Bauchganglien andeutend. Vergr. 80.

Fig. 20. Nervencentren einer etwas älteren Larve, Profilansicht, der Hirnanhang deutlich in zwei Abschnitte gegliedert, die Augenscheibe *aus* und die Stirnscheibe *sts*, letztere jetzt noch aus bedeutend grössern Zellen zusammengesetzt als erstere. Am dritten Nerven (3) die untere Mesothoracalscheibe *ums*. Vergr. 80.

Fig. 21. Die untern Prothoracalscheiben in ihrer ersten Anlage, wie sie an der lebenden Larve durch die Haut hindurchschimmern, nach einer lebenden Larve von 0,9 Cm. Länge gezeichnet. *up*. Untere Prothoracalscheiben. *tr*, *tr*[1]. Tangirende Tracheen. *v*. Der Verbindungsast zwischen ihnen. *n*. Die nervösen Stiele der Scheibe, deren vorderer Theil durch Muskeln verdeckt wurde. Vergr. 160.

Fig. 22. Die untern Prothoracalscheiben aus einer Larve von 0,7 Cm. Länge. *n*, *n*[1]. Nervöser Stiel. *ms*. Medianer Strang. *ls*, *ls*[1]. Laterale Stränge. *tr*. Das in dieselben eintretende Tracheenstämmchen. Vergr. 330.

Fig. 23. Die untern Prothoracalscheiben aus einer Larve von Sarcophaga carnaria von 1,5 Cm. Länge. Im zelligen Scheibeninhalt hat die Differenzirung in Rinde und Kern begonnen. Bezeichnung wie in voriger Figur. Vergr. 70.

Fig. 24. Untere Mesothoracalscheibe *ums* aus einer Larve von 0,6 Cm. Länge. *n*. Nervöser Stiel. *tr*. Die Tracheenschlinge in zweien der Ausläufer. Vergr. 330.

Fig. 25. *A*. Untere Mesothoracalscheibe aus einer Larve von Sarcophaga carnaria von 2 Cm. Länge. Ansicht der äussern Fläche. Scheibeninhalt in Rinde und Kern differenzirt, letzterer wiederum in die centrale Scheibe *ts* und den dieselbe einschliessenden Ring *bs*. *B*. Dasselbe Präparat, Ansicht der innern Fläche. Das Centrum bereits trichterförmig vertieft. Beide Zeichnungen nach dem frischen Präparat entworfen, deshalb die Trennungslinien der einzelnen Theile nicht so scharf sichtbar wie an den folgenden Figuren 26—28 *B*, welche zwar auch nach dem frischen Präparat entworfen, aber später nach dem in verdünnter Lösung von chromsaurem Kali aufbewahrten Präparat verbessert wurden. Die conservirende Lösung übt eine gelinde zusammenziehende Wirkung auf die Zellenmassen aus, wodurch die Contouren schärfer hervortreten. Vergr. von Fig. 25, *A*, bis 28, *B* = 70.

Fig. 26. Untere Mesothoracalscheibe aus einer frisch verpuppten Larve von Sarcophaga carnaria. *n*. Stiel der Scheibe. *ri*. Rinde. *as*. Ausläufer. *A*. Ansicht der Aussenfläche. Die centrale Scheibe des Kernes hat begonnen als Tarsenzapfen sich hervorzustülpen und hat sich durch eine zur Hälfte hier verdeckte Ringfurche *rg* in eine terminale Kuppe, das fünfte Tarsalglied t^5 und in einen noch ungegliederten Schaft *ts* getrennt, aus welchem später die übrigen Tarsen sich bilden. *bs*. Das ringförmige basale Stück des Beines. *B*. Dasselbe Präparat. Ansicht von innen. Das Centrum der Scheibe trichterförmig vertieft. *rd*. Rand des Basalstückes. *rd*[1]. Rand des Schaftes des Tarsenzapfens. *rd*[2]. Rand der Kuppe des Tarsenzapfens, das Lumen desselben begrenzend. Das Basalstück selbst *bs*, sein Contour *x*, der Schaft *ts* und die Kuppe t^5 des Tarsenzapfens schimmern durch.

Fig. 27. Untere Mesothoracalscheibe aus einer jungen Puppe von Sarcophaga carna-

Fig. 27. ria (am zweiten Tage nach der Verpuppung). *n.* Nervöser Stiel. *as.* Ausläufer. *A.* Ansicht der Aussenfläche. Die Rinde bedeutend gewuchert als Thoracalstück der Scheibe, *th*, am basalen Ende der Scheibe in mehrere Ringfalten gelegt, ihre Ränder *rd* über das Basalstück des Beines *bs* sich wegschlagend. Peripherisches Ende des Basalstückes verbreitert, dreieckig, zungenförmig, das der Basis der Scheibe zugewandte schmal und durch den vorgewucherten Tarsenzapfen verdeckt. Dieser lässt vier Glieder erkennen, die durch Ringfurchen sich voneinander abschnüren t^5, t^4, t^3, t^2. *B.* Ansicht der Innenfläche. *bs.* Die dünne, bs^1. die zungenförmig vorgestülpte Hälfte des Basalstückes. *rd* Rand desselben. rd^1. Rand des fünften Tarsalgliedes. *l.* Lumen desselben.

Fig. 28. Untere Mesothoracalscheibe aus einer etwas älteren Puppe (auch noch vom zweiten Tage) von Sarcophaga carnaria. Die Hülle der jetzt blasenförmig gewordenen Scheibe ist an ihrem gegen die Peripherie gerichteten Ende zerrissen, sie besteht aus der feinen Cuticula *ct*, welche sich an mehreren Stellen von der darunter gelegenen dünnen Zellenlage *z* abgehoben hat. *th.* Thoracalstück. *bs.* Basalstück (Femorocoxalstück) des Beines. *tb.* Tibia. t^1, t^2, t^3, t^4, t^5 die fünf Tarsalglieder, aus zelliger Rinde und weitem Lumen bestehend. *A.* Ansicht der Aussenfläche, der Anhang bedeckt zum grossen Theil das Thoracalstück. *B.* Ansicht der Innenfläche. Man blickt in das Lumen, *l*, des Anhanges hinein.

Taf. XI.

Fig. 29. Nervencentren einer ausgewachsenen Larve von Musca vom. mit den Anhängen, Ventralansicht. *bm.* Bauchmark mit den von ihm ausstrahlenden Nervenstämmen. *hm.* Hemisphären. *st.* Stiel der Hirnanhänge, deren basaler Theil als Augenscheibe, *aus*, die Hemisphären von vorn bedeckt, deren terminaler Theil, die Stirnscheibe, *sts*, in seinem hintern Abschnitte die Anlage der Antennen enthält *at.* In diesen wie in den vordern (*up*) und mittlern (*ums*) Beinscheiben ist die Differenzirung bereits weit vorgeschritten. Die Prothoracalscheiben zusammen besitzen die Form eines Kartenherzens. *ms.* Medianer, *ls*, ls^1. laterale Ausläufer. n^2. Nervöser Stiel, der vor seinem Eintritt in die Scheibe einen Nerven nach aussen schickt. t^5. Kuppe des Tarsenzapfens, der bereits beginnt sich hervorzustülpen. *bs.* Basalstück des Beines. *ri.* Rinde. An der Fühlerscheibe, *at*, unterscheidet man einen äussern Ring und drei innere, die Anlage der drei Fühlerglieder at^1, at^2, at^3. Vergr. 50.

Fig. 30. Nervencentren einer Larve von Musca vom. von 1,3 Cm. Länge, Dorsalansicht. *bm.* Bauchmark. *aus.* Augenscheiben. *at.* Antennenscheiben. *hm.* Hemisphären. *ums.* Untere Mesothoracalscheiben. *vd.* Rückengefäss. vd^1. Dessen mittlerer von den Zellensträngen *z* begleiteter Theil. *fm.* Die vordersten Flügelmuskeln. *r.* Der Ring. *tr.* Die ihn durchsetzenden und in die Hemisphären ausstrahlenden Tracheen. *mb.* Das Band, welches ihn mit der Brücke *br* zwischen den Spitzen der Hirnanhänge verbindet; in dem viereckigen Raume zwischen den Stirnscheiben und der Brücke erkennt man fächerförmig ausstrahlende feine Muskelfäden, welche das vordere Ende des Rückengefässes befestigen. Vergr. 40.

Fig. 31. Früheste Anlage der obern Mesothoracalscheibe (Flügelscheibe) *oms* aus einer Larve von Musca vom., kurz nach ihrem Auskriechen aus dem Ei. *tr.* Tracheenstamm. tr^1. Tracheenast, mit dessen Peritonealhülle die Scheibe in Verbindung steht. Vergr. 330.

Fig. 32. Anlage der obern Mesothoracalscheibe aus einer Larve von 0,7 Cm. Länge. *Tr.* Tracheenstamm; an einem Seitenast desselben sitzt die Scheibe *oms* an,

Fig. 32. welche jetzt deutlich aus Zellen zusammengesetzt ist und nach der Peripherie zu allmählich in die Peritonealhülle der Trachee *p* übergeht. *in*. Neugebildete, mit starken Spiralwindungen versehene aber noch nicht lufthaltige Intima. *tr*[1]. Die alte, mit Luft gefüllte Intima. Vergr. 330.

Fig. 33. Die drei Tracheenscheiben aus einer Larve von Sarcophaga carnaria von 2 Cm. Länge. Ansicht von innen her. *oms*. Obere Mesothoracalscheibe. *umt*. Untere, *omt*. obere Metathoracalscheibe. *st*. Stiel der untern Metathoracalscheibe, dem Visceralmuskelnetz zuzuzählen, ebenso der verbindende Strang. *vm*. Differenzirung der Scheiben bereits vorgeschritten. *k*. Kern der Flügelscheibe, die Stelle, welche später sich zum Flügel ausstülpt. An der hintern Beinscheibe (*umt*) blickt man in die trichterförmige Vertiefung der beginnenden Ausstülpung. *bs*. Basalstück des Beines. *ri*. Rinde. Auch an der Schwingerscheibe (*omt*) hat die Ausstülpung des Anhanges begonnen. *c*. Das vertiefte Centrum der Scheibe. *tr*. Der Tracheenstamm, der in natürlicher Lage gestreckt verläuft. Vergr. 50.

Fig. 34. Flügelscheibe aus einer jungen (zweitägigen) Puppe von Sarcophaga carn. Der Anhang, *fl*, hat sich hervorgestulpt, man blickt in sein Lumen hinein (*l*), Thoracalstück, *th*, bedeutend ausgedehnt, an der frühern Spitze der Scheibe in zwei stumpfe Lappen getheilt, *lp*. *lp*[1]; an dieser Stelle die Hüllmembranen der Scheibe zerrissen, bei *h* erhalten und mit klarer Flüssigkeit gefüllt. *tr*. Tracheenstamm beginnt zu zerfallen, sowie auch der Ast *tr*[1], von welchem die Scheibe auswuchs. Vergr. 40.

Fig. 35. Die obere und untere Metathoracalscheibe aus einer zweitägigen Puppe von Sarcophaga carnaria. Das bereits vollständig aus dem Thoracalstück *th* hervorgewachsene Bein steht hier ungewöhnlicher Weise senkrecht auf demselben und lässt daher erkennen, dass alle seine Glieder, auch das Basalglied *bs* (Femorocoxalstück) vollständige Ringe sind. *tb*. Tibia. *t*[1]. Erstes, *t*[5]. fünftes Tarsalglied. *st*. Der Stiel der Scheibe, von der Trachee *tr*[1] entspringend. An der obern Metathoracalscheibe erkennt man den nur wenig vorragenden Anhang *sw*, die Anlage des Schwingers und das Thoracalstück *th*. Vergr. 80.

Fig. 36. Die Hirnanhänge aus einer zweitägigen Puppe von Sarcophaga carnaria. Die Brücke zwischen ihren Spitzen entfernt und die Spitzen abgelöst vom Schlundkopf und frei flottirend. *st*. *st*[1]. Nervöse Stiele von den Hirnganglien entspringend. *aus*. Die Augenscheibe. *sts*. Stirnscheibe, in deren hinterem Theile die Anlage der Antennen *at*. Zwischen beiden Hirnanhängen das Rückengefäss *vd* und der etwas seitlich zusammengedrückte Ring *r*. *h*. Die dünne Hülle aus Cuticula und Zellenlage. *ue*. Uebergangsstelle zwischen Augen- und Stirnscheibe. Vergr. 40.

Fig. 37. Anlage der Puppenstigmen im Innern der obern Prothoracalscheibe aus einer zweitägigen Puppe von Sarcophaga carnaria. *tr*. Intima des Tracheenstammes der Larve, kurz vor dem Larvenstigma abgerissen. *tr*[1]. *tr*[2]. Aeste desselben, alle umgeben von der neuen Intima *it*, welche in der Zellenmasse der Scheibe *op* sich blasig erweitert und mit mehreren kurzen, fingerförmigen Zapfen endigt. *r*. Die ringförmige Einschnürung der Larventrachee, die spätere Trennungsstelle derselben. Vergr. 70.

Taf. XII.

Fig. 38. Der neugebildete Thorax einer Puppe von Sarcophaga carnaria vom dritten Tage, Dorsalansicht. *oms* Mesothorax. *op*. Prothorax, in der Mittellinie nicht zusammenschliessend. *omt*. Metathorax, dessen Grenzlinie gegen den Mesothorax undeutlich. *st*. Anlage der Stigmenzapfen (oberen Anhänge des Prothorax). *fl*. Flügel. *sw*. Schwinger. *fs*, *fs*[1]. Flügelschuppen. Vor dem Protho-

Fig. 38. rax sieht man die von der Bauchseite her vorragenden Basalstücke *bs* (Femorocoxalstücke) der Beine, bei *b* ist das ganze Bein nach vorn geschlagen. ls^5, ls^6. Fünftes und sechstes Larvensegment. *ph*. Rest des Schlundkopfes der Larve. Vergr. 20.

Fig. 39. Aehnliches Präparat, Ventralansicht. Die drei Beinpaare in ihrer natürlichen Lage. *fl*. Flügel. ls^5, ls^6. Fünftes und sechstes Larvensegment. Vergr. 20.

Fig. 40. Thorax einer dreitägigen Puppe, Ventralansicht. Die Anhänge frei im Wasser flottirend. *fl*, fl^1. Flügel. Die Beine mit dem Thorax in der Mitte der Tibia, *tb*, verwachsen, ihr Femorocoxalstück *bs* frei flottirend; diess Verhältniss besonders beim zweiten Bein der linken Seite deutlich, an dem das Femorocoxalstück in seiner natürlichen Lage geblieben, die Tarsen mit dem vordern Stück der Tibia aber nach aussen geschlagen sind. ls^5, ls^6. Fünftes und sechstes Larvensegment. Vergr. 20.

Fig. 41. Puppe von Sarcophaga carnaria vom vierten Tage. Der Kopf ist hervorgewachsen. Ventralansicht. *v*. Scheitel. *st*. Stirn-, *au*. Augengegend. *rf*. Rüsselfortsatz. Die Beine bedeutend in die Länge gestreckt, über die stark zusammengezogenen acht hintern Larvensegmente hingelagert.

Fig. 42. Dieselbe Puppe, Dorsalansicht. *sp*. Die Spalte auf dem Scheitel. *st*. Stigmenhörner. *th*. Thorax. *fl*. Flügel. ls^5—ls^{12}. Die acht hintern Larvensegmente, zum Abdomen der Fliege zusammengezogen. Lupenvergr.

Fig. 43. Ein Bein kurz nach dem Austreten aus der Scheibe. t^1 – t^5. Die Tarsalglieder. *tb*. Tibia mit ihrer untern Fläche auf dem Thoracalstück *th* festgewachsen. *bs*. Femorocoxalstück, durch eine Scheidewand, *w*, beginnend, sich in zwei Scalen zu theilen, welche aber beide noch in directer Communication mit der Thoraxhöhle stehen, wie der Streifen von dorther eingedrungenen körnigen Fettes beweist. Vergr. 40.

Fig. 44. Ein Bein aus etwas späterer Zeit. Die Scheidewand inmitten des Femorocoxalstückes erstreckt sich jetzt ganz nach vorn und trennt Tibia, *tb*, und Femur, *fe*, vom Trochanter, *tr*, und der Coxa, *cx*. *th*. Thoracalstück. Vergr. 40.

Fig. 45. Die Spitze eines Beines aus einer viertägigen Puppe von Sarcophaga carnaria. t^5, t^4, t^3. Die drei letzten Tarsen, aus dünner zelliger Rinde, *r*, und einem weiten Lumen bestehend. *tr*. Die Trachee in der Axe mit feinen, schlingenförmig umliegenden Zweigen, an welchen hie und da Gruppen von Körnchenkugeln, *k*. *s*. Die Anlage einer Sehne. Die Cuticula auf der Oberfläche der Rinde beginnt sich als Puppenscheide, *ps*, abzuheben. Vergr. 70.

Fig. 46. *A*. Die Spitze eines Beines vom fünften Tage. Puppenscheide *ps* weit abstehend, Lumen des Gliedes ausgefüllt mit Körnchenkugeln, welche die Trachee zum grössten Theil verdecken. Fünftes Tarsalglied an der Spitze eingeschnitten und in zwei Lappen getrennt, die Haftlappen, deren Spitzen, wie in 46, B zu sehen, bereits hakig gekrümmt sind, als Anlage der Klauen. Vergr. 70.

Fig. 47. Die vier letzten Tarsalglieder einer Puppe von Sarcophaga carnaria vom siebenten Tage. Haftlappen *p* und Klauen *ch* in der Form ausgebildet, aber noch gefüllt mit Körnchenkugeln. Ebenso die Tarsalglieder selbst, auf deren Oberfläche bereits Borsten. *ps*. Puppenscheide. *bs*. Die Zone feiner Härchen auf der Fläche der Haftlappen. Vergr. 70.

Fig. 48. Die obere Prothoracalscheibe *op* aus einer Puppe vom zweiten Tage. Dieselbe erscheint als ein seitlicher Auswuchs des Tracheenstammes der Larve *tr*. *pt*, pt^1, pt^2. Kolbenförmige Anschwellung, alle drei den Aufbau des Puppentracheensystems vermittelnd. Vergr. 70.

Fig. 49. Stück des vordern Theiles des Rückengefässes aus einer Puppe von Musca vomitoria, etwa vom neunten oder zehnten Tage. *ct*. Structurlose Haut auf

Fig. 49. der Oberfläche *w*. Spätere Muskelwand, welche jetzt zwar wie schon in der Larve Kerne einschliesst (*k*), aber ohne jede Structur ist und in einer glashellen Grundsubstanz eine Menge Fettkörnchen einschliesst. Der Fokus ist auf die Fläche des Organes eingestellt gedacht, ausserdem aber auch der optische Querschnitt der Wandung angegeben. Vergr. 330.

Taf. XIII.

Fig. 50. Das entsprechende Stück des Rückengefässes aus einer Imago von Musca vomitoria. *ct*. Cuticula. *w*. Musculöse Wandung mit starken, regelmässigen Querstreifen, welche sich fast wie selbstständige Quermuskeln ausnehmen, besonders bei Berücksichtigung der an einigen Stellen angedeuteten sehr feinen Längsstreifung, welche indessen der Cuticula angehört. *k*. Kern von Körnchen umgeben Vergr. 330.

Fig. 51. Nervencentren einer Puppe von Musca vom. vom fünften Tage (nach Bildung des Kopfes). *au*, *au*[1]. Augenscheiben an ihrem Stiel *st*. *osg*. Oberes Schlundganglion. *usg*. Unteres Schlundganglion. *bl*. Bulbus des Auges. *bm*. Bauchmark, dessen hinterer Theil zu einer cauda equina, *ce*, umgewandelt. Vergr. 40.

Fig. 52. Obere Schlundganglien, Bulbi und Augenscheiben aus einer siebentägigen Puppe von Sarcophaga carnaria, die Stiele der Augenscheiben (*st*) bedeutend in die Breite ausgedehnt. Die Augenscheibe links zusammengeklappt, rechts in der Verkürzung gesehen. Vergr. 40.

Fig. 53. Oberes Schlundganglion *osg* und Bulbus *bl*, von einer zwölf Tage alten Sarcophagapuppe *st*. Der scheibenförmig ausgebreitete Stiel der Augenscheibe, deutlich radiär gestreift. *gs*. Die mit Fett durchsetzte Grenzschicht. *gf*. Die äussere quere Faserlage. *gf'*. Die innere doppelte quere Faserlage. *gf''*. Die innerste Lage von Querfasern. Vergr. 80.

Fig. 54. Nervencentren einer Imago von Musca vomitoria. *osg*. Obere Schlundganglien. *th*. Thoracalknoten. n^1, n^2, n^3. Die drei Beinnerven. *na*. Unpaarer Abdominalnerv. Vergr. 10.

Fig. 55. Zur Entwicklung der einzelnen Augenkammern aus der Augenscheibe. *A*. Aus einer zwölf Tage alten Puppe von Sarcophaga carnaria. Ein Stück des Augenlappens im opt. Querschnitt *a*. Aeussere Fläche von der noch sehr zarten Cuticula (Cornea) bedeckt. *i*. Innere Fläche. *k*. Die *Semper*'schen Kerne. k^1. Die vier Kerne des Nervenstabes. *ax*. Die Anlage der Axengebilde desselben. Vergr. 330. *B*. Die vier birnförmigen Bildungszellen des Nervenstabes aus einer fünfzehn Tage alten Puppe. *C*. Vier Zellen der Augenscheibe von aussen gesehen, aus einer Puppe vom dreizehnten Tage. Jede Zelle mit einfachem Kern. *D*. Vier ebensolche aus einer fünfzehn Tage alten Puppe. Jede Zelle mit vier Kernen. *E*. Eine Augenkammer aus einer Puppe von vierzehn Tagen. *k*. Die *Semper*'schen Kerne von Pigment umgeben. k^1. Die Kerne des Nervenstabes von vier auf acht vermehrt. *F*. Eine Augenkammer aus einer siebzehn Tage alten Puppe. Dieselbe bedeutend in die Länge gewachsen, die starke Pigmentablagerung in dem äussern, becherförmigen Theile, *b*, verdeckt die *Semper*'schen Kerne und ebenso den von ihnen ausgeschiedenen Krystallkörper. Im Nervenstabe *ns* ein feinkörniges schwach gelbliches Pigment abgelagert, besonders in der Umgebung der Kerne k^1. *ax* Die einem Bündel feiner Drähte ähnlichen Axengebilde des Nervenstabes, im Querschnitt bei ax^1 sichtbar. *h*. Vordere, h^1 hintere Hüllenzellen. *G*. Eine Augenkammer der Imago von Musca vomitoria mit Kali behandelt, wodurch das stark weinrothe Pigment entfernt wurde. *k*. Die *Semper*'schen Kerne. k^1. Kerne des Nervenstabes. *ax*. Axengebilde desselben. *b*. Die becherförmige Hülse für den Krystallkörper. Vergr. bei sämmtlichen Figuren 330.

Fig. 56. *A*. Die Wand des Darmes im optischen Querschnitt kurz nach ihrer Neubil-

Fig. 56. dung, aus einer Sarcophagapuppe vom elften Tage. *zw*. Die zellige Wand, deren Zellen aber noch nicht zu erkennen sind und dicht durchsetzt mit feinkörnigem Fett. *mz*. Die muskelbildenden Zellen der Oberfläche. Vergr. 330. *B*. Die Wand des Darmes im optischen Querschnitt aus einer Puppe vom siebzehnten Tage. *zw*. Zellen der Wand. *qm*. Querschnitt der circulären Muskelfasern. *tr*. Tracheenanlage. *d*. Flüssiger honiggelber Darminhalt mit grossen Fettkugeln. *lm*. Längsmuskelband. Vergr. 330.

Fig. 57. Die Metamorphose der Körnchenkugeln. *a*. Körnchenkugeln kurz nach ihrer Bildung, Conglomerate von Körnchen, Fetttropfen und Stearinschollen. Vergr. 495. *b*. Eine vollkommen kuglig gewordene, scharfbegrenzte Körnchenkugel. *c*. Eine solche mit abgehobener Membran. *d*. Viele blasse Kerne zwischen den feinen Fettkörnchen. *e*. Einzelne solche Kerne. Vergr. 330.

Fig. 58. Die Rectaltasche in ihrer ersten Anlage aus einer Sarcophagapuppe von sieben Tagen. *rp*. Die Rectalpapillen, kegelförmige Zellenmassen mit Fett untermengt, ohne jede Differenzirung, Vergr. 80.

Fig. 59. Eine Rectalpapille aus einer ältern Puppe von Musca vom. *zw*. Zellige Wand der Papille. *l*. Lumen derselben mit Fett, Körnchenkugeln und kleinzelliger Masse gefüllt, welch letztere bei *kz* nach aussen vorquillt. *rp*. Randwulst der Papille. *dw*. Ein Stück der Darmwand. *dw*[1]. Dieselbe im scheinbaren Querschnitt. Vergr. 160.

Fig. 60. Die *Malpighi*'schen Gefässe in verschiedenen Entwicklungsstadien. *A*. Aus einer Larve von Sarcophaga carnaria kurz vor der Verpuppung. *it*. Die quergestreifte Intima. Vergr. 330. *B*. Aus einer Sarcophagapuppe vom achten Tage. Vergr. 160. *C*. Aus einer ebensolchen vom elften Tage, das Gefäss in der Histolyse begriffen. Vergr. 160. *D*. Aus einer ebensolchen vom neunzehnten Tage, unmittelbar nach dem Ausschlüpfen der Fliege. Vergr. 160.

Fig. 61. Entwicklung der Beinmuskeln von Sarcophaga carnaria. *A*. Anlage eines Primitivbündels aus einer vierzehn Tage alten Puppe. *c*. Dünne oberflächliche Schicht contractiler Substanz, im Innern die vielfache Kernsäule. *B*. Ebensolche mit Essigsäure behandelt, wodurch die klare Grundsubstanz zwischen den Kernen körnig geworden und aufgequollen ist. *C*. Ein Primitivbündel aus einer Puppe von siebzehn Tagen. *c*, *c*[1]. Der doppelte Mantel contractiler, stellenweise fein quergestreifter Substanz. *D*. Ein solches Primitivbündel im optischen Querschnitt. *E*. Ein Primitivbündel aus einer Puppe vom zwanzigsten Tage. *s*. Sarcolemma. *c*, *c*[1]. Die beiden contractilen Schichten. *F*. Drei solche Bündel im optischen Querschnitt. Vergr. bei allen Figuren 330.

Fig. 62. Ein Stück Brustmuskel von Musca vom. um die Umspinnung der einzelnen Muskelfascikel mit Tracheen, *tr*, zu zeigen. Vergr. 160.

Taf. XIV.

Fig. 63. Anlage eines Primitivbündels aus dem Thorax einer achttägigen Puppe von Sarcophaga carnaria. *s*. Sarcolemma, Kerne in homogener Grundsubstanz. Vergr. 330.

Fig. 64. Ein solches Primitivbündel aus einer älteren Puppe (neunter bis zehnter Tag). Durch den Druck des Deckgläschens ist ein Theil der zu Säulen' gruppirten Kerne unter das abgehobene Sarcolemma, *s*, vorgequollen. *c*. Contractile Substanz, stark längsstreifig. Vergr. 280.

Fig. 65. Stück eines Thoracalmuskelbündels aus einer viel ältern Puppe von Musca vomitoria (das Stadium entspricht etwa dem dreizehnten bis vierzehnten Tage bei Sarcophaga). Die Kerne zwischen den einzelnen Fascikeln contrac-

Fig. 65. tiler Substanz haben sich mit grossen, hellen Zellen umgeben (tracheenbildende Zellen). Vergr. 330.

Fig. 66. Neu sich bildende Tracheen auf der Oberfläche eines Muskelfascikels, aus einer fünfzehntägigen Puppe von Sarcophaga. *tr.* Das Stämmchen. *tr'*, *tr''*. Zwei verästelte Tracheenzellen. Vergr. 330.

Fig. 67. Anlage der Geschlechtsdrüsen in der Larve, aus Larven von 4,7 Cm. Länge von Sarcophaga carnaria. *A.* Hoden. *B.* Ovarium. Vergr. 80.

Fig. 68. Hoden aus einer vierundzwanzig Stunden alten Puppe von Musca vomitoria. Vergr. 80.

Fig. 69. Entwicklung der Eierstocksröhren. *A.* Eierstocksröhre aus einer siebentägigen Puppe von Sarcophaga carnaria. *c.* Der structurlose Schlauch. Vergr. 280. *B.* Späteres Stadium (von Musca vom.). Die hintere Kammer k^1 beginnt sich abzuschnüren. *c.* Structurloser Schlauch. *ah.* Accessorische zellige Hülle. Vergr. 330. *C.* Noch späteres Stadium, die hintere Kammer vollkommen abgeschnürt, ihr zelliger Inhalt beginnt sich in Epithel-, *ep*, und in Dotterzellen, *dz*, zu trennen. Vergr. 330.

Fig. 70. Ovarium aus einer Sarcophagapuppe vom siebenten Tage. Die Hauptmasse der Drüse noch untergeordnete Zellen, in der äquatorialen Zone schimmern die Ovariumröhren durch. Vergr. 70.

Fig. 71. Eierstocksröhre aus einer Imago von Musca vomitoria. Die erste Kammer k^1 enthielt ein reifes Ei, *ov*, mit vollkommen ausgebildetem Chorion, nur der vorderste Abschnitt desselben ist angegeben *re*. k^2. Zweite Kammer. *ep.* Epithel. *dk.* Kerne der Dotterzellen, eingebettet in feinkörnigen, dunklen Zelleninhalt, der das Erkennen der feinen Contouren der in diesem Stadium noch vorhandenen Dotterzellen verhindert. k^3. Dritte Kammer. *dz.* Die eibildenden Zellen (Dotterzellen). *dk.* Ihre Kerne. *ep.* Epithel, hier noch in einfacher Lage. k^4. Vierte Kammer, in welcher noch keine Differenzirung der Zellen in Epithel und eibildende Zellen eingetreten ist. *ah.* Accessorische Hülle, in grossen Abständen kleine Kerne einschliessend. *c.* Structurlose Hülle. *m.* Muskeln. Das Präparat war mit Essigsäure behandelt, daher die Zellcontouren des Epithels nicht überall deutlich und der feinkörnige Inhalt der colossalen Dotterzellen der zweiten Kammer dunkler als im frischen Zustand. Vergr. 330.

Fig. 72. Entwicklung der Samenelemente von Sarcophaga carnaria, aus einer ältern Puppe. *a.* Mutterzelle. *b.* Ebensolche mit vielen Tochterzellen. *c.* Eine frei gewordene Tochterzelle mit mehreren Kernen. *d.* Ebensolche (?), vielkernig. *e.* Ebensolche, zu einem Samenschlauch ausgewachsen. Vergr. 280.

Fig. 73. Ein Stück Darm aus einer sechs bis sieben Tage alten Puppe von Sarcophaga carnaria; seine histologischen Elemente vollständig zerfallen. Vergr. 80.

Taf. I

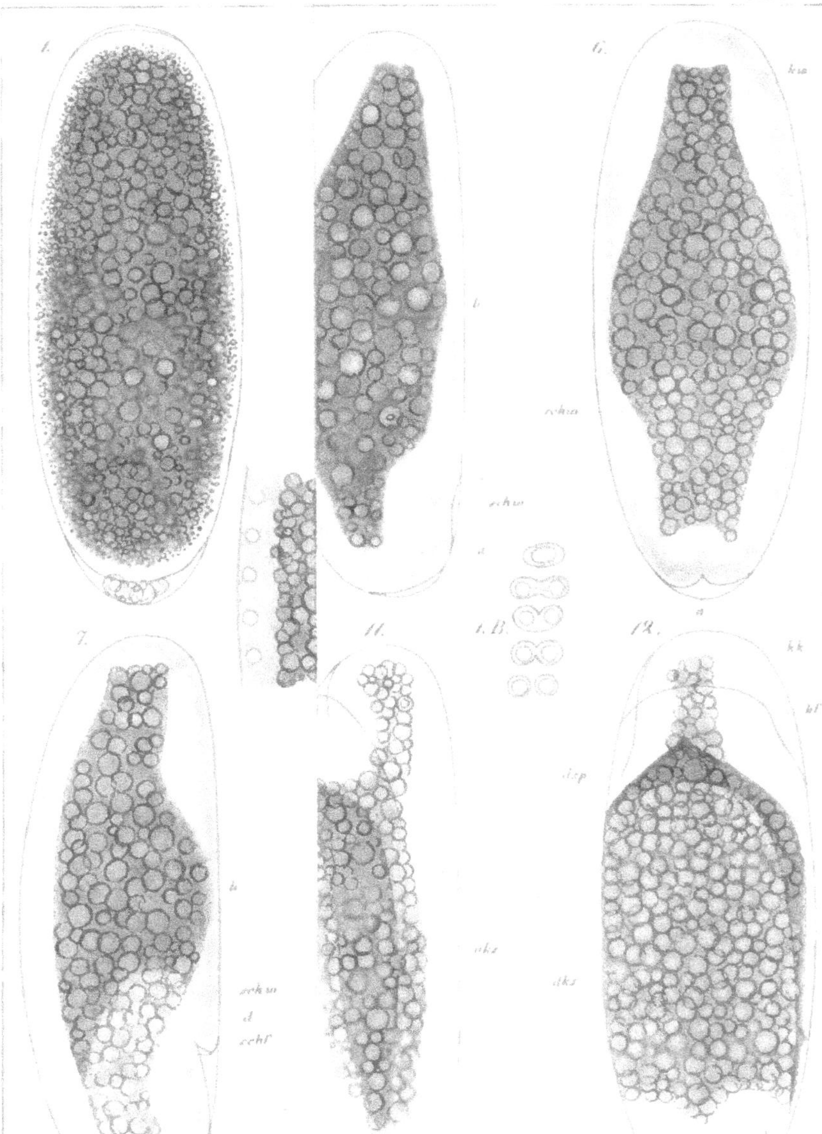

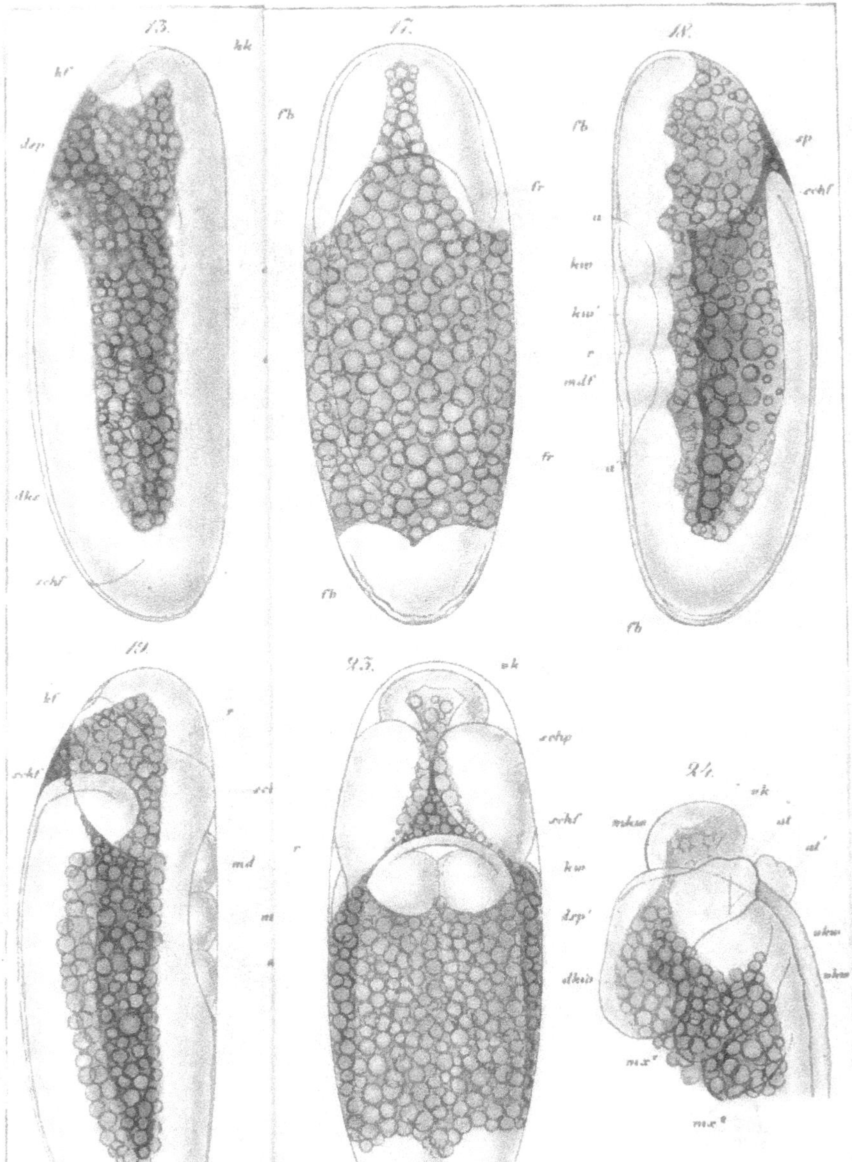

13.
hk
kf
dsp
dks
schf
17.
fb
fr
fr
fb
18.
fb
sp
schf
u
kw
kw'
r
mdf
u'
fb
19.
kf
r
schf
sct
md
m
a
fb
23.
vk
schp
schf
kw
dsp'
dkw
r
24.
vk
mkw
at
at'
ukw
mkw
mx'
mx²

Taf. III.

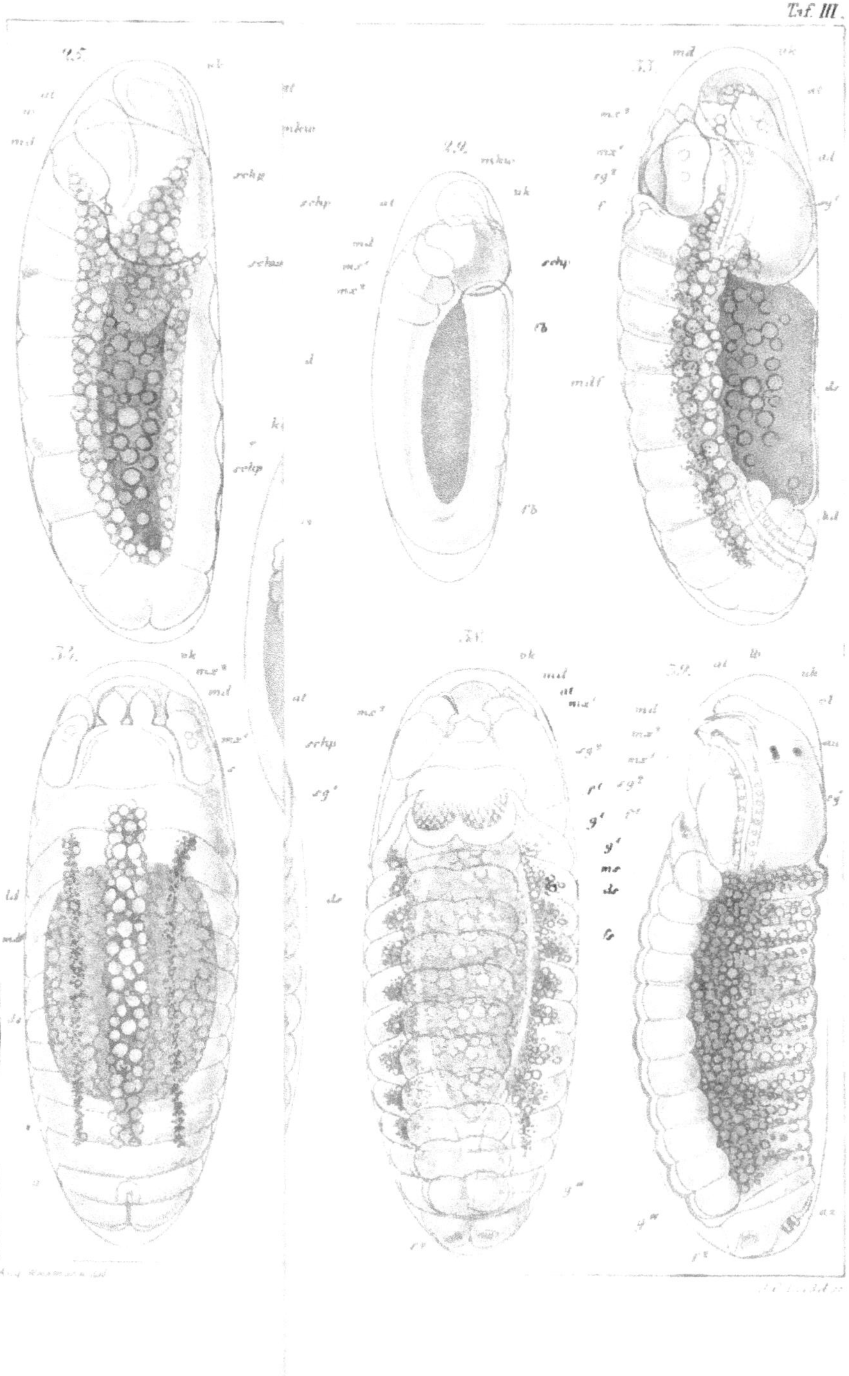

Taf. IV.

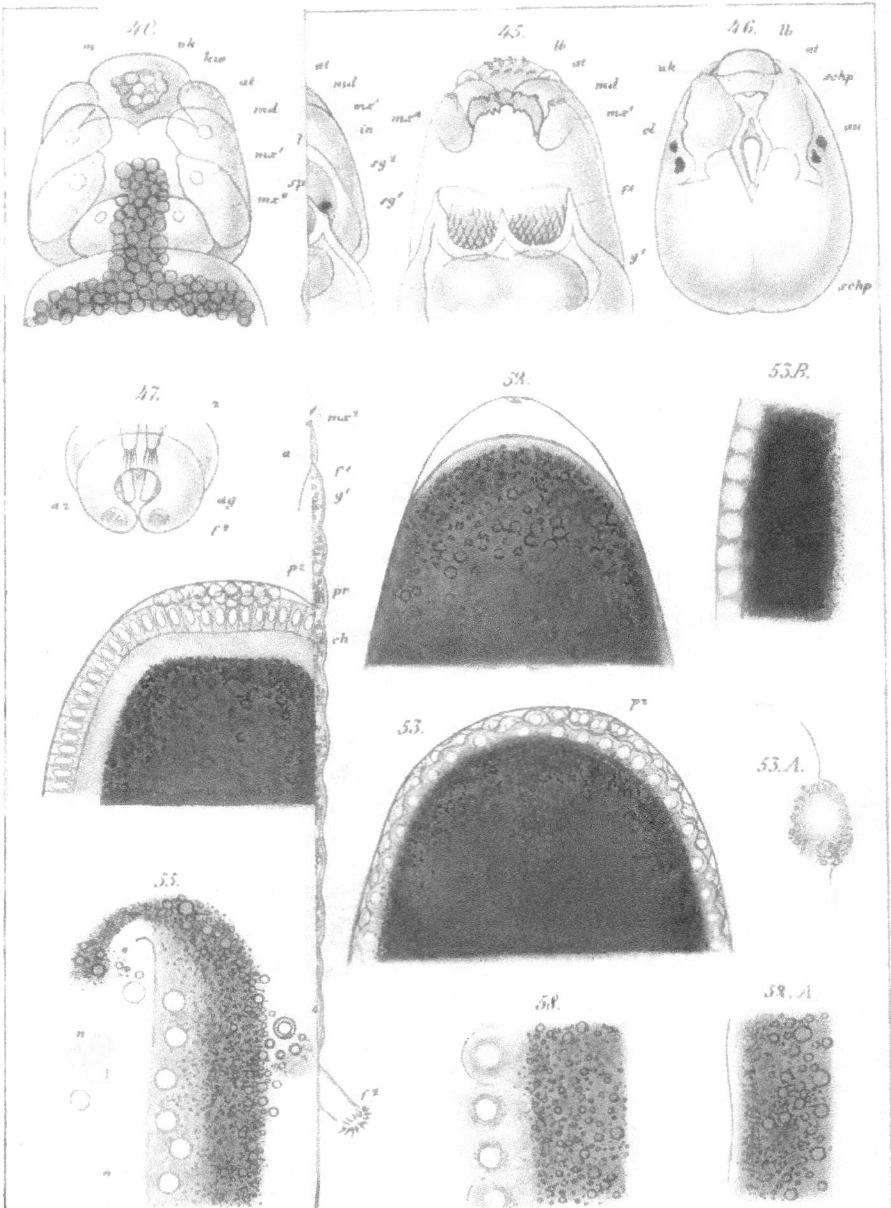

Taf. V.

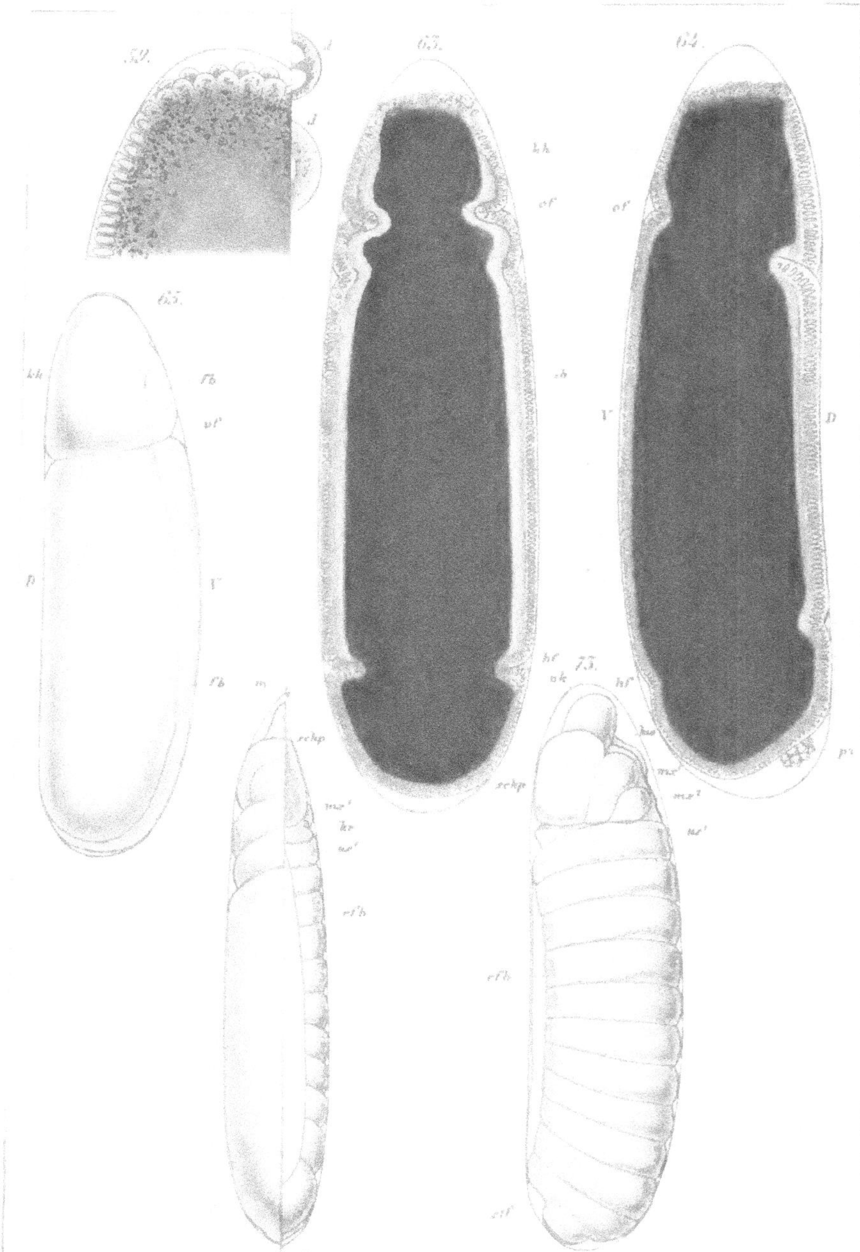

Taf. VI.

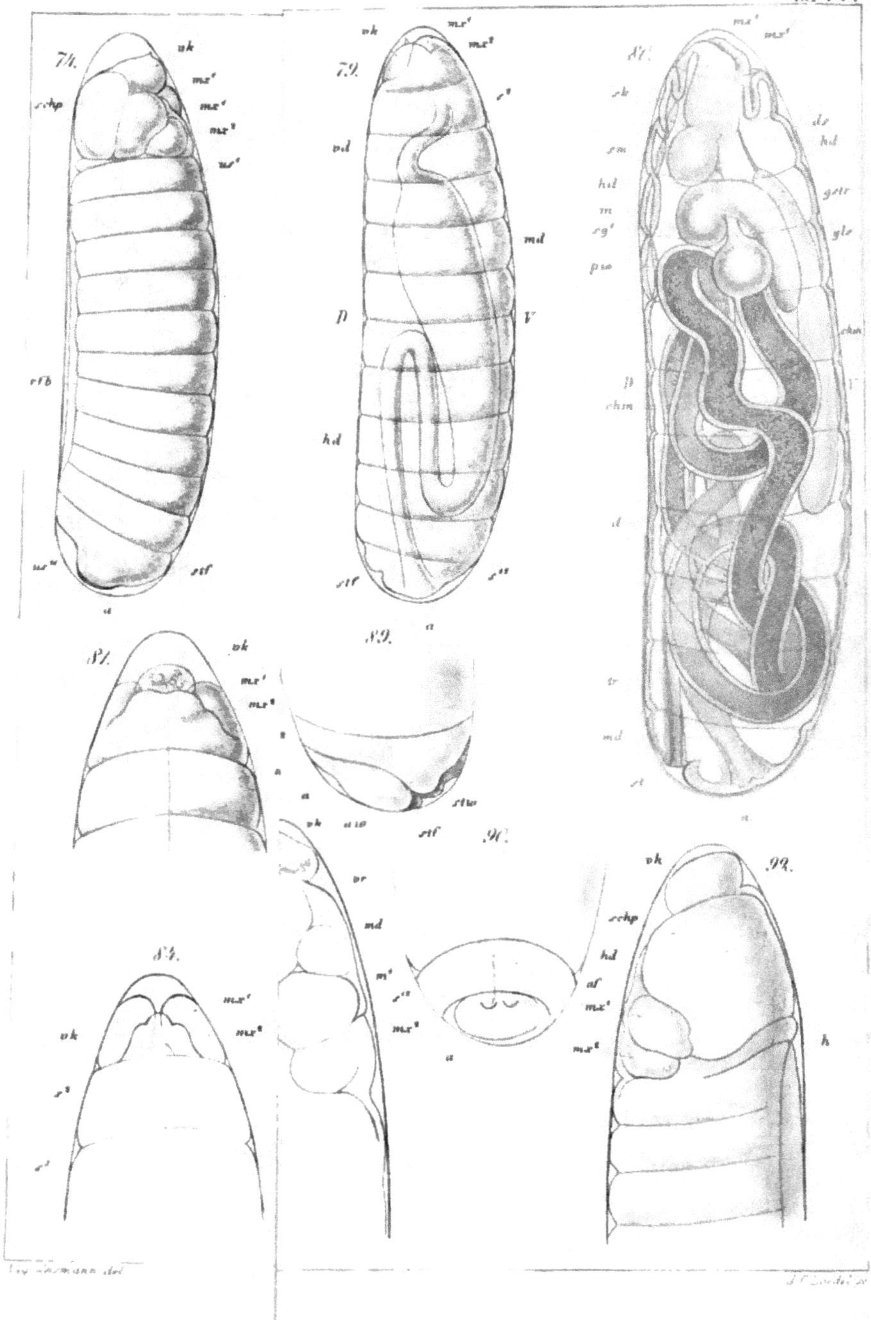

Taf.VII

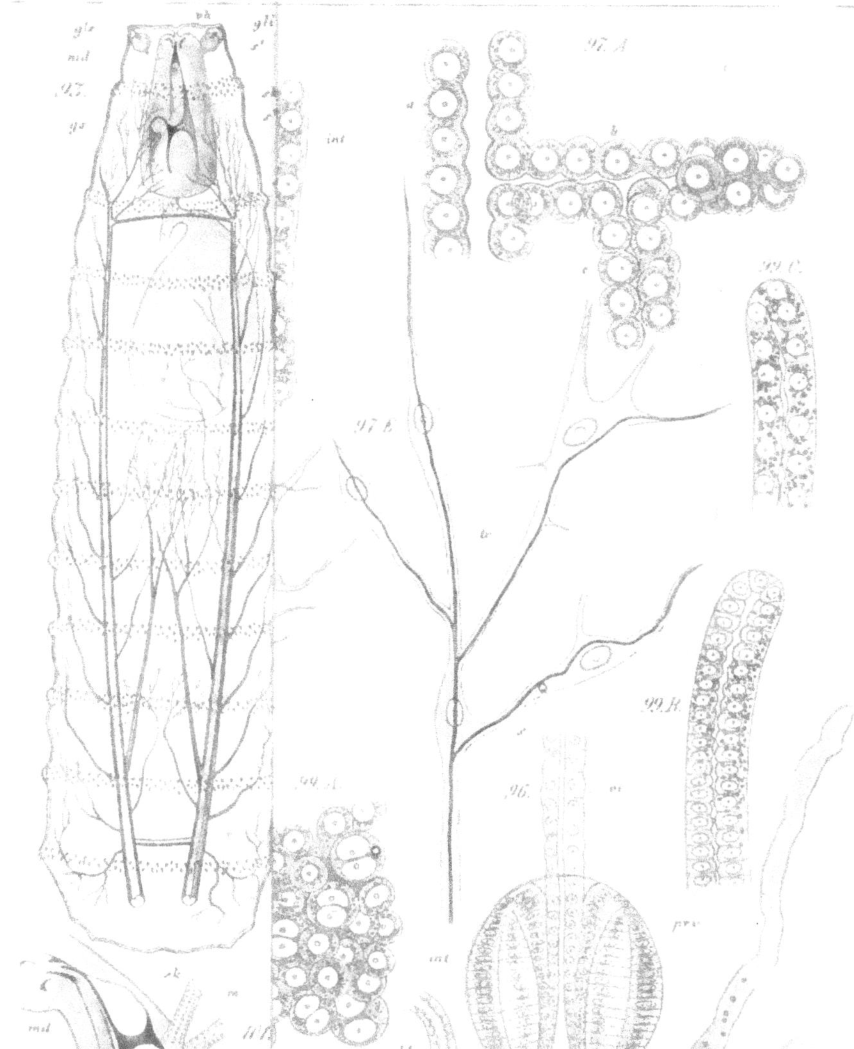

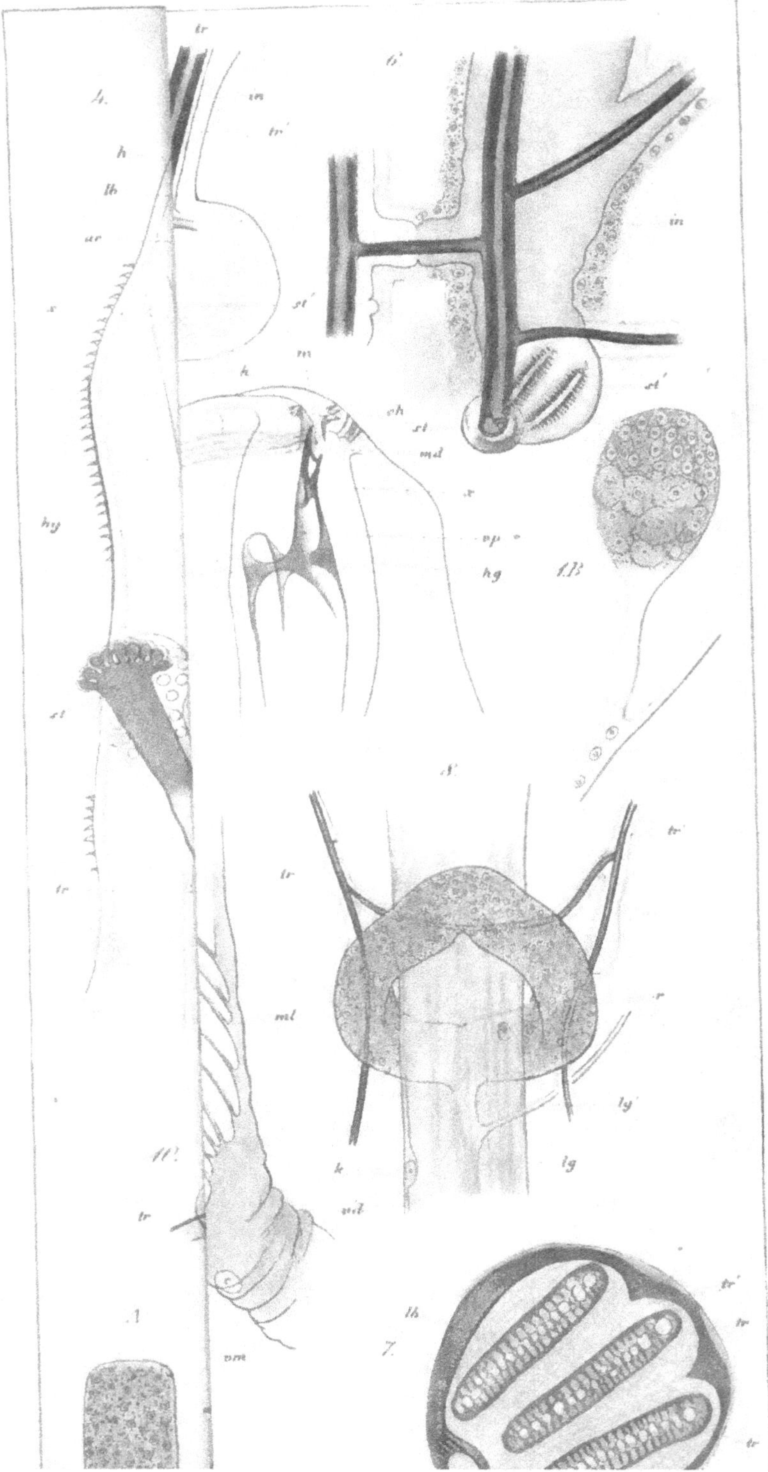
4.
6.
8.
7.
10.
1.B
tr
in
tr'
h
lh
ur
x
st'
m
ch
st
md
vp
hg
hy
ml
lg'
lg
r
k
vm

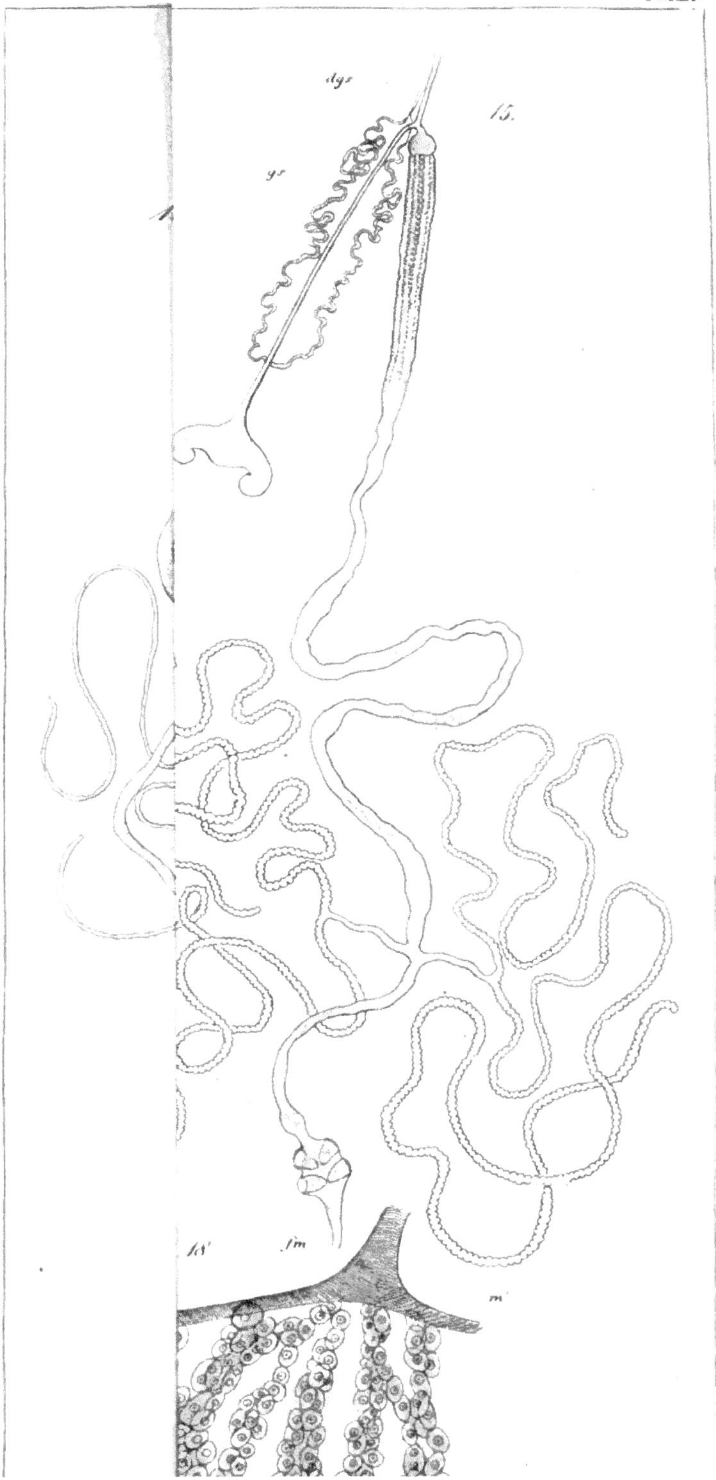
dgs
15.
gs
fd'
fm
m'

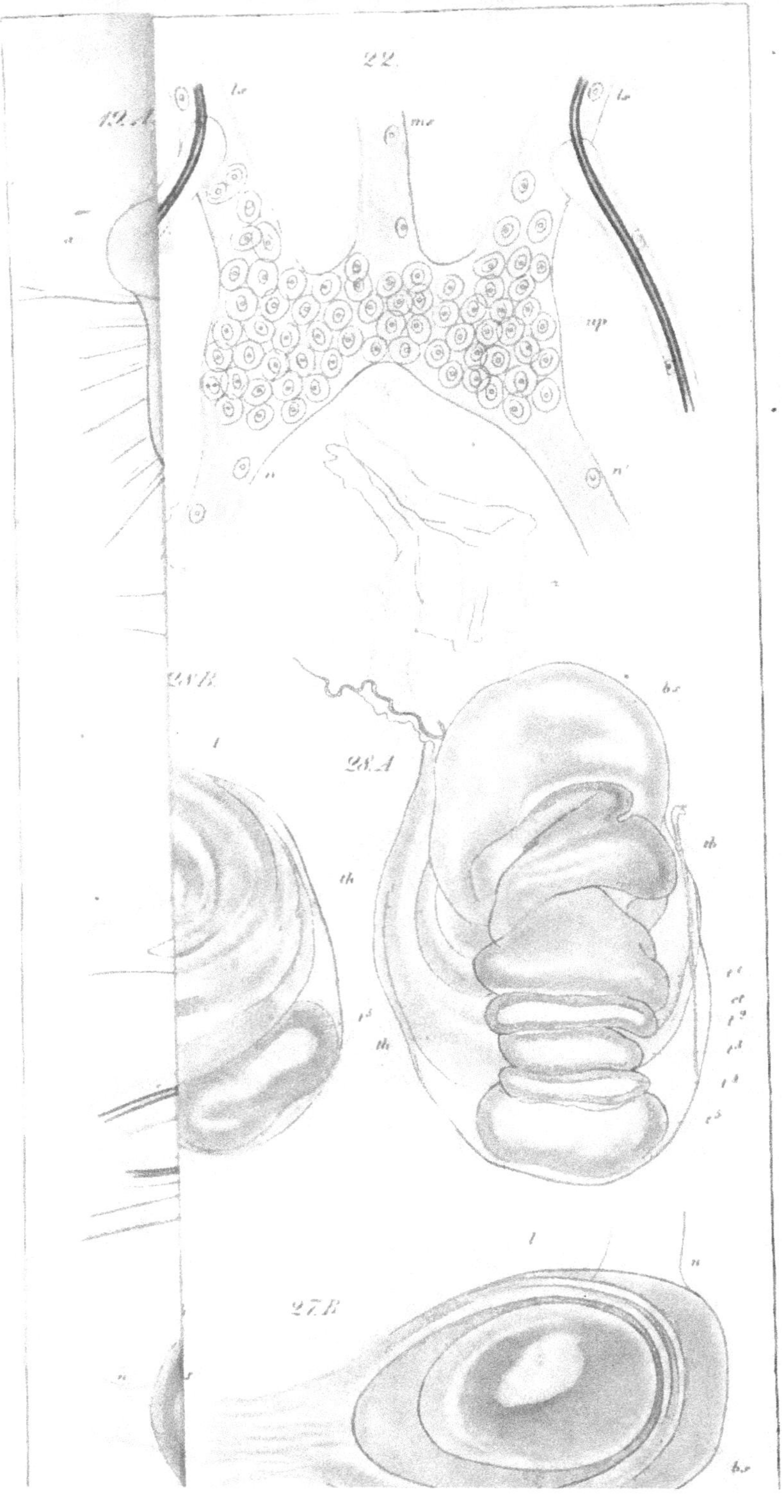

22.
12.A
28.A
27.B
ms
up
bs
th

32
29
33

42.
41.
50.
47.

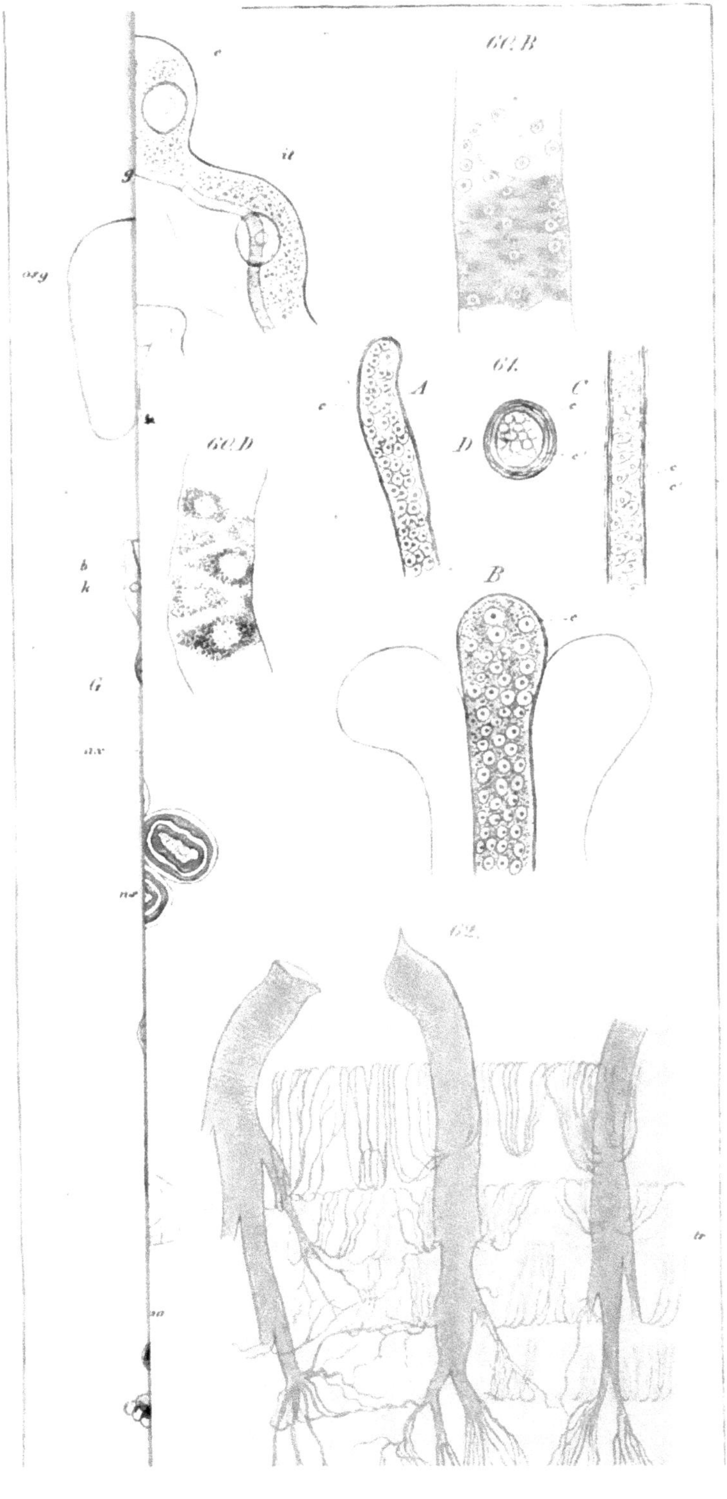
60.B
60.D
61.
62.
A
B
C
D
c
it
org
b
k
G
ax
tr

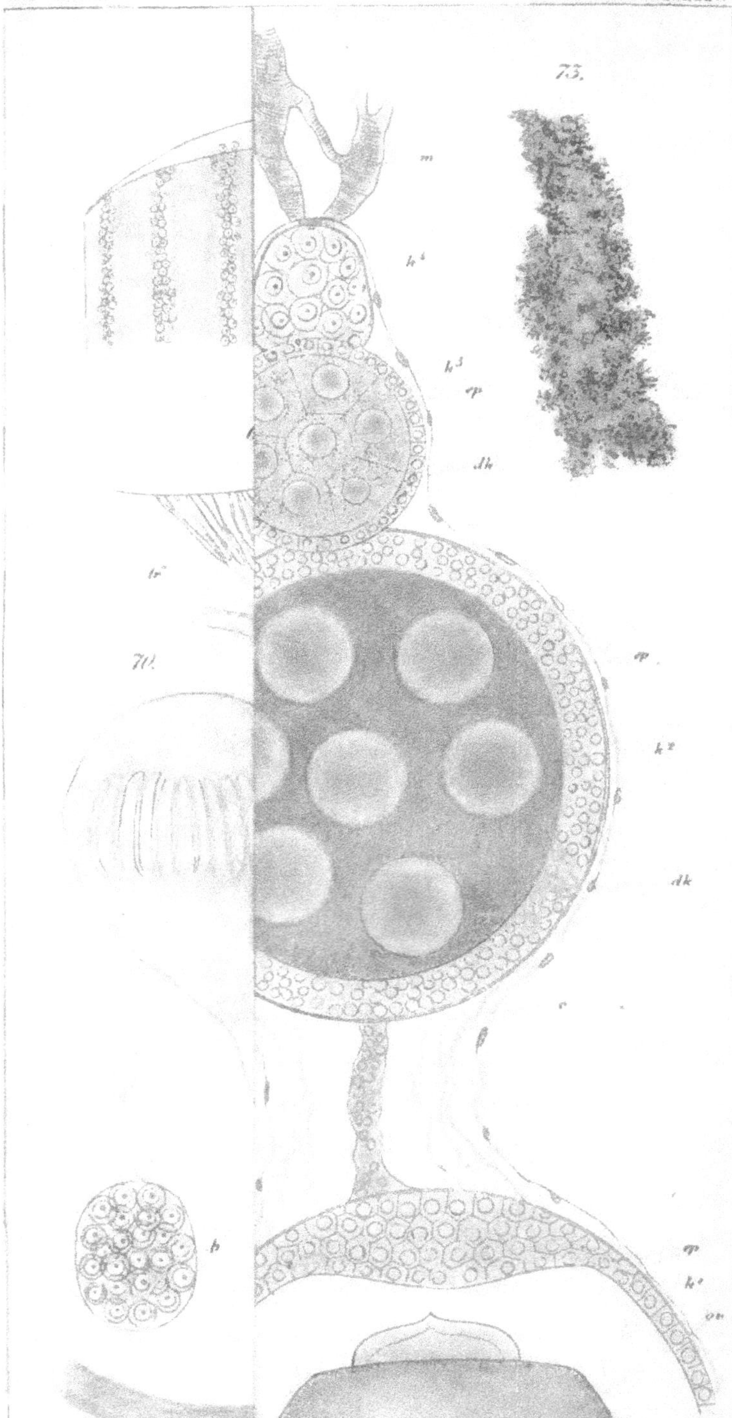
73.
70.

CPSIA information can be obtained
at www.ICGtesting.com
Printed in the USA
LVHW040403200422
716646LV00005B/247

9 783752 597387